BASTEI
LÜBBE

Von Kirsten A. Seaver ist bei Bastei Lübbe erhältlich:

14254 Die Gudrid-Saga

Kirsten A.
SEAVER

INSEL, die von der Erde fiel

Roman

Aus dem Norwegischen
von Åse Birkenheier

BASTEI LÜBBE

BASTEI LÜBBE TASCHENBUCH
Band 14 437

1. Auflage: November 2000

Bastei Lübbe Taschenbücher ist ein Imprint
der Verlagsgruppe Lübbe

Vollständige Taschenbuchausgabe

Titel der norwegischen Originalausgabe:
Landet som falt av jorden

Lizenzausgabe: Verlagsgruppe Lübbe GmbH & Co. KG,
Bergisch Gladbach
Umschlaggestaltung: Guido Klütsch, Köln
Titelbild: AKG, Berlin
Satz: hanseatenSatz-bremen, Bremen
Druck und Verarbeitung: Elsnerdruck, Berlin
Printed in Germany
ISBN 3-404-14437-6

Für Hannah und David

Inhaltsverzeichnis

ERSTER TEIL

Ein Gast kommt von weit her

In der Dunkelheit war das leise Klicken der Holzkohle in der Glutkammer deutlich zu vernehmen, aber nicht davon war Ingunn wach geworden. Sie lauschte. Vom Fjord her kam kein weiterer Knall.

Es konnte aber auch nicht das Getöse eines kalbenden Eisberges gewesen sein, das sie geweckt hatte, denn im Sommer gab es kein Eis im Einarsfjord, und der nächste Arm des Inlandeises lag zu weit entfernt, als daß man von dort etwas hören könnte. Außerdem hätte es sich in dem Fall wie ein langgezogener Donnerschlag angehört, nicht wie dieser kurze, scharfe Knall, den sie im Halbschlaf vernommen hatte.

Sie drehte sich behutsam auf den Rücken, um die alte Ragna, die neben ihr auf der Bank schnarchte, nicht zu schubsen. Die Haushälterin war ohnehin mürrisch genug. Ingunn beneidete den Vater und den ältesten Bruder, die das geschlossene Bett des Hausherrn miteinander teilten. Der Vater war der Meinung, es würde ihr nicht schaden, auf der Bank an der Wand zu schlafen wie die anderen Leute auf dem Hof. Sie war fünfzehn Winter alt und wohnte seit fast einem Jahr wieder zu Hause, nachdem sie nach alter Sitte auf einem anderen Hof erzogen worden war. Nun galt sie als erwachsene Frau. Als sie sich einmal darüber beklagt hatte, immer mäuschenstill und gerade wie ein Brett liegen zu müssen, damit Ragna sich nicht beschwerte, hatte der Vater nur gemeint, wenn sie hart genug arbeitete, würde der Schlaf von alleine kommen.

Von dem Schrankbett an der inneren Querwand kamen keine Geräusche, aber von der Langbank am anderen Ende der Wohnstube konnte sie jemanden gähnen hören, und sie erkannte die hohe, dünne Gestalt ihres Bruders Øyvind, der zur Außentür schlich. Wahrscheinlich geht er pinkeln, dachte sie schläfrig.

Sie mußte wieder eingeschlafen sein, denn sie schreckte mit klopfendem Herzen hoch, als die Tür mit lautem Krach aufgemacht wurde und Øyvind in den noch stockfinsteren Raum taumelte.

»Ein englisches Schiff wirft gerade Anker draußen auf dem Fjord! Ich bin zum Hügel hinaufgelaufen, nachdem ich den Schuß gehört hatte, und habe die Flagge gesehen.«

Der Riegel des Schrankbetts wurde aufgeschoben, und das magere sonnengebräunte Gesicht von Bauer Halldor kam zum Vorschein. Er sagte schroff: »Zünde eine Tranlampe an, Junge, damit ich meine Kleider finde! Und wecke die Männer auf, die im alten Haus schlafen. Wir wollen hinausrudern und herausfinden, was diese Gäste hier in meinem Fjord zu suchen haben.«

Ingunn warf das Fell zur Seite und stand sofort auf, während sie ungeduldig an ihrer Alltagskleidung nestelte. Schon fünf Sommer waren vergangen, seit das letzte Schiff aus Bristol Grönland verlassen hatte, und hier auf Bru hatten sich mit der Zeit große Vorräte an Trockenfisch und Speck, Häuten und Tran angehäuft. Vielleicht könnte sie den Vater ja dazu überreden, ihr einen schönen englischen Wollstoff zu kaufen – oder einen Krug Honig, nicht nur Eisenstücke und Pech! Andere Bauern, die ebenso reich wie Halldor auf Bru waren, hatten im Laufe der Jahre sogar kostbare Becher aus Glas oder

Zinn angeschafft, alles Dinge, die einem Gelage Glanz verliehen.

Sie stach sich mit der Kleiderspange in den Finger und saugte erbost das Blut von der Fingerkuppe. Sie durfte sich nicht zu früh freuen, denn seit der Zeit, als ein englischer Kaufmann ihm seine Frau ausgespannt hatte, empfing der Vater Handelsschiffe äußerst unwirsch. Das war in dem Sommer geschehen, als Ingunn zu ihren Zieheltern auf den großen Hof Vardebu, weit im Landesinneren in Vatnahverfi, gebracht worden war.

Erst als Ingunn einige Wochen danach auf ihren vierteljährlichen Besuch nach Hause kam, hatte sie erfahren, daß die Mutter weggefahren war. Als das Pferd des Ziehvaters vor Halldors Stall stehenblieb, schaute sie sich sofort im Hof um, atemlos und voller Sehnsucht, aber sie konnte die schlanke Gestalt der Mutter mit ihrem Haar, das so hell war wie gebleichtes Leinen, nirgendwo entdecken. Als der Vater in der Stalltür erschien, erkannte selbst Ingunn mit ihren sieben Wintern an seiner gebeugten Haltung, daß etwas Entsetzliches geschehen sein mußte. Aber eine richtige Erklärung bekam sie nie.

Langsam schwanden die Erinnerungen an die Mutter. Ingunn bewahrte sie in ihrem Herzen als eine blonde, fröhliche Gestalt ohne Gesichtszüge, die am Webstuhl Lieder vor sich hin summte und ihre kleine Tochter in den ruhigen Stunden nach dem Abendessen liebkoste. Jetzt würde sie sicher in ihrer eigenen Stube in England singen und die Kinder liebkosen, die sie inzwischen wohl mit ihrem Kaufmann hatte.

Ingunns Ziehmutter auf Vardebu hatte sie mit offenen Armen empfangen, denn ihre beiden Söhne waren auf See umgekommen, und die einzige Tochter war kurz vor

Ingunns Ankunft an der Hustenseuche gestorben. Trotzdem wurde Ingunn das Gefühl nicht los, verraten und verlassen zu sein, auch nachdem sie bei der tüchtigen Sigrid ausgelernt hatte und auf den Hof des Vaters zurückgekehrt war, um bei der Hausarbeit zu helfen und zu zeigen, daß sie eine gute Hausfrau war.

Auch jetzt überkam sie dieses Gefühl der Einsamkeit, während sie Zweige auf das Langfeuer legte und Glut aus der Glutkammer holte. Sie stand immer als erste von allen Frauen auf dem Hof auf. Das erwartete der Vater, und die Brüder wollten lieber von ihr als von der mürrischen alten Ragna geweckt werden. Aber heute brauchte sie niemanden zu wecken. Der Vater zog sich schon die Schuhe an, und Reidar, der älteste, der einmal den Hof übernehmen würde, schwang die Beine über die Bettkante und rief seiner Schwester zu, sie solle ihm Wasser bringen.

Ingunn füllte eine Holzschüssel mit Wasser aus der Tonne und hielt sie ihm hin, während er die Hände eintauchte und sich den Schlaf aus den Augen wusch. Wortlos reichte sie ihm das Handtuch und dachte mit Bedauern, wie wenig das Wesen des Bruders seinem Aussehen entsprach. Auch ungekämmt glänzten seine lockigen, braunen Haare, und das schmale Gesicht mit den fein gemeißelten Zügen, die er vom Vater geerbt hatte, wirkte älter, als es seine zweiundzwanzig Winter erwarten ließen. Grüne Augen blickten unter langen, dunklen Wimpern hervor und verwirrten zweifellos die Bauerntöchter auf den umliegenden Höfen.

Jetzt schauten dieselben Augen Ingunn mit einem nicht gerade betörenden Ausdruck an. »Hast du uns immer noch kein Essen hingestellt? Du hast doch gehört, was Øyvind gesagt hat!«

Der Vater wandte sich halb um und sagte, ohne die

Stimme zu erheben: »So sehr eilt es nicht, Reidar. Ich fahre nicht, bevor die anderen bereit sind – ich möchte eine vollzählige Mannschaft bei mir haben.«

Ingunn unterdrückte ein Lächeln, als sie hinausging, um das Wasser auszuschütten. Der Vater schien ihr beistehen zu wollen, indem er Reidar daran erinnerte, daß immer noch er, Halldor, hier das Sagen hatte und daß er, wie großartig Reidar auch sein mochte, nicht ohne fremde Hilfe auskommen konnte!

Øyvind war wieder zurück von seinem Gang zum alten Haus. Er nahm der Schwester die leere Schüssel ab und flüsterte ihr zu:

»Eines der Dienstmädchen kann das Wasser für Vater holen – sorg du lieber dafür, daß wir etwas zu essen kriegen, damit wir schnell von hier fortkommen.«

Sie schaute ihn dankbar an. Mit seinen achtzehn Wintern war er schon ein ausgewachsener Mann, wenn auch noch schlank wie ein Heranwachsender, und wie Ingunn hatte er das blonde Haar und die helle Haut der Mutter geerbt. Sie sah, daß seine Nase von der Sommersonne rot und schuppig war – sie sollte mehr Salbe zubereiten, wie es ihr die Ziehmutter beigebracht hatte, und nicht warten, bis er selbst um Hilfe bat. Øyvind beklagte sich ohnehin so gut wie nie.

Jetzt, da Ingunn wieder auf dem Hof des Vaters wohnte, stellte sie fest, wie unnachgiebig sie selbst im Vergleich zum Bruder war, trotz ihrer äußerlichen Ähnlichkeit. Sie hoffte nur, mit der Zeit nicht so schweigsam und nachdenklich zu werden wie der Vater. Als Ingunns Ziehmutter einmal in Plauderstimmung gewesen war, hatte sie gesagt, Halldors Schwermut sei es zu verdanken, daß die schöne und lebenslustige Bjørg direkt in die Arme des englischen Kaufmannes geflüchtet war.

Aus Reidar hingegen konnte man nicht klug werden, dachte Ingunn, während sie saure Milch, Butter und Streifen von weichgeklopftem Trockenfisch auf den Tisch stellte. Als sie zu den Zieheltern gezogen war, war der älteste Bruder noch ein lustiger Dreizehnjähriger gewesen, der sich nichts sehnlicher gewünscht hatte, als bald alt genug zu sein, um mit den Männern zum Thing zu reiten und alleine auf die Jagd zu gehen. Er hatte sich nie geschämt, seine Zuneigung sowohl zur Mutter als auch zu seiner Schwester offen zu zeigen. Jetzt aber behandelte er Mädchen und auch erwachsene Frauen mit großer Verachtung, als wären sie töricht und verlaust. Ingunn konnte überhaupt nicht begreifen, warum die Mädchengruppe auf dem Kirchplatz vor Bewunderung verstummte, wenn er sich näherte, oder warum ihre eigenen Dienstmädchen kicherten und erröteten, wenn er sich dazu herabließ, sie anzusprechen. Selbst die alte Ragna grinste breit, wenn ihr Lieblingsjunge mehr Butter oder Käse für seine Wegzehrung verlangte.

Hinter Ingunn räusperte sich jemand – ein sicheres Zeichen dafür, daß Ragna mit dem Ankleiden fertig war und zeigen wollte, wer hier das Sagen hatte.

»Hast du noch immer nicht gelernt, daß wir hier zuerst den Morgenbrei aufstellen?«

»Wir haben keine Zeit, Brei zu kochen«, antwortete Ingunn ruhig. »Vater möchte so schnell wie möglich los.«

»Das sind vielleicht Zustände!« nörgelte Ragna. »Das letztemal, als Fremde hierher kamen, blieb das Schiff eine ganze Weile, es wird auch diesmal nicht so eilig sein.«

»Vielleicht möchten wir diese Leute nicht so gern hier zu Besuch haben«, sagte Ingunn. »Es könnte Unannehmlichkeiten geben, wenn diese Neuankömmlinge Händler sind, mit denen wir bisher keine Vereinbarungen getroffen haben.«

»Meines Wissens sind die englischen Schiffe, die den Weg von Island bis hierher gefunden haben, alle aus Bristol gewesen.«

»Das schon, Ragna – aber Bristol soll ein großer Ort mit vielen streitsüchtigen Familien sein, denn sogar oben bei Ziehmutter und Ziehvater erfuhren wir von der gewaltigen Schlägerei drüben in Einarsbu, als einige dort auftauchten und den Trockenfisch kaufen wollten, der für Thornes Händler gelagert wurde.«

»Davon versteht ihr Weiber nichts«, sagte Reidar plötzlich direkt neben ihr. »Sorgt ihr nur dafür, daß Essen auf den Tisch kommt, damit wir aufbrechen können.« Er streckte die Hand nach dem Umhang am Türhaken aus und schaute die Schwester und die Haushälterin grimmig an. Ingunn mochte darauf keine Antwort geben, aber Ragna grinste, so daß all ihre Zahnlücken zum Vorschein kamen, und eilte in die Milchkammer, um Käse zu holen.

»Vater«, sagte Ingunn, als Halldor sich den Gürtel mit Schwert und Dolch umgeschnallt hatte, »glaubst du, daß wir mit Auseinandersetzungen rechnen müssen? Oder sollten wir bei der nächsten Mahlzeit auf Gäste vorbereitet sein?«

Sie wagte nicht, die dritte Möglichkeit, die ihr seit dem Erwachen nicht mehr aus dem Kopf ging, zu erwähnen: Ob sie auf dem Schiff etwas Neues über die Mutter erfahren würden? Vielleicht war die Mutter sogar selbst an Bord?

Halldor blieb mit der Hand am Türriegel stehen und antwortete bedächtig, als hinge er seinen eigenen Gedanken nach: »Es wird so kommen, wie Gott und das Schicksal es bestimmt haben, Ingunn.«

Er bekreuzigte sich schnell und ging hinaus, doch auf der Steinschwelle vor der Tür drehte er sich noch einmal um und fügte nicht unfreundlich hinzu: »Du kannst ja nach einer Weile auf den Hügel laufen und auf den Fjord hinausschauen, dann wirst du sehen, wie es weitergeht.«

Zitternd vor Aufregung stellte Ingunn den Abtropftrog für die Käsemasse in der Milchkammer ab und dachte gerade noch daran, sich zu bekreuzigen, bevor sie hastig die Sackleinenschürze abstreifte und zur Tür hinauslief. Leichtfüßig wie ein Hase eilte sie über kleine Weidenruten und Grashügelchen, bis sie so weit hinaufgekommen war, daß sie auf Havgrimsfjord, den kleinen Fjordarm, hinunterblicken konnte.

Auf dem morgenblanken Wasserspiegel drehte sich ein hoher Dreimaster langsam um das straffe Ankertau am Bug. Die Mannschaft an Bord gestikulierte und rief Halldor und seinen Männern, die unten im Ruderboot sicheren Abstand hielten, irgend etwas zu. Von der Nordseite des Fjordes her näherte sich ein zweites kleines Boot, in dem jemand aus Leibeskräften ruderte. Halldor besaß dort am Fluß noch einen weiteren großen Hof. Er lag an der Furt, die – mit Steinplatten passierbar gemacht – dem väterlichen Hof den Namen Bru, das heißt »Brücke«, gegeben hatte. Ingunn konnte nun erkennen, daß der Ruderer der Pächter des Vaters war und daß er seinen alten Schwiegervater dabeihatte, der Englisch sprach. Vielleicht würde der ja etwas in Erfahrung bringen.

Sie setzte sich auf einen Stein, der frei von Schafmist war, und wartete. Ab und zu schaute sie auf die Häuser hinunter und auf die üppigen grünen Wiesen zu beiden Seiten des Flusses, der oben in den Bergen ihren Angelsee speiste – außer einigen Kindern der Dienstleute auf dem Hof, die den Hund ärgerten, regte sich nichts. Sie ließ den Blick über die glatten Felsen gleiten, auf denen Fischköpfe zum Trocknen lagen, ließ ihn weiterschweifen über die Trockengerüste mit Fisch, die dort standen, wo Sonne und Wind normalerweise am stärksten waren, und richtete die Augen dann wieder auf den Fjord. Noch immer hallten die Rufe in der Stille wider, doch sie konnte nichts verstehen.

Schließlich legten die beiden Ruderboote an der Schiffsseite an, und ein Fallreep wurde zu ihnen herabgelassen. Halldor und sein Pächter kletterten hoch, dann zogen sie gemeinsam den alten Dolmetscher hinauf. Anscheinend hatten sie sich vorläufig geeinigt – jedenfalls verschwanden sie alle unter Deck.

Die drei Grönländer blieben so lange fort, daß Ingunn Angst bekam und sich erhob, um den Leuten des Vaters, die in den Ruderbooten saßen, zuzuwinken. In diesem Augenblick aber erschien der Vater wieder, von einem fremden Seemann begleitet. Sie gaben sich zum Abschied die Hände, anschließend kletterte Halldor alleine das Fallreep herunter und setzte sich in sein Boot. Die Männer ruderten sofort in Richtung Land, und Ingunn lief so schnell zum Fjord hinunter, daß sie immer wieder stolperte.

Als das Boot in Hörweite gekommen war, richtete sich der Vater auf und rief, die Hände zum Trichter geformt: »Mach eine Tragbahre bereit und komm damit, so schnell du kannst, zu unserer Anlegestelle. Wir haben hier einen Verletzten!«

Ingunn winkte ihm als Antwort zu und lief so schnell

nach Hause, daß ihr Atem nach Blut schmeckte. Sie rannte gleich zum Schafpferch hinauf und rief den beiden Kuhmägden zu, sie sollten bis auf weiteres mit dem Melken aufhören und ihr helfen. Sie vergaß sogar ihre Enttäuschung, daß die Ankunft des Schiffes allem Anschein nach nichts mit der Mutter zu tun hatte.

Es dauerte nicht lange, und sie hatten einen alten Umhang um zwei kräftige Stöcke geschnürt. Im selben Moment, als Ingunn und eine der Kuhmägde mit ihrem Werk zum Strand hinunterkamen, stieß das Boot des Pächters in den Kies, vier Männer wateten an Land und liefen mit der Bahre schnell zurück zum Boot. Gebannt blieb Ingunn stehen und sah, wie ein Bündel in einem Segeltuch über den Bootsrand gehoben und an die Männer weitergereicht wurde, die bis zum Schritt im Wasser standen und mit der Trage warteten.

Sie lief hinter den Leuten her, die den Verletzten zum Haus trugen. Sie hatte das Gesicht des Mannes noch nicht gesehen, und er hatte auch keinen Laut von sich gegeben. Es stand sicher schlecht um ihn. Sie hoffte, die Kuhmägde hatten der alten Ragna begreiflich machen können, daß sie so schnell wie möglich kochendes Wasser benötigte, sowohl für die Schafgarbenlauge als auch für saubere Tücher.

Hinter sich hörte sie Øyvinds Stimme, die völlig außer Atem klang: »Vater hat uns aufgetragen, den Verletzten ins Schrankbett zu legen, bis er sich erholt oder stirbt. Reidar sieht es zwar ungern, und auch Vater ist nicht glücklich über diesen Gast, aber er sagt, weniger kann ein Mann nicht tun, wenn er selbst zwei Söhne hat!«

Ingunn sah ihren Bruder, der jetzt neben ihr herlief, verwundert an, als er weitersprach: »Damit du es weißt, es ist der Sohn von einem der Teilhaber in Thornes Geschäft in Bristol, und der Schiffer an Bord fährt ungern mit schlechten Nachrichten nach Hause.«

»W-weißt du, was dem Mann fehlt?« stieß Ingunn atemlos hervor.

»Er fiel von der Takelage herunter und verletzte sich schwer am Kopf und auch anderswo. Vater läßt dir sagen, du sollst ihn selbst untersuchen und zeigen, was du oben bei Sigrid auf Vardebu gelernt hast!«

Sie waren bei den Häusern angelangt. Gespannt stellte sich Ingunn neben das Schrankbett, während der in das Segeltuch eingewickelte Engländer ins Bett gehoben wurde. Nachdem sich die Träger zurückgezogen hatten, nahm sie all ihren Mut zusammen und beugte sich über das abgewandte Gesicht des Verletzten. Sein schwarzes Haar war von Blut verschmiert, und das wenige, das vom Gesicht unter den blauschwarzen Bartstoppeln zu erkennen war, leuchtete so weiß, daß man glauben konnte, eine Leiche liege dort, wenn nicht die Hände gewesen wären, die sich kraft- und ziellos ununterbrochen bewegten. Der Mann mochte etwa zwanzig Winter zählen, und es war fraglich, ob er noch viel älter werden würde.

Ingunn holte tief Atem und bekreuzigte sich langsam.

»Laß es dir nicht anmerken, wenn du dich unzulänglich fühlst«, hatte ihr die Ziehmutter oft gesagt. »Du weißt jedenfalls mehr über die Heilkraft als die meisten Leute. Nimm dir die Zeit, die du brauchst, um ruhig zu werden, und überlege dir genau, was du zuerst zu tun hast. Der Rest geht von selbst.«

Aber das hier ... Niemals hatte sie einen Menschen gesehen, der am Kopf so schlimm zugerichtet war und trotzdem noch lebte. Die rechte Schulter war eindeutig ausgekugelt, und das rechte Bein sah aus, als wäre es gebrochen. Und Gott und alle guten Mächte wußten, was sonst noch verletzt war.

Sie legte zwei Finger an seinen Hals und spürte, wie das Leben schwach, aber regelmäßig pochte. Das gab ihr den Mut, seine nackten Beine und Füße abzutasten. Die Füße waren kalt, aber die Zehen rot – das deutete darauf hin, daß der Rücken nicht gebrochen war. Vielleicht würde sie ihn doch noch retten können!

Mit geübten Händen tastete sie an seinem rechten Schienbein entlang und weiter nach oben über die fremdartige Kleidung. Soweit sie erkennen konnte, war der Oberschenkel gebrochen, aber nicht die Hüfte. Sie beugte sich weiter über das Bett vor und tastete gründlich die linke Seite ab. Keine weiteren Knochenbrüche – aber die Hose roch säuerlich. Sie mußte wohl einen der Brüder bitten, den Gast zu waschen und sauber anzuziehen. Sie als unverheiratetes Mädchen durfte ihm nicht einmal die Jacke ausziehen, das schickte sich nicht. Und Ragna war so unsanft in allem, was sie in Angriff nahm, daß sie dem armen Kerl sicher die restlichen Knochen auch noch brechen würde.

Sie richtete sich auf und sah, daß außer Øyvind noch der Vater und einige andere Leute im Zimmer standen. »Øyvind, knöpf bitte sein Hemd auf, so daß ich sehen kann, ob an seinem Brustkorb etwas gebrochen ist.«

Unter einer grünen Wolljacke mit Glasknöpfen trug der Fremde ein Leinenhemd, das nur am Hals eine Öffnung hatte. Leinen für die Unterwäsche – hier hatten sie es anscheinend mit reichen Leuten zu tun! Trotzdem zögerte Ingunn nur einen Augenblick, bevor sie die Schere, die sie stets am Gürtel trug, dem Bruder reichte. »Du mußt vorne aufschneiden – wir dürfen ihm jetzt nichts über den Kopf ziehen.«

Øyvind schaute sie entsetzt an. »Du mußt den Verstand verloren haben – weißt du nicht, wieviel solche Hemden kosten?«

»Tu es! Ein Leben ist mehr wert als ein Kleidungsstück.« Ingunn wußte nicht, woher sie ihren Mut nahm. Es kam ihr beinahe so vor, als würde die gebieterische Sigrid von Vardebu neben ihr stehen und ihr sagen, was sie zu tun hatte.

»Schneide, Junge!« Dies war Halldors Stimme. Und Øyvind schnitt.

Ein Raunen ging durch die Zuschauer, als der gequetschte, blau gefärbte Brustkorb zum Vorschein kam. Ingunn biß sich auf die Unterlippe und ließ die Hand vorsichtig über die glatte, junge Haut mit der schwarzen Haarkrause gleiten. Eine Kette mit einem silbernen Kreuz leuchtete auf. Gebrochen, gebrochen, gebrochen – ob der Mann eine einzige nicht gebrochene Rippe an der rechten Seite hatte? Am besten war es wohl, die Schulter wieder einzurenken, solange er ohne Bewußtsein war, der Rest war eine Frage der Zeit. Auch der Unterarm war gebrochen – aber sie konnte ein Steingewicht am Oberarm befestigen und sich von Øyvind dabei helfen lassen, die Schulter vorsichtig wieder einzurenken.

Verschwitzt und erschöpft blickte Ingunn auf, als sie spürte, wie die verletzte Schulter die richtige Lage gefunden hatte. Sie betrachtete das Gesicht des Kranken, dessen schwere Augenlider zitterten. Plötzlich erbrach er sich, immer noch mit geschlossenen Augen. Sie nahm ihren Schal und legte ihn unter seine Wange, während er sich übergab. Bei Kopfverletzungen war so etwas normal, das hatte Sigrid ihr beigebracht.

Halldor sagte düster: »Wenn er ein Gaul wäre, hätte

sich schon längst jemand seiner erbarmt! Wir müssen auf ein Wunder hoffen, wenn wir ihn zusammengeflickt wieder nach Bristol schicken wollen.« Er bekreuzigte sich. »Meinst du, es könnte dir gelingen, Ingunn – mit Gottes Hilfe?«

Ingunn schluckte, während ihr die Gedanken durch den Kopf schossen. Mit Gottes Hilfe ... Ja, sie brauchte Hilfe. Laut sagte sie: »Ich kann die Knochenbrüche zusammenbinden und seine Kopfwunde versorgen. Vielleicht werden Gott und die Zeit ihn dann heilen. Aber ich hätte gern meine Ziehmutter hier bei mir.«

»Das kommt nicht in Frage!« sagte der Vater. »Mitten in der Erntezeit kannst du keinem Menschen eine so weite Reise zumuten. Und bevor Sigrid ankommen würde, wäre der Kerl hier entweder tot oder auf dem Wege der Besserung.«

Ingunn senkte den Kopf als Zeichen des Einverständnisses, doch sie schaute den Vater nicht an, als sie an ihm vorbei zur Kochgrube ging, wo Ragna Brei in einem großen Specksteintopf kochte. Bauer Halldor wollte von dem fremden Plunder, den die Engländer mitgebracht hatten, darunter dreibeinige gegossene Eisentöpfe, nichts wissen.

Zu müde, um sich aufzuregen, sagte Ingunn entmutigt: »Hast du nicht meine Bitte gehört, Wasser für die Schafgarbenlauge aufzustellen, Ragna?«

»Die Leute brauchen zuerst einmal Essen. Wir haben genügend kaltes Wasser in der Tonne, um den dort drüben zu waschen, wenn du das meinst.«

»Geh zur Seite«, sagte Ingunn bissig. »Schafgarbenlauge ist blutstillend, das weißt du genau.«

Während die Lauge aufkochte, schnitt und riß sie aus einem uralten Umhang lange Streifen und suchte sich ein paar saubere, weiche Wolltücher zusammen. Diese legte sie in eine Schüssel und goß die Lauge darüber, als sie scharf genug roch.

Da die schwarzen Haare des Fremden vom Blut so sehr verkrustet waren, machte sie sich darauf gefaßt, Wunden auf der gesamten Kopfhaut zu finden, doch es stellte sich heraus, daß der Mann nur einen langen Riß mit einem losen Hautfetzen abbekommen hatte. Als das Blut gestillt war und die Haare einigermaßen sauber wirkten, umwickelte sie die wunde Stelle. Dann drehte sie seinen Kopf auf die andere Seite, um das weiße Gesicht zu waschen.

Noch einmal zitterten die Augenlider. Diesmal schlug der Mann die Augen auf und stöhnte leise, während er sich bemühte, den Blick auf Ingunn zu richten. »Who – who are you?«

Ingunn drehte sich verwirrt zum Vater um, der hinter ihr stand und alles aufmerksam verfolgte. »Verstehst du, was er sagt?«

»Nein«, sagte Halldor. »Jedenfalls lebt er. Und einen Dolmetscher haben wir auch – der alte Olaf ist gerade mit dem fremden Schiffer hereingekommen.«

Die kleine Gruppe von Männern, die sich vor der Außentür zusammendrängten, machte Platz, und der Pächter trat mit seinem Schwiegervater Olaf und einem untersetzten kräftigen Mann, wohl der englische Schiffer, ans Bett. Der alte Olaf steckte seinen Kopf ins Schrankbett und brüllte dem Verletzten etwas ins Ohr, und Ingunn bemerkte, daß die Mundwinkel des englischen Schiffers zuckten. Wie konnte er in einer solchen Stunde lächeln?

Der Verletzte schüttelte hilflos den Kopf und schnitt eine Grimasse, als wäre er gestochen worden, bevor er eine Antwort murmelte. Das Brüllen und das Murmeln wechselten sich eine ganze Weile ab, bis der gichtkranke Olaf sich langsam aufrichtete und mit bedeutsamer Miene den Blick über die Versammlung schweifen ließ.

»Leute, ihr habt Glück, daß ich für euch reden kann! Unser Gast heißt Jon und ist der Sohn des reichen Kaufmannes Martin Grind aus Bristol. Ich habe Jon Martinsson erklärt, daß er sich auf Grönland befindet, als Gast des Bauern Halldor auf Bru in Havgrimsfjord, und daß er hierbleiben muß, bis er sich erholt hat. Das Unglück geschah, als sie heute nacht mit Kurs auf Gardar den Einarsfjord aufwärts segelten. In der Dämmerung sahen sie, daß in unserem Fjordarm Leute wohnen. Sie feuerten einen Schuß ab, um uns mitzuteilen, daß sie Hilfe brauchten. Ich habe sowohl Jon als auch seinem Schiffer gesagt, daß das Glück mit ihnen war, denn hier gibt es alles, was sie brauchen: Essen und Getränke, Heilung und den Christenglauben.«

Der englische Schiffer sagte etwas zu Olaf und erhielt eine lange Antwort, begleitet von vielen Zeichen und Gebärden. Anschließend erklärte der Alte den Ortsansässigen, der Engländer wolle wissen, ob sie auf Grönland endlich auch einen geweihten Priester hätten. Er, Olaf, habe geantwortet, Bauer Halldor sei ihr geweihter Priester, so gut wie jeder andere, und noch dazu mit der Macht eines Häuptlings, wie es von alters her Sitte sei. Und seit undenklichen Zeiten hätten sie auf dem alten Hof eine geweihte Kirche.

Ingunn blickte den Vater verstohlen an, aber Halldors Gesicht war so verschlossen wie immer, auch wenn für ihn die Gewißheit von größter Wichtigkeit war, daß seine Familie ihre Macht bis zum Siedler Havgrim, der mit Erik dem Roten nach Grönland kam, zurückverfolgen konnte. Die kleine Kirche, die zum Hof gehörte, stand immer noch da, wo Bischof Jon Smyrrill den Grund geweiht hatte, und solange er die richtigen Gebete am Tag des Herrn und bei Hochzeiten, Taufen und Beerdigungen aufsagen konnte, war seine Macht genauso groß wie die des Bauern auf Under Høvda mit seiner vortrefflichen Kirche. Jedenfalls in den Augen des Herrn, meinte Halldor, wenn er sich dazu äußerte. Mit dem Segen des Häuptlings von Gardar durfte er sogar sein eigenes Weihwasser segnen.

Der englische Schiffer strich sich nachdenklich über den Bart und trat dicht ans Bett heran. Er beugte sich über den Kranken, ergriff dessen silbernes Kreuz und hielt es an die blassen Lippen des Mannes. Dann bekreuzigte er sich und ging zur Tür hinaus, gefolgt von Halldor und den anderen Männern.

Der alte Olaf wollte gerade hinterherhinken, als Ingunn ihn zur Seite nahm und zögernd fragte: »Was meinst du, was hat der Kranke zu mir gesagt? Es hörte sich wie ›hua ju‹ an.«

Der Alte dachte einen Augenblick nach. »Oh, er hat nur gefragt, wer du bist. Aber es tut ja nichts zur Sache, wer du bist! Du mußt nur dafür sorgen, daß er weiß, wer Halldor ist. Und paß gut auf ihn auf, mein Mädchen, dann bekommen wir gewiß gute Preise für unsere Waren. Dein Vater und ich sahen einiges von dem, was sie für den Tauschhandel bei sich haben, als wir an Bord waren. Eisen, Malz und Pech – ja, das konnte sich sehen lassen!«

Er blinzelte mit seinen trüben wäßrigblauen Augen und humpelte mühsam zur Türöffnung hinaus in den hellen Sommertag.

Ingunn blieb fröstelnd in der halbdunklen Wohnstube stehen. An einem so schönen Tag hätte sie sich normalerweise mit ihrer Näharbeit hinausgesetzt, aber jetzt hatte das Schicksal für andere Aufgaben gesorgt. Von Ragna war keine Hilfe zu erwarten – es konnte dem Unglücklichen sogar das Leben kosten, wenn Ragna versuchen würde, ihn im Bett aufzurichten und ihm glühendheißen Brei einzuflößen.

Die Kuhmägde hatten inzwischen die vollen Eimer in der Milchkammer abgesetzt. Ingunn nahm ihren Steinkrug vom Haken und bat eine ältliche Magd: »Hier – gib mir etwas frische Milch für den Kranken!«

Vorsichtig stellte sie den vollen Krug auf einen Schemel am Schrankbett ab und nahm ihren Löffel. Als sie sich über den Kranken beugte, bemerkte sie, daß er mit offenen Augen dalag. Es war zu dunkel, um ihre Farbe zu erkennen, aber sie waren genauso groß wie Reidars Augen, und der Blick ruhte fest und in vollem Bewußtsein auf ihr. Sie zeigte ihm den Löffel, deutete auf ihren eigenen Mund und hielt den Steinkrug hin. »Milch?«

Als Antwort trennte er die trockenen Lippen gerade so weit, daß sie den Löffel hineinschieben konnte. Nach drei kleinen Schlucken schüttelte er leicht den Kopf als Zeichen dafür, daß es genug sei, und flüsterte: »Thank you.«

Vor Erleichterung hätte sie am liebsten den Löffel an die Decke geworfen, aber sie hielt sich zurück. Mit ernsthafter Miene steckte sie den Löffel zurück in die Scheide, und nach einem entschuldigenden Blick zu dem Fremden trank sie den Rest der Milch aus. Sie hatte einen Bärenhunger. Als sie ans Bett zurückkehrte, nachdem sie den Krug aufgehängt hatte, schien es ihr, als ließe sich im Dunkeln auf dem blassen Gesicht ein Lächeln erahnen.

Diesmal verstand sie die flüsternde Stimme, die fragte: »Who are you?«

»Ingunn – Ingunn Halldorsdatter.«

»Ingunn ...« Ihr Name hörte sich aus seinem Mund fremd und eigenartig an.

Sie zeigte auf ihn. »Jon Martinsson Grind?«

Diesmal lächelte er eindeutig, als er sagte: »John. John Greene.«

»John Greene.« Sie probierte die ungewohnten Laute aus und überlegte, ob der alte Olaf vielleicht schwerhörig sei. »John Greene, jetzt mußt du schlafen.« Sie schloß die Augen und deutete auf sie. »Schlafen.«

Die halbgeschlossenen Augenlider fielen gehorsam zu. Sie deckte ihn mit dem Fell bis ans Kinn zu und setzte sich auf ihren Schemel am Spinnrad, während sie ihren Gedanken freien Lauf ließ.

Vielleicht würde dieser John sich doch noch erholen! Dann hätte sie allen Grund, stolz auf sich zu sein, weil sie mitgeholfen hätte, gute Handelsbedingungen zu schaffen. Die Fremden würden Halldors Waren dann vielleicht so gut bezahlen, daß sie den Vater bitten konnte, ihr ein Stück englischen Stoff zu kaufen!

Der Gedanke gefiel ihr, und noch besser gefiel er ihr, als ihr der Wunsch des Vaters wieder einfiel, sie solle sich ein neues Kleid für das Herbstgelage auf Under Høvda nähen. Seit einem Jahr trug er sich mit dem Gedanken, daß der älteste Sohn dort einen passenden Ehegatten für die einzige Tochter auf Bru abgeben würde. Sie hatte nichts dagegen einzuwenden, denn Under Høvda war ein großer, stattlicher Hof mit einem eigenen Birkenwald und viel Vieh im Stall.

Eigentlich war es doch nicht so schlimm, erwachsen zu werden.

Als Priester und Ehemann vorbestimmt

Drei Wochen nach John Greenes Ankunft auf Bru mußte er immer noch viel Zeit im Bett verbringen. Doch er konnte jetzt zumindest ohne fremde Hilfe essen und trinken und ein bißchen herumhinken, auch wenn er anfangs schrecklich jammerte. Ingunn hatte sehr hart zu ihm sein müssen, um ihn dazu zu bewegen, das erste Mal sein Bett zu verlassen. Brüche heilten schneller und besser, wenn das verletzte Glied benutzt wurde, das wußten alle – alle außer John und seiner Mannschaft, wie es schien. Der englische Schiffer hatte den Kopf geschüttelt und seine Bedenken geäußert, als er einmal zu Besuch kam und John ihm, auf Øyvind gestützt, an der Tür entgegenkam, weil er hinaus aufs Klo mußte. Später erzählte der alte Olaf, daß der Schiffer meinte, die Grönländer hätten keinen gesunden Menschenverstand, wenn sie mit dem Sohn eines reichen Mannes so umgehen würden.

In der ersten Zeit sorgten Übelkeit und Schmerzen dafür, daß John ein billiger Kostgänger war, doch nun hellte sich seine Miene auf, wenn Ingunn ihm ein Stück frisch gekochten Saibling oder einen Streifen Rauchfleisch vorsetzte. Wenn es Moosbrei gab, rümpfte er die Nase, aber nachdem sein Schiffer etwas Grieß besorgt hatte, wurde auch der Brei gegessen. Für die Fleischbrühe brachte der Engländer eine Tüte getrocknete Erbsen mit. Das sollte sicher ein treffliches Geschenk für den

Haushalt sein, aber Ingunn schmeckte die Brühe besser ohne Erbsen.

Während der Mahlzeit, die dem Schiffer verabreicht wurde, bevor er nach Gardar zurückfuhr, hatte er außerdem einen kleinen Krug Wein mit John und Halldor und dessen Söhnen geteilt. Ingunn hatte den merkwürdigen süß-sauren Geruch eingeatmet, als sie den leeren Krug wegtrug, und angenommen, dieses Getränk müsse etwas ganz Besonderes sein, da der Vater davon zusehends auftaute und so gastfreundlich wurde, daß er den beiden Engländern die besten Fleischstücke gab. Sie hätte den Krug am liebsten behalten, in dem der Wein gekommen war, doch ihr war klar, daß der Schiffer ihn wieder mitnehmen mußte.

Sie war stolz darauf, daß sie im großen und ganzen gar nicht so wenig von der neuen Sprache verstand, wenn die Leute nur langsam und deutlich genug sprachen. Sie verstand Redewendungen wie »thank you« und »that was good«, und sie konnte die Schüsseln anbieten mit den Worten »if it pleases you« und »have some more«. Derartige »Gespräche« führten John und sie mehrmals am Tag. Sie versuchte ihrerseits, ihm ihre eigene Sprache beizubringen, und er war auch gelehrig, aber sie befürchtete, ihn zu sehr zu ermüden.

Am dritten Sonntag, an dem John bei ihnen war, beschloß sie, ihn Ragna und den anderen Dienstmägden eine Weile zu überlassen, um den Gottesdienst in der Kirche auf Under Høvda zu besuchen. Zur Sommerzeit sprach Halldor auf Bru jeden zweiten Sonntag in aller Frühe die Gebete in seiner Kirche, damit die Leute in der Umgebung noch einen Kirchgang nach Under Høvda machen konnten. Dorthin kamen sogar die Leute von Vatnahverfi im Landesinneren. Halldor selbst fuhr nur ungern mit, doch er war der Meinung, daß es für seine Söhne wichtig sei, andere junge Leute zu treffen und zu erfahren, was rundherum geschah.

Als Ingunn nach den Jahren bei ihren Zieheltern wieder zu Hause wohnte, hatte er sie dazu ermuntert, ihre Schuhe mitzunehmen und mit den Brüdern und der Familie des Pächters nach Under Høvda zu segeln, und die Gelegenheit dieser freien Stunden nahm sie gerne wahr, egal, wie gut oder schlecht das Wetter war. Sie hätte auch gerne herausgefunden, was für ein Mann dieser Petrus Ingolfsson eigentlich war, den der Vater ihr als zukünftigen Ehemann bestimmt hatte.

Petrus ging zwar mit Ingunns Brüdern oft auf die Jagd, aber mit ihr selbst hatte er, seit sie sich kannten, kaum ein Wort gewechselt. Er war zehn Winter älter als sie und schon seit vier Jahren Witwer. Die Leute sagten, er hätte schon längst wieder verheiratet sein können, wenn er und sein Vater nicht so wählerisch wären. Als sie noch bei ihren Zieheltern wohnte, hatten böse Zungen behauptet, daß die Frau von Petrus nicht gestolpert und ins Meer gefallen sei, wie allgemein erzählt wurde, sondern daß Petrus selbst sie von einem Felsen gestoßen habe, gerade als das Eis zu brechen begann – er habe sich in den Kopf gesetzt, daß das Kind unter ihrem Herzen nicht von ihm sei, sondern das Geschenk eines Mannes aus Bristol, der im Herbst davor abgereist war. Ingunn war damals noch zu jung gewesen, um auf das Gerede der Leute zu achten.

Hier unten in Einarsfjord und in Havgrimsfjord schien man kein Wort darüber zu verlieren. Petrus und sein Vater waren wohl so mächtig, daß dieses Gerücht ihnen nicht viel schaden konnte. Aber Ingunn wollte nicht glauben, daß ein so besonnener, ruhiger Mensch wie Petrus so böse werden könnte und fähig wäre, seine Frau oder sonst jemanden ins Meer zu stoßen. Scheinbar verschlossen und scheu stand er meist schweigsam mitten in der Menschenmenge, wobei sein blonder Schopf die Köpfe der anderen Männer deutlich überragte. Mittlerweile zweifelte keiner mehr daran, daß er sehr stark war. Einmal hatte er ohne fremde Hilfe ein Ruderboot quer über die Landzunge zwischen Gardar und Eriksfjord getragen. Seither wagte es niemand, ihn zu reizen.

Ein Großteil des Sommers war während der Wochen vergangen, in denen sich Ingunn wegen John so viel im Haus aufhalten mußte. Auf dem Weg zum Kirchboot spürte sie den nahenden Herbst in der Luft, und sie sah, daß die Birkenzweige an den unwegsamen Stellen, an denen nicht einmal die Schafe das Laub von den Sträuchern abstreifen konnten, rot wurden. Sie watete die wenigen Schritte zum kleinen Segelboot hinaus und setzte sich zwischen die Frau des Pächters und deren Vater, den alten Olaf, der sich keine Gelegenheit entgehen ließ, unter Menschen zu sein. Als sie ihn begrüßte, war der Alte so sehr in Robbenpelze eingehüllt, daß er für Ingunn einer unaufgeräumten Menge Waren glich.

Er nickte ihr zu, wischte sich einen Tropfen unter der Nase weg und sagte: »Es geht diesem Jon bei euch besser, wie ich höre. Wahrhaftig, es war doch gut, daß ich dort war, um für euch alle zu sprechen!«

Seine Miene verdüsterte sich, als er hinzufügte: »Ich habe sogar angeboten, mit nach Gardar zu fahren, aber dort gibt es andere, die übersetzen können, sagen die Leute. Die Zeit wird zeigen, ob sie gut genug sind.«

Die Frau des Pächters zog die Pelze noch fester um ihren Vater. »Wie dem auch sei, Vater, nur dir ist es gelungen, der englischen Mannschaft Nachrichten über die Brüder von Petrus Ingolfsson zu entlocken.«

»Nachrichten und Nachrichten«, sagte Olaf besänftigt. »Ich habe nur erfahren, daß es über die beiden keine Nachrichten gibt, weder gute noch schlechte. Und keiner an Bord wußte irgend etwas über Bjørg, deine Mutter«, fügte er mit einem raschen Blick auf Ingunn hinzu. »Man sagt, der Kerl, mit dem sie wegfuhr, sei tot, so daß er jedenfalls nicht mehr in diese Gegend kommen kann – aber er wäre wohl auch dann nicht gekommen, wenn er noch zu den Lebenden gehörte. Dein Vater würde es nicht dulden, und wir, die wir seine Freunde sind, ebensowenig«, sagte der Alte stolz.

Ingunn hatte von Øyvind bereits einiges darüber erfahren, aber es schmerzte trotzdem zu hören, wie Olaf sich über die Sache ausließ, als wäre von einem mißlungenen Schafdiebstahl die Rede. Sie zog den Schal fester um sich und bemerkte, daß Reidar das Segel, das er gerade hissen wollte, fallengelassen hatte und dem alten Olaf einen sonderbaren Blick zuwarf. Es war nicht die übliche Verachtung, sondern ohnmächtige Wut und Schmerz, die sie in den Augen des ältesten Bruders lesen konnte, bevor er wieder wegsah und sich an einer Taurolle zu schaffen machte.

Bevor sie Zeit hatte, sich darüber zu wundern, brüllte der Steuermann, daß sie auf den Baum achtgeben sollten, und bald wölbte sich das gestreifte Segel in der frischen südwestlichen Brise.

Mit einem solchen Rückenwind werden wir früh genug ankommen, um auf dem Kirchplatz ein Schwätzchen halten zu können, bevor der alte Ingolf in seiner roten Kirchenrobe zu psalmodieren anfängt, freute sich Ingunn in Gedanken. Alle Töchter von Ingolf, die verheirateten wie die unverheirateten, waren so geschwätzig, wie ihr Bruder schweigsam war, und sie hatten meist über die umliegenden Höfe mehr zu berichten als die üblichen Jagd- und Fischfanggeschichten, von denen sie daheim schon genug zu hören bekam.

Vielleicht würde sie Neuigkeiten von den Zieheltern in Erfahrung bringen. Da sie so abgelegen auf Vardebu wohnten, konnten sie selbst nicht oft in die Kirche kommen, aber der Vater hatte gesagt, sie seien deshalb keine schlechteren Christen. Das konnte sie selbst bezeugen. Kein anderer Hof hatte einen so schönen Hausaltar wie der auf Vardebu, und an jedem kirchlichen Feiertag mußte der ganze Hausstand mit dem Ziehvater davorknien und ein *Paternoster* beten. Und Gott gnade demjenigen, der vergessen hatte, das Kreuzzeichen in sein Werkzeug zu schnitzen!

Das Wasser war so niedrig, daß die seichte Ostfjordbucht bis weit hinaus trocken lag, und sie mußten unterhalb des solide gebauten Lagerhauses anlegen. Es handelte sich genau um die Stelle, an der die Frau von Petrus stürzte und den Tod fand. Ein Frösteln überlief Ingunn, und sie blickte verstohlen zu den soliden Steinmauern hinauf, heilfroh darüber, daß sie noch Tageslicht hatten, denn es kam angeblich vor, daß ermordete Menschen sich im Dunkeln denjenigen zeigten, die sie erschrecken oder warnen wollten. Die Leute erzählten, daß eine der Mägde auf Vardebu schwachsinnig geworden sei, weil sie ihren behinderten zweijährigen Sohn umgebracht hatte, und das Kind Nacht für Nacht wiederkam, um vor der Hauswand zu weinen.

Ingunn war nach der Segeltour so zerzaust, daß sie stehenblieb, um ihre Kleider zu richten, während die anderen sich schon die Schuhe angezogen hatten und sich anschickten, zum Kirchplatz hinaufzugehen. Sie stand noch an der gleichen Stelle und nestelte an ihrem Kopftuch, als die zweitjüngste Tochter von Under Høvda winkend den Pfad zu ihr heruntergelaufen kam und ihr zurief: »Ingunn, warte auf mich! Ich muß dir etwas erzählen!«

Turid Ingolfsdatter war dunkel und klein gewachsen wie ein Wacholderstrauch. Das einzige, was sie mit Ingunn gemein hatte, war das Alter, doch sie waren eng miteinander befreundet, und Ingunn ging ihr freudig entgegen. Die Freundin wischte sich den Schweiß von der Stirn und lockerte ihren Schal, bevor sie weitersprach: »Als mein Schwager gestern in Gardar war, um mit den Engländern zu verhandeln, sprach er mit dem jüngsten Schiffsjungen. Stell dir vor, was er zu hören bekam.«

Ingunn schnappte nach Luft. Sollte es doch Nachrichten von der Mutter geben?

Turid umarmte Ingunn und drückte sie so fest, daß Ingunn aufschrie. »Dieser Schiffsjunge sagte, daß es anscheinend keiner nötig gehabt hätte, *ihn* danach zu fragen, was er vielleicht konnte oder wußte. Er habe schon so viel mit Isländern zu tun gehabt, daß er ihre Sprache recht gut beherrsche, und unsere sei nicht viel anders. Deswegen verstehe er eine ganze Menge von der Sprache unserer Leute. –«

»Und weiter?« drängte Ingunn sie.

»Er habe gehört, wie mein Schwager und andere nach meinen Brüdern fragten, ohne etwas zu erfahren. Und weißt du, was er sagte?«

»Was denn?« Ingunn begann, von der Bucht landeinwärts zu gehen. Anscheinend hatte Turid vor, sich für die Geschichte viel Zeit zu lassen.

»Er erzählte, daß der dänische König und sein Stellvertreter in Island schon vor sechs Jahren den Kaufleuten aus Bristol solche Schwierigkeiten gemacht haben, als sie dort auf Fischfang gehen wollten, daß diese sich angewöhnt haben, direkt zu den ihnen bekannten Fischbänken weiter westlich von hier zu segeln. Deswegen sind die letzten Jahre keine Aufkäufer nach Grönland gekommen.«

»Und was hat das mit deinen Brüdern zu tun?« fragte Ingunn vorsichtig.

Turid blieb stehen und strahlte sie an. »Er – also der Schiffsjunge – sagte, daß er meine beiden Brüder mehrere Male in einer Bierstube in Bristol getroffen habe. Das letztemal, als er sie sah, hätten sie auf einem Schiff angeheuert, welches zu der Küste südlich von Markland segeln würde. Du weißt ja, daß die Leute hier auf Grönland früher, als sie Schiffe hatten, die groß genug waren, auch dorthin segelten, um Eisen und Rundholz zu holen. Nebenbei fingen sie Kabeljau, so riesig wie kleine Wale. Stell dir mal vor, wenn meine Brüder schwer reich werden und mit ihrem eigenen riesigen Schiff nach Grönland zurückkehren!«

»Das wäre in der Tat vortrefflich«, sagte Ingunn. »Besonders da so viele weggefahren sind, ohne jemals zurückzukehren.« Sie spürte den Schmerz tief in ihrer Brust.

Turids rundes braunes Gesicht wurde plötzlich ernst. »Ja, du denkst sicher an deine Mutter. Ich saß da und spitzte die Ohren, während mein Schwager weitschweifig erzählte, aber ich habe nichts über Bjørg oder eine der anderen Frauen erfahren, die die Ostsiedlung verlassen haben.«

Ingunn schluckte und sagte leise: »Ja, ich habe an Mutter gedacht. Aber das ist nur töricht – sie ist wohl für immer fort. Auf jeden Fall freue ich mich über die Nachrichten von deinen Brüdern. Sicher freuen sich dein Vater und Petrus auch über diese Neuigkeiten?«

»Sicher«, sagte Turid. »Aber keiner von ihnen sagt viel, das weißt du ja. Vater schont die ganze Woche seine Stimme für den Gottesdienst in seiner Kirche ...«

Der trockene böse Tonfall wollte nicht zu der eher gutmütigen Freundin passen, und Ingunn stutzte ein wenig, bevor sie zu scherzen versuchte: »Gesprächig sind sie nicht, weder Ingolf noch Petrus. Aber das ist mein Vater auch nicht.«

»Nein«, sagte Turid heftig und hielt die Freundin zurück. Sie waren fast oben an der Kirche bei den anderen angekommen. »Dein Vater hat ja schon vor langer Zeit zu verstehen gegeben, daß er Petrus für dich ausgesucht hat. Mein Vater hat mir dagegen gerade eben erzählt, daß er und Thorleif aus Lakselv sich darüber einig sind, daß ich mit Thorleifs Sohn verheiratet werden soll. Und das, obwohl der Junge erst zwölf Winter alt ist und noch Hilfe beim Schneuzen braucht! Besonders jetzt, da er Witwer geworden ist, scheint Thorleif Angst davor zu haben, daß der älteste Sohn mit einem englischen Schiff ins Ausland zieht, ohne einen Erben zu hinterlassen, deswegen macht er auch ein großzügiges Angebot.«

Ihre Stimme zitterte, und sie ging mit großen, wütenden Schritten weiter. Ingunn mußte sich anstrengen, um Schritt zu halten.

Unschlüssig fragte sie: »Was sagt deine Mutter zu dieser Heirat?«

Turid starrte vor sich hin, und, ohne langsamer zu werden, antwortete sie: »Ach, Mutter denkt doch nur noch an meine beiden Brüder, die weggefahren sind, und an Gunnhild, die bald ihr drittes Kind gebären wird und kränklich ist. Warte nur, bis du sie siehst!«

Gunnhild, Turids älteste Schwester, fiel sofort zwischen den anderen Frauen auf, die innerhalb des Friedhofzaunes standen. Sie war klein und hochschwanger, ihre dünnen Haare wurden von einem farbenfrohen ausländischen Kopftuch bedeckt. Ihr Gesicht, das darunter hervorguckte, leuchtete gelblichweiß wie bei einer Todkranken. Sie hatte ihre dreijährige Tochter an der Hand, und ihr zarter Sohn saß rittlings auf ihrem gewölbten Bauch.

Gerade als Ingunn und Turid sich der Frauengruppe anschlossen, schlug der kleine Junge nach der Großmutter, die ihn zu sich nehmen wollte. Gunnhilds und Turids Mutter war genauso zaghaft wie ihr Mann gebieterisch. Sie sah sich scheu um, als fürchtete sie, jemand könnte bemerkt haben, daß sie von ihrem eigenen Enkelsohn abgewiesen wurde. Als sie Turid und Ingunn entdeckte, lächelte sie ihnen flüchtig zu. Beim Anblick ihres Mannes, der im Festgewand zur Tür an der Längswand der Kirche schritt, bekam ihr Gesicht einen verschlossenen Ausdruck.

Der Sohn Petrus, wegen des feierlichen Anlasses im langen blauen Umhang, beeilte sich, am Glockenriemen zu ziehen, und Frauen und Männer kehrten dem Fjord den Rücken zu und folgten Ingolf in die Kirche. Ingunn fröstelte, als sie über die Türschwelle in die kühle, feuchte Dunkelheit trat, doch sie tröstete sich damit, daß die vielen Menschen und Öllampen den langen, schmalen Raum schnell erwärmen würden. Das einzige Fenster der Kirche bestand in einem Guckloch an der Ostwand über dem Altar. Dort qualmten drei Lampen vor dem groben Specksteinkruzifix – eine Lampe für den Vater, eine für den Sohn und eine für den Heiligen Geist.

Ingolf wollte der Jungfrau Maria keinen Platz einräumen, das wußte Ingunn. Vor kurzem war ihr das Gerücht zu Ohren gekommen, der Häuptling in Gardar, der mit einer flinken, jungen Frau verheiratet war, beabsichtige, auf dem nächsten Althing bekanntzugeben, daß alle Priester der Gegend verpflichtet seien, eine Lampe zu Marias Ehren anzuzünden, so wie es früher Sitte gewesen war. Das würde ihre Ziehmutter sicher freuen, die immer ein »M« in alle ihre Gefäße und Geräte ritzte und Ingolf seine Einstellung übelnahm.

Ingunn blieb zwischen Turid und Gunnhild, die immer noch ihren kleinen Jungen auf dem Arm hatte, stehen. Ihre Augen lagen tief in den dunklen Höhlen, und sie sah aus, als würde sie jeden Augenblick umfallen. Ohne weiteres nahm Ingunn ihr den Jungen ab, der so verdutzt war, daß er zu schreien vergaß. Gunnhild schenkte ihr einen dankbaren Blick und richtete sich erleichtert auf. Als Ingolf das Kruzifix vor der Gemeinde hochhielt, bekreuzigte sie sich wie die anderen.

Turid stieß Ingunn in die Seite und flüsterte, ohne sich umzudrehen: »Sieh dir Petrus genau an – ich bin mir sicher, daß Vater etwas mit ihm vorhat.«

Über den blondgelockten Kinderschopf hinweg behielt Ingunn Petrus im Auge, der sich mit gesenktem Blick neben seinen Vater stellte. Gerade wie ein Pfahl blieb er mit gespreizten Beinen stehen, die Hände hinter dem Rücken verschränkt, anscheinend peinlich berührt, weil er nicht wie gewöhnlich als Gehilfe im Hintergrund bleiben konnte. Aber beim näheren Hinsehen erkannte sie, daß ein hochmütiges Lächeln seine schmalen Lippen kräuselte – er wußte sicher, daß etwas Wichtiges mit ihm geschehen sollte.

Ingolf drehte sich auf dem Absatz um und schritt langsam und würdevoll zum Altar, um das Kruzifix an seinen Platz zurückzuhängen, bevor er sich mit ausgebreiteten Armen der Gemeinde zuwandte und seine kräftige Stimme ertönen ließ: »Im Namen des Vaters, des Sohnes und des Heiligen Geistes sind wir nun in dieser Kirche versammelt, die ich durch eine geheimnisvolle und göttliche Kraft genauso heiligen darf wie an dem Tag, als sie vom Bischof geweiht wurde. Diese Kraft wurde mir von dem großen Häuptling in Gardar verliehen. Dort haben mehrere Generationen dafür Sorge getragen, daß die guten alten Kirchenbräuche beibehalten werden, so wie sie uns der Stellvertreter des letzten Bischofs vor seinem Tod gelehrt hat. Gesegnet sei das Andenken des seligen Sira Eindride Adresson!«

Er bekreuzigte sich und wartete, bis die Gemeinde sich auch bekreuzigt hatte, dann fuhr er fort: »Hier auf Grönland ist es auf großen Höfen seit langem Sitte, die Würde des Häuptlings und diejenige des Priesters vom Vater auf den Sohn zu vererben. Heute steht Petrus neben mir, damit ihr ihn euch genau ansehen könnt, denn er soll hier der nächste Priester werden. Der große Häuptling in Gardar hat mir gerade die Nachricht zukommen lassen, daß er Petrus gleich nach dem Althing zum Priester weihen wird. Wenn es das Schicksal so bestimmt hat, werde ich gewiß noch viele Jahre meines Amtes hier walten können. Doch Petrus muß sich allmählich an seine neuen Pflichten gewöhnen.«

Und mit diesen Pflichten sind Macht und Geld verbunden, dachte Ingunn, ohne Petrus aus den Augen zu lassen. Er hatte den Blick von seinen Schuhspitzen gehoben und richtete ihn jetzt auf die Querwand hinter der Gemeinde, wobei das merkwürdige Lächeln immer noch um seine Lippen spielte.

Sie spürte, daß sie fror, obgleich sie dicht bei den anderen Frauen stand. Die Schweigsamkeit, die Petrus im Alltag zeigte, wollte nicht so recht zu dem Hochmut passen, den sie jetzt erahnen konnte. Sie wurde von Angst ergriffen. Wie würde es wohl sein, dieses Gesicht jeden einzelnen Tag für den Rest des Lebens deuten zu müssen? Sie wußte, daß eine Ehefrau schnell lernen mußte, den Ausdruck im Gesicht ihres Mannes zu verstehen – die Launen des Mannes waren wie Ruderpinnen, mit denen man durch den Alltag steuerte.

Sie blickte verstohlen zu Gunnhild Ingolfsdatter. Petrus' Schwester war nur fünf Winter älter als sie selbst und wirkte schon völlig verbraucht und ausgelaugt – vor allem deshalb, weil der Mann und die Schwiegereltern es nicht zulassen wollten, daß sie ihre Kinder so lange und so oft stillte, wie es sonst üblich war. Sie waren der Meinung, es sei wichtiger, daß sie so schnell wie möglich wieder schwanger würde. Kein Wunder, daß ihr kleiner Sohn so mickrig ist, dachte Ingunn und legte ihr Kinn gegen dasjenige des Kindes.

Warum war es für Gunnhilds Mann und seinesgleichen so wichtig, daß ihre Frauen wieder schwanger wurden, bevor sie die nötige Kraft dazu aufbrachten? In der Nachbarschaft gab es zwar verlassene Höfe mit reichlich Platz für junge Menschen, doch am heutigen Versammlungstag fiel es schwer zu glauben, daß es hier in der Ostsiedlung nicht genügend Leute geben sollte, oder daß es gerechtfertigt sei, das Fortziehen junger Menschen so sehr zu bedauern. Laut Halldor hatten einige ihre Höfe draußen an der Küste nur deswegen verlassen, weil sie glaubten, daß es besser sei, weiter im Landesinneren zu wohnen, nachdem der Handel mit Bristol angefangen hatte. Diese Tatsache würde sich wohl auch durch die Geburt vieler neuer Kinder nicht so schnell ändern.

Sie ließ den Jungen beinahe fallen, als Turid ihr den Ellbogen in die Seite stieß und zischte: »Paß auf!«

Ingolf war mit seinen geheimnisvollen Zeremonien, die er für gewöhnlich mit dem Rücken zur Gemeinde am Altar verrichtete, beinahe fertig. Diese Zeremonien verliehen ihm besondere Kräfte, da Gott ihm sein Wissen eingab. Dafür war die Kirche von Halldor auf Bru sicherlich zu klein – jedenfalls hatte Ingunn nie gesehen, daß der Vater mehr tat, als die üblichen Gebete zu sprechen und die Leute mit Weihwasser zu segnen.

Sie bekreuzigte sich ehrerbietig mit den anderen, als Ingolf sich wieder zu ihnen umwandte, den Becher mit dem gerade geweihten Wasser Petrus reichte und sagte: »Jetzt beten wir drei *Paternoster* zusammen.«

Die vielen Stimmen hallten im Raum wider, und der kleine Junge drückte seinen Kopf gegen Ingunns Brust. Geistesabwesend streichelte sie ihm den Rücken, während sie sich überlegte, was sie in einigen Jahren empfinden würde, wenn sie in der Kirche stehen und zuhören müßte, wie ihr eigener Mann die Gemeinde führte, in dem Wissen, daß der Mann, mit dem sie das Bett teilte, geheimnisvolle Kräfte besaß und daß ihr erstgeborener Sohn dieselbe Kraft besitzen würde. Ob sie wohl stolz und froh sein würde, oder eher so erschöpft wie Gunnhild oder so zaghaft wie Ingolfs Frau – ihre zukünftige Schwiegermutter, wenn alles gutging?

Wenn alles gutging ... Kein Mensch kannte sein eigenes Schicksal. Als Ingunn ihre erste Blutung bekam, kurz bevor sie Vardebu verließ, hatte die Ziehmutter auf einem weißen Tuch die Blutzeichen gelesen und vorausgesagt, daß zwischen den Geburten von Ingunns Kindern wahrscheinlich viel Zeit verstreichen würde. Doch es würde ihr gutgehen, wenn die Zeit dafür reif sei.

Das einzige, was Sigrid auf Vardebu nicht begreifen konnte, war der Streifen Blut, der für die Zukunft der Ziehtochter eine lange Reise voraussagte. Schließlich gelangte sie zu der Überzeugung, daß es sich um eine Reise bis hinunter nach Herjolfsnes handeln mußte. Vielleicht würde Ingunn den Großbauern dort heiraten! Ein besseres Schicksal konnte ihr nicht widerfahren. Das Gildehaus auf Herjolfsnes könne sich zweifellos mit denen der Häuptlinge in Gardar, Hvalsøy und Brattahlid messen, meinte Sigrid. Sie sei in jungen Jahren einmal dort zu Gast gewesen und habe auch alles andere vortrefflich gefunden.

Aber Halldor hatte anscheinend andere Heiratspläne für sie, und das, was die Ziehmutter gesehen hatte, war möglicherweise nur die Segeltour nach Under Høvda und zurück, und diese konnte mit Gegenwind auch weit genug sein. Übrigens galt Petrus als eine gute Partie, um die die meisten Mädchen in ihrem Alter sie beneiden würden. Es sei denn, sie hatten sich in ihren großen Bruder Reidar verguckt!

Ingunn unterdrückte ein Kichern und erschrak über sich selbst. Gott sah und wußte alles, das hatte sie zu Hause und auf Vardebu gelernt, und jetzt stand sie hier und vergaß, daß sie den Gottesdienst besuchte. Sie schloß die Augen und konzentrierte sich auf die Worte, deren Bedeutung sie kaum verstand. Nur gut, daß sie *Paternoster* und *Credo* auswendig aufsagen konnte, denn Gott hörte angeblich am liebsten Latein.

»Amen!« sagte sie laut und vernehmlich mit den anderen im Chor.

Gunnhild Ingolfsdatter nahm Ingunn den Jungen wieder ab, damit sie mit Turid zum Altar gehen und sich mit Weihwasser segnen lassen konnte.

Petrus hielt noch den Becher in der Hand, wohl als Zeichen seiner künftigen Würde. Ingunn ließ Turid vorgehen, und als sie an die Reihe kam, wagte sie nicht, Petrus anzuschauen, während sie den Finger in das Weihwasser tauchte und sich bekreuzigte.

»Gott segne dich, Ingunn Halldorsdatter!« donnerte die Stimme des Priesters über ihrem Kopf. Sie war es nicht gewohnt, durch die Nennung ihres Namens besonders geehrt zu werden, deshalb blickte sie verwirrt auf.

Ingolfs Gesicht über dem roten Priesterumhang sah so streng aus wie immer, doch die Augen wirkten nicht unfreundlich. Ob er wohl mit ihrem Vater schon über eine mögliche Heirat gesprochen hatte? Durch Turid jedenfalls konnten weder Ingolf noch Petrus etwas über Halldors Wünsche erfahren haben, denn als Ingunn ihr davon erzählte, hatte sie versprochen, nichts zu verraten. Schließlich sah Ingunn heimlich auch Petrus an, aber in seinem Ausdruck konnte sie nichts lesen. Er stand nur da mit dem Weihwasserbecher in den Händen und starrte geradeaus, als ginge ihn nichts und niemand etwas an.

Normalerweise freute sich Ingunn während des ganzen Gottesdienstes darauf, zusammen mit der Gemeinde das *Te deum laudamus* zu singen, dessen zweiten Teil ihr die Zieheltern beigebracht hatten, soweit sie den Text kannten. Es klang besonders schön, wenn alle Männer- und Frauenstimmen es auf einmal anstimmten, und zu Hause auf Bru wagte ja gar keiner mehr zu singen, nachdem die stets vor sich hin trällernde Bjørg mit ihrem Engländer davongelaufen war. Heute war sie jedoch froh darüber, daß Ingolf wie immer nur den ersten Teil dieses schönen Liedes sang.

Es tat gut, hinaus in den Sonnenschein zu kommen. Turid hakte sich bei Ingunn ein und nickte der Gruppe von Mädchen zu, die schon in der Nähe von Ingunns Brüdern und einigen anderen jungen Männern standen.

»Es ist schlimm, so etwas sagen zu müssen, Ingunn, aber sogar meine kleine Schwester ist verrückt nach Reidar! Und vor kurzem hörte ich, daß Aud drüben auf Foss sich ein Festgewand mit Falten näht, um ihn bei unserem Herbstgelage zu betören.«

Ingunn starrte ihre Freundin ungläubig an. »Aud? Sie ist doppelt so alt wie wir und hat schon zwei Ehemänner verschlissen.«

»Das schon, aber sie ist noch nicht zu alt, um Kinder zu kriegen. Und die vier riesigen Höfe, die ihr gehören, sind auch nicht zu verachten! Eine bessere Partie könnte dein Bruder nicht machen.«

»Auch keine häßlichere«, sagte Ingunn schnell. Etwas wie Mitleid mit dem Bruder stieg in ihr auf. Aber Reidar mußte schließlich selbst wählen. Ein neuer Gedanke kam ihr plötzlich, und sie sagte eifrig: »Turid, was wäre, wenn dein Vater es so einrichten würde, daß du meinen Bruder heiratest?«

Mit abgewandtem Gesicht antwortete Turid: »Du mußt den Verstand verloren haben, Ingunn. Øyvind ist nicht der erbberechtigte Sohn.«

»Ich habe an Reidar gedacht, nicht an Øyvind! Der kann ja noch ein paar Jahre warten, bis deine kleine Schwester im heiratsfähigen Alter ist«, scherzte Ingunn.

Der sonderbare Ausdruck in Turids Gesicht veranlaßte sie dazu, einen ernsteren Ton anzuschlagen. »Reidar ist der erbberechtigte Sohn, und er wird Vater im Priesteramt nachfolgen, genau wie Petrus der Nachfolger von deinem Vater sein wird.«

»Und genau darum hat Vater sicherlich keinen solchen Handel im Sinn«, sagte Turid ausdruckslos. »In einer Familie mit zwei Priestern, jeder auf seinem Hof, könnte leicht Feindschaft entstehen.«

»Möglich«, sagte Ingunn. Sie zögerte ein bißchen, bevor sie fortfuhr: »Glaubst du, daß Feindschaft zwischen Petrus und Reidar entstehen könnte, wenn ich mit Petrus verheiratet sein werde?«

»Das ist etwas ganz anderes, das weißt du genau.« Offenbar hatte Turid sich wieder gefangen. »Wenn du Petrus heiratest, wirst du hier auf dem Hof wohnen, während dein Vater und Reidar weiterhin auf Bru bleiben. Aber wenn eine von den Töchtern Ingolfs einen von Halldors Söhnen heiratet und auf euren Hof kommt, werden sowohl Petrus als auch Vater sich in alles auf Bru einmischen, ob es die Kirchenverhältnisse betrifft oder die Schafzucht. Glaub mir – ich habe oft genug darüber nachgedacht.«

Ingunn mußte über Turids Hitzköpfigkeit lachen. Es gefiel ihr anscheinend überhaupt nicht, daß der Vater Thorleif aus Lakselv und seinem Sohn erlaubte, um sie zu werben.

Im selben Moment traten Petrus und Ingolf aus der kleinen Tür an der Westwand heraus und steuerten auf die Häusergruppe neben der Kirche zu. Sie blieben auf halbem Wege stehen, um einen Mann zu begrüßen, der sich gerade von ein paar anderen Männern verabschiedete. Ingunn rieb sich die Augen. Hier in der Gegend kannte sie niemanden, der so glatzköpfig und kurzwüchsig war – es konnte nur Einar sein, der Bauer vom Nachbarhof auf Vardebu. Vielleicht konnte der ja etwas Neues von ihren Zieheltern berichten!

Voller Freude raffte sie ihre Röcke und rannte die Böschung hinauf, während Turid unschlüssig auf dem Kirchplatz stehenblieb. Sie langte bei Einar an, als er sich gerade von Petrus und Ingolf verabschiedet hatte und sich auf den Weg zu dem kleinen Wäldchen machte, wo die Gemeinde ihre Pferde festzubinden pflegte.

»Einar! Warte auf mich, Einar!«

Er drehte sich um und grinste breit, als er Ingunn erkannte. »Wie schön, daß ich dich doch noch zu sehen bekomme! Man sagt, daß du lange nicht mehr hier warst, weil ihr auf Bru einen kranken Gast habt.«

»Ja, das stimmt, aber jetzt geht es ihm schon so gut, daß ich endlich wieder hierherkommen durfte. Du mußt Sigrid von mir grüßen und ihr ausrichten, daß ich alles, was sie mich über Heilkunde lehrte, gut gebrauchen konnte. Es – es geht hoffentlich allen gut, oben auf Vardebu?«

»Eigentlich schon. Nur hat sich dein Ziehvater vor ein paar Wochen am Fuß verletzt. Er wollte eine neue Axt schleifen, die ihm dabei aber abrutschte.«

Der Ziehvater war als Schmied weithin bekannt – man sagte, daß keiner Messer so gerade und Äxte so scharf machen könne wie er, und die Leute belohnten ihn reichlich für die Mühe. Arbeitsunfälle waren bei ihm selten vorgekommen.

Ängstlich fragte Ingunn: »Die Wunde ist doch hoffentlich nicht entzündet?«

»Nein, deine Ziehmutter hat ihn gut verarztet, du kennst sie doch! Eine Zeitlang beklagte er sich ziemlich laut, aber jetzt humpelt er schon wieder jeden Tag zur Schmiede. Ich bin hierhergekommen, weil ich für ihn da drüben in Gardar Eisen kaufen soll, nachdem jetzt ein Schiff aus Bristol dort vor Anker liegt. Es war ja auch höchste Zeit!«

»Glaubst du, daß Ziehvater und Ziehmutter zu dem Herbstgelage auf Under Høvda kommen?«

»Es ist möglich, daß Thorfinn sich sogar so weit erholt, daß er in der Woche danach auch zum Althing in Gardar fahren kann – wir werden sehen. Aber Sigrid bat mich, dich zu grüßen, wenn ich dich hier treffen sollte, und dir auszurichten, daß sie jeden Tag an dich denkt, als wärest du ihre eigene Tochter. Ich soll dir auch eine Botschaft von ihr überbringen.«

Er schaute sich um, bevor er schnell und leise weitersprach: »Drei Nächte hintereinander hat Sigrid geträumt, daß Halldor dich mit Petrus verheiraten möchte. In der vierten Nacht erschien ihr Petrus im Traum. Er hatte Blut an den Händen, und sie begriff, daß es wahr sein könnte, was die Leute bei uns oben sagen, daß Petrus seine junge Ehefrau umgebracht habe. Nimm dich in acht, Ingunn! So lautet die Botschaft von Sigrid auf Vardebu.«

Ingunn fühlte, wie sie bis zu den Zehenspitzen kalt und steif wurde. »M-mein-meint sie, es könnte mich auch das Leben kosten, wenn Petrus mein Mann wird?«

»Nein, nur wenn er glaubt, daß du ihm untreu bist, meinte Sigrid. Wenn du Petrus heiraten solltest, mußt du achtgeben, daß er keinen Anlaß findet, an deiner Treue zu zweifeln. Ich selbst bin der Ansicht, du solltest Halldor daran erinnern, daß es auch in unserer Gegend vortreffliche junge Männer gibt!«

»Es werden immer weniger, da die Leute nach und nach von hier fortziehen!« sagte Ingunn und versuchte zu lächeln. Sie bemerkte, daß Turid auf dem Weg zu ihnen war, deswegen beeilte sie sich und fragte: »Was könnte ich sonst noch tun, Einar, was meinst du?«

»Ich finde, du solltest den Rat deines Vaters oder deiner Brüder suchen. Kein junges Mädchen sollte so etwas allein entscheiden, das schickt sich nicht. Und vergiß nicht, Ingolf besitzt größere Macht als dein Vater, da er die meisten Bauern unter sich hat!«

»Aber magst *du* Petrus? Ich kenne ihn ja kaum.«

»Nein«, sagte Einar kurz und strich über seinen kahlen Schädel, als hätte er vergessen, daß er keine Haare mehr bändigen konnte. »Ich kann ihn nicht leiden. Aber solange du deinem Mann Achtung entgegenbringst, brauchst du ihn nicht zu mögen, um mit ihm gesittet und anständig zusammenzuleben.«

Turid blieb einige Schritte entfernt stehen, während sie darauf wartete, daß das Gespräch beendet wurde. Ingunn winkte sie zu sich heran und sagte: »Einar, dies ist Turid Ingolfsdatter – wir sind gute Freundinnen.«

Er verstand die Warnung und sagte höflich: »Ingolf ist sehr beliebt. Und bald wird deiner Familie noch mehr Ruhm zuteil, Turid, wenn dein Bruder zum Priester geweiht wird! Ich wünsche euch allen viel Glück!« Er neigte zum Gruß leicht den Kopf, setzte den Hut auf und ging zu den Pferden.

»Einar hat mir Grüße von meiner Ziehmutter auf Vardebu bestellt«, sagte Ingunn und hielt rechtzeitig inne. Sie durfte nicht von Sigrids Botschaft erzählen, da diese ein schlechtes Licht auf Turids Bruder warf. Aber es fiel ihr schwer, so ernste Gedanken nicht mit einem Menschen teilen zu dürfen, mit dem sie sonst über Gott und die Welt redete. Nach einem Augenblick des Zögerns versuchte sie das Gespräch in andere Bahnen zu lenken: »Ich sah deinen Vater schon zum Haus hinübergehen, so bleibt es dir womöglich erspart, an diesem Sonntag mit Thorleif und seinem Sohn sprechen zu müssen.«

Turid warf ihr einen wütenden Blick zu. »Wenn es nur so wäre! Vater hat Thorleif und seinen Rotzjungen nach dem Gottesdienst zu einer Mahlzeit eingeladen. Er hat mich gebeten, euch auszurichten, daß auch ihr, du und deine Brüder, eingeladen seid – die anderen sollen ohne euch heimfahren. Petrus segelt euch dann später nach Hause. Dann kannst du mich wenigstens etwas aufheitern!«

Wenn ich das nur könnte, dachte Ingunn. Laut sagte sie: »Kommen deine verheirateten Schwestern auch? Ich habe noch nicht mit ihnen gesprochen.«

»Nein«, entgegnete Turid mürrisch. »Hier riecht es schon von weitem nur nach Brautkauf.«

Die Leute sagten, daß die Vorratskammern auf Under Høvda geradezu überquollen, da Ingolf von den anderen Bauern ansehnliche Dankesbezeigungen für geleistete Priester- und Freundschaftsdienste bekam. Überdies sollte seine Frau die Anweisung erhalten haben, mit dem Essen für die Arbeiter auf dem Hof zu sparen. Aber heute fehlt es an nichts in den Schüsseln, dachte Ingunn und bediente sich zum drittenmal mit Räucherlachs. Auch eine große Schale mit saurer Milch wurde herumgereicht. Sie sah, daß Petrus und ihre Brüder beim Essen ebenfalls ordentlich zulangten. Thorleif und sein Sohn Erik dagegen stocherten nur im Essen herum.

Ingunn betrachtete den Jungen immer wieder verstohlen. Er war gut einen Kopf größer als sie, dünn und schmalschultrig. Ununterbrochen wischte er sich mit dem Ärmel die Nase ab – Turid nennt ihn mit gutem Grund einen Rotzjungen, dachte sie und lächelte vor sich hin. Sie konnte keine Anzeichen von Bartwuchs erkennen, so daß es wohl noch eine Weile dauern würde, bis er Turid schwängern konnte.

Voller Mitleid drehte sich Ingunn zur Freundin um und bemerkte, daß auch Turid den Blick auf die Männerbank gerichtet hatte. Mit einemmal wurde ihr klar, daß Turid ihren jüngeren Bruder nicht aus den Augen ließ. Øyvind schaute auf den Tisch, während er einen Streifen weichgeklopften Trockenfisch sorgfältig mit Butter bestrich, aber er saß so angespannt da, als wäre er auf der Lauer. Schließlich schaute er auf, und sein Blick begegnete kurz dem Turids. Er schaute gleich wieder weg, aber Ingunn hatte das Aufblitzen ihrer Augen trotzdem gesehen.

So verhielt es sich also! Aber es würde Øyvind nichts nützen, bei Ingolf um Turids Hand anzuhalten, da jetzt die Aussicht bestand, sie mit dem erbberechtigten Sohn eines großen Hofes samt einem riesigen fischreichen Binnensee und fetten Jagdgründen zu verheiraten. Vorläufig besaß Øyvind nur einen mittelgroßen Hof in Eriksfjord, der der Mutter gehört hatte und der verpachtet war, bis er eine Frau gefunden hatte, die der Arbeit im Haus vorstehen konnte.

Ingunn schämte sich wegen ihres Selbstmitleids. Immerhin hatte sie ihre Liebe noch keinem anderen geschenkt, und auch sonst gab es keinen Grund, Petrus nicht zu mögen. Er würde ihr sicher ein guter Ehemann sein, wie der Vater es ihr gesagt hatte.

Nach der endlosen Mahlzeit zeigte Ingolf seinen Gästen den Hof, und der Tag war schon weit fortgeschritten, als Petrus die Taue losband, um Ingunn und ihre Brüder nach Hause zu segeln.

Es wird stockfinster sein, bevor wir ankommen, und Petrus bleibt bestimmt über Nacht, dachte Ingunn und begriff im selben Augenblick, daß Ingolf es absichtlich so eingerichtet hatte. Der Sohn sollte Bru ordentlich in Augenschein nehmen und sich eine Meinung über Ingunn und ihre hausfraulichen Fähigkeiten bilden. Und Halldor sollte es so auslegen, als wären die Verhandlungen mit Ingolf langsam in Gang gekommen.

Øyvind achtete auf das Segel, während Reidar und Petrus an der Ruderpinne achteraus saßen. Ingunn saß mittschiffs an der Reling und hörte nur Bruchstücke ihres Gesprächs, aber sie wunderte sich darüber, daß Petrus bei Reidar so redselig wurde. Sie sprachen hauptsächlich darüber, was die Leute in der Siedlung von dem Handel mit den Engländern zu erwarten hatten.

»Ich habe gehört, daß der Handel vor dem Althing in Gardar nicht in Gang kommt«, sagte Reidar. »In der Zwischenzeit können die Leute ihre Angebote machen. Das entspricht nicht dem üblichen Brauch ...«

Petrus murmelte etwas, das Ingunn nicht verstand, und Reidar fuhr fort: »Der Häuptling in Gardar hat hoffentlich nicht vor, sich zu bedienen, bevor wir eine Chance bekommen?«

»N-nein«, sagte Petrus langsam, als ob er überlegte. »Vater sagt, die Engländer selbst wollen es so. Auf diese Weise können sie den Preis für ihre Waren in die Höhe treiben.«

»Das sieht diesen Leuten ähnlich!« rief Reidar so leidenschaftlich, daß Ingunn erstaunt aufhorchte. »Sie glauben, daß sie hierherkommen und tun und lassen können, was sie wollen. Was hältst du davon, wenn wir ihnen einen Denkzettel verpassen, Petrus? Wir sind beide stark und haben viele Leute unter uns.«

Petrus zuckte mit den Achseln und änderte den Kurs in dem unberechenbaren Wind der Dämmerung. Schließlich sagte er: »Wir dürfen nichts Unüberlegtes tun. Die Engländer haben genug Männer, um ihre Güter zu verteidigen. Wir sollten abwarten, wie der Handel sich entwickelt, bevor wir einen Angriff aus dem Hinterhalt planen.«

»Petrus, ich spreche nicht nur vom Handel. Wir beide wissen besser als die meisten anderen, was auf dem Spiel steht. Deine Brüder wurden dazu überredet, mit Männern aus Bristol mitzufahren ...«

Von ganzem Herzen froh darüber, daß der Wind abgeflaut war und keiner in ihrer Nähe saß und redete, lauschte Ingunn ungeniert dem Gespräch der beiden Männer. Auf einmal sah sie, wie Petrus' Mund sich zu einem spöttischen und kalten Lächeln verzog, und sie ließ vor Schreck beinahe die Reling los. Sie hörte ihn sagen: »Ich kann mich daran erinnern, daß deine Mutter mit einem von ihnen weggefahren ist. Und die Frau, mit der ich verheiratet war, erwartete ein Kind von einem anderen. Aber sie taugte sowieso nichts – sie ist für mich kein Verlust. Wenn die Engländer Weiber von hier mitnehmen wollen, müssen wir nur dafür sorgen, diejenigen zu halten, die etwas taugen.«

Ingunn spürte den Angstschweiß auf ihrer Stirn. Vielleicht war es doch wahr, daß Petrus sich seiner Frau selbst entledigt hatte. Und wie würde es einer neuen Frau ergehen, wenn er nicht mit ihr zurechtkam?

Sie mochte nichts mehr hören und setzte sich neben Øyvind. Er nickte ihr zu, ohne etwas zu sagen. Die Schwermut haftete an ihm wie naßkalter Schnee. Sie begegnete seinem Blick und sagte nur: »Ich möchte einfach hier bei dir sitzen.«

Ein weiteres Nicken war die Antwort. Und schweigsam blieben sie sitzen, bis das Boot die letzte Landspitze umrundet hatte und auf dem Weg in den Havgrimsfjord war. Dann sagte sie schnell und leise: »Øyvind, heute erhielt ich eine Botschaft von meiner Ziehmutter. Sie hat geträumt, daß Vater mich mit Petrus verheiraten möchte – und Petrus erschien ihr im Traum mit Blut an den Händen. Sigrid träumt oft die Wahrheit, und ich habe Angst vor der Warnung, die dieser Traum enthält. Sollte ich mit Vater darüber reden, was meinst du?«

Øyvind warf einen Blick auf die beiden Männer am Ruder und antwortete zögernd: »Warte lieber ein bißchen damit. Vater hat zur Zeit so viele Dinge im Kopf. Ich werde die Augen offenhalten, solange Petrus bei uns zu Gast ist – Reidar hat ihn gebeten, einige Tage zu bleiben und mit unseren Leuten auf Robbenfang zu gehen. Weiter draußen im Fjord ist die Klappmütze schon gesichtet worden.«

Bei dem Gedanken an saftiges Robbenfleisch lief Ingunn sogleich das Wasser im Munde zusammen. Aber es gab ein Problem bei der Wanderung der Robben fjordeinwärts, denn nicht nur die Grönländer gingen dann auf die Jagd. Besorgt fragte sie: »Øyvind, glaubst du, daß die Skrælinger wieder hierherkommen könnten?«

Er lächelte ein wenig. »Was macht das schon? Es wird sicher für alle reichen, wenn die Robben sich sammeln. Ich bin jedenfalls mit allen Skrælingern gut ausgekommen, die mir begegnet sind. Sie handeln gern, genau wie wir.«

»Ja, das weiß ich, aber sie sollen so schrecklich aussehen mit ihren schwarzen Haaren und den schiefen Augen. Sie dringen nicht bis nach Vatnahverfi vor, wo ich wohnte, so daß ich bisher noch nie einen von ihnen zu Gesicht bekommen habe.«

»Sie sehen zwar anders aus als wir«, gab Øyvind zu, »und sie sind Heiden, aber ich glaube, ansonsten sind sie weder schlechter noch besser als andere Gäste, die wir hier haben. Du hast dich ja auch an den Engländer zu Hause in unserer Wohnstube gewöhnt, nicht wahr?«

Ingunn beruhigte sich wieder. »Ja«, gab sie zu, »ich fange an, mich an John Greene zu gewöhnen.«

Der verschwundene Goldschmuck

Als Ingunn den Brüdern und Petrus in die Wohnstube auf Bru folgte, duftete es bereits nach dem dampfenden Moosbrei für das Abendessen. An der Bettkammer verströmten zwei Tranlampen ein warmes Licht, und zusammen mit dem Langfeuer verbreiteten sie eine vertraute Gemütlichkeit, so daß der grauschwarze Abend draußen dem heimischen Frieden weichen mußte. Ingunn sehnte sich nach dem langen und ereignisreichen Tag danach, sich auf der Schlafbank ausstrecken zu können. Aber zuerst mußte sie für Petrus eine Schlafstelle herrichten und Ragna dabei helfen, dem Gast zu Ehren gutes Essen aufzutischen. Außerdem brauchte John Greene sicher auch ihre Hilfe.

Als sie John neben Halldor auf der Bank an der Bettkammer sitzen sah, dachte sie zuerst, der Vater würde dem Gast etwas zu trinken geben. Dann sah sie, daß er seinen Weihwasserkelch in den Händen hielt, damit John seine Finger eintauchen konnte. Sie wollte gerade zu ihnen hingehen, als sie den alten Olaf drüben am Langfeuer entdeckte, der sich dort aufwärmte wie eine zufriedene Hauskatze – er war sicher zum Dolmetschen geblieben, nachdem er von der zurückkehrenden Pächterfamilie erfahren hatte, daß sie und die Brüder später nach Hause kommen würden. Glücklicherweise gab es noch einen Platz für ihn auf der Schlafbank der Männer, so daß er die Nacht hier in der Wärme verbringen konnte.

Sie übersah absichtlich Ragnas Zeichen, die ihr bedeuteten, sie solle kommen und auf den Brei achtgeben. Statt dessen ging sie zu Olaf hinüber, der sich nicht zweimal bitten ließ, ihr von allen möglichen Neuigkeiten zu berichten.

»Dieser Jon Grind ist um einiges gesprächiger als das letztemal, als ich ihn sah«, grinste der Alte. »Während du fort warst, hat er versucht, deinem Vater irgend etwas zu erzählen, aber das gelang ihm natürlich erst, als ich zum Übersetzen hierherkam. Schließlich ist ihm klargeworden, daß dein Vater Priester ist und daß ihr Weihwasser im Haus habt. Da bat er Halldor, ihm die Beichte abzunehmen und ihn von seinen Sünden zu erlösen.«

»Was ist eigentlich eine Beichte?« fragte Ingunn neugierig. Sie hatte das Wort schon oft gehört, ohne jemals eine Erklärung dafür bekommen zu haben. »Und welche Sünden soll der arme John hier in unserer Wohnstube begangen haben?«

»Dasselbe habe ich auch gesagt«, meinte Olaf zufrieden. »Wie du dir vorstellen kannst, bedurfte es einiger Zeit, Jon das zu erklären, obwohl mein Englisch eigentlich recht gut ist. Dein Vater sagte, hier auf Grönland gingen wir davon aus, daß Weihwasser und Gebete genügten, um uns zu läutern. Vor langer Zeit, als noch Priester und Bischöfe aus Norwegen hierherkamen, wollten die Priester unbedingt die Beichte abnehmen – das heißt, die Leute sollten ihrem Priester alles mögliche über sich selbst erzählen –, aber selbstverständlich lehnten die Bauern diesen Brauch ab. Keiner ist schließlich dazu verpflichtet, seine innersten Geheimnisse mit anderen zu teilen, am wenigsten mit Leuten, die sich anmaßen, besondere Macht über andere zu besitzen.«

»Kamen deswegen keine Bischöfe und Priester mehr

hierher?« wollte Ingunn wissen, froh darüber, Olaf so leicht zum Reden zu bringen. Die anderen Erwachsenen, die sie über solche Dinge ausgefragt hatte, waren mit ihren Erklärungen stets zurückhaltend gewesen, sei es, daß sie zuviel oder zuwenig wußten.

»Sicher nicht. Man sagt, die Leute beichteten gerade genug, um den Ostersegen zu bekommen. Aber die Großkirche in Norwegen verlangte immer mehr Geld – es sollte an den Papst in Rom geschickt werden, um ihn im Kampf gegen die Heiden in irgendwelchen südlichen Ländern zu unterstützen. Was hätten wir Grönländer davon gehabt? Wir lehnten es ab zu zahlen«, sagte Olaf stolz.

»Und dann?« fragte Ingunn gespannt.

»Daraufhin schickte der Bischof in Bergen einen Kerl mit Namen Ivar Bårdsson hierher. Du hast sicher schon von ihm gehört.«

»Ja, meine Ziehmutter erzählte, daß er über zwanzig Jahre hierbleiben mußte, weil die Pest in Norwegen die Schiffahrt eine ganze Weile lahmlegte ...«

»Richtig. Diese Zeit nutzte er dazu, die Grenzen für die Pfarrgemeinden, die bis heute bestehen, festzusetzen. Er war es auch, der entschied, was die Leute hier an Zehntem und an sonstigen Steuern zu zahlen hatten – es soll nicht wenig gewesen sein. Dem neuen Bischof, den wir ein paar Jahre nach Ivars Rückkehr nach Norwegen bekamen, war wahrscheinlich das Blaue vom Himmel versprochen worden – ich weiß es nicht. Das einzige, was ich weiß, ist, daß Bischof Alf der letzte war, der hierherkam, und daß er vor mindestens einhundertundzwanzig Jahren starb. Einige Zeit später stand der alte Sira Eindride der Kirchenverwaltung in Gardar vor, und danach mußten wir alleine zurechtkommen.«

»Was sagte ...«, weiter kam Ingunn nicht, denn plötzlich stand Reidar vor ihr und sagte spöttisch: »Welchen Eindruck soll Petrus von deiner Haushaltsführung bekommen? Stell gefälligst das Essen auf den Tisch! Und kümmer dich darum, daß sauberes Heu und Schaffelle in die Wollkammer gebracht werden, damit Petrus und ich dort schlafen können.«

Ingunn war völlig erschöpft, als der Tisch abgeräumt war und alles sich zum Schlafengehen anschickte. Sie hatte keine Zeit gefunden, ein einziges Wort mit John Greene zu wechseln, und er selbst hatte während der Mahlzeit keinen Ton von sich gegeben. Anscheinend bedurften das aufrechte Sitzen und das Essen all seiner Kräfte. Auch brauchte er immer noch Hilfe, um sich zum Bett zurückschleppen zu können.

Rasch drückte sie ein nasses Tuch auf ihre heißen Wangen und ging zur Bettkammer. Das schwache Licht des aussterbenden Langfeuers beleuchtete schwach das Gesicht des Engländers. Er war jetzt nicht mehr so leichenblaß wie damals, als er das erstemal ins Bett gelegt wurde. Die langen Wochen im Haus hatten ihre Spuren hinterlassen: Ein pechschwarzer Vollbart war ihm in der Zwischenzeit gewachsen, der ihn älter und gleichzeitig weniger fremd und hilflos erscheinen ließ.

Sie lächelte ihm aufmunternd zu und fragte auf englisch: »Wie geht es dir, John?«

Er schaute sie an, ohne zurückzulächeln. »Ich weiß nicht. Und dir, Ingunn? Ich habe dich den ganzen Tag nicht gesehen.«

»Nein, denn ich habe mit Freunden eine andere Kirche besucht.« Um ihren Worten mehr Nachdruck zu geben, bekreuzigte sie sich und überlegte, wieviel er wohl verstehen könnte, wenn sie ihre eigene Sprache sprach.

»Freunde ...«, wiederholte er, »ich habe auch Freunde.« Darauf folgte ein Schwall englischer Worte, von denen Ingunn nicht das geringste verstand. Sein Gesicht verzerrte sich vor Schmerzen, während er versuchte, sich im Bett aufzusetzen.

Sie gab ihm durch Zeichen zu verstehen, daß er sich ruhig verhalten solle, und ging zur Schlafbank der Männer, um den widerstrebenden Olaf zur Bettkammer zu ziehen. Sie war sich nicht sicher, ob John Greenes ungeduldiger Ausdruck ihr oder dem Alten galt, und sie mußte in Erfahrung bringen, was mit ihm los sei.

Bevor Olaf mit seinem Gebrüll anfing, begann der Engländer zu reden, absichtlich langsam trotz seines spürbar aufgeregten Tons. Olaf hielt die Hand hinter sein rechtes Ohr und nickte ein paarmal, um zu zeigen, daß er verstand. »Aber ja doch, das werden wir tun.«

Schließlich lächelte John und schaute von Olaf auf Ingunn, wobei er etwas hinzufügte, das sie auch nicht verstand.

Der Alte richtete sich auf und sagte ungewohnt leise: »Ingunn, er möchte, daß wir seinem Schiffer in Gardar eine Nachricht zukommen lassen und ihn bitten, hierherzukommen. Erinnere mich daran, mit Halldor darüber zu sprechen, wenn er morgen früh vom alten Haus herunterkommt. Das ist sein erstes Anliegen. Überdies bekommt dein Gast allmählich wunde Stellen vom langen Liegen – und darum mußt du dich kümmern.« Er nickte John zu und wankte zurück zur Schlafbank.

John hatte immer noch die Augen auf sie gerichtet. Ingunn deutete auf ihren eigenen Rücken. »Tut es hier weh?«

Er schüttelte den Kopf, und sie zeigte auf ihre Hüfte. »Hier?«

»Ja.«

Diesmal brachte sie Øyvind mit zur Bettkammer, nachdem sie ein Stück Lammfett aus der Speisekammer geholt hatte. Im Halbschlaf stützte dieser den Gast, damit Ingunn die faustgroße rote Wunde auf Johns Hüfte mit Fett einreiben konnte. Sie mußte sich so tief bücken, daß der Bart des Engländers ihre Wange streifte. Das Zittern, das dabei ihren ganzen Körper durchlief, wußte sie sich nur dadurch zu erklären, daß sie so übermüdet war.

Als sie sich aufrichtete, spürte sie die Wärme von Johns Haut. Es jagte ihr fast einen Schrecken ein, als ihr bewußt wurde, daß er nicht mehr nach Krankheit roch. Jetzt erinnerte sie sich auch daran, daß Øyvind ihm am Vortag zur Badstube geholfen hatte. Vor ihr lag ein junger, lebensfähiger Mann und nicht ein verkrüppeltes Kind, dessen sie sich annehmen mußte.

Sie sah ihn verstohlen an, doch er ließ sich nichts anmerken, sondern lächelte nur schwach und bedankte sich bei ihr und Øyvind. Daraufhin schloß er die Augen als Zeichen, daß er schlafen wollte.

Nachdem sie die Glut in die Glutkammer gefegt hatte, legte sie sich neben Ragna auf die Bank. Ihr letzter Gedanke vor dem Einschlafen war, daß sie am nächsten Morgen früh aufstehen mußte, um dem Vater keine Schande zu machen und Petrus Ingolfsson ihre hausfraulichen Fähigkeiten vorzuführen.

Als der englische Schiffer ein paar Tage später ankam, waren Petrus und die Halldorssöhne schon auf Robbenjagd. Halldor selbst befand sich oben auf der Wiese, als das Boot aus Gardar anlegte, so daß Ingunn die Ankömmlinge alleine empfangen mußte.

Sie ging zur Begrüßung in den Hof hinaus und sah, daß der englische Schiffer einen krummbeinigen Jungen mit einem pickeligen, doch aufgeweckten Gesicht mitgebracht hatte. Ingunn wurde klar, daß der Junge sein Dolmetscher war und daß es sich höchstwahrscheinlich um den Schiffsjungen handelte, mit dem Turids Schwager gesprochen hatte. Anscheinend hatte man seine Sprachkenntnisse doch noch zu schätzen gelernt, auch wenn sein Isländisch nicht so leicht zu verstehen war.

Der Schiffer schaute sich mit gebieterischer Miene in der Wohnstube um und gab deutlich zu erkennen, daß er mit John Greene unter vier Augen sprechen wollte. Nach einer Weile steckte er den Kopf durch die Tür und gab durch Zeichen zu verstehen, daß der englische Dolmetscher und Ingunn wieder hereinkommen durften, außer ihnen war allerdings niemand erwünscht.

Es schien, als hätte er Angst davor, daß das, worüber er und der Kranke sprachen, ins Gerede käme. Was konnte das nur für ein Geheimnis sein? War es wohl wieder etwas, das Ingunn vor dem Vater verheimlichen mußte? Die Sache mit Petrus und die Warnung der Ziehmutter waren schlimm genug. Seit jenem Sonntag hatte sie das Gefühl, vom frühen Morgen bis zum späten Abend ein Joch mit übervollen Eimern tragen zu müssen.

Ihre Erleichterung war groß, als ihr Vater im selben Augenblick in die Wohnstube trat und mit Handschlag den Schiffer begrüßte, der anscheinend auch froh war, ihn zu sehen. Halldor bat den Engländer, sich neben ihn auf die Bank zu setzen, während Ingunn und der Dolmetscher weiterhin stehen mußten. Als sie zu John Greene hinüberschaute, bemerkte sie, daß er lächelte. Vielleicht war das, worüber die Fremden sprechen wollten, doch nicht so schlimm?

Wie üblich saß Halldor mit den Händen auf den Knien da und starrte schweigend vor sich hin, während er darauf wartete, daß jemand zu sprechen anfing. Schließlich räusperte sich der Schiffer und sagte etwas zu dem Dolmetscher, der aufmerksam zuhörte und dabei mit seinen wachen braunen Augen blinzelte. Ingunn verstand nur hier und da ein Wort, und als der Schiffsjunge an der Reihe war zu sprechen, dauerte es eine Weile, bis man sich an seine Aussprache gewöhnt hatte. Doch dann waren seine Äußerungen durchaus zu verstehen.

Nach John Greenes eigenen Aussagen habe er es nur Ingunns Pflege und Halldors Priesterkraft zu verdanken, daß er jetzt auf dem Wege der Besserung sei. Es sei sein Wille, daß der Schiffer dies mit mehr als einer Tüte Erbsen und einem Krug Wein belohne. Er habe vorgeschlagen, daß Halldor schon jetzt die Waren auswählen dürfe, die er haben wolle, bevor der Handel in Gardar richtig losging und bevor über die Angebote der übrigen Grönländer entschieden wurde. Für ihn sollten überdies noch die Preise gelten, die beim letzten Besuch eines englischen Schiffes gegolten hatten.

Daraufhin sah Halldor den Schiffer direkt an. »Heißt das, daß ihr vorhabt, mit meinen Landsleuten diesmal einen für sie schlechteren Tausch zu machen?«

Der Engländer wurde rot, als der Schiffsjunge diese Frage übersetzte. »Ich dachte, die Leute hier wüßten, daß in Bristol jetzt andere Verhältnisse herrschen als bei der letzten Grönlandreise unserer Leute vor fünf Jahren. Da wir jetzt so reiche Fischgründe im Meer westlich von hier kennen, brauchen wir nicht mehr so viel für den Fisch anderer Leute zu bezahlen, weder hier noch in Island.«

Halldor ließ sich keine Gemütsregung anmerken. Seine Stimme war so ruhig wie zuvor, als er fragte: »Dann ist es also möglich, dort Trockenfisch aus dem Meer zu ziehen? Das hört sich ja vortrefflich an!«

Es war selten, daß der Vater sich dazu hinreißen ließ, jemanden zu verspotten. Ingunn war schon darauf gefaßt, daß dem Schiffer der Geduldsfaden reißen würde. Doch der abgeschossene Pfeil ging in der Übersetzung anscheinend verloren, denn der Engländer sprach so geduldig weiter, als ob er einem netten Schiffsjungen etwas erklären würde.

»Nein, wir sind immer noch auf der Suche nach geeigneten Stellen, an denen wir den Fisch trocknen können. Deswegen wurde entschieden, daß wir zum Einkaufen hierherfahren sollten. Ihr habt gute Waren – euer Trokkenfisch ist lange haltbar, der Tran ist gut, und die Felle, die ihr verkauft, stammen von frisch erlegten Tieren.«

»So so, und wieviel wollt ihr uns für diese feinen Waren bieten?«

»Die Preise sind noch nicht festgelegt«, sagte der Schiffer aalglatt. »Aber sie können nicht so hoch bleiben wie bisher. Deswegen hat John Greene mich dazu überredet, dir schon jetzt gute Bedingungen anzubieten, bevor deine Landsleute ihre Chance bekommen. Wenn wir nach Süden in Richtung Herjolfsnes abgereist sind, ist es zu spät, deine Meinung zu ändern.«

»Ich habe also mit anderen Worten keine Vergleichsmöglichkeit, was diese guten Bedingungen angeht«, sagte Halldor. »Ich habe übrigens gesehen, daß ihr Eisen, Stoffe und Korn an Bord habt. Diesmal brauche ich aber kein Eisen; Korn verschwindet so schnell wie der Tau im Gras, und hier auf Bru haben wir selbst genügend Wolle für gute Lodenstoffe.«

Ingunn hoffte, daß man ihr die nur mühsam unterdrückte Enttäuschung über die Genügsamkeit des Vaters nicht ansah. Englische Stoffe konnte sie nun also vergessen, so viel war sicher, ebenso die Hoffnung auf Zinnkrüge und Glasbecher für Festtage und Gelage.

Der Schiffer sprach leise und schnell mit John Greene, bevor er sich wieder an den Dolmetscher wandte und eine kurze Anweisung gab.

Verlegen sagte der Junge: »John Greene und mein Schiffer wollen wissen, was du denn sonst zum Tausch haben möchtest, Bauer Halldor.«

»Etwas, das länger haltbar ist als Trockenfisch – Silber oder Gold. Und zwar genug, um daraus ein Schmuckstück für meine heiratsfähige Tochter machen zu lassen. Das ist sicherlich nicht zuviel verlangt, nachdem sie John tagaus, tagein gepflegt hat!«

In ihrer Verblüffung vergaß Ingunn, die Gesichter der anderen zu beobachten. Wie von weit her hörte sie die Stimmen der drei Engländer weitersummen. Silber oder Gold – ein Schmuckstück für sie selbst ...

Als er sich wieder gefangen hatte, erklärte der Schiffsjunge: »Niemand an Bord hat Silber oder Gold als Tauschmittel, denn wir dürfen diese Metalle nicht ausführen, außer Kleinigkeiten wie Johns Halsschmuck. Leute, die dabei ertappt werden, Silber oder Gold aus dem Land zu schmuggeln, müssen riesengroße Geldstrafen an den englischen König zahlen.«

Halldor lächelte bitter, und Ingunn wurde klar, daß er darüber schon Bescheid wußte. Dann sagte er: »Es ist schlimm, daß ihr nicht ebenso strenge Gesetze habt, wenn es darum geht, diese Dinge *einzuführen*. Denn Ingunns Mutter nahm ein Schmuckstück mit, das über zweihundert Jahre im Besitz ihrer Familie gewesen war.

Es war so vorgesehen, daß Ingunn dieses Schmuckstück an ihrem Hochzeitstage bekommen sollte.«

Dies war Ingunn völlig neu. Bevor sie sich wieder fangen konnte, sagte John Greene etwas mit gebieterischer Stimme, und alle wandten sich zum Bett.

Unbewußt ahmte der Schiffsjunge Johns gebieterischen Tonfall nach, als er übersetzte: »John sagt, Halldor solle eine Frist erhalten, um das alles zu überdenken – er solle sich zuerst unsere Waren anschauen. Aber Ingunn würde ein Geschenk bekommen, egal wie der Handel ausgehe. Vor Ende der Woche komme jemand aus Gardar mit zwölf Ellen blauem Stoff, der nur für sie gedacht sei. Dies beschließt John im Namen seines Vaters, dem ein Viertel aller Waren an Bord gehört.«

Ingunn spürte, wie ihr Gesicht dunkelrot anlief, als sie bemerkte, daß Johns Augen mit einem amüsierten Ausdruck auf sie gerichtet waren. Sie senkte schnell den Blick, doch nicht aus Undankbarkeit. Ihr juckte es schon in den Fingern, den wertvollen Stoff in Falten zu legen und mit Ziernähten zu schmücken, wogegen sich der dicke Loden immer sträubte. Sie stand immer noch da und träumte vor sich hin, als der Vater ungeduldig ihren Namen wiederholte: »Der Schiffer möchte wissen, wie lange es noch dauern wird, bis John wieder völlig genesen ist.«

Sie biß sich auf die Unterlippe. »Das entscheiden Gott und das Schicksal – aber die Ziehmutter hat immer gesagt, daß man mindestens sechs Wochen rechnen muß, wenn etwas gebrochen ist. Und bei John waren viele Knochen gebrochen. Wir werden sehen, wie kräftig er in zwei oder drei Wochen sein wird.«

Der Vater bekreuzigte sich und schaute sie finster an. »Ich bete jeden Tag zu Gott, er möge John die Gesundheit und mir mein Bett zurückgeben. Dürfen wir auf eine Besserung hoffen, bis der Althing in Gardar anfängt?«

Sie nickte, und der Schiffsjunge sagte etwas auf englisch, woraufhin sich die Mienen des Schiffers und John Greenes aufhellten. Beide antworteten, sie seien sehr erleichtert darüber, vielleicht doch noch vor dem Herbst nach Hause fahren zu können.

Ingunn zog den Schiffsjungen am Ärmel. »Du mußt ihnen sagen, daß sie nicht fest damit rechnen dürfen! John muß zuerst wieder ganz gesund werden. Wenn er auf der Heimreise hinfällt und sich den Oberschenkel wieder bricht, kann er für den Rest seines Lebens zum Krüppel werden.«

»Ich kann es ihnen gern sagen«, murmelte der Junge, »aber sie werden sich nicht darüber freuen. Keiner möchte dem Häuptling in Gardar für einen ganzen Winter zahlen. Außerdem könnten wir, wenn das Schiff rechtzeitig wieder in Bristol ist, im Winter mit einer Fahrt nach Lissabon oder in die Gascogne gutes Geld verdienen.«

Als er Ingunns Bedenken übersetzte, gaben die Gesichter seiner Vorgesetzten ihm recht. John sagte nicht viel, aber der Schiffer redete lange und eindringlich auf den Schiffsjungen ein, wobei er den Blick auf Halldor gerichtet hielt. Der Junge hörte ihn geduldig an und sagte dann kurz und knapp auf isländisch: »Er bittet euch, alles zu tun, damit John so schnell wie möglich wieder gesund wird.«

Ingunn hatte große Lust zu sagen, daß sie ja die ganze Zeit nichts anderes getan hätten, aber sie hielt sich zurück und nickte nur bescheiden. Der Schiffer streichelte ihr väterlich den Arm, nachdem er sich von John verabschiedet hatte, und ging, gefolgt von seinem Dolmetscher, zur Tür. Als Halldor den Gästen die Tür aufhielt, sprach er noch kurz mit ihnen, doch Ingunn konnte sie nicht verstehen.

Wenig später kam der Vater in die Wohnstube zurück und setzte sich schwerfällig auf die Bank neben der Bettkammer. Tief in Gedanken versunken, blieb er lange schweigend sitzen, und Ingunn wußte, daß sie ihn nicht stören durfte. Schließlich richtete er sich auf und sagte: »Ich habe dem Schiffer gesagt, wenn er es so einrichten könnte, daß das nächste Handelsschiff einen ausgebildeten Priester mitbringt, würde ich dies als vollwertige Zahlung für meine Waren ansehen und es gleichsetzen mit Gold und Silber.«

»M-meinst du einen englischen Priester – einen, der sich Beichten und ähnliches anhört?« Ingunn dankte im stillen dem alten Olaf für ihre Kenntnisse von diesen Dingen.

Der Vater schaute sie an. »Ich glaube nicht, daß wir das nötig haben. Aber wir sollten mehr wissen über die Dinge des Glaubens, über die bösen Mächte und über Gott und seinen Sohn dort oben im Himmel – jedenfalls möchte *ich* mehr darüber wissen. Es könnte vielleicht auch für andere von Nutzen sein.«

»Ich habe noch nicht viel darüber nachgedacht«, sagte Ingunn. Sie hatte noch nie ein solches Gespräch mit ihrem Vater geführt, und sie wußte nicht, wie sie sich verhalten sollte.

»Das ist verständlich.« Er stand auf und schaute auf etwas hinter ihr. »Bevor das Leben schwierig wurde, habe ich auch nicht über so etwas nachgedacht.«

Ingunn sah ihn erstaunt an. Er glaubte also, daß es für sie einfach sei! Sie, die bleischwere Fragen mit sich herumtrug wegen des Mannes, den er für sie als Ehemann ausersehen hatte! Sie wollte ihm gerade von dem Traum der Ziehmutter erzählen, als Ragna mit einem Bündel frisch geangelter Dorsche in die Wohnstube rauschte, wobei sie sich lauthals darüber beklagte, daß sie so lange hätte draußen warten müssen. Halldor war schnell wie der Blitz zur Tür hinaus, und Ingunn steckte den schweren, blonden Haarzopf unter ihre Kleidung und ging zur Kochgrube, um dort mitzuhelfen.

Als Ingunn die Schüssel mit dem dampfenden Dorsch vor den Vater stellte, damit er die besten Stücke auf Petrus' Holzbrett legen konnte, leuchteten die Augen der anderen beim Anblick des guten Essens. Nur Petrus schaute sich den Fisch kaum an, bevor er das Messer in den Fisch steckte.

Schnell und leise wie eine Katze schluckte er das Essen herunter, und als wäre er der größte und gierigste in einem Wurf, verschlang er die doppelte Menge wie seine Tischnachbarn, aber weder Halldor noch ihre Brüder schienen daran etwas Anstößiges zu finden. Sie fand wahrscheinlich immer etwas auszusetzen.

Ohne es zu wollen, spürte sie, wie ihre Abneigung gegen Petrus immer größer wurde, obwohl er kein Wort mit ihr gesprochen hatte, seitdem er angekommen war. Auch jetzt sagte er nicht viel, und sein Gesicht blieb unbeweglich, während Reidar den anderen von der Robbenjagd erzählte.

»Wir waren gerade dabei, das Netz mit der dritten Robbe an Land zu ziehen, um sie zu schlachten, als Petrus spürte, wie ihn etwas in die Wade stach. Als er sich umschaute, entdeckte er einen Skrælinger, der mit seinem Bogen auf einem Felsen stand. Er war nur ein Knirps von sechs oder sieben Jahren – er übte sicher, auf Seevögel zu schießen, denn in Petrus' Wade steckte ein Vogelpfeil. Und dann, ja, dann, ha-ha ...« Reidar krümmte sich vor Lachen und mußte sich erst erholen, bevor er weitersprechen konnte: »Petrus war so mutig, daß er wartete, bis der Kerl sich nach etwas bückte, und dann schoß er den Pfeil seinem Besitzer mitten in den Hintern. Ha-ha-ha!« Bewundernd sah er den Freund an, der immer noch keine Miene verzog.

Halldor starrte vor sich hin und sagte: »Reidar, wenn du später die Verantwortung hier übernimmst, wirst du hoffentlich nicht vergessen, daß nach altem Brauch der Bauer auf Bru über alles entscheidet, was von Havgrimsfjord bis Reinøy am ganzen Ufer bis zur Küste hinauf passiert. Wenn die Skrælinger sich vornehmen sollten, hier in der Gegend Blutrache zu nehmen, sind wir es, die am meisten gefährdet sind.«

»Reg dich nicht auf, Vater – Petrus weiß, was er tut. Der kleine Mistkerl bekam nur eine Fleischwunde.«

Eine Weile wurde nicht mehr gesprochen. Ingunn wollte gerade die Essensreste wegtragen, als Reidar mit würdiger Miene, wie um den Vater zu beeindrucken, sagte: »Von einer Sache verstehen die Skrælinger jedenfalls etwas, und zwar, wenn es darum geht, ihre Weiber richtig einzusetzen. In dem großen Fellboot, das ihren Fang einsammelte, ruderten nur die Weiber, und zwar mit guter Geschwindigkeit. Wie auch immer, wir werden es bereuen, wenn wir nicht bald diesen Leuten, die in unseren Fanggründen jagen, einen Denkzettel verpassen ...«

»Ich habe keine Anzeichen dafür bemerkt, daß sie vorhaben, uns auf unseren Höfen den Rang streitig zu machen«, sagte Halldor.

Am nächsten Tag machte sich Petrus für die Abreise bereit. Er trug seinen Anteil von der Robbenjagd in das Boot, bevor er zurückkam, um Abschied zu nehmen und zu sagen, daß er sowohl mit seinem Aufenthalt als auch mit dem Fang sehr zufrieden sei. An Halldor gerichtet fügte er hinzu, daß Ingolf und er hofften, bald einen Gegenbesuch zu bekommen. Als er sich zum Schluß mit einem Händedruck von Ingunn verabschiedete, sagte er: »Das Essen hat gut geschmeckt.«

Er lächelte, als er das sagte, und zum erstenmal sah er sie direkt an. Seine Zähne waren schön und weiß, er hatte einen ausgeprägten Unterkiefer, und die Augen unter den dichten, hellen Augenbrauen leuchteten blaßblau wie Eisberge. Mit Recht gilt er als gutaussehender Mann, dachte Ingunn. Sie antwortete etwas verwirrt: »Es freut mich, daß es dir geschmeckt hat. Aber wie steht es um deine Wunde – möchtest du etwas Salbe dafür?«

Er schob seinen Unterkiefer nach vorne und senkte die Augen. Es sah aus, als würde er auf eine Jagdbeute zielen.

»Die Wunde – von dem kleinen Pfeil? Nein, spar dir deine Salbe für Øyvinds Nase.« Dann ging er zur Tür.

Halldor räusperte sich hinter ihm. »Du hast meinen Gast vergessen!«

Petrus blieb ruckartig stehen, die Augenbrauen ganz bis zum Haaransatz hochgezogen. »Deinen Gast?«

»Ja, du hast vergessen, dich von John Greene zu verabschieden.«

In Petrus' Gesicht waren deutlich Zweifel und Verwirrung zu erkennen. »Er ist doch nur ein Engländer, der zufällig hierherkam!«

»Er ist Gast hier in meinem Haus«, sagte Halldor fest.

Petrus zuckte die Schultern, aber er tat, wie ihm geheißen wurde. Dann verschwand er zur Tür hinaus. Es kam Ingunn so vor, als würde die Sonne in die Wohnstube scheinen, nachdem er gegangen war.

Als Ingunn spät am Nachmittag draußen etwas zu erledigen hatte, kam Øyvind gerade vom Strand hochgetrottet. Sie lief ihm entgegen und rief: »Ich habe Sonnensalbe für deine Nase gemacht, Øyvind! Aber ich schäme mich, weil es Petrus war, der mich daran erinnern mußte. Ihr zwei seid anscheinend gute Freunde ...«

»Meinst du wirklich?« erwiderte Øyvind trocken. »Nein, er und Reidar – die beiden hängen immer zusammen. Ich glaube, es würde Petrus nichts ausmachen, wenn meine Nase abfiele. Aber es war lieb von dir, Salbe für mich zu machen.« Er berührte leicht die rotbraune Kruste an der Nasenspitze.

»Und – und was hältst du sonst von Petrus?« fragte Ingunn vorsichtig.

Der Bruder antwortete nicht gleich, und sie zeigte auf einen großen Stein, der noch warm von der Sonne war. »Hast du Zeit, dich einen Augenblick hinzusetzen?«

»Ja, natürlich.«

Sie saßen eine Weile schweigend da, bis er leise und zögernd zu sprechen anfing: »Mir ist in diesen Tagen nichts an Petrus aufgefallen, was darauf hindeuten könnte, daß er hitzköpfig und gewalttätig ist. Eher im Gegenteil. Der Kerl fängt anscheinend niemals Feuer – auch als er auf den kleinen Skrælinger schoß, blieb er so kalt, als würde er auf ein Schneehuhn zielen. Ich glaube, Sigrid auf Vardebu hat dich unnötig aufgeregt.«

Ingunn sah ihn scharf an, und er zögerte etwas. »Ja, sicher, sie hat geträumt, daß Vater dich an Petrus verheiraten möchte. Und der ist ein Mann, den ich lieber vor mir als hinter meinem Rücken habe. Aber daß es dich das Leben kosten könnte, seine Frau zu werden ...!«

»Du meinst wohl, ich solle froh sein, wenn Ingolf und Vater bei diesem Ehehandel einig werden?« meinte Ingunn, ohne die Augen vom Gesicht des Bruders zu wenden.

Seine Worte kamen immer noch etwas zögernd. »Oh – ich meine nur, daß du nicht übereilt handeln solltest, damit keine Mißverständnisse zwischen uns und den Leuten auf Under Høvda entstehen. Ich persönlich brauche auch etwas Zeit.«

Ingunns Verwirrung dauerte nur einen Augenblick. »So, du meinst Turid! Am letzten Sonntag wurde mir klar, daß ihr euch mögt. Aber du weißt sicher, daß Ingolf vorhat, sie mit dem einzigen Sohn auf Lakselv zu verloben. Es würde jetzt nichts nützen, um ihre Hand anzuhalten, da du hier nicht der erbberechtigte Sohn bist.«

»Wir werden ja sehen«, sagte Øyvind hart. »Es gibt schon genug verlassene Höfe, und ich habe mein Anwesen in Eriksfjord. Ich sehe eine Möglichkeit, aber ich muß mich zuerst mit Turid beraten. Ich bitte dich nur, sei vorsichtig, was Petrus angeht. Wenn ich mehr über ihn in Erfahrung bringe, egal ob Gutes oder Schlechtes, verspreche ich dir, daß ich es dir sofort sagen werde.«

Ingunn stützte ihr Kinn in die Hand und schaute auf das Wasser. Der innere Teil des Fjordes lag schon im Dunkeln, und der Landwind wehte in kalten Böen. Die Gedanken mahlten träge und schwer in ihrem Kopf. Sie fröstelte und versuchte sich daran zu erinnern, was sie sonst noch den Bruder hatte fragen wollen. Ach ja – der Goldschmuck der Mutter!

Sie zog ihn wieder herunter, als er aufstehen wollte. »Vater hat heute erzählt, daß Mutter ein Schmuckstück aus Gold mit nach England nahm, das über zweihundert Jahre im Besitz ihrer Familie gewesen war. Eigentlich hätte ich es bei meiner Heirat bekommen sollen. Weißt du etwas davon?«

Øyvind spielte mit einer verwelkten Strandnelke und sah sie nicht an, als er antwortete. »Ich habe ihren Goldschmuck ab und zu gesehen, als sie dich stillte. Er hing an einer Lederschnur unter ihrem Hemd, denn in unserer Gegend war er ein unvergleichlicher Schatz.«

»Weißt du, woher das Schmuckstück kam?«

»Eine ihrer Stammütter hatte es aus Norwegen mitgebracht – es war ein Teil ihrer Mitgift.«

»Und jetzt ist alles weg«, sagte Ingunn ärgerlich. »Mutter, ihre Familie und das Schmuckstück. Weißt du noch, wie es ausgesehen hat?«

Sie wußte nicht, warum sie das alles fragte. Es kam ihr so vor, als würde sie eine alte Kruste abkratzen. Plötzlich erinnerte sie sich daran, wie schlimm es gewesen war, eine kalte, schwere Specksteintasse anstelle der vertrauten weichen Brust der Mutter angeboten zu bekommen. Die Mutter hatte sie gestillt, bis sie über drei Winter alt war.

Øyvind fuhr fort: »Ich glaube, es hatte die Größe eines Möwenkopfes, aber ich erinnere mich vor allem daran, daß es ein Tier mit langem Schwanz und drei Federn auf der Stirn darstellte, das eine Schlange verschluckte. Kleine Blätter verzierten den Rand des Schmuckstükkes.«

Ingunn hatte noch eine dunkle Erinnerung an Milch und Haut und an etwas Schweres, Gelbes, Blankes, mit dem ihre Finger spielten, wenn sie gestillt wurde.

Plötzlich stand sie auf. »Es hat jetzt keinen Sinn, weiter daran zu denken! Ragna wird sich schrecklich aufregen, wenn ich mich nicht beeile, ihr zu helfen, und John Greene braucht sicher auch meine Hilfe.«

Sie überlegte, daß sie sich bei John für den Stoff, den er ihr schenken wollte, bedanken mußte. Vielleicht konnte sie dies tun, wenn sie ihm das Abendessen brachte. So hatte dieser sonderbare Tag doch noch etwas Gutes.

Das Geschenk

Es war der krummbeinige Schiffsjunge, der einige Tage später mit dem blauen Stoff für Ingunn aus Gardar kam. Er hieß Tom. Mit leuchtenden Augen in seinem pickeligen Gesicht überreichte er ihr das Geschenk, in ein Wolltuch eingewickelt, und sagte: »Dies ist nicht mehr als du verdient hast, Ingunn! Die anderen haben sich geprügelt, weil jeder gern der Überbringer des Geschenkes sein wollte, aber der Schiffer hat auf mich gezeigt und gesagt, nur ich würde die Sprache hier kennen.«

Ingunn lachte. »Da hat er recht. Ich verstehe das meiste von dem, was du sagst, und du verstehst uns auch. Ich möchte mich herzlich bei dir dafür bedanken, daß du mir den schönen Stoff gebracht hast.« Sie hielt vorsichtig das wertvolle Geschenk, bevor sie es Tom zurückgab.

Er sah aus, als verstünde er die Welt nicht mehr. »Willst du es nicht haben?«

»Doch, selbstverständlich«, sagte Ingunn nachdenklich. »Aber du mußt das Geschenk meinem Vater geben, weißt du das nicht?«

»Nein, das weiß ich nicht – das ist das Dümmste, was ich je gehört habe. Du bist es doch, die ein neues Kleid bekommt, oder?«

»Keine Angst – Vater wird mir den Stoff geben. Aber er muß mir das Geschenk überreichen, nicht John.«

»Warum nicht?«

Ingunn wurde dunkelrot. »Weil – weil sonst das Geschenk ein Zeichen dafür wäre, daß John vorhätte, sich mit mir zu verloben.«

»Er hätte eine schlechtere Wahl treffen können«, sagte Tom und fügte hinzu: »John sagte, daß die blaue Farbe gut zu deinen Augen passen würde. Weil ich meinen Schiffsgefährten erzählt habe, wie du aussiehst, haben wir uns darum gestritten, wer das Geschenk bringen durfte.«

Ingunn wunderte sich über die freimütige Redeweise bei jemandem, den sie kaum kannte, aber dann erinnerte sie sich daran, daß die Engländer andere Sitten als die Grönländer haben mußten.

Lächelnd sagte sie: »Vater ist gerade damit beschäftigt, ein paar junge Pferde zu zähmen, aber er kommt bestimmt gleich zurück, so daß wir die Sache erledigen können. Und du möchtest sicher auch etwas zwischen die Zähne bekommen, bevor du wieder zurückfährst, Tom? Ich glaube, da steht noch frisch gemolkene Milch zum Abkühlen im Bach.«

Er lachte fröhlich. »Besten Dank! Ich sah die Kuhmagd den Eimer dort hinstellen. Sie ist auch ein hübsches Mädchen, aber doppelt so groß wie ich.«

»Und was macht das?« Ingunn versuchte, ihn ein bißchen aufzuziehen.

Er schaute an sich herunter, mit plötzlichem Ernst in seinem Gesicht. »Es würde nichts ausmachen, wenn wir nach eurem Thing im Herbst nach Hause fahren können. Aber wenn wir hierbleiben müssen, bis wir im nächsten Sommer durch das Eis kommen, könnte es langweilig werden. Ich weiß nicht, warum, aber die Mädchen hier sind größer als zu Hause in Bristol. Und ihr seid auch recht hochnäsig!«

Ingunn überlegte kurz, bevor sie antwortete. »Ich weiß nicht, wie die Mädchen in Bristol aussehen, denn es waren nur Männer an Bord der englischen Schiffe, die hierherkamen. Aber es ist nicht wahr, daß wir Grönländerinnen hochnäsig sind!« Sie lächelte etwas, um den Worten ihre Härte zu nehmen.

»Nein? Die Mädchen hier kichern immer nur und drehen sich um, wenn du auch nur versuchst, ein Wort mit ihnen zu reden, oder sie rennen weg, nachdem sie dich angeschaut haben, als hättest du sie mit dem Messer bedroht. Das ist alles mehr oder weniger dasselbe.«

»Wir müssen auf unseren guten Ruf achten, verstehst du das nicht? Sind sie denn immer so willig, die Mädchen in Bristol?«

Jetzt wurde Tom dunkelrot. »Nicht alle – aber jedenfalls weiß ich, mit wem ich dort reden kann, ohne daß sie mir den Rücken zukehren. Es gibt viele nette, umgängliche Weiber in den Bierstuben am Hafen, damit du es weißt.« In seiner Stimme lag Sehnsucht.

»Wir fressen die Männer auch nicht«, sagte Ingunn trocken. »Aber wir haben guten Grund, uns vor fremden Seeleuten in acht zu nehmen.«

Er sagte zögernd: »Ich – ich habe gehört, daß deine Mutter mit einem Schiff nach Bristol gefahren ist. Damals hat sie wohl auch den Goldschmuck mitgenommen, den du sonst bald bekommen hättest.«

Ingunn konnte den Unmut in ihrer Stimme nicht verbergen, als sie antwortete: »Ja, das ist richtig. Aber ich habe es nicht gern, wenn du herumläufst und über Dinge redest, die nur uns auf Bru etwas angehen.«

»Für wie dumm hältst du mich!« sagte Tom hitzig. Kurz darauf fügte er hinzu: »Aber es ist wahr, daß hier jeder über jeden redet. Und einer Sache kannst du dir sicher sein: Wir an Bord der ›Kathryn‹ respektieren dich und deinen Vater. Außerdem hörte ich, wie John Greene dem Schiffer sagte, wenn jemand von unseren Leuten dir zu nahe kommen sollte, würde er die Peitsche zu spüren bekommen!«

»Du lieber Himmel!« sagte Ingunn. »Hier auf Bru habe ich sicher wenig zu befürchten, da mein Vater und meine zwei Brüder mich verteidigen können. Und wenn jemand die Tochter eines Bauern dort, wo ihr jetzt seid, belästigt, könnte es für den Mann lebensgefährlich werden, wenn der Vater oder die Brüder dahinterkommen – vergiß das nicht.«

Den Jungen verließ der Mut, und er sagte: »Mit dir kann man jedenfalls reden, Ingunn.« Er hielt einen Augenblick inne und fügte hinzu: »Ich verstehe zwar eure Sprache, aber die Sitten hier begreife ich nicht. Wenn ich nur daran denke, daß du dieses Geschenk ohne deinen Vater als Mittelsmann nicht entgegennehmen darfst. Oder daran, daß dein Vater Großbauer ist und ihr mindestens zwei Kuhmägde habt – und trotzdem hast du das, was wir aus Bristol die Hände einer Kuhmagd nennen!«

Ingunn studierte ihre Hände, als hätte sie auch diese gerade erst als Geschenk erhalten. Sie waren klein und wohlgeformt, und die Narben von den Blasen, die sie bekommen hatte, als ihr das Melken beigebracht wurde, waren nicht schlimmer als bei den meisten Leuten.

»Meinst du die Narben von den Blasen?«

»Ja, sicher – sie bedeuten wahrscheinlich, daß auch du wie ein Sklave melken und ausmisten mußt.« Tom sah verlegen aus.

»Ich kann auch melken und den Kuhstall ausmisten, wenn du das meinst – das können alle Männer und

Frauen hier. Und alle Kinder freuen sich, wenn sie für die Tiere sorgen dürfen. Es ist übrigens schwierig, ordentlich zu melken, mußt du wissen – ich kann mich gut daran erinnern, wie stolz ich war, als die Kuhmagd meiner Ziehmutter mir sagte, jetzt beherrschte ich diese Kunst!«

»Und ihr Mädchen bekommt dann Blasen von dieser Kunst?«

»Ja, aber die Jungen bekommen sie auch. Nur sieht man die Narben nicht so gut an Männerhänden.«

»Das ist sicher wahr ...« Tom lächelte etwas. »Ich kann dir ebensogut erzählen, daß man sich zu Hause in Bristol um die grönländischen Weiber reißt, denn ihr seid fleißig und bekommt auch nie die Pocken, so daß ihr uns im Notfall pflegen könnt!«

»O danke«, sagte Ingunn säuerlich.

»Nichts für ungut – aber niemand von uns kann bei euch zwischen Dienstmädchen und den Töchtern von freien Bauern unterscheiden. Ihr arbeitet alle gleich hart und zieht euch gleich eintönig an!«

Ingunn fand, daß dies das Dümmste war, was sie je gehört hatte. Dienstmädchen brauchten sich nicht um Erbrecht und Eigentum zu kümmern, deswegen hatten viele in ihrem Alter schon dicke Bäuche, ob sie nun verheiratet waren oder nicht. Laut sagte sie: »Es gibt einen Unterschied, glaub mir! Halte die Augen offen während des Things, dann wirst du schon sehen! Und gib deinen Freunden den Rat, die Finger von den Mädchen zu lassen, bis sie sich sicher sind, daß andere nicht ältere Rechte haben. Sonst fließt noch Blut.«

»Wir werden versuchen, uns zurückzuhalten.« Tom hatte seine Fröhlichkeit wiedergefunden. »Und da du über Essen gesprochen hast ...«

Ingunn lachte. »Komm mit herein, dann werde ich dir etwas auftischen. Aber da ist Vater – zuerst mußt du unser Dolmetscher sein, damit wir uns bei John für das Geschenk bedanken können!«

Halldor kam ihnen entgegen, verschwitzt und erschöpft, mit einem zerrissenen Halfter in der Hand. Der Unterricht auf der Hauswiese war anscheinend nicht besonders erfolgreich gewesen. Ingunn legte die Hand auf seinen Ärmel und sagte: »Schau, Vater, was Tom dabei hat – ein Geschenk für dich von John.«

Tom sah rechtzeitig Ingunns abwehrende Handbewegung und hielt gehorsam den Mund. Mit einer leichten Verbeugung überreichte er Halldor das Bündel.

Halldor befühlte den blauen Stoff und warf einen raschen Blick auf seine Tochter, bevor er das Bündel unter den Arm klemmte. »Ich kann jetzt nicht hineingehen, aber ich werde mich heute abend bei John Greene für das Geschenk bedanken. Dann wird Ingunn in Anwesenheit von Zeugen den Kleiderstoff von mir bekommen, damit keine Mißverständnisse entstehen.«

Toms braune Augen waren ernst, als sein Blick Halldor folgte, der mit dem Bündel und dem zerrissenen Halfter unter dem Arm zum Arbeitshaus weiterging.

Als Ingunn und Tom in die Stube hereinkamen, sah John Greene sie erwartungsvoll an. Die beiden Engländer tauschten einen kurzen Gruß aus, bevor John etwas sagte, das anscheinend Ingunn betraf, denn sie hörte ihren Namen. Aber Tom übersetzte weder das, was er selbst sagte, noch Johns kurze, scharfe Antwort. Tom sprach weiter und erklärte wohl, warum Ingunn das Bündel mit dem Stoff nicht bei sich hatte.

Weder die Worte »Ingunns *father*« noch Toms übertriebenes hilfloses Achselzucken bedurften einer Übersetzung.

Genausowenig Johns blitzschneller Blick auf Ingunn, bevor er Tom sichtlich erbost antwortete.

Als wollte er um Entschuldigung dafür bitten, daß er Johns Verärgerung nicht hatte verhindern können, sagte Tom vorsichtig: »John Greene bittet mich zu sagen, er hoffe, daß Halldor dir den Stoff geben und nicht für den Tauschhandel mit anderen benutzen wird.«

Ingunn holte tief Atem und antwortete mit mühsam bewahrter Fassung: »Sag John Greene, daß er meinen Vater anscheinend schlecht kennt. Aber solange John bei uns zu Gast ist, müßt ihr euch nach unseren Sitten richten.«

John lachte kurz auf, als Tom ihm erzählte, was Ingunn gesagt hatte, und seine Antwort fiel auch nicht viel länger aus, weder auf englisch noch in Toms Übersetzung: »John möchte wissen, was das für eine Sitte ist, die einem Mann nicht erlaubt, den Menschen zu belohnen, dem er soviel Dank schuldet.«

»Hier wäre es ein schlechter Dank, das Geschenk direkt zu überreichen. Ein anständiges Mädchen darf keine Geschenke von einem Mann entgegennehmen, wenn sie nicht mit ihm verlobt werden soll«, sagte Ingunn. »Das würde nicht wiedergutzumachenden Tratsch zur Folge haben.«

Als sie Johns belustigten Blick sah, nachdem Tom ihm ihre Antwort übersetzt hatte, fühlte sie sich plötzlich unendlich traurig. Es machte ihm anscheinend nichts aus, daß er und Tom nahe daran gewesen waren, ihren guten Ruf zu zerstören, und daß er sie jetzt mit seinen Fragen quälte.

Schließlich begegnete sie seinem Blick und sah, wie sein Lächeln augenblicklich verblaßte. Er räusperte sich und sagte etwas auf englisch, an Tom gerichtet, aber langsam und deutlich, und es wurde ihr klar, daß er eigentlich direkt zu ihr sprach: »Du kannst Ingunn versichern, daß alles so geschehen wird, wie sie und Halldor es wünschen.«

Ingunn sagte erfreut: »Dann bedanke ich mich vielmals für den wunderbaren Stoff, den du mir durch Vater schenkst, John! So etwas habe ich mir schon lange gewünscht.«

John lächelte zufrieden, als Tom es ihm übersetzt hatte. »Das ist gut. Wozu wirst du ihn gebrauchen?«

Sie errötete, als sie antwortete: »Ich brauche etwas Schönes zum Anziehen für das Herbstgelage auf Under Høvda und für das Althing in Gardar eine Woche später. Ich habe noch nie ein gutes Festkleid besessen, aber jetzt wachse ich schon längst nicht mehr.«

»Hm-m ... Wie alt bist du eigentlich?«

»Dies ist mein sechzehnter Sommer.«

»Bist du nun heiratsfähig, wie dein Vater es ausdrückt?«

»Ja.«

»Bist du verlobt?«

Sie senkte die Augen. »Nein.«

»Vielleicht hast du keinen gefunden, der dir gefällt?«

Bei diesem Verhör stieg die Wut in ihr hoch, und sie schaute ihn direkt an, als sie mit fester Stimme antwortete: »Um diese Dinge kümmert sich mein Vater.«

»Das ist ungefähr so wie bei uns zu Hause.« Er legte sich auf die Kissen zurück.

»Entschuldigung«, sagte er kurze Zeit später. »Ich werde so wißbegierig, wenn ich hier sitze, ohne auf normale Art und Weise mit den Leuten sprechen zu können.«

»Wenn du mir mehr Englisch beibringst, brauchst du

nicht auf Tom oder Olaf zu warten, um zu erfahren, was hier vor sich geht«, sagte Ingunn mutig.

»Das würde ich gerne tun, wenn du ab und zu etwas länger bei mir sitzen bleiben könntest. Aber du bist immer so beschäftigt.«

»Ja. Wir haben einen großen Haushalt.«

»Und es macht die Sache nicht besser, daß ich hier bin. Jedenfalls freue ich mich darüber, daß ich dir als kleine Gegenleistung ein Festkleid beschaffen konnte.« Er schwieg einen Augenblick. »Was ist an diesem Herbstgelage so außergewöhnlich, daß du dich besonders zurechtmachen mußt?«

Als Tom übersetzt hatte, fühlte Ingunn erneut, wie sie errötete. »Nach Gardar ist Under Høvda der größte Hof in Einarsfjord, und viele, die ich kenne, kommen zum Herbstgelage dorthin – auch viele, die von weit her anreisen, um in der Woche danach beim Althing dabeizusein.«

»Dein Vater ist ja ein mächtiger Mann hier in der Gegend, deswegen habt ihr sicher auch sonst viel Umgang mit den Leuten von Under Høvda?«

»N-nein.« Ingunn antwortete zögernd. »Vater macht keine Besuche, wenn er nicht unbedingt muß. Aber meine Brüder gehen auf die Jagd oder zum Fischen mit Petrus Ingolfsson, dem erbberechtigten Sohn auf Under Høvda. Petrus war hier zu Gast, als dein Schiffer das letztemal kam, um mit dir zu reden.« Ihr Gesicht glühte so, als hätte sie stundenlang neben der Kochgrube gestanden.

Als Tom dies übersetzte, fügte er schnell von sich aus noch etwas hinzu. John schaute sie prüfend an, bevor er ein wenig lächelte und sagte: »Ich sehe, du brennst darauf, gehen zu dürfen. Nur noch eine letzte Frage: Warum findet bei euch alles so spät im Jahr statt? In Island halten sie Thing mitten im Sommer, soviel ich weiß.«

Erleichtert darüber, keine lästigen Fragen mehr beantworten zu müssen, erklärte Ingunn: »So war es früher auch hier auf Grönland, sagt Vater. Aber als mit der Zeit das Eis bis zum Spätsommer vor der Küste liegenblieb, wurde es für diejenigen, die weit weg wohnten, schwierig, bis zum Mittsommer rechtzeitig anzukommen – für die Leute auf Herjolfsnes, zum Beispiel. Und jetzt ist es schon seit langem Sitte, das Thing vor dem Schafezählen und der Schlachtzeit abzuhalten. Und auf Under Høvda haben sie ihr großes Gelage schon immer im Herbst gehabt«, fügte sie außer Atem hinzu.

»So verhält es sich also«, sagte John. »Ihr müßt mich zu dem großen Gelage mitnehmen – oder wenigstens nach Gardar, wo alle meine Freunde sind!«

»Wir werden abwarten, wie gut du bis dahin laufen kannst«, sagte Ingunn.

Er strich sich über den schwarzen Bart und lachte kurz. »Ich möchte ungern die Leute erschrecken, wenn ich endlich hier herauskomme. Könntest du mir die Haare und den Bart ein bißchen stutzen?«

Ingunn sah ihn entsetzt an. »Nein, darum mußt du Øyvind bitten! So etwas tut eine Frau nur für ihren Bruder oder Vater, oder für ihren Ehemann.«

Tom grinste, als er das übersetzte, und John grinste auch, als er abermals etwas sagte, das Tom nicht an Ingunn weitergab. Sie hatte das Gefühl, im Weg zu sein, und ging hinaus, um Essen für Tom aufzutischen.

In der Milchkammer stand Ragna und knetete Butter. Als Ingunn sich reckte, um einen kleinen Schimmelkäse von der Ablage herunterzuholen, sagte die Haushälterin scharf: »Den habe ich für Reidar vorgesehen. Er braucht gute Wegzehrung, wenn er mit Petrus Ingolfsson auf Rentierjagd geht.«

»Ich werde nur eine kleine Scheibe abschneiden«, sagte Ingunn. »Der Bote aus Gardar braucht etwas zu essen, bevor er zurücksegelt. Außerdem habe ich jeden Käse, der hier drinnen ist, selbst gemacht«, fügte sie mutig hinzu, überzeugt davon, daß sie sich den blauen Kleiderstoff verdient hatte.

Als Ingunn die Milch vom Tag versorgt hatte, wollte sie die Kette am Webstuhl neu aufziehen, solange noch genug Tageslicht durch das Rauchloch und die Türöffnung kam. Sie wollte versuchen, einen karierten Stoff zu weben, so wie es ihr Sigrid beigebracht hatte. Wenn sie mit dem Muster zurechtkommen wollte, mußte sie die Garnfarben richtig auseinanderhalten können.

Sie freute sich darauf, eine Weile in aller Ruhe weben zu können. Der Webstuhl stand an der Querwand gegenüber von der Bettkammer, so daß John rufen konnte, wenn er etwas brauchte. Ansonsten mußte sie weder mit ihm und Tom sprechen, die sich leise unterhielten, noch mit den Dienstmädchen, die mit Schafmist für das Feuer und Eimern voll frisch ausgelassenem Robbenfett für das Essen ein und aus gingen.

Sie war so vertieft in ihre Arbeit, daß sie erschrak, als Tom ihre Schulter berührte und sagte: »Jetzt muß ich mich beeilen, Ingunn, sonst komme ich vor Anbruch der Dunkelheit nicht nach Gardar zurück, und der Schiffer wird die Peitsche schwingen! Ich benutze nämlich unser eigenes Beiboot – die Leute hier in der Gegend jammern ja nur, wenn man sich ein Boot von ihnen ausleihen möchte. Man sollte meinen, die Dinger wären aus purem Gold.«

»Du solltest mit deinen Äußerungen etwas vorsichtiger sein, Tom!« sagte Ingunn und befestigte geschickt einen der Kettenbeschwerer. Dann richtete sie sich auf und gab ihm die Hand. »Auf Wiedersehen! Es war lieb von dir, Vater und mir den Stoff zu bringen.«

»Es war jedenfalls ein angenehmerer Auftrag als diejenigen, die ich sonst ausführen muß«, grinste er. »Man hat mich übrigens schon öfter gebeten, mit meinen Äußerungen etwas zurückhaltender zu sein – aber was habe ich denn diesmal gesagt?«

»Unsere Boote *sind* wertvoll«, sagte Ingunn kurz. »Siehst du irgendwo Wald oder Rundholz für den Bau von Schiffen?«

»Nein«, gab er zu.

»Und es ist lange her, daß die Leute nach Markland gefahren sind, um neues Rundholz zu holen. Deswegen reißt man sich hier um das Treibholz, auch wenn es ungeeignet für den Bootsbau ist. Es reicht jedenfalls für kleine Boote, und große Schiffe brauchen wir nicht, solange englische Schiffe das Meer unsicher machen, wenn wir außer Landes segeln!«

»Du kennst dich anscheinend in vielen Dingen aus«, sagte Tom und setzte die Mütze auf. »Begleitest du mich hinaus?«

Ingunn sah ihn fragend an. Toms pickeliges junges Gesicht war plötzlich ernst geworden. Seine braunen Augen warfen einen flüchtigen Blick auf John, und er nickte vielsagend. Offensichtlich wollte er ihr etwas unter vier Augen sagen.

Sie spürte die angenehm frische Meeresbrise auf ihrem warmen Gesicht, als sie zum Strand hinuntergingen. Sie war gespannt, was Tom wohl auf dem Herzen hatte.

Er wartete, bis sie unten am Boot angelangt waren, wo er anfing, mit der Vertäuung herumzuhantieren. »Ingunn, weißt du, wer John ist?«

»Ja, selbstverständlich – er ist der Sohn des Kaufmanns Martin Greene in Bristol.«

Tom fingerte an einigen nur in seiner Einbildung vorhandenen Fransen am Tau herum. »Ich meine, ob du etwas über Johns Familie weißt?«

»N-nein«, mußte sie zugeben. »Darüber hat keiner was gesagt. Ich glaube, Vater weiß auch nichts über sie.«

»Die Familie Greene sind mächtige und reiche Geschäftsleute in Bristol, die viele Häuser und Schiffe besitzen.«

Ingunn lächelte ein wenig. »Du kannst dir sicher sein, daß Vater John auf dieselbe Weise behandelt hätte, wenn er arm gewesen wäre. Die Güter von Martin Greene zu Hause in England können hier auf Grönland niemanden beeindrucken!«

»Schon möglich, aber für meinen Schiffer bedeuten die Reichtümer und die Stellung von Johns Familie ziemlich viel, denn er muß nach Bristol zurückfahren und dort sowohl für die Waren als auch für das Fortbleiben von John Greene Rede und Antwort stehen!«

Ingunns Lächeln verschwand, und sie fühlte die Wut in sich aufsteigen. »Erstens sieht es so aus, als ob ihr vorhabt, euch eure Waren hier gut bezahlen zu lassen, und zweitens kann dein Schiffer froh sein, daß John am Leben ist und anscheinend wieder ganz gesund wird!«

»Das ist es ja gerade, was ich meine, Ingunn. Man muß das Eisen schmieden, solange es heiß ist – oder besser gesagt, dein Vater sollte es tun. Der Schiffer weiß genau, wieviel er euch hier auf Bru schuldet. Und er ist in einer besonders schwierigen Lage, weil er John auf diese Fahrt überhaupt nicht mitnehmen wollte. Vielleicht wird Martin Greene ihm zur Last legen, absichtlich unachtsam gewesen zu sein.«

»Warum denn das?« fragte Ingunn so überrascht, daß sie ihre Wut vergaß.

»Findest du, daß John sich wie ein normaler Seemann benimmt?«

»Woher soll ich das wissen – er ist doch Ausländer.«

»Das bin ich auch, aber es gibt weniger Unterschiede zwischen mir und deinen Brüdern als zwischen uns Seeleuten und John, nicht wahr? Und das kommt daher, daß John reich ist und sich für Buchwissen interessiert, nicht für Handel und Fischerei. Diese Launen wollte sein Vater ihm austreiben, als er ihn mit auf diese Fahrt schickte.«

»John sieht doch stark und kräftig genug aus ...« Ingunn meinte, sie müsse den Gast verteidigen, auch wenn sie zuvor böse auf ihn gewesen war.

»Ja, schon. Aber er wäre sicher nicht vom Rigg heruntergefallen, wenn er wie ich von Kindesbeinen an zur See gefahren wäre. So schlecht war das Wetter nicht.«

»Tom, was willst du eigentlich von mir? Warum hast du mir das alles erzählt?«

»Ich möchte, daß du diese Dinge bei Tageslicht siehst, nicht in der Dämmerung.« Tom warf das Tau an Bord. Bevor er leichtfüßig nachsprang, drehte er sich mit einem Grinsen zu ihr um.

»Und sag deinem Vater, daß er nicht zu bescheiden sein soll, denn die Kornpreise in Bristol sind jetzt viel niedriger als vor sechs Jahren! Das hat euch sicher keiner erzählt – es war John selbst, der mich daran erinnerte, das zu sagen.« Dann beschäftigte er sich mit dem Segel.

Ingunn mochte keine Geheimnisse mehr mit sich herumtragen. Sie ging den Vater suchen, aber als sie ihn zusammen mit Reidar und Øyvind drüben an der Pferdeweide stehen sah, zögerte sie. Es war schon schlimm genug, dem Vater diese schwierigen Dinge erklären zu müssen. Sie wollte nicht noch zusätzlich Reidars Hohn ertragen, weil sie als Frau sich in Handelsangelegenheiten einmischte.

Jetzt erinnerte sie sich an das merkwürdige Gespräch zwischen Reidar und Petrus, in dem es darum ging, den englischen Kaufleuten einen Denkzettel zu verpassen. Oh, sie würde es wohl wieder verschieben müssen, sich mit dem Vater zu beraten, bis sie ihn unter vier Augen sprechen konnte. Noch einen oder zwei Tage würde sie damit warten müssen.

Als sie in die Wohnstube zurückkam, fauchte Ragna sie von der Kochgrube wie eine böse Katze an. »Ein törichtes Mädchen bist du – nie ist Hilfe von dir zu erwarten!«

Sie rührte wütend mit dem Holzlöffel im Suppentopf und fuhr fort: »Und dann läßt du mich hier allein mit diesem verrückten Engländer, der sich nicht verständlich machen kann. Frag du ihn, was er will – er hat zwischen seinem Gequassel mehrmals deinen Namen gesagt.«

Ohne zu antworten, nahm Ingunn eine Tischplatte von der Wand und trug sie zur Bank, wohin »der Verrückte« sich gesetzt hatte, als sie draußen war. Sie sah, daß John noch blaß und verschwitzt war von der Anstrengung, aus dem Bett zu kommen.

Mit einem aufmunternden Lächeln rückte sie zwei Böcke zurecht und legte die Tischplatte darauf. Er schnitt eine entschuldigende Grimasse, wobei er die

Hand gegen die Rippen hielt, als wollte er erklären, warum er nicht mithalf.

Sie sagte leise: »Dies ist sowieso meine Arbeit!«

Er schaute sie fragend an, und sie versuchte es auf englisch: »It's my work.«

Sein Lächeln und sein Nicken, die zeigten, daß er verstanden hatte, machten sie ungewöhnlich glücklich und stolz. Sie hatten sich während der wenigen Wochen doch einiges gegenseitig beigebracht. Als sie eine Tranlampe angezündet hatte, setzte sie sich neben ihn. Sie tat so, als würde sie Ragnas Gebärden nicht sehen, während sie darauf wartete, daß er sagte, was er auf dem Herzen hatte.

»Du – du warst lange draußen. Hatte Tom viel zu erzählen?« fragte John.

Ihr Herz tat einen Sprung. Hatte er sie vermißt oder Angst um sie gehabt? Hatte er vielleicht darauf gehofft, daß sie Dinge über ihn erfahren würde, die er selbst ihr nicht erzählen konnte? Sie sagte bedächtig: »Ja, doch. Wie du weißt, ist Tom gesprächig. Ich werde dir später davon erzählen, aber jetzt muß das Abendessen auf den Tisch. Die anderen können jeden Augenblick hereinkommen, und dann wollen sie Essen bekommen!«

Gleich darauf hörte sie Reidars Stimme im Hof und fühlte sich so bedrückt, als säße er schon am Tisch und schimpfte sie aus. Wenn schon ihr eigener Bruder es fertigbrachte, daß sie sich so schlecht fühlte, wie würde es ihr erst ergehen, wenn sie es einem Mann wie Petrus recht machen mußte? Fröstelnd begann sie, den Trockenfisch zu verteilen.

Als sie Øyvind die Schüssel mit gekochtem Robbenfleisch anbot, sagte sie: »John braucht jemanden, der ihm Haare und Bart schneidet, und ich versprach, dich zu bitten, daß du ihm dabei behilflich bist.«

Der Bruder nickte und zeigte John mit Gebärden, daß er seinen Bart schneiden würde. Der Engländer lachte und bedankte sich, Reidar blickte nur argwöhnisch, und Halldor war in Gedanken vertieft.

Da sagte Reidar: »Vater, Petrus hat erzählt, daß einige seiner Schafhirten viele schöne, fette Rentiere im Gebirge gesehen haben. Wir wollen in drei Tagen auf die Jagd gehen und einige der Engländer in Gardar mitnehmen.«

Ingunn verstand nicht, warum sie von Angst gepackt wurde, als hätte sie plötzlich einen Troll vor sich gesehen. Aber die beiden hatten sicher etwas Böses vor, denn es sah Reidar und Petrus nicht ähnlich, fremde Leute mit auf die Jagd zu nehmen, am allerwenigsten Engländer. Hoffentlich führten sie nichts im Schilde und planten etwa, weit von der Siedlung entfernt einen Unfall vorzutäuschen. Ihr war so schwindlig, daß sie kaum noch die ruhige Stimme des Vaters vernahm: »Nein, das solltet ihr nicht tun, Reidar. Die Engländer würden mit ihrem Unverstand nur die Tiere verscheuchen. Wir brauchen Fleisch für den Winter, keine zusätzlichen Gäste für die Wegzehrung.«

Der Bruder sah nach dieser Rüge nicht sehr glücklich aus, aber Ingunn wurde fast schlecht vor Erleichterung. Die Sorge war sie los! Sie überlegte, ob der Vater denselben Gedanken wie sie gehabt hatte.

An diesem Abend ließ Halldor sich beim Essen ungewöhnlich viel Zeit. Er hatte das Bündel mit dem blauen Stoff neben sich auf den Ehrensitz gelegt, und Ingunn wartete ungeduldig darauf, daß er sich vor aller Augen und Ohren bei John bedanken würde, um ihr dann als Belohnung den Stoff zu überreichen, weil sie so gut für seinen Gast gesorgt hatte. Doch erst als alle Schüsseln weggeräumt waren, erhob er sich zum Zeichen, daß er etwas mitzuteilen hatte. »Ich danke Gott dafür, daß John Greene hier unter meinem Dach gesund geworden ist, und ich danke John Greene für das Gastgeschenk, das er mir gerade gegeben hat.«

Er öffnete das Bündel, so daß alle die wunderbare blaue Farbe des Stoffes bewundern konnten. Mit einem strengen Blick, der dem Murmeln am Tisch galt, fuhr er fort: »Alle hier auf dem Hof wissen, daß meine Tochter mit Gottes Hilfe John geheilt hat. Deswegen ist es nur recht und billig, daß Ingunn als Dank dieses Geschenk von mir bekommt. Ihr seid meine Zeugen, wenn ich ihr diesen wertvollen Stoff überreiche, weil sie gezeigt hat, wie tüchtig sie ist.«

Dunkelrot vor Freude und Stolz erhob sich Ingunn und ging zum Vater, um das Bündel an sich zu nehmen. Als sie sich zu ihm herabbeugte, um ihn zu küssen, und einen Augenblick die Wange gegen die seine legte, streichelte er ihr über den dicken Haarzopf. Der vertraute Geruch von Pferd, Fisch und Leder zusammen mit dem Lob und der Liebkosung versetzten sie so unvermittelt in weit zurückliegende Zeiten, daß sie sich am Pfosten von Halldors Ehrensitz festhalten mußte, um nicht hinzufallen.

Sie war fünf Sommer alt gewesen, und der Vater hatte ihr gerade versprochen, ihr das Segeln beizubringen, weil sie zum erstenmal eine Elle guten Stoff gewebt hatte. Und wenn sie sich jetzt umdrehte, würde die Mutter mit ihrem hellblonden Haar dort im Feuerschein sitzen und ihrer tüchtigen kleinen Tochter lächelnd zunicken.

Sie schluckte schwer und bekreuzigte sich. Dann drehte sie sich um und schaute die Anwesenden an: »Ich danke Gott dafür, daß John Greene auf dem Wege der Besserung ist, und ich danke meinem Vater für das Geschenk, das John Greene zuerst ihm gegeben hat.«

Wenn trotz aller Vorsicht doch noch geklatscht werden sollte, wäre es jedenfalls weder ihre noch Halldors Schuld.

Sigrid aus Vardebu

Am nächsten Morgen stand Ingunn unten am Strand und wartete darauf, daß Halldor das Netz, das er normalerweise in der Nähe vom Land auswarf, heraufgezogen hatte und anlegte. Schweigend nahm sie die zwei schönen Lachse, die er ihr reichte, und wartete, bis er das Ruderboot festgemacht hatte. Erst dann wagte sie einige vorsichtige Fragen. »Du hast doch nichts dagegen, daß ich mir ein Kleid aus dem englischen Stoff nähe, Vater?«

»Nein, warum sollte ich? John meint, du hast das Geschenk wirklich verdient, und das meine ich auch.«

»Aber John ist Engländer, und du magst anscheinend nicht die Art und Weise, wie die Engländer Handel betreiben.«

»Ja«, sagte Halldor kurz, »das stimmt. Aber ich stelle John nicht auf eine Stufe mit seinen Schiffskameraden.«

Ingunn atmete auf. Es würde vielleicht einfacher werden, als sie geglaubt hatte! Schnell erzählte sie dem Vater, was sie am Tag zuvor von Tom erfahren hatte, sowohl über Johns Familie als auch darüber, warum Halldor vom Angebot über günstigen Handel Gebrauch machen solle, bevor es zu spät sei.

Der Vater hörte sich alles bis zum Schluß an, bevor er zum Bootshaus ging, um die Netze zu flicken, die über Nacht getrocknet waren. Er verriet weder durch Worte noch durch seinen Gesichtsausdruck, was er dachte. Ingunn kannte ihn gut genug, um ihn nicht zu bedrängen. Sie lief neben ihm her und beachtete kaum die zwei Lachse, in deren Kiemen sie ihre Finger gehakt hatte und die naß und schwer gegen ihren Rock klatschten.

Erst als Halldor den Riegel aufgeschoben und die Tür zum Bootshaus geöffnet hatte, drehte er sich um und schaute der Tochter direkt in die Augen. Sie begegnete seinem Blick, ohne zu blinzeln. Sein mageres Gesicht erhellte ein leichtes Lächeln, als er sagte: »Meine Tochter, Gott hatte sicher seine Gründe dafür, daß er John bei uns zu Gast sein läßt. Wenn John reich ist und ihm soviel an Buchwissen liegt, wie man sagt, dann wird er hoffentlich dafür sorgen, daß wir als Tausch für meine Waren einen richtigen Priester aus Bristol bekommen. Ich werde immer noch nicht ganz schlau aus diesem englischen Schiffer, aber ich fange an, John besser kennenzulernen.«

»Für mich bist du aber ein guter Priester, Vater. Besser als der Vater von Petrus.« Sie sprach nicht weiter, als sie die wütende Miene des Vaters bemerkte.

»Du bist wohl nicht recht bei Trost! In den Augen der Leute hat ein Mann genau so viel geistliche Macht, wie er auch sonst Macht hat. Deshalb ist Ingolf auf Under Høvda ein besserer Priester als ich, und der Häuptling in Gardar ist noch angesehener als wir beide. Aus diesem Grund hören die Leute letzten Endes auf ihn.«

Sein bissiger Ton machte Ingunn mutiger. »Aber Vater, Tom – der englische Schiffsjunge – hat gesagt, daß alle an Bord der ›Kathryn‹ dich sehr achten. Und sie wohnen ja beim Häuptling in Gardar.«

Halldor strich sich mit dem Ärmel müde über die Stirn. »Wie dem auch sei, Ingunn, ich sehne mich danach zu erfahren, was Priester an anderen Orten über die höheren Mächte sagen, nicht über die Macht unter uns Bauern, denn *darüber* weiß ich genausoviel wie jeder andere. Ich möchte wissen, ob es so ist, daß Gott über alles und alle entscheidet, auch über die bösen Mächte.«

Vom Bootshaus kam ein kalter Windstoß, und Ingunn und der Vater drehten sich gerade noch rechtzeitig um, um zu sehen, wie der kleine halbfertige Kahn dort drinnen von den Böcken fiel, als hätten ihn unsichtbare Hände gestoßen. Blaß und mit zusammengepreßtem Mund bekreuzigte sich Halldor. Ingunn beeilte sich, es ihm nachzutun. Sie wußte, daß sie jetzt nicht über Petrus sprechen durfte.

Sie nahm die zwei Lachse aus und legte sie bis zum Abendessen an einen kühlen Ort, anschließend warf sie die Fischabfälle auf den Müllhaufen. Sie blieb einen Augenblick stehen und amüsierte sich über die Schweine und den Hofhund, die mit Katzen, Raben und Möwen um die Leckerbissen kämpften. Doch dann erinnerte sie sich daran, daß sie mit dem Nähen des neuen Kleides anfangen mußte, solange das schöne Wetter andauerte.

Sie wusch ihre Hände im Bach und lief so schnell zum Haus hinunter, daß sie beinahe über Johns Füße gestolpert wäre. Er saß draußen auf der Bank in der Sonne. Sein schwarzes Haar und der Bart waren frisch geschnitten und gekämmt und glänzten im Sonnenlicht ...

Verlegen sagte sie: »Øyvind hat dich zurechtgemacht, wie ich sehe.«

Er hob den gesunden Arm und strich sich über das Haar. »Ist es so besser?« fragte er nur. Seine großen graugrünen Augen leuchteten, aber sein Gesicht wirkte blaß und abgemagert in dem grellen Licht.

»Vater mag es, wenn man in seinem Haus gepflegt aussieht«, antwortete Ingunn. »Wie geht es dir denn sonst?« Sie deutete auf ihre eigenen Rippen und den Oberschenkelhals, damit er verstand, was sie meinte.

»Danke, gut. Ich möchte mitkommen nach Under- Under-«

»Under Høvda«, sagte Ingunn. »Wir werden sehen. Aber jetzt muß ich unbedingt mein blaues Kleid schneidern, wenn es bis zum Gelage fertig werden soll!«

Als sie mit dem Stoff und mit ihren Nähsachen wieder herauskam, saß er noch mit dem Gesicht zur Sonne gewandt. Während sie im Gras kniete und sich den Stoff zurechtlegte, spürte sie, wie seine Augen ununterbrochen auf ihr ruhten. Sein Blick verwirrte sie, und sie fürchtete, den Stoff zu verschneiden. Er konnte doch etwas Nützliches anfangen – schnitzen oder Netze flicken oder irgendeine andere Arbeit! Das Messer an seinem Gürtel war sicher zu vielem zu gebrauchen.

Schließlich platzte es aus ihr heraus: »Möchtest du dich nicht mit Schnitzen beschäftigen?«

Er schaute sie verständnislos an, und sie nahm ihr eigenes Messer, während sie sich nach etwas umschaute, was sie schnitzen konnte. Eine Weidenrute mußte vorläufig ausreichen. Sie setzte sich neben ihn, zog die Rinde ab und fing an, in den Zweig etwas einzuritzen. »Hier – möchtest du etwas schnitzen?«

Als ihm klarwurde, was sie meinte, lachte er leise. Mit der linken Hand zog er sein eigenes Messer heraus und legte es auf sein Knie, bevor er ihr die Rute abnahm. Sie errötete vor Scham. Mit seinen Armbrüchen und Rippenbrüchen auf der rechten Seite war es wahrhaftig nicht zu erwarten, daß er sich schon mit solchen Dingen beschäftigen konnte!

Aber er ließ sich nichts anmerken, sagte nur »danke« und gab ihr durch Zeichen zu verstehen, daß sie mit ihrer Arbeit weitermachen konnte, ohne sich um ihn zu kümmern.

Als sie schließlich berechnet hatte, wie sie den Stoff zuschneiden mußte, um Ärmel und Faltenwurf nähen zu können, machte sie sich an die Arbeit. Dann sammelte sie vorsichtig die zugeschnittenen Stücke ein und setzte sich neben John auf die Bank. Er hatte den Weidenzweig zwischen die Knie geklemmt und ritzte etwas Kleines und Kniffeliges hinein. Eine Zeitlang wurde kein Wort gesprochen.

Aufgeregt stellte Ingunn sich vor, welchen Eindruck das Kleid auf Bekannte und Unbekannte machen würde. Sie erschrak, als John die Weidenrute in ihren Schoß legte, damit sie die zierlich eingeritzten Buchstaben mit einem Schnörkel an jedem Ende entziffern konnte. »Ingunn« stand da geschrieben.

Zwar benutzte die Familie auf Vardebu wie die meisten anderen Runen, doch die Ziehmutter hatte ihr beigebracht, »Ingunn« in Buchschrift zu deuten. »Es kann in den Buchstaben auch eine geheime Kraft liegen«, hatte Sigrid gesagt, und da hatte sie sicher recht gehabt, denn jetzt fühlte Ingunn sich wie gelähmt. Mit einem Kloß im Hals schob sie den Weidenzweig von sich und stand so schnell auf, daß der Stoff zu Boden fiel.

Hochrot im Gesicht bückte sie sich, um das Festkleid zu retten. Als sie sich wieder aufrichtete, saß John mit einem Ausdruck da, als hätte sie einen Eimer Eiswasser über ihn geschüttet. Vielleicht hatte er es doch nicht so böse gemeint?

»Ist – ist dies Hexerei?« Sie zeigte auf die Buchstaben und schaute ihm direkt in die Augen, so aufgeregt und ängstlich zugleich, daß sie die Schüchternheit vergaß, die sie so oft in Johns Nähe verspürte.

Es funkelte in seinen graugrünen Augen, als er sich mühsam erhob. Auch ohne sich ganz aufzurichten, war er einen Kopf größer als sie. Sie überlegte, ob er sie wohl schlagen würde, aber statt dessen sagte er leise auf grönländisch: »Kannst du lesen?«

»Nur Runen«, sagte Ingunn. Zitternd vor Aufregung setzte sie sich wieder. »Aber ich erkenne meinen Namen, auch wenn er in Buchstaben geschrieben ist. Warum hast du ihn eingeritzt?«

»Du hast gewollt, daß ich etwas schnitze, und Runen kann ich nicht.« Als würde er mit sich selbst sprechen, fügte er hinzu: »Und Ingunn ist ein sehr schöner Name.«

Sie wußte nichts darauf zu antworten. Schließlich sagte sie unbeholfen: »Möchtest du, daß ich dir ein ordentliches Holzstück besorge, womit du arbeiten kannst?« Sie deutete mit den Händen ein großes Stück an.

Mit einem Achselzucken drehte er sich um und schaute eine ganze Weile auf den Fjord hinaus, bevor er sich ihr wieder zuwandte und mit gezwungener Fröhlichkeit sagte: »Das, was ich möchte, ist ein Buch. Weißt du, was ein Buch ist?«

Sie nickte. »Ja, aber ich habe nie eins gesehen.«

Er suchte nach den passenden Worten. »Ein Buch ist wie – wie ein Kästchen mit Wissen drin. Ich besitze mehrere Bücher, aber ich habe keines mit nach Grönland genommen.«

»Warum nicht?« fragte Ingunn, die ihren Mut wiedergefunden hatte. Sie überlegte, warum sie sich ihm nur dann ebenbürtig fühlte, solange das Gespräch zwischen ihnen auf grönländisch ging. Es hätte doch umgekehrt sein müssen, da er viel besser grönländisch sprechen konnte als sie englisch!

John lachte kurz. »Mein Vater hat es für mich entschieden, genauso wie dein Vater für dich entscheidet.«

Es gab so viel, was Ingunn über Johns Welt erfahren wollte, aber sie konnte nicht genug Englisch, um ihn das alles zu fragen. Sie hoffte, daß er so gesund werden würde, daß er mit nach Gardar fahren und sie mit Toms Hilfe herausfinden konnte, warum dieser reiche und schöne junge Mann anscheinend nicht mehr Einfluß auf sein Leben hatte als sie und Turid auf ihres.

Sie wickelte einen Streifen von dem blauen Stoff um den Zweig mit ihrem Namen, packte ihre Nähsachen zusammen und stand auf, um hineinzugehen.

Ingunn war in der Milchkammer und knetete Butter, als sie im Hof das Hufgetrappel von Pferden hörte und die Stimmen erkannte, die den Gruß des Vaters erwiderten. Mit vor Aufregung zitternden Händen riß sie die Sackleinenschürze vom Leib und lief hinaus in den goldenklaren Nachmittag.

Es war anscheinend schon kalt oben auf den Höhen, denn Sigrid aus Vardebu war in so viele Umhänge eingewickelt, daß sie Hilfe brauchte, um vom Pferd abzusteigen, und Thorfinn, ihr Mann, trug die Schaffelljacke, die Ingunn von den vielen Wintern kannte, die sie bei den Zieheltern verbracht hatte.

Sie schlang die Arme um den Ziehvater und atmete den vertrauten Geruch von Schmiede und Stall ein. »Ich wußte nicht, daß ihr vorhattet, hierherzukommen, Ziehvater, denn Einar hat erzählt, daß du deinen Fuß verletzt hast.«

»Ja, das ist richtig, aber Sigrid hat mir trotzdem erlaubt zu fahren. Wir haben über zwei Tage für den Weg gebraucht – du weißt ja selbst, wie streng sie ist!« Er zwinkerte Ingunn mit seinen blauen Augen verschmitzt zu, und sein ganzes Gesicht legte sich in Falten.

Sie lachte fröhlich. »Ziehmutter sagte immer, an dem Tag, an dem sie dir irgend etwas verbieten könnte, würden alle Kühe zwei Kälber bekommen!«

Jetzt war Sigrid endlich vom Pferd abgestiegen. Während sie sich von ein paar Stofflagen befreite, empfing sie Ingunns Kuß auf die wettergebräunte Wange und sagte: »Thorfinns Fuß ist wieder einigermaßen geheilt, und das ist gut, denn als er hörte, wie die Engländer diesmal Handel betreiben wollen, konnte ihn keine Macht zu Hause halten. Er braucht Eisen, und wir haben viele Waren als Tauschmittel. Einar sagte, daß er die Verantwortung für unseren Teil des Handels nicht tragen wolle, so wie die Verhältnisse jetzt sind.«

Jetzt erst bemerkte Ingunn, daß Einar mit im Gefolge war. Wie gewöhnlich sah er aus, als hätte er keine Sorgen auf dieser Welt. Er hatte die Kapuze seines Reitumhangs abgestreift, und seine Glatze leuchtete hell vor der dunklen Scheunenwand. Pfeifend nahm er die Traglast vom ersten Pferd herunter. Sie winkte ihm fröhlich zu und fragte den Ziehvater: »Gibt – gibt es wirklich einen so großen Unterschied zwischen diesem und dem letzten Mal, als ein englisches Schiff hier anlegte?«

»Ja, es scheint so, aber wir dürfen nicht zu voreilig sein und den Engländern die ganze Schuld geben. Der Häuptling in Gardar trägt auch einen Teil der Verantwortung, da er es nicht geschafft hat, gute Bedingungen für unseren Handel zu schaffen. Er fordert ein Zehntel von unseren Häuten und unserer Butter für seine eigenen Vorräte!« schnaubte Thorfinn.

»Reg dich nicht so auf, Thorfinn«, sagte Sigrid. »Wir müssen erst einmal abwarten, was die Leute beim Herbstgelage auf Under Høvda erzählen!«

Sie wandte sich an Ingunn und Halldor. »Wenn ihr diesmal nicht unser ganzes Gefolge beherbergen könnt, werden einige unserer Leute hier in der Nähe bei ihren Verwandten wohnen.«

»Das kommt überhaupt nicht in Frage!« sagte Halldor. »Wir stehen tief in eurer Schuld wegen allem, was Ingunn auf Vardebu gelernt hat. Das kann auch der Kerl da drüben bezeugen.«

Er nickte in Richtung der kleinen Felskuppe vor dem Haupteingang, wo John Greene normalerweise saß, wenn er Pfeile aus Rentiergeweih schnitzte oder sich mit anderen kleinen Bastelarbeiten beschäftigte, die Halldor oder Øyvind ihm aufgetragen hatten. Im Laufe der sechs Wochen, die nach dem Unfall vergangen waren, schienen sowohl der Arm als auch die Rippen wieder verheilt zu sein, doch das rechte Bein zog er noch etwas nach, und Ingunn war klar, daß er oft Schmerzen hatte. Sie war sehr froh darüber, daß sie jetzt die Ziehmutter um Rat bitten konnte, nicht nur wegen Johns Verletzungen, sondern auch wegen anderer Dinge.

»Ist das euer verunglückter Engländer?« fragte Sigrid. »Er sieht ja recht stattlich aus.« Mit einem schnellen, prüfenden Blick auf Ingunn glättete sie den Rock und richtete das Kopftuch. Sie tat so, als würde sie die leuchtenden Wangen der Ziehtochter nicht sehen.

Als wäre es die selbstverständlichste Sache der Welt, half Sigrid aus Vardebu mit, Übernachtungsmöglichkeiten für alle Gäste herzurichten und das Abendessen zuzubereiten. Ein ausgiebigeres Gespräch mit der Ziehmutter mußte deswegen verschoben werden, doch Ingunn freute sich, Ragnas ewige Nörgelei nicht hören zu müssen. Sigrids Autorität veranlaßte die Haushälterin, sich so zu benehmen, als wären sie und Ingunn die besten Freundinnen.

Ragna bestand darauf, daß Ingunn während der Abendmahlzeit neben der Ziehmutter saß, da sie selbst und die Dienstmädchen die Schüsseln auch ohne Ingunns Hilfe herumreichen konnten. Ingunn ließ sich nicht zweimal bitten, denn die Frauenbank gegenüber dem Ehrensitz des Vaters wurde nicht oft benutzt. Sie genoß es, mit einem so geehrten Gast am Tisch zu sitzen und den warmen kräftigen Körper der Ziehmutter neben sich zu spüren.

Auch Halldor war gehobener Stimmung. Er saß zwischen Thorfinn aus Vardebu zu seiner Rechten und dem ältesten Sohn zu seiner Linken. Reidar hatte beim Tischgebet wie üblich grimmig geblickt, aber dann wurde er munter und beteiligte sich eifrig am Gespräch der Männer über den künftigen Handel und das Althing in Gardar.

»Alles der Reihe nach. Der Handel kann warten«, flüsterte Sigrid Ingunn ins Ohr. »Zuerst einmal freue ich mich darauf, bei Ingolfs Herbstgelage Bekannte zu treffen. Übrigens hatte ich die Zeit, mir aus dem grün- und graugestreiften Stoff, den wir beide gewebt hatten, ein Kleid zu nähen!«

»Ich habe auch ein neues Festkleid«, sagte Ingunn stolz. »Aus blauem englischem Stoff. Ich glaube, es ist mir recht gut gelungen – ich werde es morgen anziehen, dann mußt du sagen, wie du es findest.«

»Englischer Stoff, nicht schlecht!« sagte die Ziehmutter. »Ist Halldor auf seine alten Tage so großzügig geworden.«

»N-nein, doch, ich weiß nicht ...« Ingunn wußte nicht so recht, was sie antworten sollte, denn sie erinnerte sich plötzlich daran, daß der Vater Goldschmuck für sie haben wollte. Und der blaue Stoff war ein Geschenk von John Greene, der Vater hatte ihn nicht als Handelsware erworben.

In diesem Augenblick drehte John den Kopf und schaute zur Frauenbank. Ihre Blicke begegneten sich kurz, bevor Ingunn auf das geschnitzte Brett vor sich auf dem Tisch schaute. Sigrid ließ sich nichts anmerken, aber Ingunn wußte, daß die Ziehmutter viel von dem mitbekam, was nicht mit Worten gesagt wurde. Sie ließ sich selten hinters Licht führen.

Lachend sagte Ingunn: »Du hast wohl schon erraten, daß Vater mir den Stoff nicht gekauft hat, Sigrid, da bisher keiner mit den Engländern handeln konnte. John gab Vater den Kleiderstoff, damit ich ihn als Dank dafür bekam, daß du mir so viele deiner Heilkünste beigebracht hast.«

Die Miene der Ziehmutter verfinsterte sich. »Bist du dir ganz sicher, daß du dieses Geschenk nicht direkt von diesem Engländer empfangen hast? Du weißt, wieviel die Leute reden.«

Ingunn zuckte zusammen, von einer Furcht ergriffen, die so unerwartet auftauchte wie eine Gräte in einer Käsescheibe. »Was – was hast du gehört, Ziehmutter?«

»Auf dem Weg hierher hat jemand angedeutet, daß John Greene vorhabe, hier im Haus der Schwiegersohn zu werden.« Sigrid sah die Ziehtochter von der Seite an.

»Vater hat dafür gesorgt, daß durch das Geschenk keine Mißverständnisse entstehen«, sagte Ingunn. »Er hat außerdem schon einen – einen Mann für mich ausgesucht. Und John hat vor, nach Hause zu fahren!«

»Das ist verständlich«, meinte Sigrid. »Wie gesund ist er denn jetzt?«

»Ich glaube, daß nur der Oberschenkelhals ihm noch Probleme bereitet, aber ich bin mir nicht sicher. Würdest du ihn bitte untersuchen, Ziehmutter, und mir sagen, ob du der Meinung bist, daß er jetzt im Herbst die Segelfahrt nach England schaffen könnte?«

»Es hat doch keine Eile, ihn loszuwerden?«

Ingunn antwortete so gleichgültig, wie sie vermochte: »Nein, jetzt nicht mehr, da Vater und Reidar ihr Bett zurückbekommen haben. Aber der englische Schiffer möchte am liebsten nach Hause segeln, sobald das Althing und der Handel vorüber sind.«

»Ich werde mir John morgen näher anschauen, aber du mußt bei mir bleiben, denn ich kann kein Englisch.«

»Er hat schon viel von unserer Sprache gelernt«, sagte Ingunn, die wenig Lust hatte, wie eine alte, weise Frau neben John zu stehen. »Aber er möchte übermorgen mit zum Herbstgelage. Deswegen könnte es sein, daß er sagt, er sei gesünder, als er es eigentlich ist.«

»Damit werde ich schon fertig«, brummte Sigrid.

Am nächsten Tag sagte Sigrid zu John, wenn er in der darauffolgenden Woche mit zum Althing und nach Gardar zum Handeln wolle, dürfe er jetzt keinen Unfall riskieren, weder bei der Segelfahrt nach Under Høvda noch beim eigentlichen Gelage. Sie war taub gegen Johns Einwände und veranlaßte Bauer Halldor, ihm zu sagen, daß er eine solche Verantwortung nicht übernehmen könne und John die drei Tage auf Bru bleiben müsse.

»Auf Under Høvda werde ich auch ohne John schon genug zu tun haben«, sagte Sigrid zu Ingunn etwas später am Tag.

»Wieso denn das?« fragte Ingunn enttäuscht. Sie hatte das Gefühl, daß Sigrid die Sache schwieriger machte, als sie war. »Ich habe mich so darauf gefreut, John mein fertiges Kleid zu zeigen!«

»Das kann er auch in Gardar sehen oder hier und heute. Du hast doch versprochen, mir das Kleid zu zeigen, bevor wir losfahren!«

»Ja, schon. Aber warum hast du weniger zu tun, wenn John nicht zum Gelage mitkommt?«

»Stell dich nicht so dumm«, sagte die Ziehmutter scharf. »Du begreifst doch sicher, daß ich mir Petrus Ingolfsson genauer anschauen möchte. Schließlich ist es Halldors Wunsch, daß Petrus und Ingolf um deine Hand anhalten. Ich möchte mich nicht auch noch um John kümmern.«

»Einar überbrachte mir deine Botschaft, daß du von einer bevorstehenden Heirat und von Petrus' blutigen Händen geträumt hast. Aber als ich fragte, ob das bedeuten würde, daß du gegen diese Heirat wärest, sagte Einar, daß du mich nur warnen wolltest. Ich müsse aufpassen, daß ich Petrus nie einen Grund gebe, mich der Untreue zu verdächtigen.«

»Ja«, sagte Sigrid. »Von dem Augenblick an, an dem du morgen den Fuß auf Ingolfs Strand setzt, mußt du vorsichtig sein, besonders wenn in der Gegend darüber geredet wird, wie du zu deinem blauen Kleid gekommen bist!«

Ingunn fröstelte. Nach der Warnung der Ziehmutter hatte sie das Gefühl, draußen im Nordwind zu stehen, naß bis auf die Haut. Ohne Sigrid anzuschauen, sagte sie: »Das bedeutet also, du bist der Meinung, daß Gefahr im Verzug ist?«

»Ja, aber nicht nur wegen Petrus.«

»Ich verstehe nicht, was du meinst, Ziehmutter. Das kann doch unmöglich etwas mit John und seinem Geschenk zu tun haben? Er kommt nicht einmal mit zum Gelage!«

»Von jetzt an trägst du selbst einen großen Teil der Verantwortung für das, was passiert. Sorge dafür, daß niemand auf Ingolfs Herbstgelage Grund hat zu glauben, der geplante Ehehandel sei gegen deinen Willen – die Leute dürfen aber auch nicht meinen, du und Halldor wäret mit allem bedingungslos einverstanden. So hast du mehr Bedenkzeit.«

»Aber wie kann ich wissen, wie ich über einen solchen Handel denken soll, wenn ich Petrus nicht kenne und nicht einmal weiß, ob er seine erste Frau getötet hat? Und wie kann ich Bedenkzeit bekommen, wenn Vater meint, daß dies eine passende Heirat für mich ist?«

»Petrus ist nicht der einzige wohlhabende Mann auf Grönland«, sagte Sigrid. »Und Halldor hat sich anscheinend noch nicht entschieden, wenn er eingewilligt hat, dich auch mit zum Althing zu nehmen. Dorthin kommen meistens nur junge Mädchen, die vorgezeigt werden sollen – und alte verheiratete Frauen wie ich. Jedenfalls zur Zeit.«

Ingunn schaute die Ziehmutter verwundert an, und diese sprach weiter: »Es war nicht immer so. In alter Zeit, als das Althing noch zur Mittsommerzeit abgehalten wurde, waren auch die jungen Frauen mit ihren Kindern dabei. Aber wenn es früh dunkel wird und die Abende kalt sind, dann macht es keinen Spaß, im Zelt zu schlafen und an einem fremden Ort auf die Kinder aufzupassen. Meine Großmutter erzählte, daß sie als junges Mädchen beim Mittsommeralthing dabei war, aber der damalige Häuptling in Gardar änderte den Zeitpunkt des

Things, als die Engländer anfingen, im Spätsommer hierherzusegeln, um Trockenfisch und Pelze zu kaufen.«

»Ich dachte, die Zeit wurde deshalb geändert, weil das Eis so lange vor der Küste liegenblieb?« sagte Ingunn verwirrt. Eine andere Erklärung hatte sie noch nie gehört.

»Ja, das war die Entschuldigung. Aber alle vernünftigen Grönländer glauben, daß das Althing in den Spätsommer verschoben wurde, weil der Handel mit Norwegen und Island aufhörte. Statt dessen kamen die Männer aus Bristol, und sie hatten Schiffe, die es ihnen ermöglichten, im selben Herbst nach Hause zu segeln, wenn der Handel schnell genug abgewickelt wurde.«

»Es ist sicher für alle von Vorteil, wenn sie rechtzeitig nach Hause fahren«, meinte Ingunn. »Dann brauchen sie für die Überwinterung nicht zu zahlen und haben weniger Zeit, den Frauen hier zu nahezutreten.« Sie dachte an ihre Mutter und wurde dunkelrot.

»Du sagst es«, entgegnete Sigrid trocken. »Bevor ich weiter über das Althing spreche, möchte ich jetzt dein neues Kleid sehen.«

Die schräggeschnittenen Falten des blauen Kleides schmiegten sich weich an den schlanken Mädchenkörper, und Ingunn konnte im Gesicht der Ziehmutter lesen, daß ihr das Kleid stand. Aber Sigrid sagte nur: »Wenn du noch das gelbe Seidenband hast, das ich dir gab, als deine Blutungen anfingen, und wenn du einen Streifen von diesem blauen Kleiderstoff findest, dann können wir dir mit einer grünen Leinenschnur ein schönes Stirnband flechten.«

Gehorsam bückte sich Ingunn nach der Weidenrute mit dem darum gewickelten blauen Stoffstreifen. Sigrid wickelte ihn schnell und geübt ab, bevor sie den nackten Zweig drehte und wendete. »Ich sehe, du hast gelernt, deinen Namen mit Buchstaben einzuritzen!«

»Nein«, sagte Ingunn verlegen, »das habe ich nicht.« Dann erzählte sie, was an dem Tag passiert war, an dem sie das Kleid zugeschnitten hatte.

Die Ziehmutter legte die Hände auf Ingunns Schultern und sagte nachdenklich: »Warte bis zum Gardarthing damit, dich John in diesem Kleid zu zeigen. Und gib mir den Zweig, in den er deinen Namen geritzt hat, dann werde ich die nötigen Gebete aufsagen.«

Ingunn wußte nicht, was die Ziehmutter vorhatte, aber sie fühlte sich dennoch getröstet.

Die Segelfahrt über den Einarsfjord nach Under Høvda war ein kaltes Vergnügen, aber Ingunn hatte so vieles, woran sie denken mußte, daß sie den scharfen Herbstwind kaum beachtete. Ihre Brüder waren zwei Wochen lang mit Petrus auf Rentierjagd gewesen, und sie war seit dem Sonntag, an dem Turid ihr über die Heiratspläne von Ingolf und der Lakselv-Familie erzählt hatte, nicht auf Under Høvda gewesen. Jetzt würde sie Petrus zum erstenmal seit seinem Besuch auf Bru wiedersehen.

Mit Augen, die nichts sahen, schaute sie auf die steile Küste. Sie hatte sich bei der Abreise von Bru so traurig gefühlt, daß sie sich nicht einmal richtig von John verabschiedet hatte, als er zum Strand herunterkam, um Lebewohl zu sagen – sie hatte ihm nur mit einem flüchtigen Lächeln die Hand gegeben, ohne seinen Blick zu erwidern. Draußen auf dem Fjord hatte sie sich umgedreht und gewinkt, aber da war er schon wieder oben bei den Häusern.

Sie wünschte, Sigrid würde neben ihr sitzen und sie

könnten sich unterhalten, doch die Zieheltern und ihr Gefolge würden erst später am Tag in einem anderen Boot nachkommen. Noch hatte sie keine Gelegenheit gehabt, der Ziehmutter von Øyvind und Turid zu erzählen. Es waren immer so viele Leute anwesend. Aber Sigrid hatte schon auf dem Weg nach Bru erfahren, daß Ingolf vorhatte, während dieses Gelages Turid mit dem Sohn Thorleifs aus Lakselv Hof zu verloben.

Beide Halldorssöhne waren dabeigewesen, als Sigrid Ingunn die Neuigkeit erzählte. Weil Øyvind seine Späße darüber gemacht und gesagt hatte, bald würde sicher auch bekanntgegeben, daß die nicht mehr taufrische Aud aus Foss sich mal wieder einen Mann geangelt hätte, war Reidar so wütend geworden, daß niemand sich mehr mit Ingolfs bevorstehendem Brauthandel beschäftigt hatte.

Ingunn beobachtete Øyvind, der mit verschlossenem Gesicht am Ruder saß, den Blick starr auf das Segel gerichtet. In der letzten Zeit hatte sie auch ihn nicht unter vier Augen sprechen können, so daß sie nicht wußte, ob er sich mit Turid unterhalten hatte, nachdem er von der Rentierjagd zurückgekommen war, oder ob Sigrids Neuigkeit ihn genauso unerwartet getroffen hatte wie sie selbst.

Wie sehr sie den Bruder auch bedauerte, so tat ihr Turid doch am meisten leid, denn auch ihr eigenes Schicksal hätte ihr einen Bräutigam wie Erik Thorleifsson bescheren können. Sie wußte nicht, was schlimmer war, mit einem riesigen erwachsenen Kerl wie Petrus verheiratet zu werden oder das Bett mit einem rotznasigen Bürschlein teilen zu müssen.

Sie spürte dasselbe merkwürdige Zittern wie in dem Moment, als ihr bewußt wurde, daß John Greene ein Mann war. Sie hatte seinen Geruch eingeatmet und gespürt, wie sein Bart und seine Haare ihre Wangen kitzelten. Und wie eine starke Brandung überrollte ein ihr unbekanntes Gefühl diese Erinnerung. Ihr wurde plötzlich ihre nackte Haut unter all den Kleidungsstücken, in die sie gewickelt war, bewußt. Sie spürte deutlich die Wärme eines anderen, spürte die Haut eines anderen an ihrer. Diese neue Empfindung breitete sich in ihrem ganzen Körper aus. Sie schaute sich im Boot um. Hatten die anderen schon einmal etwas Ähnliches gespürt? War diese neu entdeckte Sehnsucht ein Zeichen dafür, daß sie erwachsen wurde? Oder war sie ein Vorzeichen für etwas anderes – vielleicht sogar Gefährliches?

Sie wußte nur, daß sie nicht einmal die Ziehmutter darüber ausfragen konnte.

Das Herbstgelage auf Under Høvda

Ingunn bemerkte kaum, daß Øyvind das Boot gegen den Wind gelegt hatte, so daß das Segel flatterte und das Boot langsam an die kleine Anlegestelle unterhalb des Vorratshauses glitt. Dort lagerte Ingolf Trokkenfisch und Speck, Tran und Pelze, die die Bauern ihm als Kirchensteuer gaben oder für verschiedene Dienste schenkten. Als sie über die Reling stieg und den Hang hinaufschaute, überlegte sie zum erstenmal, wie es wohl innerhalb der soliden Steinmauern aussehen mochte. Es mußte ziemlich gut gefüllt sein, denn seit dem letzten Bristolhandel waren fünf Jahre vergangen!

Aber Essen und andere Dinge, die man täglich brauchte, wurden in Vorratskammern und Schuppen in der Nähe des Hofes gelagert. Warum hatte Petrus' Frau also hierherlaufen müssen an dem Tag, als sie ins Meer fiel?

Sie erschrak, als Reidar sie gegen die Hüfte stieß, einen riesigen Vorratskorb in der Hand. »Du kannst auch etwas tragen – oder bist du zu fein dafür?«

Sie schluckte die Antwort herunter, da sie Petrus auf dem Kai stehen sah. Seinetwegen hatte Reidar sicher angeben wollen. Jetzt sprang der Bruder auf die Anlegestelle, bepackt mit seinem Ledersack und dem neuen Speer, den er gerade Thorfinn aus Vardebu abgekauft hatte. Er nannte den Speer »Gardarhäuptling«, erzählte er Petrus stolz.

Petrus berührte die Speerspitze und wog den Griff in

der Hand. »Dieses Werkzeug wird uns sicher gute Dienste erweisen ...« Mit einem abwesenden Ausdruck in den Augen benutzte er das Ende des Griffes, um Ameisen, die ihre Arbeit auf der sonnengewärmten Kaikante verrichteten, eine nach der anderen zu zerquetschen.

Während sie die mitgebrachten Leckerbissen aus Bru in das große Vorratshaus neben dem Küchenhaus trugen, erzählte Turid Ingunn, daß sie ihre Mutter dazu überredet hatte, alle junge Mädchen im Wollschuppen schlafen zu lassen. Die Mutter hatte zuerst gemurrt, aber sie hatte schnell nachgegeben, als Ingolf selbst sagte, so sei es für die Mädchen am sichersten.

»Ich überlege gerade, ob Vater Angst davor hat, daß Erik Thorleifsson Lust verspüren könnte, seine Manneskraft zu erproben, wenn ich zusammen mit euch Gästen im Zelt schlafen würde«, sagte Turid mürrisch. »Er kann ganz beruhigt sein – ich lasse den Burschen nicht in meine Nähe. Ich fühle mich krank, wenn ich ihn nur anschaue.«

»Ich weiß von dir und Øyvind«, flüsterte Ingunn.

Turid sah sich schnell um, bevor sie genauso leise antwortete: »Dann weißt du sicher auch, daß wir gemeinsam einen Ausweg finden wollen. Du wirst mich hier vielleicht nicht mehr sehen, wenn du als Petrus' Frau wiederkommst.«

Ingunn wollte gerade sagen, es sei gar nicht so sicher, daß sie Petrus' Frau werden würde, aber sie ließ es bleiben. Es war schon schlimm genug, daß Turid in ihren Träumen lebte, sie selbst durfte es nicht auch noch tun. Statt dessen sagte sie: »Der Hof, den Øyvind von Mutter geerbt hat, ist sicher groß genug, um euch durchzubringen, aber er liegt zu nahe an Lakselv, für den Fall, daß Thorleif und sein Sohn sich rächen wollen.«

»Meinst du etwa, Erik Thorleifsson wird seine Axt schwingen?« schnaubte Turid. »Aber Øyvind meint, es gibt auch andere Auswege. Wir haben noch Zeit, denn ich habe Vater gesagt, daß er viel sparen müßte, wenn wir im nächsten Jahr die Hochzeit gleichzeitig mit dem Herbstgelage feiern wollten, und er ist so geizig, daß er bei diesen Worten anbiß wie eine Krabbe bei Innereien.«

Ingunn reckte sich, um einige Käsestücke auf das oberste Regal zu legen, und überlegte, wie schlimm es sein mußte, den eigenen Vater nicht achten zu können. Beinahe genauso schlimm, wie mit einem Mann verheiratet zu sein, den man nicht achtete. Was hatte Einar gesagt? »Solange du deinem Mann Achtung entgegenbringst, brauchst du ihn nicht zu mögen, um mit ihm gesittet und anständig zusammenzuleben.«

Wenn sie es sich recht überlegte, hatte sie noch niemanden sagen hören, daß er Ingolf oder seinen Sohn mochte, andererseits hatte sie auch noch nie gehört, daß jemand sich ihnen widersetzte. Aus Achtung oder aus Furcht? Vielleicht hatten Furcht und Achtung nicht soviel miteinander zu tun, wie sie immer dachte?

Sie hatte sich bisher nie um solch schwierige Dinge gekümmert, da für sie alles, was mit Macht zu tun hatte, zur Welt der Männer gehörte. Sie wußte, daß ihr eigener Vater als Sonderling galt, aber viele mochten ihn, und alle, die ihn kannten, brachten ihm Achtung entgegen. Ihre Mutter, die sehr beliebt gewesen war, hatte Schande über die Familie gebracht! Wenn sie mit einem anderen Mann weggelaufen und auf Grönland geblieben wäre, hätte das zu einem dauerhaften Streit geführt, aber so, wie die Dinge jetzt lagen, war nicht zu erwarten, daß Halldor und seine Söhne sich rächen würden.

Oder wollte Reidar sich jetzt rächen an den Engländern, die sich gerade auf Grönland aufhielten, und dies nur, weil sie zufällig aus Bristol kamen, genau wie der Mann, mit dem die Mutter fortgefahren war? Zu Hause hatte Reidar jedenfalls nur sowenig wie möglich mit John zu tun, und er machte auch oft zweideutige Bemerkungen über Engländer im allgemeinen und über den Gast im besonderen.

Noch schlimmer war, daß Reidar seinen neuen Speer »Gardarhäuptling« nannte. Keiner durfte während des Things Waffen tragen. Aber vielleicht wollte er seinen Speer anschließend benutzen, wenn die Leute mit dem Handel anfingen?

Sie wurde in ihren Gedanken unterbrochen, weil Turid ihren Arm berührte. »Mach doch nicht so ein böses Gesicht, Ingunn! Für dich wird sich schon alles zum besten wenden.«

»Ich bin nur beim Anblick des vielen Essens so hungrig geworden«, sagte Ingunn und hoffte, Turid würde sich mit dieser Erklärung begnügen. Nicht einmal ihr wagte sie zu erzählen, daß sie Reidar und Petrus verdächtigte, etwas im Schilde zu führen. Sie wollte das Unheil nicht heraufbeschwören und dadurch Mitschuld tragen, wenn einige der Engländer in Gardar getötet würden.

Umsichtig rückte sie vier Butterfässer zurecht und folgte Turid auf den Hof, wo neue Gruppen von Menschen sich in der Zwischenzeit versammelt hatten. Aus der nächsten Frauengruppe leuchtete der breite, rote Rücken von Aud aus Foss hervor – Ingunn fand, daß sie sich ganz schön herausgeputzt hatte, bevor sie sich auf den Pferderücken gesetzt hatte. Sie selbst hatte nicht vor, das blaue Kleid anzuziehen, bevor sie Turid und den anderen Frauen auf dem Hof bei der Vorbereitung des Essens geholfen hatte.

Gunnhild Ingolfsdatter lag jetzt im Wochenbett und war so schwach, daß sie nicht mithelfen konnte. Aber Ingolf verlangte, daß sie am Sonntag in die Kirche ginge. Er wollte sie nach der Geburt segnen, bevor böse Geister ihre Macht über eine unreine Frau wie sie ausüben könnten. Und als ob es nicht schlimm genug wäre, daß ihr Vater es so eilig hatte, Gunnhild wieder in der Kirche zu sehen, war ihr neues Kind von Geburt an sehr schwächlich. Dies erzählte Turid, während sie und Ingunn in stillschweigendem Einverständnis die Gruppe um Aud verließen und sich Sigrid aus Vardebu anschlossen, die mit Turids Mutter am Friedhofszaun stand und alte Bekannte begrüßte.

»Deine Tochter ist schon erwachsen, wie ich sehe«, sagte Sigrid zu Ingolfs Frau, nachdem sie Turid aufmerksam, aber freundlich gemustert hatte. »Ich habe gehört, daß sie während des Gelages mit Erik Thorleifsson aus Lakselv verlobt werden soll.«

Ingunn hörte Turid tief Luft holen, als wollte sie etwas sagen, doch sie schluckte es herunter und ließ sich nichts anmerken, als die Mutter mit einem Lächeln antwortete: »Ja, das wird eine reiche Heirat für Turid. Und der Junge ist auch in Ordnung ...« Sie verstummte, als müsse sie an etwas anderes denken, und ihr Gesicht bekam wieder den gewohnten ängstlichen Ausdruck.

Als Turid sie am Ärmel zog, damit sie mitkam, schaute Ingunn die Ziehmutter verstohlen an. Sigrids Augen ruhten auf Turid, als würde sie Blutzeichen und andere Vorzeichen sehen, und Ingunn hätte gern erfahren, wieviel die Ziehmutter über Øyvind und Turid, über Petrus und über ihr eigenes Schicksal schon wußte.

Unter Kichern und Schnattern holten die zehn bis zwölf heiratsfähigen Mädchen, die mit Turid und Ingunn im Wollschuppen schlafen sollten, ihre Festkleidung hervor und wechselten sich dabei ab, in dem noch spärlichen Tageslicht in der Türöffnung zu stehen und sich in einer Wassertonne zu spiegeln. Als Ingunn an der Reihe war, sah sie, daß das Stirnband, das Sigrid geflochten hatte, um ihr offenes Haar zu bändigen, ihr Gesicht runder und ihre Augen blauer erscheinen ließ, und es überlief sie heiß vor Erwartung und Freude.

»Machst du dich vielleicht für Petrus so schön?« fragte ein dickliches Mädchen, das Ingunn kaum kannte. »Jetzt bin ich an der Reihe, mich zu spiegeln.«

Ingunn ging zur Seite, ohne zu antworten. Dachten die Leute tatsächlich, daß sie sich für Petrus schönmachte? Oder hatte die andere nur gemeint, keines der Mädchen würde Petrus besonders auffallen? Sie hätte eigentlich lachen müssen, aber schon bei dem Gedanken an Petrus kam es ihr so vor, als hätte sich ein halb zerkautes Fleischstück in ihrem Hals festgesetzt.

»Mädchen, sehen die Männer eigentlich, was wir anhaben?« fragte eine Stimme aus der Dunkelheit. Beim anschließenden Gelächter dachte Ingunn daran, daß John dem Schiffsjungen erzählt hatte, wie gut der blaue Stoff zu ihren Augen passen würde. *Er* bemerkte so etwas – aber er hatte es ihr nicht selbst gesagt. Sie fühlte sich plötzlich so warm, daß sie fast vergessen hätte, ihren Schal mitzunehmen, als das Bockshorn im Hof geblasen wurde.

Die Fackeln vor dem Haupteingang, der zum Fjord hin lag, leuchteten festlich. In seinem blauen Kirchenumhang stand Petrus an der Eingangstür und reichte allen Gästen zur Begrüßung die Hand. Er sagte jedem, wo er sich hinsetzen solle, schaute dabei aber die Ankommenden kaum an. Sein Blick veränderte sich auch nicht, als er Ingunn begrüßte. Er hieß sie willkommen und bat sie, sich neben Turid auf die Frauenbank in der guten Stube zu setzen.

Ingunn hatte nicht darüber nachgedacht, wo sie jetzt als erwachsene Frau in diesem Gelage sitzen würde, aber sie wünschte sich, daß Petrus, statt sie beide besonders zu ehren, sie gebeten hätte, in einer der kleineren Stuben Platz zu nehmen. Etwas bahnte sich an, dessen war sie sich sicher, und sie selbst trug nach Sigrids Meinung einen großen Teil der Verantwortung für das, was passieren würde. Es kam ihr so vor, als ginge sie auf einem glitschigen, mit Grünalgen bewachsenen Felsen.

Ingolfs Frau saß schon in der Mitte der Frauenbank mit Aud aus Foss zu ihrer Rechten und gab Ingunn ein Zeichen, sie solle sich zu ihrer Linken setzen, zwischen sie selbst und Turid. Dies verspricht nichts Gutes, dachte Ingunn und blickte verstohlen zur gegenüberliegenden Männerseite. Ingolf saß auf dem Ehrensitz in der Mitte der Langbank, in einen kunstvoll gearbeiteten Mantel mit unzähligen Knopflöchern und Knöpfen gehüllt. Halldor, im langen grünen Gewand und Umhang mit Pelzbesatz, hatte den Ehrenplatz neben dem Gastgeber, aber Ingunn tröstete sich damit, daß er als einziger Priester unter den Angereisten sowieso dort gesessen hätte. Das mußte nicht unbedingt heißen, daß Ingolf und er sich über den Brautkauf geeinigt hatten.

Kein Zweifel dagegen herrschte darüber, warum Thorleif aus Lakselv zu Ingolfs Linken saß, auf dem Platz, wo Petrus zu sitzen pflegte, wenn Gäste auf dem Hof waren. Heimlich ließ Ingunn den Blick von Thorleifs breitem Gesicht mit den zusammengepreßten Lippen zu seinem

Sohn Erik neben ihm wandern. Der Junge nahm nicht die Augen vom Eßbrett vor sich auf dem Tisch, und sie sah mehr, als daß sie es hörte, wie er ununterbrochen den Rotz hochzog.

»Er sieht zu Tode erschrocken aus«, dachte sie plötzlich. »Vielleicht ist Turid nicht die einzige, die gegen diese Heirat ist.« Sie wollte Turid diese neue Entdeckung gerade zuflüstern, als noch mehr Frauen kamen, die auch auf der Frauenbank sitzen sollten.

Als schließlich alle in den verschiedenen Stuben ihren Platz eingenommen hatten und Ingolf das Tischgebet gesprochen hatte, wurde das Essen herumgereicht. Ingunn war hungrig nach der Reise und nahm sich ordentlich Speck und Fisch, bis sie bemerkte, daß Turid im Essen nur herumstocherte. Sie konnte nicht sehen, ob Øyvind genausowenig Appetit hatte, denn ihr jüngerer Bruder saß so weit unten auf der Männerbank, daß sie ihn nur einmal kurz zu Gesicht bekam, als er sich nach vorne lehnte und wie zufällig auf die Frauenbank schaute. Sie hatte dagegen eine gute Sicht auf Petrus, der genauso schnell und gleichmäßig wie immer aß und jedesmal einen tiefen Schluck aus der Schale mit Wassermolke nahm, wenn er an der Reihe war.

Es waren Gerüchte im Umlauf gewesen, daß Ingolf sich bei den Engländern etwas Wein ergattert hatte, aber noch hatte er den Becher vor sich nicht angerührt. Ingunn hatte gerade überlegt, ob er vielleicht nur als Zierde dort stand, als Ingolf sich erhob, den Becher ergriff und mit seiner lauten Priesterstimme sagte: »Da jetzt so viele unserer vornehmsten Landsleute hier versammelt sind, möchten Thorleif aus Lakselv und ich kundtun, daß wir dem Ehehandel zwischen Turid Ingolfsdatter und Erik Thorleifsson zustimmen. Wir wollen heute abend die Verlobung zwischen den beiden jungen Leuten feiern. Ich bitte jetzt Turid und Erik, sich zu erheben und einander über den Tisch die Hände zu reichen, bevor ich ihnen zutrinke.«

Zu Ingunns größter Verwunderung stand Turid, ohne zu zögern, auf und schaute den Bräutigam, den der Vater für sie auserwählt hatte, mit leuchtenden Wangen an. Auch Erik stand auf, als sein Vater ihm einen kräftigen Stoß in die Seite gab, aber er reichte seiner Verlobten mit niedergeschlagenen Augen die Hände über den Tisch.

Ingolf nickte seiner Tochter zufrieden zu. »Nicht wahr, Turid, du weißt, was sich zu sagen geziemt!«

»Ja, Vater, das weiß ich.« Turid warf stolz den Kopf in den Nacken und sagte mit lauter, deutlicher Stimme: »In Anwesenheit aller verspreche ich, dem Mann treu zu sein, dem ich meine Liebe geschenkt habe.«

Nachdem der Vater ihn noch einmal angestoßen hatte, sah Erik schließlich auf und stotterte: »In – in Anwesenheit aller verspreche ich, den Handel einzuhalten, den mein Vater und Ingolf abgeschlossen haben.«

Nachdem Ingolf Thorleif und den Verlobten zugetrunken hatte und sie sich wieder hingesetzt hatten, sagte Turid mit leiser und gleichgültiger Stimme: »Das ist der erste Wein, den ich probiert habe, und es ist mir egal, wenn es der letzte sein sollte.«

Bald summten wieder angeregte Gespräche durch die Stube, und Turids Mutter drehte sich Ingunn zu, damit diese sie beglückwünschen konnte. Ingunn schaffte es irgendwie und dachte dabei, wenn Gott sehen könnte, was hier vor sich ging, und es trotzdem geschehen ließe, dann hätten die bösen Mächte diesmal ihren Willen bekommen.

Der letzte Festtag war ein Sonntag mit Kirchgang. Gunnhild Ingolfsdatter mußte von der Tür ihrer Eltern bis zur Kirchentür keinen langen Weg zurücklegen, doch sie schaffte es nur knapp und sackte auf der hintersten Kirchenbank zusammen. Die Frauen, die bei der Geburt geholfen hatten, waren dabei. Eine nahm ihr das kleine Bündel, das sie bei sich trug, ab und legte es bei der Kirchentür behutsam auf den Boden. Der Säugling sollte gleich nach dem Gottesdienst beerdigt werden.

Die eine oder die andere von der Frauenseite blickte verstohlen nach hinten, nur Aud aus Foss, die im Mittelgang direkt neben Ingunn stand, drehte sich für alle deutlich und erkennbar um und schaute Gunnhild lange an, bevor sie sich bekreuzigte und den Blick wieder auf die Altarwand richtete. Von dort oben blitzten Ingolfs Augen unter den buschigen Brauen herüber, und es wurde Ingunn klar, daß er nicht die Tochter und das tote Enkelkind anschaute, sondern Aud.

Ganz in Rot gekleidet, beherrschte die Besitzerin von Foss und noch drei weiteren großen Höfen den Raum mindestens so stark wie der Priester selbst. Ingunn betrachtete heimlich die fettleibige Frau neben sich und dachte, daß es schon stimmte, was die Leute so redeten, Aud führte sich auf, als wäre Foss immer noch Krongut wie damals, als einer ihrer Vorfahren den Hof König Håkon Håkonsson schenkte, um sich bei ihm einzuschmeicheln.

Er hätte dem Norwegerkönig genausogut den Mond schenken können, hatte Sigrid einmal gesagt, denn Foss blieb da, wo es immer gewesen war. Und es war ein reicher Hof, das wußte Ingunn, denn sie war auf dem Weg von Bru nach Vardebu oft daran vorbeigeritten.

Aber mit Aud selbst hatte sie noch nie gesprochen vor diesem Herbstgelage, ihrem ersten Gelage als erwachsene Frau.

Petrus machte die Kirchentür zu, ging zum Altar und stellte sich neben den Vater als Zeichen dafür, daß der Gottesdienst anfangen konnte. Ingunn bekreuzigte sich brav und kniete sich an den richtigen Stellen nieder, aber sie war nicht bei der Sache.

Am Vorabend hatte sie den Vater und die Zieheltern lange an der Anlegestelle unterhalb des Vorratshauses stehen und miteinander reden sehen. Der Vater hatte bedrückt ausgesehen, als sie vor dem Gottesdienst zu ihm hinging und ihn mit einem Kuß begrüßte. Er hatte ihr nur geistesabwesend die Wange gestreichelt und gesagt, daß das Gelage Gott sei Dank bald überstanden sei. Jetzt stand er mit halbgeschlossenen Augen ganz vorne auf der Männerseite und sah aus, als würde er beten.

»... und jetzt«, psalmodierte Ingolf, »soll die Wöchnerin Gunnhild Ingolfsdatter gereinigt werden und Kraft von Gott selbst erhalten. Komm her, meine Tochter, und sei froh, daß dein Kind noch getauft werden konnte. Sicher bekommst du bald ein neues Kind als Ersatz für das, was unser Herrgott geholt hat.«

Sowohl auf der Männer- als auch auf der Frauenseite drehte sich die ganze Gemeinde um und schaute den Mittelgang hinunter zur Bank, wo Gunnhild mit geschlossenen Augen saß, die Hände im Schoß fest zusammengepreßt. Es war so still in der Kirche, daß es förmlich widerhallte, als sich Ingolf drohend räusperte. Langsam erhob sich Gunnhild und ging unsicher an ihren Helferinnen vorbei zum Mittelgang. Sie tat ein paar Schritte vorwärts und blieb stehen, um sich über die Stirn zu streichen, von der der Schweiß perlte, als würden die Haarwurzeln weinen.

Vor sich sah Ingunn, wie Auds breiter roter Rücken sich aufrichtete, und im nächsten Augenblick war die gebieterische Gestalt auf dem Weg zu Gunnhild. Sie legte den Arm um die vollkommen erschöpfte junge Frau und ließ den Blick über die Frauenseite schweifen. Ihre Augen begegneten denjenigen Ingunns und hielten sie fest, und indem sie den Kopf beinahe unmerklich zurückwarf, befahl sie Ingunn mitzuhelfen.

Ingunn löste sich aus der Frauengruppe und stand schon im Mittelschiff, als ihr erst klar wurde, was sie im Begriff war zu tun. Sie fühlte, wie sie unter ihrem Rock zu schwitzen begann. Es war unerhört, daß ein junges Mädchen eine Wöchnerin berührte, die noch nicht gereinigt war – genauso unerhört war es, daß eine Wöchnerin zu dem Altar begleitet wurde. Aber wenn die Leute sie verurteilen wollten, mußten sie auch Aud verurteilen, und das würde wohl nicht einmal Ingolf selbst wagen.

Auds braunschwarze Augen schauten sie immer noch an. Mit einem festen Griff raffte Ingunn ihre Röcke, schaute weder rechts noch links und stellte sich gerade wie ein Pfahl neben Gunnhild hin. Schritt für Schritt gingen die drei Frauen hoch, bis sie vor dem Altar standen, dann gab Aud Ingunn ein Zeichen, daß sie einige Schritte zurücktreten sollten, als Gunnhild vor dem Vater und dem Bruder kniete.

Ingolfs Gesicht wurde weich. Er hatte verstanden, daß die Tochter am Ende ihrer Kräfte war. Aber Petrus ... Ingunn mußte die Zähne zusammenbeißen, damit sie nicht anfingen zu klappern. Als Petrus den Weihwasserkelch für seinen Vater hielt, schaute er die Schwester an, als wäre sie ein Dorsch, der nach Luft schnappte und den er töten mußte. Ob seine erste Frau ihn so gesehen hatte in dem Augenblick, bevor sie ins Meer fiel?

Petrus würdigte Ingunn während des Gottesdienstes keines Blickes, nicht einmal als sie an der Reihe war, mit Weihwasser gesegnet zu werden. Erst als die Gemeinde sich um das kleine Grab draußen auf dem Friedhof versammelte, nickte Petrus der Schwester, Ingunn und Aud zu, als wäre dies ein ganz normaler Sonntag.

Nur gut, daß Aud und ich uns vorgenommen haben, bei Gunnhild stehenzubleiben, bis alles vorbei ist, dachte Ingunn, denn die junge Frau schwankte bedenklich, als ihr Mann mit dem kleinen Kinderleichnam in den Armen zum Grab kam. Mit geübten Händen nahm Ingolf seinem Schwiegersohn das Bündel ab, schlug das Wolltuch ganz schnell zur Seite, als müsse er sichergehen, daß kein Leben mehr darin war, und kniete dann mit dem Bündel in den Armen am Grab. Er schwieg so lange, daß die Leute anfingen zu murmeln und sich anzuschauen.

Schließlich legte Ingolf das Bündel ins Grab und stand auf, immer noch ohne ein Wort. Dann klopfte er die sandige Erde von seinem roten Umhang, räusperte sich und sagte mit fester Stimme: »Es ist für einen Mann nicht einfach, einen Teil der Zukunft seiner eigenen Familie ins Grab zu legen. Ich bete zu Gott, daß er mir beisteht. Amen.«

Er streute Erde als Kreuzzeichen über das Bündel im Grab und ging einen Schritt zur Seite. Als er sich bekreuzigte, läutete Petrus die Kirchenglocke, und die Gemeinde löste sich in kleine Gruppen auf, um leise miteinander zu reden und gemeinsam den Kopf zu schütteln, wie es nach einer Beerdigung Sitte war. Sie wollen wohl die Trauer beendet haben, bevor es etwas zu essen und zu trinken gibt, dachte Ingunn verärgert. Sie und Aud nahmen sich Gunnhilds an und brachten sie zurück nach Hause und ins Bett.

Es war ein ungewöhnlich klarer und schöner Tag, mit Sonnengeflimmer auf dem Ostfjord und Spätsommergeruch in den geschützten Grasmulden. Aud sog tief die Luft ein, als sie wieder draußen waren, und sagte zufrieden: »Der Geruch von Salzwasser erinnert mich immer an das Herbstgelage hier und an das Althing in Gardar! Danach ist es besonders schön, zu meinen Binnenseen und meinem Wasserfall zurückzukehren.«

Ingunn lächelte. Sie begann, diese Frau zu mögen. Die volle Stimme neben ihr sprach weiter: »Du hast heute bewiesen, daß du eine erwachsene Frau bist, Ingunn Halldorsdatter. Du wirst sicher bald heiraten?«

Ingunn überlegte, wieviel Tratsch Aud gehört hatte. Sie antwortete vorsichtig: »Ja, mein Vater hätte das schon gern.«

»Sicher.« Aud schaute sie mit ihren braunschwarzen Augen an, die übrigens gar nicht so klein waren – sie wirkten nur so in dem fetten Gesicht. Sie ist in ihrer Jugend sicher eine Schönheit gewesen, dachte Ingunn.

Aud lachte leise, als hätte sie ihre Gedanken gelesen. »Ich kann dir verraten, es ist schön, Witwe zu sein und noch dazu reich. Dann darfst du selbst entscheiden, ob du wieder heiraten möchtest – und viele würden gern der Bräutigam sein, auch wenn die Braut nicht mehr schön ist.«

»Hast du vor, wieder zu heiraten?« Ingunn dachte, daß Reidar auch eine schlimmere Frau bekommen könnte.

Jetzt lachte die andere aus vollem Halse. »Denkst du

an das Gerede über mich und deinen Bruder? Reidar selbst hat damit angefangen!«

Ingunn war so erstaunt, daß ihre Gedanken sich überschlugen. Alles hat zwei Seiten, sagte die Ziehmutter oft, aber erst jetzt wurde ihr klar, was Sigrid damit meinen könnte. Solange Ingunn auf Vardebu wohnte, hatten die Vernunft und die Erfahrung der Ziehmutter das Gerede der Leute gesiebt, wodurch Ingunn nie zwei so gegensätzliche Behauptungen wie diese über Aud und Reidar hatte beurteilen müssen. Aber sie war jetzt erwachsen und mußte selbst das Gerede deuten. Verwirrt hörte sie Aud hinzufügen: »Ich könnte mich ebensogut Petrus anbieten – er und Reidar sind vom gleichen Schlag.«

»Wie meinst du das?« fragte Ingunn, hochrot vor Scham.

»Sie würden mit mir und meinem Besitz schalten und walten, als würde ich nicht mehr existieren«, sagte Aud barsch. »Bei dir ist es etwas anderes, denn du hast noch keinen Geschmack daran gefunden, selbst zu entscheiden und für alles zu sorgen. Ich aber schon. Und ich möchte lieber einen tüchtigen Verwalter gut bezahlen, als mir einen jungen Mann anzulachen, der nur darauf wartet, daß ich sterbe. Ich habe schon vier Kinder, und wenn es Gottes Wille ist, werde ich sie behalten. Die arme Gunnhild dagegen ...«

Sie unterbrach sich jäh und sagte gleichmütig: »In einem Jahr ist meine älteste Tochter heiratsfähig. Dann möchte ich gern, daß sie ein so schönes Kleid bekommt wie das, was du jetzt trägst.«

»Danke«, sagte Ingunn bescheiden. »Vater hat den Stoff von einem der englischen Kaufleute bekommen, weil ich einen von ihnen geheilt habe.«

»Ja, wir haben davon gehört. Und die Leute sagen, der

Mann, den du geheilt hast, ist genauso schön, wie er reich ist! Aber Halldor sieht es sicher lieber, daß Petrus um deine Hand anhält, nicht ein Mann, der dich ins Ausland mitnehmen würde.«

Jetzt mußte Ingunn lachen. »Die Neuigkeiten scheinen auf dem Weg nach Foss zu wachsen! Weder Petrus noch sonst jemand hat um meine Hand angehalten, und ich möchte Grönland nicht verlassen.«

»Andere Frauen haben es auch getan ...«

»Ja, aber keine ist zurückgekommen, um zu erzählen, was sie erlebt hat«, sagte Ingunn schnell. Um zu verhindern, daß Aud etwas über ihre Mutter oder über John Greene sagte, fügte sie hinzu: »In der ersten Zeit, als ich bei meinen Zieheltern wohnte, hatte ich ein solches Heimweh, daß ich überzeugt bin, so etwas nicht noch einmal aushalten zu können.«

Aud sah sie prüfend an, ohne zu antworten, und Ingunn war erleichtert, als das Bockshorn sie im gleichen Moment zu Tisch rief.

Als Ingunn am Spätnachmittag mit einigen jungen Leuten oben am Birkenwald saß, entdeckte sie die Ziehmutter, die in einiger Entfernung Flechten von einem Felsen abkratzte. Sigrid schaute auf und streckte ihr eine halbgeöffnete Hand entgegen, als Ingunn angelaufen kam. »Weißt du noch, wozu diese seltene Flechte benutzt werden kann?«

»Ja, sie gibt eine kräftige und schöne gelbe Farbe. Und du hast einmal gesagt, wenn man sie am Tag des Herrn sammelt und sie mit Schweineblut vermischt, kann man Runen malen, die eine besondere Kraft besitzen. Möchtest du Garn färben oder Runen ritzen, Ziehmutter?«

»Es kommt darauf an, was nötig ist«, sagte Sigrid und

ließ die Flechten in einen kleinen Beutel an ihrem Gürtel fallen, »aber wahrscheinlich das letztere. Nach all dem, was ich in meinen Träumen und hier auf dem Hof die letzten drei Tage gesehen habe, benötigen wir sicher viele Gebete und kraftvolle Runen.«

»Meinst du, weil Turid während der Verlobung gelogen hat?« fragte Ingunn und spürte, daß sie fröstelte.

»Mein Mädchen, du weißt genausogut wie ich, daß sie das nicht getan hat. Was Turid sonst noch für Gedanken hatte, weißt du vielleicht auch – ich hoffe nur, daß du sie nicht dazu ermunterst, etwas zu tun, das hier unten Unfrieden stiften könnte.«

»Turid hat mich nicht um Rat gefragt«, sagte Ingunn leise. Dann platzte es aus ihr heraus: »Ziehmutter, wolltest du damals Thorfinn heiraten?«

»Nein«, sagte Sigrid kurz. »Ich wurde ihm gegeben, als ich in deinem Alter war. Ich glaube nicht, daß er besondere Zuneigung verspürte, und ich war auch nicht glücklich. Aber als wir schon ein Jahr verheiratet waren, gingen wir an einem Spätsommertag nach dem Melken gemeinsam zurück zum Haus – ich war schwanger und vernahm alles besonders stark ... Mein Blick war auf den Pfad gerichtet, weil ich nicht hinfallen wollte. Da sah ich ein paar dicke Käfer auf dem Pfad genau dort, wo Thorfinn auftreten wollte, und ich dachte, daß dies das Ende der armen Viecher sein würde. Mein Mann blieb ruckartig stehen, ging einen Schritt zur Seite, und die Käfer konnten weiterkrabbeln. Seit dem Tag habe ich ihn so lieb wie mein eigenes Leben.«

»Nur weil er ein paar Käfer verschont hat?« wunderte sich Ingunn.

»Nein. Weil mir klar wurde, daß es zwei Arten von Männern gibt – diejenigen, die ohne zu zögern kleine

Viecher abmurksen, wenn sie sie sehen, und diejenigen, die nachdenken.«

Ingunn nickte, ohne zu antworten. Sie sah Petrus vor sich, wie er eine Ameise nach der anderen tötete, während Reidar und er den »Gardarhäuptling« bewunderten.

Der Troll

Einen Tag, nachdem sie nach Bru zurückgekommen waren, stand Ingunn schon frühmorgens draußen und schaute auf den bleigrauen Fjord hinaus, während sie darauf wartete, daß die Sonne über den Bergrücken im Südosten aufging. Sie war immer noch ganz benommen von dem vielen Gerede und den Erlebnissen beim Herbstgelage, und sie brauchte frische Luft, bevor sie Ragna bei der morgendlichen Arbeit helfen konnte.

Zum Glück wohnen wir in der Nähe von Gardar und Under Høvda und können so vor dem Althing einige Tage nach Hause fahren, dachte Ingunn. Hier auf Bru gab es nicht so viele Menschen, auf die sie Rücksicht nehmen mußte, und die spitzen Bemerkungen von Ragna und Reidar waren nichts gegen die Tatsache, daß Petrus, Ingolf und andere alles, was sie sagte und tat, genau beobachteten. Sie fühlte sich wie eine Stute inmitten von Pferdehändlern. Hoffentlich war endlich bald entschieden, wen sie heiraten sollte!

Nein! ertönte es plötzlich in ihrem Kopf. Nein! Sie schloß die Augen und preßte die Hände zusammen. Herrgott, wenn du da oben in unserem Grönlandhimmel sitzt, dann schenk mir noch etwas Zeit – es gibt soviel, was ich zuerst wissen muß!

Neben ihr rollten ein paar Kieselsteine den Pfad hinunter. Ingunn erschrak und öffnete die Augen in dem Moment, als John Greene neben ihr stehenblieb. Er schlief jetzt oben bei den Männern im alten Haus. Wenn die schon wach waren, mußte sie sich beeilen, das Essen auf den Tisch zu stellen!

Als sie sich umdrehte, um zu gehen, sagte sie: »Du bist schon früh auf, John.«

»Ja, ich schlafe schlecht.« Seine Augen waren auf das Meer gerichtet.

»Wenn dein Oberschenkel dich noch quält, ist es sicher besser, wenn du nicht nach Gardar mitkommst«, sagte Ingunn fürsorglich, spürte aber ihre Enttäuschung.

Jetzt schaute er ihr direkt in die Augen. »Möchtest du mich nicht dabeihaben?«

»Ich möchte, daß du gesund wirst«, sagte Ingunn und fühlte, wie sie errötete.

»Ich bin gesund. Und ich komme mit nach Gardar.« John drehte sich jäh um und fing an, zu den Häusern hochzugehen. Ingunn zwang sich, eine Weile stehenzubleiben, damit es nicht so aussah, als hätten sie draußen gemeinsam etwas vorgehabt. Es kostete sie viel Überwindung. Sie wollte nicht, daß John glaubte, er wäre ihr zuwider.

Drinnen wuchs Ingunns Ruhelosigkeit, und sie hoffte, sich zur Ablenkung an den Webstuhl setzen zu können. Aber die Ziehmutter wollte Ingunn zum Beerensammeln mitnehmen, denn die Kinder auf dem Hof hatten ihr erzählt, daß die Schwarzen Krähenbeeren teilweise schon reif wären. Sigrid fügte hinzu: »Ingunn, du mußt für Wegzehrung sorgen und Eimer für die Beeren mitnehmen. Dein Vater hat gesagt, wir dürfen sein altes Boot nehmen.«

Ingunn lachte und spürte, wie die Vorfreude ihr neue Kräfte gab. Oben bei den Zieheltern hatte sie nie um

Erlaubnis bitten müssen, wenn sie eines der Boote benutzen wollte, die am Ufer des Binnensees lagen. Aber hier unten auf Bru bekam sie nicht oft die Gelegenheit, selbst zu rudern, geschweige denn, selbst zu segeln. »An der letzten Bucht, kurz bevor unser Fjord in den Einarsfjord mündet, kenne ich eine riesige Wiese, wo es immer Schwarze Krähenbeeren in Mengen gibt. Wenn wir beide rudern, schaffen wir es bis dorthin.«

»Ich hole mir nur noch einen Schal«, sagte Sigrid.

Die Sonne wärmte schon sehr, als sie das Boot an den Strand zogen, und die beiden Frauen blieben einen Augenblick stehen, um den kräftigen Geruch des Spätsommers einzuatmen, bevor sie sich auf den Weg machten. Die Ähren der Strandgerste standen schon hoch und reif am Rand des geschützten Felsspalts, dem sie folgten, um zu der Wiese zu kommen. Während Ingunn nach Strandhülsen suchte, streifte Sigrid die Gerste ab und legte sie in ein Tuch, das sie an ihrem Busen versteckte.

»Etwas Füllmasse sieht man bei mir weniger als bei dir«, sagte sie trocken zur Ziehtochter.

Oben auf der Wiese breiteten sich die Sträucher der Schwarzen Krähenbeere aus, so weit das Auge reichte, nur hier und da von einzelnen windgepeitschten Wacholderbüschen unterbrochen. In Ingunn kribbelte es vor Spannung, als sie sich bückte, um einige der blauschwarzen Beeren zu pflücken. O ja, es gab reichlich Beeren dieses Jahr! Feierlich zerkauten sie die ersten Beeren und bekreuzigten sich, bevor sie anfingen, die Ledereimer zu füllen.

Als Sigrid schließlich sagte, jetzt sollten sie etwas essen, sah Ingunn, daß die Sonne inzwischen schon ein gutes Stück weitergewandert war. Sie war so vertieft gewesen, daß sie nicht gemerkt hatte, wie die Zeit verging. Als sie sich aufrichtete, spürte sie auf einmal ihren Rükken und daß sie einen Bärenhunger hatte. Sie setzte sich neben Sigrid ins Gras und öffnete den kleinen Bottich mit der Wegzehrung.

»Was möchtest du zuerst, Schimmelkäse oder Trockenfisch?«

»Hast du Butter dabei?«

»Wofür hältst du mich – ich habe für die Wegzehrung gesorgt, nicht Ragna! Wir haben sowohl Butter als auch getrocknete Rotalgen dabei«, sagte Ingunn heiter. Seitdem sie Vardebu und die Kindheit hinter sich gelassen hatte, hatte sie sich nicht mehr so fröhlich und sorglos gefühlt.

»Danke, dann nehme ich zuerst Fisch.« Sigrid zog das Messer aus der Scheide und bestrich zufrieden einen dünn geklopften Fischstreifen mit Butter.

Sie aßen, bis von der Wegzehrung nichts mehr übrig war. Ingunn legte sich mitten in die Beerensträucher hinein und ließ die Zunge über die Zähne gleiten, um den letzten süßsauren Geschmack der Rotalgen zu genießen. Es dauerte nicht lange, bis sie einnickte.

Als sie eine Weile später ruckartig aufwachte, schaute sie ängstlich nach der Sonne, doch sie hatte anscheinend nicht lange geschlafen. Neben ihr schlief die Ziehmutter so fest, daß Ingunn es nicht übers Herz brachte, sie aufzuwecken. Sie konnte ebensogut alleine mit ihrem Eimer weitergehen und bei Gelegenheit nachschauen, ob nicht irgendwo ein Bach mit Trinkwasser zu finden war.

Der Eimer war schnell bis zum Rande gefüllt, und sie wollte gerade zur Ziehmutter zurückkehren, als sie in der Nähe Wasser sprudeln hörte – unterhalb der kleinen Böschung, direkt vor ihr, mußte ein Bach sein. Sie ging zum Rand der Böschung und schaute in eine Senke mit einem rieselnden Bach, einigen Weiden und einer Mischung aus Krähenbeer- und Heidelbeersträuchern, die gerade anfingen, rot zu werden, und verlockend aussahen.

Nachdem sie lange aus der hohlen Hand getrunken hatte, ließ sie den Blick umherwandern und erspähte eine so ungewöhnliche Erscheinung, daß ihr Herz beinahe stehenblieb. Ihr wurde schwarz vor Augen. Sie bekreuzigte sich dreimal und flüsterte mit geschlossenen Augen: »Gott beschütze mich – im Namen Christi und des Kreuzes!«

Sie öffnete die Augen wieder und ließ die Hand auf der Brust ruhen, doch sie wagte kaum, Atem zu holen. Der Troll stand noch da. Er hatte zwei dunkelhaarige Köpfe in verschiedenen Größen, trug grauweiße Fellkleidung und war ungefähr so groß wie sie selbst. Er hatte sie anscheinend auch gesehen, denn er blieb unbeweglich stehen, den größeren Kopf in ihre Richtung gedreht.

Plötzlich ertönte ein wütendes Geschrei vom zweiten Kopf. Ingunn war starr vor Schreck, während der Troll den ersten Kopf umdrehte und etwas zu dem schreienden Kopf sagte. Eine Hand, die ungewöhnlich schmal und menschenähnlich aussah, nahm einige Beeren aus einer ovalen, flachen Schüssel, die der Troll in der einen Armbeuge hielt. Aber statt die Beeren in den nächsten und größeren Mund zu stopfen, reichte der Troll die Hand über die Schulter zum hinteren Kopf, der sich vorbeugte und das Geschenk hinunterschlang.

In der darauffolgenden Stille blieben der Troll und Ingunn stehen und schauten sich eine ganze Weile gegenseitig an, bis der Troll einige zögernde Schritte vorwärts machte. Er hielt ihr die ovale Schüssel mit den schwarzen glänzenden Beeren entgegen, als wolle er Ingunn bitten, sich zu bedienen. Weiße Zähne leuchteten in dem braunen, runden Trollgesicht, das aus dem Fell emporragte.

Ingunn blieb wie gebannt stehen und vergaß sogar, sich zu bekreuzigen. Der Troll kam immer näher, bis der hintere Kopf zum erneuten Gebrüll ansetzte und der Troll stehenblieb, um noch mehr Beeren hineinzustopfen. Diesmal hörte Ingunn ein zufriedenes Schmatzen von dem schreienden Kopf, fast wie von einem kleinen Kind. Da durchfuhr sie der Gedanke, daß es sich wohl nicht um einen zweiköpfigen Troll handele, sondern um eine Skrælingerfrau in einer großen Kapuzenjacke aus Robbenfell, die ihr Kind auf dem Rücken trug. Sie hatte außerdem eine Robbenfellhose und hohe, mit Pelz gefütterte Stiefel an.

Ingunn fühlte sich so kraftlos vor lauter Erleichterung, daß ihr der volle Eimer aus der Hand fiel und die Krähenbeeren auf dem Boden verstreut wurden. Die Skrælingerfrau war gleich bei ihr und bückte sich, um die Beeren aufzusammeln. Während sie sie mit ihren kleinen, flinken Händen wieder in den Ledereimer beförderte, sah Ingunn, daß sie häßliche blauschwarze Striche und Punkte wie eine Art Muster auf der Gesichtshaut hatte. Aber ihr halbjähriges Kind war das schönste Kind, das man sich nur vorstellen konnte, mit schrägen braunen Augen in einem runden Gesicht, das so golden wie frisch gewaschener Seetang war und von pechschwarzen Haaren umrahmt wurde. Wie die beiden sonst aussahen, konnte man nicht erkennen, so eingepackt wie sie in ihren Fellen waren.

Die Skrælingerfrau richtete sich wieder auf und lächelte stolz, als sie bemerkte, daß Ingunn ihr Kind bewunderte. Als sie ihr den vollen Eimer zurückgab, schüttete Ingunn, einer plötzlichen Eingebung folgend, die Hälfte ihrer Beeren in die ovale Schüssel der Skrælingerfrau. Die Schüssel hatte einen Holzboden und einen Rand aus zusammengeknotetem Walbart. Sie erinnerte sich daran, daß einer der Männer zu Hause auf Bru vor kurzem etwas Ähnliches bekommen hatte, als er ein Narwalhorn gegen ein abgenutztes Messer getauscht hatte. Er würde sicher bei den Engländern einen guten Preis für das Horn bekommen, denn in ihrem Heimatland benutzten sie so etwas als Heil- und Zaubermittel.

Jetzt sah Ingunn, wie die Skrælingerfrau die Augen mit der Hand beschattete, als spähte sie nach etwas unten am Fjord. Ingunn folgte ihrem Blick und sah drei weitere, in Felle gekleidete Skrælinger vom Strand her in ihre Richtung gehen – ein halbwüchsiger Junge und zwei Männer, die von einer Gestalt in Lodenkleidung begleitet wurden, die sie sogleich erkannte.

Der Junge blieb ängstlich stehen, als er Ingunn entdeckte, doch die drei Männer kamen schnell näher, so daß Ingunn bald keinen Zweifel mehr hatte: Der Mann in Lodenkleidung war Øyvind. Er entdeckte sie im selben Augenblick und stutzte etwas, bevor er die Hand zum Gruß erhob.

An diesen Tag werde ich mich noch lange erinnern, dachte Ingunn. Trotz aller Erleichterung kam es ihr völlig unwirklich vor, daß sie sich plötzlich inmitten einer Gruppe von Skrælingern befand, die noch dazu ihren Bruder kannten.

Der in Fell gekleidete Knirps hatte sich ein Herz gefaßt und stand jetzt hinter der Skrælingerfrau und starrte Ingunn neugierig an. Die beiden Skrælinger wechselten ein paar unverständliche Worte mit der Frau und stellten sich vor Ingunn auf. Ihre Gesichter verrieten mit keiner Miene, was sie dachten. Dagegen hatte sie keine Schwierigkeiten, Øyvinds Gesichtsausdruck zu deuten – er war wütend, sicher weil er ihretwegen Angst hatte.

»Was machst du alleine in dieser Gegend, Ingunn – bist du von Sinnen?«

Das Kind in der Kapuze vernahm seine böse Stimme und fing wieder an zu schreien. Auch der ältere Junge sah ängstlich aus. Øyvind zwang sich, ruhig zu sprechen, als er fragte: »Hast du noch andere Leute dabei?«

»Ja, selbstverständlich, meine Ziehmutter und ich sind hierhergerudert, um Beeren zu pflücken. Sie war müde und schlief ein, und ich habe alleine weitergepflückt, bis ich die Skrælingerfrau hier traf ...« Sie wollte gerade sagen, daß sie erst gedacht hatte, die andere wäre ein Troll, aber sie ließ es sein. Statt dessen sagte sie fest: »Ich habe meinen Eimer mit Beeren fallenlassen, und sie hat mir geholfen, die Beeren wieder aufzusammeln.«

Øyvind strich über seinen blonden Bart, ohne zu antworten, aber es war offensichtlich, daß er nachdachte. Auf seiner Nase war noch immer Wundschorf, auch wenn sie letztens eine ordentliche Portion Salbe für ihn zubereitet hatte. Besorgt fragte sie: »Hilft meine Salbe nicht, Øyvind?«

Er starrte sie einen Augenblick verständnislos an, bevor er anfing, so herzlich zu lachen, daß auch die beiden Skrælinger lächeln mußten. »Deine Salbe ist schuld daran, daß ich hier stehe, Ingunn! Du weißt vielleicht noch, daß du sie mir gabst, kurz nachdem Petrus, Reidar und ich auf Robbenjagd gewesen waren und Petrus einem Skrælingerjungen mit dessen eigenem Vogelpfeil in den Hintern geschossen hatte?«

Ingunn nickte.

»Deine Salbe ist immer gut, und als ich sie hatte, ging ich wieder zurück zu der Stelle, wo die Skrælinger ihr Frauenboot liegen hatten. Bald fand ich auch den Jungen und seine Familie. Ich hatte ihnen schon ein paarmal ein bißchen geholfen, und ich hoffte, daß sie mich erkennen und nicht gleich abmurksen würden, nach all dem, was Petrus angestellt hatte. Sie waren nicht gerade freundlich, doch ich konnte ihnen wenigstens die Salbe geben und erklären, daß sie sie auf die Wunde des Jungen schmieren sollten – hier ist er jetzt.«

Er zeigte auf den Jungen, der immer noch hinter der Mutter stand, aber jetzt breitbeinig und mit über der Brust gekreuzten Armen, in einem Versuch, die beiden Skrælinger nachzuahmen. Ingunn begegnete kurz dem Blick der Skrælingerfrau und dachte, daß sie an deren Stelle wahrscheinlich den erstbesten Nordländer, den sie zu Gesicht bekommen hätte, getötet hätte, jedenfalls hätte sie ihm nicht ohne weiteres geholfen!

»Hat – hat Petrus ihn schwer verletzt, Øyvind?«

»Der Junge hatte Schmerzen, auch wenn es nur eine Fleischwunde war, wie Petrus sagte. Aber hat jemand schon von einem erwachsenen Mann gehört, der ohne zu zögern auf einen kleinen Jungen schießt? Und das nicht einmal aus Wut!«

»Hat der Junge nicht zuerst auf Petrus geschossen?«

»Ja, aber ohne Absicht. Und für Petrus war der Schuß des Jungen nicht mehr als ein Mückenstich – er ist gefühllos und kalt wie ein Stein. Der Kerl kennt auch keinen Schmerz, damit du es weißt.«

»Vielleicht nimmt er es deswegen nicht so ernst, wenn er anderen Menschen Leid zufügt«, meinte Ingunn und fühlte gleichzeitig, daß sie etwas herausgefunden hatte, das nach Moder roch.

»Ja, vielleicht«, sagte Øyvind kurz. »Aber jetzt weißt du auf jeden Fall, warum ich diese Leute so gut kenne. Vater kennt die ganze Geschichte. Ich habe sie ihm heute morgen erzählt, weil ich glaube, daß es uns allen schaden könnte, wenn Reidar und Petrus rücksichtslos weitermachen dürfen. Aber sprich zu Hause nicht darüber, ich bitte dich – ich kann gerade jetzt keinen Krach mit Reidar gebrauchen.«

Ingunn versprach es und dachte, daß sie mittlerweile viele Geheimnisse hatte, die sie nicht verraten durfte und die sowohl Petrus als auch andere betrafen.

Es wurde ihr bewußt, daß Øyvind die mit den Skrælingern verbrachte Zeit gut genutzt hatte, denn er hatte von ihrer sonderbaren Sprache genug gelernt, um ihnen erklären zu können, daß sie seine Schwester sei und ein Ruderboot bei sich habe und daß Begleitung auf sie warte.

Sigrid! Vielleicht war sie schon aufgewacht und machte sich Gedanken darüber, was mit der Ziehtochter passiert war!

Ingunn griff nach dem Eimer mit den Beeren und reichte dem Bruder ihren Schal. »Hier, Øyvind – ich möchte, daß du der Skrælingerfrau dies von mir gibst. Sigrid leiht mir sicher ihren Schal, wenn ich ihn auf dem Heimweg brauchen sollte.«

Der Schal war ein schönes Geschenk, das wußte sie. Er war grauweiß mit schwarzen Punkten und so lose gewebt, daß er leicht und gleichzeitig auch warm war. Vielleicht würde die Frau ihn ihrem hübschen kleinen Kind geben!

Die Skrælingerfrau berührte leicht den Schal, und ihr Gesicht erhellte ein strahlendes Lächeln. Sie steckte die Hand in den einen Stiefelschaft und zog einen schön geschnitzten Kamm aus Knochen heraus, den sie Ingunn überreichte.

Øyvind sah zufrieden aus, als er den Skrælingern Ingunns Worte übersetzte. Dann bat er sie, Sigrid zu grüßen und den Nachhauseweg sobald wie möglich anzutreten, da vom Osten her ein kräftiger Gegenwind zu erwarten war. Als sie sich umdrehte, fügte er hinzu: »Schau nach, ob Läuse auf dem Kamm sind, bevor du ihn benutzt!«

Sigrid war nicht gnädig gestimmt, als sie Ingunn sah. »Hast du nicht daran gedacht, Bescheid zu geben, wo du hinwolltest? Und daran, daß es für ein schönes junges Mädchen unvernünftig ist, so weit von den Höfen entfernt alleine herumzulaufen? Heutzutage muß man sich hier in der Gegend sowohl vor den Engländern als auch vor den Skrælingern in acht nehmen.«

»Ich hatte eigentlich nicht vor, wegzugehen oder lange fortzubleiben, Ziehmutter«, sagte Ingunn entschuldigend. »Und Engländer habe ich keine getroffen – nur Øyvind und einige Skrælinger.«

Dann erzählte sie, was passiert war, und Sigrid mußte versprechen, über den Vorfall nicht zu reden, solange sie auf Bru war.

»Das verspreche ich gern, wenn es darum geht, den Hausfrieden bei euch zu bewahren, aber nicht, damit Petrus Ingolfsson vor deinem Vater in einem besseren Licht erscheint.« Sigrid schnaubte verächtlich und fing an, den Bottich für die Wegzehrung und die mit Beeren gefüllten Eimer zusammenzusuchen, um zu gehen.

»Willst du damit etwa sagen, daß Petrus keine gute Partie ist?« fragte Ingunn und überlegte, ob die unerwartete Begegnung mit den Skrælingern derart ungewöhnliche Gefühle hervorgerufen hatte – als wäre sie eine Kirchenglocke, an deren Seil jemand gezogen hatte.

»Vielleicht ist es besser, ich erzähle dir, daß Thorfinn und ich deinem Vater schon den Rat gegeben haben, es sich genau zu überlegen, bevor er dich an Petrus verheiratet. Über einige meiner Träume weißt du schon Bescheid, vielleicht werde ich dir bei Gelegenheit von den anderen erzählen. Außerdem habe ich von einer alten Kuhmagd auf Under Høvda erfahren, daß Petrus seine Frau an ihrem Todestag zum Vorratshaus lockte, unter dem Vorwand, sie müsse ihm dabei helfen, herauszufinden, wie viele Waren nach dem Besuch der Engländer noch übrig wären. Und die Kuhmagd erzählte, daß die Frau so herzensfroh war über das Kind, das sie erwartete, daß sie nie von selbst ins Meer gesprungen wäre. Petrus muß sie hineingeschubst haben. Übrigens fehlt es dort oben nicht an Stellen, wo man Halt finden könnte – davon haben Thorfinn und ich uns selbst überzeugt.«

Darüber also hatten die Zieheltern und der Vater sich an dem Abend unterhalten, als Ingunn sie an der Anlegestelle gesehen hatte! Obwohl sie glühend heiß war, zitterte sie, als sie fragte: »War ein Engländer der Vater ihres Kindes?«

»Das weiß keiner. Tatsache aber ist, daß Petrus ungestraft gegen das Gesetz verstoßen hat.«

»Bedeutet dies, daß Vater nach einem anderen Mann für mich Ausschau halten wird?« Ingunn wagte kaum zu atmen.

»Sicher, aber er muß vorsichtig sein, damit Petrus und Ingolf sich nicht verschmäht fühlen.«

»Noch vor wenigen Tagen hast du gesagt, ich muß selbst die Verantwortung für alles übernehmen, was ab jetzt mit mir geschieht.«

»Ja, es liegt an dir, ob die Klatschweiber in der Gegend etwas finden werden, woran sie sich festhalten können. Aber du kannst dir weder aussuchen, wer um deine Hand anhalten darf, noch über die Bedingungen entscheiden, unter denen dies geschieht.« Sigrids Stimme wurde allmählich milder. »Du kannst diese Angelegenheit ruhig deinem Vater überlassen. Halldor ist ein besonders tüchtiger Schachspieler.«

»Ja, das ist er«, sagte Ingunn verwirrt. Wut, Neugier und Spannung kämpften in ihr um die Oberhand. Sie war also eine Schachfigur! Wie viele andere Figuren gab es – und wie sah das Schachbrett aus?

Das einzige, woran sie sicher glaubte, war, daß in diesem Spiel um ihre Zukunft die Gegner die bösen Mächte waren. Und es wurde ihr klar, warum es für den Vater so wichtig war zu wissen, ob Gott auch über sie bestimmte.

Der Gardarhäuptling regiert

Während die Leute aus Bru beim Herbstgelage auf Under Høvda waren, hatte John Greene seine Habseligkeiten aus Gardar nachgeschickt bekommen. Am Morgen bevor sie zum Althing fahren wollten, kam er mit einem Kleidungsstück aus Leinen in den Händen zu Ingunn und Sigrid. Sie standen draußen und suchten Kleidung und andere Ausrüstungsgegenstände zusammen, die für die Fahrt gepackt werden sollten. Verlegen sah er von der einen zur anderen und fragte in seinem holprigen Grönländisch: »Könnte – könnte jemand das Hemd für mich plätten?«

Ingunn streckte die Hand nach dem Hemd aus und schüttelte es gut aus, aber das Hemd war und blieb hoffnungslos zerknittert. Außerdem roch es muffig. Ihre Augen begegneten denjenigen Johns, und sie sagte gutmütig: »Ich werde dein Hemd waschen und in der Sonne trocknen, bevor ich das Plättbrett benutze.«

Sigrid murmelte zustimmend, und John bedankte sich höflich, blieb aber stehen, als hätte er noch etwas auf dem Herzen.

Ingunn dachte, daß man sie wohl kaum eines unsittlichen Benehmens verdächtigen konnte, wenn sie sich mit John in Gegenwart der Ziehmutter unterhielt. Deswegen sagte sie neckisch: »Habe ich die Kleidungsstücke, die wir aufschneiden mußten, als du hierherkamst, nicht gut genug geflickt, oder warum brauchst du jetzt dieses Hemd?«

Überrascht sah Ingunn gelbe Funken in den graugrünen Augen sprühen. Mit einem schnellen Blick auf Sigrid sagte er langsam und deutlich auf englisch: »Es gibt ein Mädchen, auf das ich besonderen Eindruck machen möchte. Und ich hoffe, daß sie ihr blaues Kleid anzieht.« Mit einer leichten Verbeugung, aber ohne zu lächeln, drehte er sich um und ging.

Sigrid schaute die Ziehtochter neugierig an. »Hast du verstanden, was er gesagt hat?«

»Ja«, sagte Ingunn, gespielt gleichgültig, und hielt das Hemd noch fester. »Er möchte auf dem Althing auch so gut angezogen sein wie wir.« In ihr vermischte sich die zitternde Erwartung mit dem Entsetzen darüber, daß John so unvorsichtig sein konnte. Er mußte doch allmählich wissen, wie schnell die Gerüchte in der Gegend von Mund zu Mund gingen.

Sie ging schnell hoch zum Bach, wusch das Hemd gründlich und wickelte es um ein Holzbrett, das sie in die Sonne stellte. Dann löste sie ihren dicken Zopf und beugte sich nach vorne, bis ihre lange, helle Mähne wie silberglänzender Seetang im Wasser lag. Mit beiden Händen goß sie Wasser über die Kopfhaut und biß die Zähne gegen die Kälte zusammen, tauchte die nassen Haare in die mitgebrachte Schafgarbenlauge und steckte den Kopf in den Bach, um ihn sauberzuspülen.

Qualmwolken quollen einladend aus dem Abzugsloch des Badehauses, als sie mit klappernden Zähnen zu den Häusern zurücklief. Der Vater hatte angeordnet, dort Feuer zu machen, obwohl dies mitten in der Woche unüblich war. Diejenigen, die vorhatten, zum Althing zu fahren, durften vorher baden. Und glücklicherweise waren die Frauen immer zuerst an der Reihe!

Im Vorraum streifte sie rasch die Kleider ab, und es

überkam sie ein wohliges Gefühl, als sie sich auf der Bank neben Sigrids üppiger Gestalt niederließ.

»Du meine Güte!« sagte Sigrid mit einem Blick auf das klatschnasse Haar der Ziehtochter. »Es ist anscheinend nicht nur unser Engländer, der sich für den Gardarhäuptling zurechtmacht.«

»Ich darf zum erstenmal mit zum Althing fahren«, verteidigte sich Ingunn und überlegte, ob die Ziehmutter sie auf den Arm nehmen wollte. »Und außerdem wußte ich ja, daß ich mich hier wieder aufwärmen könnte, nachdem ich die Haare gewaschen hatte.«

Mit geschlossenen Augen streckte sie vorsichtig die Füße näher an den Haufen warmer Steine mitten auf dem Boden und spreizte die Zehen, als Ragna Wasser auf den Steinhaufen goß, um mehr Dampf zu erzeugen. Um sie herum drängten sich zehn bis zwölf Frauenkörper, und in dem kleinen Raum summten die Stimmen in gemütlicher Plauderei.

Im Badehaus wird nie gestritten, dachte sie. Sie überlegte, ob es auf den Höfen, auf denen der Hausstand so klein war, daß Männer und Frauen gemeinsam im Badehaus Platz hatten, genauso gemütlich wäre.

Johns Hemd wurde beim Trocknen so glatt, daß Ingunn es mit dem Rinderkieferknochen, den sie für solche Arbeiten benutzte, schnell zum Glänzen brachte. Während sie damit beschäftigt war, schaute sie sich in der vertrauten Stube um und dachte, daß es von ihr aus so bis ans Ende ihres Lebens weitergehen könnte. Das flackernde Licht der Tranlampe glänzte auf dem blanken Hemdleinen und ließ den karierten Stoff an ihrem Webstuhl besonders stattlich aussehen. Von der Kochgrube in der Ecke duftete es schon einladend nach der Suppe für die Abendmahlzeit.

An diesem Nachmittag hatte Sigrid die Verantwortung für die Zubereitung des Essens übernommen, damit Ingunn die Kleidung und Wegzehrung für ihren Hausstand herrichten konnte. Seit sie aufgestanden war, hatte Ragna nicht gewagt herumzuschimpfen. Ingunn amüsierte sich derart über den Respekt der Haushälterin Sigrid gegenüber, daß sie nicht bemerkte, daß John hereingekommen war und sie bei der Arbeit beobachtete. Sie erschrak, als er sich hinter ihrem Rücken räusperte und die Hand nach dem Hemd ausstreckte.

»Danke, Ingunn – niemand in Bristol hätte es besser machen können!«

Ingunn errötete vor Freude und Stolz. Sie erhob sich, um den Plätteknochen zurück auf seinen Platz neben dem Webstuhl zu legen. Immer öfter ertappte sie sich bei dem Gedanken, John könne vielleicht Lust verspüren, sich auf Grönland niederzulassen, wenn er sich einmal davon überzeugt hätte, daß es ihnen hier doch recht gutginge. Auch jetzt war dieser Gedanke wieder da – so stark und eindringlich, daß sie ihn nicht beiseite schieben konnte.

Und wenn – und wenn er glaubte, sie könnte eine so ausgezeichnete Ehefrau abgeben, daß er die Nachricht nach Bristol senden würde, er bliebe mit ihr als seiner Frau hier auf Grönland, dann könnten sie sich von einem Teil des Reichtums seines Vaters einen Hof kaufen. Dann bräuchte sie keine Angst mehr davor zu haben, diese kribbelige Spannung in Johns Nähe zu spüren, oder davor, an Petrus verheiratet zu werden.

Doch wenn er vorhatte, diesen Herbst nach Bristol zurückzukehren, dann mußte sie sich davor hüten, innerlich so zerrissen zu werden wie Turid. Sie hatte die Ziehmutter unzählige Male sagen hören, der sicherste Weg für eine Frau, unglücklich zu werden, wäre, an einen Mann gebunden zu sein und gleichzeitig einen anderen zu lieben.

John stand immer noch da mit dem Hemd in der Hand, das Gesicht ihr zugewandt, aber ohne etwas zu sagen. Das Langfeuer, das Ragna für den Abend angezündet hatte, loderte auf, und Ingunn entdeckte zu ihrem Entsetzen, daß die graugrünen Augen, die in die ihren schauten, dieselbe Sehnsucht ausdrückten, die sie selbst in ihrem Inneren spürte.

»Nicht so schnell!« betete sie stumm. »Gott im Himmel, der du diese Dinge bestimmst – laß mich gegen die Strömung rudern, solange ich noch sehe, wo sie verläuft!«

Sie schluckte schwer und drückte die Hände zusammen, als würde sie einen Schneeball quetschen. Als Reidar im selben Augenblick zur Tür hereinrauschte, gefolgt von dem jüngeren Bruder und dem Vater, war sie fast dankbar. Sie lächelte John scheu zu, steckte ihren Zopf unter die Kleidung und ging, um beim Zubereiten des Abendessens zu helfen.

Die Hochstimmung derjenigen, die am nächsten Tag zum Althing fahren sollten, steckte den ganzen Hausstand an, und als das Essen abgeräumt war, blieben alle sitzen und unterhielten sich gemütlich. Nur John stand auf und ging eine Weile hinaus. Als er wieder hereinkam, hatte er ein kleines Bündel dabei, dessen Inhalt er Halldor zeigte, der auf seine Frage hin zustimmend nickte.

Sie hatte gehofft, John würde sich so hinsetzen, daß sie ihn sehen könnte, aber statt dessen ging er in die dunkelste Ecke und fing an, in seinem Bündel zu kramen. Enttäuscht setzte sie sich an ihr Spinnrad und zwang sich zu überlegen, ob für die Reise alles vorbereitet war. Im Bottich mit der Wegzehrung lagen die Mitbringsel für Gardar: ihre besten Schimmelkäse. Die langen Gewänder des Vaters und der Brüder waren im Ledersack, zusammen mit ihrem blauen Kleid und dem Stirnband.

Das Stimmengewirr um sie herum hörte plötzlich auf, als sanfte, etwas heisere Töne aus der Dunkelheit drangen. Ingunn drehte sich um und sah John in seiner Ecke stehen und Flöte spielen. Die Flöte war ganz anders als die Weidenflöten oder die Flöten aus Engelwurz, die die Grönländer sich normalerweise schnitzten und die Halldor auf seinem Hof auch nicht mehr hören wollte, nachdem die sangesfreudige Bjørg weggezogen war. Einen Augenblick überlegte Ingunn, was den Vater wohl dazu gebracht hatte, seine Meinung zu ändern, aber dann lauschte sie nur noch.

Auf die sanfte Melodie folgte ein lustiges Lied, bei dem Ingunn ein Kribbeln spürte. Es war eine Art Tanz, denn John klopfte den Takt mit dem Fuß genau wie der Vorsänger auf Under Høvda, als sie eines Abends während des Gelages einen Tanzreigen gebildet hatten. Dann kam eine Weise, so unsagbar traurig, daß sie sich ganz hilflos fühlte. Steckte in diesem ausländischen Flötenspiel böse Zauberei?

Verstohlen schaute sie zur Ziehmutter hin. Sigrid sah so zufrieden aus, als hätte sie eine ganze Tonne saure Milch geschenkt bekommen. Johns Lieder konnten also nicht so gefährlich sein. Halldor saß wie gewöhnlich da, in Gedanken versunken, Øyvind lauschte mit geschlossenen Augen, und Reidar sah aus, als ginge ihn das Ganze nichts an. Aber sie konnte sehen, daß er auf seinem Oberschenkel den Takt mit der Hand klopfte, als John ein neues Tanzlied anfing.

Wie sie sich auf den morgigen Tag und das Althing freute! Bisher waren ihr nur drei Engländer begegnet, doch in Gardar hatte John viele Schiffskameraden – vielleicht besaßen einige von ihnen auch solche Flöten! Dann würden sich sicher alle beim Althing wohl fühlen und gern Handel betreiben, so daß weder Unfriede noch schwelende Feindschaft entstehen konnten. Und Reidar und Petrus durften über den Handel in Gardar nicht entscheiden.

Nur allzufrüh hörte John auf zu spielen. Viele drängten ihn weiterzumachen, und er spielte das erste Lied noch einmal. Dann setzte er sich hin, Ingunn direkt gegenüber, erschöpft, verschwitzt und glücklicher, als sie ihn je gesehen hatte. Die graugrünen Augen blitzten, als er fragte, ob jemand das Lied kenne, das er gerade gespielt hatte.

»Nein, wie sollten wir auch?« sagte Ingunn fröhlich. »Ich habe jedenfalls nie zuvor eins dieser Lieder gehört. Es sind sicher alles englische.«

»Eins ist französisch.«

»Das, was du zum Schluß gespielt hast?« wollte Ragna wissen. Sie gab sich jetzt Mühe, John zu verstehen, wenn er ihre eigene Sprache benutzte – sicher aus purer Neugier, dachte Ingunn.

»Ja, es handelt von einem blauen Kleid«, sagte John.

»Habe ich es doch gewußt – ein Lied über ein prunksüchtiges Weib!« sagte Reidar mit beißender Stimme.

John ließ sich nichts anmerken und antwortete langsam und unerschütterlich: »Nein, ein Lied von einem Mann, der ein Mädchen liebt.«

Eine der Kuhmägde sagte voller Eifer: »Solche Geschichten höre ich am liebsten. Hier auf Grönland haben wir auch viele Sagen und Lieder über Liebespaare!«

Die Leute um sie herum murmelten zustimmend, und Sigrid bemerkte bedächtig: »Ja, das ist wahr. Ich denke nur an Skald-Helge und die arme, junge, isländische Frau, die sich so wahnsinnig liebten – junge Menschen können aus *der* Geschichte viel lernen, auch wenn sie vor einigen hundert Jahren passierte.«

»Heutzutage können wir auch gut mithalten«, sagte der neue, kecke Knecht. »Alle hier wissen doch, was die Leute über Petrus Ingolfsson und seine Frau sagen, die – au!« Anscheinend hatte er einen gutgezielten Fußtritt vom Stallknecht bekommen, der neben ihm saß und den Neuankömmling anlernen sollte.

»Nichts ist besser als die Geschichte vom Brautkauf drüben auf Hvalsøy!« sagte Øyvind. »Kannst du sie nicht erzählen, Vater?«

Zu Ingunns großer Überraschung lehnte Halldor nicht ab, sondern lächelte leicht und faltete die Hände vor sich auf dem Tisch, bevor er sich räusperte und an John gerichtet erklärte: »Hvalsøy liegt nicht weit von hier entfernt. Seit unsere Vorfahren sich hier ansiedelten, gehört der Hof zu den größten und besten Grönlands – die schöne Steinkirche legt ein deutliches Zeugnis ab von dem Reichtum und der Macht des Hvalsøyhäuptlings. Zur Zeit ist kein Mitglied der Familie im heiratsfähigen Alter, aber vor neunzig Jahren, als das geschah, was ich jetzt erzählen werde, war die Witwe des Häuptlings dort eine schöne, junge Frau, und jeder vernünftige Mann wäre glücklich gewesen, sie zu bekommen. Sie hieß Sigrid Bjørnsdatter und war die Tochter eines der reichsten Bauern Islands. Mit fünfzehn Jahren wurde sie hierher verheiratet, und sie war noch jung und hatte kleine Kinder, als sie Witwe wurde. Ich weiß nicht genau, wann ihr Mann ums Leben kam, jedenfalls war es kurz vor oder kurz nach der Ankunft einiger Gäste, die von weit her angereist waren ...«

Ingunn achtete kaum auf ihre Arbeit am Spinnrad, so gespannt war sie. Es kam selten vor, daß der Vater zu erzählen anfing, und seit sie wieder zu Hause wohnte, hatte sie noch nie die ganze Geschichte von dieser berühmten und weitgereisten Sigrid gehört, die so weit weg von daheim verheiratet wurde und schließlich doch noch in ihr eigenes Land zurückkehren konnte.

Halldor nahm einen Schluck aus der Wasserschüssel und fuhr fort: »Unter den Gästen befanden sich einige der vornehmsten jungen Häuptlingssöhne Islands, die zuvor in Norwegen gewesen waren, und zwar kurz nachdem die Pest zum erstenmal in Island gewütet hatte. Sie waren sicher glücklich darüber, mit dem Leben davongekommen zu sein. Ihr Schiffer, Thorstein Olafsson, war wie Sigrid Bjørnsdatter aus einer vornehmen Familie, aber nicht reich, weder an Geld noch an Gut. Als er erfuhr, daß Sigrid auf Hvalsøy von vielen großen Höfen in Island Alleinerbin war, weil der Vater und ihre Geschwister an der Pest gestorben waren, segelten er und seine Schiffsgefährten mit den Gütern, die sie in Bergen gekauft hatten, direkt hierher, um sich zu erkundigen, wie es Sigrid ginge.«

Einige in der Stube kicherten erwartungsvoll, denn Halldor richtete seine Augen auf das Langfeuer, als suche er noch nach anderen Gründen für den großen Ansturm auf Hvalsøy. Als er weitersprach, kam es den Zuhörern beinahe so vor, als würde er mit sich selbst reden. »Steinunn hieß eine junge Frau, die mit an Bord war. Sie war Thorsteins Base und mit einem der anderen Häuptlingssöhne verheiratet. Viele vornehme Leute waren auf Hvalsøy versammelt und genügend gesetzeskundige Männer, um über den jungen Kleinbauern Kolgrim zu Gericht zu sitzen, der es geschafft hatte, vor

Ende des Jahres Steinunn direkt vor der Nase ihres hochgeborenen Mannes zu verführen. Thorstein und seine Verwandten meinten, daß Kolgrim Schwarze Kunst benutzt hätte, und er wurde verbrannt. Steinunn wurde verrückt und starb einige Zeit später, aber Thorstein und die anderen nahmen sich die Sache nicht sehr zu Herzen und blieben noch drei Jahre auf Grönland. Im Herbst, bevor sie wieder abreisten, wurden Thorstein und Sigrid von zwei geweihten Priestern in Hvalsøys Kirche verheiratet.«

»War diese Sigrid wirklich so hübsch?« fragte einer.

Halldor schaute auf und sagte scharf: »Ich weiß nicht, wie sie und Thorstein ausgesehen haben, weder äußerlich noch innerlich. Es wird erzählt, daß Sigrid hübsch war und nicht traurig darüber, mit Thorstein nach Island zu fahren, um nach ihren Besitztümern zu schauen. Aber ihren Sohn, den Erben von Hvalsøy, mußte sie hierlassen – sie und Thorstein bekamen übrigens später in Island eine gemeinsame Tochter. Der Junge sah seine Mutter erst in dem Sommer wieder, als er heiratete. Da kamen sie und Thorstein hierher, zusammen mit einem englischen Kaufmann, den sie von Island her kannten. Damals war Sigrid zum letztenmal auf Grönland, aber seit der Zeit wissen die Männer aus Bristol, daß sie hierherkommen können und Handel betreiben, wenn es in Island wenig Trockenfisch gibt.«

Ingunn schaute John verstohlen an und überlegte, ob er wohl Halldors ganze Geschichte verstanden hatte. Den letzten Teil schien er jedenfalls verstanden zu haben, denn er sagte fröhlich: »Und wir kommen immer noch hierher!«

Bevor Halldor antworten konnte, brummte Thorfinn aus Vardebu: »Ja, und wir haben immer noch gute Waren. Du mußt deine Freunde bitten, den Handel so wie früher abzuwickeln!«

Seine Stimme war zwar nicht unfreundlich, aber Johns fröhliches Gesicht wurde plötzlich finster und unbewegt, und Ingunn ärgerte sich darüber, daß die gemütliche Stimmung ein so jähes Ende nahm. Außerdem hätte sie gern noch mehr über diese Sigrid Bjørnsdatter und den Brautkauf gehört, der dazu geführt hatte, daß sie ihr Elternhaus in Island verlassen mußte. Ob jemand auch in Sigrids Blutzeichen eine lange Reise vorhergesehen hatte?

Jetzt ergriff Sigrid von Vardebu das Wort mit jener selbstverständlichen Autorität, die sie auf ihrem eigenen Hof ausstrahlte, wenn sie fühlte, daß Zank und Ärger im Anmarsch waren. »Halldor, ich glaube, die jungen Leute hier sollten erfahren, was du als Priester und erfahrener Mann von dem Schicksal dieses Kolgrims hältst, der wegen seiner Schwarzen Kunst verbrannt wurde. Auf Grönland war es sonst immer Brauch, diejenigen, die zum Tode verurteilt worden waren und nicht das Recht auf eine Vollstreckung des Urteils durch das Schwert hatten, zu ertränken. Und geächtet wurde jeder, der Menschen in ihren Häusern bei lebendigem Leibe verbrannte ... Wollte Sira Eindride in Gardar den Scheiterhaufen, oder hatten die Isländer diese Unsitte von irgendwo anders her mitgebracht?«

Ingunn fühlte einen Hauch von Kälte aus den dunklen Ecken des Raumes auf sich zuströmen. Auf Grönland war es also Brauch gewesen, Menschen, die zum Tode verurteilt waren und nicht das Recht auf eine Vollstrekkung des Urteils durch das Schwert hatten, zu ertränken. Wenn Petrus schon ohne weiteres seine junge Frau dazu verurteilt hatte, als eine Unwürdige zu sterben, wie würde er dann in ernsteren Fällen handeln?

Die Augen der Anwesenden waren auf Halldor gerichtet. Er rieb sich über die mageren Wangen und antwortete nachdenklich: »Beides könnte zutreffen, nehme ich an. Damals war es sowohl in Norwegen als auch in England üblich geworden, Menschen auf dem Scheiterhaufen zu verbrennen. Hier auf Grönland dagegen benutzen wir Brennbares für nützlichere Zwecke.«

Alle drehten sich um und schauten John neugierig an. Er freute sich anscheinend darüber, im Gespräch ernstgenommen zu werden, denn er beugte sich eifrig vor und sagte unbeholfen, aber deutlich: »Ja, für die schlimmsten Untaten werden Leute auf dem Scheiterhaufen verbrannt, aber nicht wegen Untreue! Besonders Hexerei und – und – falscher Glaube werden von unseren Bischöfen so bestraft.«

»Falscher Glaube – du meinst sicher Ketzerei?« fragte Halldor, ohne eine Miene zu verziehen.

»Ich weiß nicht, wie es auf grönländisch heißt – ich muß Tom fragen!« sagte John leise.

Ingunn nahm sich vor, bei Gelegenheit den Vater zu fragen, was Ketzerei bedeutete. Es mußte etwas ganz Schreckliches sein, wenn John sagte, daß selbst der Bischof einen derart qualvollen Tod für eine passende Strafe hielt. Sie schauderte und bemühte sich, das Bild eines jungen Bauern, der sich vor den Augen seiner Geliebten vor Schmerzen krümmte, aus ihrer Vorstellung auszulöschen. Von einem solchen Schicksal blieb sie jedenfalls verschont!

Øyvind beugte sich aufgeregt vor. »Vater, ich möchte gern wissen, warum Kolgrim der Schwarzen Kunst beschuldigt wurde. Gesetzt den Fall, Steinunn und er konnten nichts dafür, daß sie einander liebten?«

Es glühte in Halldors Blick. »Du möchtest wohl der

Sache auf den Grund gehen, mein Sohn. Und wenn eine böse Macht von außen die beiden einfing? In dem Fall wäre Kolgrim genauso unschuldig wie Steinunn – oder alle beide wären von dem Bösen angesteckt gewesen. Über solche Dinge würde ich gern einen ausgebildeten Priester befragen.« Er bekreuzigte sich. »Wir brauchen hier weder ausländische Sitten noch ausländische Gewalt, wir brauchen nur mehr Wissen. Bis wir dieses haben, hoffe ich, daß wir gesunden Menschenverstand zeigen und die bösen Mächte mit Gottes Hilfe auf Abstand halten können.«

Ingunn bekreuzigte sich. Ob er dabei an sie und ihre Brüder dachte? Der stille, grübelnde Vater wußte tief in seinem Inneren vielleicht doch über vieles Bescheid – über Reidars Machtgier und seine Verachtung für andere Menschen, über Øyvinds heimliche Liebe zu Turid Ingolfsdatter und über die kleine Flamme, die in ihr selbst flackerte und drohte, ein so großes Feuer zu werden, daß es alle seine Pläne für sie vernichten könnte. Ein so großes Feuer, wie es einst auf Hvalsøy angezündet worden war, um die Liebe in diesem Kolgrim zu verbrennen.

Wenn die bösen Mächte schuld waren an der Angst und der Verwirrung, die sie jetzt fühlte, dann konnten diese auch gefährlicher sein, als sie geglaubt hatte. In ihrer Ohnmacht spürte sie nämlich auch eine Freude und eine Lebenskraft, die sie nur ungern verlieren würde, aber die sie gleichwohl erschreckten. Vielleicht hatte ihre Mutter diesen Gefühlen nachgegeben?

In der darauffolgenden Nacht mußte sie lange auf den Schlaf warten, und als er endlich kam, schlief sie nur unruhig. Sie hatte einen verworrenen Traum von Flammen, die ganz langsam einen jungen Mann auffraßen, der sich in die Frau eines anderen Mannes verliebt hatte, eines Mannes, der genauso reich und mächtig war wie Petrus Ingolfsson.

Als Ingunn am nächsten Tag im Morgengrauen hinausging, um nach dem Wetter zu schauen, kamen der Ziehvater und Einar schon vom Strand zurück, wo sie das gemietete Boot überprüft hatten, das sie und ihre Waren zum Althing bringen sollte. Einars blanke Glatze leuchtete um die Wette mit dem ersten schwachen Glitzern der Sonne auf dem Fjord, und beide Männer sahen so zufrieden aus, daß sie selbst auch gute Laune bekam.

»Wir bekommen Seewind!« sagte Einar. »Thorfinn meint, es könnte im Laufe des Nachmittags sogar einen recht starken Wind geben, aber wenn es soweit ist, sind wir schon in Gardar. Möchtest du mit uns oder mit deinem Vater segeln? Wir haben genug Platz ...«

»Das nehme ich gern an!« sagte Ingunn fröhlich. Da fiel ihr ein, daß Sigrid und sie vereinbart hatten, auf der Fahrt nach Gardar John im Auge zu behalten, um herauszufinden, wie er jetzt im Boot zurechtkäme. Verlegen fügte sie hinzu: »Aber Sigrid und ich wollten diesmal gern zusammen segeln!«

»Ja, dann mußt du mit uns kommen«, sagte Thorfinn gemütlich. »Reidar hat gerade behauptet, daß meine Sigrid zu groß für Halldors Boot sei.«

»Darüber entscheidet Vater«, sagte Ingunn. »Außerdem möchte Sigrid sehen, wie John an Bord zurechtkommt, um ihm Ratschläge für die Reise nach Bristol geben zu können.«

»John kann ebensogut mit uns segeln«, sagte Einar. »Er und Reidar kommen sowieso nicht besonders gut miteinander aus.«

Ingunn wollte hinzufügen, daß Reidar für die meisten Menschen nichts übrig hatte, aber sie ließ es sein. Alles hatte sich ja zum Besten gewendet.

Als ahnte er, daß Ingunn und Sigrid sich vorgenommen hatten, seine Gesundheit zu beurteilen, beteiligte John sich daran, die Ladung zu verteilen und das Segel zu hissen. Aber Thorfinn wollte selbst neben Einar am Ruder stehen, und während der Fahrt mußte John sich damit begnügen, auf die Backbord-Schote zu achten, während er heimlich Ingunn genauso im Auge behielt wie sie ihn.

Ingunn fand, daß er sich geschickt und unbeschwert bewegte. Es machte sie irgendwie traurig, obwohl sie eigentlich glücklich und stolz darüber sein müßte, daß ihre Heilkünste so gut gewirkt hatten. Sie war beinahe erleichtert, als sie sah, wie er vor Schmerzen eine Grimasse schnitt, als sie den Havgrimsfjord überquert hatten und er sich wieder ihr gegenüber hinsetzte.

Sigrid sagte leise: »Vielleicht schafft er in diesem Herbst die Fahrt nach England, vielleicht auch nicht. Aber das muß er selber entscheiden, nicht wir! Vielleicht wird es auch andere Hindernisse geben – wir werden sehen.«

»Glaubst du, daß die Fahrt zum Althing ihm schaden könnte, Ziehmutter?« fragte Ingunn ängstlich.

»Einar und Thorfinn sind mit deinem Vater einer Meinung und glauben, daß der Handel in Gardar nicht reibungslos abgewickelt werden kann«, sagte Sigrid. »Mehr weiß ich auch nicht.«

Die Sankt-Nikolaus-Kathedrale und der Hof in Gardar sahen auf der Wiese am Ende des Fjordes so riesengroß aus, daß es Ingunn so vorkam, als wäre sie geschrumpft. Der rote Sandstein, aus dem die großen Häuser gebaut waren, glühte in der Nachmittagssonne, so daß sie trotz ihrer Größe recht einladend aussahen.

Ingunn war so ungeduldig, daß sie es kaum abwarten konnte, an Land zu gehen und den Vater zu suchen. Als Häuptling hatte er in Gardar eine eigene Thingbude, und seine Leute hatten es hoffentlich schon geschafft, die Dachplane darüber zu ziehen, damit sie sich drinnen zurechtmachen konnte, bevor sie unter die Leute ging.

Auf dem Felsen in der Nähe der Stelle, wo die Engländer vor Anker lagen, stand ein so großes, schönes Lagerhaus aus Stein, daß das Lagerhaus auf Under Høvda damit verglichen eher ärmlich wirkte. Ingunn überlegte, ob die Engländer vielleicht einen Teil ihrer Ladung dort gelagert hätten. Mit seinem hohen Rumpf und dem noch höheren Vorder- und Achtersteven fiel das englische Schiff sofort auf, aber aus nächster Nähe sah sie, daß es einen runden, glatten Rumpf hatte, wie eine Tonne.

»Die armen Leute, die in einem solchen Trog segeln müssen, und wenn er noch so riesig ist!« dachte sie und warf John einen raschen, mitfühlenden Blick zu.

Er bemerkte es nicht, denn seine Augen waren auf das Schiff gerichtet, als wollte er es mit dem Blick in sich aufnehmen. Die Wache an Bord schrie und winkte, und John schwenkte als Antwort heftig den Arm. Dann mußte er Thorfinn beim Anlegen in dem geschützten Hafen nordwestlich vom Felsen helfen.

Halldor und der englische Schiffer waren schon auf dem Weg zu ihnen, mit Tom im Schlepptau, und Ingunn winkte ihnen aufgeregt zu. Sie spürte kaum den groben Kies, der sich in ihre Zehen drückte, als Sigrid und sie das letzte Stück mit gerafftem Rock, die Schuhe um den Hals gebunden und in jeder Hand einen Bottich voller Wegzehrung, an Land wateten.

Der Vater nahm Sigrid die Bottiche ab, und als der englische Schiffer gebieterisch auf Ingunn zeigte, nahm Tom auch ihr mit einem Grinsen die Holzgefäße ab.

»Schade, daß ich nicht *dich* tragen soll«, scherzte er.

Ingunn lachte. So frech er auch war, er hatte etwas so Ehrliches und Sympathisches an sich, daß sie eine Art Zuneigung für den Jungen fühlte. Keiner würde ihn verdächtigen, um die Hand der Tochter auf Bru anzuhalten, aber sie sagte trotzdem leise: »Tom, denk an das, was ich dir gesagt habe, daß du deinen Mund im Zaum halten solltest – meine Verwandten könnten es dir übelnehmen, wenn sie hören, daß du so mit mir sprichst.«

»Wenn ich etwas Ähnliches auf englisch sage und der Schiffer oder John es mitbekommen, dann ziehen auch sie mir das Fell über die Ohren«, sagte Tom gleichgültig. »Aber ich glaube, unser Schiffer wird sich bald mit anderen Dingen beschäftigen müssen als damit, wie seine Mannschaft sich Mädchen gegenüber benimmt – es könnte nämlich aus ganz anderen Gründen Streit geben. Schau dir nur deinen Bruder und diesen Kerl, den Petrus, an. Die beiden kamen vorhin zu uns und beklagten sich über unsere neue Art und Weise, Handel zu betreiben. Reidar hat sich so angestellt, daß ich kaum wagte, es unserem Schiffer zu übersetzen.«

»Aber Petrus hat sicher nicht viel gesagt?« meinte Ingunn und versuchte zu lachen, während sie sich damit abmühte, ihre Schuhe anzuziehen. »Er ist normalerweise nicht besonders redselig.«

»Nein«, mußte Tom zugeben. »Aber ich mag seine Visage trotzdem nicht.« Er hörte jäh auf zu sprechen und ging Halldor hinterher, der mit Sigrid schon ein ganzes Stück vorausgelaufen war.

Der englische Schiffer blieb stehen. Sicher, weil er auf

John wartet, dachte Ingunn. John war an Bord geblieben, um Thorfinn und den anderen dabei zu helfen, das Boot festzumachen und die Ladung an Land zu tragen. Es wurde ihr langsam klar, daß er jetzt, da er zu seinen eigenen Leuten zurückgekehrt war, nicht mehr zu dem Haushalt auf Bru gehörte. Er würde nicht ein Teil der gemütlichen Enge in Halldors Bude sein, auf die sie sich so gefreut hatte.

»Tom, Vaters Bude steht dort oben rechts!« rief sie außer Atem. »Du siehst ja, wo Vater und Sigrid hingehen!«

Tom setzte die Holzgefäße ab und wartete, bis sie neben ihm war. »Das weiß ich. Aber du und einige der anderen unverheirateten Bauerntöchter seid die Gäste des Gardarhäuptlings, solange das Thing und der Handel andauern.«

Er kicherte frech, als er Ingunns Gesichtsausdruck sah. »Häuptling Orm hat furchtbare Angst davor, daß diese schrecklichen Engländer sich bei einer passenden Gelegenheit bedienen könnten, genau wie du es mir gesagt hast.«

»Aber Vater wird sich wundern, wo ich geblieben bin!«

»Ich glaube, er weiß schon Bescheid, aber ich gehe gern vorbei und erzähle, daß ich dich auf dem Hof des Bischofs abgeliefert habe.« Tom zeigte auf das riesige Hauptgebäude.

Ingunn richtete sich unbewußt auf. Seit mehr als hundert Jahren wohnte kein Bischof mehr in Gardar, aber man konnte das Heiligtum gewiß noch in allen Wänden spüren, und selbst ein König hatte sicher nicht stattlichere Häuser.

»Schau dir diese Scheune an!« sagte sie und zeigte nach hinten auf ein riesiges Steingebäude, an dem sie auf dem Weg vom Strand hoch vorbeigegangen waren.

Tom grinste. »Ja, die Waren des Gardarhäuptlings wohnen besser als wir.« Er zeigte auf ein langes, schmales Haus am Rande des Hofes. »Damit müssen wir uns begnügen, wir und unsere Ladung. Es ist leichter, uns dort im Auge zu behalten, könnte ich mir denken.«

»Seid ihr denn so wenig willkommen hier?« wunderte sich Ingunn laut. »Was will der Gardarhäuptling mit seinen angehäuften Gütern anfangen, wenn er sie nicht gegen Waren eintauschen kann, die uns hier auf Grönland fehlen?«

Toms Gesicht wurde plötzlich ernst. »Wenn du mich fragst, Ingunn, dann machen zur Zeit seine Landsmänner dem Häuptling die meisten Sorgen, nicht wir.«

Ein paar der englischen Schiffsleute standen am Eingang des Hauses und grüßten träge, als Tom und Ingunn vorbeigingen. Ihre rostfarbene Kleidung mußte dringend geflickt werden, aber ansonsten waren die glattrasierten Gesichter das einzig Ungewöhnliche an ihnen.

Im Hof standen viele Menschen, und Ingunn fühlte sich unwohl, denn sie hatte sich nicht zurechtmachen können. Besonders schlimm wurde es für sie, als sie das schöne rote Kleid von Aud aus Foss mitten in der Frauengruppe vor dem Haupteingang des Bischofssitzes entdeckte.

Eine junge Frau mit roten Wangen löste sich aus der Gruppe und kam Ingunn auf dem breiten Pfad, der mit Platten belegt war, entgegen. »Willkommen auf dem Hof, Ingunn Halldorsdatter!«

»D-danke!« sagte Ingunn überrascht. »Aber ...«

»Wie ich wissen konnte, wer du bist?« Die Frau zeigte lachend auf Aud. »Ich glaube, sie kennt jeden Menschen auf Grönland!«

Jetzt wurde Ingunn klar, daß die hochschwangere,

fröhliche junge Frau Thorunn Øyolfsdatter sein müßte, die dritte Frau von Häuptling Orm in Gardar. Sie war so erleichtert, daß sie kaum bemerkte, daß Tom gegangen war, um die Bottiche mit den Leckerbissen an die Haushälterin abzuliefern. Selbst wenn sich später herausstellen würde, daß Orm alt und sauer wie vergessene Wassermolke war, hatte er nichts zu tun mit der Unterbringung der Frauen! Sie war dumm gewesen, daß sie sich von den düsteren Vorhersagen von Tom und Sigrid hatte einschüchtern lassen.

Fröhlich ließ sie sich in den Kreis der Frauen einführen.

»Gesetz und Recht bauen Länder auf ...«

Orm in Gardar war weder uralt noch sauer. Breitschultrig und aufrecht saß er zu den Mahlzeiten im Ehrensitz, und oft vertieften sich die Lachfältchen um seine Augen. Aber der Blick unter der silbergrauen Mähne und den buschigen Brauen war so wachsam und bohrend, daß Ingunn sich unwohl fühlte, als Halldor sie ihm am ersten Tag des Althings vorstellte, und es war ihr auch unangenehm, als Orm nach seinem Gottesdienst in der Domkirche jeden einzelnen Gast mit Handschlag begrüßte.

Während des Gottesdienstes hatte Orm Petrus Ingolfsson und den neuen Häuptling auf Brattahlid als Priester geweiht. Die restlichen Priester auf Grönland hatten einen Halbkreis vor dem Altar gebildet, so daß die Gemeinde bei der heiligen Handlung nicht zuschauen konnte, aber Ingunn war es egal. Sie war froh, daß sie auf der Frauenseite am anderen Ende des langen Raumes stand. Den Blick auf die große, dünne Gestalt des Vaters gerichtet, der zwischen Ingolf und dem kleinwüchsigen Herjolfsnes-Häuptling stand, ließ sie mit gutem Gewissen ihre Gedanken wandern. Sie hatte in der letzten Zeit so viel gesehen und erlebt, daß das Leben zu Hause auf Bru nie mehr so wie früher sein würde. War es das, was die Alten meinten, wenn sie sagten, weite Reisen würden auch den Geist weiten?

Sie hatte in diesem Jahr auf dem väterlichen Hof vergessen, wie wichtig eine fröhliche, tüchtige Hausfrau für den erfolgreichen Arbeitsablauf im Haushalt war und für die Arbeitsfreude bei allen, die ihr gehorchen mußten. Oben bei Sigrid und Thorfinn auf Vardebu hatte sie den ruhigen und freundlichen Ton in der alltäglichen Mühe für selbstverständlich gehalten, und zu Hause auf Bru hatte sie als unerfahrener Neuankömmling versucht, sich Ragna soviel wie möglich zu fügen, um Streit zu vermeiden. Und bei Ingolf und seiner ängstlichen Frau dort drüben auf Under Høvda konnte man in dem Zusammenhang nicht viel lernen! Aber hier in Gardar lachte und schwätzte die rotwangige Thorunn mit den anderen Frauen über dieses und jenes und packte ordentlich mit an im Küchenhaus und in der Webstube. Ingunn hatte niemanden bemerkt, der sich vor der Arbeit drückte oder schlecht über die Hausfrau redete.

Allerdings würde sie in Zukunft auf Bru Dinge zu schätzen wissen, die sie bisher kaum beachtet hatte. So waren etwa viele der großen Häuser in Gardar verfallen, auch wenn sonst alles dort von der Macht und dem Reichtum zeugte, die Kirchenhoheit und Außenhandel mit sich brachten. Ingunn ahnte, daß Bauern wie ihr Vater und Thorfinn auf Vardebu vernünftig handelten, wenn sie sich von dem gelegentlichen Handel mit Bristol nicht abhängig machen wollten und lieber ihre Höfe in Ordnung hielten und dafür sorgten, daß Mensch und Tier den ganzen Winter hindurch genug zu essen hatten.

Sie fragte sich, ob der Vater und der Ziehvater deswegen ein so völlig anderes Wesen hatten als Ingolf mit seiner glatten Gier und der immer wachsame Gardarhäuptling, weil sie größeren Wert auf die alltäglichen Dinge des Lebens legten. Anschließend versuchte Ingunn sich vorzustellen, zu welcher Art Männer sich Petrus und ihre eigenen beiden Brüder in Zukunft entwikkeln würden.

Sie schaute verstohlen zu Reidar und Øyvind, die nebeneinander auf der Männerseite standen. Während Orm Petrus und den Brattahlidpriester segnete, schaute Reidar mit einem höhnischen Lächeln nach unten, und Øyvind starrte abwesend vor sich hin, als hätte jemand eine unsichtbare Haut über seinen Kopf gestülpt. Vorsichtig ließ Ingunn den Blick zu den Engländern wandern, die alleine in einer Gruppe standen, aber sie schaute schnell wieder weg, als sie sah, daß John ihre Augen suchte. Sie hatte Angst vor der Antwort auf die Frage, zu welcher Art Frau sie selbst sich in Zukunft entwickeln würde.

»Der Gardarhäuptling erinnert mich an einen Adler«, flüsterte sie Sigrid zu, als sie am letzten Tag des Things zusammen mit der Ziehmutter und Aud unten auf dem Thingplatz stand. »Wenn ich Thorunn wäre, hätte ich Angst, mit meinem Mann zu sprechen.«

»Thorunn ist da anscheinend anderer Meinung«, sagte Sigrid trocken. »Sie schätzt und liebt ihren Mann – auch wenn er nicht nur Häuptling, sondern auch Priester ist!«

»So wie Vater, meinst du?«

»Ich habe eher an Ingolf und seinen Sohn gedacht.«

Ingunn wurde plötzlich so schwermütig, daß sie es kaum schaffte, den Abschluß-Zeremonien der Männer zu folgen. In ihren farbenprächtigen Kirchenumhängen fielen Ingolf und Petrus sofort auf – sie konnte den Anblick nicht ertragen. Besonders nach dem, was am Abend zuvor passiert war!

Noch hatte sie dem Vater nicht von dem Erlebnis erzählen können, aber sie mußte entweder ihn oder Øyvind unter vier Augen sprechen, bevor andere ihr mit einer verdrehten Darstellung zuvorkämen und jemand in Gardar umgebracht würde!

Tom konnte sie nicht um Rat bitten, denn er war selbst zu tief in die Sache verwickelt. Turid Ingolfsdatter konnte sie sich nicht anvertrauen, denn die mußte ihrer erschöpften Schwester helfen und war deshalb nicht nach Gardar mitgekommen. Wenn sie selbst nicht eine solche Angst davor gehabt hätte, daß Sigrid genauso hart über sie und John urteilen würde wie über Reidar und Petrus, hätte sie sicher am frühen Morgen die Ziehmutter um Rat gebeten.

Sie fiel beinahe um vor Müdigkeit. Nicht, weil sie so spät ins Bett gekommen oder im Mädchenzimmer so lange geschwätzt worden wäre – obwohl die Nacht wie für Vertraulichkeiten geschaffen gewesen war, denn der Duft von Heu hatte die Erinnerung an laue Sommerabende wachgerufen und die Dunkelheit gemütlich gemacht. Nein, sie hatte steif vor Schlaflosigkeit gelegen, lange nachdem sie unter das Fell gekrochen war, während die ganzen Erlebnisse des Abends in ihrem Kopf herumschwirrten, ohne daß sie in der Lage gewesen wäre, sie zu ordnen.

Orms Stimme schwamm ihr mit dem Seewind entgegen: »... und noch klügere Männer als ich haben gesagt, daß wir mit Gesetz und Recht das Land aufbauen müssen und es nicht mit Unrecht zerstören dürfen. Deswegen müssen, bevor morgen der eigentliche Handel beginnt, beide Parteien über die Bedingungen für diesen Handel einig werden, sonst wird es zu spät sein. Der englische Schiffer hat folgende Vorschläge gemacht ...«

Jeder Vorschlag wurde mit boshaftem Murmeln begrüßt. Etliche der Grönländer standen breitbeinig da, die

Arme auf der Brust verschränkt, während sie die englischen Seeleute mit Blicken maßen, aber keiner unterbrach Orm. Ingunn bemühte sich, die Gegenvorschläge mitzubekommen, aber die Mittagssonne wurde plötzlich zu heiß, und sie fühlte, daß sie schwankte.

»Bist du krank, Ingunn?« Die besorgte Stimme der Ziehmutter erreichte sie von weit her. »Ich habe es mir schon gedacht – die Miesmuscheln, die wir gestern abend bekamen, rochen nicht gut. Wenn du in meiner Nähe gewesen wärest, hätte ich dich gewarnt.«

Ingunn schüttelte leicht den Kopf. »Ich muß mich nur ein bißchen hinsetzen.«

Sigrid und Aud legten ihre kräftigen Arme um sie und trugen sie beinahe zur niedrigen Friedhofsmauer. Der Torf obenauf war so weich und schön, daß sie sich am liebsten hingelegt hätte, aber dann würden die Leute nur herbeiströmen, und das könnte sie jetzt am allerwenigsten gebrauchen!

Mit einer Kraftanstrengung richtete sie sich auf und schaute hoch: »Ich brauche euren Rat. Es – es hat mit gestern abend zu tun, aber ich habe nichts Schlechtes gegessen – ich – ich habe etwas gehört. Und es ist etwas passiert. Ich weiß nicht, wo ich anfangen soll ...«

»Mit dem Anfang«, sagte Aud bestimmt. »Nach dem Abendessen bist du mit den anderen jungen Leuten hinausgegangen, um der Musik der Engländer zuzuhören. Was ist dann passiert?«

Ingunn schaute wieder nach unten. »Einige – einige von uns sind noch dageblieben, nachdem die Engländer Trommeln und Hörner – und was sie sonst noch benutzten – eingepackt hatten – ich glaube, sie nannten das riesige Ding mit den vielen Zipfeln ›Dudelsack‹.«

»Ja, und John hat Flöte gespielt«, sagte Sigrid ungeduldig. »Aber von diesen Liedern ist dir sicher nicht schlecht geworden!«

Ingunn mußte lächeln. »Nein, ich habe noch nie etwas so Schönes gehört, und das habe ich auch John und Tom gesagt.«

Sie atmete tief ein und fuhr fort: »Wir blieben dort sitzen, unterhielten uns, und Tom übersetzte. John wollte von den Gebräuchen in seinem Land erzählen, und das konnte er nur auf englisch. Er sagte, in England müßten sie nicht mehr Buch für Buch abschreiben, sondern sie könnten mit besonderem Werkzeug genau die gleichen Bücher immer wieder machen! Ich habe nicht alles verstanden, aber John sagte, es ist genauso einfach, wie die Handfläche zu schwärzen und damit einen Abdruck zu machen, und er möchte sich am liebsten mit solchen Dingen beschäftigen.«

Ingunns Augen leuchteten, aber sie hielt inne, als sie den Ausdruck im Gesicht der Ziehmutter sah. Dann sprach sie so leise weiter, daß Sigrid und Aud sich bükken mußten. »Aber den anderen in unserem Alter wurde es allmählich langweilig, und sie gingen. Als wir drei alleine waren, wollte – wollte John sich mit mir in den kleinen Birkenwald setzen. Er sagte,Tom könnte Ausschau halten und Bescheid sagen, wenn jemand käme.«

Sigrid zog ärgerlich die Luft ein: »Du warst hoffentlich vernünftig genug, nein zu sagen?«

Hochrot antwortete Ingunn: »Ich – ich habe ja keine Ahnung gehabt, was er vorhatte. Ich dachte, er wollte mich vor Tratscherei schützen.«

»Er hätte dich schützen können, wenn er dich gesittet wieder zu uns begleitet hätte«, schnaubte Aud. »Du bist also mitgegangen. Hat er dir Schaden zugefügt?«

»O nein!« sagte Ingunn entsetzt. »Aber – aber er hat

mich geküßt. Auf den Mund. Das hat noch keiner getan. Ich habe versucht, ihn wegzuschieben, aber er hat gesagt, ich sei so hübsch in dem blauen Kleid und ...«

»Ich hoffe, dieser Tom war wirklich wachsam, als er Ausschau gehalten hat. Hoffentlich hat kein anderer gesehen, wie ihr beide euch versteckt habt«, sagte Aud grimmig, »denn es wäre schlimm, wenn das Gerede der Leute dir Schaden zufügen würde, auch wenn John es, wie du sagst, nicht getan hat. Aber du bist noch nicht fertig mit Erzählen, oder?«

»Nein«, sagte Ingunn, »das bin ich nicht. Gerade als John mich noch einmal küssen wollte, kam Tom angerannt und sagte, daß Petrus und Reidar auf dem Weg zum Birkenwäldchen seien! Wir haben es gerade noch geschafft, uns hinter einem riesigen Stein zu verstecken, als sie da waren und sich unter einen Busch direkt in der Nähe setzten. Und – und ihr Gespräch hat dazu geführt, daß ich so große Angst habe. Sie wollen dafür sorgen, daß es während des Handels soviel Streit gibt, daß sie eine Entschuldigung dafür haben, das Blut der Engländer zu vergießen, das sagten sie.«

Ihre Zähne klapperten, als wäre die Sonne nicht mehr am Himmel. Die beiden anderen schauten sich gegenseitig kurz an, dann sagte Aud: »In dieser Sache können wir beide dir keinen Rat geben, Ingunn. Bleibt ihr hier, dann hole ich Thorunn, damit sie erfährt, was sich anbahnt. Sie ist die einzige, die unter vier Augen mit Orm reden kann, ohne daß die Leute mit den Ohren wedeln.«

»S-s-sollten wir nicht Va-Vater Bescheid s-sagen?« Ingunns Zähne klapperten noch immer.

Die Ziehmutter setzte sich neben sie und reichte ihr ihren eigenen Schal. »Orm ist hier der Häuptling. Er muß zuerst entscheiden dürfen. Aber ich weiß, daß er auf das Urteil deines Vaters Wert legt, weil er sich auf ihn verlassen kann – er wird sich gewiß von Halldor beraten lassen, wie er mit den beiden Hitzköpfen fertig werden kann, warte nur ab.«

»Wird er sich auch mit Ingolf beraten?«

»Das bezweifele ich. Er hält nicht viel von Ingolf – und er hat auch keine Angst vor ihm.«

»Ich wünschte, Ingolf hätte Turid erlaubt, mit hierherzukommen!« Die Worte waren Ingunn unversehens herausgerutscht.

»Ich auch! Dann wärest du gestern abend mit ihr zusammengewesen, und nicht mit John«, brummte Sigrid böse.

»A-aber ...«

»Du meinst, dann wüßten wir nicht, was Petrus und Reidar planen?«

Ingunn nickte stumm, auch wenn sie das eigentlich nicht gemeint hatte. Sie hatte wissen wollen, ob Sigrid John nicht mochte oder ob für sie das Wichtigste war, daß der gute Ruf der Ziehtochter makellos blieb.

Tief in ihrem Herzen wußte sie, daß für Sigrid die beiden Fragen so eng miteinander verbunden waren wie für sie selbst. Als sie nach Johns Kuß wieder atmen konnte, war ihr erster Gedanke gewesen, daß es für ihn anscheinend wichtiger war, seiner Lust zu folgen, als ihren guten Ruf zu erhalten. Sie konnte noch immer seinen warmen Atem auf ihrem Gesicht spüren und seine Lippen auf ihren. Sie erschauderte und spürte noch einmal, wie seine Umarmung enger wurde und ihr plötzlich voller Angst und zugleich voller Lust klar wurde, daß er sich mit dem einen Kuß nicht begnügen würde.

War es nur Einbildung, daß sie versucht hatte, ihn wegzuschieben? Was wäre geschehen, wenn sie nicht unterbrochen worden wären? Und was würde das, was sie gehört hatten, für ihr gegenseitiges Verhältnis bedeuten?

John hatte von dem Gespräch zwischen Petrus und Reidar nicht viel mitbekommen, aber Tom hatte jedes Wort verstanden, und anschließend hatte er sicher John und seinem Schiffer von den Plänen der beiden Grönländer erzählt.

Petrus' höhnische Worte hallten in ihren Ohren wider: »Ist es also wahr, was die Leute sagen? Will dieser John deine Schwester heiraten, und hat sie wirklich in Halldors Gegenwart ein vortreffliches Geschenk von ihm in Empfang genommen? Anders kann ich mir nicht erklären, warum du jetzt so feige geworden bist, wenn es darum geht, den Engländern einen Denkzettel zu verpassen.«

»Ich habe keine Angst, weder vor den Engländern noch vor dem Gardarhäuptling«, antwortete Reidar wütend. »Aber wage es nicht, meine Schwester als Köder zu benutzen, um den Plan zu verwirklichen! Hättest du vielleicht Turid dazu benutzt?«

Petrus lachte kurz. »Aber sicher – nur zufälligerweise ist sie nicht hier. Ingunn ist hier.«

Ingunn hörte, wie Reidar plötzlich aufstand. Mit Nachdruck sagte er: »Es herrscht kein Mangel an Dienstmädchen, die als Lockvögel für geile Ausländer dienen können. Auch wenn John nicht mit dir kommt, werden sicher genügend Engländer angeschlichen kommen, wenn sie erfahren, daß die Mädchen nackt im Badehaus sitzen und nur auf sie warten! Der Gardarhäuptling wird etwas zu tun bekommen, wenn wir dafür sorgen, daß sie auf frischer Tat ertappt werden.«

»Du solltest nicht sofort schweres Geschütz auffahren

lassen«, sagte Petrus. »Der Hintergedanke ist ja, daß die Engländer in der Schlägerei einige von *unseren* Leuten töten. Dann können wir das Bauernthing einberufen und vorschlagen, zur Strafe die gesamte Ladung der Engländer zu beschlagnahmen – das wäre eine angemessene Bezahlung für den Mißbrauch unserer Gastfreundschaft.«

Jetzt stand auch Petrus auf und ging mit Reidar zusammen hinunter zum Hof, während Tom ihnen aus seinem Versteck mit der geballten Faust hinterherdrohte. Die krummbeinige kleine Gestalt glühte förmlich in der Dunkelheit.

Nachdem Ingunn erzählt hatte, was sie wußte, saß Thorunn Øyolfsdatter lange da, ohne ein Wort zu sagen. Ihre Augen suchten immer wieder die Thingwiese und den Hafen, wo sich das englische Schiff langsam in der Strömung drehte. Schließlich sagte sie: »Ich sehe, daß sie jetzt eine Ruhepause einlegen – Orm möchte wohl mit der Abstimmung etwas warten. Ich gehe jetzt zu ihm hinunter, denn diese Sache eilt.«

Orm war offensichtlich derselben Meinung, denn es dauerte nicht lange, und er und seine Frau kamen, ins Gespräch vertieft, zum Friedhofszaun, wo Ingunn, Sigrid und Aud saßen. Thorunn setzte sich schwerfällig hin und wischte sich den Schweiß aus dem Gesicht, bevor sie schützend die Hände auf den riesigen Bauch legte.

Die Zärtlichkeit und Fürsorge in Orms Gesicht, als er seine Frau anschaute, waren nicht zu übersehen. Ingunn fiel ein, daß böse Zungen Thorunn seine Zuchtstute nannten, denn der Gardarhäuptling hatte mit seiner ersten Frau nur Töchter und gar keine Kinder mit der zweiten. Thorunn dagegen hatte ihm schon einen kleinen

Sohn geschenkt, der jeden Abend auf den Knien des Vaters saß.

Als hätte er ihre Gedanken gelesen, sagte Orm zu Ingunn: »Ich möchte hier in Gardar eine Zukunft für meine Familie schaffen. Und sowohl für uns als auch für andere ist es wichtig, daß in dieser Zukunft Handel mit dem Ausland stattfindet. Wir können nicht dauerhafte Feindschaft mit den Engländern riskieren, nur weil Petrus und dein Bruder keinen gesunden Menschenverstand haben.«

Ingunn krümmte sich unter seinem stechenden Blick und überlegte, wieviel Thorunn wohl über sie selbst und John erzählt hatte. »N-nein«, stotterte sie. »Könntest – könntest du nicht ganz einfach mit ihnen reden und sie davon überzeugen, daß sie ihre Pläne aufgeben müssen?«

Orms Lachfältchen waren wieder da, und die Wachsamkeit verließ für einen kurzen Augenblick seine Augen, als er lachend antwortete: »Nein. Reidar kenne ich nicht gut genug, aber Petrus würde nur neue Dummheiten aushecken, wenn die alten Pläne scheitern sollten.«

Er hielt plötzlich inne. »Ich bitte um Entschuldigung, Ingunn Halldorsdatter – ich habe völlig vergessen, daß die Leute sagen, dein Vater hätte Petrus für dich als Ehemann ausgesucht.«

»Dessen bin ich mir nicht so sicher«, sagte Ingunn leise, aber deutlich. »Meine Ziehmutter hier sagt, daß er anscheinend doch noch auf andere Gedanken gekommen ist. Vater wird dir sicher helfen, wo er nur kann, nicht zuletzt Reidars wegen.«

»Du kannst auch mit Thorfinn auf Vardebu rechnen«, sagte Sigrid. »Und mit Einar, unserem Nachbarn.«

Orm schaute die vier Frauen nachdenklich an und nickte: »Wir werden schon eine Lösung finden. Es ist gut, daß du gute Ohren hast, Ingunn – aber achte ab jetzt darauf, bei den Frauen zu bleiben!«

Blutrot im Gesicht, sah Ingunn ihn mit langen Schritten zu der Gruppe von Häuptlingen unten auf der Thingwiese gehen. Er brauchte keine Angst zu haben. Sie hatte große Lust, sich wie ein kleines Mädchen an Sigrids Rockzipfel festzuhalten.

Gegen Abend stand Ingunn draußen im Hof und wartete auf Sigrid, damit sie zusammen in die Festhalle gehen könnten. Es tat ihr gut, die vertrauten Geräusche eines Bauernhofs zu vernehmen und den Geruch von Stall und Schafmist in der schwachen Abendbrise einzuschnuppern.

Sie war so in Gedanken vertieft, daß Tom fest an ihrem Ärmel ziehen mußte, um ihre Aufmerksamkeit auf sich zu lenken. »Ingunn, weißt du noch, was wir gestern abend gehört haben?«

»Du bist wohl nicht recht bei Verstand«, sagte Ingunn. »Ich möchte nicht mehr darüber sprechen – es war zu schlimm.«

Tom grinste. »Aber ich! Denn ich habe viel Neues zu berichten.«

Ingunn antwortete nicht, und Tom sprach unverdrossen weiter: »Orm hat die ganze Geschichte ohne meine Hilfe herausbekommen, und nach der Abstimmung auf dem Thingfeld nahm er den Schiffer und John unter dem Vorwand zur Seite, daß er mit ihnen über das Ergebnis sprechen wolle.«

»Und natürlich mit dir als Übersetzer«, sagte Ingunn und mußte unwillkürlich lächeln.

»Natürlich. Ich kann dir nur sagen, die Dolmetscher hier in Gardar sind richtige Tratschweiber, aber ich verrate nichts.«

»Sicher«, sagte Ingunn säuerlich, »das habe ich schon oft bemerkt.«

»Das ist wirklich wahr, Ingunn«, sagte Tom verletzt. »Niemand wird erfahren, was vorhin unten bei uns geschehen ist. Aber John hat gesagt, daß du es wissen solltest – und dann habe ich ihn daran erinnert, daß es für mich leichter ist als für ihn, mit dir zu sprechen, ohne daß die Gerüchtemacher in die Glut blasen.«

Ingunn dachte mißmutig, daß Umsicht und Unüberlegthcit boi John eng beisammen lagen. Dann gewann ihre Neugier die Oberhand. »Beeil dich, Tom, solange wir alleine sind!«

»Der Schiffer hat uns ins Haus gerufen, und dort saßen schon Orm und dein Vater, zusammen mit Thorfinn und Einar und einigen anderen von den Gefolgsmännern des Gardarhäuptlings.«

»Waren Ingolf und sein Sohn nicht da – oder Reidar?«

Tom schnaubte verächtlich. »Nein, und das aus guten Gründen – jetzt hör gut zu! Orm sagte, daß die Frauen hier auf dem Hof direkt nach der morgendlichen Arbeit am Samstag immer als erste ins Badehaus gehen dürfen, und so wird es auch morgen sein, nur mit einem Unterschied: Wenn ihr hereinkommt, wird Thorunn euch bitten, die Kleider anzubehalten, weil ihr Besuch bekommt, und zwar von uns.«

Ingunn mußte lachen. »Dann verpaßt du ja einiges, Tom!«

»Wir werden sehen!« Er zwinkerte verschmitzt mit den Augen. »Aber morgen früh werden wir wohl die Hose anbehalten müssen, egal wie warm es da drinnen ist, damit wir Petrus und Reidar einen Nasenstüber geben können, wenn sie kommen und uns auf frischer Tat ertappen wollen, wie man so schön sagt! John bittet dich übrigens, nicht ins Badehaus zu gehen, auch wenn du zur Zeit unter Orms Dach wohnst.«

»Das kann ich nicht versprechen.« Ingunn spürte ein warmes Zittern vor Freude. »Außerdem könnte jemand Verdacht schöpfen, wenn ich fernbleibe. Aber Orm und Vater und die anderen haben doch sicher vor, direkt zu Hilfe zu kommen?«

»Das haben sie. Aber es könnte drinnen und auch draußen Blut fließen, besonders wenn einige der anderen Bauern glauben sollten, wir hätten uns wirklich ins Badehaus gedrängt, um uns Frauen zu beschaffen! Außerdem sind viele Grönländer der Meinung, wir hätten bei der Abstimmung heute zu gute Bedingungen bekommen.«

»Hier kommt Sigrid«, sagte Ingunn matt. »Darf ich ihr das alles erzählen?«

»Nein! Kein Wort zu irgend jemandem. Thorunn wird auch so tun, als wüßte sie von nichts.«

Als sie sich am nächsten Morgen zurechtmachte, zitterten Ingunns Hände so, daß sie ihr Haar zweimal flechten mußte, bevor es sich ordentlich anfühlte, und sie stach sich in den Finger, als sie die Brosche aus Knochen in den Schal steckte. Sie saugte noch am Finger, als sie ins Küchenhaus ging, um nachzufragen, ob sie beim Auftragen des Essens helfen könne.

Thorunns Haushälterin stand unerschütterlich mitten im Hochbetrieb und sagte dankend nein, sie kämen gut zurecht – am Samstagmorgen arbeiteten die Dienstmädchen immer besonders schnell, weil sie soviel Zeit wie möglich im Badehaus verbringen wollten.

»Gibt es da drinnen wirklich Platz für so viele Frauen?« fragte Ingunn vorsichtig. »Hier im Küchenhaus arbeiten doch schon mindestens zwölf, und acht junge Mädchen sind Orms und Thorunns Gäste.«

»Ja sicher, das wird schon recht gemütlich werden. Aber Thorunn war gerade hier, und sie hat gesagt, daß ein paar Dienstmädchen bis zum zweiten Durchgang warten müssen, zusammen mit ein paar von euch herausgeputzten Gören!« Die Haushälterin kicherte, als sie den Holzlöffel in den Moosbrei steckte und rührte, daß es nur so spritzte.

Ingunn machte sich schnell aus dem Staub. Es war schlimm für sie, den anderen Frauen nicht erzählen zu dürfen, was in der Gemütlichkeit des Badehauses diesmal auf sie wartete. Sie hatte es so satt, Geheimnisse mit sich herumtragen zu müssen.

Ingunn konnte weder Orm noch die anderen Männer entdecken, als sie und Thorunn als erste zum Badehaus gingen. Sie sprachen nicht miteinander, bevor sie an der Tür zum Vorraum standen und die Hitze vom Baderaum bereits deutlich spürten. Dann sagte Thorunn: »Ich habe Orm gebeten, dafür zu sorgen, daß wir nicht zu lange hier drinnen bleiben müssen, denn auch wenn wir nur gerade soviel heizen, daß es von außen vertrauenswürdig aussieht, könnte es sehr anstrengen.« Sie setzte sich auf die Bank und löste ein wenig die Kleidung, aber sie nahm nicht einmal ihren Schal ab.

Als nach und nach die anderen Frauen hereinkamen und erfuhren, was los war, gab es beinahe Hochstimmung in dem engen Umkleideraum.

»Da machen wir mit, Thorunn, dessen kannst du dir sicher sein ...«

»Ha-ha, ich freue mich schon, den Ausdruck von diesem Petrus zu sehen – er hat den Jagdhund meines

Bruders erstochen, als er ihm das Tier nicht verkaufen wollte!«

»Hoffentlich haben die Engländer ihren Dolmetscher dabei – ich muß jedesmal lachen, wenn der kleine Kerl den Mund nur aufmacht ...«

Ingunn hoffte, daß niemand die Verwandtschaft zwischen ihr und Reidar erwähnen würde.

Alle waren schon längst auf ihren Plätzen im eigentlichen Baderaum. Es war stickig heiß, als die Tür endlich geöffnet wurde und dic Engländer verlegen in den halbdunklen Vorraum schlichen. Keiner sagte etwas, bevor Thorunn laut und deutlich das Wort ergriff: »Du meine Güte, das ist aber ein Benehmen! Die Frauen sind jetzt an der Reihe, das wißt ihr genau.«

Ingunn starrte überrascht, aber die Haushälterin stimmte mit ein: »Ja, hier sitzen wir splitternackt – schert euch hinaus!«

Aus dem Vorraum kam Toms Stimme quietschvergnügt: »Schaut nur, Jungs, so viele schöne, verschwitzte Mädchen auf einer Bank! Hier braucht man sich nur zu bedienen!«

Keiner bewegte sich, aber man lachte, und die Stimmung war auf dem Siedepunkt, als die Tür mit großem Krach aufgemacht wurde und Petrus, Reidar und einige von Ingolfs Männern in die wartende Falle tappten, denn Orm und seine Männer folgten ihnen dicht auf den Fersen.

Was danach geschah, konnte Ingunn nicht genau sagen, aber sie erinnerte sich daran, daß die Frauen sich nicht zweimal bitten ließen, als Orm ihnen zubrüllte, sie sollten sich aus dem Staub machen. Und bevor sie und die anderen sich vor der schlimmsten Schlägerei, die Ingunn je gesehen hatte, in Sicherheit bringen konnten, dachte sie, daß sie niemals vergessen würde, wie wunderbar es gewesen war, draußen auf dem Hof die frische, kalte Morgenluft einzuatmen.

Das Thing war vorbei, so daß alle Männer wieder ihre Waffen tragen durften, und sie kamen aus allen Ecken herbeigeeilt, wie Wespen, die von einem Eimer Beeren angezogen wurden. Ingunn suchte mit den Augen diejenigen, die sie kannte, und sie entdeckte Øyvind, der dem Vater half, Reidar festzuhalten. Reidar trat um sich und fauchte, daß er seinen Speer wiederhaben wolle. Der Ziehvater und Orm kamen gerade aus dem Badehaus, Petrus zwischen ihnen eingekeilt, und Reidar rief seinem Verbündeten etwas zu.

Ingunn traute ihren Augen nicht, als Petrus sich aus dem Griff der beiden Männer losriß und das Schwert gegen Øyvind zog. Sie schrie auf, und Einar aus Vatnahverfi drehte sich wie ein Wirbelwind, um zu sehen, was los sei. Sie zeigte auf den wütenden Petrus: »Dort!«

Einars blanke Glatze leuchtete auf, als er sich über Petrus warf, der über einen Kopf größer war als er und viele Jahre jünger. Einen Augenblick später lag Einar tot im Hof, mit einem Schwertstich in der Brust als Dank dafür, daß er Øyvind das Leben gerettet hatte. Aber auch er hatte Petrus noch mit seinem Messer verletzen können. Als drei Bauern Petrus ergriffen und ihn in die Knie zwangen, beruhigte sich auch Reidar etwas, so daß der Vater und der Bruder ihn abführen konnten.

Thorfinn aus Vardebu und Orm beugten sich über Einar, während die Schlägerei noch immer um sie herum wütete. Der englische Schiffer und John kamen angelaufen, und Ingunn wurde klar, daß sie weder im Badehaus noch bei Orms Angriff aus dem Hinterhalt dabeigewesen waren. John zog das verletzte Bein immer noch leicht nach. Sein Schiffer hatte ihm sicher verboten, bei der Schlägerei dabeizusein, damit er sich nicht wieder verletzte und ihre Heimreise sich noch mehr verspätete – aber warum war der Schiffer nicht bei seinen eigenen Leuten gewesen?

Die Antwort ließ nicht lange auf sich warten. Etwas blitzte in der Sonne auf, als der Schiffer mit erhobenem Arm mitten in den Tumult auf dem Hof stürzte. Im nächsten Augenblick ertönte ein Horn, so daß es an der Bergseite nördlich vom Hof widerhallte, und Ingunn überlegte, warum er nicht damals das Horn statt seiner Schießwaffe benutzt hatte, als er vor Bru anlegte, um Hilfe für John zu bekommen. Vielleicht hätte das Horn nicht dieselbe drohende Wirkung gehabt ...

Die Wirkung jetzt ließ aber nichts zu wünschen übrig. Bevor der Schiffer noch einmal in das Horn blasen konnte, stand jeder Mann im Hof völlig regungslos da, das Gesicht ihm zugewandt. Alle außer Einar und drei Engländern, die ausgestreckt und scheinbar leblos auf der Wiese lagen.

Langsam ging Orm zum Glockenturm und ergriff das Seil, das von der einzigen noch existierenden Bronzeglokke herunterhing. Vor langer Zeit waren es drei gewesen. Spröde Glockenschläge ertönten zwischen den Häusern, als würden die Töne sich nach einem geeigneten Ort umschauen, wo sie sich in der atemlosen Stille niederlassen könnten.

Der englische Schiffer ließ das Horn sinken und bekreuzigte sich, bevor er zu dem ersten von seinen verletzten Männern hinging. Orm bekreuzigte sich auch, als er sich vom Glockenturm entfernte, um sich mitten auf den breiten, mit Platten ausgelegten Pfad zu stellen, der quer über den Hof vom Hauptgebäude zur Kirche führte.

Die Stille war noch immer so überwältigend wie nach einem Erdrutsch, und Orms kräftige Stimme erreichte ohne Schwierigkeiten die äußerste Gruppe der Frauen, wo Ingunn stand. »Niemand darf ohne Strafe den Frieden hier auf meinem Hof brechen! Der Handel hätte heute anfangen sollen, aber er wird auf Montag verschoben, weil wir heute Gericht halten und morgen die Toten beerdigen müssen. Ich werde selber die Geschworenen ernennen, aber ich höre mir gern die Vorschläge der Bauern an, die dem englischen Schiffer und mir jetzt in die Festhalle folgen.«

Der Blick wanderte langsam und überlegt von einem Häuptling zum anderen und verweilte schließlich bei den vier Männern, die ausgestreckt auf der Wiese lagen. »Für Einar aus Vatnahverfi ist es aus, aber unsere drei verletzten Gäste sind vielleicht noch zu retten. Ich bitte die heilkundigsten unter den Frauen, sich ihrer anzunehmen.«

Orm bekreuzigte sich noch einmal und ging mit festen Schritten zum Bischofssitz.

»Kein Wunder, daß in all meinen Träumen, die ich hier hatte, blutige Erscheinungen waren«, flüsterte Sigrid Ingunn ins Ohr. »Die Schlägerei ist vorbei, und der Streit hat angefangen!«

»... Unrecht zerstört sie«

Petrus habe eine schlimme Fleischwunde am linken Arm, sagte Sigrid, als sie von Ingolfs Thingbude zurückkam und sich schwerfällig auf einen großen Stapel Robbenfelle setzte, die in Halldors Bude für den Handel bereitlagen.

Es war eng und dunkel in der Bude, da Halldor sowohl die Leute aus Vardebu als auch seine eigenen Leute zusammengerufen hatte, und noch dazu Ingunn und ihre Brüder. Sigrid löste umständlich ihren Schal, bevor sie weitersprach: »Aber ich durfte die Wunde nicht versorgen, denn er hat niemanden in seine Nähe gelassen – er saß da und lächelte, als hätte er nur einen Wespenstich abbekommen.«

»Petrus kennt keine Schmerzen«, bemerkte Reidar stolz. Er stand an der hinteren Wand und schaute Vater und Bruder herausfordernd an. Die wiederum machten keinen Hehl daraus, daß sie ihn bewachten.

Halldor sah den Sohn scharf an. »Ich hoffe, daß euch beiden auch die Geldstrafen nicht zu viele Schmerzen bereiten werden – Orm wird nicht durch die Finger sehen.«

»Ich habe Einar nicht getötet«, sagte Reidar trotzig. »Außerdem wäre er sicher noch am Leben, wenn alles so gegangen wäre, wie Petrus und ich geplant hatten. Warte nur, bis ich den Kerl erwische, der alles kaputtgemacht hat! Ich kann mir nicht vorstellen, wer das Ganze verraten hat.« Er ballte die Fäuste, und Ingunn fühlte sich kalt und klein.

»Erzähl das alles den Geschworenen«, sagte Thorfinn aus Vardebu ruhig. »Möchtest du, daß ich Einars Witwe zu Hause diesen Gruß überbringe?« Reidars Blick flakkerte, und Thorfinn fuhr fort: »Und dem Gardarhäuptling kannst du ja erzählen, warum ihr so gern den Handel mit den Engländern vereiteln wolltet. Orm wird das sicher fürsorglich und vorbildlich finden.«

Vom Follstapel ertönte Sigrids gebieterische Stimme: »Und genau so vorbildlich war es, daß du Petrus dazu veranlaßt hast, sein Schwert gegen deinen eigenen Bruder zu erheben, und daß du deine eigene Schwester einer großen Gefahr ausgesetzt hast.«

»Wird hier schon Gericht gehalten?« fragte Reidar spöttisch. »Und gibt es hier auf Grönland auch schon Frauen als Richter?«

»Schweig, Junge!« brüllte Halldor und schlug ihm mit der flachen Hand ins Gesicht. »Dies hätte ich schon längst tun müssen, dann hätte ich dich vielleicht zum Gehorsam bringen können, und wir, die wir nur dein Bestes wollen, hätten stolz auf dich sein können.«

In der Bude herrschte Totenstille. Noch nie hatte jemand von ihnen erlebt, daß der leise Halldor sich so aufregte.

Reidar berührte seine flammenrote Wange, schaute von Øyvind zu Ingunn und schluckte, als ob er etwas sagen wollte. Schließlich räusperte er sich und sprach, an den Bruder gewandt: »Mir ist nicht in den Sinn gekommen, daß Petrus das Schwert gegen dich erheben würde, Øyvind – das mußt du mir glauben.« Øyvind nickte langsam als Antwort.

Ingunn kam es so vor, als wären sie beide die einzigen

Menschen im Raum, als Reidar nun ihr in die Augen sah. Ängstlich und verwundert hörte sie ihn sagen: »Gott ist mein Zeuge, Ingunn, ich habe dir nie etwas Böses zufügen wollen.« Er bekreuzigte sich und schaute weg.

Ingunn faßte sich ein Herz. »Das weiß ich, Reidar, denn ich war es, die dich und Petrus oben im Birkenwäldchen sprechen hörte. Ich habe Orm wissen lassen, was ihr vorhattet! Aber – aber es war das erstemal, seit ich kein Kind mehr bin, daß du ein gutes Wort über mich oder zu mir gesagt hast.«

»Ja, seit dem Tag, an dem deine Mutter fortgegangen ist, hast du kein vernünftiges Wort mehr gesprochen«, sagte Halldor hart. Sein Blick glitt vom einen zum anderen, bevor er Reidar wieder mit den Augen festhielt. »An – an dem Tag habe ich selbst gelernt, daß böse Mächte über mich und meine Familie entscheiden können, auch wenn ich als Priester geweiht bin und eine eigene Kirche auf dem Hof habe. Wenn das, was heute hier geschehen ist, dir deine Vernunft zurückgegeben hat, dann muß es wahr sein, was die Leute sagen, daß Böses mit Bösem vertrieben wird!«

Bevor Reidar antworten konnte, hatte Sigrid sich einen Weg nach vorne gebahnt, bis sie vor Halldor und seinen Söhnen stand. »Halldor, jetzt weiß ich, warum es für mich so schwierig war, Traumerscheinungen und andere Omen bei dir und deiner Familie zu deuten. Nichts kann geregelt werden, wenn die Menschen um einen herum das eine sagen und das andere meinen. Aber jetzt, glaube ich, kann ich dich beraten – wenn du willst.«

»Ja, ich möchte nur wissen, ob es die bösen oder die guten Mächte sind, die uns regieren.« Halldor bekreuzigte sich.

»Das kann ich dir nicht sagen. Aber wenn du meinem Rat befolgst, kannst du die Deinen durch die nächste schwierige Zeit steuern.«

Halldor nickte, und Sigrid fuhr fort: »Zuerst muß ich wissen, ob du noch möchtest, daß Ingunn Petrus Ingolfsson heiratet.«

»Nein«, sagte Halldor kurz.

Reidar zuckte zusammen, aber Sigrid ließ sich nicht beeinflussen und fuhr fort: »Dann werden sicher ihre Brüder genauso froh wie Ingunn selbst sein, denn Petrus hat seine erste Frau getötet. Gestern nacht ist sie zum drittenmal als Traumerscheinung zu mir gekommen, blutig und naß bis auf die Haut. Bevor sie diesmal verschwand, tauchte sie den Finger in ihr eigenes Blut und malte einige Runen auf die Trantonne dort drüben.«

Alle drehten sich um und schauten auf das, worauf sie zeigte. Ingunn wurde es schwarz vor den Augen, als sie die ungleichmäßigen dunkelbraunen Striche auf dem Holz deutete. »Ingunn«, stand dort geschrieben.

Die Erinnerung daran, wie John ihren Namen mit Buchstaben geritzt hatte, legte sich wie eine klamme Hand auf ihre Kehle und drückte zu, so daß sie meinte, sie müsse ersticken. Welche Macht hatten dann erst die Menschen, die unzählige Abzüge von demselben Buch machen konnten, so wie John ihr erzählt hatte ...

»Be-bedeutet das, daß Ingunn jetzt an der Reihe ist, von Petrus umgebracht zu werden?« fragte Øyvind heiser. Ingunn dachte, daß er sicher auch Angst davor hatte, wie es mit ihm und Turid weitergehen könnte.

»Ich sehe keine andere Deutung. Aber wir können dem Schicksal helfen, wenn wir rechtzeitig gewarnt werden.« Sigrid überlegte. »Ich habe hier in der Domkirche gebetet, und ich habe Fragerunen in den Torf des Friedhofes geritzt. Und in allen Zeichen und Markierungen, die mit euch auf Bru und mit den Leuten auf Under Høvda zu tun haben, sehe ich Verbindungslinien, die nicht auszulöschen sind. Aber vielleicht ist es besser so, denn Halldor wird Schwierigkeiten bekommen, wenn er sich nicht mit Ingolf einigen kann.«

Halldor und seine Söhne sahen aus, als würden sie an einem Loch im Eis auf Fische warten, als Sigrid zur Wassertonne ging, um einen Schluck aus der Kelle zu trinken. Sie fuhr nachdenklich fort: »Øyvind und Reidar müssen so tun, als wäre nichts geschehen, und den Umgang mit Petrus so wie bisher pflegen, damit er und Ingolf keinen Verdacht schöpfen. Wenn Ingolf bald eine Heirat zwischen Petrus und Ingunn vorschlägt, mußt du dich damit entschuldigen, daß du sie daheim auf dem Hof brauchst, bis einer deiner Söhne eine Frau hat, die Ingunns Arbeit übernehmen kann. Dann hast du Zeit, dir die Sache zu überlegen.«

»Jetzt verstehst du, warum ich beim Brettspiel niemals gegen meine Frau gewinne, Halldor«, seufzte Thorfinn.

Sowohl Halldor als auch seine Söhne stimmten in das allgemeine Lachen mit ein, und Ingunn fühlte sich so erleichtert, als wäre sie im Frühjahr aus der Winterkleidung geschlüpft. Sie hatte gedacht, alles um sie herum – auch ihre kleine Familie – würde sich in Auflösung befinden, und jetzt sah es so aus, als könnte sie freier atmen als seit Jahr und Tag.

Die Ziehmutter kam zu ihr, um sich nach den verletzten Engländern zu erkundigen.

»Oh, sie sind recht hart im Nehmen!« sagte Ingunn. »Thorunn und ich haben die schlimmsten Wunden verbunden und ein gebrochenes Bein versorgt, und dem letzten haben wir einen Schlaftrunk gegeben, aber das einzige, woran sie jetzt denken, ist, ob sie bald nach Hause segeln können.«

»Das kommt nicht in Frage«, sagte Thorfinn hinter ihnen. »Dieser kleine Kerl – Tom? – hat mir erzählt, daß der Schiffer schon mit Orm wegen der Bedingungen für eine Überwinterung verhandelt, weil ihr Steuermann am schlimmsten verletzt wurde.«

Ingunn spürte eine Freude und Spannung, als wäre sie ein kleines Kind, das gerade im Begriff ist, auf einem Brett einen steilen Abhang hinunterzurutschen. Vielleicht würde John doch noch mit ihnen zurückfahren nach Bru!

Sie deutete diese Möglichkeit vorsichtig an, als Sigrid sie zum Hof zurückbegleitete und sie John zusammen mit seinem Schiffer vor dem Haus der Engländer sahen.

»Ich habe vor, Thorunn zu bitten, daß sie ihren Mann fragt, ob John im Winter hierbleiben darf«, sagte Sigrid kurz. »Gleichgültig, wie das Verhältnis zwischen dir und John Greene nun ist – Halldor sollte Ingolf und Petrus jetzt nicht mit diesem Gast aufregen. Und ihr beide, du und John, braucht auch keine Versuchungen mehr in der nächsten Zeit. Das verstehst du doch.«

»Ja«, sagte Ingunn leise.

Die aufgeregte Freude verschwand genauso schnell, wie sie gekommen war. Ihre Füße waren plötzlich bleischwer vor Müdigkeit, und es fiel ihr schwer, mit der Ziehmutter Schritt zu halten. Stillschweigend nahm Sigrid ihre Hand und führte sie das letzte Stück, als wäre sie ein kleines Mädchen.

Auf dem Pfad vor dem Bischofssitz kam ihnen Thorunns Haushälterin entgegen, die unterwegs war, um Sigrid zu suchen. Die Geburt war bei Thorunn in vollem Gange – die ganze Aufregung war sicher zuviel für sie gewesen. Und jetzt wollte sie Sigrid bei sich haben.

»Das ist nichts für dich«, sagte Sigrid schroff zu Ingunn. »Ruh dich aus – du siehst aus, als hättest du drei Tage nicht geschlafen.«

Ingunn nickte stumm. Ein kleines Nickerchen wäre nicht verkehrt, bevor sie zur Thingwiese hinunterginge, um bei den Gerichtsverhandlungen zuzuhören.

In der leeren Mädchenkammer roch es süß und lieblich nach Heu, als sie sich in dem kühlen Dämmerlicht unter dem Fell ausstreckte. Sie schloß die Augen. Es war so schön, einfach nur dazuliegen, ohne mit jemandem sprechen zu müssen.

Ingunn wachte erst auf, als Sigrid sie an der Schulter rüttelte. Verwirrt setzte sie sich auf und bürstete mit den Händen das Heu aus dem Haar. »Ist – ist es jetzt an der Zeit, zur Thingwiese zu gehen?« fragte sie mit belegter Stimme.

»Nur wenn du niedergetrampeltes Gras sehen möchtest! Das Gericht der Geschworenen ist längst zu Ende. Ich komme, um dich zum Abendessen zu holen. Ein paar der anderen jungen Mädchen sagten mir, du würdest so fest schlafen, daß sie es nicht übers Herz bringen könnten, dich zu wecken.«

Ingunn fühlte sich ganz leer im Kopf. »Aber – aber ...«

»Du wirst früh genug erfahren, was passiert ist, als du geschlafen hast, aber Orm wird nach dem Abendessen die Urteile erklären – nach einer kurzen Gedenkrede zum Andenken an seinen toten Sohn.«

»Der kleine Olaf Ormsson ist tot?« fragte Ingunn entsetzt.

»Nein, sein neugeborener Bruder. Er war zu klein, um durchzukommen – er kam ungefähr einen Monat vor der Zeit, meinte Thorunn.«

»Und – und Thorunn selbst?«

»Sie hat es recht gut überstanden.« Sigrid reichte Ingunn ihren Schal und bürstete ihr Kleid mit braunen, festen Händen. »Sie sagte, sie wolle heute abend neben ihrem Mann sitzen.«

»Direkt nach der Geburt – ohne daß sie zuerst in der Kirche war?«

Sigrid zog sie mit sich zur Tür hinaus. »Ja. Das Kind war winzig klein, so daß sie nicht einmal einen kleinen Riß bekam. Und Orm hat sie und das Würmchen schon mit Weihwasser gesegnet. Nicht alle Priester sind wie Ingolf!«

Aud aus Foss sagte dasselbe, als Sigrid und Ingunn sich neben ihr auf die Frauenbank in der Festhalle setzten. »Ingunn, erinnerst du dich noch an den Kirchgang der armen Gunnhild Ingolfsdatter – jedenfalls bleibt uns so etwas hier erspart.«

Thorunn saß blaß und gerade im Ehrensitz links von Orm. Rechts von ihm saß der englische Schiffer, der aussah, als fühlte er sich nicht besonders wohl. Halldor und seine Söhne sahen auch nicht glücklich aus, aber weder Ingolf noch Petrus ließen sich anmerken, daß sogar der gutmütige junge Häuptling auf Brattahlid es vermied, sie anzuschauen. Die Stimmung im Raum war drückend, und es hätte Ingunn nicht gewundert, wenn Blitz und Donner gekommen wären.

Der Speck war schön und fettig und der Trockenfisch besonders weich geklopft, aber Ingunn hatte das Gefühl, sie würde Heu in sich hineinstopfen. Zum erstenmal nach ihrer Ankunft in Gardar konnte sie sich nicht darüber freuen, in der großen Festhalle zu Tisch sitzen zu dürfen und von den Dienstmädchen des Hofes bedient zu werden, ohne sich mit der Essenszubereitung abmühen zu müssen und auf Scheunen und Buden angewiesen zu sein, wie es die normalen Bauern und ihre Frauen und die meisten der englischen Seeleute waren.

Als die Schüsseln und die Schalen auf den Tischen leer waren, erhob sich schließlich Orm mit Klein-Olaf auf dem Arm. Thorunn schaute vor sich hin, und der englische Schiffer runzelte die Stirn, als würde er zumindest versuchen, das, was geredet wurde, zu verstehen.

Kleine Lachfältchen machten den Adlerblick des Gardarhäuptlings weicher, als seine Stimme in dem großen Raum widerhallte: »Friede mit meinem kleinen Jungen, der nicht lange genug leben durfte, sich ein Andenken aufzubauen. Als er noch lebte, taufte ich ihn Harald nach meinem Großvater. Wenn wir morgen Einar und Harald zu Grabe tragen, bitte ich euch in Erinnerung zu behalten, daß Zwietracht unter unseren eigenen Leuten schuld daran ist, daß Einar aufgebahrt ist und Olafs Bruder zu früh geboren wurde. Gebt nicht unseren englischen Freunden die Schuld.«

Er bekreuzigte sich und gab dem Schiffer durch Zeichen zu verstehen, auch er möge sich erheben. »Gemeinsam bestätigen Geoffrey aus Weston-super-Mare und ich die Urteile, die heute nachmittag gefällt wurden. Jetzt liegt es an euch Häuptlingen, dafür zu sorgen, daß die Bedingungen erfüllt werden und der Handel, der am Montag beginnen soll, ohne Streit abgewickelt wird. Dies ist wichtiger denn je, denn die Engländer müssen hierbleiben, bis die Schiffsroute im nächsten Sommer wieder befahrbar ist.«

Das immer lauter werdende Gemurmel im Raum fand unter Orms wütendem Blick ein jähes Ende. Er brauchte nicht einmal die Hand zu heben, um weiterreden zu können: »Sie haben drei schwerverletzte Männer und wagen es nicht, die Heimreise ohne eine voll einsatzfähige Mannschaft anzutreten. Da es grönländische Hitzköpfe waren, die diese Verletzungen verursachten, dürfen die Engländer unentgeltlich hier überwintern, und Halldor auf Bru und Ingolf auf Under Høvda und ihre Söhne wollen zur Beköstigung beitragen. Diejenigen von den Engländern, die keine Winterkleidung dabeihaben, dürfen von den Frauen auf den Höfen in der Gegend erwarten, daß sie alle brauchbaren Kleidungsstücke, die nicht unbedingt benötigt werden, für sie bereithalten. Wenn Engländer Kleidung aus neuem grönländischem Stoff genäht haben wollen, müssen sie allerdings dafür zahlen.«

Ingunn wagte nicht, dahin zu schauen, wo John im Leinenhemd und in seiner grünen Wolljacke mit den Glasknöpfen saß. Sie würde ihm so gern eine schöne Jakke nähen, ohne daß darüber getratscht wurde, und es könnte auch nicht schaden, wenn einige der rostbraunen Wollumpen, die seine Leute trugen, gegen strapazierfähigen Lodenstoff ausgetauscht würden.

»... und als Strafe für den Totschlag muß Petrus Ingolfsson eine Kommerzlast Trockenfisch (2955 kg) an Einars Witwe zahlen, die Einhaltung der Strafe wird Thorfinn aus Vardebu überwachen. Außerdem schulden Petrus Ingolfsson und Reidar Halldorsson mir und den Engländern Schadenersatz, weil sie den Frieden hier auf meinem Hof gestört und meinen Gästen geschadet haben.«

Orm strich mit der Hand über seine Silbermähne und blickte kurz zum englischen Schiffer, bevor er weitersprach: »Geoffrey aus Weston-super-Mare und ich bestätigen, daß dieser Schadenersatz in Form von Lebensmitteln für die Überwinterung bezahlt wird, wie schon erwähnt: eine halbe Kommerzlast Trockenfisch von jedem Häuptling, der es bei diesem Althing nicht schaffte, seine Bauern im Zaum zu halten, außerdem muß jeder Häuptling für genügend Arbeitsleute sorgen, wenn das englische Schiff überholt wird, bevor es im Sommer wieder nach Hause segelt. Man sagt mit Recht, daß Reidar ein guter Schiffsbauer sei, genau wie sein Vater, und noch nie hat sich jemand darüber beklagt, daß Petrus nicht stark genug wäre, so daß die beiden diese Arbeit betreuen können, wenn die Zeit kommt.«

Weder Ingolf noch sein Sohn verzogen eine Miene, aber Ingunn sah, wie Reidar sich aufrichtete, und der Vater machte ein Gesicht, als würde er versuchen, ein ungestümes junges Pferd zu bändigen.

»Ein tüchtiger Schachspieler«, hatte Sigrid über Halldor gesagt. Wenn er für diese Vergleiche verantwortlich wäre, müßte er auch Ingolf auf seiner Seite haben. Hoffentlich hatte er nicht seinen Willen durchgesetzt und mußte später dafür büßen, wenn sie nicht mehr unter der unmittelbaren Aufsicht des Gardarhäuptlings waren!

Orm ließ Olaf auf seinem anderen Arm sitzen und schaute ruhig in den vollbesetzten Raum. »Da zwei seiner Söhne sich in England befinden, ist es für Ingolf noch wichtiger als für die meisten von uns, sich mit unseren englischen Gästen zu einigen, so sagt er. Und als Priester bewundert er die Gottesfurcht dieser Ausländer, die der anmutigen Mutter Gottes Ehrerbietung erweisen. Deswegen hat er vor, eine Lampe zu Ehren der Jungfrau Maria für seine Kirche schnitzen zu lassen.«

Keiner wagte zu lachen, aber Ingunn war sich sicher, daß sie den Schatten eines Lächelns auf Thorunns blassem Gesicht gesehen hatte. Und Halldor war seit damals,

als er sich mit dem englischen Schiffer zu Hause in seiner eigenen Stube gemütlich unterhalten hatte, nicht so todernst gewesen.

Der Vater hatte damals sicher die Wahrheit gesagt, als er behauptete, die Machtverhältnisse unter den Bauern besser als viele andere zu kennen. Es war jedenfalls deutlich zu sehen, daß er, Thorunn und Orm sich wohl dabei fühlten, Ratgeber zu sein und Entscheidungen treffen zu können. Ob es nur in diesem speziellen Fall so war, weil Ingolf und Petrus von niemandem gemocht wurden, oder waren andere Gründe mit im Spiel?

Eins war sicher: Orm war genauso gerissen wie gebieterisch in seiner Wortwahl. Weder Ingolf und Halldor noch ihre Söhne waren derart bloßgestellt worden, daß der einzige Ausweg für sie gewesen wäre, ihre Ehre mit Waffengewalt zurückzugewinnen. Und das Ansehen der Jungfrau Maria schien auch gesichert.

Orm hatte anscheinend vor, das Eisen zu schmieden, solange es heiß war, denn nachdem er dem englischen Schiffer ein Zeichen gegeben hatte, daß dieser sich wieder setzen dürfe, fuhr er fort: »Viele von euch haben gehört, was die englischen Gäste über die großen Dinge berichten, die zur Zeit draußen in der Welt passieren – Dinge, die uns auf Grönland etwas angehen. Alle hier sollten erfahren, worum es geht, deswegen werde ich euch eine Zusammenfassung von dem geben, was ich von Geoffrey hier und von John Greene erfahren habe.«

John schaute hoch, als er seinen Namen hörte. Sein Gesicht hatte einen schelmischen Ausdruck, als sein Blick Ingunn streifte, aber dann konzentrierte er sich darauf, zu verstehen, was Orm sagte. »Ein italienischer Seefahrer namens Kolumbus hat vor kurzem für die Spanier den Seeweg westwärts nach Asien gefunden. Man rechnet damit, so große Reichtümer daraus zu gewinnen, daß andere Männer vorhaben, den Spaniern und Kolumbus den Rang streitig zu machen, so daß in den letzten Jahren viele große Schiffe Segel gesetzt haben, um neue Länder und neue Wege zu finden. Als die ›Kathryn‹ diesen Sommer nach Grönland fuhr, so erzählte mir John Greene, hatte ein Italiener vor, direkt von Bristol und Irland aus in Richtung Westen zu segeln, um einen Schnellweg zu den Gewürzländern zu finden – John Cabot heißt der Mann.«

Orm schaute sich um mit der alten Schärfe im Blick. »Viele Fischerboote segeln jetzt direkt nordwestlich, um vor den Küsten Marklands Fischerei zu betreiben – ja, man sagt sogar, daß die Brüder von Petrus Ingolfsson in diesem Augenblick, während wir hier zusammensitzen, sich an Bord eines dieser Schiffe befinden. Handel und Schiffahrt werden einen Aufschwung erleben, und ihr werdet sicher verstehen, daß wir die Freundschaft mit den Engländern weiterpflegen sollten, denn sie werden ganz bestimmt Anteil an diesem Aufschwung haben, genau wie sie bestimmen werden, wer jetzt außerhalb unseres Hoheitsgebietes segeln darf. Und früher oder später werden sie auch Vinland ausfindig machen, das unsere Vorfahren vor langer Zeit entdeckten. Diesmal werden sicher die Skrælinger dort nachgeben müssen!«

Viele Häuptlinge nickten feierlich, aber keiner sagte etwas, denn der Gardarhäuptling war noch nicht fertig. »Hier in Gardar haben wir die besten Möglichkeiten, Güter zu lagern, und dazu einen guten Hafen, aber der Hvalsøy-Häuptling und der Herjolfsnes-Häuptling bieten auch gute Bedingungen, und jetzt sagen die beiden, daß sie eine bessere Regelung haben wollen als diejenige, die zur Zeit gilt. Darüber müssen wir beraten, wenn der

Handel überstanden ist. Er beginnt übermorgen. Morgen werden wir der Toten gedenken.«

Nach einem weiteren Kreuzzeichen setzte er sich und trank dem englischen Schiffer mit englischem Bier zu, dann wurde der Becher herumgereicht. Auch die Frauen durften probieren – Ingunn sah, daß Tom mit Nachschub im Hintergrund stand.

Sie setzte den Becher an den Mund und nippte vorsichtig. Ja doch, es schmeckte gut, viel besser als der Wein, von dem Turid gesprochen hatte – aber nicht so gut, daß es wert war, Menschenleben aufs Spiel zu setzen.

Am nächsten Morgen machte Ingunn sich sehr sorgfältig für den Kirchgang zurecht. Sie bürstete das blaue Kleid aus, arrangierte umsichtig Broschen und Ketten, und eine ihrer Schlaffreundinnen mußte nachschauen, ob sie auch von hinten ordentlich aussah. Dann flochten sie und das andere Mädchen einander vom Scheitel aus kunstvoll das Haar und waren gerade fertig, als das erste Glockengeläut ertönte.

Feierlich schloß sie sich Sigrid an, die zusammen mit Thorunn und Aud auf dem breiten, mit Platten belegten Pfad, der zur Kirchentür führte, stand. Wie zufällig stützten die beiden Frauen Thorunn. Sie war anscheinend doch nicht so kräftig, wie es am Abend zuvor den Anschein gehabt hatte. Ihre Augen lagen glanzlos in blauschwarzen Höhlen, und es war deutlich, daß sie geweint hatte. Aber die Stimme war fest, als sie sagte: »Ingunn, dein Vater hat vorhin nach dir gesucht – er wollte dir etwas unter vier Augen sagen. Am liebsten noch vor der Kirche.«

Ingunn bekreuzigte sich besorgt, während sie den Blick über den Zustrom von Menschen streifen ließ. Der

Vater sah sie im selben Augenblick, als sie ihn im Gespräch mit Orm entdeckte. Er winkte sie zu sich.

Die beiden Männer begrüßten sie höflich, aber schnell, bevor Halldor direkt zur Sache kam. »Ingunn, Häuptling Orm hat mich gefragt, ob es so ist, daß ich dich gern mit Petrus Ingolfsson verheiraten möchte, und ich habe nein gesagt, das haben sicher nur die Gerüchtemacher vorweggenommen – ich habe vor, es mir genau zu überlegen, bevor ich einen Ehemann für dich aussuche. Orm hat dazu etwas gesagt, was du direkt aus seinem eigenen Mund hören solltest, je früher, desto besser.«

Orm sagte fest: »Ich weiß nicht, wo die Gerüchtemacher ihren Amboß haben, aber sie haben jedenfalls eine Geschichte darüber geschmiedet, daß John Greene versucht, Petrus bei dir und Halldor zuvorzukommen. Für John ist dieses Gerücht genauso gefährlich wie für dich und deinen Vater, und die beste Art und Weise, es zu ersticken, ist, daß John hier in Gardar bleibt, wenn ihr nach Hause fahrt. Aber er hat es mir übelgenommen, als ich es ihm gestern abend sagte, er möchte am liebsten auf Bru überwintern. Ingunn, es liegt an dir, dafür zu sorgen, daß er auf andere Gedanken kommt, und das so schnell wie möglich – heute.«

»Meinst du, daß – daß Vater und ich John sagen sollten, daß er bei uns daheim nicht mehr willkommen ist?« fragte Ingunn entsetzt.

»Nein. Es steht Halldor frei zu entscheiden, wem er Gastfreundschaft erweisen möchte. Ich meine, daß du John davon überzeugen mußt, daß bei dir nichts zu holen ist«, sagte Orm. »Und denk daran, je mehr Menschen hier sehen, daß du ihn zurückweist, desto besser.«

Völlig benommen ging Ingunn zurück zur Ziehmutter und zu den anderen. Es rauschte ihr noch in den Ohren, als sie in der Domkirche am Mittelgang auf der Frauenseite stand und versuchte, ihre Gedanken zu sammeln. John zurückweisen! Orm hätte sie genausogut bitten können, ins Meer zu gehen. Sie konnte sich aber keine der beiden Möglichkeiten vorstellen.

Sie fühlte, daß John hereinkam, bevor sie ihn sah, und wie zufällig berührte er ihren Ärmel mit der Hand, als er den Mittelgang hoch ging. Sie erschrak, als sie ihn aus dem Augenwinkel undeutlich erblickte – er war glattrasiert genau wie sein Schiffer. Die schwarzen Haare lockten sich wie bisher, aber der Bartkranz war fort. Ihr Blick folgte dem Bogen seines Kiefers und blieb an den Ohrläppchen hängen, die sie so gut wie die ihrer Brüder kannte und die erst vor kurzem im Birkenwäldchen ihre eigene Wange berührt hatten. Er war so schön ...

Das Herz pochte so stark in ihrer Brust, daß sie meinte, er müßte es hören, aber sie ließ sich nichts anmerken und schaute vor sich hin, während sie die wenigen Kräfte, die sie noch besaß, zusammennahm, um sich selbst zurechtzuweisen.

Daß John glattrasiert war, mußte ein Zeichen dafür sein, daß er Orms Vorschlag, in Gardar wohnen zu bleiben, schon angenommen hatte, und dann brauchte sie selbst nicht viel zu tun. Er hatte sich also bereits entschieden, es sei denn, er wäre wie ein Rebhuhn, das, ohne darüber nachzudenken, je nach Jahreszeit und Umständen die Farbe wechselte. Er war Engländer und wollte unter den eigenen Leuten sein. Sie selbst war eine Blume, die er unterwegs gern gepflückt hätte, oder nur der Daunenkopf eines Löwenzahns, dessen Federchen er in alle vier Winde blies. Sie konnte sich die Gedanken darüber sparen, ob er verletzt sein würde, wenn sie so täte, als sähe sie ihn nicht!

Die Wut half ihr, solange der Gottesdienst dauerte, aber als sie zusammen mit der restlichen Gemeinde draußen auf der Wiese vor dem großen und dem kleinen Grab stand, fühlte sie sich nur traurig und hungrig.

Einar wurde zuerst beerdigt. Er wurde von Thorfinn aus Vardebu, Halldor aus Bru und den beiden Halldorssöhnen zu Grabe getragen. Sie stellten die Bretterbahre mit dem eingehüllten Leichnam am Rande des Grabes ab, und auf ein Zeichen von Orm hoben Halldor und Thorfinn das Bündel auf und senkten es vorsichtig ins Grab. Dann richteten sie sich auf und bekreuzigten sich, bevor sie ein paar Schritte zurückgingen und Orm nach vorne trat.

Regenwetter zog auf, und ein kalter Windstoß vom aufkommenden Ostwind zerrte am roten Kirchenumhang und an der Silbermähne des Gardarhäuptlings. In dem grellen Morgenlicht sah er müde und alt aus, aber die Stimme war stark und zitterte vor Wut. »Wir können es uns nicht leisten, Männer wie Einar zu verlieren. Sein ganzes Leben lang war er ein feiner und ehrenhafter Mann. Gott wird sicher dort oben im Himmel seine guten Eigenschaften zu schätzen wissen, aber zu Hause auf seinem Hof wird der Verlust spürbar. Deine Mühe hier auf der Erde ist vorbei, Einar – Gott segne deinen langen Schlaf im Namen des Vaters, des Sohnes und des Heiligen Geistes.«

Orm bekreuzigte sich dreimal, bevor er Kieserde kreuzförmig auf das Bündel streute, anschließend waren die anderen an der Reihe. Zum Schluß summte er das Vaterunser an und stand eine Weile mit gebeugtem Kopf, bevor er zu dem dunklen, kleinen Loch ging, wo Thorunn mit einem weißen Bündel in den Armen wartete. Klein-Olaf war auch da, er schrie laut und ausdauernd und klammerte sich am Rock der Mutter fest. »Mutter, Mutter, willst du mich da hineinwerfen?«

Es half nichts, als der Vater sich bückte und versuchte, ihn hochzuheben. Die Tränen flossen an dem verzerrten, zu Tode erschrockenen Kindergesicht herunter. »Nein, Vater – ich möchte nicht da hinein ...!«

Plötzlich stand Aud aus Foss neben ihnen. Ohne ein Wort nahm sie vorsichtig das Bündel aus den Armen Thorunns und hielt es so niedrig, daß Olaf sehen konnte, als sie das Tuch zur Seite schob. »Schau her, Olaf, der kleine Harald ist tot. Er atmet nicht, während du atmest. Deswegen beerdigen wir ihn, aber dich nicht. Verstehst du das?«

Der Junge schluchzte und nickte zur Antwort, während er lange auf das runzelige, blaurote Würmchen starrte, das sie Harald nannten. Schließlich sagte er: »Aber – aber wenn ich sterben sollte, was dann?«

»Ja, dann müssen wir dich beerdigen«, antwortete Aud und gab das Bündel an Thorunn zurück. Klein-Olaf war ruhig geworden.

Zusammen gingen Orm und Thorunn an das Grab mit ihrem neugeborenen Sohn. Orm bekreuzigte sich und kniete am Grab nieder, er gab Thorunn ein Zeichen, daß sie ihm das Kind geben sollte. Langsam ließ sie das weiße Wollbündel in seine Arme gleiten, während sie seinen Blick mit dem ihren festhielt.

Über verheiratete Liebe werden keine Geschichten erzählt, dachte Ingunn bitter. Anscheinend machte es nur Spaß, wenn es mit einem Liebespaar schiefging und alle davon wußten. Das erschreckende, süße Gefühl, das

John in ihr zum Leben erweckt hatte, war wie der kleine Harald dort – erstickt, bevor es das Leben versuchen durfte. Ihr einziger Trost war, daß keiner wußte, daß sie innerlich genauso blutete wie Thorunn nach ihrer vergeblichen Geburt.

Orm hatte das Kind ins Grab gelegt, aber er kniete noch und sprach, als würde er mit sich selbst reden: »Zart und rein bist du, ohne Sünde. Gott segne dich, Harald Ormsson. Wir werden beten, daß die Gottesmutter dich auf ihren Schoß nimmt. *Ave Maria, gratia plena* ...«

Jeder auf dem Friedhof stimmte so selbstverständlich mit an, als hätte Orm sie gebeten, am Tau eines Bootes zu ziehen, das sich losgezerrt hatte. John stand ganz vorne in der Gruppe der Engländer. Der Wind trug seine Stimme klar und stark zu Ingunn hin, aber er schaute nicht in ihre Richtung.

Als Ingunn an der Reihe war, Kies ins Grab zu werfen, bewegte sich das weiße Tuch, als hätte ein kleines Füßchen dagegengestrampelt. Entsetzt schaute sie hoch. Eine Böe wehte über den Friedhof – ein riesiger Regentropfen hatte einen Zipfel des Tuches berührt.

Sie bekreuzigte sich und dachte zitternd, daß sie jetzt bald keine Aufregungen mehr ertragen konnte.

Orm hob den Arm zum Segen und gab zwei von seinen Knechten durch Zeichen zu verstehen, daß sie jetzt die Gräber auffüllen konnten. Es goß in Strömen, der Wind zerrte in den Grasbüscheln auf dem Friedhofszaun, und es war so dunkel, als wäre es kurz vor Sonnenuntergang und nicht früh am Nachmittag.

Ingunn war schon klatschnaß, und sie spürte, wie die kunstvoll geflochtenen Zöpfe an den Haarwurzeln spannten, als die Haare anfingen, sich zu locken. Sie war unschlüssig, ob sie den anderen in die Domkirche folgen sollte, um Schutz vor dem Regen zu suchen, oder ob sie es wagen könnte, zur Mädchenkammer im Bischofssitz zurückzulaufen, als ein Kleidungsstück über ihre Schultern geworfen wurde. Es wärmte so schön, daß ihr klar war, jemand hatte es sich gerade ausgezogen.

Als sie sich umdrehte, um sich zu bedanken, schaute sie direkt in Johns Gesicht. Er hatte sie in seine grüne Jacke eingehüllt. Er selbst stand nur im Leinenhemd, das an der Haut und an der schwarzen Brustkrause klebte. Unter schwarzen, tropfenden Haarsträhnen leuchteten die Augen unnatürlich groß in dem glattrasierten Gesicht.

»D-danke«, stotterte sie, aber er hörte sie nicht. Mit einem schnellen Blick auf den Friedhof, wo nur die beiden Totengräber zu sehen waren, ergriff er ihr Handgelenk.

»Komm – wir suchen eine Stelle, wo wir uns hinsetzen können!«

Die Wut wallte so heiß in ihr hoch, als wäre sie innerlich verbrüht worden. Sie riß sich los und schleuderte ihm die Jacke entgegen. »Hast du mir nicht schon genügend Probleme bereitet?« schrie sie.

Gelbe Funken sprühten in den graugrünen Augen. »Wir können nie miteinander reden. Verstehst du denn nicht, daß ich gern in deiner Nähe bin?«

Ingunn mußte plötzlich daran denken, wie sie einmal oben auf dem Binnensee in Vardebu gekentert war. Ihre Kleider hatten sich immer mehr voll Wasser gesogen, während sie versuchte, ans Ufer zu schwimmen. Sie hatte die Hoffnung beinahe aufgegeben, als sie festen Boden unter den Füßen spürte. Jetzt war es genauso schwierig für sie, ihr Versprechen, das sie dem Vater und Orm gegeben hatte, einzuhalten – aber sie mußte es versuchen. Mit gebrochener Stimme sagte sie: »Es ist mir egal, was du gern hast.«

Ohne zurückzuschauen, ging sie, um Schutz im Haus des Herrn zu suchen.

Eine Glockenblume im Schnee

Puh«, sagte Tom und setzte die leeren Holzgefäße für die Wegzehrung unten am Strand ab, wo Ingunn zusammen mit Sigrid wartete. »Das hier hat Spaß gemacht, aber jetzt würde ich gern eine ganze Woche schlafen. Orm und der Schiffer haben gewiß Pläne für die nächsten fünfzig Jahre geschmiedet – ich habe die ganze Zeit nur noch übersetzen müssen!«

»Ich dachte, du möchtest gern über alles um dich herum Bescheid wissen«, sagte Ingunn und wünschte, daß sie nur halb soviel wie Tom wüßte über das, was vor sich ging. »Als Ausgleich hast du während des Althings keine Wache schieben müssen.«

Sie hielt plötzlich inne, denn sie wußte ja, warum Tom sich meistens in ihrer Nähe aufhielt.

»Na«, sagte Tom mit gespielter Gleichgültigkeit. »Es ist nicht verwunderlich, daß John Greene gleich alles Versäumte nachholen möchte. Heute ist er überhaupt nicht an Land gewesen.«

Er schielte zu Sigrid und nickte, nur für Ingunn erkennbar, in Richtung Schiff. Die Gestalt an der Reling draußen verschwand, als Ingunn den Kopf hob und hinausschaute. Es war sicher am besten so, egal, ob John nun ihretwegen oder um seiner selbst willen beim Abschied fernblieb.

Um die Trauer wegzuschieben, fragte sie die Ziehmutter: »Bist du sicher, daß wir alle in Vaters Boot Platz bekommen?«

»Du vergißt, daß weder John noch Einar diesmal dabei sind«, sagte Sigrid mürrisch. »Außerdem nehmen die Sachen, die Thorfinn und Halldor gekauft haben, längst nicht soviel Platz ein wie die Waren, die sie auf dem Hinweg für die Engländer dabeihatten. Wenn du mich fragst, haben sie nicht einmal die Hälfte von dem, was ihre Waren wert waren, bekommen. Du kannst gern deinen Schiffer grüßen und ihm das von mir sagen, Tom!«

Es sah Sigrid gar nicht ähnlich, ihre schlechte Laune an den Untergeordneten auszulassen, und Ingunn verstand, daß die Ziehmutter genausogern wie sie selbst nach Hause wollte. Aber Toms gute Laune ließ sich auch diesmal nicht zerstören. Er grinste frech und antwortete: »Ich sehe, du hältst deinen Honigkrug mit beiden Händen fest, Sigrid! Ich glaube, Thorfinn hat soviel Eisen bekommen, wie sein Gaul nur tragen kann, und Einars Pferd hat eine ganze Traglast Korn für seine Witwe dabei.«

»Ich habe gerade an Einars Witwe gedacht«, sagte Sigrid böse. »Und an den ganzen Trockenfisch, der als Strafe abgegeben werden mußte. Ein verschwendetes Leben und verschwendete Waren.«

»Vater hat gesagt, daß die zwei Kornsäcke, die er bekam, zwei Säcke mehr sind, als wir drüben auf Bru gebrauchen können!« sagte Ingunn und versuchte zu lachen. »Was er möchte, ist ein wirklich zum Priester ausgebildeter Mann mit dem nächsten Schiff.«

»Ich möchte wissen, was Orm davon hält«, sagte die Ziehmutter gereizt. »Das ist dasselbe, als würde er sagen, daß der Gardarhäuptling als Priester nicht genügend ausgebildet wäre.«

»Das ist er ja auch nicht«, entfuhr es Tom. »Zu Hause

würde man ihn zum Bischof schleppen und wegen Ketzerei anklagen!«

Ingunn warf ihm einen warnenden Blick zu und zeigte zum Pfad hoch, wo Orm gerade ankam, mit Halldor und Thorfinn ins Gespräch vertieft.

»Jedenfalls sieht es so aus, als stünde der Freundschaft nichts im Wege«, sagte sie und dachte, daß es wie verhext wäre, denn jetzt könnte sie Tom nicht mehr fragen, was Ketzerei bedeutete.

Als die drei Männer den Strand erreichten, formte Halldor die Hände zum Trichter und rief Reidar zu, daß er sie und ihre Sachen mit dem Beiboot holen könne. Während sie warteten und Abschiedsgrüße austauschten, zog Orm ein kleines, aus Holz geschnitztes Kreuz aus einem Zipfel seines Umhangs und sagte: »Sigrid, Thorunn läßt grüßen, sie möchte sich noch einmal dafür bedanken, daß du es geschafft hast, das Milchfieber von ihr abzuwenden. Sie hat mich gebeten, dieses Kreuz in meiner Kirche zu segnen und es dir mit einem Dank von uns beiden zu geben.«

Zum erstenmal seit vielen Tagen lächelte Sigrid aus Vardebu. »Wir haben zu danken, Orm.«

Sie standen mit dem Rücken zum Land gekehrt, um Reidar im Auge zu behalten. Ingunn zuckte zusammen, als eine wohlbekannte Stimme hinter ihr losdonnerte: »Hier stehen Nachbarn und gute Freunde versammelt! Wenn das Eis dieses Jahr früh kommt, kann es eine Weile dauern, bis du und ich uns wiedersehen, Orm – nimm meine Hand als Dank zum Abschied.«

Der Gardarhäuptling gab Petrus und ihnen allen die Hand, wünschte ihnen gute Fahrt und bedankte sich für die gemeinsame Zeit. Als Ingunn an der Reihe war, schaute er sie nachdenklich an und blickte kurz zum englischen Schiff, bevor er laut und deutlich sagte: »Unter Zeugen erinnere ich dich daran, daß du genauso unter meinem Schutz stehst wie unter dem deines Vaters.«

Ingunn war so verwirrt, daß sie beinahe vergaß, sich zu bedanken, als sie Orm die Hand gab. Dann drehte sie sich um, weil sie von Petrus Abschied nehmen wollte. Im selben Augenblick sprang Reidar an Land. Petrus übersah völlig ihre ausgestreckte Hand, starrte nur wie üblich an ihr vorbei und sagte: »Wo ist der ›Gardarhäuptling‹?«

»Der ›Gardarhäuptling‹?« fragte Reidar überrascht.

»Ja, hast du meine Botschaft nicht erhalten, daß ich deinen Speer kaufen möchte?«

»Doch, aber ich habe die Botschaft zurückgeschickt, daß er nicht zu verkaufen ist.«

»Das hat der Kerl gesagt, ja, aber ich habe ihm natürlich nicht geglaubt. Ich habe dir einen guten Preis geboten.«

»Nicht gut genug«, sagte Reidar, »für jemanden, der nicht verkaufen will.« Er lächelte entwaffnend und streckte die Hand aus. »Auf Wiedersehen, Petrus – wir sehen uns sicher bei der Jagd!«

»Vergiß den Speer nicht«, sagte Petrus und schob seinen Unterkiefer vor.

Halldor stand selbst am Ruder, als das vollbeladene Segelschiff den Fjord kreuzte. Ingunn wurde in dem frischen südöstlichen Wind, der ihr ins Gesicht blies und salzige Gischt auf Leute und Ladung spritzte, wieder munter. Jetzt, da sie nicht mehr jeden Tag um sich herum Englisch hören würde, würde es ihr sicher leichter fallen, John zu vergessen. Und jetzt wollte sie nach Hause!

Sie freute sich darauf, vom frühen Morgen bis zum späten Abend viele Pflichten zu haben: am Webstuhl zu stehen und den Stoff unter den Fingern wachsen zu sehen und dabei keine Angst vor Reidar haben zu müssen. Jetzt hatte sie nur noch Angst vor Petrus, dafür aber um so mehr – wegen der Brüder und um ihrer selbst willen.

Sie suchte nach einer Lösung, wie diese Bedrohung am besten abgewehrt werden könnte, und war so tief in Gedanken versunken, daß sie es kaum hörte, als Reidar brüllte, sie müßten gegen den Wind halten. Gewohnheitsmäßig setzte sie sich wie verlangt um und grübelte weiter. Hatten Petrus und Ingolf schon Verdacht geschöpft, was Øyvind und Turid anging? Oder was Reidar anging, der sich langsam an die Wahrheit herantastete? Oder was ihre eigene und Halldors Abneigung anging, eine Ehe zwischen ihr und Petrus zu schließen?

Sigrid saß gut eingepackt neben ihr, die Augen wegen des grellen Lichts geschlossen. Als sie schließlich bei gleichmäßigem Wind segelten und wieder miteinander reden konnten, ohne zu schreien, sagte Ingunn: »Hast du irgendwelche Vorzeichen dafür gesehen, wie die Leute auf Under Høvda sich in nächster Zukunft betragen werden, Ziehmutter?«

Sigrid rutschte etwas hin und her und wischte sich die Nase, ohne die Augen zu öffnen. »Nein, das habe ich nicht. Und mit Schwarzer Kunst gebe ich mich nicht ab.«

»Das weiß ich doch!« sagte Ingunn. »Ich habe gehört, wie du zu der Alten, die wollte, daß du das Kind des Nachbarn mit der englischen Krankheit verhext, gesagt hast, daß du die Gaben, die du bekommen hast, einsetzt, um Menschen zu heilen, und daß du ihnen beibringst, wie sie am besten zurechtkommen – nicht, wie sie anderen schaden können, denn das ist Schwarze Kunst.«

»Vergiß es nicht für den Rest deines Lebens, Ziehtochter«, sagte Sigrid ungewohnt schwermütig. »Und du darfst auch nicht vergessen, daß ihr auf Bru auf der Hut sein und mit List und Tücke versuchen müßt, euch so redlich wie möglich durchzuschlagen. Es hängt alles von *euch* ab.«

Sie öffnete kurz die Augen und lächelte leicht, als sie den Ausdruck in Ingunns Gesicht sah. »Es geht sicher gut, solange Petrus daran denkt, daß er auch für drei Jahre geächtet sein könnte – und daß er diesmal nur deshalb so gut davongekommen ist, weil der Gardarhäuptling und die anderen Häuptlinge lieber wissen wollen, wo er sich aufhält. Und es ist ein Trost, daß ihr jetzt Reidar mit euch statt gegen euch habt.«

»Ja, und auch, daß Petrus und Ingolf jetzt nicht mehr John als Entschuldigung benutzen können, wenn sie krumme Dinger drehen wollen. Ich sehe ihn wohl nie mehr wieder.« Ingunn drehte sich weg, um ihre Tränen zu verbergen.

»Keiner kennt Johns Schicksal«, sagte Sigrid unerschütterlich. »Aber sei jetzt bitte still, damit ich ein Nikkerchen machen kann!«

Auch Ingunn war kurz eingenickt. Sie wurde erst wach, als Øyvind nach vorn ging, um das Boot festzumachen, und sie dabei anstieß. Die Anlegestelle und die Häuser auf Bru standen noch unverändert und zuversichtlich da. Sie wußte nicht, was sie sonst erwartet hatte, aber die Erleichterung war so groß, daß ihr erster Gedanke war, diesen Ort würde sie nie mehr verlassen!

Aber das war natürlich töricht, sagte sie zu sich selbst, als sie darauf wartete, an Land gehen zu können. Früher oder später würde Halldor einen Ehemann für sie finden, so daß sie wegziehen mußte. Sie mußte jetzt so tun, als ob nichts geschehen wäre, und bei den Kirchenausflügen nach Under Høvda mitfahren, solange das Wetter hielt. Dann würde sie wenigstens mit Turid sprechen können.

»Wir müssen eins nach dem anderen erledigen«, sagte Sigrid neben ihr.

Entsetzt dachte Ingunn, die Ziehmutter könne ihre Gedanken lesen, aber dann wurde ihr klar, daß Sigrid nur die Frage ihres Mannes beantwortete, wer von ihnen Einars Witwe erzählen sollte, daß ihr Mann für immer in Gardar bleiben mußte.

Als die alte Ragna erfuhr, daß auch John in Gardar geblieben war – wenn auch leider bei bester Gesundheit –, wurde sie so quietschvergnügt, daß sie Ingunn bat, sich hinzusetzen und einen Augenblick auszuruhen. Der Moosbrei würde schon über dem Feuer hängen, seit der Knecht gemeldet hätte, daß das Boot den Fjord hereinsegelte.

Ingunn bedankte sich und sagte etwas frostig, sie könne selbst entscheiden, wann und womit sie arbeiten müßte. Ragna und die Dienstmädchen könnten mit ihrer Arbeit ruhig weitermachen. Als sie den Ausdruck in Ragnas Gesicht sah und hörte, wie der Holzlöffel zu Boden fiel, wurde ihr klar, was sie gesagt hatte. Aber statt um Entschuldigung zu bitten, drehte sie der Haushälterin den Rücken zu und ging zur Ziehmutter, um diese gesittet und höflich willkommen zu heißen.

»So langsam bekommst du alles in den Griff, Ingunn«, sagte Sigrid schmunzelnd. Als Ingunn sie verwirrt anschaute, fügte sie hinzu: »Du hast begriffen, daß Ragna dir dienen muß, nicht umgekehrt. Mach nur so weiter.«

Ab jetzt blieb Ingunn an der Kochgrube und auf der Schlafbank von Ragnas launischen Ausbrüchen verschont, auch nachdem die Zieheltern nach Vatnahverfi zurückgefahren waren. Sie wußte, daß dies vor allem auf ihre eigene Veränderung zurückzuführen war. Ein Teil ihrer neuen Würde rührte daher, daß sie bewußt versuchte, Thorunn in Gardar nachzuahmen, aber ein Grund war auch, daß sie jetzt an ihre eigene Fähigkeit glaubte. Die wahre Ursache lag aber darin, daß sie oft sehr traurig war. Böse Worte prallten deshalb an ihr ab, sie wich ihnen nicht mehr wie bisher aus.

Der Vater und die Brüder waren völlig damit beschäftigt, das nachzuholen, was in ihrer Abwesenheit versäumt worden war. Ingunn bekam sie kaum noch bei den Mahlzeiten zu sehen, aber am ersten Sonntag nach der Rückkehr sagte Øyvind beim Abendbrot: »Am nächsten Sonntag haben Reidar und ich vor, zum Gottesdienst nach Under Høvda zu fahren, Vater, und wir nehmen Ingunn mit. Wenn Petrus Lust hat, auf Rentierjagd zu gehen, bleibt Reidar mit seinem ›Gardarhäuptling‹ einige Tage da.«

Halldor sagte nur: »Dann mußt du eine ordentliche Wegzehrung mitgeben, Ragna.« Aber Ingunn sah, daß er sich Sorgen machte.

Auch Ingunn fühlte sich nicht besonders wohl, als sie, eingeklemmt zwischen dem alten Olaf und seiner Tochter, im Kirchenboot den Ostfjord hochfuhr. Weder Olaf noch die restliche Pächterfamilie waren auf dem Althing gewesen, aber um so mehr Gerüchte hatten sie über das gehört, was dort geschehen war, und Olaf sprudelte vor lauter Fragen über. Ingunn antwortete mit ja und nein und vielleicht, je nachdem, was am besten paßte, und sie hoffte innig, daß sie ankommen würden, bevor Olaf eine Frage über John stellen könnte.

»Und der Jon Grind war auch gesund genug, um dorthin zu fahren?« fragte der Alte mit einem Seitenblick auf sie, der nichts Gutes versprach.

»Ja, das war er.«

»Die Leute sagen, daß er dich deswegen gelobt hat.«

»Das freut mich ...«

»Und warum kam er nicht mit zurück nach Bru?«

»Weil er bei seinen eigenen Leuten bleiben wollte«, sagte Ingunn mit einem Blick auf den »Gardarhäuptling«. Der Speer lag zu Reidars Füßen.

»Wir haben etwas anderes gehört«, sagte Olaf und blinzelte hinterlistig. »Die Leute sagen, daß ihr euch überworfen habt.«

Erzähl es nur der ganzen Kirchengemeinde, dachte Ingunn böse, dann tust du mehr Nützliches als die letzten zehn Jahre! Laut sagte sie: »Die Leute sagen so viel, das weißt du doch. Jetzt sind wir da!«

Merkwürdigerweise wirkte das Vorratshaus am Abhang oberhalb der Anlegestelle bei weitem nicht so bedrohlich wie bisher. Das kam sicher daher, daß der Geist der ermordeten jungen Frau ihr anscheinend wohlgesinnt war ...

Ingunn war so in Gedanken versunken, daß sie beinahe über Petrus gestolpert wäre, der auf Reidar und den »Gardarhäuptling« wartete. Turid stand auch auf dem Kai, und als Ingunn und Øyvind an Land gekommen waren, ging sie zwischen ihnen zur Kirchwiese hoch. Turid erzählte, daß sie gerade vom Hof der Schwester zurückgekehrt sei. Nicht einen Tag zu früh!

»Hast du Heimweh gehabt?« fragte Ingunn ungläubig.

Øyvind brüllte vor Lachen, aber in Turids dunklen Augen standen die Tränen. »Nein, Fernweh. Vater hatte meinen Schwager dazu überredet, Thorleif aus Lakselv und seinen Sohn zu bitten, seinen Hof auf dem Nachhauseweg vom Althing zu besuchen, als ich noch da war, um Gunnhild zu helfen.«

Øyvinds Lachen hatte ein jähes Ende. »Ja, ich habe sie in Gardar gesehen – es war wohl Erik Thorleifssons erste Althingfahrt. Die Leute sagen übrigens, daß er jetzt damit prahlt, schon verlobt zu sein.«

»Prahlen ist eine Sache, Zudringlichkeit eine andere«, sagte Turid mit schamroten Wangen. »Eines Tages, als ich alleine draußen in Gunnhilds Milchkammer zu tun hatte, kam der Rotzjunge von hinten, umarmte mich und betatschte meine Brust. Mein Tritt gab ihm sicher etwas zum Nachdenken – aber wenn mein Messer etwas getaugt hätte, hätte ich ihn auf der Stelle damit erstochen.«

»Hast du dich nicht bei deinem Schwager beschwert?« fragte Ingunn unschlüssig.

»Was nutzt das, wenn die Rotznase herumläuft und glaubt, daß wir bald miteinander ins Bett gehen?« zischte Turid. »Øyvind, ich werde gleich nach der Kirche in der Wollkammer sein – wenn du kannst, komm nach, damit wir einen Ausweg finden können.«

»Ich komme«, sagte Øyvind verbissen. »Und ich werde einen Ausweg finden.«

Turid atmete immer noch heftig, als Ingunn und sie in der Kirche standen. Sie schafften es beide nicht, sich auf das zu konzentrieren, was Petrus und Ingolf vorne am Altar verrichteten, und sie waren froh, als sie wieder in den Herbsttag hinausdurften.

Ingunn begrüßte höflich Ingolf und Petrus und nahm sich viel Zeit, mit den Leuten auf der Kirchwiese zu reden, damit Øyvind und Turid so lange wie möglich beratschlagen konnten, bevor Reidar sagte, es sei an der Zeit, nach Hause zu segeln.

Reidar hatte den »Gardarhäutling« im Waffenraum abgestellt, bevor er in die Kirche ging. Jetzt sah Ingunn ihn mit einem besorgten Gesicht wieder herauskommen. Nachdem er noch einmal im Waffenraum gewesen war, ging er zu Petrus und fragte ihn etwas. Petrus zuckte mit den Schultern, und Reidar ging weiter von einer Männergruppe zur anderen. Alle schüttelten sie den Kopf.

Zum erstenmal sah Ingunn ihren Bruder ratlos. Sie eilte zu ihm hin und fragte ängstlich: »Ist etwas passiert, Reidar?«

»Ja, der ›Gardarhäuptling‹ ist verschwunden.«

»Gestohlen?«

»Was denn sonst?«

»Was glaubst du, wer hat ihn gestohlen?«

»Petrus, natürlich«, sagte Reidar leise und wütend. »Ich wollte ihm den Speer nicht verkaufen, so hat er ihn einfach genommen. Dies ist sein Hof, und ich kann nichts tun, denn ich habe keine Zeugen.«

»Dann wird wohl auch nichts aus der Jagd?« meinte Ingunn, erleichtert trotz der Aufregung.

Reidar lächelte böse. »O doch – wir werden auf die Jagd gehen. Und ich möchte nicht nur Rentiere jagen.« Etwas sanfter fügte er hinzu: »Hab keine Angst – und erzähl dem Vater nichts.«

»Ich habe Angst, und ich *werde* es dem Vater erzählen«, sagte Ingunn. »Ich schaffe es nicht, noch mehr Geheimnisse mit mir herumzutragen. Es muß doch gehen, zu Hause über diese Dinge zu reden, die uns alle etwas angehen.«

»Dann mußt du ihm sagen, daß ich in ein paar Wochen zurück bin«, sagte Reidar.

Reidar war immer noch unterwegs, als eine Botschaft aus Gardar kam, daß Orm Halldor zu sprechen wünsche, am liebsten zusammen mit seinen beiden Söhnen. Aber selbstverständlich nur, wenn Halldor dafür Zeit hätte, fügte der Bote höflich hinzu. Übrigens, Thorunn lasse Ingunn grüßen und ausrichten, daß alles in Ordnung sei.

»Auch mit Klein-Olaf?« fragte Ingunn und stellte dem Boten eine Schüssel mit geräucherten Rebhühnern auf den Tisch.

»Ja, warum sollte es ihm nicht gutgehen?« meinte der Mann und bediente sich reichlich. »Man könnte meinen, der Junge wäre ein Königssohn, so wie er verhätschelt wird.«

Er zog den Kopf ein und aß weiter, als Halldor ihn tadelnd anschaute und fragte: »Hat Orm gesagt, worum es geht?«

»Nein, nur daß es sich um etwas handelt, was man nicht hinausschieben dürfe. Wenn du mich fragst, meine ich, daß es etwas mit den Engländern zu tun hat – es gibt nur Ärger mit solchen Leuten.«

»Was für Leute sind sie denn?« fragte Halldor scharf.

Der Mann rutschte unruhig hin und her. »Oh, solche Leute, die ein riesiges Schiff haben und ihre eigenen Sitten, die keinem Häuptling gehorchen müssen, nur ihrem eigenen Schiffer. Du weißt nie, wie du mit ihnen stehst.«

»Solange sie in Gardar wohnen, müssen sie Orm gehorchen«, sagte Halldor. »Hat es nach dem Althing und dem Handel noch mehr Schlägereien gegeben?«

Der Bote schüttelte den Kopf. Er hatte sich die Backen vollgestopft mit Essen, und das Fett tropfte in seinen Bart. Øyvind und Ingunn schauten verstohlen zum Vater hin. Wenn er etwas nicht vertragen konnte, so waren es schlechte Tischmanieren. Aber Halldor saß tief in Gedanken versunken und sagte lange nichts.

Schließlich unterbrach Øyvind die Stille am Tisch. »Vater, wir haben unsichere Zeiten, und Reidar ist noch nicht nach Hause gekommen – ist es nicht besser, wenn du ohne mich nach Gardar fährst? Ich sehe es gar nicht gern, wenn Ingunn alleine hier auf dem Hof bleibt.«

Der Mann aus Gardar wischte sich den Mund mit dem Handrücken ab, kratzte sich im Haar und sagte nachdenklich: »Gut, daß du deinen Bruder erwähnt hast. Orm gab mir den Speer mit, den Reidar in Gardar vergessen hatte.«

Ingunn und Øyvind starrten erstaunt, aber falls Halldor genauso überrascht war, konnte ihm keiner etwas anmerken. Bedächtig steckte er das Tischmesser in die Scheide zurück, bevor er antwortete: »Ja, er war schon immer vergeßlich. Wir gehen zu deinem Boot hinunter und holen den Speer, dann können wir uns unterwegs unterhalten. Pack nur deine Sachen, Øyvind, und laß dem Pächter eine Botschaft zukommen, daß wir einige Tage fortbleiben. Er soll in der Zwischenzeit gut Ausschau halten.«

»Wir ...?«

»Ja«, sagte Halldor kurz. »Du und ich. Jetzt weiß ich, daß Reidar bald nach Hause kommt.«

Halldor behielt recht. Am darauffolgenden Tag, nachdem er und Øyvind mit Essen für eine Woche und Geschenken für den Gardarhäuptling losgesegelt waren, legte Petrus' Segelboot mit Reidar an Bord an.

Als sie Petrus und Reidar zusammen vom Strand hochkommen sah, fühlte Ingunn, wie ihr der Angstschweiß ausbrach. Es lag nicht nur daran, daß Reidars große, schlanke Gestalt so wehrlos neben dem kräftigen Petrus wirkte, sondern sie war überzeugt gewesen, den Leuten von Under Høvda in Zukunft nur auf deren Hof begegnen zu müssen. Nicht hier. Nicht an dem einzigen Ort, an dem sie sich einigermaßen sicher fühlte.

Aber Petrus war genau wie immer, lächelte mit den gleichmäßigen weißen Zähnen, ohne daß die Augen leuchteten, und grüßte freundlich und höflich.

»Vater und Øyvind sind zur Zeit nicht zu Hause«, sagte Ingunn an Reidar gerichtet, aber so, daß Petrus es hören konnte. »Ich werde gleich für euch auftischen. Schlaft ihr beide, du und Petrus, im Bett des Hausherrn, solange Vater fort ist, oder soll ich Ragna bitten, in der Wollkammer für euch zu richten?«

»Danke, aber ich muß schon heute nach Hause segeln. Ich habe Reidar nur dabei geholfen, seinen Anteil an der Jagdbeute nach Hause zu schaffen«, antwortete Petrus.

»Das war freundlich von dir.« Ingunn war so erleichtert, daß ihr zittrig wurde. »Ist das Fleisch zum Trocknen geeignet?«

»Ich habe ein paar Männer zum Strand geschickt, um es zu holen, dann kannst du selber sehen«, murmelte Reidar in seiner alten, mürrischen Art.

Aber Ingunn wußte, daß er sich jetzt in Petrus' Gegenwart unwohl fühlte, nicht in ihrer, und sie nahm sich wegen des Bruders kräftig zusammen. Ohne daß ihre Hände zitterten, hielt sie die Waschschüssel für die beiden Männer, und auch ihre Stimme zitterte nicht, als sie sich nach der Familie auf Under Høvda erkundigte.

Petrus aß schnell und gab wie gewöhnlich knappe Antworten, aber jedenfalls antwortete er. Ja, Gunnhild ginge es besser. Nein, die Mutter sei nicht der Meinung, daß es zuviel Arbeit wäre, schon wieder eine Hochzeit auf dem Hof vorzubereiten. Doch, er würde Turid grüßen, sie hätte ihn auch gebeten, Ingunn zu grüßen.

Das Gespräch verlief zäh wie ein schlammiger Fluß, während Reidar im Essen herumstocherte und seine grünen Augen Petrus unter halbgeschlossenen Augenlidern nachdenklich anschauten.

Ingunn überlegte, ob der Bruder wußte, daß der »Gardarhäuptling« gefunden worden war. Bevor Halldor wegfuhr, hatte er ihr gezeigt, wo der Speer im Bootshaus versteckt war, und sie hatte versprechen müssen, Reidar die Geschichte nicht zu erzählen, bevor sie ihn unter vier Augen hatte. Noch nie war ihr eine Mahlzeit so lang vorgekommen!

Endlich bedankte sich Petrus für das Essen, und Reidar begleitete ihn zum Boot hinunter. Eine Weile später schlich Ingunn hinaus, und als sie sah, daß Petrus die Segel gehißt hatte, lief sie dem Bruder entgegen. »Reidar, dein Speer steht in Vaters Bootshaus! Orm aus Gardar hat ihn dem Boten mitgegeben, als er hier war und Vater und Øyvind zu einem Gespräch einlud.«

Das Gesicht des Bruders erhellte sich. »Gott sei Dank! Der Verwalter auf Under Høvda hat mir erzählt, daß er den ›Gardarhäuptling‹ im Lagerhaus gefunden hat. Er war da hochgegangen, um einige Tonnen Speck, die nach Gardar geschickt werden sollten, zu holen, und da schickte er den Speer gleich mit. Er wußte, daß er mir gehörte und Petrus ihn wahrscheinlich gestohlen hatte.«

»Das hat er *dir* erzählt?« fragte Ingunn ungläubig.

»Er erledigt seine Arbeit, so wie man es von ihm erwartet, aber es gehört nicht zu seinen Pflichten, Mist mit sich herumzutragen. Vor ein paar Jahren schändete Ingolf seine Tochter, als sie auf der Alm war. Anschließend verheiratete er sie ohne mit der Wimper zu zucken mit einem alten Fischer in Eriksfjord, deswegen schuldet der Verwalter weder Ingolf noch seinen Söhnen Treue.«

Ingunn überlief ein Schauder vor Abscheu. Es war nicht ungewöhnlich, daß ein Häuptling bei so etwas ungestraft davonkam, das wußte sie, aber es war schlimm, den Täter zu kennen – sie konnte sich das dröhnende Lachen Ingolfs und seine riesige Gestalt lebhaft vorstellen. Armes Mädchen!

Laut sagte sie nur: »Komisch, daß er danach für Ingolf arbeiten wollte, statt einen der verlassenen Höfe in der Gegend zu übernehmen.«

»Das habe ich auch gesagt. Aber das wäre gleichbedeutend damit, sich mit Ingolf und Petrus anzulegen, und das hätte schlimme Folgen haben können. Soweit ich verstanden habe, dachte er eine Weile daran, mit einem englischen Schiff wegzufahren, aber schließlich brachte er es doch nicht fertig, die Familie zu verlassen.«

»Das war ein schöner Zug von ihm«, sagte Ingunn leise.

»Ja.« Reidar schaute weg. »Weißt du, was Orm mit Vater besprechen wollte?« fragte er ein bißchen später.

»Der Bote wußte nichts darüber und auch nichts über die Umwege, die dein Speer gemacht hatte. Vater und Øyvind wollen vor Ende der Woche zurück sein, dann werden wir mehr erfahren.«

»Vielleicht sollte ich morgen auch zu Orm segeln ...«

»O nein!« rief Ingunn aus. »Ich fühle mich viel sicherer, wenn du hier bist.«

Reidar lachte kalt. »Wenn du wegen Petrus Angst hast, kann ich dich beruhigen. Er hat keine Ahnung, was mit dem Speer passiert ist. Er weiß nur, daß er von dem

Versteck, das er sich ausgesucht hatte, verschwunden ist, denn er ging am Abend, bevor wir auf die Jagd gingen, zum Lagerhaus. Ich könnte ihn ja auch selbst gefunden haben! Und solange er sich dessen nicht sicher ist, wieviel ich weiß und ob ich den ›Gardarhäuptling‹ habe, wird er sich ziemlich zurückhalten. Du hast doch gesehen, daß er mich nach Hause brachte und sich ordentlich benahm.«

»Bleib hier«, bat Ingunn noch einmal. »Dann wird es weniger langweilig für mich zu warten!«

Er sah die Schwester prüfend an, schließlich nickte er. »Ich finde sicher auch hier etwas, womit ich mich beschäftigen kann.«

Halldor und Øyvind waren so ernst, als sie zurückkamen, daß Ingunn Angst bekam. Die beiden begrüßten sie nur kurz, gaben ihr die leeren Holzgefäße für die Wegzehrung zurück und machten sich auf die Suche nach Reidar. Es war dunkel, als die Männer endlich hereinkamen, und Ingunn beeilte sich, das Essen auf den Tisch zu stellen.

Im Gegensatz zu vorher sahen sie jetzt geradezu munter aus, und über ihren Appetit konnte man sich auch nicht beklagen, aber Ingunn selbst konnte keinen Bissen herunterkriegen. Ihr Magen fühlte sich an wie ein harter und eingeschrumpfter Ledersack.

Immer noch ohne ein Wort darüber zu sagen, was in Gardar passiert war, ging der Vater früh ins Bett, aber am nächsten Morgen bat er sie, mit ihm die Netze einzuholen. Das hatte er nicht getan, seit sie ein kleines Mädchen gewesen war.

Ihr Herz pochte vor Spannung, als Halldor mit langen, gleichmäßigen Schlägen auf den morgenblanken Fjord hinausruderte. Eingepackt in einen Schal saß sie im Achtersteven und wartete geduldig, bis er den Kahn an der Netzboje befestigt hatte und sich wieder hinsetzte. Normalerweise ließ er sie nicht lange warten, wenn er sich erst dazu entschlossen hatte, ihr etwas unter vier Augen zu erzählen.

Tatsächlich ließ der Vater sie ohne Umschweife wissen, daß der Gardarhäuptling nach ihm geschickt hatte, weil der englische Schiffer sich wegen John keinen Rat wußte. John hatte vor, bei Halldor um Ingunns Hand anzuhalten, und er sagte, ihm wäre es gleich, ob er in Grönland bliebe oder Ingunn mit nach Bristol nähme. Wenn Handel und Schiffahrt wirklich einen Aufschwung erleben würden, könnte er sowohl an dem einen als auch an dem anderen Ort gute Dienste leisten – sein Wunsch, eine Buchdruckerei zu gründen, würde sowieso nicht in Erfüllung gehen ...

Wie in einem Traum vermischten sich die Worte des Vaters mit den Schreien der Möwen und dem Plätschern der Wellen. Ob sie sich verhört hatte? Niemand anders könnte ihr Leben und ihr Glück mit einem Schlag derart verändern. Hilflos versuchte sie, den Blick des Vaters einzufangen, aber der war schon damit beschäftigt, die Netze einzuholen.

Gemeinsam töteten sie den zappelnden Fang, bevor Halldor das Netz genauso umständlich wieder ins Wasser gleiten ließ, wie er alles andere erledigt hatte. Dann fuhr er mit seiner Geschichte fort.

Der Schiffer hatte Orm gesagt, wenn der Sohn von Martin Greene in Grönland bliebe, könne er, Geoffrey aus Weston-super-Mare, sich ebensogut eine Stellung als Schiffsjunge suchen. Und wenn John ein grönländisches Bauernmädchen als Braut mitbrächte, täten ihm das

Mädchen und der Bräutigam leid. Es wurde erzählt, daß die Tochter eines Verwandten vom vornehmen William Canynges als Johns Braut ausersehen wäre, und Johns Mutter gehörte nicht zu den Leuten, für die der Hausfrieden wichtiger als alles andere war. Ingunn aus Bru wäre für einen Nahkampf mit diesem Troll nicht gerüstet.

»Hat Geoffrey sie einen Troll genannt?« fragte Ingunn verwundert. Es war gut, sich mit etwas Unwichtigem zu beschäftigen, mitten in all diesen verwirrenden Neuigkeiten.

»Nein«, sagte Halldor trocken, »das war Toms Übersetzung, das weißt du doch. Er mag es, die Spitzen der Wörter zu schärfen, bevor er sie aus dem Mund läßt.«

Ingunn lachte und spürte, wie die Verspannungen in ihrem Nacken nachließen. »Und was hat Orm gesagt?«

»Orm hat gesagt, es käme nicht in Frage, daß John auf Grönland bliebe. Erstens würde er daheim in Bristol für uns Grönländer von größerem Nutzen sein, und zweitens dürfen wir keine Streitigkeiten mit den Kaufleuten dort riskieren. Mir persönlich hat Orm anschließend gesagt, daß eine Ehe zwischen dir und John von so großem Vorteil für uns Grönländer wäre, daß er mir raten würde, beim Brautkauf einzuwilligen.«

Halldor zog prüfend am Netz, bevor er weitersprach: »Außerdem hat er Geoffrey erzählt, daß Ingunn Halldorsdatter mehr Kraft besäße, als man von außen sehen könne. Wenn John sie also nach christlicher Art und Weise hier auf Grönland heiraten würde, hätte er, Orm, nichts dagegen. Sie müßten aber den Vater der Braut fragen.«

»Und – und was hast du geantwortet, Vater?« Ingunn wagte kaum zu atmen.

Halldor schaute weg. »Ich habe gesagt, wenn du nichts gegen diese Heirat hättest und wenn John mir versprechen würde, daß du in Buchschrift und Christentum Unterricht bekämest, und wenn er dich beschützen würde, wie es Recht und Pflicht eines Ehemanns ist, dann würde ich einwilligen. Besonders auch deswegen, weil du dann für Petrus Ingolfsson außer Reichweite wärest.«

»Aber weder Petrus noch Ingolf haben nach dem Althing ein Wort darüber verloren, daß sie vorhaben, um meine Hand anzuhalten.«

»Nein«, sagte Halldor bitter. »Aber deine Brüder und ich kennen Petrus gut genug, um zu wissen, daß er selbst darüber entscheiden will, was er bekommen kann und was nicht. Das wäre ein Punkt. Der zweite wäre, daß weder Ingolf noch Petrus sich scheuen würden, dir zu schaden, um sich an mir zu rächen, und das in einer solchen Art und Weise, daß niemand sie beschuldigen könnte, den Frieden gebrochen zu haben, den wir einzuhalten versprachen.«

»Sich an dir rä-rächen und mir scha-schaden – vielleicht tö-töten?« Ingunn schluchzte vor Angst.

»Ja«, sagte Halldor und begegnete schließlich ihrem Blick. »Und vielleicht deine Brüder. Reidar sagt, daß Petrus nach dem Thing den Abstand zwischen ihnen anscheinend gemerkt hat, und außerdem hat Øyvind mir auf der Fahrt erzählt, daß er und Turid Ingolfsdatter sich heimlich versprochen hätten, einander treu zu bleiben, noch bevor Ingolf die Abmachung mit Thorleif aus Lakselv traf! Jetzt fehlt nur noch, daß Reidar Ingolfs Frau entführt«, fügte der Vater mürrisch hinzu.

»Ich habe gemerkt, daß zwischen Turid und Øyvind etwas ist«, sagte Ingunn leise. »Aber er versprach, dir selbst alles zu erzählen, wenn die Zeit reif wäre, so daß ich nichts gesagt habe. Außerdem habe ich geglaubt, daß er und Turid seit dem Gelage bei Ingolf sowieso machtlos wären.«

»Wenn Øyvind einen Ausweg findet, kannst du davon ausgehen, daß es einer ist, den die Leute auf Under Høvda nicht mögen.« Halldor seufzte. »Aber er hat jedenfalls versprochen, mich auf dem laufenden zu halten. Zuerst müssen wir das Verhältnis zwischen John und dir regeln.«

»Warum fragst du mich nicht geradeheraus, ob ich ihn haben möchte?« wagte Ingunn zu fragen. Die Stille um sie herum und die Gewißheit, daß der Vater jetzt so vertraulich mit ihr sprach, als wäre sie ein ebenbürtiger Mann, machten dies zu dem einfachsten Gespräch, das die beiden je miteinander geführt hatten. Außerdem war es sicher auch das wichtigste. Sie fügte hinzu: »Hast du Angst davor, daß ich mich lange bitten lassen werde, Vater?«

Zu ihrem Erstaunen lächelte der Vater, als er antwortete: »Nein, das habe ich nicht. Bevor Sigrid nach Vardebu zurückkehrte, sagte sie, das größte Unglück, das einer Frau widerfahren könne, wäre, mit einem Mann verheiratet zu werden, wenn sie einen anderen liebe – und als ich fragte, ob sie dabei an mich und deine Mutter dächte, schnaubte sie nur und sagte, daß Bjørg an dem Tag, als wir heirateten, recht zufrieden gewesen sei. Nein, sie hätte an dich gedacht – an dich und John.«

Ingunn bekam kein Wort heraus, aber sie nickte als Zeichen dafür, daß sie verstanden hatte. Langsam fuhr Halldor fort: »Außerdem hat Sigrid erzählt, daß sie, kurz bevor du Vardebu verlassen mußtest, in deiner Zukunft eine lange Reise vorhergesehen hätte. Diese Vorhersage könnte jetzt in Erfüllung gehen, Tochter.«

Sie fühlte sich, als hätte ihr jemand mit der Faust in

den Magen geschlagen. Die Tränen flossen ohne Vorwarnung, und sie schnappte nach Luft, bevor sie fragen konnte: »Das bedeutet doch, daß ich nie mehr nach Grönland zurückkehren werde? Daß ich dich und meine Brüder nie wiedersehen werde?«

»Das weiß ich nicht, Ingunn. Das wird Gott entscheiden. Aber wenn Orm recht behält und Schiffe aus Bristol immer öfter hierherkommen, könntest du vielleicht mit einem davon mitfahren und uns deine Kinder vorstellen. Johns Vater ist ja ein reicher Kaufmann und Fischaufkäufer, wie die Leute sagen.«

Immer noch strömten die Tränen an ihren Wangen herunter wie Regen nach einem Donnerschlag. »Aber – aber hier kenne ich so viele, und in Bristol kenne ich keinen Menschen.« Der Gedanke daran, daß ihre Mutter vielleicht immer noch quicklebendig in Bristol herumlaufen könnte, ließ sie innehalten.

»Im Laufe der Jahre sind viele Leute von hier nach Bristol gefahren«, sagte Halldor bedächtig. »Du könntest Bekannte treffen, wenn du es am wenigsten erwartest. Grüß Petrus' Brüder, wenn du sie siehst!«

Er schaute eine ganze Weile auf seine Knie, bevor es aus ihm herausbrach: »Und wenn du deine Mutter sehen solltest, mußt du sie fragen, ob sie noch das Schmuckstück aus Gold hat, denn das ist das einzige, was ich John als Mitgift bieten kann, außer einigen Walroßzähnen, die ich noch habe. Und jedes Jahr werde ich deinen Anteil an Butter, Trockenfisch und Fellen zur Seite legen – Hof und Grundbesitz nützen dir wenig, wenn sie hier sind.«

»Sicher«, sagte Ingunn und schluckte schwer. »Es wird alles so geregelt, wie du es möchtest, Vater.«

Halldor schickte Reidar nach Gardar mit der Botschaft, daß John und sein Schiffer sobald wie möglich nach Bru eingeladen wären, denn keiner wußte, wie früh der Fjord zufrieren würde.

Es war strahlendes, klares Wetter, als das englische Beiboot draußen im Fjord gesichtet wurde, aber in der Nacht hatte es im Gebirge und auf den Höhen geschneit, und das Wasser sah blauschwarz aus gegen die weichen, weißen Kissen. Auch wenn der Erdboden um die Häuser herum noch schneefrei war, kam jedesmal Eisnebel aus Ingunns Mund, wenn sie den Kopf zur Tür hinausstreckte, um nachzuschauen, ob die Gäste schon auf dem Weg vom Strand hoch waren. Der Winter war im Anzug.

Sie hatte das blaue Kleid angezogen und trug das Stirnband im offenen Haar, und drinnen war der Tisch gedeckt mit dem Besten, was aufzutreiben war. Dies könnte der bisher schönste Tag in ihrem Leben werden, oder der schlimmste ...

Der Vater hatte vorgeschlagen, daß sie und John einen Spaziergang machen sollten, solange der Tag noch hell und das Wetter schön war, damit sie sich unterhalten könnten. Er selbst und ihre Brüder würden sich auch draußen aufhalten, es könnte ja sein, daß Ingunn sie bräuchte. Er hätte ebensogut offen sagen können, daß sie unter Aufsicht stand, dachte Ingunn, aber sie versuchte sofort, auf andere Gedanken zu kommen. Sie mußte froh darüber sein, daß sie auf sie aufpassen wollten. Wieviel wußte sie eigentlich über John?

Sie starrte so vertieft auf die Tür, daß sie, als diese geöffnet wurde, zuerst nur das Viereck des Tageslichts sah. Der Vater ließ den Schiffer und John zuerst in die Stube treten, gefolgt von Øyvind und Reidar sowie Tom und einigen der englischen Seeleute als Nachhut. Alle grüßten feierlich und wollten sich gerade hinsetzen, als Halldor sagte: »Ingunn, du mußt John auf dem Hof herumführen, damit er die Veränderungen seit dem letztenmal sehen kann. Frag ihn, ob sie in England solche Zäune benutzen, wie wir sie gerade auf der obersten Weide aufgestellt haben.«

Sie wagte es kaum, John anzusehen, als sie ihren dicksten Schal holte und vor ihm zur Tür hinausging, aber sobald sie draußen waren, packte er ihre Schultern und drehte sie zu sich. Seine schwarzen Haare fielen schön und lockig über den Halskragen seines mit Fell gefütterten Umhangs, und in dem glattrasierten, braunen Gesicht leuchteten die graugrünen Augen vor Wiedersehensfreude.

Sie wußte, daß dieselbe Freude auch aus ihren Augen strahlte, und am liebsten hätte sie sich dort auf dem Trampelpfad an ihn gelehnt, um mit ihren zitternden Knien keinen Schritt mehr machen zu müssen. Aber als er sie küssen wollte, ergriff sie seine Hand und zog ihn mit sich. »Komm, wir laufen hoch und sehen uns die Zweijährigen meines Vaters an!«

Zwei zottelige Pferdeköpfe schauten neugierig über die Einzäunung, als Ingunn und John sich gegen den neuen Zaun aus geflochtenen Weidenruten lehnten und eine Weile schweigend und geistesabwesend die weichen Mäuler streichelten. Ohne daß Ingunn so richtig wußte, wie es passiert war, stand sie unter Johns Umhang mit seinem Arm um ihre Taille.

»So ist es wärmer ...«, er streifte ihre Haare mit den Lippen.

Außerstande, etwas zu sagen, nickte sie nur und ließ ihn reden. Er hatte die Zeit in Gardar genutzt, um fließend Grönländisch zu lernen, und das war gut, denn so waren sie nicht auf Toms Hilfe angewiesen!

»Du hast Silberhaare, Ingunn – alle in Bristol werden mich um meine Heirat beneiden.«

»Vielleicht glauben sie auch nur, daß ich dumm bin – ich kenne ihre Sitten nicht, und ich kann auch keine Buchschrift lesen.«

»Hat Halldor nicht erzählt, daß ich versprochen habe, dafür zu sorgen, daß die Nonnen dir sowohl Buchschrift als auch unsere Kirchensitten beibringen?«

»Ich dachte, dafür benötigt man einen vom Bischof geweihten Priester, wenn diese Sitten so verschieden von den unseren sind, wie die Leute mich glauben lassen wollen.«

»Bei den Nonnen kannst du beides lernen, und Mutter würde weniger gegen eine solche Regelung haben.«

»Warum sollte sie etwas dagegen haben, daß ich diese Dinge lerne?« wunderte sich Ingunn.

»Sie selbst kann nicht Buchschrift lesen«, sagte John kurz.

»Meinst – meinst du, daß sie neidisch werden könnte?«

»Nein, das nicht«, antwortete John ausweichend. »Aber ich möchte am liebsten Krach vermeiden.«

»Ich dachte, nur dein Vater wäre so schwierig?«

»Vater bestimmt über Geld und Besitz, deswegen hat er in *meinem* Leben am meisten zu sagen. Für Mutter ist die Kirche und die tägliche Arbeit am wichtigsten. Da du den ganzen Tag mit Mutter zusammen im Haus verbringen wirst, ist es für dich von Vorteil, ein gutes Verhältnis zu ihr zu haben.«

»Natürlich«, meinte Ingunn und dachte, daß sie mehr Fragen denn je hätte. Aber als John anfing, ihre Wangen mit den Lippen zu liebkosen, tröstete sie sich damit, daß sie es schließlich gelernt hatte, sich nach den Sitten auf Vardebu und Bru zu richten. Dann würde sie es sicher auch schaffen, sich in die ungewohnte Haushaltung in Bristol einzufügen.

Sie schmiegte sich enger an ihn und hob ihr Gesicht zum Kuß. Bevor sie die Augen schloß, sah sie ganz deutlich eine Glockenblume in dem Schnee hinter John. Könnte es ein schöneres Omen geben als eine Blume im Schnee, dachte sie und drückte sich fest an den Mann, der ihr Ehemann werden würde.

Die Würfel sind gefallen

Der Schnee verschwand genauso schnell, wie er gekommen war, aber Halldor blieb dabei, daß es an der Zeit wäre, das größte Segelboot an Land zu ziehen. Seit undenklichen Zeiten wären die Leute vernünftig genug, ihre Schiffe Ende September – um den Michelstag herum – an Land zu ziehen. Die Kähne und das kleine Segelboot würden für den täglichen Gebrauch genügen, solange der Fjord offenblieb. Von Kirchenausflügen nach Under Høvda könnte erst im Frühjahr wieder die Rede sein.

»Es ist schlecht, daß dein Schiff zu riesig ist, um an Land gezogen zu werden«, sagte Halldor zu Geoffrey beim Morgenmahl am zweiten Tag des Besuches der Engländer auf Bru. »Es belastet ein Schiff sehr, wenn der Fjord drum herum zufriert.«

Als Tom übersetzt hatte, nickte der Schiffer und sagte, das sei einer der Gründe gewesen, warum er gehofft hatte, einer Überwinterung entgehen zu können, aber mit tatkräftiger Hilfe im Frühjahr würde es sicher gutgehen. Die »Kathryn« sei gut gebaut und bisher nahezu völlig dicht gewesen.

»Ist das Schiff in Bristol gebaut?« fragte Øyvind.

John wollte gerade antworten, aber Geoffrey kam ihm zuvor. »Ja, das ist es, und ein besseres Zeugnis gibt es nicht! Dort bauen sie Schiffe, die sowohl den Gezeitenhub im Hafen als auch die gefährliche Einfahrt schaffen können.«

»Und der Schiffer möchte gern wissen, wann der Fjord hier normalerweise völlig zufriert!« fügte Tom auf eigene Rechnung hinzu. »Wenn er Orm fragt, bekommt er nie eine richtige Antwort.«

»Das kommt daher, weil Orm nicht in die Zukunft schauen kann«, sagte Halldor und bekreuzigte sich. »Gott entscheidet jedes Jahr aufs neue.«

Seitdem Reidar aufgestanden war, hatte er kein Wort gesprochen, aber jetzt fragte er: »Wenn Petrus und ich nach Gardar fahren, um das Schiff instand zu setzen, darf ich mir dann dein Werkzeug ausleihen, Vater?«

»Ja«, sagte Halldor ungewöhnlich munter, »aber mit der Begleitung mußt du besonders gut darauf achtgeben!«

»Wenn du erst im Frühjahr wieder irgendwohin fahren kannst, solltest du jetzt mit uns nach Gardar kommen«, sagte John, als er und Ingunn eine Weile später Hand in Hand zum Binnensee gingen. »Sonst werden wir uns erst vor der Hochzeit wiedersehen.«

Ingunn dachte, wenn sie jetzt noch öfter zusammensein könnten, würde es gewiß damit enden, daß sie die Hochzeit im voraus in irgendeinem entlegenen Heuschuppen feierten, und das wollte sie nicht. Aber jedesmal, wenn John sie so anschaute, als wolle er sie fest an sich saugen, zitterte sie am ganzen Körper. Die Art und Weise, wie er jetzt beim Spazierengehen die Innenseite ihres Handgelenks mit dem Zeigefinger streichelte, ließ ihre Knie weich werden. Laut sagte sie mit einem entschuldigenden Lachen: »Noch trage ich hier zu Hause Verantwortung – die Schlachtzeit fängt bald an!«

Er lachte leise: »Ich weiß, daß du im Haus tüchtig bist – das habe ich selbst gesehen. Aber weißt du, was ich auch entdeckt habe?«

»Nein, was denn?« fragte Ingunn fröhlich.

»Ich weiß, daß du stark und mutig bist – genau das Gegenteil von den jungen Frauen, die ich von daheim kenne. Du wirst es sicher schaffen, auch in Bristol auf eigenen Füßen zu stehen!«

»Aber – aber – hast du nicht vor, bei mir zu bleiben, wenn wir dort angekommen sind?« fragte Ingunn verwirrt.

»Sicher, aber das Leben dort ist anders – alles ist viel schnellebiger als hier. Dann ist es gut, wenn man selbst denken kann.«

Ingunn lächelte zufrieden. »Gerade jetzt denke ich daran, daß es möglich ist, in einem kleinen Boot nach Gardar zu segeln, solange das Wasser offen ist, und du könntest dir vielleicht ab und zu das Beiboot ausleihen? Außerdem habe ich vor, die Wartezeit damit zu verbringen, ein Hochzeitsgelage vorzubereiten, von dem man noch lange reden wird!«

»Hat Halldor dir nicht erzählt, daß die Hochzeit in Gardar gefeiert werden soll?« fragte John überrascht.

»Nein«, sagte Ingunn, mindestens genauso überrascht. »Aber seit deiner Ankunft hier habe ich auch nicht viel mit Vater gesprochen – er zieht mit Tom und deinem Schiffer überall auf dem Hof herum, um alles zu zeigen, und selbst habe ich was anderes zu tun gehabt.« Sie schaute ihn schelmisch an. »Aber ich weiß, daß die Verlobung hier stattfindet – heute abend!«

Er ließ sich in das herbstrote Heidekraut am Binnensee fallen und zog sie zu sich herunter. »Hier kann uns doch keiner sehen?«

Mitten in einem langen, innigen Kuß zuckte er zusammen, weil es dicht an seinem Ohr blökte. Drei mampfende Mutterschafe schauten die Eindringlinge abschätzend an. Ihnen dicht auf den Fersen folgten mindestens noch zwanzig Schafe und ein kleiner Hirtenjunge mit einem Bündel für die Wegzehrung in der Hand. Am anderen Ufer des Sees schoben gerade zwei Fischer einen schmalen, flachen Kahn ins Wasser.

Ingunn lachte zitternd und zog sich ein bißchen zurück. »Da hast du die Antwort! Und ich selbst habe auch eine Frage. Wie kannst du wissen, daß Orm und Thorunn eingewilligt haben, die Hochzeit in Gardar feiern zu lassen? Als du gefahren bist, waren wir nicht einmal verlobt.«

»Ich wußte, daß ich nicht nachgeben würde. Und als Orm erfahren hat, daß ich in der Saint-Nicholas-Kirche zu Hause in Bristol getauft wurde, meinte er, es würde gut passen, wenn ich in seiner Kirche heirate, denn auch sie ist Sankt Nikolaus geweiht.«

»Ja, aber ich wurde in Vaters Kirche getauft, und ich habe mich darauf gefreut, dort getraut zu werden.«

John runzelte die Augenbrauen. »Versteh doch, es ist besser für uns, wenn der Stellvertreter des Bischofs uns traut und nicht dein Vater!«

»Warum denn?«

»Weil ich nicht möchte, daß man zu Hause in Bristol Fragen nach der – wie heißt noch das Wort – Rechtsgültigkeit? – Rechtsgültigkeit unserer Ehe stellt. Es ist wichtig, daß Geoffrey bezeugen kann, daß wir in der Domkirche in Gardar rechtmäßig getraut wurden.«

»Aber auch vom Vater werden die Leute rechtmäßig getraut, nach drei Aufgeboten und in Anwesenheit von vielen Zeugen!« Ingunn bemühte sich, ihre Stimme ruhig klingen zu lassen. Sie wollte nicht, daß der reine Schatz, den sie und John gefunden hatten, von Zank und Streit beschmutzt wurde.

»Aber keine der grönländischen Zeugen kommen mit uns nach Bristol, oder? Es könnte leicht Ärger geben ...«

»Welchen Ärger?« wollte Ingunn wissen. Dann fiel ihr plötzlich ein, was der Vater während ihres Gesprächs im Boot gesagt hatte – daß Johns Eltern schon eine ausgezeichnete Partie für ihn ausgesucht hätten.

Ängstlich fügte sie hinzu: »Wenn du und ich erst einmal verheiratet sind, kann es doch keiner rückgängig machen, oder?«

»Nein«, sagte John zögernd, »aber jedenfalls wäre es für Vater besonders wichtig, wenn Geoffrey selbst bezeugen könnte, daß wir in der Hauptkirche hier auf Grönland getraut wurden. Geoffrey ist dafür bekannt, ein rechtschaffener Mann zu sein und ein frommer Christ dazu.«

»Ich dachte, ihr wäret alle gute Christen«, sagte Ingunn.

John lachte laut und herzlich. »Ketzer sind wir nicht, Ingunn, aber die Hälfte unserer Seeleute geht nur zum Gottesdienst, wenn man sie dazu zwingt – Tom, zum Beispiel!«

»Tom, ja – er hat gesagt, Orm sei kein ausgebildeter Priester, als ob er davon etwas verstehen würde ... Ihr seid anscheinend alle der Meinung, wir hier auf Grönland hätten keine richtigen christlichen Sitten, so kommt es mir jedenfalls vor.«

»Unterschätz Tom nicht«, sagte John, plötzlich ernst geworden. »Er kennt auf jeden Fall den Unterschied zwischen der richtigen und der falschen Lehre! Geoffrey selbst will ihm eine richtige seemännische Ausbildung geben, auch wenn er ihm öfter das Fell über die Ohren ziehen möchte, weil er so schlagfertig ist. Vielleicht wird Tom eines schönen Tages Steuermann, oder vielleicht ertrinkt er im nächsten Sommer auf dem Nachhauseweg – wer weiß?«

»Ich habe vergessen, Vater zu fragen, was ›Ketzerei‹ bedeutet«, sagte Ingunn zögernd. »Aber du weißt es anscheinend.«

»Ja ...«, sagte John ausweichend, »dein Vater möchte auch, daß du in Bristol über diese Dinge mehr erfährst – und je schneller dies geschieht, um so sicherer bist du.«

Ingunn schaute ihn verwundert an, aber er hatte anscheinend nicht vor, ihr mehr zu erklären, und sie sah keinen Grund, ihn dazu zu zwingen. Sie saßen eine Weile, ohne etwas zu sagen.

»Erzähl mehr über Bristol«, bat sie schließlich. »Über deine Kirche, zum Beispiel.« Sie hatte es noch nicht aufgegeben, mehr über seine Familie, sein Zuhause und andere merkwürdige Sitten in seiner Stadt aus ihm herauszubekommen.

»Unsere Saint-Nicholas-Kirche liegt mitten in Bristol«, sagte John stolz. »Sie hat so viele reiche Gemeindemitglieder, daß sie vor einigen Jahren ein wertvolles schwarzes Priestergewand, das nur bei Trauermessen getragen wird, geschenkt bekam. Keine andere Kirche besitzt etwas Ähnliches, und keine andere Kirche darf es sich ausleihen.«

»Gibt es denn bei euch so viele Beerdigungen?« fragte Ingunn und schauderte. »Erschießen sich die Leute vielleicht gegenseitig?«

Er lachte nachsichtig. »Nein. Wir sind nur viel mehr Leute als ihr! Genau wie hier sterben die Menschen aus Altersgründen, an der Pest oder an einer anderen Krankheit. Es gibt auch genügend Unfälle, und viele Kleinkinder überleben das erste Jahr nicht. Die Leute spenden der Kirche viel Geld, um eine würdige Beerdigung für sich und die Ihren zu bekommen. Je mehr Messen, desto kürzer die Zeit im Fegefeuer, das weißt du ja.«

Das wußte Ingunn nicht, aber sie antwortete nicht, denn sie hatte Angst, sich zu blamieren.

Er sprach weiter, als wollte er sie aufmuntern: »Unsere Kirche ist schön, innen und außen, und unsere Glocke läutet nicht nur zum Gebet und zum Treiben auf dem Markt, sondern auch, wenn die Tore der Stadt geschlossen werden.«

»Tore? Geschlossen? Warum denn das?« wunderte sich Ingunn. »Ich weiß, daß ein Tor eine Art Gatter ist, aber hier auf Grönland müssen nur Tiere vor dem geschlossenen Gatter stehenbleiben.«

»Wir haben um die ganze Stadt herum eine große Mauer, mit Toren drin. Wenn die Glocken zum Abend geläutet haben, werden die Tore geschlossen. Dann sind wir sicher.«

Wenn sie nur eine solche Mauer um Bru herum gehabt hätten! dachte Ingunn sehnsüchtig. Dann hätte sie keine Angst vor Menschen wie Petrus haben müssen.

John streifte mit den Lippen ihr Haar und fuhr fort: »Aber den ganzen Tag über ziehen Leute in die Stadt herein und auch wieder hinaus mit allerlei Waren – es gibt nichts, was du in meiner Stadt nicht kaufen kannst! Wenn du und ich wieder gemeinsam hierher nach Grönland fahren, Ingunn, dann werden wir ein Altarbild aus Alabaster mitbringen, wie es einige isländische Großbauern für ihre Kirchen gekauft haben. Es wird hier in der Sankt-Nikolaus-Kirche stehen als Erinnerung an dich und mich, lange nachdem wir gestorben sind.«

Ihre Augen strahlten vor Glück, weil eine solche Reise selbstverständlich für ihn war, und als sie die Wange gegen die seine legte, umfaßte er mit beiden Händen ihren Kopf und sagte aufgeregt: »Ich freue mich darauf, dich in Samtkleid und mit Schleier zu sehen, Ingunn. Du wirst die schönste Frau in Bristol sein! Und wir müssen versuchen, deine Mutter zu finden, damit du deinen Goldschmuck bekommst und er *da* hängen kann.« Er legte die Handfläche zwischen ihre Brüste.

»Wenn wir meine Mutter finden, werde ich sie zuallererst fragen, wie sie uns alle verlassen konnte!«

Ingunn konnte nicht verhindern, daß ihre Stimme plötzlich heiser wurde. Die Beine zitterten ihr, als sie aufstand und die Heidekrautstoppeln abbürstete, und in ihrem Inneren mahnte eine kleine Stimme. Sie wollte wissen, wie sie, Ingunn, es schaffen würde, alles und alle hier auf Grönland zu verlassen, egal wie großartig es in Bristol wäre.

Sie verschloß das innere Ohr und ergriff Johns Hand, als hätte sie Angst davor, ins Meer zu rutschen.

Tom kam in die Milchkammer, als Ingunn saure Milch für das Abendessen schöpfte. Mit neckischem Ton fragte sie: »Hast du schon wieder Hunger, Tom? Ich habe gesehen, wie die Kuhmagd dir erst vor wenigen Minuten eine Kelle Süßmilch einflößte!«

»Ja, ich habe versprochen, ihr für jeden Schluck ein englisches Wort beizubringen«, sagte Tom. »Jetzt kann sie ›it is windy today‹ sagen. Hier auf Grönland wird sie sicher oft sagen können, daß ein starker Wind weht.« Er fröstelte übertrieben. »Bekommen wir zum Abendessen etwas Warmes?«

»Es gibt Brei aus englischem Weizen – du weißt genau, daß es zum Essen etwas Besonderes gibt, weil John und ich uns verloben werden!« sagte Ingunn. »Was du jetzt brauchst, ist wärmere Kleidung. Wenn du willst, kannst du in die Wohnstube gehen und Ragna bitten, die Felljakke herauszusuchen, die Øyvind zu klein geworden ist und die ich für dich verwahrt habe.«

»Danke«, sagte Tom ungewohnt leise. Aber dann war der Schelm wieder da. »Hast du es auch nötig, englische Wörter zu lernen, Ingunn? Unter denselben Bedingungen wie eure Kuhmagd, versteht sich?«

»Dir fehlt es nicht an Appetit«, lachte Ingunn. »Aber ich wäre froh, wenn ich eure Sprache so gut sprechen könnte wie John Grönländisch.«

»Ja, der Kerl lernt schnell. Weißt du, daß er auch Französisch und Latein kann? Und Spanisch übrigens auch, da sein Vater wollte, daß er es wegen des Geschäfts lernen sollte.«

»Macht John immer das, was sein Vater will?« fragte Ingunn. Nicht ausgesprochen wurde die Frage, was John tun würde, wenn sein Vater es ablehnte, ihre Ehe anzuerkennen.

»Ich jedenfalls würde das tun, wenn ich einen reichen Vater hätte«, sagte Tom. »Oder überhaupt einen Vater. Aber meine Mutter würde ich nicht gegen die austauschen, die John Greene hat.«

Er schaute Ingunn kurz an und verstand, daß sie darauf brannte, einige Dinge zu erfahren, sich aber für zu gut hielt, danach zu fragen. Er setzte sich auf einen Schemel und sagte belehrend: »Über ein paar Dinge solltest du schon Bescheid wissen, Ingunn. Elizabeth Greene ist die jüngste Tochter eines reichen Gutsbesitzers in unserer Gegend – Johns Großvater soll ein ganzes Dorf besitzen –, und sie ist es gewohnt, daß die Leute nach ihrer Pfeife tanzen. Ihr Mann auch.«

»Und John?«

»Das findest du selbst schnell heraus! Aber meine

Schwester ist mit dem Mädchen, das die Haare und die Kleidung von Mistress Greene pflegt, befreundet, und sie hat viel Komisches zu erzählen.«

»Sie hat ein Mädchen, nur um ihr das Haar und die Kleidung zu pflegen?« fragte Ingunn. Sie war so verwundert, daß sie beinahe einen Weichkäse platt gedrückt hätte. »Aber John sagte, sie kann nicht einmal Buchschrift lesen – wurde sie von ihrer Ziehmutter nicht richtig erzogen, auch wenn sie die Tochter eines reichen Mannes ist?«

»Du meine Güte, Ingunn, du hast wirklich viel zu lernen. Gerade die Gutsbesitzer haben die dümmsten Töchter! Sie sind so erzogen, daß sie erwarten, andere Leute erledigen alles für sie, warum sollten sie sich also anstrengen? Einige von ihnen können lesen, andere nicht.«

Ingunn wurde schwindlig. »Hier bei uns bekommen die Töchter die beste Erziehung, die ihre Eltern für sie beschaffen können.«

»Das ist bei uns selten«, sagte Tom trocken und fügte hinzu: »In ein paar Jahren beherrschst du sicher auch die Kunst, in Ohnmacht zu fallen, wenn es nötig ist, und die Kammerzofe zu beschimpfen, weil sie dir die Stirn schief ausrasiert hat!«

»So ein Blödsinn!« sagte Ingunn und lachte befreiend und herzlich. »Dir fallen immer die merkwürdigsten Dinge ein. Jetzt darfst du mich aber nicht mehr stören, ich muß noch viel vorbereiten.«

Die gebratenen Schneehühner, die nach dem Brei aufgetragen wurden, waren so zart, daß sie sich von den Knochen lösten. Die Schale mit saurer Milch war groß und tief, und die Butter, mit der man die dünngeklopften Fischstreifen bestreichen konnte, war dunkelgelb und roch nach Gebirgsweiden. Ingunn lachte innerlich, als sie sah, wie reichlich sich alle von dem guten Essen nahmen. Sie hatte John und dem englischen Schiffer nicht nur gezeigt, was Küche und Keller in Halldors Haus zu bieten hatten, sondern auch, was sie selbst konnte!

Selbst Halldor aß lange und ausgiebig – viel zu lange, dachte Ingunn, die im Ehrensitz links neben dem Vater saß. Sie schaute heimlich auf John, der rechts von ihm saß, aber John unterhielt sich so eifrig mit Geoffrey, daß er ihren Blick nicht bemerkte.

Der Schiffer hatte den ganzen Abend nachdenklich ausgesehen, aber das hatte sicher seine Richtigkeit so, denn als Verlobungszeuge hatte er seinen Anteil an der Verantwortung zu tragen, daß alles, was den Brautkauf anging, rechtmäßig abgewickelt wurde.

Als der Vater endlich das Zeichen gegeben hatte, daß die Schüsseln mit dem restlichen Essen und die Schale mit Wassermolke weggetragen werden konnten, blieb er noch eine Weile sitzen, um die Gedanken zu sammeln. Seine Hände griffen um den großen Zinnkrug, den John und Geoffrey ihm gegeben hatten und der mit Bier, das Thorunn gebraut hatte, gefüllt war. Er räusperte sich, strich über seinen Bart und erhob sich.

Die Tranlampen auf dem Festtisch schufen den Schatten eines Trolls an der Wand hinter ihm, und die Angst und die Spannung, die die ganze Zeit bei Ingunn auf der Lauer gelegen hatten, überwältigten sie wie eine kalte Sturzwelle. War der Trollschatten ein Omen – war das, worauf sie sich jetzt einließ, wie ein böser Zauber?

»Alle, die heute hier sitzen, wissen, daß John Greene und meine Tochter sich hier unter meinem Dach kennengelernt haben, so daß ich keine lange Geschichte über diese Sache erzählen muß. Aber da es nicht üblich ist, daß die Tochter eines grönländischen Bauern an einen englischen Kaufmannssohn verheiratet wird, möchte ich, daß ihr erfahrt, warum ich in diesen Handel einwillige.«

Ingunns Augen begegneten den Augen des Vaters. Er hatte doch hoffentlich nicht vor, in Anwesenheit von so vielen Zeugen zu sagen, daß er John erlaubte, sie zu heiraten, damit sie für Petrus Ingolfsson außer Reichweite wäre? Oder weil Orm in Gardar sich dauerhafte Verbindungen mit Bristol erhoffte?

Halldor schaute wieder nach unten und räusperte sich. »Geoffrey aus Weston-super-Mare ist John Greenes Verlobungszeuge und verbürgt sich dafür, daß John ein ehrenhafter, wohlhabender Mann ist, der dafür sorgen will, daß meine Tochter in Bristol einen guten Unterricht in christlichen Angelegenheiten bekommt und daß ein ausgebildeter Priester hierherkommt, so wie ich ihn gebeten habe. Der Weizenbrei, den wir heute abend gegessen haben, ist ein Geschenk von John und Geoffrey für diesen Anlaß, zusammen mit diesem Krug und einem Fäßchen Bier, damit wir auf die jungen Leute trinken können.«

Halldors Finger schlossen sich um den Becher, als wolle er ihn heben, aber er hatte noch etwas auf dem Herzen. »Mitgift und Morgengabe müssen notwendigerweise beweglich sein, da John keinen grönländischen Hof oder Besitz nach Bristol mitnehmen kann und auch nicht auf einen Brautkauf vorbereitet war, als er von daheim lossegelte! Aber er und ich und sein Verlobungszeuge sind zu einer Regelung gekommen, mit der wir zufrieden sind. Und jetzt bitte ich Ingunn und John, sich zu erheben und einander die Hände zu reichen, als Zeichen dafür, daß sie mit dem Handel einverstanden sind und daß sie ab dem heutigen Tag einander Treue versprechen.«

Unendlich erleichtert, weil der Vater weder Petrus

noch Orm, noch den Goldschmuck erwähnt hatte, erhob sich Ingunn und reichte John, der auch aufgestanden war, die Hand.

John ergriff ihre Hand und sagte leise, aber deutlich: »Ich, John Greene, ein volljähriger Engländer, verspreche, dir, Ingunn Halldorsdatter, ein treuer und guter Ehemann zu sein.«

»Und ich, Ingunn Halldorsdatter, verspreche, dir eine treue und gute Ehefrau zu sein, John.«

»Und ist dieser Handel, den eure Verlobungszeugen mit vereinbart haben, nach eurem Willen?« fragte Halldor.

»Ja, Vater«, flüsterte Ingunn.

»Ja!« sagte John laut und bekreuzigte sich.

»Gott segne euch beide«, sagte Halldor und machte ein Kreuz über dem Zinnkrug, bevor er dem Brautpaar zutrank. »Und segne jeden Mann und jede Frau hier drinnen.«

Er gab den Krug weiter an Reidar, damit dieser ihn um den ganzen Tisch herum weiterreichen konnte. Dann bekreuzigte er sich dreimal und gab Ingunn und John durch ein Zeichen zu verstehen, daß sie sich setzen konnten.

Ingunn atmete tief durch und preßte die Hände im Schoß zusammen. Jetzt waren die Würfel gefallen.

Die Krallen des Zweifels

Der Fjord war immer noch befahrbar, als Halldor eine Woche später sagte, daß er den restlichen Trokkenfisch, den er und Reidar dem Gardarhäuptling für die Verpflegung der Engländer schuldeten, lieber in Gardar als auf Bru lagern wolle. Reidar und er würden mit den Waren hinsegeln, während Øyvind zu Hause bleiben und die volle Verantwortung für den Hof sowie die Häuptlingspflichten des Vaters übernehmen sollte.

Ingunn wußte, daß sie den Vater gar nicht zu fragen brauchte, ob sie mitfahren dürfe, das kleine Segelboot würde zu schwer beladen sein. Sie mußte sich damit begnügen, für Wegzehrung zu sorgen und dicke Fäustlinge für den Vater und den Bruder zurechtzulegen, bevor sie oben von den Häusern zum Abschied winkte. Außerdem mochte sie jetzt, da die Schlachtzeit angefangen hatte, der Arbeit nicht den Rücken kehren, denn Ragna würde sich nicht schämen, sich vor dem Kleinhacken von Talg und Fleisch zu drücken, auch wenn es um die Weihnachtswurst ging.

Es war schon spät am Nachmittag am selben Tag, als Ingunn die letzten Würste zum Räuchern über dem Langfeuer aufhängen konnte. Die Beine schmerzten sehr, und sie sehnte sich unsagbar nach etwas frischer Luft.

»Ich gehe noch schnell in den Wollschuppen!« rief sie über die Schulter und nahm ihren Umhang vom Haken an der Tür. »Ich komme wieder herein vor der abendlichen Arbeit.«

Hinter den Häusern waren der Verwalter und die Knechte noch damit beschäftigt, nach dem vielen Schlachten des Tages aufzuräumen, und auf dem Misthaufen wühlten Schweine und Hunde nach Abfall oder Knochen, aus denen Ragna Suppe gekocht hatte. Überall herrschte eine heitere Zufriedenheit, und noch bevor Ingunn den Riegel am Wollschuppen aufschob, hatte sie ihre Müdigkeit bereits vergessen.

Im Dämmerlicht, das durch die offene Tür hereinfiel, konnte sie an der gegenüberliegenden Wand gerade noch ihre Brauttruhe erahnen, die Halldor nach ihrer Rückkehr aus Vardebu vor mehr als einem Jahr dorthin gestellt hatte, allerdings nicht, ohne sich zuerst den Inhalt angeschaut zu haben. Der Ziehvater hatte die Truhe angefertigt, und nach und nach hatte Ingunn sie mit gewebten Stoffen, Stickereien und Daunenkissen für festliche Anlässe gefüllt – auch für das Brautbett, das außerhalb aller Erfahrung und Wirklichkeit irgendwo auf sie wartete. Von Sigrids Eifer vorangetrieben, hatte sie sich über jeden schönen und nützlichen Gegenstand gefreut, den sie hineinlegen durfte, und nicht selten hatte sie Gott darum gebeten, ihr doch im Traum zu verraten, mit wem sie das Brautbett teilen würde.

Jetzt wußte sie, wer im Bett liegen würde, aber sie erinnerte sich kaum noch daran, was in der Truhe lag. Ihre Rückkehr nach Bru hatte jedem weiteren Zuwachs ein Ende gesetzt, ob es nun daran lag, daß sie mit ihren täglichen Pflichten zu beschäftigt gewesen war, oder daran, daß das Brautbett mit einem unbekannten Mann darin in erschreckende Nähe gerückt war, als der Vater anfing, die Sache mit Petrus anzudeuten.

Sie machte den Deckel auf und ließ die Hände über etwas Weiches und Leichtes, das ganz oben lag, streichen. Es fiel ihr wieder ein, daß es die obere Zierdecke für ihr Brautbett war, aus feinster Wolle gemacht, mit Ziernähten an den Rändern. Darunter lag eine Unterdecke, im selben Muster gewebt, und Wandteppiche in Farben, die sie im Halbdunkel nicht sehen konnte, die aber in ihrer Erinnerung hell und schön leuchteten. Sie tastete weiter an der Innenseite der Truhe entlang. Da – da war sie – die kleine Rolle mit Zierband, das sie aus kostbaren roten und blauen Leinenfäden auf ihrem Webbrett gewebt hatte.

Zitternd vor Aufregung versteckte sie die Rolle unter ihrem Hemd und warf den Deckel der Truhe zu. Sie würde für John ein Hochzeitshemd anfertigen, sobald sie dünnen weißen Wollstoff dafür gewebt hätte. In der Ecke rechts hinter der Tür lag immer die Wolle von den weißesten Schafen, deswegen brauchte sie kein Licht, um einen Armvoll zusammenzuraffen.

In der Stube legte sie die Wolle neben den Webstuhl und nahm eine Tranlampe, um den karierten Stoff darauf besser zu beleuchten. Es müßte für ein langes Festgewand für John reichen – kunstvoll angefertigt, mit Taschen, angesetztem Halsbündchen und Schnürbändern als Zierde. Es juckte sie in den Fingern, damit anzufangen. Aber zuerst mußte das Abendessen auf den Tisch, auch wenn der Bauer selbst nicht zu Hause war. Øyvind, die Knechte und die Arbeiter waren sicher hungrig!

Der Bruder und der Verwalter kamen zusammen mit den restlichen Arbeitern herein. Sie waren völlig in ein Gespräch über die Robbenjagd und die Skrælinger weiter draußen am Fjord vertieft. Hitzköpfe sowohl unter den Nordmännern als auch unter den Skrælingern hielten sich dort draußen auf, soviel verstand Ingunn, und der Verwalter meinte, es sei schlimm, daß Halldor nicht daheim wäre, denn der könne jedenfalls seine eigenen Bauern zur Vernunft bringen, bevor die Leute sich aneinander vergriffen.

»Nur gut, daß der Unruhestifter Petrus Ingolfsson nicht hier in dieser Gegend wohnt!« meinte der jüngste Hofjunge.

Der Verwalter versetzte ihm eine lehrreiche Ohrfeige und fuhr, an Øyvind gerichtet, fort: »Der Bote hat erzählt, daß das Frauenboot der Skrælinger gestern an der Seeseite der Reininsel angelegt hat, aber jetzt sind sie sicher schon weit im Landesinneren.«

»Wohl kaum«, antwortete Øyvind. »Sie ziehen am liebsten am Ufer entlang, nicht ins Landesinnere.«

Er saß eine Weile in Gedanken vertieft. Schließlich sagte er: »Am besten segele ich morgen los, um nachzusehen, was da draußen vor sich geht. Wenigstens kann ich von meinem Vater grüßen und daran erinnern, welches Benehmen er von seinen Bauern erwartet!«

»Und da du sowohl die Skrælinger als auch ihre Sprache kennst, kannst du sie vielleicht zur Vernunft bringen«, hätte Ingunn beinahe hinzugefügt, aber sie ließ es im letzten Augenblick sein. Sie hatte Øyvind doch versprochen, über das, was damals beim Beerenpflücken mit Sigrid passiert war, nichts zu sagen.

Vom Hof beobachtete Halldors Pächter, daß Øyvind am nächsten Morgen alleine lossegelte. Der Pächter war der Meinung, wenn ein Mann vorhätte, auf Robbenjagd zu gehen, würde er das nicht allein tun. Da Halldor und Reidar nach Gardar gefahren waren, wolle er sich vergewissern, daß alles in Ordnung sei auf Bru, sagte er, nachdem er und sein Schwiegervater über den Sund herübergerudert waren.

Der alte Olaf platzte fast vor Neugier, und Ingunn hatte den Eindruck, daß der Pächter an derselben Krankheit litt. Aber sie bedankte sich für die Umsicht und bat die Gäste, sich am Feuer niederzulassen, damit sie nach der Fahrt etwas zu sich nehmen könnten. Es war ein naßkalter Morgen mit Eisnebel, und sie machte sich so große Sorgen um den Bruder, daß sie froh war, jemand bewirten zu können.

Anschließend blieb Olaf in der Stube sitzen, während sein Schwiegersohn mit dem Verwalter hinausging, um nach einem kranken Pferd zu schauen. Ingunn fing an, Garn für das Hochzeitshemd zu spinnen. Sie wußte, daß es nicht lange dauern würde, bis die Fragen aus dem Alten nur so herausquellen würden.

»Der Winter ist bald da – wäre es nicht besser, dickeres Garn als das da zu spinnen?« Olaf versuchte, unschuldig auszusehen.

»Im Augenblick nicht«, sagte Ingunn.

»Hier auf Bru braucht ihr vielleicht bald Prunk und Pracht?«

»Vielleicht.« Ingunn fuhr fort zu spinnen.

»Mein Schwiegersohn schwört, daß er anwesend war, als du und der Jon Grind euch vor kurzem verlobt habt, aber das habe ich natürlich nicht glauben wollen – ihr seid doch zerstritten.«

»Nicht mehr«, antwortete Ingunn und holte tief Atem, bevor sie weitersprach: »Aber Halldor möchte nicht, daß man jetzt schon über meine Verlobung spricht. Es ist früh genug, wenn die Leute es im Frühjahr erfahren, dann erst wird das Aufgebot bekanntgemacht, sagt er.«

»Merkwürdig, daß ihr eine so gute Neuigkeit für euch

behalten wollt!« sagte Olaf und wischte sich mit dem Handrücken gründlich die Nase ab.

»Vielleicht sind nicht alle der Meinung, daß es eine so gute Neuigkeit ist«, sagte Ingunn und steckte ihm ein Stückchen Wurst in die Hand, um ihn abzulenken.

Er kaute noch immer an dem Leckerbissen, als sein Schwiegersohn hereinkam und sagte, daß es an der Zeit sei, nach Hause zu fahren, und während er nach den richtigen Worten suchte, kaute er genüßlich weiter. Schließlich sagte er schnippisch: »Du bist wohl nicht recht bei Verstand, Schwiegersohn. Es ist doch klar, daß ich hier auf Bru bleiben muß, um aufzupassen, wenn Halldor und seine beiden Söhne unterwegs sind.«

»Du magst anscheinend besonders gern Ingunns Würstchen!« sagte der Pächter lachend. »Komm jetzt, Schwiegervater!« Aber der Alte rührte sich nicht.

»Wir haben hier genug Platz«, sagte Ingunn, um dem Tauziehen ein schnelles Ende zu machen. »Olaf kann im Bett des Bauern schlafen, solange Vater und meine Brüder unterwegs sind.«

Gleichzeitig empfand sie einen Stich der Enttäuschung, denn sie hatte selbst dort schlafen wollen, um einen Vorgeschmack dessen zu bekommen, wie es wäre, ein eigenes Bett zu haben – und um in Gedanken mit John zu spielen und sich vorzustellen, daß er neben ihr liegen würde.

Der Pächter gab nach, und Olaf nickte zufrieden und sagte, daß er gleich in Halldors Bett ein Schläfchen machen wolle, wenn er nur zuerst etwas Wassermolke bekommen könne. Es sei ein anstrengender Morgen gewesen, und er wäre ja auch nicht mehr so jung und rüstig.

Ingunn unterdrückte ein Lächeln und gab ihm das Getränk, bevor sie sich wieder ans Spinnrad setzte. An diesem Tag würde sie keine Würste machen müssen, da der Verwalter schon am Morgen durch den Besuch des Pächters beim Schlachten unterbrochen worden war.

Olaf legte sich gleich hin, und abgesehen von Schimpf und Schelte draußen in der Milchkammer, wo Ragna und ein paar Dienstmädchen beschäftigt waren, war es in der Stube so friedlich, daß Ingunn gerade einnicken wollte, als die Eingangstür plötzlich geöffnet wurde und der Verwalter hereinplatzte.

»Wir bekommen noch mehr Gäste, Ingunn – das Segelboot von Petrus Ingolfsson legt gerade mit Petrus und noch zwei kräftigen Kerlen an Bord hier unten an! Du und die anderen Frauen, ihr solltet euch besser verstekken – ich habe schon ein Versteck für meine Frau und meine Kinder gefunden«

»Uns verstecken?« fragte Ingunn. »Wenn Bekannte zu Besuch kommen? Auf der Feuerstelle brennt ein schönes Feuer, und Ragna macht gerade Butter – nein, wir machen alle weiter wie bisher.«

Der Verwalter sah so unglücklich aus, daß Ingunn Unbeschwertheit vortäuschen mußte, auch wenn ihr nicht besonders wohl zumute war. Dann fügte sie hinzu: »Wir wissen ja nicht, warum Petrus hier ist. Er ist sicher gekommen, um sich mit Reidar zu unterhalten, und ist schnell wieder fort, wenn er erfährt, daß meine Brüder nicht zu Hause sind.«

»Und vielleicht hat unser Vieh auch schon Pferdeschwänze«, sagte der Verwalter mürrisch. Aber schließlich ging er wieder hinaus, nachdem er Ingunn versichert hatte, daß er und die restlichen Männer auf dem Hof sich bereithielten, falls Petrus etwas im Schilde führe.

Ingunn hörte schnell mit dem Spinnen auf und stellte sich an den Webstuhl, den Rücken der Tür zugekehrt. Sie tat überrascht, als sie sich umdrehte und Petrus und seine Mannschaft hereinkommen sah.

»Nein, das ist aber eine Überraschung!« Sie ging Petrus mit ausgestreckter Hand entgegen und zwang sich, seinem Blick zu begegnen. »Ich heiße dich und deine Männer willkommen, Petrus! Setzt euch an das Feuer – es ist sicher kalt auf dem Fjord ...«

»Danke«, sagte Petrus und blieb stehen, ohne zu lächeln und ohne ihre Hand zu nehmen. »Wir wollen nicht lange bleiben. Ich bin nur gekommen, um Øyvind zu fragen, warum Halldor und Reidar nach Gardar gefahren sind, ohne mir irgend etwas davon zu sagen – ich habe es gestern abend erfahren.«

Mit zitternden Knien ließ Ingunn sich auf die Bank fallen, die Stimme der Ziehmutter ertönte noch in ihren Ohren: »Ihr auf Bru müßt auf der Hut sein und versuchen, euch mit List und Tücke so redlich wie möglich durchzuschlagen – es hängt alles von euch ab ...«

Sie lächelte zu Petrus hoch und zeigte einladend auf den Platz neben sich. »Ihr werdet es sicher nicht glauben, aber auch Øyvind ist heute morgen losgesegelt – es gibt irgendwo draußen am Fjord Probleme mit den Skrælingern, und wie du schon gesagt hast, weder Vater noch Reidar sind zu Hause. Sie sind mit dem restlichen Trokkenfisch für die Engländer nach Gardar gefahren. Der Fjord ist ja noch nicht zugefroren.«

Petrus kam näher, aber er setzte sich immer noch nicht, schaute nur mit eisblauen Augen auf sie hinunter und winkte seine beiden Männer zu sich, so daß sie alle drei einen Halbkreis um sie herum bildeten. So mußte sich ein Hase fühlen, wenn ihn Hunde gegen eine Felsenwand drängten, dachte sie schwindelig. Ihre Verwirrung war echt, als sie sagte: »Ich verstehe nicht, wie man sich darüber aufregen kann – es ist doch nichts Ungewöhnliches daran, daß Vater und Reidar dich wegen einer solchen Kleinigkeit nicht belästigen wollten! Du hast zu Hause mehr als genug zu tun, besonders jetzt, nachdem du auch Priester geworden bist.«

Petrus stand mit halbgeschlossenen Augen da. Er schob den Unterkiefer noch etwas vor und versuchte, ein Lächeln vorzutäuschen. »Nennst du es eine Kleinigkeit, daß du dich gerade mit diesem Engländer drüben in Gardar verlobt hast und daß dein Vater deswegen anscheinend einen geheimen Auftrag dort zu erledigen hat?«

Plötzlich hustete jemand aus der Dunkelheit drüben in der Bettkammer des Bauern so kräftig und ausdauernd, daß man meinen konnte, es handele sich um eine ganze Gemeinde. Petrus und seine Mannschaft blickten erstaunt, und Ingunn drehte sich gerade früh genug, um zu sehen, wie der alte Olaf ihnen mühselig entgegenstolperte, die Hand hinter dem Ohr. »Was? Wer ist mit einem Engländer verlobt?«

»Ingunn Halldorsdatter, wie wir erfahren haben«, sagte einer von Petrus' Männern.

Der alte Olaf lachte laut. »Ha-ha-hi, ich habe ja schon vieles gehört. Mit wem denn?«

»Mit John Greene«, sagte Petrus kurz. »Aber das ist ja auch egal – ein Engländer ist ein Engländer, und ich habe geglaubt, daß Halldor sich auf einen solchen Handel nie einlassen würde.«

»Ha-ha-hi-hi!« Der Alte klatschte sich auf die Oberschenkel. »Ingunn hier mit John Greene verlobt – das ist eine gute Geschichte. Hast du nicht gewußt, daß die beiden so zerstritten sind wie nur möglich? Du kannst jeden hier auf dem Hof fragen, dann wirst du es erfahren!«

Ingunn wagte es nicht, sich offen zu bekreuzigen, aber

in ihrem Inneren betete sie: »Lieber Gott, der du der Vater aller bist – mach, daß Petrus mich nicht danach fragt, ob Olaf die Wahrheit sagt! Ich werde heute abend mindestens zehn *paternoster* in Vaters Kirche beten ...«

Petrus schaute Olaf eine Weile prüfend an. Dann drehte er sich wortlos auf dem Absatz um und ging hinaus, von seinen Männern gefolgt.

»Ich werde Halldor von dir grüßen!« piepste ihm Olaf nach, indem er sich neben Ingunn auf die Bank setzte. Er sah zehn Jahre jünger aus. »Ihr habt Glück, daß ihr mich habt«, sagte er zufrieden. »Ich nehme gern noch eine Wurst, Ingunn – Streit macht hungrig.«

»Ja, wenn wir nur gewonnen hätten!« sagte Ingunn leise.

»Wir haben Zeit gewonnen«, sagte der Alte, plötzlich ernst. »Und es ist meist am wichtigsten, Zeit zu gewinnen.«

Als Øyvind nach Haus kam und von Petrus' Besuch erfuhr, mißfiel ihm das sehr. Er schenkte Olaf einen schön geschnitzten Klebersteinkrug als Dank für seine Geistesgegenwart und ruderte ihn selbst über den Sund nach Hause.

Ingunn ging dem Bruder entgegen, als er das Boot wieder festgemacht hatte. »Sollten wir nicht über diese Sache eine Nachricht nach Gardar senden, Øyvind? Ich habe Angst vor dem, was sich Petrus das nächste Mal einfallen lassen könnte.«

»Nein, Vater und Reidar kommen sicher in ein paar Tagen wieder nach Hause – dann ist es früh genug, darüber zu beraten. Ich habe außerdem noch einige Dinge, die ich Vater unter vier Augen erzählen muß, deswegen hoffe ich, daß er bald auftauchen wird.«

»Hast du Ordnung in die Zustände da draußen bringen können?« fragte Ingunn und erinnerte sich beschämt daran, daß der Bruder noch andere Sorgen hatte.

»Nja-a«, antwortete Øyvind ausweichend, »es hat sich herausgestellt, daß es mehr Ärger zwischen den Fängern aus Eriksfjord und denen aus Under Høvda gibt als zwischen den Grönländern und den Skrælingern. Ich habe zu den Leuten aus unserem eigenen Gebiet gesagt, wenn sie sich der Streiterei fernhalten, erledigt sich das Ganze sicher von allein.«

»Der Streit ist aber trotzdem etwas Böses«, sagte Ingunn vorsichtig.

Der Bruder lachte kurz. »Ja. Das einzig Gute daran ist, daß Reidar jetzt in aller Freundschaft Petrus und Ingolf besuchen und so tun kann, als wäre der zweite Grund für seinc und Vaters Fahrt nach Gardar gewesen, daß sie sich mit Orm über dieselbe Sache beraten wollten, weswegen ich hinausgesegelt sei – wir dachten, die Leute hier aus der Gegend und die Skrælinger würden sich in die Haare geraten!«

»Hast du denn mit den Skrælingern gesprochen?« wollte Ingunn wissen.

»Genau darüber möchte ich mit Vater reden«, sagte Øyvind.

Am nächsten Tag legte das Segelschiff mit Halldor und Reidar an Bord an. Als die beiden Männer in die Wohnstube kamen, wirkten sie so zufrieden, daß Ingunn dachte, sie hätten sicher noch nichts über Petrus und seinen Besuch gehört, aber sie irrte sich. Øyvind und der Verwalter hatten ihnen schon die Sache geschildert, jeder von seinem Standpunkt aus, und Reidar meinte, Øyvinds Plan sei listig und durchführbar. Man konnte ihn gerade noch dazu überreden, einen Tag mit seinem Gegenbesuch auf Under Høvda zu warten.

Ingunn nutzte ihre gute Laune aus, um sie danach zu fragen, ob sie mit John gesprochen hätten.

»Ach ja – dein Verlobter!« sagte Reidar und versuchte, sie aufzuziehen. »Hast du vielleicht Angst, er könnte die Mädchen in Gardar umarmen?«

Aber er hörte damit auf, als er den entsetzten Ausdruck der Schwester sah. »Reg dich nicht auf, Ingunn – John ist mehr als froh darüber, daß er als verheirateter Mann zurückfahren kann, denn die reiche Frau, die seine Eltern für ihn ausgesucht haben, ist einige Jahre älter als er und noch häßlich dazu.«

»Hat John das wirklich so gesagt?« fragte Ingunn, an den Vater gerichtet. Die Freude war wieder verschwunden, als sie sich überlegte, ob das der wirkliche Grund dafür wäre, daß John sie heiraten wollte.

»Nein«, sagte Halldor. »Tom hat natürlich wieder mitgemischt! Von John selbst soll ich grüßen und dir ausrichten, daß die Wartezeit sehr langsam vergeht, außerdem möchte er, daß ich dir dies von ihm gebe.«

Er zog den Lederbeutel vom Gürtel ab und schüttete zehn Glasknöpfe in seine Hand. Sie blitzten im Schein der Feuerstelle. Ingunn nahm sie andächtig entgegen und dachte dabei, daß kein grönländischer Bräutigam je ein so schönes Hemd wie das getragen hätte, was John bekommen würde.

Zuerst wollte sie die Knöpfe in die kleine Schachtel legen, in der sie auch Nähgarn aufbewahrte, aber sie überlegte es sich anders und tat sie in einen Stoffbeutel, den sie sich um den Hals hängte und unter ihrem Hemd versteckte. So hatte die Mutter ihren Goldschmuck getragen. Ob sie das wohl immer noch tat ... Ihr eigener

Schatz sollte auf jeden Fall an der vorgesehenen Stelle landen!

Jedesmal, wenn der Beutel sich zwischen ihren Brüsten bewegte, würde es wie ein Gruß von John sein, wie ein Versprechen, daß auch er nicht den Ehehandel bereute. Und das brauchte sie, weil sie in ihrem Inneren den kleinen Stachel des Zweifels spürte, den Reidar mit seiner unbedachten Bemerkung gesät hatte. Sie *mußte* sich auf den Mann verlassen können, der sie heiraten und hinaus ins Unbekannte führen würde, zu Schwiegereltern, die schon eine andere Ehefrau für den Sohn ausgesucht hatten.

Der Vater und die Brüder waren immer noch ins Gespräch vertieft, als sie wieder zu ihnen zurückging. Sie hörten auf zu reden, als sie sie bemerkten. Aber sie konnte noch hören, daß Aud aus Foss erwähnt wurde. Das Gespräch war nicht für Ingunns Ohren bestimmt, das war deutlich genug, und aus Erfahrung wußte sie, daß es nichts nützen würde, zu fragen, worüber sie gesprochen hätten. Sie ging an den Webstuhl und fing an, den karierten Stoff von der Kette zu lösen, während sie nur halb auf das achtete, was sonst noch in der Stube vor sich ging. Das Geräusch von Fischklopfen aus der Speisekammer nebenan vermischte sich mit dem regelmäßigen Summen von Gespräch und Spiel, als die Dienstleute und die Kinder für den Abend hereinkamen.

Endlich stand Øyvind auf und ging hinaus. Sie schlüpfte unbemerkt hinterher. »Øyvind, warte doch ein bißchen!«

Der Bruder drehte sich ungeduldig um. »Warte einen Moment.« Er zog schon am Gürtel, als er um die Ecke verschwand.

Ingunn verschwendete keine Zeit, als er wieder auftauchte. »Worüber habt ihr gesprochen, als es um Aud aus Foss ging? Es ist ihr doch hoffentlich nichts zugestoßen, oder?«

Zu ihrer großen Erleichterung grinste Øyvind breit. »Oh, wie man es nimmt. Orm hat Vater und Reidar den Rat gegeben, in einem Jahr bei Aud um die Hand ihrer ältesten Tochter anzuhalten!«

»Aber – aber ist es nicht schwierig, die Dinge so umzudrehen? Ich habe gehört, daß Reidar sich eingebildet hat, er könnte Aud bekommen ...«

Der Bruder schaute sie schräg an. »Ihr Frauen erzählt euch unheimlich viel! Aber da du schon soviel weißt, kann ich dir verraten, daß Reidar Vater gegenüber zugegeben hat, daß er es auf Aud abgesehen hatte, aber nicht nur wegen ihres Reichtums, sondern auch, weil er eine Frau wollte, die nicht bei der erstbesten Gelegenheit mit einem englischen Seemann abziehen würde!«

Das letzte stieß er so hart hervor, daß Ingunn stutzte, bevor sie zu antworten wagte: »Ich – ich glaube, Reidar ist noch böser auf Mutter als du und ich.«

»Ja, das ist er«, sagte Øyvind kurz. »Und auf dem Nachhauseweg vom Althing habe ich schließlich herausgefunden, warum. Er meint, Mutter hat uns alle betrogen. Schon lange bevor sie uns verließ, hat er sie mit ihrem Engländer gesehen, eng umschlungen, während sie daheim so weitermachte, als ob gar nichts wäre. Später hat er angefangen, alle Engländer zu hassen, er wollte anderen gegenüber nicht zugeben, daß auch Mutter teilweise schuld war, aber jetzt sagt er, Ehebruch lauere in den verschiedensten Ecken.«

Ingunn streifte in Gedanken Petrus' junge Frau. Was bedeutete das Wort Ehebruch eigentlich – und wie fing er bei denjenigen an, die sich dessen schuldig machten? Gesetzt den Fall, eine Frau würde erfahren, daß es ihrem Ehemann egal wäre, ob sie noch am Leben bliebe oder stürbe – sollte sie sich deswegen vor Trauer und Scham oder aus Angst um ihr eigenes Leben lebendig begraben lassen, ohne den Versuch zu unternehmen, Glück und Geborgenheit an anderer Stelle zu suchen?

»Und wenn wir Mutter wegen einer Sache verdammen, über die wir eigentlich nichts wissen?« fragte sie nachdenklich.

Der Bruder schaute sie ungläubig an. »Gibst du etwa Vater die Schuld?«

»Nein«, sagte Ingunn, aber im selben Augenblick wußte sie, daß gerade dieser Gedanke sich in ihrem Inneren eingenistet hatte. Er war durch dasselbe dunkle, kleine Loch hereingeschlüpft, durch welches auch Reidars unbedachte Bemerkungen über John sich eingeschlichen hatten. Aber sie durfte solche Gedanken nicht in Worte fassen, die einen Nährboden finden und Unheil heraufbeschwören könnten.

Um sich selber und auch den Bruder abzulenken, sagte sie in neckischem Ton: »Du kannst dich auf jeden Fall darüber freuen, daß Orm nicht Turid Ingolfsdatter als Frau für Reidar vorgeschlagen hat! Ich hoffe, daß ihr zwei, du und sie, bald eine Lösung finden werdet!«

Aber Øyvind lächelte nicht. »Du wirst früh genug herausfinden, welche Pläne wir haben. Ich habe Vater davon erzählt, aber es ist besser für dich, wenn du nichts Genaueres weißt. Dann brauchst du dich nicht zu verstellen.«

Ingunn spürte, wie kalte Schweißtropfen auf ihrer Haut prickelten, genau dort, wo der Beutel mit den Glasknöpfen hing. »Meinst du Petrus und Ingolf gegenüber?«

»Ja. Hast du nicht vor, Abendessen zu machen?«

Reidar fuhr los, um Ingolf und Petrus zu beruhigen und ihnen zu erzählen, daß er und der Vater Trockenfisch nach Gardar gebracht hätten, außerdem hätten sie Orms Rat wegen der Skrælinger gesucht. Halldor hatte seinem Sohn aufgetragen, er müsse den Häuptling auf Under Høvda unbedingt dazu bewegen, auf seine Leute so einzuwirken, daß sie sich wegen der letztgenannten Sache etwas verantwortungsbewußter verhielten.

Am zweiten Tag nach Reidars Abreise war Ingunn so unruhig, daß sie sich entschloß, einen kleinen Ausflug zum Binnensee zu machen. Sie verriet Ragna nicht, daß sie hoffte, dort oben ihren nagenden Zweifel loszuwerden. Ob John ihr wohl immer treu zur Seite stehen und ihr helfen würde? Ob er sie genauso innig liebte wie sie ihn? Und wenn er sich während der langen Wartezeit in eine andere Frau verlieben würde? Sie erinnerte sich an die Häuptlingstöchter, mit denen sie die Mädchenkammer in Gardar geteilt hatte. Sie waren alle so geschickt und selbstsicher gewesen ...

Sie atmete die frische Gebirgsluft ein und überlegte, welche Gerüche es wohl in Bristol geben würde. Anscheinend hielten sie dort dieselben Haustiere wie hier, außerdem züchteten sie Federvieh, aber John hatte ihr erzählt, daß seine Eltern in ihrem Stadthaus keine Tiere hätten. Milch, Fleisch und Fisch bekämen sie geliefert. Sie würde sich sicher daran gewöhnen – wenn nur sie und John endlich Mann und Frau wären, ungeachtet aller Hinterlist und ohne bösartige Einmischung durch Petrus und Ingolf!

Dieser Gedanke ließ sie frösteln, und sie setzte sich hin, die Arme um die hochgezogenen Knie geschlungen. Das milde Wetter hatte sich nach dem ersten Schnee gehalten, und das Heidekraut, wo John und sie zusammen gesessen hatten, fühlte sich warm an in der Herbstsonne, die ihren Glitzerteppich zwischen dem tiefblauen Himmelsgewölbe und dem gekräuselten Wasser des Sees spannte. Von der gegenüberliegenden Seite des Sees konnte man den schwachen Klang eines Schafglöckchens vernehmen, aber sonst war es um sie herum so still, daß sie leise zu singen anfing, um die Welle der Einsamkeit, die sie zu überwältigen drohte, anzuhalten. Schließlich sang sie aus vollem Hals.

Mit einem unbeschreiblichen Gefühl der Befreiung stand sie wieder auf, um noch tiefer einzuatmen, und der schönste Kuhreigen, den sie kannte, hallte im Gebirge wider, als hoffte sie darauf, Gott würde ihr zuhören und sich ihr zeigen. Sie hatte jegliches Gefühl für Zeit verloren, als ihr ein kleines englisches Lied einfiel, das Tom ihr in Gardar beigebracht hatte. Rundgesang hatte er es genannt, denn andere sollten später im Lied an verschiedenen Stellen mit einstimmen. Ingunn dachte, das Lied sei auch ohne Rundgesang schön, deswegen sang sie es noch einmal. Außerdem war es ein recht guter Einfall, die englische Sprache aufzufrischen, denn bald würde sie sie anwenden müssen.

Es war für sie wie die Fortsetzung eines Traumes, als eine männliche Stimme direkt hinter ihr mit einstimmte, sich ihrer eigenen Stimme anpaßte und die englischen Worte so selbstverständlich aussprach, als ob ... Sie schnappte nach Luft und drehte sich schnell um, als sie zwei Hände um ihre Taille spürte.

»John«, schluchzte sie und dachte kaum noch daran, sich zu bekreuzigen. Heiß und schwindelig erwiderte sie seinen Kuß, als er sie fest an sich drückte. Dieses Treffen mußte Gott selbst geregelt haben. Nie mehr durfte sie daran zweifeln, daß er jedes menschliche Würmchen unter seinem Himmel sah und Trost spendete, wenn dieser am nötigsten wäre.

»Ragna hat mir gesagt, daß du hierhin gehen wolltest, aber ich hätte dich eh gefunden, so wie du grölst!«

Sie spürte, daß sie rot wurde. »Aber wie kommt es, daß du jetzt hier bist?«

Sein Gesichtsausdruck wurde finster, aber nur einen Augenblick. »Orm hatte eine dringende Botschaft für deinen Vater, deswegen habe ich Tom und noch einen Kerl mitgenommen, und da bin ich! Gott hat die ganze Zeit für Rückenwind gesorgt, wahrscheinlich, weil ich erfahren sollte, wie gern du singst. Warum hast du mir das nie gesagt – warum singst du sonst nie?«

Er war so eifrig, daß er plötzlich, ohne es zu merken, anfing, englisch zu reden, aber Ingunn verstand genug, um der Wahrheit entsprechend zu antworten: »Vater möchte nicht, daß wir unten auf dem Hof singen, weil ihn das an meine Mutter erinnert, die uns verließ – das habe ich dir doch schon erzählt? Die Leute sagen, sie hätte eine besonders schöne Stimme gehabt.«

»Und die hat sie offensichtlich an dich weitergegeben! Aber glaubst du nicht, daß dein Vater dich jetzt singen läßt, wenn Musik dich so fröhlich macht? Wenn ich Bücher am meisten vermisse, nehme ich die Flöte ...«

»Du machst mich fröhlich«, dachte Ingunn, stolz, weil sie gewußt hatte, was »Musik« bedeutete. Wenn sie nur Englisch so schnell und gut lernen würde, wie John Grönländisch aufgesaugt hatte!

»Vielleicht brauchst du weder mich noch deine Musik, wenn du erst wieder in Bristol bist«, sagte sie gespielt scherzhaft. »Da hast du ja deine Bücher.«

Er umarmte sie wieder und lehnte sich so weit nach hinten, daß sie den Boden unter den Füßen verlor. »Jetzt bekomme ich dich noch dazu, und dann können wir zusammen singen und jeden Abend zusammen ins Bett gehen, wenn ich mit meinen Büchern fertig bin.«

»Es hört sich so an, als bräuchten weder du noch ich überhaupt zu arbeiten«, sagte Ingunn scherzend. »Aber auf jeden Fall ist es besser, daß wir Vater jetzt nicht mit Gesang plagen. Wenn Orm eine dringende Botschaft hierher schickt, braut sich etwas zusammen.«

Mäuschenstill und gespannt lauschte Ingunn nach dem Abendessen dem Gespräch der Männer. John richtete seine Botschaft aus und erzählte, warum er Tom dabei hatte, auch wenn der Junge nicht mehr als Dolmetscher benötigt wurde.

Der Aufseher auf Under Høvda hatte am Tag, nachdem Halldor und Reidar wieder abgefahren waren, in Gardar etwas zu besorgen gehabt. Tom hatte dem Aufseher geholfen, das Boot auszuladen, und dabei hatten sie sich über dieses und jenes unterhalten, unter anderem auch über die Skrælinger und über die Robbenjagd, an der Ingolfs Männer wie gewöhnlich teilnahmen. Es stellte sich heraus, daß Ingolf und sein Sohn ihre Leute gebeten hatten, draußen an der Fjordmündung für Zank und Ärger zu sorgen. Dabei sollten sie die Jäger aus Halldors Gebiet in den Streit verwickeln, so daß Halldor oder seine Söhne hinaussegeln müßten, um für Ruhe und Ordnung zu sorgen. Dann wäre es ein leichtes, eine Schlägerei anzuzetteln, bei der entweder die Halldorssöhne oder Halldor selbst getötet würden. Und wenn das nicht gelänge, müßte der Häuptling auf Bru es jedenfalls auf sich sitzenlassen, daß er seine Leute nicht im Zaum halten konnte!

Tom ging gleich zu seinem Schiffer mit der Geschichte,

und die beiden erzählten sofort Orm, was sich anbahnte. Jetzt hatte auch Halldor selbst erfahren, wie die Dinge standen.

»Danke«, sagte Halldor und schaute nach alter Gewohnheit auf seine Hände hinunter. Keiner wagte, die Stille zu unterbrechen, während er nachdachte. Als er schließlich aufschaute, spielte ein bissiges Lächeln um seinen Mund.

»Jetzt weiß ich wenigstens, daß Ingolf und Petrus sich nicht scheuen, Mittelsmänner einzusetzen, um uns hier zu vernichten, statt ihre eigenen Hände zu beschmutzen! Aber da haben sie sich vielleicht verrechnet, denn wenn Ingolf sich nicht auf seinen Aufseher verlassen kann, kann er sich auch nicht auf seine restlichen Leute verlassen. Und anscheinend wissen weder er noch Petrus, daß ich tüchtige Söhne habe.«

Ingunn blickte verstohlen zu Øyvind. Er richtete sich auf und schaute froh und überrascht den Vater an, der weitersprach: »Schon als Reidar und ich in Gardar waren, hatte Øyvind erfahren, daß es da draußen im Robbenfanggebiet Ärger gab, deswegen ist er selbst hingefahren, um die Leute zur Vernunft zu bringen. Und ich schätze, daß Reidar weiß, wie er sich jetzt auf Under Høvda zu benehmen hat.«

Ingunn hoffte, daß er recht hatte, aber sie fühlte die Angst wie einen steifen, knorrigen Stock in ihrem Inneren. Wenn sie mitten in der Nacht aufwachte, fiel es ihr immer schwerer einzuschlafen, und es würde nach dieser Neuigkeit sicher nicht besser werden. Keiner von ihnen war vor Petrus sicher, weder John noch sie und ihre Brüder.

Falls auch John solche Gedanken mit sich herumtrug, ließ er es sich jedenfalls nicht anmerken. Im Gegenteil, er verbreitete im Ehrensitz, rechts von Halldor, Ruhe und Sicherheit – er drückte nicht die Arme an den Körper und legte auch nicht die Hände in den Schoß, wie es die Engländer manchmal machten, damit sie kleiner wirkten, als sie eigentlich waren. Johns Stimme hatte einen neuen gebieterischen Klang, als er sagte: »Ja, wir müssen uns auf unsere Leute verlassen können, wenn wir etwas erreichen wollen. Denkt nur an diesen Mann Kolumbus, der es schaffte, die ganze Zeit seine Seeleute im Zaum zu halten, bis sie Indien erreichten! Er segelte direkt nach Westen, weiter als es je einer vor ihm gewagt hatte, und er trieb seine Mannschaft hart an. Und man sagt, er habe die Fahrt wiederholt, Orm in Gardar hatte nur diesmal keine Zeit, die ganze Geschichte zu erzählen!«

Øyvinds Augen strahlten im Licht der Feuerstelle. »Du mußt weitererzählen! Nicht wahr, Vater!«

Halldor nickte zustimmend. John lächelte zufrieden und hakte die Daumen im Gürtel ein, während er sich zurücklehnte und auf die Versammlung schaute, wie es die grönländischen Erzähler zu tun pflegten. »Nicht alle glauben, daß Kolumbus Indien gefunden hat. Bei uns in Bristol gibt es zum Beispiel diesen Italiener John Cabot, von dem wir euch schon in Gardar erzählten. Er meint, daß Kolumbus gar nicht in Indien gelandet sei, denn er kehrte wieder ohne Gewürze und Seide. Als wir hierhersegelten, war Cabot gerade damit beschäftigt, sich für seine eigene Entdeckerfahrt im westlichen Meer auszurüsten, und er heuerte Leute an, die den Nachhauseweg von den Fischgründen westlich von hier kennen. Aber wie es ihm auf seiner Fahrt ergehen wird, ist schwer zu sagen, denn laut Tom hier wissen alle, daß Cabot sich auf *der* Reise wohl eher unterordnen muß, weil die Seeleute nicht genügend Respekt vor ihm haben.«

Tom grinste, und Halldor sagte nachdenklich: »Letzten Endes tragen Häuptlinge und Schiffer alleine die Verantwortung. So ist es immer gewesen, und so muß es auch weiterhin bleiben. Und wenn dieser Cabot etwas taugt, werden seine Leute ihm schon gehorchen – sie werden einsehen müssen, daß es zu ihrem Besten geschieht.«

»Aber gesetzt den Fall, daß ein Häuptling oder ein Schiffer nicht vernünftig und einsichtig genug ist – daß er seine Leute direkt ins Unglück stürzt?« fragte der jüngste Knecht, der sich vorsichtshalber soweit wie möglich vom Verwalter weggesetzt hatte. »Solche Leute wie Ingolf und sein Sohn ...«

»Denk jetzt einmal vernünftig nach, Junge!« sagte Halldor ungeduldig. »Die Leute können selbst entscheiden, ob sie sich einem Häuptling oder einem Schiffer unterordnen wollen. Wenn sie ihre Wahl getroffen haben, müssen sie lernen, damit zu leben.«

»Ja, sonst gibt es ein heilloses Durcheinander«, sagte John mit erfahrener Miene. »Derjenige, der die Macht hat, muß sie einsetzen, und derjenige, der keine Macht besitzt, muß das tun, was ihm gesagt wird.«

Denkt er dabei an sich selbst und seinen Vater? überlegte Ingunn. Oder sieht er seine eigene Macht als Selbstverständlichkeit an? Und was ist mit mir? Gerade habe ich Ragna dazu gebracht, mir zu gehorchen, aber sonst muß ich mich nach Vater richten – besitze ich Macht oder bin ich machtlos?

Halldor schaute John zustimmend an. »Ich kann dir eine Geschichte von hier erzählen, die zeigt, wie wichtig es ist, die Leute im Zaum zu halten. Vor mehr als vierzig Jahren, als ich selbst noch ein kleiner Junge war, war es drei Jahre nacheinander so kalt und dunkel hier auf Grönland, daß selbst die Schafe mitten im Sommer verhungerten. Der Dorsch blieb aus, und die Rentiere waren im Herbst noch so knochendürr, daß man genausogut Treibholz hätte anknabbern können. Auch mit dem Himmel selbst stimmte etwas nicht – ich erinnere mich noch daran, daß mitten im Sommer die Sonne so blaß und kalt war, daß sie sich ebensogut die Mühe hätte sparen können. Der Gardarhäuptling suchte den Rat aller Großbauern.«

Er schaute eine Weile starr vor sich hin, während er die Vergangenheit wieder durchlebte. »Aber genug davon, mein Vater war hier der Häuptling, und im zweiten Kältesommer zog er persönlich von Hof zu Hof hier in der Gegend und sagte den Bauern, wie viele Zuchttiere sie im nächsten Winter durchfüttern dürften, und er befahl ihnen, jedes neugeborene Mädchen auszusetzen, bis eine Besserung zu erwarten wäre. Die neugeborenen Jungen bekamen die Muttermilch. Und die Leute taten, wie ihnen gesagt wurde. Diejenige, die ich heiratete, war das erste Mädchen, das nach vier Jahren hier in der Ostsiedlung aufwachsen durfte. Und unsere Siedlung hat überlebt.«

So war es also gewesen! Ingunn hatte bisher nur Andeutungen darüber gehört. Die Leute sprachen nicht gern über diese Dinge. Auch wenn es vor langer Zeit passiert war, kam es ihr vor, als würden sich Tod und erbarmungslose Not noch in den Wänden verstecken, als der Vater weitersprach: »Und mein Vater hat bei diesen Maßnahmen selbst alles vorgemacht, auch wenn meine Mutter weinte und sehr unglücklich wegen meiner neugeborenen Schwester war, die er aussetzte. Mutter bekam danach keine Kinder mehr. Die anderen kleinen Bengel und ich waren den ganzen Tag damit beschäftigt,

Zweige und Laub, Tang und Tare zu sammeln – viel Zeit blieb uns nicht zum Spielen.« Halldor hielt einen Augenblick inne und bekreuzigte sich. »Aber Gott muß anscheinend der Meinung gewesen sein, daß das, was wir taten, richtig war, denn er hat uns wieder gute Zeiten geschickt.«

Ingunn schien es, als könnte sie jetzt den Vater und seine Frage, ob Gott sowohl die guten als auch die bösen Mächte lenken würde, etwas besser verstehen. Den Blick auf das dünne weiße Garn, das unter ihren Fingern entstand, gerichtet, versuchte sie ihre wachsende Unruhe zu unterdrücken. Denn sie begriff plötzlich, daß John zu derselben Welt der Macht gehörte wie Halldor und seine Söhne.

Viele Fragen drängten sich auf. Hatten der Vater und die Brüder wirklich Ingunns Wohl vor Augen, oder benutzten sie sie nur als Köder für die Engländer, um Orms Wunsch, den Handel anzukurbeln, zu unterstützen – und um einen Mann, der zum Priester ausgebildet war, nach Grönland zu bekommen? Mindestens so schlimm war der Verdacht, daß sie selbst sich zu dieser Heirat verleiten ließ, weil sie vor Petrus tödliche Angst hatte und weil sie die Unsicherheit ihrer eigenen Zukunft nicht mehr ertragen wollte. In dem Fall wäre sie wirklich dumm, wenn sie in das Unbekannte hinausziehen würde und vom Regen in die Traufe käme. Und John – wollte er sich nur eine junge Frau im Bett sichern, bevor seine Eltern ihm eine häßliche, alte Frau aufdrängten?

Sie schaute im selben Augenblick hoch und direkt in Johns Augen. Sogleich hatte sie das Gefühl, in der überfüllten Stube mit ihm allein zu sein, und jubelnd erinnerte sie sich an das Wiedersehen oben am See früher am Tage. O nein, das einzige, wovor sie sich fürchten mußte, war die lange Wartezeit, bevor sie die seine werden würde.

Ein Gruß von Petrus

Der Tag der Hochzeit brach mit Sonne und windstillem Wetter an, als wachte Gott selbst über Ingunn, die bereits mit den ersten Schreien der Seeschwalben über dem Einarsfjord und voll atemloser Erwartung wach geworden war.

Thorunn bürstete ihre Haare ausgiebig, bevor sie ihr den Brautkranz, den Sigrid aus Vardebu aus Wiesenblumen geflochten hatte, aufsetzte. Die Hochzeitsgäste warteten schon, als Ingunn und John in dem frischgefegten Hof aufeinander zugingen, und die Blüten im Brautkranz leuchteten wie die Wangen der Braut und die nickenden Hahnenfüße und Stiefmütterchen an dem breiten, mit Platten ausgelegten Weg zur Domkirche entlang.

Alle bekreuzigten sich, als das erste Glockengeläut über die grünen Wiesen auf den spiegelblanken Fjord hinausgetragen wurde und Feiertagsruhe einzog.

Wenn schon diese einzelne Kirchenglocke die Macht hatte, alle schweren Erinnerungen in die Flucht zu jagen, würde sie in einem Land, wo die Glocken selbst in den kleinsten Ortschaften zu allen Tages- und Nachtzeiten läuteten, wenn man Toms Worten Glauben schenken konnte, sicher der glücklichste Mensch der Welt werden, dachte Ingunn. Sie konnte sich allerdings keine größere Freude vorstellen als diejenige, die sie gerade jetzt verspürte, umgeben von bekannten und lieben Gesichtern und mit dem erdverbundenen Ring des Brautkranzes um die Stirn. Die lange, schwere Wartezeit zerbröckelte wie Erde, die in der Sonne trocknet, und hinterließ nur einen einzigen Gedanken: Gott hatte seine Hand schützend über sie gehalten, damit sie jetzt John heiraten konnte, statt zu Hause auf Bru unter der Erde zu liegen.

Sie verdrängte bewußt den Gedanken daran, daß Orm sowohl Petrus als auch Ingolf gebeten hatte, oben am Altar zu stehen, während er selbst zusammen mit Halldor die Trauung vornahm. Das sei von Orm recht schlau eingefädelt, hatte Halldor gemeint, so wisse man genau, wo die beiden sich zur Zeit der Trauung aufhielten, und sie könnten sich auch nicht darüber beklagen, daß man sie übersehen hätte. Schlau oder nicht – nichts konnte ihre tiefe, innige Gewißheit trüben, denn jetzt ging John neben ihr, stattlich gekleidet im Hochzeitshemd mit Glasknöpfen unter dem karierten langen Gewand, das sie ihm genäht hatte. In seinen Augen hatte sie schon gelesen, daß sie in dem blauen Kleid mit Blumenkranz in ihrem offenen Haar hübsch aussah.

Drinnen in der Kirche roch es frisch und angenehm, denn auf dem Boden im Mittelgang waren Wacholderzweige verteilt, die noch stärker riechen würden, wenn viele Füße die grünen Nadeln zerdrückt hätten. Hier konnte sie das beruhigende Geläut der Kirchenglocke nicht mehr vernehmen, oder vielleicht hatte Geoffrey auch das Seil losgelassen. Jedenfalls schaffte Ingunn es nicht mehr, die Erinnerung wegzuschieben, die der Wacholdergeruch mit sich trug, die Erinnerung an wohl das Schlimmste, was einem Menschen widerfahren kann: die Gewißheit, daß jemand einem nach dem Leben trachtete.

Ingolf und Petrus kamen leise durch die Seitentür herein und nahmen ihre Plätze neben Orm und Halldor oben am Altar ein, den Rücken der Gemeinde und dem Brautpaar zugekehrt. Ingunn zitterte so heftig, daß John den Kopf drehte und sie fragend anschaute. Wenn sie ihm nur erzählen könnte, was an dem schrecklichen Nachmittag jetzt im Frühjahr passiert war, als Petrus versucht hatte, sie kaltblütig umzubringen! Aber Halldor hatte gemeint, da niemand wüßte, wie John oder die anderen Engländer eine solche Nachricht aufnehmen würden, wäre es das beste, niemanden außer Orm einzuweihen. Reidar und Øyvind durften auch nichts von dem verraten, was passiert war, als sie mit Petrus auf den Hügeln hinter Bru Schneehühner jagten. Sie waren Zeugen gewesen, wie Petrus mit seinem Pfeil direkt auf Ingunn gezielt hatte, als sie Wacholderbeeren pflückte.

Gott hätte sicher einen unsichtbaren Engel geschickt, der sie mit seinen Flügeln als Schutzschild beschützte, hatte Halldor gemeint, als Ingunn ihm erzählte, wie sie gerade in dem Augenblick gestolpert und gefallen sei, als sie das Sausen des Pfeils gehört habe, der plötzlich zitternd im Wacholderbusch vor ihr steckte. Der Vater blickte sie fast mit Ehrfurcht an, während Reidar erzählte, daß er und sein Bruder ein Stück hinter Petrus gingen, als sie ihn zielen und schießen sahen. Sie wären beide entsetzt gewesen, als sie Ingunn entdeckten, die im selben Augenblick umfiel.

So kalt und ruhig, als würde er gerade seine Wegzehrung genießen, hätte Petrus nur mit den Schultern gezuckt und gesagt, er hätte nur auf ein Schneehuhn gezielt. Es gäbe keinen Grund, sich derart aufzuregen!

Ein Engel, um sie zu beschützen ... Als Ingunn sich von dem Schrecken erholt hatte, hatte sie den Vater gefragt, was Gott wohl dazu bewegen könnte, eine unsichtbare Wache zu schicken, aber er antwortete nur, daß sie vielleicht in Bristol eine Antwort auf ihre Frage finden würde. Das einzige, was er mit Sicherheit sagen könnte, wäre, daß Gottes Gnade groß sei.

Die Flügel eines Engels als Schutzschild ... Die Worte gaben ihr Wärme und Sicherheit. Vielleicht stand gerade ein Engel hinter ihr und John, ohne daß sie es wußten! Nicht nur um sie zu beschützen, sondern auch, um sich an der heiligen Handlung zu erfreuen. Sie hob den Kopf und drückte Johns Hand, als Orm durch Zeichen erkennen ließ, daß die Trauung beginnen würde. Petrus und Ingolf verschwanden aus ihrem Gesichtskreis, und sie sah nur noch John, den Vater und Orm, hörte nur Johns und ihre eigene Stimme Gott und einander Treue versprechen.

Erst als *Te deum laudamus* von der Gemeinde hinter ihnen gesungen wurde, verschwand das Gefühl, daß sie und John die Zeit und den Ort ganz für sich hätten. Mitten in der unvorstellbaren Freude kam es ihr vor, als würde ein weicher Flügel ihr über die Wange streichen. Sie bekreuzigte sich mit dem Weihwasser, das Orm dem Brautpaar reichte, und dachte dabei, wenn Gott seine Hand schützend über sie hielt, würde er sicher dasselbe für den Vater und ihre Brüder tun.

Wenn sie so richtig darüber nachdachte, hatten Reidar und Petrus doch friedlich auf dem Schiff der Engländer zusammengearbeitet. Diese Tatsache müßte doch einen Vorgeschmack auf bessere Zeiten geben, nicht nur für sie selbst, sondern auch für diejenigen, die zu Hause bleiben würden!

Die Leute blieben an dem hellen Mittsommernachtsabend lange draußen stehen, bevor sie hineingingen, um ihre Plätze für die erste Mahlzeit des Gelages einzunehmen. Alle wollten das Brautpaar beglückwünschen, und

Ingunn wurde mit der Zeit immer verwirrter. Sie schüttelte Hände, wurde geküßt und antwortete so gut sie konnte auf die unzähligen Fragen. Sicher, sie würde alles hier auf Grönland vermissen; nein, sie wolle nicht hier in Gardar wohnen bis zur Abreise, sondern zu Hause auf Bru; ja, gewiß, sie habe sicherlich viel Neues und Interessantes zu erwarten; doch, sie und John hätten vor, eines schönen Tages zurückzukehren, um sie zu besuchen ...

Die Leute meinten es sicher gut, aber warum stellten sie solche Fragen? Sie hatte das Gefühl, sie wühlten in ihrem Inneren mit einem Messer herum, während sie nach dem wundesten Punkt suchten. Sie war geradezu erleichtert, als Ingolf sich einen Weg durch die Menge zum Brautpaar bahnte, die ganze Familie im Schlepptau. Vielleicht würde es ihr endlich gelingen, Turid in Ruhe zu sprechen, auch wenn diese zwischen dem Vater und Petrus stand, mit der Mutter direkt daneben.

Turid trug ein neues Kleid, und ihre Miene war recht kriegerisch. Die Ursache für beides wurde deutlich genug, als Ingolf den Mund öffnete. »Viel Glück wünsche ich euch beiden! Schade, daß ihr nicht dabeisein könnt, wenn unsere Turid heiratet, aber da kann man nichts machen.«

Er entdeckte Halldor und polterte darauf los: »Aber du und deine Söhne, ihr kommt doch sicher. Vielleicht gibt es auch eine Doppelhochzeit, denn Petrus hat bei Aud aus Foss um die Hand ihrer jüngsten Tochter angehalten – nur das Beste ist gut genug, so heißt es doch!«

Ingunn schnappte nach Luft und schaute verstohlen Turid an, aber diese starrte nur vor sich hin. Es war wirklich eine gute Sache, daß dieses Gelage drei Tage dauern würde, denn es gab so viele Menschen hier, mit denen sie unbedingt noch sprechen mußte, vielleicht zum letztenmal. Das Messer wurde noch einmal in ihrem Inneren umgedreht. Nein! So durfte sie nicht denken – sie mußte nur glücklich sein. Durfte nur daran denken, daß sie Glück hatte, und daran, daß sie und John ab dem heutigen Abend das Bett teilen würden. Das Brautbett war in den Raum gestellt worden, wo während des Althings das Mädchenzimmer eingerichtet worden war, und Sigrid und Thorunn waren lange damit beschäftigt gewesen, wohlriechende Kräuter für das Kopfkissen zu suchen, die Heumatratze zuzudecken, nachdem sie geklopft, gewendet und mit Weihwasser besprengt worden war, und neue Schaffelle als Bettdecke daraufzulegen.

»Ein junges Mädchen wird nur einmal im Leben zur Frau!« hatte Sigrid aufgeregt gesagt, als sie und Thorunn Ingunn für die Kirche zurechtmachten. Thorunn hatte zustimmend gelacht und die Hände vielsagend auf den Bauch gelegt, der sich über einem neuen Kind wölbte.

Ob John schon an die Kinder dachte, die sie bekommen würden, und ob es wahr war, was Sigrid ihr einmal vorausgesagt hatte, daß die Abstände zwischen ihren Kindern groß sein würden?

Überwältigt schob Ingunn alles von sich weg, was nichts mit diesem Tag zu tun hatte. Sie gab Petrus die Hand und lächelte seiner Mutter zu. Sie umarmte Aud aus Foss und küßte ihre Brüder. Sie nahm Blumen aus kleinen Kinderhänden entgegen und wünschte, Thorunn und Sigrid wären nicht so sehr damit beschäftigt, in der Festhalle letzte Hand ans Werk zu legen. Sie hätte so gern gewußt, ob auch die beiden einmal denselben Freudenrausch erlebt hatten und warum erfahrene Mütter und Hausfrauen sich anscheinend nicht mehr so mitreißen ließen.

Als endlich das Bockshorn draußen im Hof geblasen wurde, als Zeichen dafür, daß sie und John das Gefolge in die Festhalle führen sollten, spürte sie eine Hand auf ihrem Ärmel. Sie drehte sich um und schaute in Auds dickliches Gesicht. Schnell und leise flüsterte die Herrin auf Foss: »Ingunn, glaub nicht an Ingolfs Prahlerei, was meine Tochter betrifft. Eher stoße ich sie in einen Abgrund, als daß ich sie Petrus gebe! Aber solange die Leute auf Under Høvda glauben, daß sie ihr Schäfchen im trokkenen haben, ist Reidar sicher.«

»Und – und später?«

»Kommt Zeit, kommt Rat. Aber jetzt sollst du dich freuen. Dies ist mein Geschenk für euch zwei«, sagte sie, an John gerichtet, der neben ihnen stand und sich ungeduldig umschaute.

Ingunn lächelte dankbar und wollte gerade antworten, als irgendwo hinter ihnen Hörner und Sackpfeifen ertönten. Trommelwirbel durchschnitten die Luft, und alle im Hochzeitszug begannen, sich vorwärts zu bewegen, als würde eine Riesenfaust sie von hinten anschieben.

»Endlich ist was los, endlich kommt Bewegung in die Sache«, sagte John und führte sie hinein zum Gelage. Sie war so überrascht, daß sie nur kurz überlegte, was er damit wohl gemeint haben könnte. Es war doch auch bisher etwas los gewesen!

Als die Engländer entdeckt hatten, daß Thorunn im Besitz einer guten Bierhefe war, hatten sie ihr im Winter etliche Male Malz zum Brauen gegeben, und für die Hochzeit waren sie so großzügig damit gewesen, daß Ingunn jedesmal, wenn die Bierschale ihre Runde machte, mit gutem Gewissen ihrem Ehemann zutrank. Es gab auch sonst reichlich zu essen und zu trinken, und viele Reden wurden gehalten, nachdem Orm die Leute begrüßt hatte.

Thorunn saß unbekümmert und rotwangig neben ihm,

und beim Vater stand auch Klein-Olaf, dessen Nasenspitze gerade bis zur Tischplatte reichte, und beobachtete alles mit ernsthafter Miene. Wenn sie und John einmal Kinder bekämen, sollten diese es genausogut haben wie dieser hübsche kleine Sohn von Orm! In neun Monaten hätte sie vielleicht selbst ein kleines Würmchen an der Brust. Sie schaute auf die vielen bekannten Frauengesichter um sich herum. Die meisten waren abgekämpft, stark geprägt von den Erfahrungen und Sorgen der vielen Jahre. Zuverlässige Gesichter, die bei einer Geburt Ruhe verbreiten würden.

Erst jetzt, da sie endlich wagte, an die Zukunft zu denken und an das, was die Folge wäre, wenn sie und John das Bett teilten, begriff sie das volle Ausmaß des bevorstehenden Verlustes. Thorunn, Aud, Sigrid und Turid – sie alle würden nicht dasein, wenn Ingunn sie am nötigsten hätte. Und sie würde sich nie mit einer Gegenleistung bei ihnen bedanken können.

Auch wenn ihre Mutter sich immer noch in Bristol befinden sollte, konnte sie keine Hilfe von einer Frau erwarten, die ihr schon einmal so endgültig den Rücken zugekehrt hatte! Aber John hatte eine verheiratete und eine unverheiratete Schwester zu Hause, das hatte er ihr im Frühjahr erzählt, als sie einander endlich wiedersahen, nachdem die Fahrrinne wieder offen war. Und er hatte ja auch eine Mutter, und wenn sie noch so schwierig wäre! Ingunn drückte die Hand ihres Mannes ganz fest und dachte, ihr würde es an weiblicher Unterstützung sicher nicht fehlen.

Außerdem zählte es sicher genausoviel dort wie hier, wenn man aus guter Familie war – John hatte ihr versichert, daß alle in Bristol erfahren würden, daß sie die Tochter eines wohlhabenden Bauernhäuptlings sei. Aber als sie antwortete: »Du kannst ihnen ja erzählen, daß mein Vater auch Priester ist!«, hatte er nur verlegen ausgesehen und etwas darüber gemurmelt, daß es in England nicht gut angesehen wäre, wenn Priester heirateten und Kinder zeugten. Aber sie würde sicher früh genug über die Sitten der Priester und auch über andere Gebräuche etwas erfahren.

Johns Gedanken hatten sich anscheinend auch um Sitten und Gebräuche gedreht, denn jetzt drückte er sich noch dichter an sie heran und sagte leise: »Wann ist es hier üblich, daß das Brautpaar ins Bett gehen darf?«

»Wenn alle Gäste müde sind!« lachte sie.

Er verzog sein Gesicht zu einer Grimasse. »Das wird wohl noch eine Weile dauern ...«

Sie spürte seinen Atem so heiß und stark gegen ihr Gesicht, als würden sie schon im Dunkeln nebeneinander liegen. Atemlos flüsterte sie zurück: »Orm wird bestimmen, wann wir vom Tisch gehen dürfen. Aber ich habe gerade gesehen, daß er deinem Schiffer ein Zeichen gegeben hat – ist vielleicht vorgesehen, daß Geoffrey sein Horn blasen soll, wenn wir ins Bett gehen?«

»Ja. Hast du vielleicht etwas dagegen?«

Ingunn stutzte nur einen Augenblick über seinen Ton, bevor sie wahrheitsgemäß antwortete: »O nein, wo denkst du hin! Die Lieder, die gespielt wurden, als wir zur Mahlzeit gingen, haben mich fast glauben lassen, ich befände mich an einem Königshof.«

Mit einem zufriedenen Lächeln nahm er die Bierschale, aus der Øyvind gerade getrunken hatte, und trank seinem neuen Schwager mit einem tiefen Schluck zu. Ingunn überlegte, ob nur ihr von diesem Getränk komisch im Kopf wurde.

Ingunns Benommenheit ließ schnell nach, als sie und John in die duftende Sommernacht hinaustraten, um den Hochzeitszug von der Festhalle bis zum Haupteingang des Wohngebäudes anzuführen. Trommeln und Hörner, Dudelsäcke und Holzflöten ertönten in fröhlichem Widerschall von den Höhen, während schläfriges Blöken und langgezogenes Muhen sich mit heftigem Hundegebell vermischten, als wäre es noch mitten am Tag. Ingunn war auf einmal hellwach.

Als möglichst viele Gäste dicht gedrängt in der Brautkammer Platz gefunden hatten, gingen Halldor und Orm vor und stellten sich neben Thorunn und Sigrid, die vor dem gemachten Bett schon warteten. Dies sei das Zeichen dafür, daß der Bräutigam die Braut an der Hand fassen und nach vorne führen müsse, flüsterte Ingunn John zu, der wie gebannt stehenblieb und ungläubig die vielen Köpfe, die sich durch die Türöffnung streckten, anstarrte. Er zuckte zusammen und gab ihr die Hand.

So anmutig und würdevoll wie nur möglich ging sie die letzten Schritte zum Bett hin, und Stolz vermischte sich mit Furcht und Freude. John konnte jetzt mit eigenen Augen sehen, daß sie auch auf Grönland in der Lage waren, ein ordentliches Aufgebot an Menschen für eine Hochzeitsfeier aufzutreiben! Sie würde gern eine Brautkammer in Bristol sehen, die noch mehr Zeugen aufweisen könnte, wenn ein Mann und eine Frau zum erstenmal als gesetzliche Eheleute zusammen ins Bett gingen.

Thorunn streckte die Hand nach dem Brautkranz aus, und Orm gab John durch Zeichen zu verstehen, er solle seinen Gürtel ausziehen und ihm geben. John gab Orm den Gürtel und reichte Halldor das karierte lange Gewand. Immer noch mit demselben ungläubigen Ausdruck im Gesicht schaute er zu, wie Ingunn ihr Kleid auszog und es über die ausgestreckten Arme der Ziehmutter legte. Anschließend zogen sie die Schuhe aus und stellten sie mit derselben langsamen Sorgfalt auf den Boden am Fußende des Bettes, und mit einem kurzen schüchternen Lächeln für ihren Ehemann setzte sich Ingunn auf die Bettkante, die Hände im Schoß gefaltet. Selbst in ihrem knöchellangen hochgeknöpften Hemd fühlte sie sich nackt und wehrlos, und sie überlegte, ob John sich vielleicht auch so fühlte, auch wenn er unter der Leinenhose lange Strümpfe bis zum Schritt trug und das Hemd, das sie ihm genäht hatte, recht lang war.

Ingunn schluckte schwer und legte sich ins Bett, ganz hinten an die Wand, und John folgte ihr nach kurzem Zögern. Thorunn und Sigrid deckten sie mit dem Fell zu, und gemeinsam besprengten Orm und Halldor das Brautpaar und das Bett mit Weihwasser. Dann riefen alle Anwesenden ein letztes »Gesegnete Nacht!« und »Viel Glück!« und gingen so langsam und träge aus der Kammer, als hätten sie Leim unter den Schuhsohlen. Aber endlich waren sie alle draußen, und die beiden Tranlampen, die neben dem Bett hingen, brannten wieder leise und gleichmäßig. Als Ingunn Johns erleichterten Ausdruck sah, mußte sie lachen. Er hatte doch wohl nicht geglaubt, daß sie vor aller Augen die Ehe vollziehen müßten?

Als hätte sie ihn laut gefragt, schlug er das Fell zur Seite und zog die Strümpfe und das Hemd aus, bevor er die Tranlampen ausblies und sich wieder zu ihr legte. Er atmete tief aus.

»Puh – die sind wahrhaftig nicht gern gegangen!« Er drehte sich um und strich ihr durch das Haar. »Von diesem Augenblick habe ich jeden Tag geträumt, seitdem ich dich zum erstenmal mit offenem Haar sah. Auch hier im Dunkeln leuchtet es.«

Seine Hände glitten außen auf dem Hemd über ihren ganzen Körper herunter, zuerst behutsam, dann fordernd – die Hände eines Besitzers, dachte sie mit einem plötzlichen Schauder. Als er sie kurz losließ, um sich Unterhemd und Hose vom Leib zu reißen, legte sie den Kopf gegen seinen Nacken wie ein stillschweigendes Zeichen dafür, daß er ihr das Hemd ausziehen dürfe. Sie richtete sich auf, damit er ihr das Kleidungsstück über den Kopf ziehen konnte, gleichzeitig zog er das Fell und das Brautlaken zur Seite.

»Du bist so schön – im Dunkeln leuchtet alles an dir ...«

Er küßte ihre Brüste und glitt mit dem Mund ganz behutsam nach unten, dabei kitzelte sein schwarzes Haar leicht ihre Haut. Als sie sich langsam an den großen, warmen Männerrücken unter ihren Händen gewöhnte, ließ die Furcht sie los, und als er etwas später zwischen ihren Beinen suchte, war sie sich sicher, daß sie und John ab jetzt alles teilen würden. Sie spürte kaum den scharfen, kleinen Schmerz, als sie eins wurden.

Es war schon spät am Tag, als Ingunn und John damit fertig waren, alle Glückwünsche entgegenzunehmen, nachdem John ihr das Leinentuch der Ehefrau angezogen hatte und Thorunn und Sigrid den Blutflecken auf dem Brautlaken bezeugt hatten.

Als Ingunn einmal die Ziehmutter gefragt hatte, warum sie nach einer Hochzeit nie die Blutzeichen deutete, bekam sie zur Antwort, daß es wenig Sinn hätte, da viele Bräute sich in den Finger stechen müßten. Außerdem hätte sie über Ingunns Schicksal schon längst die Wahrheit vorhergesagt – sie würde gut verheiratet werden, und eine lange Reise wartete auf sie!

Jetzt wollte John sie endlich auf dem englischen Schiff herumführen und ihr alles zeigen, solange man sich an Bord noch frei bewegen konnte. Das Schiff war immer noch so leer wie damals, als Petrus und Reidar es durchstöbert hatten, und es ritt so hoch auf dem Wasser, daß Ingunn im stillen überlegte, ob es vielleicht kentern könnte, aber sie war so neugierig, das Fahrzeug zu sehen, daß sie sich nicht abschrecken ließ.

Geoffrey aus Weston-super-Mare meinte, sie könnten ebensogut noch heute hinausrudern – Tom würde Wache halten, und er würde sich sicher über etwas Abwechslung freuen.

Das konnte man wahrhaftig nicht von Geoffrey selbst behaupten, dachte Ingunn. Er wirkte so schwermütig und traurig, als wäre jeder Tag vor der Abreise eine Überwindung. Oder graute es ihm vor der eigentlichen Abreise? Es war genauso schwierig, aus diesem schweigsamen Engländer schlau zu werden, wie aus ihrem Vater Halldor. Nur wenn er in sein Horn blasen durfte, schien Geoffrey etwas lebhafter zu werden.

John ruderte sie hinaus und pfiff durch die Finger, damit Tom das Fallreep herunterließ. Die krummbeinige, kleine Gestalt beeilte sich, und kurz darauf stand Ingunn auf dem saubergescheuerten Deck und schaute sich aufgeregt um, während sie den ungewohnten Geruch von geteerten Tauen einsog.

»Von hier hat man aber eine gute Aussicht! Ich habe nicht geahnt, daß es da drinnen hinter den Hügeln noch einen Hof gibt.« Sie zeigte zum Inneren des Fjordes.

John lachte gutmütig. »Wenn das Schiff voll beladen ist, mußt du dort hinaufklettern, um eine gute Ausschau zu bekommen!« Er zeigte auf eine Art Tonne hoch oben im Hauptmast. »Beim Hinabsteigen von dort oben bin ich damals gefallen und habe mich derart verletzt, daß ich auf Bru landete. Vielleicht sollten wir als Dank deinen Brautkranz dahinhängen!«

Ingunn drehte den Kopf und schaute ihm tief und ernst in die Augen, während sie sich bekreuzigte. »Mach keine Scherze darüber – die guten Mächte haben damals gewonnen, aber es waren die bösen Mächte, die zuerst am Werk waren.«

»Erzähl das bloß nicht Geoffrey!« sagte Tom schlagfertig, bevor John antworten konnte. »Sollen wir mit dem Wichtigsten anfangen und dir zeigen, wo ihr beide, du und Master John, schlafen werdet?«

Mit einer unerwartet scharfen Stimme sagte John etwas auf englisch, das Ingunn nicht verstand, und Tom drehte sich schnell um und ging ihnen voran, ein paar Treppenstufen hoch zu einem Halbdeck achteraus, mit Platz für den Steuermann und mit einem kleinen Haus mit winzigen Glasfenstern.

Ingunn schaute sich ehrfurchtsvoll um, als John die Tür öffnete und ihr zwei schmale Schlafkojen, ein paar Kisten, die an der Wand befestigt waren, und noch einige Ablagen, alles aus Holz, zeigte. Außen, direkt neben der Tür, hing ein merkwürdiger Glaskrug mit seidenfeinem Sand, der beinahe unsichtbar durch eine Einengung in der Mitte durchrieselte. Fast der ganze Sand befand sich unten auf dem Boden, aber im selben Augenblick drehte Tom das Glas um, und der Sand begann von neuem zu rieseln.

»Das ist ein Stundenglas«, erklärte John. »So wissen wir hier an Bord über die Zeit Bescheid – die Wache hat die Pflicht, das Glas rechtzeitig umzudrehen.«

Er schaute Tom vielsagend an, aber dieser grinste nur sorglos, als er sich Ingunn zuwandte: »Ja, wir lernen schnell hier an Bord – dafür sorgt Geoffreys Peitsche! Und diesmal wird er uns auf der Heimreise ganz besonders im Auge behalten, da er bei uns anderen schlafen muß.«

»Muß – muß er das, weil ich in seinem Bett schlafen werde?« überlegte Ingunn laut und dachte, daß dies die schwermütige Laune des Schiffers sicher nicht aufheitern würde.

»Du brauchst Geoffrey nicht zu bemitleiden«, sagte John. »Er wird gemütlich bei den anderen unten im Laderaum auf dem Hauptdeck schlafen. Komm, dann kannst du selbst sehen!«

Er zog sie mit sich eine steile, kleine Treppe hinunter zu einem riesigen, niedrigen Raum, so lang wie das ganze Schiff. Es roch stark und vertraut nach Fisch, als hätte das Holz da unten den Geruch für immer in sich aufgenommen. Einige Tonnen lagen aufgestapelt in einer Ecke, aber ansonsten war es leer und aufgeräumt in Erwartung der vielen grönländischen Waren, die zurück nach Bristol mitgenommen werden sollten.

Ingunn erschrak, als eine Katze über den Boden direkt vor ihnen schlich und hinter den aufgestapelten Tonnen verschwand.

»Das ist eine der Schiffskatzen«, erklärte John. »Einer der Vorteile des Überwinterns ohne Ladung ist, daß die Katzen in der Zwischenzeit die Ratten an Bord beseitigen können!«

»Ratten – was ist das?«

Er schaute sie erstaunt an. »Hast du niemals eine Ratte gesehen?«

»Nein.«

»Na – du weißt auf jeden Fall, wie eine Maus aussieht, denn davon habt ihr hier genug! Eine Ratte sieht aus wie eine Maus, nur ist sie viel größer.«

Ingunn hoffte, daß die Katzen jede einzelne Ratte getötet hätten. »Gibt es hier wirklich Platz genug für alles, was wir mitnehmen müssen?« fragte sie etwas später. »Und für Essen und Getränke und Schlafplätze?«

John lachte und legte den Arm um ihre Schultern. »Du bist ja eine besorgte kleine Hausfrau! Das wird schon gutgehen. Wenn es zu wenig Platz gibt, werden einige Leute oben auf dem Deck mittschiffs schlafen, wo wir den Kasten zum Kochen haben – er spendet lange danach noch Wärme.«

»Wenn das Wetter nicht so schlimm wird, daß wir uns nur mit kaltem Essen begnügen müssen«, sagte Tom und grinste. Aber er hielt schnell inne, als John ihn scharf anschaute, und Ingunn wunderte sich sehr. Seitdem sie an Bord der »Kathryn« gekommen waren, merkte sie, daß weder Tom noch John so waren wie sonst, mit festem Boden unter den Füßen, aber sie konnte den Unterschied nicht richtig ausmachen, abgesehen davon, daß der Junge jetzt »Master« zu ihrem Ehemann sagte.

John zog sie mit, weiter nach vorne in den Laderaum. »Wie du siehst, gibt es hier reichlich Platz! Und das Schiff ist überall dicht und verläßlich. Geoffrey sagt, Petrus und Reidar haben gute Arbeit geleistet.«

Ingunn lächelte stolz und ließ die Hand über die glatten Planken gleiten, die schmale Pechstreifen dazwischen hatten. In England verkleideten sie ihre Häuser von innen mit solchen Planken, das wußte sie – das mußte genauso prächtig aussehen. Und sie würde in einem solchen Haus wohnen! Ziemlich weit oben an der Schiffsseite fühlte es sich so an, als wäre da eine kleine Luke –

doch, dort gab es eine viereckige Öffnung, sie konnte sie mit dem Nagel ausmachen.

»Wozu ist diese Luke hier?« fragte sie neugierig.

»Luke?« John lachte nachsichtig. »Dort gibt es keine Luke, das ist doch klar – das wäre nicht besonders gut, wenn wir uns voll beladen auf hoher See befänden!«

Neugierig wie immer schubste Tom sie zur Seite, damit er selbst nachschauen konnte. Als er sich wieder John und Ingunn zuwandte, war er ernster, als Ingunn ihn jemals gesehen hatte. »Master John, Ingunn – jemand hat hier im Plankengang ein Viereck ausgeschnitten und es wieder lose hineingesteckt. Auf offener See würde das Schiff so leck werden, daß wir alle innerhalb kürzester Zeit Futter für die Krabben wären.« Er bekreuzigte sich.

»Wer in aller Welt würde so etwas tun?« sagte John böse, an Ingunn gerichtet. »Reidar – oder Petrus?«

»Ich verbürge mich für meinen Bruder«, sagte Ingunn leise und hoffte, er würde ihrer Stimme nicht anhören, wie böse und verletzt sie war. »Mit Petrus ist es eine andere Sache.«

Dann erzählte sie von der Schneehuhnjagd und davon, wie sie beinahe selbst ihr Leben verloren hätte. John und Tom schauten sie ungläubig an, und Tom sagte: »Und keiner hat etwas gemacht – hier, wo die Leute sonst so versessen darauf sind, Rache zu nehmen. Solche Leute wie dieser Petrus verdienen sowohl die Peitsche als auch den Pranger und noch einiges mehr!«

Ingunn hätte gerne gewußt, was »Pranger« bedeutete, aber bevor sie fragen konnte, sagte John: »Tom, rudere an Land und hol Geoffrey her – er macht gerade Bestandsaufnahme und zählt unsere Waren in dem Heuschuppen, den Orm uns geliehen hat. Ingunn und ich bleiben solange hier.«

Tom ließ sich nicht zweimal bitten. Als John und Ingunn zugeschaut hatten, wie er sich davonmachte, drehte John sich zu ihr mit einem breiten Lächeln um und sagte auf englisch: »Ingunn, wir wollen die Wartezeit gut nutzen – komm!«

Freundlich, aber bestimmt führte er sie achteraus zu der Kajüte mit den beiden Kojen und zog sie nach sich zur Tür herein. Bevor sie es richtig fassen konnte, hatte er ihre beiden Umhänge als Unterlage auf die schmale Koje geworfen, und jetzt nestelte er ungeduldig an ihrem Kleid herum.

Sie fror, als hätte die heiße Gemeinschaft der letzten Nacht im Brautbett nie existiert. Alles kam ihr so völlig verkehrt vor, daß sie nicht einmal einen Funken von Begierde spürte. Kam es nur daher, weil sie den Gedanken nicht mochte, daß man sie überraschen könnte, oder war es, weil sie förmlich spüren konnte, wie Petrus' Haß und Boshaftigkeit draußen auf dem Deck hinter ihnen lautlos umherschlichen?

»Hier? Jetzt?«

Sie konnte nicht genug Englisch, sie mußte versuchen, sich auf grönländisch verständlich zu machen: »Tom und Geoffrey könnten jederzeit zurückkehren, oder das Schiff könnte sinken ...«

»Du kleiner Quatschkopf – sie kommen noch lange nicht, und das Schiff liegt so hoch im Wasser, daß es jetzt nicht leck werden kann!« Er riß sich Strümpfe und Hose vom Leib und zog sie zu sich aufs Bett, so daß sie auf ihm lag.

Sie verstand kaum die Hälfte von dem, was er sagte, aber sie spürte seine Erregung durch die Kleidung und ahnte, daß sie durch Widerstand nur hinauszögerte, was sowieso passieren würde, und außerdem etwas auslösen könnte, das sie kaum beschreiben konnte. Etwas, was seine Wurzeln darin hatte, daß John an Bord eines Schiffes plötzlich Englisch mit ihr sprach, als hätten sie schon Grönland verlassen, und genauso fremd und verloren fühlte sie sich jetzt.

Aber es war nicht zu erwarten, daß John verstehen würde, wie hilflos sie sich jetzt in seiner Umarmung fühlte. Hier an Bord auf diesem kleinen Stück England war er zu Hause, sie aber nicht. Hier war sie genauso unterlegen wie Tom.

Eine Weile später kamen Orm und Tom an Bord, begleitet von Halldor und seinen Söhnen. Als Ingunn den Klang der Sprache hörte, die sie so gut wie ihre eigene Seele kannte, kam es ihr vor, als würde eine Brücke zwischen der »Kathryn« und dem Land gezogen. Sie war wieder Ingunn Halldorsdatter auf Bru, weder mehr noch weniger, und der Mann, der neben ihr auf dem Bett saß und schleunigst seine Schuhe zuknüpfte, war ihr Ehemann, den sie selbst gewählt hatte. Mit einem schnellen Lächeln glättete sie ihre Kleider und folgte ihm die kleine Treppe zum Achterdeck hinunter, um die anderen zu empfangen.

Orm sah aus wie eine Gewitterwolke, und Halldor war auch nicht gnädig. Es war deutlich, daß man sich Reidar vorgeknöpft hatte, weil er Petrus nicht besser im Auge behalten hatte, als sie beide an Bord der »Kathryn« arbeiteten, denn jetzt sagte er ohne Umschweife zu John: »Glaubst du auch, daß ich an dieser Sache mitschuldig bin?«

»Nein«, sagte John mit fester Stimme, »das glaube ich nicht. Aber wenn Ingunn nicht gewesen wäre, hätte *keiner* von uns das ausgeschnittene Stück gesehen, bevor es zu spät gewesen wäre.«

»Die guten Mächte haben deine Hand gelenkt, Tochter«, sagte Halldor und bekreuzigte sich. »Gott schütze dich, bis du für Petrus Ingolfsson außer Reichweite bist!«

Aber was ist mit euch, die ihr hier zurückbleibt? mußte Ingunn immer wieder denken. Laut fragte sie: »Habt – habt ihr Petrus erzählt, daß ich das Loch entdeckt habe?«

»Nein«, sagte Halldor grimmig, »und das werden wir auch nicht tun. Solange er glaubt, daß ihr ertrinken werdet, bevor ihr Bristol erreicht, braucht er sich keine neuen Schandtaten mehr auszudenken.«

Orm brummte zustimmend und sagte, sie müßten zur Sicherheit selbst den Laderaum genau untersuchen. Ingunn blieb auf dem Deck zurück zusammen mit Tom, der seine alte Keckheit wiederfand, sobald die anderen außer Hörweite waren. »Es wird dem Schiffer sicher gut gefallen, wenn er erfährt, daß keiner vorhat, Petrus wegen dieses Geschenks einen Denkzettel zu verpassen!«

»Wo ist dein Schiffer überhaupt?« fragte Ingunn. »Hast du ihn nicht gefunden?«

Tom schaute sie von der Seite an. »Doch. Aber Geoffrey geht seine eigenen Wege. Er wolle sich jetzt nicht in Orms und Halldors Angelegenheiten einmischen, hat er gesagt, und keiner solle ihm erzählen, was er zu tun habe, wenn sich die ›Kathryn‹ wieder unter Segel befände!«

»Nicht – nicht einmal John?« fragte Ingunn vorsichtig.

»Nein«, sagte Tom kurz. »Er muß sich nach dem Mann richten, der die Macht hat, er genauso wie wir anderen.«

Abschied

Ingunn klappte den Deckel ihrer Brauttruhe zu, die der Vater vor die Haustür hatte tragen lassen. Jetzt war alles darin. Alles, was sie besaß, war von den Wänden und Ablagen auf Bru genommen, alles außer dem Webstuhl. Den würde sie in Bristol nicht gebrauchen können, sagte John, denn mit solchen Dingen mühten sich die Frauen in seiner Familie nicht ab.

»Spinnen sie auch nicht?« hatte Ingunn wissen wollen. Sie konnte nicht begreifen, daß jemand während der langen Abendstunden nur mit den Händen im Schoß herumsitzen wollte.

»Nein, aber du darfst spinnen, wenn du Lust hast. Es gibt in Bristol Wolle genug! Und du darfst den ganzen Tag lang nähen und sticken, genau wie meine Mutter und meine Schwestern.«

Turid hatte ihr eine Nähnadel für feine Stickereien geschenkt, und jetzt lagen alle ihre Nähsachen und ihre Handspindel direkt unter dem Truhendeckel zusammen mit drei schön geschnitzten Spinnrädern aus Speckstein, die Øyvind für sie gemacht hatte. Die Walroßzähne und die Säcke mit Eiderdaunen, die zu ihrer Mitgift gehörten, wurden gerade von Øyvind und Tom zur »Kathryn« hinausgerudert, und das Hochzeitsgeschenk von Reidar, ein leuchtendweißer Jagdfalke, den er im Spätwinter weit oben im Gebirge gefangen und später gezähmt hatte, hielt sich schon längst in ihrer kleinen Kajüte an Bord auf. Er habe nicht vor, diesen Schatz aus den Augen zu lassen, sagte John, und er traue den anderen nicht zu, den Vogel zu füttern. Er rechnete damit, für ihn und für die Walroßzähne genug Geld zu bekommen, um eine kleine Buchdruckerei anfangen zu können, ohne andere fragen zu müssen.

Damit meinte er sicher seinen Vater, dachte Ingunn und stellte sich Martin Greene wie eine unglückliche Mischung aus Geoffrey aus Weston-super-Mare und Ingolf auf Under Høvda vor – so launisch wie der eine und so riesig und unberechenbar wie der andere.

Seit das englische Schiff vor drei Tagen Anker vor Bru geworfen hatte, war der Schiffer nur einmal an Land gewesen, und zwar zum Abschiedsmahl am gestrigen Abend. Dann hatte er eine kurze Rede gehalten, die Tom übersetzt hatte, und sein Wort gegeben, daß Ingunn in Bristol jedenfalls auf einen Freund außerhalb der Familie Greene zählen könne. Ingunn war der Meinung, dies sei eine sonderbare Rede gewesen, besonders weil Geoffrey weder lächelte noch sie anschaute, als er sie hielt, aber John hatte sich nichts anmerken lassen, und der Vater hatte dem Engländer ernst und würdevoll gedankt.

Diese letzte Nacht auf Grönland hatte sie bei John an Bord der »Kathryn« verbracht, und in der Dämmerung war sie mit ihm und Tom an Land gerudert, früh genug, um Ragna bei der morgendlichen Arbeit zu helfen. Das nächtliche Spiel im Bett und die gewohnte häusliche Arbeit an der Kochgrube auf Bru halfen ihr, mit ihren vielen Gefühlen und Gedanken fertig zu werden, denn es war ihr sehr schwer gefallen, sich von den vielen Freunden und Bekannten zu verabschieden. In Gardar hatten alle so gesprochen, als würde sie eines Tages zurückkehren – alle außer Sigrid aus Vardebu. »Gott segne dich, mein Kind«, hatte sie nur zum Abschied gesagt, als sie den Schal fester um die Ziehtochter legte.

Ingunn strich sich den Schweiß von der Stirn und setzte sich auf den Deckel der Truhe. Sie beschattete die Augen mit der Hand und schaute sich an diesem glänzenden Hochsommertag noch einmal um, nahm alles in sich auf, angefangen mit den torfbedeckten Häusern bis hin zu den Fohlen, die auf der nächsten Hauswiese mollig und verspielt herumtanzten. Selbstverständlich würde sie zurückkehren, um alles zu besuchen. All das, was bisher ihr Leben gewesen war, durfte nicht einfach aufhören! In einigen Jahren würde sie wieder in den Fjord hineinsegeln, mit einem Kind oder auch zwei an der Hand und mit reichen Geschenken für den Vater und die Brüder.

Ragna kam geschäftig herangerannt und reichte Ingunn ein großes Gefäß aus Holz, gefüllt mit Wegzehrung. »Ich habe den Lachs, den Halldor heute morgen gefangen hat, gekocht und abgekühlt – hoffentlich schmeckt er, wenn ihr richtig losgesegelt seid ...« Sie unterbrach jäh und drehte sich weg.

Vor Dankbarkeit schnürte sich Ingunns Kehle zusammen. Unbeholfen nahm sie die Wegzehrung entgegen und streichelte der Haushälterin mit dem Handrücken über die Wange.

Ragna schneuzte sich erbost mit der Schürze, sagte: »Hier kommt dein Vater, dann werdet ihr sicher bald schon losziehen!« und fegte wieder zur Tür hinein.

Halldor stellte sich neben die Tochter und schaute auf das Wasser, wo Øyvind jetzt alleine mit langen, zähen Zügen zurückgerudert kam. »Reidar und ich werden euch und deine Truhe hinbringen, denn Øyvind wird als Lotse ein Stück mit euch hinaussegeln. So können wir das Boot direkt mit zurücknehmen – Øyvind hat sich für später eine andere Fahrgelegenheit besorgt.«

Ingunns Herz machte einen Freudensprung, weil sie sich nicht gleichzeitig von allen verabschieden mußte.

»Bist du sicher, daß du auch alles mitgenommen hast, was du brauchst? Es wird eine lange und kalte Reise über das offene Meer – noch weiter als die Reise nordwärts zur Westsiedlung.« Halldor starrte immer noch regungslos vor sich hin.

»Seit Jahrzehnten ist doch keiner mehr zur Westsiedlung gefahren!« sagte Ingunn und wunderte sich darüber, daß der Vater solche Gedanken hatte, jetzt, da so viel anderes bevorstünde. »Ist – ist es übrigens wahr, daß die Leute von hier aus sechs Tage und Nächte ruderten, um in Nordseter auf Walroßjagd zu gehen?«

»Ja, das erzählte mein Großvater, er war dabei, als er dreizehn Jahre alt war. Er war ein wirklich großer Jäger – viele der Walroßzähne, die du mit dir nimmst, sind schon seit seiner Zeit in der Familie.«

Ingunn dachte nach. »Vater, als John und ich Verlobung feierten, hast du sicher Geoffrey erklärt, daß all diese Walroßzähne ein Teil meiner Mitgift sind, und das Geld, das John bekommt, soll doch ein Teil der Erbschaft für unsere Kinder sein?«

»Ja, selbstverständlich«, sagte Halldor, »und Geoffrey hat es John so gesagt.« Er blieb stehen. »Bist du schwanger, Tochter? Warum fragst du so etwas?«

»Nein, jedenfalls nicht, daß ich wüßte! Es ist nur so, daß ...«

Der Vater schaute sie fragend an, aber sie konnte nicht weitersprechen. John hatte doch das volle Recht dazu, ihre Mitgift zu verwalten, und wenn Geoffrey ihm erklärt hatte, daß er diesen Besitz nicht nach Lust und Laune gebrauchen konnte, mußte sie sich keine Sorgen mehr machen. Und während des letzten Monats, als sie nach der Hochzeit hier auf Bru gewohnt hatten, war kaum ein Tag vergangen, ohne daß John sagte, wie glücklich er sei, weil er eine so tüchtige und vernünftige Frau bekommen habe. Sie brauchte sicher keine Angst zu haben, daß er rücksichtslos vorgehen würde, so wie Ingolf mit seiner ängstlichen Frau!

Halldor und John trugen die Truhe hinunter zum Strand, und Ingunn kam mit ihren Brüdern nach. Wieder hatte sie einen Kloß im Hals, so groß wie der Strauß Glockenblumen, den sie unterwegs gepflückt hatte, damit sie sich wegdrehen und die Tränen, die ihr in den Augen standen, wegblinzeln konnte. Sie hätte nie gedacht, daß es diesmal soviel schwieriger sein würde, diesen Häusern und Menschen den Rücken zuzukehren, als die vielen anderen Male, als sie verreist war.

Die Brüder schauten sie verstohlen an, aber keiner von ihnen sagte etwas, bevor Øyvind John und Halldor vorne zurief: »Wartet, ich helfe euch, die Truhe ins Boot zu hieven!«

Ingunn schaute ihm nach, als er den Rest des Pfades hinunterlief. »Vater sagt, Øyvind wird uns ein Stück begleiten, als Lotse ...«

Reidar schaute sie von der Seite an. »Ja, Vater hat gemeint, es wäre am sichersten, es so zu regeln.«

»Soll – soll ich Mutter von dir grüßen, wenn ich sie in Bristol finden sollte?«

»Nein«, sagte Reidar hart, »das brauchst du nicht. Man grüßt nur Verwandte und Freunde.«

Sie antwortete nicht. Ein bißchen später fügte er hinzu: »Aber du kannst Petrus Ingolfssons Brüder grüßen, wenn du sie sehen solltest. Wir waren jedenfalls Freunde, als sie wegzogen!«

»Ich weiß nicht einmal, wie sie aussehen«, sagte Ingunn und überlegte, ob der Name Petrus sie für den Rest des Lebens wie eine dunkle Wolke begleiten würde.

»Sie gleichen Petrus – ohne den Unterbiß!« sagte Reidar und lächelte ein wenig. »Riesige weißblonde Kerle mit einer Augenfarbe wie die Blumen, die du in der Hand hast.«

Ingunn erwiderte das Lächeln. »Kann man ihnen vertrauen?«

»Das weiß ich nicht. Es ist sicher besser, du schaust dich genau um, bevor du *überhaupt jemandem* vertraust, das glaube ich!«

Sie waren an der Anlegestelle angekommen, und Reidar machte einen großen Schritt nach vorne, um mit den anderen die Taue um ihre Brauttruhe zu befestigen, damit man sie hochziehen konnte. Im kleinen Ruderboot waren drei der Ruderbänke entfernt worden, um genügend Platz auf den Bodenbrettern zu schaffen, und bestimmt zum drittenmal an diesem Tage wunderte sie sich darüber, warum der Vater ausgerechnet jetzt sein Kirchboot verliehen hatte, da sie ein wirklich größeres Boot benötigten.

»Du kannst auf deiner Truhe sitzen, Ingunn – es wird hier an Bord auch so eng genug«, sagte Øyvind so gezwungen munter, daß sie überlegte, ob er den Abschied genauso stark wie sie selbst empfand.

Sie hatte schon ein Bein über die Reling geschwungen, als sie lautes Rufen und Ruderschläge hörte. Die Pächterfamilie von der anderen Seite der Bucht war gekommen, um Lebewohl zu sagen. Diesmal waren auch alle Kinder dabei, so schien es, und im Achtersteven saß der alte Olaf, zusammengesunken wie ein alter Jagdhund.

Die Kinder strömten herbei und versammelten sich um die Vertauung für Halldors kleines Boot herum, sie warfen neugierige Blicke auf die Abreisenden, während der Pächter Ingunn und John die Hand reichte und ihnen gute Fahrt wünschte. Seine Frau wiederholte den Wunsch und hängte ein zierlich geflochtenes Körbchen über Ingunns Arm.

»Hier habt ihr etwas Wegzehrung für die Fahrt – unsere Gärforelle ist diesmal besonders zart und weich!«

Ingunn hob das Tuch, das alles abdeckte, leicht an und spürte, wie ihr bei dem guten Geruch, der ihr entgegenströmte, das Wasser im Munde zusammenlief. Aber sie vermied es, John anzuschauen – Gärforelle war für ihn ein schlimmes Essen. Sie würde den Leckerbissen mit Øyvind teilen, bevor er die »Kathryn« verließ.

Sie winkte den Kindern zu, bedankte sich herzlich bei ihren Eltern und wandte sich schließlich dem alten Olaf zu, der mit Hilfe ihrer Brüder an Land gestolpert war. Jetzt stand er da, gestützt auf zwei dicke Stöcke, und blinzelte John und Ingunn in dem starken Sonnenlicht entgegen. Nach vielem Räuspern und noch mehr Spukken sagte er mit pfeifender Stimme: »Denk an das, was ich dir gesagt habe, Ingunn, du mußt immer versuchen, Zeit zu gewinnen. Das weiß ich am besten – denn meine Zeit ist bald abgelaufen. Deswegen sage ich Lebewohl.«

Stumm vor Rührung, stellte Ingunn das Körbchen hin und umarmte den alten Mann, und John klopfte ihm auf die Schulter und sagte danke und Lebewohl. Zu ihrer großen Verwunderung sagte auch Øyvind danke und »Gott segne dich« zum alten Olaf, als wäre er derjenige, der so weit reisen würde, daß der Alte wahrscheinlich schon tot wäre, wenn er zurückkehrte.

Olaf lachte wiehernd und zufrieden und wischte sich die Nase mit dem Jackenärmel ab. »Heh-heh, ja wahrhaftig, du mußt Zeit gewinnen, Øyvind, Zeit gewinnen, das ist auch für dich das beste.« Dann drehte er sich um und stolperte zurück zum Boot.

Das Fallreep hing schon an der Schiffsseite herunter, als sie an der »Kathryn« anlegten. Mit einem gewohnten Griff wollte Ingunn gerade hochklettern, als sie plötzlich das Gefühl hatte, jemand hätte alle Lichter dieser Welt ausgeblasen. Der Zeitpunkt war gekommen, Halldor und Reidar Lebewohl zu sagen.

Sie kniff die Augen zusammen, griff fester um das Fallreep und bettelte stumm: »Lieber Gott, hilf mir, etwas zu sagen, was diesem Augenblick würdig ist!« Aber es kam ihr vor, als würde sie ein ausgetrocknetes Flußbett anstarren. Starren und starren, ohne zu blinzeln.

Sie lehnte sich gegen den Vater, als er die Arme um sie legte und leise sagte: »Gott segne dich, meine Ingunn. Und leb wohl.« Dann ließ er sie los und machte Kreuzzeichen über sie beide.

»Leb wohl, Vater«, flüsterte sie. Durch einen Schleier von Tränen sah sie, wie er John mit Handschlag verabschiedete, während sie Reidar umarmte und küßte, dann riß sie sich mit einem Schluchzen los und kletterte schnell das Fallreep hoch, von John gefolgt.

Diesmal war es nicht Tom, sondern Geoffrey selbst, der ihnen über die Reling half. Ernst wie immer und so feierlich, als hätte er sie jahrelang nicht gesehen, hieß er sie nach englischer Sitte mit einem Kuß auf die Wange willkommen, dann gab er einigen Seeleuten einen kurzen Befehl, sie sollten Master John helfen, die Truhe von Mistress Ingunn an Bord zu hieven. Auch wenn sie hier zum erstenmal das Wort in Verbindung mit sich selbst hörte, brauchte ihr keiner zu erklären, daß sie für die Engländer ab jetzt vor allem Johns Frau war, nicht die Tochter von Bauer Halldor. Was das Wort sonst noch bedeuten könnte, damit wollte sie sich heute noch nicht beschäftigen.

Ingunn blinzelte kräftig und richtete den Blick auf das kleine Boot, das da unten auf den Wellen träge hin und her schaukelte. Der Vater und die Brüder hatten das Tau, das ihre Truhe aufs Deck der »Kathryn« hochziehen sollte, behutsam unter die Kiste geschoben und gaben jetzt durch Zeichen zu verstehen, daß die Leute auf Deck anfangen konnten zu kurbeln. Dann würde Øyvind gleich hier oben bei ihr sein ...

Aber die drei Männer da unten sprachen immer noch eindringlich miteinander. Jetzt, endlich, Øyvind machte einen Schritt zum Fallreep und gab dem Bruder mit ernster Miene die Hand, bevor er sich zum Vater umdrehte und ihn umarmte. Einige Augenblicke später stand er oben auf Deck neben Ingunn. Er war weiß im Gesicht und sah todmüde aus.

John und Geoffrey gesellten sich zu ihnen, und John klopfte dem Schwager kameradschaftlich auf den Rükken. »Jetzt hat die Wartezeit bald ein Ende, Øyvind! Im Morgengrauen war Geoffrey mit dem Beiboot draußen, um nach Turid zu schauen – es geht allen da draußen gut. Sie wechseln sich ab, Wache zu halten.«

Ingunn blickte erstaunt, aber sowohl Øyvind als auch Geoffrey nickten, als wüßten sie, worum es hier ging. Bevor sie etwas sagen konnte, steckte der Schiffer eine Art Flöte in den Mund und pfiff ein schrilles Signal nach dem anderen. Das Schiff lebte auf wie ein angespornter

Gaul. Hoch mit den Ankern, hoch mit den Segeln – p-i-ip, p-i-ip, p-i-i-i-p!

Ingunn hielt sich die Ohren zu und schaute hinunter zum Vater und zum Bruder, die jetzt mit sicherem Abstand zur »Kathryn« das kleine Boot gegen die Wellen steuerten und gleichzeitig zum Schiff hochspähten. Sie winkte und winkte.

»Lebt wohl! Und grüßt alle!« Sie hatte ihre Stimme endlich wiedergefunden, aber ihr Gesicht war naß von Tränen, und es machte die Sache nicht besser, daß das Boot mit den beiden Männern bei dieser Entfernung klein und schutzlos wie ein neugeborenes Kalb wirkte. Es fiel ihr etwas ein, und sie beugte sich soweit nach vorne, wie sie nur konnte, und rief mit den Händen als Trichter vor dem Mund: »Gib Smørbutts neuem Kalb meinen Namen!«

Der Vater winkte als Antwort, und sie dachte beinahe fröhlich, daß jetzt doch noch etwas von ihr auf Grönland bliebe. Die Aufregung und der Lärm an Bord des Schiffes pflanzten sich wie ein heftiges Zittern bis ins Innerste ihrer Seele fort – wie eine Geburtswehe, die ihr neues Leben einleitete. Sie bekreuzigte sich und zog tief den Atem ein, bevor sie sich Øyvind und ihrem Mann zuwandte.

John schien sich zu amüsieren, aber Øyvind sagte nur: »Du denkst anscheinend schneller als ich, Ingunn. Ich habe nicht einmal meinen Namen in die Türschwelle daheim eingeritzt!«

Eine wilde Hoffnung keimte in Ingunn auf. »Wirst – wirst du uns nach Bristol begleiten, Øyvind?«

»Nein, ich komme nur mit, bis wir an Reinøy vorbei sind.«

»Hat vielleicht jemand Lust, mir etwas mehr zu erzählen?« fragte sie gereizt. »Ich bin anscheinend die einzige, die nicht weiß, was vor sich geht.«

»Wir wollten nur, daß du dich nicht verstellen mußt, deswegen hat dir keiner von uns etwas über Øyvinds und Turids Pläne gesagt«, meinte John und legte den Arm um sie. »Wir hatten Angst, daß du Petrus oder Ingolf gegenüber versehentlich etwas verraten könntest.«

»Ja, ich bin immer bestrebt gewesen, mit den beiden ins Gespräch zu kommen«, sagte Ingunn böse und dachte, wenn sie in diesem letzten Jahr etwas gelernt hatte, dann war es die Kunst, sich zu verstellen. »Aber jedenfalls verstehe ich, daß du und Turid vorhabt, gemeinsam zu fliehen, Øyvind!«

»Nenn es, wie du willst – wir fahren hoch zur Westsiedlung, um auf den alten Siedlungsstätten dort ein gemeinsames Leben zu gründen, während wir darauf warten, daß der Sturm hier unten vorbeizieht.«

»Und als Vater das erfahren hat, meinte er, du könntest das Kirchboot nehmen.«

Øyvind nickte. »Ja, und Reidar hat den Verwalter auf Under Høvda gebeten, dafür zu sorgen, daß Turid zum kleinen Bauernhof auf Eid kommt. Dort hat der Neffe vom alten Olaf versprochen, für sie zu sorgen, bis ich sie hinaus zu – zu Freunden von mir bringen könnte. Sowohl sie als auch das Boot sind seit vorgestern auf der Seeseite von Reinøy versteckt.«

»Aber auf Under Høvda vermissen sie doch sicher jetzt schon Turid?«

»Sie hat gesagt, sie würde eine Weile auf der Alm mithelfen«, sagte Øyvind und lächelte schwach. »Es dauert sicher ein paar Tage, bis die Sennerin dort etwas sagt – es kommen nicht so oft Leute dahin.«

»Dann – dann werden wohl Petrus und Ingolf sich an Vater und Reidar rächen?«

»Es ist nicht zu erwarten, daß sie erfahren werden, wo

sie geblieben ist, Mädchen, denn das wissen nur Leute, auf die wir uns verlassen können. Petrus und Ingolf dagegen kennen anscheinend keine Leute, auf die sie sich verlassen können.«

Øyvind schaute bewundernd auf das Großsegel, das sich von dem Hauptmast wölbte, bevor er weitersprach: »Und wenn bekannt wird, daß Turid verschwunden ist, gibt es sicher genügend Tratschweiber hier in der Gegend, die andeuten werden, wie die Frau von Petrus starb.«

Für Ingunn schien alles recht verworren, und eine ganze Weile sagte sie nichts mehr. Schließlich fragte sie vorsichtig: »Und auch Geoffrey hilft dir?«

»Ja, selbstverständlich«, sagte John, bevor Øyvind antworten konnte. »Er sagte, es wäre ihm eine wahre Freude, Petrus und Ingolf einen Streich zu spielen, nach der Geschichte mit dem Loch im Rumpf!«

Øyvind nickte. »Ja, und laut Tom macht es Geoffrey nichts aus, wenn man ihm nachsagt, daß der jüngste Sohn auf Bru zusammen mit seiner Schwester auf Geoffreys Schiff nach Bristol gefahren wäre. So etwas ist auch schon früher passiert, sagt er.«

Ingunn schaute verstohlen zum Achterdeck hin, wo der Schiffer wie ein ruheloser Bulle hin- und herschritt, während er die Segel im Auge behielt und unaufhörlich Befehle pfiff. Sie hatte immer noch Angst vor ihm, aber jetzt war die Furcht mit Achtung vermischt. Auch John und Øyvind hatten anscheinend ähnliche Gedanken, denn sie murmelten etwas davon, daß sie jetzt Geoffrey helfen müßten, bevor er sie als unnütze Ladung über Bord werfen würde, und Ingunn blieb alleine unten auf dem Mitteldeck stehen, mit windzerzausten Haaren und Augen, die von der Salzgischt schmerzten.

Sie rieb sich mit dem Rockzipfel durch das Gesicht und

ließ der zitternden Spannung freien Lauf. Sie war auf dem Weg hinaus in die große Welt, auf einem großen Schiff mit Kojen und mehreren Decks! Sie vergewisserte sich schnell, daß sie keinem im Weg sein würde und ihr nichts auf den Kopf fallen konnte, dann schlüpfte sie über das Deck, das sich leicht seitlich neigte, zur Leeseite hinüber. So etwas hätte sie nicht tun können, wenn sie in einem kleinen Boot kauern müßte!

Ihr Blick glitt von den breiten Deckplanken hoch zu den großen Segeln, bevor er über die Küste schweifte. Die Backbord-Reling lag zu hoch im Wasser, so daß sie die vertraute Küste an der Südseite des Fjordes nicht sehen konnte, aber steuerbord konnte sie undeutlich einen kleinen Hof erkennen, dessen Namen ihr nicht einfiel. Ob sie wohl jemals dahinkommen würde – nein, sie mußte jetzt nach vorne schauen und an die Zukunft denken.

Sie war so in ihre Gedanken vertieft, daß es eine Weile dauerte, bevor ihr klar wurde, daß das Meckern, das sie hörte, nicht vom Land kam, sondern aus einer kleinen zugedeckten Einzäunung weiter vorne auf dem Deck. Vier Lämmer und drei Zicklein schauten erschreckt hoch, als sie das Lodentuch anhob und die Hand zu ihnen hinunterstreckte, und sie fühlte eine harte, kleine Schnute an ihren Fingern lecken. Im selben Augenblick, als sie entdeckte, daß sie immer noch krampfhaft die Glockenblumen festhielt, verschwanden sie mit einem Ruck aus ihrer Faust, und das größte Zicklein mampfte nachdenklich seine Beute.

Ingunn lachte und streichelte der Reihe nach die Tiere. »Nur ruhig, ihr werdet alle bald auf einer grünen Wiese weiden – ich glaube bestimmt, daß ihr auf Reinøy an Land geht ...«

Da fiel ein Armvoll zusammengesuchtes Gras in die

Einzäunung, und die Tiere beschäftigten sich sogleich damit, es von den Rücken der anderen herunterzuzupfen. Ingunn drehte sich um, denn sie wollte sehen, wer das Geschenk gebracht hatte. Zum Glück kannte sie all diese englischen Seeleute schon, sonst hätte sie gedacht, der Mann, den sie sah, wäre vom Teufel selbst geschickt worden, um sie zu erschrecken. Evan aus Wales besaß weder Augenbrauen noch Haare auf dem Kopf, seine schwarzen Kugelaugen lagen unter geschwollenen, haarlosen Augenlidern, und das Gesicht war ein häßliches Lappwerk aus blanker zusammengezogener Haut. Nach der Pockenseuche sahen die Leute so aus, hatte ihr John erzählt. Wenn sie überlebten.

Evan drehte das Gesicht weg, um ihr den Anblick zu ersparen, und murmelte etwas auf englisch. Ingunn meinte zu verstehen, daß er seine eigenen Tiere zu Hause vermisse und hoffe, daß diese armen Würmchen nicht verhungern würden. Er war verschwunden, bevor Ingunn sagen konnte, daß Øyvind sicher genügend Tierfutter für den weiten Weg in den Norden besorgt hätte, da ja anscheinend auch alles andere genaustens geplant wäre. Außerdem hätte er wohl kaum vor, immer wieder an Land zu gehen, da ihm und Turid nur wenig Zeit bleiben würde, sich auf den Winter dort oben im Norden vorzubereiten.

Ein Winter ganz alleine ohne andere Menschen, neben verfallenen Höfen und baufälligen Kirchen. Wer würde sie trauen können – wer würde ihre Kinder taufen?

Der Tag war schon weit fortgeschritten, als Ingunn das Holzgefäß mit dem kalten Lachs herumreichen konnte. Hungrig und erschöpft schlangen die Männer das gute Essen hinunter, und sie lächelte stolz, als der Schiffer sagte, daß sie mit Gottes Hilfe zuversichtlich sein könnten, denn Ingunn hätte hiermit für einen guten Anfang ihrer Reise gesorgt.

Als Øyvind die Jacke und die Strümpfe wieder anzog, die er ausgezogen hatte, um an Bord mithelfen zu können, sah Ingunn eine Möglichkeit, dem Bruder einige der Fragen zu stellen, die sie noch plagten. Sie ging zu ihm hin mit dem Korb, den die Frau des Verwalters ihr gegeben hatte, und sagte: »Hier, Øyvind, ich bin der Meinung, dies hier solltet ihr, du und Turid, mit euren Freunden teilen – du weißt ja, daß John nur die Nase rümpft, wenn er Gärforelle sieht.«

Er schaute sie dankbar an und ergriff das Körbchen. »Ja, du bekommst sicher bessere Sachen in Bristol, Ingunn! Ich nehme das Geschenk gern an – meine Freunde, die Skrælinger, mögen auch Gärforelle.«

»Skrælinger – versteckt sich Turid jetzt bei ihnen?«

Der Bruder lächelte breit und zeigte auf die äußerste Spitze von Reinøy. »Von hier aus kannst du sie nicht sehen, aber sie liegen in einer Bucht zum Meer hin und warten auf ihr Frauenboot. Geoffrey wird für kurze Zeit Anker werfen, damit sie mich und meine Tiere zu meinem eigenen Boot – und zu Turid – rudern können.«

»Aber wer soll euch beide denn trauen?« entschlüpfte es Ingunn. »Und wann werdet ihr andere Leute wiedersehen?«

»Vater hat uns auf Eid gesegnet«, sagte Øyvind und bekreuzigte sich. »Und ansonsten kommt es darauf an, was du unter ›Leute‹ verstehst – es gibt oben in der Westsiedlung genügend Skrælinger. Einige von ihnen hast du ja selbst getroffen. Sie begleiten uns jetzt in den Norden.«

»O-oh!« sagte Ingunn langgezogen. Sie hatte das Beerenpflücken im vorigen Jahr noch gut in Erinnerung.

»Der kleine Kerl, den die Skrælingerfrau auf ihrem Rükken trug, läuft jetzt sicher auf eigenen Beinen herum.«

»Er kann bestimmt auch schon Fische fangen!« sagte Øyvind und lachte. Dann wurde er wieder ernst. »Man kann sich keine besseren Freunde wünschen. Sie haben im vorigen Herbst diesen Ausweg für Turid und mich vorgeschlagen – du kannst dich sicher daran erinnern, daß es draußen auf den Fanggründen Probleme gab, als Vater und Reidar in Gardar waren? Damals war es.«

Ingunn nickte. Diesen Tag und Petrus' Besuch würde sie so schnell nicht vergessen können!

Der Bruder sprach langsam weiter: »Für die Rentierjagd und die Robbenjagd und immer, wenn es am besten ist, daß mehrere Leute dabei sind, kann ich auf die Skrælinger zählen, solange ich mich an ihre Regeln für das Aufteilen der Jagdbeute halte. Und wenn es sich herausstellen sollte, daß es dort oben in der Westsiedlung ohne andere Bauern zu schwierig wird, ist es nicht mehr so weit zu dem Land im Westen. Auch unsere Vorfahren haben den Weg dorthin geschafft – und dort werde ich jetzt sicher auch Engländer treffen, so wie John erzählt hat!«

»Woran soll ich denn jetzt wieder schuld sein?« fragte John hinter ihnen und ließ sich neben Ingunn nieder. Mit Salzstreifen im Haar, nur mit Hose und Leinenhemd bekleidet, sah er nicht mehr aus wie ein reicher ausländischer Kaufmannssohn, dachte sie glücklich.

»Habe ich einen Bauern mit langen Ohren bekommen?« scherzte sie.

»Nein – mit guten Augen. Ich bin gekommen, um dir zu sagen, daß deine Fahrgelegenheit gerade eben vom Land abgelegt hat, Øyvind, und Geoffrey braucht dich jetzt schnell als Lotse, um einen guten Ankerplatz für das Schiff zu finden!«

Øyvind lächelte strahlend und dachte in der Aufregung gerade noch daran, die Gärforelle mitzunehmen. Einen Augenblick später stand er achteraus beim Schiffer und zeigte und erklärte, während John Ingunn zur Reling mittschiffs zog und auf eine kleine Bucht zeigte, geschützt von der niedrigen, vom Meer abgeschliffenen Landspitze, die sie gerade umrundet hatten. »Ich hätte nie gedacht, daß mir eines von diesen Frauenbooten unter die Augen kommen würde. Davon werde ich zu Hause erzählen! Daß Frauen so tüchtige Ruderer werden können ...«

Der Anblick beschäftigte Ingunn ebenfalls so sehr, daß sie nicht daran dachte zu antworten, daß sie selbst ja auch rudern und segeln könne. Die pelzbekleideten Gestalten in dem großen offenen Lederboot paddelten so gleichmäßig, als würde der Landwind ein Lied mit sich tragen, nach dem sie sich im Takt bewegten.

Ingunn lauschte. Es war wirklich ein Lied! Während das Frauenboot in Richtung »Kathryn« vorwärtsschoß, vermischten sich ein halbes Dutzend Frauenstimmen zu Tönen so wunderschön und traurig, daß man glauben könnte, sie wüßten, daß noch ein schwerer Abschied bevorstand.

Aber als die »Kathryn« beide Anker geworfen hatte und das Frauenboot anlegte, war in den runden braunen Gesichtern, die neugierig an der hohen Schiffsseite nach oben schauten, nur Lächeln zu erkennen. Zwei der Skrælingerfrauen ergriffen das Fallreep, das Tom herunterließ, Øyvind gab John die letzten Anordnungen, bevor er sich von den restlichen Engländern verabschiedete, dann wandte er sich seiner Schwester zu. »Sei guten Mutes, Ingunn, und bete zu Gott, daß wir uns einmal wiedersehen werden, hier auf Grönland oder auch in England – wer weiß!«

»Leb wohl«, flüsterte Ingunn mit steifen Lippen. Sie bekreuzigte sich, legte die Arme um den Hals des Bruders und nahm seinen Geruch in sich auf, bevor sie sich losriß, mit den Fingern über seine Nasenspitze strich und mit dem Versuch eines kleinen Lachens sagte: »Grüß Turid und sag ihr, sie muß Salbe für deine arme Nase bereiten!«

Dann trat er über die Reling zum Fallreep. Wie benommen schaute Ingunn sich die Aufregung mit den zu Tode erschrockenen Tieren an, die zusammen mit Øyvinds anderen Sachen in das Skrælingerboot hinabgelassen wurden. Sie tröstete sich damit, daß die armen Dinger sich schon beruhigen würden, solange sie dicht zusammengedrängt stehen durften, sowohl an Bord des Frauenbootes als auch im Kirchboot. Sonst wäre es für diejenigen, die zuerst hier auf Grönland siedelten, nie möglich gewesen, Stammtiere aus Island mitzubringen.

Allein der Gedanke daran, wie weit die Leute in früheren Zeiten in ihren offenen Booten gereist waren, genügte, um sie aufzumuntern. Øyvind und Turid würden es sicher schaffen, so daß sie in einigen Jahren zur Ostsiedlung zurückkehren könnten, um sich Halldor und Reidar anzuschließen und Ansprüche auf Øyvinds mütterliches Erbteil zu erheben. Und für die großen Schiffe der Engländer war sicher kein Weg zu weit, wenn man nach Johns Geschichten urteilen konnte.

Obwohl das Frauenboot jetzt tief im Wasser lag, fuhr es mit hoher Geschwindigkeit zurück zum Land. Ingunn winkte ihrem Bruder unermüdlich zu und versuchte, Turid unter den Gestalten im Boot auszumachen. Sie merkte erst, daß John neben ihr stand, als er den Arm um sie legte und sagte: »Ich glaube, die nächste Haltestelle wird Galway sein – Geoffrey sagte gerade, er rechnet nicht damit, daß wir in Herjolfsnes haltmachen können.«

»Warum nicht?« fragte Ingunn enttäuscht. Sie hatte sich darauf gefreut, diesen Häuptlingssitz zu sehen, von dem die Ziehmutter so oft gesprochen hatte.

Er zuckte mit den Schultern. »Das Treibeis liegt normalerweise bis weit in den August hinein vor der Küste dort, und wir haben jetzt erst Ende Juli.«

»*Icebergs on port side*!« ertönte es plötzlich vom Ausguck.

»Was bedeutet das?« fragte Ingunn ängstlich.

John zeigte über den Backbord-Bug, wo ein paar blaugrüne riesige Eisberge mitten in der Schiffsroute lagen und die Abendsonne widerspiegelten. Die Strahlen schossen von einer blanken Fläche zur nächsten, und Ingunn kam es vor, als würden sie direkt in ihren Schädel stechen.

»Er hat nur vor den Eisbergen gewarnt. Wie gesagt, die Erde lassen wir für eine Weile hinter uns.«

Im selben Augenblick ertönten grelle Flötenpfiffe vom Achterdeck, und John sagte enttäuscht: »Und das bedeutet, daß ich an der Reihe bin, im Ausguck Wache zu halten!«

»Hat – hat Geoffrey gesagt, was ich hier an Bord zu tun und zu lassen habe?«

Während John leichtfüßig davonging, rief er über die Schulter zurück: »Tun? Dem Koch bei der Zubereitung des Essens helfen und mehr Englisch lernen – keiner erwartet hier überhaupt etwas von dir.«

So unnütz hatte sich Ingunn nicht gefühlt, seit sie ein ganz kleines Kind gewesen war.

Dienstleute benutzen den Hintereingang

John öffnete die Tür zur kleinen Kajüte und steckte den Kopf herein. »Jetzt sind wir schon an den Araninseln und werden bald in die Galwaybucht segeln. Zieh mal zur Abwechslung deine Kleider an – es wird dir guttun, draußen auf Deck zu sein!«

Er zog den Kopf schnell wieder zurück, doch Ingunn hatte die Ungeduld in seinem Blick gesehen. Es schmerzte sie, aber dann dachte sie daran, daß er nicht nur ihretwegen schlechte Laune hatte. Das Schicksal hatte dem Leben des weißen Jagdfalken ein Ende gesetzt, noch ehe sie Hvarfknipa aus dem Blickfeld verloren hatten. Als John den Vogel auf dem Fußboden der Kajüte gefunden hatte, tot in einer Pfütze von Dreck und Erbrochenem, war er völlig außer sich vor Wut und Verzweiflung unter Deck gestürmt, um Geoffrey zu wekken. Man müßte denjenigen, der für diese Untat verantwortlich sei, auspeitschen, bis er um sein Leben bettelte! Nur mit Mühe und Not hatte der Schiffer ihn davon überzeugen können, daß der Vogel von selbst verendet war.

Hätte Ingunn nicht gewußt, daß es jetzt schlecht für Johns Traum von einer eigenen Buchdruckerei aussah, wäre sie nur zu glücklich gewesen, diesen Zimmergenossen loszuwerden, der schlimmer als ein Misthaufen in der Sommersonne stank. Sie glaubte immer noch, den Gestank in der Kajüte riechen zu können, auch wenn sie da drinnen geschrubbt und geputzt hatte, bis sie seekrank wurde und sich übergeben mußte.

Jetzt löste sich die schlechte Luft in dem kleinen Raum allmählich in einer Welle von kühler, reiner Seeluft auf, die durch die Tür, die John offengelassen hatte, hereindrang. Sie setzte sich vorsichtig im Bett auf, löste den schweren Haarzopf und suchte nach dem Kamm. Draußen pfiff Geoffrey gellend mit seiner Flöte, und man hörte schweres Getrampel von vielen Füßen auf dem Deck. Sie war nur froh, daß sie selbst nicht strammstehen und gehorchen mußte! Sie hätte es nie für möglich gehalten, daß man sich so schmutzig und elend fühlen konnte wie sie jetzt nach beinahe vier Wochen zur See, auf einem Schiff, das sich trotz der schweren Ladung bei der kleinsten Welle dauernd bewegte und rollte, und mit einer Verpflegung, die zu Hause selbst die Schweine verschmäht hätten.

»Uns fehlen die Zwiebeln«, erklärte Alfred, der Koch, gutmütig, als Ingunn einmal sagte, daß sie am liebsten nur einige Streifen Trockenfisch kauen möchte. »Du wirst schon sehen! Zu Hause bei Master John bekommst du sicher sowohl Pfeffer als auch Zimt und andere teure Sachen, die das Essen schmackhaft machen.«

»Porree«, sagte Evan aus Wales vor sich hin. Er war nach dem Essen sitzengeblieben, um es sich an der Nachhitze der Kochkiste gemütlich zu machen, bevor er an der Reihe war, seine Wache am Ruder zu übernehmen.

»Was?« Alfred tat oft so, als würde er kein Wort von dem verstehen, was Evan mit seinem singenden Tonfall sagte.

»Porree. Frischer, grüner Porree, den du direkt aus der Erde ziehst und im nächsten Bach abspülst. Der würde das Essen schmackhaft machen, sicher auch den Fraß, den wir hier an Bord bekommen.«

»Jetzt reicht es aber!« Der Koch, ein großer, kräftiger Kerl, der auch der Zimmermann des Schiffes war, sprach jetzt heftig und aufgeregt. Er sah bedrohlich aus, als er sich über den schmächtigen Waliser bückte.

»Alle Seeleute bekommen Scheißessen«, sagte Evan friedfertig. »Das Essen schmeckt nur, wenn man festen Boden unter den Füßen hat. Denk nur daran, wie gut eine richtige Haferbrotschnitte schmecken wird – stell dir den Geruch beim Bäcker vor ...« Er schnupperte in die Luft und verschloß seine dicken Augenlider ohne Wimpern vor der Wirklichkeit.

»Ja, da sagst du was«, Alfred schüttete etwas Seewasser in seinen Topf und rührte geistesabwesend darin. »Und zu Ostern Taubenpastete und Hühnersuppe – hmm-m ...«

Ingunn war klar, daß sie hoffnungslos unwissend war, auch wenn sie die Sprache der Engländer verstand.

Nur bei dem Gedanken an den Trockenfisch, aus dem der Koch fast Brei machte, nachdem er ihn über Nacht eingeweicht hatte, mußte sich Ingunn wieder übergeben. Mit Mühe und Not schaffte sie es, aufs Deck zu kommen und den Kopf über die Reling zu halten, aber es blieb nur beim Brechreiz. Was anderes war sicher auch nicht zu erwarten – sie hatte seit Tagen nichts mehr essen können.

Als sie den kalten Schweiß von ihrer Stirn abgetrocknet hatte, schaute sie sich um und konnte zuerst ihren eigenen Augen kaum trauen. Am Abend zuvor hatte sie nur einen schmalen, unwirklichen Küstenstreifen ausmachen können, jetzt aber sah sie dunkle Klippen, leuchtend grüne Hügel und helle Strände um eine schöne Bucht mit niedrigem Wasser. Und in diese Bucht segelte die »Kathryn« jetzt hinein, Geoffrey selbst stand am Ruder, kräftig und breitbeinig, den Rücken ihr zugekehrt.

Sie hoffte, daß der Schiffer nicht bemerkt hatte, daß sie sich schon wieder übergeben mußte, denn sie mochte es nicht, wenn er sie in so jämmerlicher Verfassung sah. Auch wenn sie nicht oft mit ihm unter vier Augen sprach, ohne daß John oder Tom das Gespräch übersetzten, wußte sie doch tief in ihrem Inneren, dort, wo Worte nicht nötig waren, daß sie in einer Notlage Geoffrey gern auf ihrer Seite hätte – und sie ahnte auch, daß er sich nur für die Leute verbürgte, vor denen er selbst Achtung hatte. Geoffrey war hart und wortkarg und so brutal, daß sie sich oft die Ohren zugehalten hatte, um die Schreie und das Geräusch der Peitsche zu dämpfen, wenn diese auf den nackten Rücken irgendeines Seemanns knallte, der nicht sofort gehorcht hatte, aber sie verstand, warum der Kaufmann Greene sowohl seinen Sohn als auch seine Ladung diesem Mann anvertraut hatte.

Tom tauchte hinter ihr auf, die Arme voller Tauwerk aus dem Achterschott. Im Vorbeigehen drehte er das Stundenglas an der Kajütentür um und rief munter: »Frischer Fisch zum Abendessen, Mistress Ingunn!«

Nicht nur Tom hatte gesehen, daß sie das Essen an Bord nur schwer hinunterbekam. Als sie sich einmal gegen eine festgezurrte Trantonne auf Deck gelehnt hatte, überlegte sie, was wohl schlimmer wäre: zähneklappernd in messerscharfem Westwind und Gischt zu sitzen oder ganz ruhig unter dem Fell in dem stickigen kleinen Raum zu liegen. Da kam der Koch mit einem Krug Gerstenbrei für sie und mit einer Nachricht von Geoffrey, daß alles an Korn, was noch übrig wäre, für Mistress

Ingunn sei. Leider hätte es nur noch für diese eine Portion gereicht, aber die Umsicht wärmte ihr noch lange das Herz.

Auch John konnte Rücksicht nehmen, dachte sie und hatte das Gefühl, ihn heimlich verteidigen zu müssen. Aber sie wagte es nicht, sich bei ihm zu beklagen, denn er hatte schon öfter gesagt, je eher sie sich an die englischen Verhältnisse gewöhne, desto besser. Er selbst habe sich auch in allem nach grönländischen Sitten richten müssen! Sie erinnerte ihn nie an die Gärforelle, die er nicht essen mochte. Anscheinend konnte er sich aber tatsächlich schneller umstellen als sie, er hatte ja auch ihre Sprache schneller gelernt als sie die englische. Ihre einzige Stütze war der Ratschlag, den Sigrid aus Vardebu ihr gegeben hatte, sich niemals anmerken zu lassen, daß sie sich unzulänglich fühlte.

Langsam ging sie in die Kajüte zurück und setzte sich auf die Bettkante. Wichtiger als das Versprechen, zum Abendessen frischen Fisch zu bekommen, war die Aussicht auf ruhige See und reichlich frisches Wasser. Vielleicht gab es in Galway ja auch ein Badehaus, das sie besuchen, und einen Bach, wo sie Kleider waschen könnte. An einem so betriebsamen Handelsort, wo es angeblich Bierstuben und Händler aller Art gab, würde sie sich wahrscheinlich einigermaßen zurechtmachen können, damit John sie in Bristol vorzeigen konnte, ohne sich schämen zu müssen.

Es war jedenfalls ein großes Glück, daß sie auf der Reise ihre monatliche Blutung nicht bekommen hatte, denn in diesem Fall hätte sie keinen Rat gewußt. Wenn sie so richtig nachdachte, hatte sie nach der Hochzeit nicht geblutet, auch wenn jetzt Sommer war und kein Frühjahr mit Futterknappheit. Ob – ob sie vielleicht doch schwanger wäre – oh, wenn sie es nur früh genug gewußt hätte, um es dem Vater zu erzählen, als er fragte! Jedenfalls würde sie ihrem Mann erklären können, warum sie, der es sonst nichts ausmachte, auf dem Meer zu fahren, die ganze Zeit krank und ohne Appetit gewesen war.

Ihr Herz klopfte erwartungsvoll, als sie ihre Haare sorgfältig flocht und sich fertig anzog. Dann ging sie hinaus, um John zu suchen.

Draußen herrschte ein reges Treiben wie beim Schafezählen. Unten auf dem Mitteldeck lag das Großsegel in einem riesigen Haufen, und John und ein paar andere Männer zogen daran, damit sie es festknoten konnten. Tom und Evan klammerten sich wie Spinnen an zwei kleinere Masten, um die Segel dort zu lösen, begleitet von Anfeuerungsrufen von den Leuten auf Deck und von gellenden Pfiffen aus Geoffreys Flöte. Aber immer noch glitt die »Kathryn« weiter in die Bucht hinein, jetzt langsam wie ein Schwan und umgeben von Schiffen aller Art. Einige zogen an Land mit blitzenden Haufen von Fisch, andere kreuzten schwerbeladen draußen auf dem Meer, und noch andere lagen vor Anker an der Nordseite der Bucht, wo Ingunn undeutlich Menschen und Pferde auf einem großen Kai erkennen konnte.

Sie fühlte sich völlig benommen von dem ganzen Treiben, und als John kurz von der Arbeit aufschaute und zufrieden lächelte, weil sie sich ordentlich zurechtgemacht hatte und wieder aufgestanden war, hatte sie völlig vergessen, was sie ihm erzählen wollte. Warm vor Freude über sein Lächeln, drückte sie sich gegen die Reling, um nicht den vielen Seeleuten im Weg zu stehen, die hin und her liefen. Anscheinend war jetzt das Schlimmste überstanden.

Diesen Ausdruck benutzte auch Geoffrey, als er die ganze Mannschaft zu einer kurzen Andacht auf Deck zusammenrief, nachdem die »Kathryn« Anker geworfen hatte. Das hatte er jeden Sonntag während der Reise gemacht, egal wie das Wetter war. »Heiliger Vater, wir danken dir, weil diesmal das Schlimmste überstanden ist, und dafür, daß du während der Reise deine Hand über uns gehalten hast, zusammen mit Christus und unserer heiligen Mutter. *Pater noster ...*«

Ingunn sprach das Gebet der Gebete zusammen mit den anderen und bemerkte, daß jeder einzelne von ihnen sich besonders sorgfältig bekreuzigte. Vielleicht war sie nicht die einzige gewesen, die tödliche Angst gehabt hatte, als es besonders stark stürmte und die »Kathryn« sich mit gerefften Segeln auf dem schäumenden blaugrauen Meer abmühte.

Als das Gebet zu Ende war, gingen John und Geoffrey, um die Schießwaffe des Schiffers zu ölen. Diese hatte die Reise in Johns und Ingunns Kabine verbracht, eingewikkelt in einem Wolltuch in einer verschlossenen, an der Wand befestigten Truhe. Das ganze vergangene Jahr hatten sie es dort aufbewahrt, denn die Engländer hatten nur ohne Waffen oder Schießpulver in Gardar an Land gedurft, das war eine von Orms Bedingungen gewesen. Niemand hatte Ingunn erzählt, warum Geoffrey ausgerechnet jetzt so beschäftigt damit war, seine Waffe zu pflegen – vielleicht brauchte er sie nur, um ankündigen zu können, daß er bewaffnet war, so wie damals, als er in einer Sommernacht vor einer Ewigkeit im Fjord vor Bru Anker geworfen hatte.

»Geoffrey hat etwas vergessen«, murmelte Tom hinter ihr.

Sie drehte sich um und schaute ihn fragend an.

»Ja, wir sind noch nicht daheim! Zuerst gibt es da die Seeräuber, die gern den Eingang zur Irischen See bewachen – deswegen hat er auch Waffen an Bord. Und er hat die Hafeneinfahrt nach Bristol vergessen, als er sich beim Herrgott dafür bedankte, daß wir das Land sicher erreicht haben.«

»Ist denn die Einfahrt so gefährlich?« fragte Ingunn. Es hatte wohl keinen Sinn, Tom über Seeräuber auszufragen, dachte sie. Aber eine Hafeneinfahrt konnte er sicher beschreiben, da diese vermutlich von den Launen des Schicksals unabhängig wäre.

»Wenn der Lotse gut ist und die Gezeitenströmungen genau berechnet, geht es meistens gut. Wenn nicht ...«

»Es kann doch keine Hexerei sein, die Gezeitenströmungen zu berechnen«, meinte sie. »Sogar ich hätte dir erzählen können, wann daheim Niedrigwasser sein würde!«

Im selben Moment sah sie die Bucht zu Hause vor sich, mit einem Gewimmel an kleinen Würmchen unter den Tangbüscheln unten am Strand und mit glänzenden Miesmuscheln um Halldors Anlegestelle herum. Dasselbe Meer überspülte alle Küstenstreifen und verband Grönland mit dem fremden Land, das vor ihr lag, aber jetzt bedeuteten die Wassermengen für sie nur eine unvorstellbar große Trennung zwischen ihrem alten und ihrem neuen Zuhause. Die Tränen brachen hervor, und sie wischte sie ungeduldig weg.

»Es geht sicher gut«, sagte Tom verlegen. »Ich wollte dich nicht erschrecken.«

Sie schluchzte unterdrückt und versuchte zu lächeln. »Ja, wir müssen abwarten. – Übrigens, warum haben wir hier draußen Anker geworfen, warum sind wir nicht bis zur Anlegestelle gesegelt?«

»Zum Kai«, berichtigte er. »Diesmal hat Geoffrey nicht vor, das Schiff hier auszuladen oder mit neuen Waren zu beladen, deswegen ist es billiger, hier draußen zu liegen und nur einen kurzen Abstecher an Land mit dem Beiboot zu machen.«

»Aber wir brauchen frisches Wasser für die restliche Fahrt! Und Frischfleisch und frischen Fisch ...«

Er grinste. »Dann kennst du die Leute hier schlecht! Sie bringen schon ihren kleinen Kindern bei, Leuten wie uns vom Boot aus ihre Waren feilzubieten. Und Alfred der Koch hat schon die Angelschnur im Wasser.«

Sie stellte sich wieder beruhigt an die Reling, als er verschwand, um seinen Pflichten nachzugehen. Und genauso war es – unten auf dem Mitteldeck legte der Koch gerade seine Angelschnur beiseite, um zwei rothaarige Jungen im Alter von sieben bis acht Jahren zu empfangen, die ein merkwürdiges Fahrzeug aus Weidenzweigen und Häuten an die Schiffsseite manövrierten. Unten im Boot zappelten Makrelen und Flundern neben einem Haufen Miesmuscheln, und im Bug lag ein Viertel eines geschlachteten Lamms. Zum erstenmal, seitdem sie Ragnas Wegzehrung gegessen hatte, spürte sie wieder Hunger in sich aufkommen.

Als Ingunn Alfred dem Koch half, den Fisch auszunehmen, dachte sie, daß es keinen besseren Geruch gebe als den von frisch gefangenem Fisch. Widerstrebend hatte der Koch nachgegeben und ließ sie den Fisch kochen, damit er in Ruhe die Miesmuscheln reinigen und das Viertel Lamm zerstückeln konnte, und während sie darauf wartete, daß das Meerwasser in dem riesigen Eisentopf anfing zu kochen, genoß sie in vollen Zügen das Gefühl, sich endlich wieder nützlich machen zu können. In den letzten Wochen hatte sie sich so unsichtbar und ungreifbar wie eine Ohrenqualle gefühlt.

Als das Wasser richtig sprudelnd kochte, ließ sie den gesamten Fisch schnell in den Topf gleiten. Ein wenig Wasser schwappte über auf die Holzkohle und dämpfte die Wärme etwas, dann legte sie den Deckel wieder auf. Alfred murmelte etwas von dummen Weibern und stand auf, um einige der wertvollen Holzscheite aufzulegen. Sie hielt ihn zurück.

»Nein – laß! Ich habe absichtlich die Hitze abgeschwächt. Der Fisch darf im Wasser nur ziehen – dann schmeckt er am besten.«

Kopfschüttelnd setzte er sich wieder. »Ich hoffe, du weißt, was du tust, denn ich werde ausgeschimpft, wenn das Essen ungenießbar ist.«

Ingunn dachte im stillen, daß die Mannschaft um einiges geduldiger war, als er es verdiente, aber laut sagte sie nur: »Wenn du meinen Bruder gefragt hättest, hätte er dir erzählt, daß ich recht gut Fisch kochen kann.«

Wie sie gehofft hatte, brachte die Bemerkung den Koch auf andere Gedanken. Er hatte mit ihrem Bruder zusammengearbeitet, als Reidar und Petrus die »Kathryn« nach dem Winter repariert hatten, und auch später, als Reidar heimlich half, den Schaden, den Petrus verursacht hatte, auszubessern, und er konnte ihren Bruder nicht genug loben. Auf der gesamten Reise hatte Alfred keine Gelegenheit verstreichen lassen, seine Verwunderung darüber zum Ausdruck zu bringen, daß ein ungelernter Grönländer, der noch nie in seinem Leben ein ordentliches Haus oder ein richtiges Möbelstück gesehen hatte, so viele sinnreiche Kniffe eines Zimmermanns kannte.

»Ist ein tüchtiger Kerl, der Reidar«, sagte der Koch

jetzt und warf den Eimer mit Fischabfällen über die Reling, bevor er mit den Miesmuscheln weitermachte. »Ich hätte ihn gern heute abend mit an Land genommen und ihm einige Krüge richtiges Bier spendiert!«

Sie unterhielten sich gemütlich weiter, bis Ingunn die Schürze auszog und sich die Reste vom Fisch und Fischgeruch abwusch. John konnte den Anblick von Blut und Muschelresten an den Armen seiner Frau nicht ertragen, das hatte er einmal ohne Umschweife gesagt, als sie nach der Hochzeit auf Bru wohnten. Sowohl damals als auch jetzt überlegte sie, wer wohl das Essen bei der Familie Greene richtete und ob die Arbeit verrichtet wurde, ohne daß jemand schmutzig wurde.

Es fing schon an, dunkel zu werden, als Geoffrey sich bekreuzigte und sagte: »Das hat gut geschmeckt!« Er stand auf, um zu zeigen, daß die Mahlzeit, die ihr Nachhausekommen feierte, beendet war.

John reichte Ingunn die Hand, um ihr beim Aufstehen zu helfen, das hatte er seit dem Tod des Jagdfalkens nicht mehr getan. Ob das gute Essen den Ausschlag gegeben hatte oder die Tatsache, daß sie allmählich ihr altes Ich wiederfand, spielte keine Rolle – Ingunn genoß das Wohlbehagen und den guten Willen um sie herum und freute sich darauf, in das Beiboot, das unten auf dem Wasser auf sie wartete, zu steigen. Sie konnte die Lichter in den Häusern an Land erkennen, auch einige Feuer brannten, und Stimmen, mit Hundegebell und Schafsblöken vermischt, hallten in der Luft über der Bucht wider. Hier wohnten Menschen!

Sie folgte John in die Kajüte und suchte das blaue Kleid und den feinen Umhang heraus. »Ich brauche nur einen Augenblick zum Umziehen!« versicherte sie fröhlich.

»Nimm die Zeit, die du brauchst – du gehst ja nicht an Land!« sagte er gutmütig.

Sie ging einen Schritt zurück, als hätte er sie geschlagen. »Wa-was m-meinst du?« stotterte sie.

Die Verwunderung in seinem Blick war groß und echt. »Aber ich bitte dich! Du glaubst doch wohl nicht, daß ich meine hübsche Frau mit an Land nehme? Besonders am Abend nicht, jetzt sind die meisten Frauen, die noch unterwegs sind, Huren oder Weiber, die in den Bierstuben arbeiten!« fügte er munter hinzu.

Ingunn schluckte schwer. »Dann bleibe ich also alleine hier an Bord zurück?«

Er schüttelte seinen Festumhang kräftig, um die Falten von der Reise loszuwerden, bevor er antwortete: »Nein, wir brauchen natürlich eine Wache an Bord. Tom ist der Jüngste, er wird sich wohl opfern müssen.«

Fröhlich und aufgeregt bückte er sich und küßte sie, dann war er aus der Tür verschwunden. Eine Weile später hörte sie das Beiboot ablegen, begleitet von Gejohle und Gelächter derjenigen, die an Bord waren.

Schließlich hörte es auf, in ihrem Kopf zu rauschen, und sie stand steif und ungeschickt vom Bett auf, wo sie sich hingeworfen hatte, das Gesicht im Fell versteckt.

Tom hatte schon zweimal das Stundenglas vor ihrer offenen Tür umgedreht, und er hatte nicht einmal den Kopf durch die Tür gesteckt, um zu fragen, wie es ihr ging. Es ging ihm wohl auch nicht besonders gut, und sie schämte sich wegen ihres Selbstmitleids. Außerdem wollte John ja nur ihr Bestes.

Im Licht der Backbord-Laterne saß der Junge und fummelte an einigen Tauen herum, die er anscheinend zusammenknoten sollte, aber ohne irgendein Zeichen des

Erfolgs. Er schaute nicht hoch, als Ingunn sich neben ihn stellte, und eine ganze Weile sagten sie beide kein Wort.

»Welche Töne sind denn das?« fragte sie schließlich und zeigte zum Land hin, wo sich die entfernten Töne einer Tanzweise wie unsichtbare Möwen in der dunklen Augustnacht drehten.

»Geige«, sagte Tom mürrisch. »Geige und Zinnflöte.« Dann fügte er heftig hinzu: »Da drinnen tanzen sie, mit Mädchen und allem, und ich sitze hier! Nach einem ganzen *Jahr* fern jeder Zivilisation muß ich hier sitzen, während die anderen Bier trinken und sich amüsieren.«

»Danke für die Beschreibung«, sagte Ingunn traurig. »Weil ich mein ganzes Leben lang fern jeder Zivilisation gelebt habe, wie du es ausdrückst, weiß ich auch nicht, wie sich die Menschen hier amüsieren.« Huren und Frauen, die in den Bierstuben arbeiten, hatte John gesagt. Sie zitterte, auch wenn ihr Umhang dick und warm war.

»So habe ich es doch nicht gemeint, Ingunn«, sagte Tom und schaute schließlich hoch.

Daß er vergaß, Mistress zu sagen, nahm sie als Zeichen dafür, daß er trotz allem etwas von der alten Vertraulichkeit spürte, und sie fragte mutig: »Was tun alle an Land? Geoffrey und Evan und Alfred und – und John, sie sind ja sonst so verschieden.«

Wie immer, wenn er ihr etwas erklären sollte, wurde der Junge munter. »Ich nehme an, sie haben direkt Kurs auf die Hafenkneipe der fetten Fiona genommen – sie zapft das beste Bier in Galway.«

»Sie alle?«

»Ja, außer Geoffrey, natürlich. Er hat einen Neffen, der hier Priester ist, und bevor er sich mit einem Bierkrug hinsetzt, geht er immer zuerst zu ihm. Besonders jetzt muß er nach der langen Dürrezeit auf Grönland sicher beichten und Rat suchen!« Tom grinste ungezogen, bevor er in einem ernsteren Ton hinzufügte: »Ich weiß, daß sowohl dein Vater als auch Orm Priester sind, aber für Geoffrey war es nicht dasselbe wie unsere Kirche hier zu Hause. Er ist der Frömmste von uns allen hier an Bord.«

»Frömmer als – als John?« Die Worte waren ihr unversehens rausgerutscht.

Ungewöhnlich vorsichtig antwortete Tom mit abgewandtem Gesicht: »Leute wie John – Master John – und seine Familie unterstützen die Kirche und die Priester am meisten. Ob das bedeutet, daß sie frömmer sind als die anderen Leute, davon verstehe ich nichts.«

Sie schwiegen eine Weile, bevor Tom in seinem alten spaßigen Ton hinzufügte: »Man braucht Alfred und Evan und die anderen jedenfalls nicht daran zu erinnern, daß sie sich für Gottes Gaben bedanken müssen, wenn es sich um volle Bierkrüge handelt.«

Ingunn wurde klar, daß er über ernste Dinge nicht mehr reden wollte, und so plauderten sie gemütlich, bis sie Gejohle und Ruderschläge hörten und das Meeresleuchten um das Beiboot, das sich näherte, sahen.

Tom hatte anscheinend Erfahrungen mit einer Heimkehr dieser Art, denn er verschob die Lampe, damit sie direkt auf das Fallreep leuchtete, und er stand selbst bereit, um die Leute festzuhalten, als sie nacheinander unsicher hochkletterten. Evan aus Wales fiel ins Wasser und mußte von Alfred dem Koch aus dem Wasser gefischt werden, aber alle schafften es, an Bord zu kommen. Und das war wahrhaftig ein Wunder, dachte Ingunn, denn der einzige, der sicher stehen konnte, war Geoffrey.

John torkelte Ingunn entgegen und sagte gut gelaunt:

»Du solltest – ach – sehen, was ich hier für dich h-habe ...« Ziellos suchte er unter seinem Umhang.

»Ich werde dein Bündel für dich aufbewahren.« Der Schiffer hielt John mit kräftigem Griff fest und zog ihn vorsichtig zur Kajüte. Ingunn folgte ängstlich und verwirrt und deckte ihren schlafenden Mann mit dem Fell zu, nachdem Geoffrey ihm Schuhe und Umhang ausgezogen hatte und Kreuzzeichen über ihm gemacht hatte.

»Gute Nacht, Mistress Ingunn.«

»Gute Nacht – und danke.«

In der Tür drehte er sich um. »Ihm wird es morgen im Laufe des Tages wieder bessergehen – er ist kein starkes Bier mehr gewöhnt.«

Das war auch Johns Erklärung, als er spät am nächsten Tag mit Kopfweh aufwachte.

Als Ingunn einmal das feuchte Tuch auf seiner Stirn tauschte, schaute er sie plötzlich mit seinen schönen graugrünen Augen direkt an. Ihr wurde davon immer noch ganz schwach und komisch zumute, wie damals, als er sie zum erstenmal in dem Bett des Bauern auf Bru angeschaut hatte. Er versuchte zu lachen, nahm ihre Hand und sagte: »Diesmal werde ich schneller gesund als das letztemal, meine kleine Ingunn!«

Sie wußte nicht, was sie darauf antworten sollte, aber ein wenig später sagte sie: »Geoffrey hat dies vorbeigebracht.« Sie legte ein langes, weiches Bündel auf die Decke.

»Bück dich, Ingunn, und schließ die Augen, nachdem du dein Kopftuch ausgezogen hast.«

Gehorsam tat sie, wie er sagte, und er legte etwas Weiches auf ihren Kopf. »Jetzt kannst du die Augen öffnen!«

Ihr Herz tat einen Sprung, als ihre Finger und ihr

Blick das Geschenk erforschten. Dieses Weiche und Luftige, das an ihren Schultern und über ihrer Brust herunterhing, mußte eine Art Leinenstickerei sein.

John lachte leise. »Es sind irische Spitzen! Ich habe sie gegen einen der Walroßzähne getauscht, damit du stattlich aussiehst, wenn wir in Bristol an Land gehen.«

Sie streichelte immer wieder über das kostbare Kleidungsstück und überhörte die leise innere Stimme, die mahnte, daß er gegen die Abmachung wegen ihrer Mitgift verstoßen hatte. Und als sie sich bückte und ihren Mann innig küßte, vergaß sie auch zu sagen, daß sie wahrscheinlich unter ihrem Herzen das erste Kind trug, das ein Anrecht auf ein mütterliches Erbteil hätte.

Ohne irgendwelche Seeräuber zu sehen, und ohne daß der Wettergott allzu schlimm regierte, umrundete die »Kathryn« die Südspitze Irlands und segelte schließlich eine Meerenge hoch, die John den Bristolkanal nannte. Die Inseln auf ihrer Route hatten beruhigende, vertraute Namen wie Schafinsel und Flachschäre. Da sie die ganze Zeit über Land in Sicht hatten, schien es Ingunn, als könne sich der Seegang vor Land's End überhaupt nicht mit dem messen, was sie am Anfang ihrer Fahrt erlebt hatten, mit Wellen, die ununterbrochen über das Mitteldeck spülten. Außerdem hatte es ihre Laune beträchtlich gebessert, daß sie sich vor der Abfahrt aus Galway ordentlich hatte waschen können.

Die Züge der Landschaft traten immer deutlicher auf beiden Seiten der immer schmaler werdenden Meerenge hervor. Hier eine Burg, dort eine Häusergruppe – und die größten Schlammgründe, die Ingunn jemals gesehen hatte. Sie konnte förmlich das Schwappen des schweren Lehmbodens hören.

»Wie können wir hier nahe genug an die Küste gelangen?« fragte sie besorgt, als John einmal zu ihr kam. Sie stand gerade an der Reling und starrte ununterbrochen auf die dunklen, glitzernden Flächen steuerbords. »Es ist sicher schon schwierig genug für die da drüben –« sie zeigte mit der Hand auf die flachbodigen, kleinen Fischerboote, die um sie herum segelten.

John lachte und zog an ihrem Zopf unter dem Kopftuch. »Das wird schon gutgehen.«

Sie erzählte ihm, daß Tom genau dasselbe gesagt hatte. War die Einfahrt also doch nicht so gefährlich?

Er antwortete zögernd. N-nein, aber wie sie schon sehen könne, gebe es hier im Severndelta einen sehr großen Unterschied zwischen Ebbe und Flut, und so sei es die ganze Strecke den Fluß Avon aufwärts bis nach Bristol. Mindestens dreißig Fuß. Deswegen würden sie vor King's Road liegenbleiben und auf den Flußlotsen aus Crockern Pill warten.

»Und dann?«

John schaute schnell über die Schulter zurück, bevor er den Blick wieder auf das dunkle Waldgebiet weiter im Landesinneren richtete. »Ja, dann wirst du sehen, warum Eindringlinge uns in Bristol nicht überrumpeln können«, antwortete er stolz. »Aber Geoffrey hat schon das Ruder übernommen, dann wird bald einiges passieren.«

Er war verschwunden, bevor sie noch mehr Fragen stellen konnte. Sie tröstete sich damit, daß sowohl Geoffrey als auch die »Kathryn« sicher schon so oft diese Tour gemacht hätten, daß sie sich umsonst Gedanken machte.

Später dachte Ingunn, daß die Einfahrt nach Bristol nicht nur ein Hindernis für Eindringlinge war, sondern auch eine Versicherung dagegen, daß die Leute wieder abhauten. Jedenfalls auf dem Seeweg. Vorwärts und seitwärts, mit großer Geschwindigkeit und blitzschnellen Bewegungen, die das Schiff und alle, die an Bord waren, wie Puppen hin und her warfen, folgte die »Kathryn« den Windungen des Flusses zwischen dunklen drohenden Felswänden. An beiden Ufern entlang ragten Masten und Spanten aus dem Schlamm heraus und zeigten deutlich, wie schlimm es ausgehen konnte.

Sie saß zusammengekauert auf Deck und hielt sich krampfhaft an der Reling fest. Sie hätte am liebsten die Augen geschlossen, aber da diese halsbrecherische Fahrt bei vollen Segeln unternommen wurde, mußte sie aufpassen, daß die Leute nicht über sie fielen, als sie nach der Pfeife des Flußlotsen hin und her rannten.

Das Schiff war gerade um einen neuen Felsvorsprung herumgesegelt, als Ingunn die Stimme von Alfred dem Koch hinter sich hörte: »Die Saint-Brendan-Kapelle – Gott sei gelobt.«

Der riesige Mann fiel neben ihr auf die Knie und bekreuzigte sich immer wieder, seine Augen waren auf einen steilen grünen Hügel mit einem Kreuz auf dem Gipfel gerichtet. Weit vorne, wie eine zum Leben erweckte Sage, erkannte sie verschwommen die Kirchtürme und Häuser, die leuchtend grünen Wiesen und die dunklen Wälder der Stadt Bristol.

Im selben Augenblick, als das Großsegel abgefiert wurde, richtete sich die »Kathryn« auf. Es kam Ingunn so vor, als würde das Schiff langsam ausatmen, wie ein Pferd, das wieder daheim war. Alles zog sich in ihrer Brust zusammen, hart und schmerzlich. Auch John war jetzt daheim. In einem dieser Häuser wohnte seine Familie, aber ihr eigenes Zuhause hätte ebensogut eine Luftspiegelung sein können, so wenig Schutz konnte es ihr jetzt geben. Sie bekreuzigte sich und preßte die Hände wieder fest zusammen. »Lieber Gott, hilf ihnen, mich zu mögen – und hilf mir, eine gute Tochter und Schwester zu sein ...«

Wo sie auch hinschaute, überall wimmelte es von Menschen – auf den Schiffen, die neben ihnen lagen, auf dem Kai und auf den gepflasterten Straßen, die zum Hafen hinunterführten. Als sie an dem großen, mit Steinen gepflasterten Kai anlegten, nahm sie den Lärm kaum noch wahr, und wie im Halbschlaf schaute sie zu, wie ihre Sachen aus der Kajüte getragen und unten auf dem Kai abgeladen wurden. Sie hielt nur Ausschau nach einem Mann, der seinen Sohn nach einer langen und gefährlichen Fahrt begrüßen kommen würde.

Auch John schaute anscheinend nach bekannten Gesichtern, denn er antwortete nur kurz und knapp, als sie fragte, ob sie die Waren ausladen müßten, bevor sie selbst an Land gingen. »Nein, der Zollinspektor muß zuerst die Güter kontrollieren, und wir müssen vor der Ebbe von Bord gehen. Geoffrey und die anderen werden vorläufig auf das Schiff und auf die Waren aufpassen.«

Jetzt konnte Ingunn einen großen, gebeugten, kostbar gekleideten Mann von der Menge unterscheiden. Er trug einen dunkelblauen Umhang über einem langen Gewand mit Pelzbesatz und ging den Landungssteg hoch, ohne daß jemand versuchte, ihn anzuhalten. Sie schaute John heimlich an. War dieser Mann sein Vater?

Aber John starrte noch immer vor sich hin, und ohne nach links oder rechts zu schauen, ging der fremde Mann direkt auf Geoffrey zu und begrüßte ihn. Die beiden Männer wechselten einige kurze Worte, vermutlich über das Resultat der Reise, während die restlichen Seeleute an Bord den gehörigen Abstand hielten. Sie sah, daß der Schiffer seinen enganliegenden Filzhut abgestreift hatte, der Fremde aber behielt seinen auf – eine schwarze, weiche, viereckige Kopfbedeckung, die aussah, als wäre sie aus Samt gemacht.

Vermutlich nur einer der anderen Besitzer, dachte Ingunn traurig. Aber bevor sie ihre Enttäuschung richtig begreifen konnte, drehte der Fremde sich um und kam direkt auf sie und John zu. Sie spürte, wie ihr Ehemann erstarrte, und sah, daß er seine Filzkalotte abstreifte.

Der Fremde blickte sie abschätzend, aber nicht unfreundlich an, kam noch einen Schritt näher und sagte: »Willkommen daheim, Sohn.«

»Danke, Vater.«

Kaufmann Greenes schweres, rötliches Gesicht veränderte nicht den Ausdruck, als er und sein Sohn sich gegenseitig küßten. Aber als er sich umdrehte, um Ingunn mit einem Kuß willkommen zu heißen, hätte sie schwören können, daß ein Lächeln in den graugrünen Augen versteckt lag, die direkt in die ihren blickten. Sie begegnete ruhig seinem Blick, bevor sie die Augen niederschlug und die Arme über ihrer Brust kreuzte, wie es ihr Sigrid beigebracht hatte und wie es sich unter Fremden gehörte. Dann hielt sie ihm die Wange zum Kuß entgegen.

John verlagerte unruhig sein Gewicht von einem Fuß auf den anderen und räusperte sich. »Vater –«

Martin Greene erhob die Hand. »Geoffrey hat mir erzählt, daß du auf Grönland geheiratet hast, und er gab deiner Frau einen guten Leumund. – Ingunn heißt du, nicht wahr?« Das letzte war an sie persönlich gerichtet.

Schwach vor Erleichterung, antwortete sie so gut sie konnte auf englisch: »Ja – und Halldor auf Bru ist mein Vater.«

»Ich kenne keinen Halldor auf Bru«, sagte Johns Vater kurz angebunden, und Ingunn fühlte sich so klein und untröstlich wie nie zuvor. Ach, warum versuchte John nicht, ihr zu helfen! Hier brauchte sie mehr als nur einen schönen Schal aus Spitzen, um einen guten Eindruck zu hinterlassen.

John sagte: »Vater, ich kann dir alles erklären ...«

»Das ist gut. Das kannst du zu Hause tun, wo deine Mutter und Anne schon die ganze Zeit, seit sie gehört haben, daß die ›Kathryn‹ gesichtet worden war, warten.«

Er drehte sich um, um von Bord zu gehen, und John wollte ihm gerade folgen, als sein Vater mit scharfer Stimme sagte: »Weißt du nicht, wie man seine Ehefrau richtig führt, Junge?«

John gab Ingunn wortlos die Hand und führte sie den Landgang hinunter und durch die Menschenmenge auf dem Kai. Martin Greene ging voraus und grüßte nach links und nach rechts, während er so tat, als würden sie und John nicht existieren. Sie fühlte sich genauso peinlich berührt wie John und schaute sich nicht um, bevor sie das Hafengebiet durch ein Tor in der hohen Stadtmauer verlassen hatten und auf dem Weg eine enge Straße hinunter waren, wo die Häuser dicht gedrängt nebeneinander standen. Kleine und große Häuser, hohe und niedrige, genau wie schlechte Zähne, dachte Ingunn.

Die frische Brise vom Fluß konnte sie hier nicht erreichen, und der Gestank, der ihnen entgegenschlug, ließ die Übelkeit so stark in ihr aufwallen, als befände sie sich immer noch auf offenem Meer. Nur daß sie auf dem Schiff keine Ratten gesehen hatte, die ein halbtotes Kätzchen fraßen! Auch nicht so viele Menschen, daß sie an Ameisen auf einem heißen Stein in der Sonne erinnert wurde. Verzweifelt schloß sie die Augen und schluckte immer wieder das Wasser, das in ihrem Munde zusammenlief, hinunter. Sie durfte sich jetzt nicht übergeben – durfte nicht ...

Sie stolperte, und John drehte sich einen Augenblick zu ihr um, aber sein Gesicht war völlig ausdruckslos. Vielleicht war er an diesen Geruch gewöhnt, dachte sie und fühlte den Mut weiter sinken. Auch an halbnackte Kleinkinder, die sich in Pferdemist und noch schlimmerem Dreck balgten, und an Häuser, vor denen es nicht einmal Platz für einen richtigen Misthaufen gab.

Als sie in eine breitere Straße einbogen, wurde es etwas besser, dort gab es viele Gebäude aus Stein zwischen Häusern, die aus Rundholz gebaut waren und etwas, das wie getrockneter, weiß angestrichener Lehm aussah – jedenfalls legten sich andere Gerüche über den Gestank von Verwesung und Menschenkot. Hier blieb Martin Greene endlich stehen und wartete auf sie.

»Diese Straße heißt Broad Street«, sagte er zu Ingunn. »Und dort oben, wo unser riesiges Hochkreuz steht, das weit und breit bekannt ist, laufen vier Straßen zusammen: Broad Street, Corn Street, Wynch Street und High Street.«

Er schaute sie an, als wollte er herausfinden, ob sie ihn verstanden hatte, und so würdig wie möglich nickte sie mit dem Kopf und bemühte sich, nicht zu zeigen, wie froh und erleichtert sie war. Mit dieser einfachen Erklärung hatte der Schwiegervater gezeigt, daß er sie als zukünftige Einwohnerin der Stadt anerkannte. Gott gebe, daß Tom übertrieben hatte, was Johns Mutter anging ...

Als sie an dem großen Kreuz, das in Gold und prächtigen Farben leuchtete, vorbeigingen, blieben sie stehen, um sich zu bekreuzigen, und Ingunn sagte in gebrochenem Englisch: »Im Winter müßt ihr das schöne Kreuz sicher hereinnehmen?«

Als sie Johns Gesichtsausdruck sah, bereute sie die Frage, aber Martin Greene antwortete ruhig: »Nein, der Winter hier ist nicht so hart, wie du es gewöhnt bist.«

»Ich bin auch nicht an gepflasterte Straßen gewöhnt«, dachte Ingunn und hielt sich an John fest, um nicht noch einmal zu stolpern. Das Straßenpflaster war so uneben, daß es in den Füßen schmerzte, und nach den vielen Wochen auf hoher See war sie außerdem nicht mehr das Laufen gewöhnt.

Sie blieben noch einmal stehen, diesmal vor einer großen Kirche, die in die Stadtmauer beinahe eingebaut schien. John bekreuzigte sich andächtig. »Ingunn, dies ist die Saint-Nicholas-Kirche – schau dir nur den schönen Glockenturm an! Und hier ist unsere Straße – die Saint Nicholas Street.« Er zeigte eine Straße hinunter, die sich in westliche Richtung an der Stadtmauer entlangschlängelte.

Auch Ingunn bekreuzigte sich, und die Erwartung kitzelte in ihr wie leichte weiße Daunen. Warm vor Freude, hörte sie John dem Vater erzählen: »Vater, wir wurden von dem Stellvertreter des Bischofs in der Saint-Nicholas-Kirche auf Grönland getraut. Frag Geoffrey, dann wirst du erfahren, daß alles ordnungsgemäß vor sich ging.«

»Ja, das hat Geoffrey gesagt«, meinte Martin Greene. »Aber mich brauchst du wegen deiner Heirat nicht zu überzeugen.«

Auch in der Saint Nicholas Street hatten selbst die größten Häuser Werkstätten und Verkaufsstellen im unteren Stockwerk, was sowohl Gedränge als auch Gemütlichkeit verursachte. Ingunn war so damit beschäftigt, sich umzuschauen und sich vor Fußgängern und Ochsenkarren in acht zu nehmen, daß sie beinahe hinfiel, als John sie plötzlich zurückhielt. »Ingunn, wir sind da. Hier wirst du von jetzt an wohnen, und hier ist Vaters Verkaufsstelle!«

Sie standen vor einem Haus mit vier Stockwerken, wo

rechts vom Geschäft eine große Tür mit Eisenbeschlägen anscheinend in die eigentliche Wohnung führte. Die Tür wurde von einem ältlichen Dienstboten, der sicher Ausschau nach ihnen gehalten hatte, von innen geöffnet.

Ingunn folgte den anderen in eine kühle Halle hinein. Das Licht von den Fenstern aus grünem Glas, mit Blei eingefaßt, war so schummrig, daß sie gerade noch den Fliesenfußboden und eine geschnitzte Bank erahnen konnte, bevor der Schwiegervater eine stattliche Treppe aus dunklem geschnitztem Holz hochging und eine weitere große Tür öffnete. Er führte sie in einen Raum, der prächtiger war als alles, was Ingunn sich jemals ausgemalt hatte. An den Wänden und auf den Tischen blitzten Messing und Silber, und mehr als daß sie es sah, ahnte sie das Farbenspiel der Kissen und Wandbehänge. Auf dem Boden verbreitete ein dicker Strohteppich den sauberen Duft von frisch gemähtem Heu.

Vor einem Bogenfenster saßen zwei Frauen. Sie drehten sich zur Tür, als plötzlich ein kleines Tier kläffend aus einer Ecke schoß, als wollte es zeigen, was für ein Geschöpf es sei – jedenfalls hätte Ingunn sonst nicht erraten, daß das seidenweiche, krummbeinige, kleine Tier mit flacher Schnauze und Unterbiß ein Hund war. Master Greene schaute es gereizt an, und eine der Frauen sagte honigsüß: »Robbie, komm zur Mama!«

Auch im Gegenlicht konnte man leicht erkennen, wer Johns Mutter war. Die kleine, vollschlanke Gestalt war alles andere als mädchenhaft, und das Gesicht unter der kunstvollen Kopfbedeckung war so dicklich und hellrot, daß es Ingunn an ein Ferkel erinnerte. Aber genau wie Aud auf Foss war auch Mistress Greene früher sicher hübsch gewesen, mit der geraden kleinen Nase und den fein gezeichneten Augenbrauen über den schrägsitzenden Augen, die jetzt nur noch Schlitze in dem ganzen Fett waren. Die Haarfarbe ihrer Schwiegermutter konnte sie nicht erkennen, denn die Kopfbedeckung schloß sich ganz dicht an die höchste Stirn, die Ingunn je an einem Menschen gesehen hatte.

Die andere Gestalt war groß und schlank, aber so dicht eingehüllt in Schleier, daß Ingunn nur erraten konnte, daß dies Anne sein mußte, Johns unverheiratete Schwester. Diese stand unbeweglich wie ein Pfahl und tat, als würde sie nicht bemerken, daß Robbie versuchte, an ihren Schuhspitzen zu knabbern.

Auch die ältere Frau blieb stehen und streckte ihre Hände nach vorne. »Willkommen zu Hause, mein lieber Junge!«

Als würde sie Ingunn erst jetzt entdecken, sprach sie weiter: »Wie umsichtig von dir, mir aus Grönland ein Dienstmädchen mitzubringen, John. Aber hier benutzen Dienstleute den Hintereingang.«

John machte einen Schritt nach vorne und blieb unsicher stehen. Ingunn hielt den Atem gespannt an. Sie hatte nicht gemerkt, daß ihr Spitzenschal schon längst auf die Schultern gerutscht war und sie wie ein unverheiratetes Mädchen ohne Kopfbedeckung dastand.

Dann ertönte Martin Greenes trockene Stimme: »Dies ist kein Dienstmädchen, meine liebe Mistress Greene. Dies ist Johns Ehefrau.«

Angegrautes blondes Haar kam zum Vorschein über Mistress Greenes rasierter Stirn, als sie in den Armen ihrer Tochter das Bewußtsein verlor und der Kopfschmuck verrutschte.

ZWEITER TEIL

Stadtleben

Du machst große Fortschritte, mein Kind«, sagte Schwester Edith und machte das Gebetbuch, das sie als Lehrbuch benutzte, zu. »Aber du mußt üben, schöner zu schreiben. Da du an Runen gewöhnt bist, ist es dir sicher leichtgefallen, die Schrift in den Büchern zu lesen, aber deine Buchstaben sind zu eckig!« Sie blies die Kerze aus und stand auf, um zu zeigen, daß der Unterricht für diesmal beendet sei.

Auch Ingunn erhob sich schnell, griff fest um die kleine Schiefertafel, damit diese nicht zu Boden fiel, und machte einen Knicks. Diese Stunden vergingen viel zu schnell, denn bei Schwester Edith fühlte sie sich voll anerkannt. Sie ging bei der Nonne in die Lehre, und die alte Frau besaß unendlich viele Kenntnisse und war sehr weise. Vielleicht fühlte sie sich gerade deswegen genauso geborgen wie zu Hause bei Sigrid auf Vardebu.

»Wenn ich nur die Sprache hier besser sprechen könnte«, sagte sie und legte den Schal sorgfältig über den vorstehenden Bauch, falls ihr jemand auf dem Weg begegnen sollte. Die Priorin sah es lieber, wenn die Novizinnen nicht an so weltliche Dinge wie Schwangerschaft erinnert wurden.

»Du hast dich doch gerade eben ganz gut ausgedrückt«, sagte Schwester Edith mit einem leichten Lächeln. »Du kannst mehr als genug für den täglichen Gebrauch.«

»Ja, schon«, gab Ingunn zu. Sie schaffte es nicht zu

erklären, wie schwer es für sie war, daß sie keine Selbstgespräche mehr führen konnte. Dabei ging es nicht darum, mit sich selbst laut zu sprechen, wie Verrückte und alte Leute es manchmal taten, sondern um die Fähigkeit, über Sachen nachzudenken und sie im Kopf zusammenzuführen und zu behalten, damit sie anderen erzählen konnte, was sie entdeckt hatte oder worüber sie nachdachte. Die Tatsache, daß sie sich nur in einfachen Redewendungen ausdrücken konnte, wenn sie mit anderen sprach, machte auch ihre Gedanken schlichter, weil sie sich immer weiter von ihrer Muttersprache entfernte, ohne die englische Sprache richtig zu meistern. Deshalb fühlte sie sich wie ein dummes, kleines Kind, auch wenn sie bald Mutter sein würde!

Schwester Edith hielt den Kopf schräg, als würde sie lauschen. »Mein Kind, ich glaube, es regnet – hast du gute Schuhe?«

»Danke, das habe ich. Und der Weg ist nicht weit.« Ingunn wußte im voraus, daß es draußen stockfinster und unfreundlich sein würde. Ihr graute vor dem Weg vom Stadttor bis nach Hause. Sie hatte jetzt Angst zu fallen – Angst davor, dem kleinen Lebewesen, das in ihrem Bauch strampelte, zu schaden. Die unebenen Pflastersteine in der Hauptstraße waren bei Regenwetter so glatt, daß selbst Pferde und Ochsen Schwierigkeiten hatten, den Halt nicht zu verlieren, und dort, wo es kein Pflaster gab, verwandelte sich der Weg schnell in eine übelriechende Rutschbahn. Plötzlich wünschte sie sich sehnsüchtig, Schuhe und Strümpfe ausziehen zu können und barfuß durch den Klostergarten und über die Weiden zu laufen, die am Saint-Bartholomew-Hospital vorbei bis hinunter zur Brücke am Fluß führten – so tun, als wäre sie auf der Hauswiese daheim auf Bru.

»Geht es dir nicht gut? Soll ich den Pförtner bitten, dich nach Hause zu begleiten?« fragte Schwester Edith mit einem so besorgten Ausdruck in ihrem blassen Gesicht, daß Ingunn verstand, daß sie wieder vor sich hin geträumt hatte. Jetzt, da das Kind sich immer mehr bemerkbar machte, passierte ihr das immer öfter.

»Nein, danke, ich habe nur gerade an etwas gedacht«, antwortete sie wahrheitsgemäß.

»Ja, ihr müßt sicher an vieles denken, jetzt, da Anne bald ins Kloster geht«, sagte die Nonne. »Ich kann mich noch gut daran erinnern, wieviel es damals zu regeln gab.« Sie seufzte und stand eine Weile da, in ihren eigenen Erinnerungen versunken. Dann erhellte sich das Gesicht und sie bekreuzigte sich. »Aber das wird euch allen Freude und Ehre machen.«

»Ja, sicher.« Ingunn bekreuzigte sich ebenfalls, bevor sie die alte Frau respektvoll auf die Wange küßte und leise zur Tür hinausging.

Es wehte kalt aus dem weißgetünchten Vorraum und noch kälter, als der alte, in Schwarz gekleidete Pförtner die Tür zum Gittertor öffnete. Aber bevor sie die Kapuze gegen das Wetter hochzog, drehte sie das Gesicht dem Regen zu und nahm den frischen, angenehmen Geruch von nasser Erde und Kuhmist in sich auf. Draußen vor den Stadtmauern war es zum Glück ländlich genug, dank der Besitztümer der großen Mönchsklöster, die um Bristol herum lagen.

Jetzt würde sie sich endlich warm laufen können! Nie zuvor hatte sie im Haus so viel gefroren wie hier in Bristol, besonders nachdem der erste Herbststurm vom offenen Meer hereingefegt war und die Blätter von den Bäumen geweht hatte, aber sicher war niemand in der Lage, Häuser aufzuwärmen, die eigentlich viel zu groß waren.

Nicht selten bekam sie zu hören, daß sie froh sein müßte, aus Grönland entkommen zu sein – oder war es vielleicht Island? –, wo Leute wie Tiere in einem Haufen von Stein und Torf wohnten. Diesen Menschen konnte sie doch nichts von der gemütlichen, warmen Wohnstube auf Bru erzählen? Selbst John war davon überzeugt, daß sie hier alles hätte, was sie sich nur wünschen könnte, und noch mehr dazu.

Das Kind zappelte wieder in ihrem Bauch, und sie lächelte so glücklich, daß ein Bettler vor dem Saint-Bartholomew-Hospital vergaß, die Hand auszustrecken, auch wenn sie vornehm angezogen war. Ja, sie hatte John und das Kind, das sie erwartete, sie hatte schöne Kleider, und das Essen stand dreimal am Tag auf dem Tisch, sie mußte nicht einmal einen Finger dafür krumm machen. Dann mußte sie es eben ertragen, daß die Schwiegermutter sich so benahm, als wäre Ingunn eine Strafe, die Gott ihr wegen irgendeiner Sünde auferlegt hatte.

Ingunn bekreuzigte sich, entsetzt über ihre eigenen Gedanken. Alle sagten, daß Mistress Greene ein sehr frommer Mensch sei. Es war verständlich, daß sie alles, was sie nicht mochte, als eine von Gott bemessene Strafe betrachtete – und alles Gute als eine Belohnung von derselben Quelle. Der Pfarrer war immer wieder bei ihr zu Besuch, sie ging jeden Tag in die Kirche, und wenn sie jemals darüber nachgedacht hatte, ob es böse Mächte gab, die ohne Gottes Hilfe Unheil anrichteten, hatte sie sicher schon längst die richtige Antwort darauf bekommen. Eine solche Antwort wollte auch Halldor so gerne finden.

Etlichemal in der ersten Zeit nach der Ankunft in Bristol hatte Ingunn John gefragt, ob er oder Geoffrey etwas unternommen hätten, um Halldors Wunsch nach einem zum Priester ausgebildeten Mann auf Grönland zu erfüllen, aber jetzt fragte sie nicht mehr. Nicht nach dem Tag, an dem John geantwortet hatte: »Es können noch Jahre vergehen, bis das nächste Schiff von hier aus nach Grönland fährt. Es ist dann immer noch früh genug, sich um Priester und Waren zu kümmern.«

Jedenfalls gab es hier in Bristol so viele Priester, daß sie sicher einen Mönch oder einen anderen Geistlichen für diejenigen zu Hause auf Grönland entbehren würden, wenn die Zeit reif dafür wäre! Aber sie wußte nicht einmal, ob jemand Martin Greene oder den anderen Teilhabern der »Kathryn« von der Absprache mit Halldor auf Bru erzählt hatte. Selbst wagte Ingunn es nicht, sie mit einem Wort zu erwähnen, denn auch wenn der Schwiegervater sie jeden Tag mit einem Kuß begrüßte, war er so unnahbar und von seinen Geschäften und Bürgerpflichten in Beschlag genommen, daß er selbst für seine eigenen Töchter kaum zu sprechen war. Sie hatte sich übrigens auch nicht an das Schweigen der Familienmitglieder bei den Mahlzeiten gewöhnt. Der Gegensatz zu dem, was sie von zu Hause gewöhnt war, war zu groß. Die fehlende Vertraulichkeit zwischen Martin Greene und John schien ihr genauso merkwürdig.

Oft überlegte sie, ob Mary, Johns älteste Schwester, wohl so wenig mit ihrem Mann wie mit ihrem Vater redete. Sie war mit einem reichen Kaufmann verheiratet, der zweimal so alt war wie sie selbst. Jeden Tag saß sie mindestens ein paar Stunden bei ihrer Mutter und stickte, während sie sich unaufhörlich über ihre Dienerschaft beklagte, über das Wetter, über die unverschämten Preise der Apfelsinen, als es sie noch gab, über die dicke Kruste der Brote, über ihren Mann, der fast nie zum Mittagessen nach Hause kam, – über alles mögliche, nur nicht darüber, daß sie kinderlos war. Trotzdem war Ingunn sich sicher, daß diese Tatsache die Schwägerin am meisten störte, denn je deutlicher Ingunns eigene Schwangerschaft zum Vorschein kam, desto unerträglicher wurde Mary. Und sie war zu Beginn auch nicht gerade freundlich gewesen.

Zum Glück hatte sie Anne, die nichts mehr von ihrem Leben zu erwarten hatte. Sie hatte vor Freude geweint, als Ingunn einmal ihre Hand so gelegt hatte, daß sie spüren konnte, wie das Kind des Bruders strampelte. Anne bewunderte Ingunns Fertigkeit mit Nadel und Faden und zeigte ihr, wie sie Leinenstickerei auf englische Art machen konnte, statt gleichgültig den Inhalt von Ingunns Brauttruhe zu begutachten und wie die Mutter und die Schwester zu sagen: »Man kann ja nichts Besseres erwarten.«

Das einzige von Ingunns Habe, das Gnade vor Mistress Greenes und Marys Augen fand, waren die Pelze und Eiderdaunen aus ihrer Mitgift. Mary hatte sich übrigens nur schwer damit abfinden können, daß Ingunns Winterumhang mit dem Fell von Robbenjungen gefüttert und mit Weißfuchsschwänzen eingefaßt war, und Mistress Greene war der Meinung, daß Ingunn und John mit der Hälfte der Daunen für das eigene Bett genug hätten und sie ihr und Master Greene den Rest für das Bett des Hausherrn geben könnten.

Ingunn war vor lauter Verzweiflung so außer sich gewesen, daß John schließlich zu seinem Vater gegangen war und ihm erzählt hatte, daß die Eiderdaunen nach Absprache mit Ingunns Vater ihm und Ingunn gehörten, das könne Geoffrey wenn nötig bezeugen. Nach dem, was mit den Walroßzähnen, dem größten Teil ihrer Mitgift, passiert war, hatte sich John diesmal auch nicht anders verhalten können, dachte Ingunn oft im stillen.

Der Zollaufsichtsbeamte, der an Bord der »Kathryn« gekommen war, bevor Geoffrey mit dem Ausladen anfangen konnte, hatte ihre Ladung sorgfältig notiert, darunter auch die Walroßzähne. Am nächsten Tag kamen die drei anderen Teilhaber zu Martin Greene und meinten, daß dieses Elfenbein allen vier Teilhabern gehörte, und das Geld, das es einbringen würde, müßte zum gesamten Verdienst nach der Fahrt gehören.

Laut John hätte er heftig protestiert und gesagt, daß die Walroßzähne zu Ingunns Mitgift gehörten und daß nur er bestimmen dürfe, wann und wo sie verkauft werden sollten, aber es hätte nichts genützt. Da er, Martin Greenes eigener Sohn, die Ursache dafür gewesen war, daß das Schiff so verspätet aus Grönland zurückkam, daß es im Winter nicht als Frachtschiff nach Portugal eingesetzt werden konnte, wäre es nur gerecht, wenn er sich am Verlust beteiligen würde. Und der Vater sei einverstanden gewesen, sagte John.

Aber auf jeden Fall hätten sie ein Federbett, um das ein Königspaar sie beneiden würde, lachte John, als sie es in einer warmen Septembernacht damit einweihten, ihre Körper gegenseitig gründlich zu erforschen. Damals hatte er auch gemerkt, daß die Brüste und ihr Bauch sich anders als sonst wölbten, und sie hatte ihm von dem Kind erzählt, das sie erwartete. Er hatte eine ganze Weile geschwiegen, aber dann hatte er sich über sie gebeugt, sie sanft ins Ohr gebissen und geflüstert: »Es ist noch lange bis dahin – wir wollen jetzt nicht daran denken!«

Ingunn selbst dachte jeden Tag daran, und nicht nur, wenn das Kleine am eifrigsten strampelte. Im Frühjahr, wenn das Kind kommen sollte, würde sie wieder Verantwortung tragen – würde sie wieder das Gefühl haben, dazuzugehören. Da Mistress Greene der Dienerschaft vorstand – und die Dienerschaft erledigte die ganze Arbeit –, hatte Ingunn, die den größten Teil ihres Lebens damit verbracht hatte, sich hausfrauliche Fertigkeiten anzueignen, keine Freude mehr an diesen häuslichen Dingen. Jetzt, da sowohl der Jagdfalke als auch die Walroßzähne verschwunden waren, ohne daß sie ihr und John überhaupt zugute gekommen waren, konnte es lange dauern, bis sie ein eigenes Zuhause hätten.

Sie hätten ja auch genügend Platz zu Hause in der Saint Nicholas Street, meinte der Schwiegervater. Er brauchte John im Geschäft, deswegen war es ihm sicher nur recht, daß die Pläne für die Buchdruckerei so endeten. In bitteren Stunden dachte Ingunn, daß der Schwiegervater vielleicht gerade deswegen nichts getan hatte, um ihren rechtmäßigen Besitz zu schützen. Aber sonst konnte sie sich nicht darüber beklagen, daß er knauserig war, wenn es um sie selbst ging. Ohne zu murren, bezahlte er dafür, daß sie von den Nonnen unterrichtet wurde, so wie früher Mary und Anne auch unterrichtet worden waren. Er war es, der Mistress Greene gebeten hatte, dafür zu sorgen, daß die Kammerzofe Joan Ingunns Haare pflegte und ihre Kleidung in Ordnung hielt, und von seinen Warenlagern hatte er sowohl Leinen als auch Seide kommen lassen, damit sie gekleidet war, wie es sich für die Schwiegertochter eines reichen Kaufmanns gehörte.

Trotzdem mußte sie an die verlorene Mitgift denken, als sie an dem schnell dunkel werdenden Dezembernachmittag die Treppe zur Brücke und zum Frome-Tor hinunterging. Die Walroßzähne hätten das mütterliche Erbteil des Kindes, das sie jetzt bei jeder Treppenstufe spürte, sein sollen – ein Erbe, das viel leichter zugänglich gewesen wäre als das, was ihr noch an Land und Gütern auf Grönland zustand.

Der Anblick der vielen Schiffe am Kai erinnerte sie allerdings daran, daß Johns und ihre Kinder auch ohne mütterliches Erbteil genügend Reichtümer zu erwarten hätten, denn Mary würde höchstwahrscheinlich kinderlos bleiben, und auf Anne wartete ein Leben hinter Klostermauern.

Auch wenn sie sich Mühe gab, Ingunn schaffte es nicht, mit Anne die Freude darüber zu teilen, daß diese bald für immer hinter einem Schleier verschwinden würde. Anne hatte ihr die ganze Stadt gezeigt und ihr die Namen der Lebensmittel und der anderen Dinge beigebracht, für die sie nicht einmal auf grönländisch die Wörter kannte, die es aber hier im Überfluß in jeder Marktbude gab. Und Anne spielte auf ihrer Harfe die schönsten Lieder und brachte ihr viele Texte bei, damit sie sie zu zweit singen konnten. Wenn John daheim war, sang er oft mit, oder er suchte seine Flöte heraus, und dann lächelte sogar Mistress Greene. Glücklicherweise fühlte sich auch Johns Vater wohl, wenn er Musik hörte, sonst wäre sicher mit dem Singen schnell Schluß gewesen, so wie damals zu Hause auf Bru, nachdem Bjørg fortgezogen war!

Würde John auch weiterhin mit ihr singen und spielen, wenn Anne ausgezogen wäre? Schon jetzt hatte er immer seltener Lust dazu. Auch wenn der Vater mit seiner Arbeit zufrieden war und sagte, daß Johns Sprachkenntnisse sehr hilfreich seien, war es deutlich, daß er sich nicht sonderlich wohl fühlte. In der letzten Zeit war er oft spät nach Hause gekommen, und wenn er sich zu ihr legte, roch er so stark nach Bier, daß sich ihr der Magen vor Widerwillen zusammenkrampfte, wenn er mit ihr schlafen wollte. Aber sie konnte es sich nicht anders vorstellen, als daß John auf bessere Gedanken kommen würde, wenn das Kind endlich da wäre.

Wenn sie Anne doch nur ab und zu das Kind zeigen könnte! Aber als sie einmal diesen Vorschlag angedeutet hatte, hatte die Schwägerin ungewohnt heftig reagiert: »Ich gehe ins Kloster, um mein Leben Gott zu weihen und zu vergessen, daß ich eine Frau bin! Vergessen, daß ich eine irdische Familie habe, vergessen, daß ich selbst einmal dazu bestimmt war, zu heiraten und Kinder zu gebären.«

Arme, arme Anne, dachte Ingunn. Sie ging vornübergeneigt gegen den Wind, der draußen auf der Brücke ungehindert wütete, und sie erinnerte sich an ihren ersten Tag in Bristol, als Anne und sie Freundschaft schlossen.

Als Mistress Greene klar wurde, daß sie umsonst in Ohnmacht gefallen war, da Ingunn immer noch dastand, bat sie Anne, mit Ingunn in den Garten hinter dem Haus zu gehen, damit John alles besser erklären konnte. Und sie sollten Robbie mitnehmen, damit er seine Notdurft verrichten konnte.

Als Anne das Tier sofort in die Arme der Kammerzofe Joan legte, die gerade die Treppe heraufkam, schöpfte Ingunn die leise Hoffnung, daß diese Schwägerin vielleicht mitmenschlicher als die Schwiegermutter wäre. Ingunn bemühte sich, nicht zu zeigen, wie aufgeregt sie war, und zusammen gingen sie ein paarmal auf dem Kiesweg hin und her, ohne etwas zu sagen. Sie durfte sich nicht anmerken lassen, wie unsicher sie war – mußte sich die Zeit lassen, die sie brauchte. Schließlich gelang es ihr, die Stimme so weit unter Kontrolle zu haben, daß sie auf englisch sagen konnte: »Was soll ich jetzt tun?«

Die schwarze eingehüllte Gestalt neben ihr blieb stehen. »Gott dafür danken, daß du jung und hübsch bist und mit einem Mann verheiratet, den du selbst haben wolltest!« kam es böse.

Auch Ingunn blieb stehen und suchte dabei in der Tasche des blauen Kleides, das nach dem Spaziergang durch die Stadt genauso staubig und verschwitzt war wie sie selbst, nach einem Schnupftuch. »Ich fühle mich alles andere als hübsch.«

Mit einer plötzlichen Bewegung drehte sich Anne zu ihr um und warf mit beiden Händen den Schleier zur Seite. »Und was sagst du dazu!«

Ingunn bedankte sich stumm beim Herrgott, weil sie schon Evan aus Wales kannte. Sie verzog keine Miene, als Annes grüne Augen unter geschwollenen haarlosen Augenlidern in einem entstellten Gesicht sie herausfordernd anblitzten. Die vernarbte Stirn war genauso hoch wie die der Mutter – aber nur, weil sie keine Haare mehr besaß.

Ohne darüber nachzudenken, streckte Ingunn die Hand nach vorne, und nach grönländischer Sitte streichelte sie mit dem Handrücken das zerstörte Gesicht der Schwägerin. »Du hast die Pocken gehabt«, sagte sie nur, erleichtert, weil sie das englische Wort kannte.

Anne atmete tief aus und ließ den Schleier wieder fallen. »Ja. Vor vier Jahren wurde ich krank, als – als ich die Familie meiner Mutter besuchte.« Die Stimme war so kühl, als würde sie von einem Ausritt erzählen, aber Ingunn sah, daß Annes Hände zu Fäusten geballt waren, so fest, daß die Knöchel weiß wurden.

Schweigend gingen sie eine Weile weiter. Ingunn betrachtete die farbenprächtigen Blumen im Garten und überlegte, ob sie eine Art Nutzpflanzen wären, da es nicht so aussah, als würden sie wild wachsen. Sie wollte gerade danach fragen, als Anne so langsam weitersprach, daß Ingunn klar wurde, die andere wollte, daß sie jedes Wort verstand.

»Ich war schon verlobt, als ich verreiste, um Großvater zu besuchen. Als ich wieder gesund war, hatte ich keinen Verlobten mehr. Er sagte, wenn Vater ihn von seinem Versprechen nicht lösen würde, verlange er das Doppelte an Mitgift mit dieser Braut, die er nicht mehr anschauen könne ...«

»Und – und was hat dein Vater gesagt?«

»Er hat gesagt, daß er mich nicht einem Mann geben wolle, vor dem sowohl er als auch ich die Achtung verloren hätten.«

In Ingunn wurde eine Erinnerung wach. »Solange du deinem Mann Achtung entgegenbringst, brauchst du ihn nicht zu mögen, um mit ihm gesittet und anständig zusammenzuleben«, hatte Einar damals gesagt, als sie ihn fragte, ob er Petrus Ingolfsson mochte.

»Hast du diesen Mann gemocht?« fragte sie Anne vorsichtig.

»Ich habe ihn geliebt. Und jetzt bete ich jeden Tag zu Gott, daß er mir hilft, den Haß zu löschen.«

»*Das* verstehe ich!« sagte Ingunn überzeugt.

»Das bezweifele ich. Übrigens sagt man, daß ihr Grönländer keine Pocken bekommt. Ist das wahr?«

Ingunn erinnerte sich an das Gespräch mit Tom. »Das habe ich auch schon mal gehört, und ich hoffe, daß du recht hast.«

»Jedenfalls gibt es hier eine Frau, die anscheinend nie krank wird – einige sagen, sie komme aus Island, aber

Vater behauptet, sie sei eine Grönländerin. Viele schikken nach ihr, wenn sie die Pest haben oder wenn eine Entbindung bevorsteht, und Vater hat sie hergeholt, als ich krank war.«

»Wie – wie heißt sie?« Ingunns Herz hämmerte vor Aufregung.

»Bridget. Sie arbeitet in einer der Speisewirtschaften, an denen du auf dem Weg hierher vorbeigegangen bist.«

»Sieht sie mir ähnlich?«

»Nein, wirklich nicht!« Anne schmunzelte hinter dem Schleier. »Sie ist genauso dick, wie du schlank bist, und so schweigsam, daß ich die ganze Zeit, als sie mich pflegte, kaum drei Worte aus ihr herausbekam.«

Das hörte sich nicht nach Bjørg auf Bru an, dachte Ingunn enttäuscht. Sie war ohne Mutter, wie bisher. Aber schließlich hatte sie jetzt eine Schwester bekommen!

Unten am Kai lagen die Schiffe dicht an dicht ein gutes Stück den Frome-Fluß hinunter, und da Ingunn wußte, daß die »Kathryn« aus Portugal zurückerwartet wurde, blieb sie stehen, um sich einen Augenblick umzusehen, bevor sie durch das Stadttor schlüpfte. Aber sie konnte kein ihr bekanntes Segelschiff entdecken.

Dann würde sie Weihnachten vielleicht doch keine Mandeln oder Rosinen essen können, wie es ihr John eines Tages, als er gut gelaunt war, versprochen hatte. Aber da sie bisher ohne diese Sachen gelebt hatte, würde sie es sicher schaffen, noch eine Weile zu warten. Außerdem war sie nicht davon überzeugt, daß diese teuren Früchte hielten, was sie versprachen. Das viele neue Essen schmeckte nicht immer, auch wenn Mistress Greenes Koch wegen seiner Pasteten weit und breit bekannt war.

Sie hätte gerne gewußt, wie er sie zubereitete, aber auch hier mußte sie sich mit Geduld wappnen, da es ihr nicht erlaubt war, die Küche zu betreten, es sei denn, sie kam mit einer Anordnung von der Hausherrin persönlich.

Um sie herum erklangen drei Schläge von vielen Kirchenglocken, und sie versuchte, sich zu beeilen. Die letzte Mahlzeit des Tages wurde um vier Uhr eingenommen, und wenn sie nicht sauber und gepflegt am Tisch stand, bevor die Schwiegereltern sich setzten und Mistress Greene mit ihrem kleinen Messingglöckchen läutete, gab es für den Rest des Abends saure Mienen. Frühstück um sieben Uhr und Mittagessen morgens um zehn – die Glokken der Saint-Nicholas-Kirche bestimmten alles, nicht nur für die eigenen Gemeindemitglieder, sondern für alle, die innerhalb der Stadtmauern lebten und arbeiteten. Zeit, zur Messe zu gehen, Zeit für den Einkauf auf dem Markt, Zeit, die Stadttore und die Schankgaststätten zu schließen – die Saint-Nicholas-Glocken kannten diese Zeiten am besten. John war mit Recht stolz darauf gewesen, wie fest verankert die Kirche im täglichen Leben der Stadt war, aber ab und zu bekam Ingunn so starke Kopfschmerzen von dem vielen Lärm zu allen Tages- und Nachtzeiten, daß sie sich wünschte, der Glöckner würde manchmal seine Pflicht vergessen oder jemand würde den Hahn des Nachbarn in den Suppentopf legen.

Innerhalb des Stadttors war es so dämmerig, als würde der kleine Rest vom Nachmittagslicht es nicht schaffen, über die hohe Mauer zu klettern, aber als sie am Hochkreuz, wo die vielen Händler saßen, vorbeieilte und weiter die High Street hinunter, leuchteten die Lampen und Fackeln gemütlich vor den vielen Handwerkerbuden, und auch aus den Gasthäusern und Speisegaststätten, die hier dicht nebeneinander lagen und Seeleute aus vielen Ländern herbeilockten, drang Licht. Es roch gut auf dieser Strecke – sie spannte die Nasenflügel und spürte plötzlich, daß sie Hunger hatte.

Ein Stallknecht mit zwei Pferden, die er am Halfterstrick festhielt, kam ihr entgegen, und sie ging schnell ein paar Schritte zur Seite. Sie konnte es gerade noch vermeiden, vor der Speisegaststätte, die William-mit-dem-Hut gehörte, einen Trog mit Broten umzustoßen. Der Besitzer der Gaststätte hatte seinen Spitznamen von Bristols Witzemachern bekommen, weil er drinnen wie draußen immer einen außergewöhnlich hohen Hut trug.

»Oh, Bridget, entschuldige bitte!« sagte sie verwirrt zu der großen, kräftigen Frau, die gerade herauskam, um die Brote zu holen.

Bridget lächelte schwach und nahm den schweren Trog, als wäre er ein kleines Holzbrett. »Nichts passiert, Mistress Ingunn!«

Ingunn erwiderte das Lächeln. Viele von denen, die ihr bei ihren täglichen Spaziergängen durch die Stadt begegneten, begrüßten sie mit ihrem Namen, was dazu geführt hatte, daß sie sich jetzt hier heimischer fühlte, als sie es am Anfang für möglich gehalten hatte.

Aber an eine Sache würde sie sich wohl nie gewöhnen können, dachte sie, als sie in die Saint Nicholas Street einbog und der Abt des Augustinerklosters ihr entgegenritt – und zwar an die Größe der englischen Pferde. Die Saint-Nicholas-Kirche unterstand dem Augustinerkloster, so daß der Abt bei ihrem Priester oft einiges zu erledigen hatte, und dabei erwies er nicht gerade selten auch der Familie Greene die Ehre.

Mit einem leisen Gefühl von Unbehagen machte Ingunn einen Knicks vor der großen Gestalt hoch oben auf dem Pferd. Der Abt erinnerte sie an jemanden – sie wußte nur nicht, an wen.

»Gott segne dich, mein Kind!« donnerte es freundlich über ihren Kopf hinweg.

Sie ging ein paar Schritte rückwärts, als hätte sie Angst davor, daß sein riesiger schwarzer Hengst sie treten könnte. Der Abt erinnerte sie an Ingolf auf Under Høvda! Aber Gott sei Dank gab es keinen Petrus in seinem Gefolge, nur einen jungen Mönch, der frei und unbeschwert auf einem braunen Wallach saß und aussah, als würde er sich langweilen. Sie bekreuzigte sich mit gesenktem Kopf und wartete, bis der Abt und der Mönch auf dem Weg durch das Saint-Nicholas-Tor hinaus waren und in die Baldwin Street hineinbiegen wollten, immer noch mit gesenktem Blick und einem so ängstlichen Herzen, als hätte sie eine böse Vorwarnung gesehen.

»Aber da kommt ja Mistress Ingunn«, sagte eine bekannte Stimme direkt vor ihr.

Sie sah hoch und vergaß sowohl den Abt als auch Ingolf. »Geoffrey! Willkommen zu Hause! Jedesmal, wenn ich in der letzten Zeit unten am Kai war, habe ich nach der ›Kathryn‹ Ausschau gehalten!«

Er nahm seinen Filzhut ab und begrüßte sie mit einem Kuß. Sie entdeckte dabei den Ansatz einer runden Glatze in dem angegrauten Haargekräusel. War sie neu, oder hatte sie sie auf der Reise nur nicht bemerkt? Seit damals hatte sie weder ihn noch jemand anderen von der Mannschaft der »Kathryn« gesehen.

Sie erwiderte den Kuß und zog die Kapuze des Umhangs so unvorsichtig herunter, daß ihr Kopftuch schief saß. Als sie versuchte, es wieder in Ordnung zu bringen, spürte sie Geoffreys amüsierten Blick auf ihr ruhen.

Vielleicht war sie unterwegs im Gesicht schmutzig geworden ...

»Ist – ist etwas nicht in Ordnung?« fragte sie unsicher.

»Nein, im Gegenteil. Ich sehe, du hast Joan an deine Haare gelassen!«

»Woher weißt du –?« Dann lachte sie, denn ihr war eingefallen, daß die Kammerzofe Joan die Freundin von Toms Schwester war, und von dort aus war der Weg zu Geoffreys Ohren sicher nicht weit, wenn es darum ging, was sich so alles im Haushalt von Martin Greene abspielte.

»Ja – aber ich habe ihr gesagt, daß sie sich damit begnügen muß, ein paar Härchen hier vorne auszuzupfen – ich möchte nicht jeden zweiten Tag an der Stirn rasiert werden!«

Geoffreys Lächeln dauerte nur einen Augenblick. »Mistress Ingunn, ich bin gleich zu Master Greene gegangen, als ich hörte, was mit deiner Mitgift passiert war – denn John und ich haben deinem Vater versprochen, sie rechtmäßig zu verwalten, wie es sich gehört. Es ist zu spät, die Walroßzähne wieder zurückzubekommen, aber etwas muß getan werden, um den Schaden wiedergutzumachen.«

Ingunn schnappte nach Luft. »Was – was hat Master Greene gesagt?«

»Er hat sich darüber gewundert, warum John nicht gleich die Zusammenhänge erklärt hat, statt so darüber zu sprechen, als würde es sich um seinen höchst persönlichen Besitz handeln.«

»Aber John *hat* gesagt, daß es meine Mitgift war, das hat er mir jedenfalls erzählt ...«

»Nein, das hat er nicht«, sagte Geoffrey kurz. »Ich habe seinen Vater nie bei einer Unwahrheit ertappt, deswegen glaube ich ihm, wenn er sagt, daß John einwilligte, die Walroßzähne zu verkaufen, um sich guten Willen zu erkaufen. Und er hat seinen Vater überredet, ihm sein Viertel zu überlassen, damit John einen Anteil der Ladung, die wir im Herbst nach Portugal gebracht haben, kaufen konnte. Jetzt hat Martin Greene mir versprochen, daß er Johns Anteil an dem Verdienst unter deinem Namen zurücklegen wird, sobald er die Abrechnung über die Ladung bekommt.«

»Das hat John sicher von Anfang an vorgehabt«, sagte Ingunn steif.

Geoffrey warf ihr einen nachdenklichen Blick zu und antwortete langsam: »Das hoffen wir. Aber meine Absicht von Anfang an war, das Versprechen zu halten, das ich Halldor auf Bru gegeben habe. Außerdem habe ich deinem Vater versprochen, dir, wenn nötig, beizustehen. Vergiß das nicht.«

»Danke«, flüsterte sie.

»Wenn es notwendig werden sollte, kannst du Tom durch seine Schwester eine Botschaft zukommen lassen – ich gehe, jedenfalls normalerweise, dreimal im Jahr eine Weile an Land. Und Master Greene ist immer der erste, der weiß, wann das ist.«

»Aber ich weiß nicht, wo Tom wohnt«, sagte Ingunn leise.

»Wenn er an Land ist, wohnt er bei seiner Mutter direkt vor dem Tor in der Nähe vom Sumpfgelände der Augustiner. Sie heißt Molly und ist die Witwe des Zimmermanns Peter – du brauchst nur nachzufragen. Übrigens wissen Bridget und William-mit-dem-Hut immer, wann ich an Land bin, denn gewöhnlich esse ich bei ihnen.«

»Habt ihr zwei, du und Tom, vor, jetzt eine Weile daheim zu bleiben?« Ingunn mußte sich sehr zusammennehmen, um so zu tun, als ob dies ein ganz normales Gespräch wäre. Sie brauchte Zeit, um nachzudenken.

»Ja, bis nach Kreuzmesse. Anschließend fahren wir nach Bergen in Norwegen.« Geoffreys Gesicht verfinsterte sich. »Wenn dieser John Cabot mir bis dahin nicht die halbe Mannschaft abgeworben hat. Man erzählt sich, daß er vorhat, im Frühjahr mit so vielen Schiffen wie möglich nach Westen zu segeln, um Kataya zu finden.«

»Er wohnt jetzt hier in der Saint Nicholas Street«, sagte Ingunn. »Er und seine ganze Familie. Sie wohnen bei Philip Greene zur Miete, deswegen weiß ich das – ich habe nie mit einem von ihnen gesprochen.«

Sie sah Mistress Cabot vor sich, eine lebhafte, kleine Italienerin, die kein Wort Englisch konnte, die aber jeden Tag mit ihrem Dienstmädchen Einkäufe machte und derart um die Preise feilschte, daß man es von weitem hören konnte. Geoffrey erzählte, daß die drei Söhne immer in der Nähe des Vaters waren. Man sagte ihnen nach, sie wären so stolz darauf, daß er eine so vielversprechende nördliche Route westwärts nach Asien gefunden hatte, daß sie unten am Hafen keinen Finger rühren wollten, wie es andere Leute tun mußten.

»Nichtsdestoweniger weiß ich, daß Cabot selbst sich nicht mit dem begnügt, was er schon erreicht hat«, sagte Geoffrey. »Er hat nur darauf gewartet, daß der König hier im Westen den ganzen Ärger mit Perkin Warbeck los wird und im Norden mit Schottland Frieden schließen kann. Da dies jetzt eingetroffen ist, bekommt er sicher bald seine Privilegien schriftlich bestätigt, damit er lossegeln kann. Auf jeden Fall finden sich seine Späher jedesmal unten am Kai ein, wenn ein Schiff mit einer erfahrenen Mannschaft anlegt, hat man mir erzählt. Einer von ihnen interessiert sich schon für Tom – das weiß ich, weil der Junge es mir selbst gesagt hat.«

Nie zuvor hatte sie Geoffrey auf einmal so viel sagen hören, dachte Ingunn. Sie konnte jetzt viel besser Englisch. Vielleicht sprach er deswegen zu ihr wie zu einem erwachsenen, vernünftigen Menschen? Sie antwortete nachdenklich: »Ich kann mir nicht vorstellen, daß Tom mit jemand anderem als dir segeln möchte.«

»Wir werden sehen. Aber er muß auch dafür sorgen, andere Verbindungen zu knüpfen, falls ich einmal nicht mehr da bin.« Der Schiffer bekreuzigte sich und zog den Umhang oben am Hals dichter zusammen. »Jetzt habe ich dich lange genug aufgehalten, Mistress Ingunn, du darfst die Mahlzeit nicht verpassen.«

Sie schaute ihm nach, während sie versuchte, ihre Gedanken zu sammeln. Es war eine böse Vorwarnung gewesen, als der Abt sie mit Ingolfs Stimme gegrüßt hatte! Es war schlimm genug, daß der Zweifel mit erneuter Kraft Besitz von ihr ergriffen hatte, der Zweifel daran, ob John wirklich ihr Bestes wolle. Aber es könnte noch schlimmer werden, wenn John erfuhr, daß sein Vater ihm den Verdienst aus Portugal verweigerte. Es war doch sicher seine Absicht gewesen, daß sie ihr eigenes Zuhause bekämen, ohne von seinen Eltern abhängig zu sein? Wenn der Schwiegervater den Verdienst aus Portugal ausgerechnet hätte, würde sie ihm ganz einfach sagen, daß John das Geld für seine Buchdruckerei verwenden solle. Das würde ja auch ihren Kindern zugute kommen.

Ihr war schon leichter zumute, als sie die Haustür erreichte. John hatte sie sicher nicht wegen der Mitgift geheiratet, denn dann hätte er sich auch mit der reichen Frau abfinden können, die seine Eltern für ihn ausgesucht hatten und die Ingunn jetzt mit eigenen Augen gesehen hatte. Dick und träge war sie, und sie roch trotz der kostbaren Kleidung wie eine alte Heringstonne. Und es gab in Bristol genügend Wasser zum Waschen. Dafür hatten mit ihren sinnreichen Wasserleitungen die verschiedenen Mönchsklöster der Gegend gesorgt.

Nein, auch wenn Ingunn ihren Ehemann noch nicht gut genug kannte, wußte sie, daß er einen jungen, schönen Körper bei sich im Bett haben wollte, und er hatte Ingunn Halldorsdatter aus Bru gewählt. Und sie hatte ihn aus Liebe und aus freien Stücken hierher nach England begleitet.

Der wiedergefundene Goldschmuck

Der Staub flimmerte und tanzte in dem scharfen Frühlingslicht, das durch die offene Tür der vollbesetzten Saint-Nicholas-Kirche hereinströmte. Geistesabwesend verlagerte Ingunn ihr Gewicht von einem Bein aufs andere, während sie vor sich hin starrte, ohne etwas zu sehen. Ihr ganzes Wesen horchte nach innen zu dem lebendigen, kleinen Geschöpf, das von ihrem Körper so vollständig Besitz ergriffen hatte, daß sie sich kaum noch auf die schöne Messe zu Ehren der Jungfrau Maria konzentrieren konnte.

Marienmesse. Würde sie mit einem kleinen Kind in den Armen in ein paar Wochen Ostern begrüßen dürfen – oder würden bald die Glocken da oben im Turm bei ihrer Beerdigung läuten? Milde Maria, Mutter Christi, hattest du damals, als du gebären solltest, genauso große Angst wie ich jetzt? Seit ich hierherkam, habe ich so viele Beerdigungen gesehen, daß ich mich ab und zu darüber wundere, daß einige von uns überhaupt noch am Leben sind. Und das Knien tut so weh – lieber Gott, nimm es mir nicht übel.

Gerade in dem Augenblick, als eine glasklare Jungenstimme durch den Teppich der Laute, die vom Chor und von der Orgel gewebt worden waren, schnitt, spürte sie unerwartet den Griff einer riesigen unsichtbaren Hand im Kreuz. Die Hand ließ so schnell wieder los, daß sie glaubte, das Ganze wäre nur Einbildung gewesen, hervorgerufen durch die überirdische Stimme dort vorne im Chor.

Sie neigte den Kopf und atmete tief ein, tiefer, als sie es seit langem geschafft hatte. Das Kind mußte nach unten gerutscht und auf dem Weg nach draußen sein. Oh, wenn sie nur hier in der Kirche bleiben könnte, bis die Geburt vorüber wäre – wenn alle diese Menschen verschwinden würden, um sie hier bei der Mutter Gottes allein zu lassen! Bei der Heiligen Maria, die sich mit einem Kranz Frühlingsblumen um den Hals deutlich von den vielen flackernden Kerzen abhob. Auch sie hatte einmal ihr Kind unter Fremden geboren. Sie mußte wissen, wie hilflos und verlassen Ingunn sich jetzt fühlte.

Ingunn hatte die Hebamme, die Mistress Greene besorgt hatte, nur kurz kennengelernt, als diese vorbeikam, um die Bedingungen zu klären und um Bescheid zu geben, was für die Geburt benötigt wurde. Kathryn Marsh hatte den Ruf, tüchtig und erfahren zu sein. Ihre Hände waren klein genug, um, wenn nötig, während der Geburt eingreifen zu können. Sie wirkte sauber, war aber eine unfreundliche Frau, und der Gedanke, daß diese Person ihr bei den Geburtsschmerzen beistehen würde, konnte Ingunn nicht trösten.

Es dämmerte ihr, warum Sigrid und Thorunn und die anderen Frauen zu Hause dieses Wort so oft benutzten, wenn sie sich über Geburten unterhielten. Die riesige Hand drückte wieder zu, prüfend, aber unmißverständlich, mit einer Kraft, die bis zum Innersten ihres Unterleibes reichte. Sie biß die Zähne zusammen, aber sie hatte anscheinend doch kurz aufgestöhnt, denn die mollige, kleine Mistress Cabot, die neben ihr kniete, drehte sich mit besorgter Miene zu ihr um. Schwarze, erfahrene Augen begegneten den ihren, und im nächsten Augenblick streckte die kleine Italienerin den Arm hinter Ingunns Rücken vorbei und stieß Mistress Greene gegen die Rippen, als wäre diese ein unaufmerksames Dienstmädchen.

Die Augen der Schwiegermutter schossen Blitze, die zuerst Ingunn trafen, aber Mistress Cabot machte schnell deutlich, was los war. Immer noch ohne ein Wort, halfen die beiden Frauen Ingunn auf die Beine und führten sie durch die offene Kirchentür hinaus.

Sobald sie draußen waren, sagte Mistress Greene böse: »Ingunn, wenn du gewußt hast, was los ist, hättest du daheim bleiben müssen, um nicht die Messe für uns andere, die sie zu schätzen wissen, zu unterbrechen!«

Die Italienerin schaute von einer zur anderen. »*Bambino*?« Sie tat so, als würde sie einen Säugling in den Armen wiegen und zeigte die Straße hinunter. »Nach Hause?«

Die unsichtbare Hand griff wieder zu, bevor Ingunn antworten konnte.

Hinter sich hörte sie den Schwiegervater sagen: »Wir haben euch hinausgehen sehen und haben erraten, was los ist.« Verwirrt stellte sie fest, daß auch John herausgekommen war. Im nächsten Augenblick hatten er und sein Vater sich über Kreuz an den Händen gepackt und trugen sie wie auf einem Stuhl nach Hause in die kleine Entbindungsstube, die im Erdgeschoß hinter der großen Halle mit dem Fliesenfußboden vorbereitet worden war.

Noch nie war Ingunn wegen der kurzen Entfernung zwischen der Kirche und ihrem Haus so dankbar gewesen, und seit sie in Bristol angekommen war, war sie noch nie mit so viel Wohlwollen umgeben worden. Es kam ihr vor, als hätte Gott aufmerksame Engel um sie herum aufgestellt.

Die Geburt war langwierig und schwer. Ingunn durfte sich aufs Bett legen, nachdem sie das Fruchtwasser verloren hatte, denn es wurde mit der Zeit deutlich, daß das Kind auf sich warten lassen würde. Ingunn war erleichtert, denn sie konnte nicht begreifen, daß der harte Geburtsstuhl besser sein sollte, als über trockenem Moos zu knien, weder für sie noch für das Kind.

Die Hebamme hatte vier Helferinnen dabei, aber als ihr klar wurde, daß die Geburt ziemlich lange dauern könnte, bat sie Mistress Greene, nach Bridget zu schikken, damit diese sie ablösen könnte. Kurze Zeit später stand Bridget in der Entbindungsstube und beugte sich über das Bett, wuchtig und beruhigend. Auch wenn Ingunn vor lauter Schmerzen und Aufregung völlig umnebelt war, war sie sich sicher, daß die dicke Frau Grönländisch sprach, nicht Englisch.

»Ich werde gut auf dich aufpassen, mein Kind. Mit Gottes Hilfe.«

Ingunn dachte, daß Bridget jedenfalls keine Isländerin war. Wenn sie Grönländerin war, mußte sie daran denken, sie danach zu fragen, woher sie kam und ob sie Bjørg aus Bru kannte. Ein andermal ...

Immer mehr Zeit verging – nichts geschah. Ingunn wußte nicht, ob sie zu Gott beten sollte, er möge sie härter anfassen, damit das Ganze schnell überstanden wäre, oder ob sie lieber die Jungfrau Maria bitten sollte, ihr zu helfen, damit die Geburtswehen nicht zu schlimm würden. Sie versuchte, sich zu bekreuzigen, bevor sie plötzlich aufschrie und viele Hände sie zurück auf den Geburtsstuhl beförderten.

Das Kind war ein Junge. Ein Sohn. Ein gesunder, laut schreiender kleiner Sohn mit fest zusammengekniffenen Augen und schwarzem Haar. Ingunn streichelte immer wieder über den kleinen Kopf. Sein Haar war noch schmierig, und sie wunderte sich darüber, daß ein so kleiner Körper so viel Platz brauchte und so schwer zu halten war. Aber dann erinnerte sie sich daran, wie riesig er sich in ihrem Bauch angefühlt hatte, und sie lachte zitternd.

»Er hat schwarzes Haar, genau wie John«, sagte sie zur Schwiegermutter, als diese hereinkam, gerade als die Hebamme damit fertig war, den Kleinen zu waschen und zu wickeln. Mistress Greene war zu Bett gegangen, als die Geburt sich in die Länge zog.

»Alle Neugeborenen haben schwarzes Haar«, sagte die Schwiegermutter kurz, aber das Gesicht wurde weich, als sie das Bündel mit dem Enkelsohn nahm. Auch ihre Stimme war freundlich, als sie fragte, wie es Ingunn ginge.

»Hier ist alles wie geplant verlaufen«, sagte die Hebamme stolz, bevor Ingunn antworten konnte. »Nicht eine Schramme hat sie abbekommen – dafür habe ich gesorgt.«

Das ist eine ziemliche Übertreibung, dachte Ingunn – es waren Bridgets feste, weiche Hände, die aufgepaßt und das Kind so behutsam gewendet und gedreht hatten, daß die Mutter keinen Schaden nahm. Und es war Bridget gewesen, die sie gewaschen und umsorgt hatte, während die Hebamme die Nachgeburt untersuchte und die anderen Frauen Bier tranken. Zum Schluß hatte sie Ingunn über die Haare gestreichelt und auf englisch leise gesagt: »Du warst tapfer, mein Kind.«

Sie war unendlich dankbar, weil sie alles unversehrt überstanden hatte, und es war ihr so warm ums Herz, daß sie kaum spürte, wie erschöpft sie war. Als Joan ihr die Haare zurechtgemacht hatte, fühlte sie sich noch besser, und sie saß im Bett mit ihrem Sohn im Arm, als John und Master Greene hereinkamen und sie der Reihe nach feierlich auf die Wange küßten.

Die Hebamme nahm ihr das Bündel ab, und mit stolzer Miene reichte sie John das Kind. »Keiner wird von Katie Marsh behaupten können, daß sie ihr Handwerk nicht versteht!«

Unbeholfen nahm John das Bündel und schaute kurz auf das kleine rote Gesicht, bevor er seinem Vater das Kind gab. Ingunn war so enttäuscht, daß sie die Tränen zurückhalten mußte.

»Hier ist unser zukünftiger Erbe!« sagte der Schwiegervater gewichtig. »Er soll Christopher Greene heißen – ich werde ihn jetzt gleich in mein Gebetbuch eintragen. Christopher Greene, geboren am 26. März im Jahr des Herrn 1498. Gott sei gelobt.«

Er gab John das Kind zurück, machte Kreuzzeichen darüber und verschwand zur Tür hinaus. Diesmal sah John weniger erschrocken aus, als er das Bündel fest in seinen Armen hielt und zum Bett hinüberging. Er gab Ingunn den Sohn zurück und küßte sie vorsichtig, als wäre auch sie ihm ganz neu und ungewohnt.

Ingunn zog ungeschickt und ungeduldig an den Wikkelbändern. »Wenn du nur sehen könntest, wie gesund und schön er ist ...«

»Hier!« Bridget stand am Bett mit ausgestreckten Armen. Schnell und geübt löste sie die Bänder und Stoffbahnen und zeigte den nackten, kleinen Körper, bevor sie ihn unter das halboffene Hemd der Mutter legte. Ein heftiger Schauder lief Ingunn über den Rücken, als sie die seidige Haut des Kindes gegen ihren eigenen nackten Körper spürte, und sie schaute John mit vor Freude strahlenden Augen an. »Was sagst du jetzt – ist unser kleiner Christopher nicht schön?«

»Du bist schön«, sagte John und lächelte zurück. »Aber unser Sohn wird sicher auch schön, wenn er größer ist.« Er bekreuzigte sich und ging hinaus.

Mit einem verärgerten Blick auf Bridget nahm die Hebamme das Kind und die geöffnete Windel und ging zum Wickeltisch, um ihren guten Ruf wiederherzustellen.

Katie Marsh und die anderen Helferinnen ließen sich beim Mittagessen in der Küche viel Zeit, während Bridget bei Ingunn und dem Kind blieb.

Die anderen Frauen waren kaum zur Tür hinausgegangen, als Bridget den kleinen Christopher aus der Wiege nahm und ihn an Ingunns Brust legte. Als das Kind einen Augenblick die Augen öffnete, leuchtete es kurz schieferblau auf, dann suchte der kleine Mund an der nackten Haut der Mutter entlang, um die Brustwarze zu finden. Da! Er fing an zu saugen, hart und hungrig, gleichzeitig spürte Ingunn erneut den Schmerz in ihrem Unterleib. Sie zuckte mit einem kleinen Schrei zusammen, aber Bridget lächelte nur. »Du *sollst* es da unten spüren, wenn er saugt. Das bedeutet nur, daß du auf bestem Wege bist, genauso heil und unbeschädigt wie bisher zu werden. Aber laß ihn jetzt nicht zu lange auf jeder Seite saugen, denn dann könntest du wund werden! Und wenn du jemand kommen hörst, mußt du ihn gleich von der Brust nehmen und mir geben ...«

Als Ingunn sie verwundert anschaute, fügte sie hinzu: »Es ist jetzt hier unter den feinen Leuten Sitte, daß die Mutter das Kind erst stillen darf, wenn es ein paar Tage alt ist. Die Ärzte meinen, daß die Muttermilch in der ersten Zeit schädlich sei, und Katie Marsh will nicht, daß man ihr nachsagt, sie sei rückständig – auch wenn sie genausogut wie ich und du weiß, daß beiden, sowohl Mutter als auch Kind, am besten damit gedient wäre, wenn er jetzt gleich saugen dürfte.«

»So etwas habe ich noch nie gehört, aber das kommt sicher daher, daß ich nicht immer verstehe, was die Leute sagen, wenn sie miteinander statt mit mir reden«, antwortete Ingunn, ohne die Augen vom Sohn zu nehmen. Er trank friedlich, unwissend über die Notwendigkeit, sich verstellen zu müssen.

Zum Glück hatte sie im letzten Jahr auf Grönland lernen müssen, so zu tun, als wäre nichts geschehen! dachte sie, während Bridget weiterhin im Zimmer blieb. Besonders in der ersten Zeit in Bristol hatte sie aufpassen müssen, damit keiner glauben konnte, sie betrachte sich selbst als eine Art Heilerin. Auch wenn John den Schwestern und den Eltern immer wieder erzählte, daß er nur Ingunn sein Leben und seine Gesundheit verdanke, hatte er kein Wort über das verloren, was sie bei Sigrid auf Vardebu gelernt hatte, und er hatte sie davor gewarnt, selbst etwas darüber zu äußern. Hier im Haus schickte man nach dem gelehrten Doktor Hill, wenn es jemandem schlechtging, und der Apotheker sorgte für Kräutermischungen und ähnliches.

Ingunn kicherte so laut, als sie das Kind an die zweite Brust legte, daß Bridget sich fragend umdrehte. »Ich habe nur daran gedacht, wie froh ich bin, daß Doktor Hill nicht kommen mußte«, erklärte Ingunn. Das war die Wahrheit, denn beim letzten Besuch dieses gelehrten Mannes war sie so erschrocken gewesen, daß sich eine Auseinandersetzung mit John daraus entwickelt hatte.

Doktor Hill war gerufen worden, weil Mistress Greene derartige Ohrenschmerzen hatte, daß weder Gebete noch sonst etwas halfen. In Ingunns Beisein hatte er aus seiner Tasche ein großes Narwalhorn geholt und dünne

Späne davon in einen Silberbecher mit heißem Olivenöl geschabt. Mit vielen Versicherungen, daß die Hörner eines Einhorns nie ihre Wirkung verfehlten, goß er das Ganze in Mistress Greenes Ohr. Als Ingunn mit der Geschichte zu John ging und sagte, daß Doktor Hill Gaunereien betrieb – er hatte nur ein Narwalhorn dabeigehabt, das konnte sie beschwören –, meinte er böse, daß Doktor Hill sicher mehr davon verstehe als sie. Jedenfalls verschwanden die Ohrenschmerzen der Schwiegermutter tatsächlich, dachte Ingunn, während sie vorsichtig auf den kleinen schwarzen Daunenkopf an ihrer Brust pustete.

Widerstrebend gab sie Bridget das Kind zurück, als diese ihr eine Schüssel Milch, mit irischem Moos und Honig gemischt, brachte. Das Getränk und das Stillen machten sie so müde, daß sie fast eingeschlafen war, als die Tür plötzlich geöffnet wurde und der Schwiegervater alleine die Geburtsstube betrat. Froh und überrascht setzte sie sich etwas im Bett auf. »Kommst du, um dir den kleinen Christopher anzuschauen, Master Greene?«

Sie mochte es nicht, ihn mit dem abschreckenden *father-in-law* – Vater nach dem Gesetz – anzusprechen, denn das würde einen noch größeren Abstand zwischen ihnen schaffen als diese Anredeform, die auch Mistress Greene benutzte.

Er machte pflichtschuldigst Kreuzzeichen über dem schlafenden Würmchen in der Wiege. Dann gab er Ingunn einen Kuß, zog einen Stuhl zum Bett und sagte: »In einigen Jahren werden Christopher und ich sicher viel miteinander sprechen, aber diesmal bin ich gekommen, weil ich dich sehen wollte. Ich dachte, du solltest wissen, daß dein Sohn morgen früh getauft wird. John hat alles geregelt, als ich unterwegs war, um ein kleines Geschenk für dich zu besorgen.«

Er wühlte in den Taschen seines langen Gewandes und zog schließlich etwas Gelbes und Glänzendes hervor, das auf eine geflochtene schwarze Schnur gefädelt war. Als er das Geschenk in ihre Hand legte, sah sie, daß die Schnur neu war, aber der Goldschmuck, der daran befestigt war, mußte alt sein. Er hatte die Größe eines Möwenkopfes und stellte ein Tier mit langem Schwanz dar, das gerade eine Schlange schluckte, und das Tier hatte drei Federn an der Stirn. Um den Rand waren kleine Blätter ziseliert.

Sie schnappte nach Luft, schaffte es aber schließlich, ein Dankeschön zu stottern. Der Schwiegervater lächelte, weil sie wegen des Geschenkes so überwältigt war, und sagte: »Geoffrey aus Weston-super-Mare hat mir erzählt, daß dein Vater zuerst seine Waren in ein Schmuckstück, das du bei deiner Hochzeit bekommen solltest, umtauschen wollte. Und als ich ein Geschenk für dich suchte, als Anerkennung dafür, daß du John einen Sohn geschenkt hast, bin ich zu unserem Goldschmied in der High Street gegangen.«

»Und – und da hast du das hier gefunden?« flüsterte Ingunn.

»Ja, ich wollte nicht warten, bis er etwas Neues schmiedet. Dann zeigte er mir dieses hier, das eine seiner festen Kundinnen gegen einen neuen Halsschmuck eingetauscht hatte, den sie nach ihren eigenen Angaben hatte schmieden lassen, und sagte, daß er noch keine Zeit gehabt hätte, es einzuschmelzen.«

Die Stimme des Schwiegervaters war sachlich, und das schwere rötliche Gesicht genauso streng wie sonst, aber Ingunn konnte an seinen Augen erkennen, daß er sowohl mit dem Enkelsohn als auch mit dem Handel, den er gerade abgeschlossen hatte, zufrieden war. Grönländische und englische Wörter wirbelten um die Wette in ihrem Kopf herum. Øyvinds Beschreibung des Schmuckstücks aus der Familie der Mutter fügte sich zu den Informationen des Schwiegervaters hinzu, dazu kamen ihre eigenen Fragen. Wer hatte den Schmuck abgegeben – und hatte Geoffrey erzählt, was der Häuptling auf Bru haben wollte, als die Engländer sagten, daß er weder Silber noch Gold haben könne?

Sie kam nicht dazu, weder nach dem einen noch nach dem anderen zu fragen, denn der Schwiegervater winkte Bridget gebieterisch zu sich und sagte: »Leg diesen Schmuck um Ingunns Hals, Bridget, damit ich sehen kann, wie er aussieht, bevor ich zum Zollamt hinuntergehe.«

Ohne eine Miene zu verziehen, hakte Bridget die geflochtene Schnur in Ingunns Nacken zusammen und ging einen Schritt zurück, damit Master Greene besser sehen könnte. Der Schmuck lag mitten in der Halsgrube, so daß er in einem Kleiderausschnitt zu seinem Recht kommen würde.

Er nickte zustimmend und stand auf. »Trag ihn, wenn du zur Kirche gehst, Ingunn.« Er machte Kreuzzeichen über ihr und dem Kind und ging hinaus.

»Ich habe gehört, daß er stolz auf dich ist, weil du dich so benimmst, als hättest du dein Leben lang hier gewohnt«, sagte Bridget. »Aber so etwas würde ein Mann nicht zugeben, nicht einmal, wenn er an den Pranger gestellt würde.« Sie drehte Ingunn den Rücken zu, um irgend etwas zurechtzurücken, aber nicht bevor Ingunn den merkwürdigen Ausdruck in ihrem Gesicht gesehen hatte.

»Er hat mir dieses schöne Geschenk gemacht«, sagte sie zu dem breiten Rücken, der zwischen der Waschschüssel und dem Stapel mit sauberen Leinentüchern hin- und herwatschelte. Prüfend fügte sie auf grönländisch hinzu: »Es gleicht einem Schmuckstück, das meine Mutter trug, als ich klein war ...«

Es kam keine Antwort, aber Ingunn spürte, daß Bridget gehört hatte, was sie gesagt hatte. Sie wollte gerade fragen, wo auf Grönland Bridget zu Hause gewesen war, als diese in derselben Sprache, aber ohne sich umzudrehen, sagte: »Ist deine Mutter gestorben?«

Ingunn wußte nicht, ob der Grund dafür, daß sie sich Bridget anvertraute, in der Erleichterung zu suchen war, endlich die eigene Sprache sprechen zu können. »Nein, sie hat uns alle verlassen – und wohnt jetzt hier in Bristol. Mit einem englischen Seemann zusammen. Sie heißt Bjørg – Bjørg aus Bru. Da du schon seit langem hier in Bristol wohnst, hast du sie vielleicht getroffen?«

»Jedenfalls wohnt jetzt keine Bjørg hier in der Stadt«, sagte Bridget und ging mit einer sauberen Windel in der Hand zur Wiege. Ihr Gesicht war völlig ausdruckslos, als sie Ingunn anschaute und fragte: »Solltest du ihr vielleicht Grüße bestellen? Von zu Hause?«

»Das nicht gerade«, antwortete Ingunn. »Keiner von uns versteht, wie sie so etwas tun konnte, und als ich Grönland verließ, sagte Reidar – das ist mein älterer Bruder –, daß man nur Freunde und Verwandte grüßt.«

»Das ist wahr«, sagte Bridget und nahm den kleinen Christopher aus der Wiege, um ihn sauberzumachen. »Ruh dich jetzt aus, Ingunn, bevor deine Freunde kommen, um dich und dein Kind zu sehen!«

Da würde sie sich genügend ausruhen können, dachte Ingunn und drehte den Kopf, damit Bridget nicht die

Tränen in ihren Augen sah. Anne hatte für den Umgang mit anderen jungen Frauen gesorgt, und Anne war jetzt im Kloster.

Bridget blieb zwei Tage und Nächte bei Ingunn, um ihr zu helfen, das Kind zu stillen, ohne daß es einer merkte. Es war schwierig genug, die Schwiegermutter und Katie Marsh hinters Licht zu führen, noch schwieriger war es mit Winifred, einer älteren Frau, die Johns Kindermädchen gewesen war und jetzt für den kleinen Christopher sorgen sollte. Da sie Angst davor hatte, jemand könne glauben, sie wäre altmodisch, versuchte sie, jedes einzelne weise Wort, das Mistress Greene über moderne Säuglingspflege äußerte, genaustens zu befolgen. Anschließend erteilte sie Agnes, dem jungen Mädchen, das angestellt war, um das Kind zu tragen und auch andere anfallende Arbeiten zu verrichten, dieselben Lektionen.

Zwischen den heimlichen Mahlzeiten schlief Christopher fest und geborgen unter dem gesegneten Tuch, das über seine Wiege gelegt wurde, als er von der Taufe in der Saint-Nicholas-Kirche nach Hause kam. Der alte Sire Cuthbert persönlich war anschließend zu Ingunn und dem Kind gekommen, um die Mutter und die Wiege zu segnen, und er war es auch, der dem Kleinen das Tuch auf die Wiege gelegt hatte. Für Ingunn war die Wiege etwas Heiliges, das ihr entgegenleuchtete, wenn sie nachts vom zarten Wimmern wach wurde. Bridget, die bei Ingunn und dem Kind in der Entbindungsstube wachte, war anscheinend derselben Meinung, denn sie bekreuzigte sich immer dreimal, bevor sie den Jungen aus der Wiege nahm, um ihn Ingunn zu geben, bevor jemand hörte, daß er weinte.

Übrigens schrie er nur dann laut und andauernd, wenn

Winifred versuchte, ihm einige Löffel sahnige Milch mit Honig einzuflößen. Nach jedem mißlungenen Versuch schüttelte die Frau den Kopf und kniff vielsagend den Mund zusammen, und einmal hörte Ingunn, wie sie Mistress Greene gegenüber äußerte, daß sie sich gar nicht so sicher sei, ob dieses Kind groß werden würde, da es keinen Sinn für Essen hätte. Nur gut, daß Bridget vorher nach Hause gegangen war, um etwas zu schlafen und um William-mit-dem-Hut zu helfen, sonst hätte Ingunn Probleme gehabt, ernst zu bleiben.

Endlich waren die zwei ersten Tage nach der Geburt vorüber, und im Beisein der Kindermädchen, der Schwiegermutter und aller anderen, die bei der Geburt anwesend gewesen waren, bekam sie das Kind feierlich an die Brust gelegt. Auch wenn die Schmerzen im Unterleib fast genauso stark wie vorher waren, konnte sie jetzt das Kind stillen, solange es Hunger hatte und sie selbst es wegen der Brustwarzen wagte. Das einzige, was ihrer Freude Abbruch tat, war die Tatsache, daß sie Bridget erst in einem Monat bei ihrem ersten Kirchgang nach der Geburt wiedersehen würde. Sie fühlte sich wohl im Beisein dieser schweigsamen, flinken Frau.

Als der Tag anbrach, an dem Ingunn wieder zur Kirche gehen durfte, war das ganze Haus festlich geschmückt, und in der Küche waren der Koch und seine Helfer tagelang damit beschäftigt gewesen, das große Festmahl vorzubereiten, das Martin Greene zu Ehren Ingunns geben wollte.

Als sie, gefolgt von allen Geburtshelferinnen, den Kindermädchen und den restlichen Mitgliedern der Familie Greene, zum erstenmal nach der Geburt durch die Haustür hinausging und sich der Prozession zur Kirche anschloß, war sie froh darüber, daß der weiße Schleier sie vor dem grellen Licht und den Blicken Fremder schützte. Nachdem Katie Marsh sie endlich aus dem Bett gelassen hatte, war sie nur selten und kurz im Garten hinter dem Haus spazierengegangen, wo Eiben und Buchsbäume Schatten spendeten. Sie freute sich darauf, in die kühle Kirche zu kommen, denn jetzt – um Kreuzmesse herum – wärmte die Sonne genauso stark, wie sie leuchtete, und da sie nicht daran gewöhnt war, mehr als ein paar Schritte auf einmal zu gehen, war sie unter dem neuen Leinenhemd schon naßgeschwitzt.

Im Laufe dieses letzten Monats des Ausruhens hatte sie den Faltenbesatz und die Rüschen des Hemdes im Halsausschnitt und unten an den Ärmeln so sorgfältig bestickt, wie sie sich im letzten Jahr Johns Hochzeitskleidung gewidmet hatte. Im stillen bedauerte sie es ab und zu, daß er diese Kleidungsstücke hier in seiner Heimatstadt nie trug, aber sie machte ihm deswegen keine Vorwürfe. Sie kleidete sich ja selbst nach der Mode in Bristol. Allerdings überlegte sie oft, ob er sich in seinem Inneren genauso verändert hätte wie im Äußeren. Es war schwer, in diesem förmlichen jungen Mann, der den Befehlen des Vaters gehorchte und von ihr erwartete, daß sie sich in allem nach den anderen richtete, den fröhlichen Bräutigam aus Gardar wiederzuerkennen, der einmal gesagt hatte, daß Ingunn Halldorsdatter genauso klug und tüchtig wie auch hübsch wäre.

Hatte sie selbst sich auch so verändert? Als die Geburtshelferinnen, die ihr vor dem Kirchgang mit der Kleidung halfen, den Rock hinten hochgesteckt hatten, damit der Unterrock aus geblümter Seide zu seinem Recht kommen sollte, hatten sie sie vor den Spiegel gestellt und umgedreht. Schau – eine stolze, gutgekleidete junge Frau aus Bristol! Aber auch wenn es ihr gelang, den Rat der Ziehmutter zu befolgen, und sie sich nie anmerken ließ, wenn sie sich unzulänglich fühlte, im Inneren war sie doch Ingunn aus Bru geblieben. Neue Sitten anzunehmen und sich an Straßen und süßes Weißbrot zu gewöhnen war genauso einfach, wie neue Kleider anzuziehen – und veränderte genausowenig in ihrem Inneren.

Das dunkelrote Samtkleid, das sie jetzt zu dem Hemd trug, war nach der neusten Mode angefertigt, mit langen geschlitzten Hängeärmeln und mit weiten Falten und Rüschen unter dem tiefen viereckigen Halsausschnitt, der sowohl die Stickerei als auch ihren Halsschmuck zur Geltung brachte. Darüber hing noch eine lange Kette mit Perlen und polierten Steinen, die ihr Anne geschenkt hatte, bevor sie wegging. Sie reichte fast bis zum Brokatgürtel hinunter – mit Fransenbüscheln an jedem Ende –, ein Neujahrsgeschenk von John. Der steife Kopfschmuck, der Ingunn an einen Hausgiebel erinnerte und der dafür sorgte, daß der Schleier nicht verrutschte, war auch aus Brokat.

Jedesmal wenn sie ihr altes Zuhause am meisten vermißte, war es nicht der Reichtum dieses neuen Lebens, mit dem sie sich tröstete, sondern der Gedanke daran, daß der riesige Abstand auch von Vorteil sein könnte. Wie sooft zuvor gingen ihre Gedanken zurück zu dem schrecklichen Sonntag vor langer Zeit, als Gunnhild Ingolfsdatter von ihrem Vater gereinigt und gesegnet wurde, bevor er ihren Schwächling beerdigte.

»Lieber Gott, ich danke dir, daß du mich einem Schicksal wie dem Gunnhilds entgehen ließt«, dachte sie. »Mein Kind lebt, und ich bin gesund – und sowohl Petrus Ingolfsson als auch sein Vater sind für immer aus meinem Leben verschwunden.«

Trotzdem – sie wünschte sich, die Menschen zu Hause könnten sie jetzt sehen und wären unter denen, die ihr folgten, um Gott dafür zu danken, daß sie noch lebte und Mutter eines quicklebendigen kleinen Jungen war! Sie war bei vielen ähnlichen Kirchgängen in Bristol anwesend gewesen und wußte, daß der größte Schatten über diesem glücklichen Tag im Leben einer Frau ein Kind war, das schon unter der Erde lag. Sie stellte sich vor, wie das magere Gesicht Halldors weich werden würde, wenn sie das kleine Windelbündel in seine Arme legte, und sie sehnte sich danach, die Stimme der Ziehmutter zu hören: »Was für ein gesundes kleines Kerlchen!«

Als Sira Cuthbert sie vor der Kirchentür empfing und sie fragte, ob sie gekommen sei, um Gott für seine Gnade zu danken, antwortete sie aus vollem Herzen mit »Ja!«. Dann segnete er sie und führte sie hinein zu dem heiligen Geruch von Weihrauch und brennenden Kerzen.

Am Tag nach dem Kirchgang beichtete Ingunn zum erstenmal, damit sie den Ostersegen erhalten könnte, den die anderen schon empfangen hatten, als sie im Kindbett lag. Sie hatte sich sehr davor gefürchtet, aber als sie schließlich am Altar niederkniete, dachte sie, daß der alte Olaf sicher eine andere Meinung von der Beichte bekommen hätte, wenn er anwesend gewesen wäre. Es wäre ihr völlig unbegreiflich, wenn das, was sie jetzt dem alten Sira Cuthbert erzählte, gegen sie verwendet werden könnte, auch wenn die grönländischen Bauern, laut Olaf, Angst davor hatten, daß ihre Priester genau das tun würden.

»Ich bemühe mich, meine Familie zufriedenzustellen, aber nicht immer aus vollem Herzen.«

Der weiße Kopf nickte. »Weiter, mein Kind.«

»Auch wenn es mir hier sehr gutgeht, sehne ich mich nach meinem Vater und meinen Brüdern.«

Sira Cuthbert seufzte. »Heimweh kommt vom Bösen, mein Kind, wenn es zwischen dir und deinen Pflichten hier steht. Denk daran, Gott wird dafür sorgen, daß sich alle im Paradies wiedersehen.«

Ingunn schluckte. »Und ich liebe meinen Sohn so sehr. Ich mag es nicht, wenn andere soviel Verantwortung für ihn übernehmen ...«

»Das ist keine Sünde, mein Kind!«

Vielleicht nicht gegen Gott, dachte Ingunn, aber Sira Cuthbert kannte sicher ihre Schwiegermutter gut genug, um zu wissen, was passieren würde, wenn Ingunn gegen das Kindermädchen Winifred aufbegehrte! Laut sagte sie: »Und ich bin in kirchlichen Dingen recht unwissend und wundere mich über vieles.«

»Komm nur her zu mir, wenn du Antwort auf deine Fragen suchst, mein Kind«, sagte der Priester gütig. »Keine Fragen über das Reich Gottes können so schädlich sein wie die Antworten, die sich die Menschen mit eigener Hilfe zurechtlegen. Denk daran!«

Ingunn senkte demütig den Kopf und dachte, wenn dieser kluge, alte Mann nicht gewesen wäre, wäre es der Schwiegermutter vielleicht gelungen, ihre Ehe für nichtig erklären zu lassen, noch ehe diese wußte, daß Ingunn ihr und Master Greenes erstes Enkelkind erwartete. Johns Mutter hatte behauptet, daß weder Ingunns Taufe noch die Ehe mit ihrem Sohn in den Augen der Kirche gültig wären, da es auf Grönland weder Bischof noch vom Bischof geweihte Priester gebe. Sira Cuthbert aber hatte unmißverständlich erklärt, daß es eine sehr große Sünde wäre, wenn er oder andere Priester versuchten, die Ehe für nichtig erklären zu lassen, oder hier in Bristol Taufe und Trauung wiederholten, solange diese Menschen da draußen in der Einöde die christlichen Sitten befolgten und im Namen Christi die Menschen taufen und trauen ließen.

Gehorsam schluckte Ingunn das kleine, flache Stück Brot, das der Priester auf ihre Zunge legte. Die Freude, die sie empfand, als sie die Lippen gegen den Weinkelch drückte, war so groß und echt, daß sie zu fragen vergaß, wieso Sira Cuthbert sagen konnte, daß er ihr Christi Leib und Blut gebe. Die Erklärung war wohl, daß verschiedene Dinge auch verschiedene Namen bekommen konnten, je nachdem, wie sie gebraucht wurden – wie zum Beispiel damals, als Doktor Hill sagte, daß das Narwalhorn, das er benutzte, von einem Einhorn sei ...

Für Ingunn begann die glücklichste Zeit, seitdem sie nach Bristol gekommen war. Pfingsten und Fronleichnam lösten den Maifeiertag und Kreuzmesse ab, und sie nahm an vielen Prozessionen in der Stadt oder in den Klöstern außerhalb teil oder war als Zuschauerin dabei. Es gab in den vielen Kirchen unzählige Messen und soviel Tanz und Unterhaltung auf den sommergrünen Wiesen, daß sie an die Geschichten denken mußte, die die Ziehmutter über das Althing auf Grönland erzählt hatte und wie es damals gewesen war, bevor die Engländer kamen, um Trockenfisch zu handeln.

Die Adventszeit hier war auch ereignisreich gewesen, aber um die Zeit war es draußen dunkel und trübe, und wegen der Schwangerschaft war sie abends zu Hause geblieben, außer wenn sie mit der restlichen Familie in die Kirche ging. Da sie jetzt wieder gut zu Fuß war, nahm John sie mit, und sie kam unter andere junge Leute. Ingunn wurde deutlich, daß viele der Freunde, die in seinem eigenen Alter waren, ihn um seine Sprachkenntnisse und um seine zukünftige Stellung als einer der ersten Kaufleute und Schiffseigner Bristols, beneideten. Einige zogen ihn mit seinen sogenannten Buchdruckerflausen auf und sagten, daß er sicher darauf aus wäre, so tüchtig wie William Caxton in diesem Fach zu werden. Aber da es sich um lustige, gutmütige Leute handelte und John gesellig war, fühlten sich sowohl er als auch Ingunn wohl in ihrer Gesellschaft.

Wenn John ihr eine Wiesenblume in die Hand steckte oder zufrieden lächelte, weil jemand sich bewundernd nach ihr umgedreht hatte, dachte sie kaum daran, daß sie zu Hause einen kleinen Sohn hatte, der schon angefangen hatte, sie anzulächeln. Aber wenn sie erst spät abends nach Hause zurückkehrten, erinnerten ihre prallvollen Brüste sie schnell genug daran, daß sie Mutter war, und wenn John ungeduldig war, weil sie zuerst den Jungen stillen wollte, bevor sie zu ihm ins Bett kam, fühlte sie sich zwischen den beiden hin- und hergerissen.

Einige Tage vor Fronleichnam begleitete sie John hinunter zum Außenhandelskai, um dabei zuzuschauen, wie John Cabot mit fünf Schiffen lossegelte, um die Suche nach einem schnellen Weg nach Kataya fortzusetzen. Wie Geoffrey schon vorausgesagt hatte, hatte Cabot einen neuen Privilegienbrief vom König erhalten, und das ganze Frühjahr hindurch war die Werft der Stadt besonders eifrig damit beschäftigt gewesen, die fünf Schiffe, wovon das eine dem König selbst gehörte, instand zu setzen. Ingunn wußte, daß Martin Greene zu denen gehörte, die gutes Geld damit verdient hatten, die Schiffe für die Reise mit Vorräten zu beliefern, und man erzählte sich, daß viele Männer aus Bristol Waren an Bord der Schiffe Cabots hatten, in der Hoffnung, daß er für sie

Wollstoffe, Nähnadeln, Wein und andere erprobte Waren gegen Kostbarkeiten der fremden Länder eintauschen würde.

»In diesem Frühjahr habe ich wirklich etwas Italienisch gelernt!« sagte John, während sie sich durch die Menschenmenge nach vorne drängten. »Außerdem spricht Cabot auch Spanisch, so daß er sich nicht unseren Bedingungen entziehen konnte und so tun, als würde er nicht verstehen, was ich ihm sagte.«

»Wo will er eigentlich hin?« fragte Ingunn neugierig.

»Als er das letztemal an der neuen Küste im Westen nach Süden segelte, hat er eine Meerenge entdeckt, von der er überzeugt ist, sie wird ihn ins Innere Asiens führen, wo es sowohl Seide als auch Gewürze und vielleicht auch noch Gold gibt.«

»Aber seine Mannschaft hat mit den riesigen Dorschgründen, die sie dort drüben vor der Küste fanden, derart angegeben! Würde es sich nicht eher lohnen, nur bis dahin zu segeln?«

»Seine Bristolmannschaft kannte schon diese Dorschgründe«, lachte John. »Paß auf, ein Holzstapel!« Er zog sie so unachtsam zur Seite, daß sie statt dessen beinahe über einen wackeligen Stapel kleiner Weintonnen gestolpert wäre. »Und wir werden weiterhin dorthin fahren – von dort aus und weiter in nördliche Richtung gibt es so viel Fisch, daß die Isländer auf ihrem Stockfisch sitzenbleiben werden, wenn wir an Land für gute Möglichkeiten zum Trocknen gesorgt haben.«

Ingunn faßte sich an die Brust und bemerkte kaum, daß Leute sie respektvoll begrüßten und sie vorbeiließen. »Aber – aber das bedeutet doch sicher, daß auch die Grönländer ihren Stockfisch nicht loswerden?«

»Kommt Zeit, kommt Rat«, sagte John gleichgültig.

»Wir sind ja im vorletzten Jahr nach Grönland gesegelt, auch wenn Vater und Robert Thorne und die anderen schon seit vielen Jahren Fischerboote zur anderen Seite der Meerenge schicken.«

»Vielleicht – vielleicht sollten wir etwas von meiner Mitgift in eins der Schiffe, die dahin segeln, investieren«, schlug Ingunn zögernd vor. Um Auseinandersetzungen mit ihrem Ehemann zu vermeiden, hatte sie schon längst ihrem Schwiegervater klargemacht, daß sie den Portugalverdienst Johns Entscheidungen überlassen würde.

Als John antwortete, war seine Stimme so scharf, daß sie es gleich bereute, das Thema angeschnitten zu haben. »Das bestimme ich, das weißt du genau.«

Sie lachte und steckte ihre Hand beschwichtigend in die seine. »Ihr habt euch doch über den Trockenfisch und die anderen Waren aus Grönland gefreut, warum solltet ihr nicht Geld in solche Waren investieren?«

Er ließ ihre Hand los. »Ich möchte jetzt nicht über Trockenfisch reden – das geht mir auf die Nerven! Das weißt du genau.«

Ingunn antwortete nicht, und sie sprachen nicht mehr miteinander, bis sie ganz vorne am Kai angekommen waren. John blieb stehen und schob Ingunn vor sich. »Hier bleiben wir stehen, Ingunn – von hier aus können wir alles, was vor sich geht, genau beobachten!«

Farbenfrohe Wimpel und Fahnen flatterten und wehten, und sowohl an Bord des Flaggschiffes als auch auf dem Kai übertrafen sich die Leute mit ihrer prächtigen Kleidung. Die Instrumente der Musiker vor dem Zollamt blitzten und leuchteten in dem kaltklaren Sommermorgen, und vor dem Flaggschiff stand der Priester, der der Brüdergemeinschaft der Seeleute angehörte, von vielen Mönchen und Chorjungen umgeben. Erst als sie die vielen ausländischen Priester an Bord von Cabots eigenem Schiff entdeckte, hörte Ingunn auf, sich zu wundern – es war deutlich, daß die Engländer den Abschiedsgottesdienst in ihrer eigenen Art und Weise abhalten wollten.

Bei dieser Abreise waren so viele Zuschauer anwesend, daß Ingunn nicht einmal den Fischmarkt direkt am Kai sehen konnte, aber der Geruch schlug ihr entgegen wie der Atem eines lieben, alten Freundes. Neben dem kunstvollen Überbau des Brunnens, wo alle von weither angereisten Schiffe ihre Wassertonnen auffüllen durften, stand die kleine Mistress Cabot mit ihrem Mann und den drei Söhnen. Da es für alle deutlich war, daß sie sich gerade voneinander verabschieden wollten, ließen die umstehenden Leute sie nach Möglichkeit in Ruhe, auch wenn die Menschenmenge von allen Seiten nach vorne drängte.

»Die zwei jüngsten Brüder dürfen diesmal mitfahren«, sagte John. »Sebastian bleibt daheim bei der Mutter.«

»Sicher freut sie sich darüber«, sagte Ingunn.

John lachte kurz. »Vielleicht, Sebastian aber nicht!«

Ingunn schaute wieder verstohlen zu der kleinen Familiengruppe hin. John hatte recht. Der älteste Sohn blickte angespannt, als er den Vater und die Brüder umarmte. Jetzt nahm Mistress Cabot Abschied von ihrem Mann und den beiden anderen Söhnen und versteckte das Gesicht in den Händen, als wollte sie vermeiden, sie an Bord gehen zu sehen.

»Die Gezeitenströmung wird bald wenden. Die Priester müssen sich jetzt beeilen, wenn Cabot noch die Hoffnung haben darf, daß seine gesamte Flotte heute auslaufen kann.« John schaute sich ungeduldig um.

Ingunn wußte, daß die Schiffe mit den Gezeiten hinaussegeln mußten, eine Fahrt, vor der es den Seeleuten mehr graute als vor der Einreise zur Stadt. Sie schüttelte sich und war froh, daß sie nicht mitfahren mußte. Ihre Augen liefen an den fünf Schiffen entlang, denn sie wollte sehen, ob sie Tom entdecken könnte – sie wußte, daß er Geoffreys Rat gefolgt war und bei Cabot angeheuert hatte, um an Erfahrung zu gewinnen. Aber nirgendwo konnte sie seine krummbeinige, kleine Gestalt sehen. Gerade bevor sie den Blick wieder ruhen ließ, entdeckte sie zwei riesige weißblonde Kerle, die an der Vertäuung an Bord des Schiffes direkt neben dem Flaggschiff warteten.

»John«, flüsterte sie aufgeregt, »kennst du die beiden blonden Männer dort?« Sie zeigte.

»Ich habe sie ab und zu gesehen. Sie gehen nicht lange an Land, denn wegen ihrer Kraft ist die Nachfrage nach ihnen immer groß. Man sagt, daß Geoffrey der einzige ist, der sie nicht in seiner Mannschaft haben möchte.«

»Ich glaube, daß sie aus Grönland kommen – die Brüder von Petrus Ingolfsson!«

»Dann kannst du froh sein, daß sie wieder eine weite Reise machen«, sagte John. »Aber leise, jetzt scheint endlich etwas zu passieren!«

Der kleinste und dickste von den Priestern an Bord von Cabots Schiff trat an die Reling, in der Hand hatte er ein Kruzifix, das er hochhielt, bevor er zu beten anfing. Nur einzelne der lateinischen Worte erreichten die Menschen auf dem Kai, aber alle bekreuzigten sich gleichzeitig wie die Leute an Bord.

Schließlich war der englische Priester der Seeleute an der Reihe. Leise sagte er etwas, an Mistress Cabot und ihren ältesten Sohn gerichtet, dann drehte er sich zur Menschenmenge am Kai um. »Wenn wir zu Gott beten, er möge seine Hand schützend über diese unsere Freunde, die so weit reisen werden, halten, dürfen wir nicht vergessen, daß auch wir hier zu Hause jeden Tag unser Schicksal in Gottes Hand legen, von der Geburt bis zum Tod. Das ganze Leben ist wie eine Reise in einem unbekannten Land. So teilen wir das Schicksal mit denen an Bord, und jedesmal, wenn wir um Gnade für uns selbst beten, beten wir auch für sie um Gnade. Lasset uns das Gebet der Gebete zusammen aufsagen! *Pater noster* ...«

Die Tränen brannten Ingunn unter den Augenlidern. Die einfachen Worte des Priesters auf englisch schienen eher die Wahrheit auszusprechen als alle lateinischen Gebete dieser Welt. Seitdem Schwester Edith ihr die englischen Worte für alle Gebete, die sie von zu Hause kannte, beigebracht hatte, hatte sie die Gewohnheit angenommen, sie in ihrem Inneren oft zu wiederholen, um sich an sie erinnern zu können, und mit der Zeit hatten die Gebete für sie einen weiteren Sinn als den des Trostes, der im Rituellen lag, bekommen.

»... Und führe uns nicht in Versuchung, sondern erlöse uns von dem Bösen.«

Sie mußte wieder an den Vater denken, der so gern erfahren wollte, ob Gott sowohl die bösen als auch die guten Mächte lenkte. Wenn die Menschen zu Gott beteten, er möge sie von dem Bösen erlösen, dann konnte es doch nur bedeuten, daß das Böse *außerhalb* Gott wäre. Sonst wäre es gleichbedeutend damit, Gott darum zu bitten, er möge sie von etwas befreien, das ein Teil von ihm selbst war ... Eines Tages müßte sie deswegen Sira Cuthbert oder Schwester Edith fragen, dann könnte sie mit der Zeit die Antwort an den Vater weiterleiten. John hatte ja versprochen, daß sie eines Tages zurückfahren würden.

Als sie am Abend vor dem Sankt-Johannis-Fest ins Bett gingen, sagte John, es sei geplant, daß sie am nächsten Tag nach dem Abendgebet mit anderen jungen Leuten im Naturpark oberhalb des Karmeliterklosters feiern sollten. Von da aus würden sie eine gute Aussicht auf die vielen Feuer in der Gegend haben, gleichzeitig könnten sie Wein trinken und dazu etwas naschen.

Ingunn strahlte. »Darauf freue ich mich aber!« Dann dachte sie an die vielen Feuer des Maifeiertages – die Leute hatten bis tief in die Nacht Brennmaterial nachgelegt. »Aber dann bleiben wir sicher lange weg! Wir müssen Christopher mitnehmen, damit ich ihn stillen kann.«

John schaute sie ungläubig an. »Das Kind mitnehmen? Das Kindermädchen findet sicher hier daheim etwas, was sie in ihn hineinstopfen kann.«

»Ich habe dabei auch an mich selbst gedacht – es tut so weh, wenn die Brüste so prallvoll sind.«

»Ja, wenn du glaubst, daß das Kindermädchen ihn von uns fernhalten kann, so daß wir ihn nicht hören, wenn er schreit.«

»Das Kindermädchen Agnes? Sie hat den ganzen Abend frei – sie ist siebzehn und hat einen Freund!«

»Also, wenn die alte Winifred das Kind nicht tragen kann, muß er daheim bleiben«, sagte John mürrisch. »Ich möchte nicht, daß du ihn herumträgst, als würdest du nur in einer kleinen Kammer wohnen.«

Ingunn schluckte. »Kannst du ihn nicht tragen?«

»Nicht solange es Dienerschaft gibt«, sagte John böse. »Dies ist nicht Grönland, und du bist anscheinend auch nicht so gelehrig, wie ich dachte.«

Ingunn antwortete nicht. Die ganze Freude war verschwunden, und sie schaffte es gerade noch, die Knie zu spreizen, als John in sie eindringen wollte. Als er eine Weile später mit dem Kopf an ihrer Brust schon im Halbschlaf lag, schickte sie ein stilles Gebet zu Gott, ihr Sohn möge so rußfarbige Haare wie sein Vater bekommen, aber hoffentlich ein anderes Gemüt.

Ivar Nilsson

Christophers Flaumhaare glänzten rotgolden in der späten Augustsonne, als ein Windstoß über die große moorige Wiese südlich der Stadtmauer fegte. Ingunn ging mit ihrem Sohn oft dorthin, denn sie hatte das Gefühl, daß er sich genauso über die Kühe und Pferde, die dort weideten, freute wie sie selbst.

Das junge Kindermädchen Agnes rückte den Jungen auf ihrem Arm besser zurecht und sagte mit einem deutlichen Unterton von Ungeduld: »Es wird schon kalt, Mistress – sollten wir nicht Christophers wegen bald nach Hause gehen?«

Ingunn streckte die Arme nach dem Jungen aus. »Ich möchte ihn zuerst noch stillen, damit es erledigt ist.«

Sobald sie sich ins Gras gesetzt hatte und ihre Kleidung öffnete, fummelte der Junge eifrig und suchte mit dem Mund. Als er die Brust gefunden hatte, schaute sie nicht mehr hoch, denn jetzt, da er schon Zähne bekommen hatte, biß er oft tüchtig zu.

»Du kannst beim Warten ein bißchen herumlaufen, dann wird dir nicht kalt«, sagte sie zu Agnes.

Das Kindermädchen ließ sich nicht zweimal bitten. Ihr Freund arbeitete auf der Schiffswerft, die zwischen dem Außenhandelskai und dem Augustiner Moor lag. Auch wenn das Gebiet noch so genannt wurde, gehörte es seit einiger Zeit der Stadt, die das Gelände schon weitgehend entwässert hatte. Wenn ein grönländischer Bauer mit

Entwässerungsarbeiten soviel Land wie hier gewinnen könnte, würde er sich selbst und die restlichen Arbeiter auf dem Hof bis zum Umfallen antreiben, dachte Ingunn oft.

Ein Gefühl von Wollust vermischte sich mit dem Frieden in ihrem Inneren, während das Kind ruhig saugte. Sie wurde nie müde, den Sohn anzuschauen, und sie vergaß auch nie, sich für das Geschenk zu bedanken. »*Ave Maria*«, sagte sie leise, »*gratia plena! Dominus tecum, benedicta tu in mulieribus et benedictus fructus ventris tui* ...« Und gesegnet war die Frucht ihres eigenen Leibes.

Bevor sie Christopher an die andere Brust legte, schaute sie kurz hoch und erschrak. Eine krummbeinige, kleine Gestalt stand direkt vor ihr und drehte eine schäbige Filzkalotte in den Händen herum. Seine Haare flatterten knallrot im Wind, und unter der braungebrannten Haut blühten Pickel und Narben.

»Tom! Bist du doch nicht mit Cabot gesegelt?« Ohne darüber nachzudenken, sprach sie ihn in ihrer Muttersprache an.

Der Schiffsjunge antwortete mit einem schiefen Lächeln auf isländisch: »Doch, das bin ich – aber es kam ein so gewaltiger Westwind auf, daß das Schiff, auf dem ich war, nach Irland zurückgetrieben wurde. Wir haben es schließlich mit knapper Not nach Galway geschafft.«

»Gott sei gelobt!« sagte Ingunn und bekreuzigte sich. »Und – und die anderen Schiffe?«

»Das weiß keiner. Es ist aber komisch, daß du nichts davon gehört hast, was mit unserem Schiff passiert ist, da wir schon vor drei Tagen zurückgekehrt sind. John hat so viele Waren mit einem von Cabots anderen Schiffen mitgeschickt, daß man annehmen muß, daß er genau aufpaßt, wenn etwas passiert!«

»Es braucht manchmal seine Zeit, bis solche Neuigkeiten an mich weitergegeben werden«, sagte Ingunn und versuchte zu lächeln. John hatte kein Wort darüber verloren, daß er jetzt noch einmal ihre Mitgift riskiert hatte. Für derartige Geschäfte hatte er sonst kein Geld, es sei denn, daß der Vater außergewöhnlich großzügig gewesen war.

Sie nahm sich kräftig zusammen. »Aber was machst du hier unten, Tom? Ich dachte, daß deine Mutter weiter in Richtung Norden wohnt, oben an der Stadtmauer?«

»Ich bin gekommen, um mit dir zu sprechen, Mistress Ingunn, und dich vor den zwei Ingolfssöhnen zu warnen. Wir sind auf demselben Schiff gesegelt, so daß sie auch vorläufig in der Stadt bleiben werden. Sie sind genauso gefährlich wie ihr Bruder, Ingunn, nur damit du es weißt. Ich war auf dem Weg nach Hause zu meiner Mutter, als ich dein Kindermädchen traf, und sie hat gesagt, daß du hier bist.«

»Ja, Christopher hatte schon Hunger.«

»Das Essen scheint ihm zu schmecken!« sagte Tom, als der Junge wegen der Unterbrechung der Mahlzeit böse aufschrie.

Ingunn legte den Sohn schnell wieder an die Brust. »Ja, er ist gesund und munter.«

»Und rothaarig, wie es auch gewisse andere sind!« sagte Tom. »Aber ansonsten gleicht er deinem Bruder Reidar.«

Die Sehnsucht nach denjenigen daheim übermannte sie, als sie versuchte, Reidars feingemeißelte Züge in Christophers rundem kleinen Gesicht zu entdecken. Es kam ihr vor, als würde das ganze Jahr, das vergangen war, seitdem sie Tom zum letztenmal gesehen hatte, zu wenigen Tagen zusammenschrumpfen. »O Tom, es tut so gut, hier zu sitzen und mit dir zu sprechen! Du bist der alte geblieben.«

»Nein«, sagte Tom mürrisch, »das bin ich nicht.«

Als er Ingunns verletzten Ausdruck entdeckte, fügte er mit einem Ernst, den sie noch nie bei ihm gesehen hatte, hinzu: »Auf der Reise war ich davon überzeugt, meine letzte Stunde wäre gekommen. Und danach bin ich ein anderer Mensch geworden.«

Ingunn wollte hinzufügen, da sie ein Kind geboren hätte, wüßte sie genau, wovon er sprach, aber sie sagte nur: »Vielleicht habe ich mich auch verändert.«

»Du trägst auf jeden Fall andere Kleider«, sagte er ausweichend. »Aber da sehe ich dein Kindermädchen kommen, und Geoffrey auch – sie ist ihm gewiß dort drüben auf der Werft begegnet und hat auch ihm erzählt, daß du hier bist.«

»Wieso hast du gewußt, daß Agnes als Kindermädchen bei mir arbeitet?« fragte Ingunn. »Du hast mich ein Jahr lang nicht gesehen!«

»Agnes ist die Freundin meiner Schwester«, sagte Tom lammfromm.

»Genau wie die Kammerzofe Joan?«

»Ja. Und gesprächig sind sie alle drei!«

»Dann kannst du mir vielleicht auch noch erzählen, mit wem Geoffrey sich gerade unterhält?« sagte Ingunn scherzhaft.

»Ach, das ist kein Problem! Es ist ein norwegischer Bootsbauer, der Ivar Nilsson heißt. Geoffrey wollte mit ihm wegen eines neuen Beiboots für die ›Kathryn‹ sprechen, bevor wir im Herbst nach Portugal segeln.«

»Dann wirst du also wieder mit Geoffrey segeln«, sagte Ingunn, die Augen auf die beiden Männer gerichtet, die, ins Gespräch vertieft, ein Stück hinter dem Kindermädchen Agnes gingen. Sie konnte gerade noch sehen, daß der Fremde Geoffreys viereckige Gestalt sichtlich überragte, braungebrannt war und schulterlange, blonde Haare hatte, bevor er sich umdrehte und zur Werft zurückging, nachdem er mit Geoffrey ein paar Abschiedsworte gewechselt hatte.

Der Schiffer beeilte sich, als er Ingunn entdeckte, die mit dem Jungen im Arm auf ihn wartete. Sein Gesicht war wie immer ernst, als er sie mit einem Kuß begrüßte, aber als er sich Christopher zuwandte, verbreitete sich ein derart warmes, großes Lächeln auf seinem Gesicht, daß Ingunn dachte, daß er vielleicht doch noch irgendwo eine eigene Familie hätte, auch wenn sie nie etwas anderes gehört hatte, als daß er es vorziehen würde, zur See zu fahren, und die »Kathryn« als sein Zuhause ansah.

»So sieht also Martin Greenes Enkelkind aus! Und John – ihm geht es hoffentlich auch gut?« fügte er höflich hinzu, ohne die Augen vom Kind zu nehmen.

»Ja, danke der Nachfrage«, antwortete Ingunn. »Eine Buchdruckerei hat er nicht anfangen können, aber er scheint sich als Kaufmann zu bewähren. Alle loben seine Sprachkenntnisse.«

»Sicher«, sagte Geoffrey langsam, »John ist begabt. Er lernt schnell und weiß, was er will.«

»Wie meinst du das?« fragte Ingunn. Wußte Geoffrey, daß John ihr Geld in Cabots Vorhaben investiert hatte?

Der Schiffer wollte nicht darüber reden. »Darüber brauchst du dir keine Gedanken zu machen, Mistress Ingunn, Hauptsache ist, er findet sich zurecht und behandelt dich und den kleinen Christopher hier gut.«

Ingunn war sich nicht sicher, wieviel sie Geoffrey erzählen durfte. Sie konnte doch nicht sagen, daß John ein guter und liebevoller Ehemann und Vater war, solange die Verantwortung ihn nicht zu sehr belastete! Sie konnte auch nicht erzählen, wie aufbrausend er in der letzten Zeit gewesen war – aufbrausend oder schwermütig, die beiden Gemütsregungen wechselten sich ab. Daß er so launisch war, kam sicher daher, daß er auf das Resultat von Cabots Reise sehr gespannt war. Es würde sich sicher geben, sobald die anderen Schiffe, voll beladen mit kostbaren Waren, aus Kataya zurückkehrten.

Sie ließ sich Zeit, als sie den Sohn gut einpackte, bevor sie ihn dem Kindermädchen gab. »Agnes, geh mit Christopher nach Hause – Master Geoffrey und ich kommen mit Tom nach.«

Aber Tom deutete den Blick, den der Schiffer ihm sandte, anscheinend so, daß er in dem Fall das fünfte Rad am Wagen sein würde. Schnell zog er die Filzkalotte über das rote Haar, bevor er sagte: »Wir sehen uns sicher in der Stadt, Mistress Ingunn. Meine Mutter wartet auf mich.« Und mit einer leichten Verbeugung verschwand er zusammen mit dem Kindermädchen und Christopher in Richtung Marsh Street.

»Hast du etwas dagegen, wenn wir am walisischen Kai vorbeigehen?« fragte Ingunn Geoffrey. »Ich mag es, den Flußbooten mit den Fellen und der Wolle zuzusehen – es erinnert mich ein bißchen an Grönland.«

»In Ordnung.«

Geoffrey ging so schnell, daß Ingunn kaum mit ihm Schritt halten konnte. Er schaute weder nach links noch nach rechts, als sie am walisischen Markt vorbeigingen, dann durch das Stadttor und weiter am walisischen Kai entlang, und er tat so, als hörte er die bösen Ausrufe der Männer nicht, die wegen ihrer riesigen Lasten kaum sehen konnten, wohin sie traten. Ingunn fühlte sich unwohl und dachte, daß sie ihn anscheinend davon abhalten würde, etwas Wichtiges zu erledigen.

Als sie fast oben an der Stadtbrücke angekommen waren, blieb er plötzlich stehen und sagte schnell und eindringlich: »Mistress Ingunn, ich weiß, was John mit dem Rest deiner Mitgift gemacht hat, und ich bete jeden Tag auf meinen Knien zu Gott, daß es mit Cabots Vorhaben gut ausgehen wird.« Er bekreuzigte sich. »Sowohl wegen derer, die an Bord sind, als auch deinetwegen.«

»Danke«, sagte Ingunn leise.

Sie bogen in die Baldwin Street ein und gingen die Treppe hoch, die unter einem Durchgangshaus hindurch in die Saint Nicholas Street hineinführte. Der Gestank in der dunklen Passage traf Ingunn wie ein Faustschlag, und der Anblick der Gestalten in Lumpen, die auf den obersten Stufen der Treppe saßen und sich entlausten, machte die Sache nicht besser. Diesen Weg ging sie niemals ohne Begleitung.

Statt sich draußen vor Martin Greenes Haus zu verabschieden, wie es Ingunn erwartet hatte, kam der Schiffer mit ins Haus, um Mistress Greene zu begrüßen. Es kam ihr vor, als wollte er sich davon überzeugen, daß es ihr, Ingunn, gutginge. Es war schwer, aus diesem Mann klug zu werden.

Eine Hitzewelle legte sich Mitte September über die Stadt, und der Gestank von Abfall und unrechtmäßig entleerten Aborten war unerträglich. Sobald Ingunn aus der Wohnstube, wo sie normalerweise nach der Mittagsmahlzeit bis zum späten Nachmittag die Zeit verbrachte, entkommen konnte, nahm sie den Jungen und das Kindermädchen mit zum Moorgebiet der Augustiner, um der schlimmsten Hitze zu entfliehen.

Wegen der fast offen gezeigten Verachtung, die die beiden Damen des Hauses Ingunn gegenüber an den Tag legten, sehnte sie sich immer nach dieser Stunde der Befreiung und der knapp bemessenen Zeit, die sie zusammen mit ihrem Sohn verbringen durfte, und bei dieser großen Hitze lechzte sie förmlich danach, Marys strengen, mageren Zügen und Mistress Greenes rosigem, frommem Gesicht zu entkommen. Die Schwiegermutter erinnerte sie immer noch so stark an eine Sau, die sie früher auf Vardebu gehabt hatten, daß sie sich mehr als einmal dabei ertappte, sich die richtigen Worte zurechtzulegen, wie sie Sigrid später die Geschichte servieren könnte, damit diese aus vollem Hals lachte. Bisher war es ihr glücklicherweise gelungen, ernst zu bleiben, bis es an der Zeit war, Agnes und Christopher oben im großen Mansardenzimmer abzuholen, wo nur Winifred regierte, damit Mistress Greene sicher sein konnte, daß der Junge eine richtige englische Erziehung genießen würde, die stark genug wäre, den ungünstigen Einfluß von seiten der Mutter zu besiegen.

Diesmal hörte sie den Jungen weinen, als sie die letzte Treppe hinaufging, um ihn abzuholen. Es war der dritte Tag nacheinander mit schwüler, unerträglicher Hitze, und sie hoffte, daß er nicht wieder Bauchweh hatte und dieses Wetter der Grund seines Weinens war. Vergeblich hatte sie Winifred gebeten, dem Jungen keine Sahnemilch mit Marmelade einzuflößen oder Honigkuchen gegen seinen wunden Gaumen zu geben. Es war deutlich, daß dieses Essen dem Jungen nicht bekam, auch wenn es noch so teuer und vortrefflich war. Sie hatte gesagt, daß man ihn an einem Stück Trockenfisch kauen lassen solle, so wie es der Brauch war, wo sie herkam. Aber alle ihre Vorschläge wurden nicht ernst genommen, und Winifred meinte, Mistress Greene und sie selbst würden von diesen Dingen mehr verstehen – der Junge müßte nur lernen, das gute Essen zu schätzen. Im stillen dachte Ingunn, daß es mit dem letzten Vorschlag sicher nicht so eilig wäre, da Winifred nichts dagegen hatte, die Reste zu essen.

Agnes ging mit Christopher auf dem Arm hin und her, während sie versuchte, das Kind zu beruhigen. Sie hatte Angst davor, Ingunn könnte ihr die Schuld dafür geben, daß der Junge aus vollem Halse schrie. Winifred goß dikke Sahne auf ein Stück Honigkuchen, und mit unerschütterlicher Ruhe machte sie das Ganze mit ihrem Löffel klein. Ingunn hatte das Gefühl, sich übergeben zu müssen. Wortlos nahm sie den Sohn und legte die Lippen an den verschwitzten Kinderkopf. »Ruhig, ruhig ... Jetzt werden Christopher und Agnes und Mama einen kleinen Spaziergang machen, damit Winifred sich ein bißchen ausruhen kann.« Sie übersah dabei willentlich das Lachen in dem aufgeweckten Gesicht des jungen Kindermädchens, als diese ging, um den Schal des Kindes zu holen.

Als sie die Saint Nicholas Street in Richtung Frome-Fluß hinuntergingen, quengelte der Junge ununterbrochen, und Ingunn nahm ihn wieder auf den Arm, um ihn zu beruhigen. Er fühlte sich sehr warm an, aber sie tröstete sich damit, daß bei diesem Wetter sogar Katzen den Schatten suchten. Für sie alle war es eine Erlösung, als sie schließlich außerhalb der Stadtmauer angekommen waren und die Schreie der Möwen hören konnten, die sich mit dem heiseren Krächzen der Raben vermischten. An jedem Müllhaufen innerhalb und außerhalb der Mauer hockten diese Vögel, die sie an hungrige, in Schwarz gekleidete, kleine Weiber erinnerten.

Sie setzten sich an einen kleinen Bach, der in den Frome-Fluß mündete, und Ingunn öffnete ihre Kleidung, um Christopher zu stillen. Dann nahm sie vorsichtig zwei Äpfel aus der Tasche ihres Kleides, gab dem Kindermädchen einen und biß selbst in den anderen. Als sie den Saft von ihrem Kinn wischte, dachte sie, daß die Engländer sicher sehr viel verkaufen könnten, wenn sie Äpfel und anderes Obst nach Grönland bringen würden, und wie sooft zuvor mußte sie an die vielen guten Sachen denken, die sie einmal mit nach Hause nehmen würde.

Hinter ihnen weidete eine Kuhherde, und auf der anderen Seite des Flusses ragte die Klosterkirche der Augustiner empor. Es war so friedlich und schön, daß sie spürte, wie die Zufriedenheit von ihr Besitz ergriff, auch wenn der Sohn nicht so wie immer saugte. Ihr Blick schweifte den Saint-Michael-Hügel zum Nonnenkloster hoch – sie freute sich darauf, nach dem Michaelstag die Lesestunden bei Schwester Edith wiederaufzunehmen. Es gab so viele Dinge, über die sie die alte Nonne ausfragen wollte.

»Hat Winifred Christopher etwas gegeben, bevor wir gingen?« fragte sie Agnes, als der Junge quengelte und das Gesicht von der Brust abwendete.

Das Kindermädchen nickte. »Ja, aber sie hat nichts in ihn hineinbekommen. Er wollte nicht schlucken.«

»Ich hoffe, er ist nicht krank«, sagte Ingunn besorgt. »Zur Sommerzeit gibt es so viele Krankheiten hier – zu Hause waren die Leute meistens im Winter krank.«

Nicht einmal der Goldschmuck, den sie täglich unter der Kleidung trug und mit dem Christopher sonst so gern spielte, wenn er gestillt wurde, schien ihn jetzt zu interessieren. Während sie ihre Kleidung in Ordnung brachte, gab sie dem Kindermädchen den Jungen, und als sie aufgestanden war, nahm sie ihn wieder. Mit dem Kind auf dem Arm ging sie ein Stück am Bach entlang bis zu einer Stelle, wo einige neun bis zehn Jahre alte Jungen standen und sich über etwas im Wasser amüsierten. Als sie näher kam, sah sie, daß es ein kleines Kätzchen war, das die Jungen anscheinend in den Bach geworfen hatten, um zu sehen, ob es schon schwimmen könnte.

Das Kätzchen hatte nur noch die Schnauze über Wasser, und als Ingunn vor Wut laut aufschrie, kam ein Mann mit langen Schritten angelaufen, warf die Jungen zur Seite und watete in den Bach hinein bis zur Taille. Die eine riesige Hand griff um den mageren, mit den Pfoten rudernden, kleinen Körper, während die andere das Halstuch auszog, um das Fell, das am Tier klebte, abzutrocknen. Immer noch ohne ein Wort, legte er das Kätzchen ins Gras und drehte sich zu den Jungen um. Ehe Ingunn sich's versah, hatte er dem Anführer eine kräftige Ohrfeige verpaßt. »Habt ihr nichts anderes zu tun, als nützliche Tiere zu quälen! Tötet lieber eine Ratte, wenn ihr unbedingt etwas anstellen müßt!«

Als Ingunn den fremden Tonfall in der vor Wut zitternden Stimme hörte, erkannte sie den Mann wieder. Es war der norwegische Bootsbauer Ivar Nilsson, der jetzt dastand und zuschaute, wie das Kätzchen auf die Beine kam, sich zögernd schüttelte und weiterstolperte, den Schwanz in die Höhe gestreckt. Der Mann drehte sich um und ging zu einem flachen Stein in der Nähe, wo er ein Bündel und ein paar Brote liegen hatte.

In der Zwischenzeit hatte der kleine Christopher weder Interesse an dem Kätzchen noch an den halbwüchsigen Jungen gezeigt, und da ihm das gar nicht ähnlich sah, war Ingunn sich jetzt sicher, daß er krank war.

Ängstlich drückte sie ihn noch fester an sich und sagte Agnes, daß sie jetzt gleich nach Hause gehen müßten, und auch wenn es sich nicht gehörte, wolle sie selbst den Jungen tragen.

Auf dem Nachhauseweg kreisten ihre Gedanken um die Frage, was ihrem Kind fehlen könnte, und auch darum, was Sigrid auf Vardebu an ihrer Stelle gemacht hätte. Wachholderabsud, Enzian, nasse Umschläge ...

Die Gedanken an die Ziehmutter riefen noch andere Erinnerungen in ihr wach, die sich zu den Sorgen um den Sohn und dem Zwischenfall mit Ivar Nilsson und dem Kätzchen, das beinahe ertrunken wäre, gesellten. »Es gibt zwei Arten von Männern«, hatte die Ziehmutter gesagt, als sie von den Käfern erzählte, um die Thorfinn einen Bogen gemacht hatte, als sie jung verheiratet waren. »Diejenigen, die ohne zu zögern kleine Viecher abmurksen, wenn sie sie sehen, und diejenigen, die nachdenken.«

Aber genau wie Sigrid hatte sie geheiratet, ohne zu wissen, zu welcher der beiden Arten ihr Ehemann gehörte, und sie wußte es immer noch nicht.

Der Michaelstag kam und verging auch wieder, bevor der kleine Christopher gesund war, und selbst war Ingunn von ihrer eigenen Krankheit und davon, bei dem Jungen zu wachen, so erschöpft, daß beinahe Allerheiligen gekommen war, als sie den kleinen Hügel zum Nonnenkloster hinaufging. In der einen Hand hatte sie die Schiefertafel, in der anderen einen kleinen Beutel mit Silbergeld vom Schwiegervater, die Bezahlung für den Unterricht.

Während sie auf den Pförtner wartete, wunderte sie sich darüber, daß der Schwiegervater angeblich soviel gegen die Vorliebe seines Sohnes für Bücher hätte und gleichzeitig sie selbst dazu ermunterte, lesen und schreiben zu üben. Das erzählte sie auch Schwester Edith, als sie bei der Priorin das Geld abgeliefert hatte und an ihrem gewohnten Platz am Schreibpult in der winzigen Wohnstube der Nonne saß.

»Als Master Greene uns bat, dich hier zu unterrichten, wollte er, daß du lernen solltest, wenn nötig Briefe zu schreiben und noch dazu Gebetsbücher und Erzählungen von heiligen Männern und Frauen zu lesen, von denen wir alle etwas lernen können. Sind das auch die Bücher, die Master John am liebsten liest?«

»Nein, nicht immer«, sagte Ingunn, der Wahrheit entsprechend. »John mag es am liebsten, über ferne Inseln und über die neuen Entdeckungen im Westen zu lesen – er würde gern diese neuen Bücher ins Englische übersetzen und sie selbst drucken, das sagt er immer.«

»Da hast du schon die Antwort, mein Kind«, sagte Schwester Edith. »Unser Bischof warnt immer wieder davor, diese neue Buchdruckerkunst dazu zu benutzen, gottlose Lehren zu verbreiten. Und wer sollte außerdem Martin Greenes Geschäft übernehmen, wenn sein eigener Sohn ihm den Rücken zukehren würde? Viele Jahre werden vergehen, bis dein ältestes Kind zur Reife gelangen wird – wenn es überhaupt Gottes Wille ist.«

Die alte Frau seufzte und bekreuzigte sich. Dann sagte sie: »Geht es deinem Jungen wieder so gut, daß du deinen Sinn auf das richten kannst, was ich dir beibringen möchte?«

Auch wenn Schwester Edith ihren Worten eine Spitze hinzufügen wollte, kam es Ingunn beinahe so vor, als würde sie mit einer Feder gestreichelt, und sie erstickte ein Lächeln, als sie sich bedankte und antwortete, daß es dem Sohn recht gutginge. Sie sagte nichts davon, daß es bei John etwas anderes sei, denn sie wußte aus Erfahrung, daß für Schwester Edith alle Männer niedrige Wesen waren, mit einigen wenigen rühmlichen Ausnahmen. Die Nonne besaß einen schier unerschöpflichen Vorrat an Geschichten über weibliche Märtyrerinnen, die sich lieber den schlimmsten Qualen unterworfen hätten, als ihre Unschuld zu verlieren, die sie Christus geweiht hatten.

Die Lektion des Tages handelte von der heiligen und bildhübschen Agnes, die im Alter von dreizehn Jahren sowohl ihrem heidnischen Bewunderer als auch den Flammen, die ihre Strafe sein sollten, standhielt. Wie sooft zuvor fiel es Ingunn schwer zu begreifen, daß die mildtätige, schweigsame Schwester Edith lächeln konnte, wenn sie über Qualen las, welche die Geburtsschmerzen, die Ingunn selbst kannte, bei weitem übertrafen, oder wenn es um Pranger und Auspeitschen ging. Ingunn war selbst Zeugin gewesen, als sich andere diesen Strafen unterwerfen mußten. Der Pranger in der Nähe der Marktbuden in der Wynch Street war besonders schlimm. Sie schaffte es nie, diesen Schraubstock anzuschauen, wenn ein Mensch darin steckte, auch wenn sie wußte, daß der Betreffende ein Fälscher oder ein Bäcker war, der die Leute betrogen hatte. Aber bisher war es ihr erspart geblieben, zuschauen zu müssen, wenn jemand auf dem Scheiterhaufen verbrannt wurde.

Schwester Edith unterbrach ihren Gedankengang. »Gibt es da etwas, was du nicht verstehst, mein Kind?«

Ingunn zuckte zusammen. »Ja, ich überlege, wie jemand freiwillig auf den Scheiterhaufen gehen kann. Zu Hause auf Grönland ist ein junger Mann namens Kolgrim verbrannt worden, weil er die Ehefrau eines anderen Mannes verhext hatte, aber ich glaube kaum, daß er sich über die Strafe gefreut hat.«

Die Stirn der Nonne bekam eine Falte, die Ingunn dort noch nie gesehen hatte, und die Stimme war ungewohnt streng, als sie sagte: »Dieser Mann wurde bestraft, weil er dem Bösen nachgegeben hatte. Heilige Männer und Frauen gingen wegen ihres Glaubens freimütig dem Scheiterhaufen und anderen Qualen entgegen, weil sie wußten, daß Gott sie belohnen würde.«

Als Ingunn nichts sagte, sprach sie weiter: »Keine Qualen sind schlimmer als diejenigen, die ein Mensch im Fegefeuer erleiden muß. Es kann uns Sterblichen nichts Besseres passieren, als daß Gott uns soviel Gnade erweist, daß diese Zeit der Läuterung dadurch, daß wir den Märtyrertod sterben, so kurz wie möglich wird. Hast du alles vergessen, was ich dir vor der Geburt des Kindes beigebracht habe?«

»Nein«, sagte Ingunn leise. »Aber ich bin anscheinend nicht dieselbe wie damals, bevor ich Mutter wurde – ich grübele über so viele Dinge, über die ich früher nie nachgedacht habe.«

»Dann mußt du um so fleißiger beten, mein Kind. Bevor du abends die Augen zumachst, mußt du so viele *Ave-Maria* aufsagen, wie du nur kannst, und du beginnst doch den Tag mit Vaterunser, wie ich dir gesagt habe?«

»Ja, Schwester Edith«, beantwortete Ingunn die Frage und überlegte dabei, wie oft sie wohl Mutter Gottes begrüßen könnte, bevor Winifred ihr den Jungen zum Stillen brachte oder John mit ihr schlafen wollte. Laut fragte sie zögernd: »Im Gebet der Gebete beten wir zum Herrgott, daß er uns von dem Bösen erlöse. Bedeutet dies, daß Gott selbst das Böse regiert und wir beten müssen, daß er damit aufhört, oder bedeutet es, daß das Böse von außen kommt – daß der Teufel ab und zu stärker als Gott ist?«

Die alte Frau stand jäh auf, und das wachsbleiche Gesicht sah aus, als würde es erröten. »Wer hat dir solche Gedanken in den Kopf gesetzt, mein Kind? Kennst du hier in der Stadt jemand, der solche Ketzerei verbreitet?«

Entsetzt antwortete Ingunn, daß ihr eigener Vater darüber grübele, wer die bösen Mächte lenken würde, und daß es sein innigster Wunsch sei, einen zum Priester ausgebildeten Mann nach Grönland zu bekommen, damit dieser solche schwierigen Dinge erklären könnte.

Schwester Edith atmete tief aus und setzte sich wieder, bevor sie Ingunn eindringlich anblickte. »Gott sei Dank, dein Vater weiß, daß er Anleitung braucht! Und du, Ingunn, mußt achtgeben, daß andere nicht erfahren, was du mir gerade erzählt hast. Du selbst könntest auf dem Scheiterhaufen enden, wenn das Gerücht aufkommen sollte, daß du derart ketzerische Gedanken mit dir herumträgst. Wenn du Fragen hast, sprich mit mir oder mit Sira Cuthbert darüber unter vier Augen!«

»J-ja, d-danke«, stotterte Ingunn entsetzt. Sie wußte, daß in London eine Frau vor kurzem auf dem Scheiterhaufen verbrannt worden war, weil sie sich geweigert hatte, sich zur richtigen Lehre zu bekennen – sowohl im Verhör beim Bischof als auch später, als die Reisigbündel um den Stock, an dem sie festgebunden war, aufgestapelt wurden. Mistress Greene hatte mit Genuß und mit allen Anzeichen der Zustimmung Mary und Ingunn die Geschichte mehrere Male erzählt.

Als sie nach Hause ging, klapperten ihre Zähne noch, und sie fror, als wäre es mitten im Winter und nicht Mitte Oktober. Sie konnte sich nicht daran erinnern, daß sie sich jemals so nackt und hilflos gefühlt hatte wie nach

Schwester Ediths Warnung heute. Aus alter Gewohnheit ließ sie den Blick über den Außenhandelskai schweifen, aber sie konnte keines von Cabots Schiffen entdecken. So spät im Herbst war auch nicht damit zu rechnen, daß Cabot zurückkehren würde, aber John hatte die Hoffnung noch nicht aufgegeben, das wußte sie.

Sie selbst betete jeden Tag, daß einer von Martin Greenes Boten mit der Botschaft kommen würde, daß Cabot mit vollbeladenen Schiffen zurückgekehrt sei, denn je schneller Johns Schwermut ein Ende hätte, desto besser. Er war ihr gegenüber zwar höflich, besonders wenn andere anwesend waren, und er hatte ja auch keinen Grund, es nicht zu sein, denn mit keinem Wort hatte sie erwähnt, daß sie über die Waren Bescheid wußte, die er mit Cabot mitgeschickt hatte. Aber er holte seine Flöte nie mehr hervor, und er beschäftigte sich so wenig mit Christopher, daß der Junge eher die Arme nach dem Großvater als nach dem Vater ausstreckte.

In der ausgefüllten Zeit, die nach Allerheiligen kam, hatte Ingunn andere Dinge, mit denen sie sich beschäftigen konnte, als mit den Gedanken an Cabot und ihre Mitgift. Die allgemeine Meinung in der Stadt war, daß Cabot Kataya erreicht haben müßte und erst im nächsten Sommer verspätet nach Hause zurückkehren würde. Deswegen wurde auch Johns Laune etwas besser, so daß Ingunn sich über die vielen Festtage, die mit der Adventszeit und Weihnachten verbunden waren, freuen konnte, natürlich auch darüber, daß sie diesmal nicht zu Hause sitzen mußte, wenn die anderen Weihnachtslieder sangen und einander besuchten.

»Jetzt verstehe ich, warum niemand, den wir kennen, am Spinnrad sitzt«, scherzte sie eines Abends, als John und sie ins Bett gehen wollten. »Hier gibt es sowieso mehr als genug zu tun!«

John saß auf der Bettkante, um sich Schuhe und Strümpfe auszuziehen, und drehte sich nicht um. »Was tust du denn den ganzen Tag so Nützliches, Ingunn?«

Sie spürte, wie ihre Freude verging. »Ich stille unseren Sohn, nähe Kleidung für ihn, spiele mit ihm, sitze bei Mary und deiner Mutter, mache Besorgungen für deine Mutter, gehe in die Kirche und zu Schwester Edith ...« Je mehr sie aufzählte, desto dümmer und unnützer fühlte sie sich.

»Da kann man ja nur staunen«, sagte John tonlos. »Jetzt weiß ich erst, wie gut es mir geht – sich vom Frühstück bis zum späten Abend mit Trockenfisch und Wein beschäftigen zu dürfen, das ist das Leben!« Er schmiß die Schuhe gegen die Wand.

»Das wird sich sicher bald ändern«, sagte Ingunn leise. Lieber Gott im Himmel, betete sie stumm, was soll nur aus uns werden? Und aus mir, die ich zu nichts mehr tauge?

Auch wenn Sira Cuthbert wackelig zu Fuß und gebrechlich geworden war, kam er zu Mariä Lichtmeß am zweiten Februar persönlich zur Familie Greene nach Hause, um vor dem Ereignis des Abends die Kerzen, das Kindermädchen Agnes und den kleinen Christopher zu segnen.

Agnes errötete vor Stolz, weil sie Jungfrau Maria mit dem Jesuskind auf dem Schoß sein durfte, wenn die umherziehenden Sänger kamen und anklopften, und selbst Mistress Greene war aufgeregt und glücklich, weil sie zum erstenmal, seit John ein kleines Kind gewesen war, diese schöne Zeremonie wieder in ihrem Haus durchführen konnten. Sie steckte Kerzen in jeden einzelnen Kerzenständer des Hauses und bekreuzigte sich dabei ununterbrochen, und Ingunn durfte sich einen geblümten seidenen Schal von ihr ausleihen.

Hinter dem Stuhl, wo das Kindermädchen mit Christopher saß, stand ein Kerzenständer aus Kupfer, und im Schein der vielen Kerzen leuchtete Christophers Haar mit dem großen kupfernen Ständer um die Wette. Er war ein so hübsches Kind, daß einige der Sänger ihm andächtig über die Wange streichelten und sich bekreuzigten, bevor sie die Trinkschale nahmen, die Master Greene ihnen persönlich anbot.

Ingunn blickte verstohlen zu John, um zu sehen, ob er stolz auf ihr Kind war, aber sein Blick war auf eine schwarzhaarige junge Frau gerichtet, die gerade trinken wollte. Sie war unverheiratet, denn sie trug das Haar offen – es leuchtete genauso schön wie das des kleinen Jungen. Wie auch Ingunns Haar, wenn sie abends das Kopftuch auszog. Vielleicht würde John es wieder bemerken, wenn Cabot endlich mit seiner teuren Last zurückkehrte – es war schon so lange her, seit er ihr das letztemal gesagt hatte, daß sie schön sei. Und jetzt war anscheinend auch er der Meinung, daß sie zu nichts taugen würde. Sie blinzelte die Tränen weg, als die Sänger das letzte Lied anstimmten.

Eine glockenreine Frauenstimme übertönte all die anderen. Als sie sich umschaute, um herauszufinden, wo sie herkam, entdeckte sie Bridget, die zusammen mit William-mit-dem-Hut ganz hinten in der Gruppe der Sänger stand. William hielt den Hut in den Händen, deswegen war es nicht verwunderlich, daß sie ihn nicht wiedererkannt hatte. Da sie aber recht oft in der Gaststätte vorbeiging, damit Bridget sehen konnte, wie groß und kräftig Christopher schon war, hätte sie Bridgets kräftige

Gestalt erkannt, wenn diese sich nicht geflissentlich im Hintergrund halten würde.

Bridgets Augen hatten einen unergründlichen Ausdruck, als sie kurz den Augen Ingunns begegneten, bevor sie weiter zu deren Goldschmuck glitten, aber sie hörte nicht auf zu singen. Ihr gehörte die glockenreine, herrliche Stimme.

Ein neuer Name auf der Gebetsrolle

Aus dem Frühjahr 1499 wurde Sommer, und noch wußte keiner etwas über Cabot und seine Schiffe. Falls Cabots Sohn Sebastian sich Gedanken über den Vater und die Brüder machte, ließ er sich nichts anmerken. Man sah ihn oft zusammen mit den älteren Kaufleuten, zu deren Kreis auch Martin Greene gehörte, und böse Zungen behaupteten, daß Philip Greene und Hugh Elyot den Umgang besonders pflegten, falls John Cabot nicht zurückkehrte und Sebastian den Privilegienbrief vom König erben würde. Außerdem hatte der junge Mann den Vater auf der vorigen Reise begleitet, so daß man erwarten konnte, daß er viel Nützliches über derartige Reisen wußte.

Cabots Frau war genauso dünn und nachdenklich, wie sie früher rund und lustig gewesen war, und sie verbrachte anscheinend den größten Teil des Tages in der Kirche. Sira Cuthbert war gestorben, und für Mistress Cabot war es gewiß ein Trost, daß der neue Priester Italienisch sprach, meinte Bridget, als Ingunn eines Tages vorbeikam, mit Christopher an der Hand und Agnes als Begleitung, wie es sich gehörte.

Ingunn nickte geistesabwesend bei Bridgets Bemerkung und dachte, daß nicht einmal alle Sprachkenntnisse der Welt die Geduld und die guten Ratschläge von Sira Cuthbert aufwiegen könnten. Sie vermißte ihn schmerzlich und fühlte sich alles andere als getröstet in der Gegenwart des neuen Priesters der Gemeinde – ein wohlgenährter Mann in den mittleren Jahren mit stechendem Blick. Als sie Ostern zur Beichte ging, hatte sie gespürt, daß er von ihr nur das Schlimmste erwartete. Die Schwiegermutter hatte sie sicher im Laufe der unzähligen Gespräche mit ihm derart schlechtgemacht, daß er sie in Gedanken der Sünden beschuldigte, die sie nicht selbst bekannte. Es war undenkbar, ihn über irgend etwas auszufragen.

Und jetzt war auch Schwester Edith gestorben. Es schien Ingunn, als hätte jede einzelne Kirche in und außerhalb der Stadt auf der Gebetsrolle Namen, die sie kannte. Sie mußte sich damit trösten, daß ihr Kind trotz der Flecken- und der Hustenseuche, die die Stadt im Laufe des Winters heimgesucht hatten, noch bei bester Gesundheit war – in der letzten Zeit hatten viele Kinderbeerdigungen auf dem Saint-Nicholas-Friedhof stattgefunden. Sie hatte sich auch selbst bei der Überlegung ertappt, ob sie vielleicht Halbgeschwister hätte, die die Kindheit überlebt hatten und jetzt irgendwo in Bristol wohnten, oder vielleicht waren sie so spurlos verschwunden wie die Mutter.

»Bedank dich schön bei Bridget!« ermahnte sie den Jungen, als die Frau sich bückte und ihm ein Stück Weizenbrotkruste gab.

»Ta!« kam es gehorsam. Ingunn lächelte und sagte stolz: »Bald spricht er sicher besser englisch als seine Mutter!«

»Bringst du ihm kein Grönländisch bei?« fragte Bridget.

»Das erstemal, als Mistress Greene hörte, daß ich ihm ein Wiegenlied auf grönländisch vorsang, gab es einen derartigen Krach, daß ich vorsichtig geworden bin«, sagte Ingunn ausweichend, mit einem flüchtigen Blick auf

Agnes. Das Kindermädchen wußte als einzige, daß sie ab und zu mit ihrem Sohn grönländisch sprach. In solchen Augenblicken fühlte sie sich am stärksten mit ihrem Sohn verbunden, gleichzeitig wurden Bänder gewebt, die ihn fester an die Familie seiner Mutter knüpften.

»Das ist traurig«, sagte Bridget. »Ich meine natürlich, traurig für dich, daß du ihn nicht in den Schlaf singen kannst, so wie es deine Mutter auch getan hat.«

»Vielleicht. Aber er wird auch nie dasselbe Gefühl des Verlustes erleben wie ich, als sie weggezogen ist.«

»Meinst du nicht, daß es an der Zeit ist, ihr zu vergeben, jetzt, da du selbst Mutter bist?« fragte Bridget ruhig, den Blick auf ein paar magere streunende Hunde gerichtet, die im Rinnstein wühlten.

»Nein«, sagte Ingunn böse. »Am allerwenigsten jetzt, nachdem ich selbst Mutter geworden bin – ich begreife nicht, daß eine Frau ihre Kinder verlassen kann. Möchtest du selbst laufen, Christopher, oder soll Agnes dich tragen?«

Als Antwort steckte der Junge seine Hand in die ihre und ging unsicher vorwärts, während er an der Brotkruste kaute.

»Wir werden sehen, wie lange *das* dauert«, sagte Bridget mit einem kleinen Lächeln und ging wieder hinein.

Es dauerte nicht lange, bis Christopher müde war und Agnes und Ingunn ihn abwechselnd tragen mußten. Er war jetzt so schwer, daß ihre Ausflüge außerhalb der Stadtmauern recht mühsam waren, aber Ingunn wollte nicht, daß der Junge im Garten hinter dem Haus spielte oder in den verschmutzten Straßen der Stadt spazierenging. Sie gingen meistens zum Moor der Augustiner, damit Christopher die Tiere streicheln konnte, die dort auf der Weide standen, aber heute war es ihr in den

Sinn gekommen, daß der Sohn alt genug wäre, um Spaß an der Schiffswerft ein bißchen weiter nördlich zu haben.

Der Geruch von frisch gehobeltem Holz und das Geräusch von Sägen und Hämmern schlugen ihnen entgegen, als sie sich der Werft näherten. Zusammen mit der warmen Sonne und dem Fischgeruch vom nahe gelegenen Fischmarkt ließ all das so starke Erinnerungen in Ingunn aufleben, daß sie einen Augenblick stehenblieb und das Gesicht in den kupferroten Locken des Jungen verbarg. Sie schnupperte den süßen Kinderduft ein, und vor ihrem geistigen Auge sah sie den Vater, der im Bootshaus arbeitete, mit beiden Türen geöffnet, der Sommersonne und dem glitzernden Fjord zugewandt, während der Fisch an den Trockengerüsten daneben immer dunkler wurde, damit er als Handelsware oder Wintervorrat genutzt werden konnte. Der Vater war sicher schon längst fertig mit dem neuen kleinen Kahn, und vielleicht hatten er und Reidar es auch schon geschafft, Holz für ein neues größeres Ruderboot herbeizuschaffen, als Ersatz für das, mit dem Øyvind und Turid zur Westsiedlung gesegelt waren.

»Mistress, ich sehe jemand, den ich kenne – darf ich einen Augenblick mit ihm sprechen?«

Ingunn schaute wieder hoch. »Ja, selbstverständlich, Agnes, es tut Christopher nur gut, selbst zu laufen.«

Sie lächelte, als sie das Kindermädchen auf einen kräftig gebauten jungen Mann zueilen sah. Sie ging mit ehrbar gesenktem Kopf, aber so schnell, daß sie beinahe gefallen wäre. Vor zwei Jahren war sie selbst in derselben Art und Weise auf John zugegangen. Es war aber auf Dauer recht ermüdend, von solchen kleinen, gestohlenen Augenblicken zu leben, dachte sie, vielleicht heirateten die Leute gerade deswegen. Jedenfalls war es mit der heißen Begierde bei ihr schnell vorbei gewesen, auch wenn John so schwarzhaarig und gutaussehend wie vor der Hochzeit war und immer noch eifrig bestrebt war, sie im Bett zu haben. Aber spielen wollte er nicht mehr mit ihr.

Sie stellte Christopher auf den flachgetrampelten Grasboden und führte ihn zu einem halbfertigen, solide gebauten Boot hin, das so aussah, als wäre es für die Frachtschiffahrt an der Küste vorgesehen. Holzspäne und Werkzeuge lagen daneben und wiesen darauf hin, daß die Bootsbauer nur eine Pause machten. Aber in der Nähe sah sie nur einige Männer, die anscheinend voll und ganz damit beschäftigt waren, auf dem Schlipp etwas weiter unten einen alten Kahn zu reparieren.

»Streichele das schöne Boot, mein Sohn«, sagte sie auf grönländisch und nahm den Jungen auf den Arm, damit er das glattgehobelte Holz befühlen konnte. »Kannst du ›Boot‹ sagen?«

»Boot!« krähte Christopher stolz und warf sich in den Armen der Mutter so plötzlich nach hinten, daß sie gefallen wäre, wenn nicht ein Mann hinter ihnen den Arm ausgestreckt hätte, um sie zu stützen.

»Boot!« rief der Junge entzückt, aber bevor er sich wieder nach hinten werfen konnte, hatte ihn der Fremde genommen und auf seine Schultern gesetzt. Ingunn dachte gerade noch daran, sich auf englisch zu bedanken, als sie verwirrt in das braungebrannte Gesicht von Ivar Nilsson schaute.

»Nichts zu danken«, sagte er trocken. »Ich hatte Angst, du könntest über meinen Hobel fallen.«

»Und ihn vielleicht noch beschädigen?« scherzte Ingunn und überlegte gleichzeitig, wieso sie in diesem Ton mit einem Mann reden konnte, dessen Namen sie kaum kannte und der keine Ahnung hatte, wer sie selbst war.

»Nein, aber dich verletzen – es ist nicht gerade bequem, darauf zu sitzen«, sagte der Mann ruhig. Es blitzte in dunkelblauen Augen unter dicken Brauen, als er hinzufügte: »Außerdem dachte ich einen Augenblick, du würdest mit deinem Jungen norwegisch reden. Ich komme aus Norwegen – Ivar Nilsson heiße ich.«

»Ich habe dich schon mal gesehen – du hast ein Kätzchen vor dem Ertrinken gerettet ...«

»Ja, ich kann mich an den Nachmittag gut erinnern – außerdem habe ich gesehen, wie du dich mit Bridget in der High Street unterhalten hast. Sie hat mir erzählt, daß du die Schwiegertochter des Kaufmanns Martin Greene bist – darauf kannst du stolz sein.«

»Ich bin genauso stolz darauf, die Tochter von Halldor auf Bru zu sein. Ich heiße Ingunn, und Grönländisch ist meine Muttersprache«, sagte Ingunn auf grönländisch. »Verstehst du, was ich sage?« fügte sie mutig hinzu.

Er nickte und wollte gerade etwas sagen, als Christopher seine Haare packte und auf seinem Nacken hin und her schaukelte.

»Hoppla!« sagte Ivar Nilsson. Dann sagte er auf norwegisch, an Ingunn gerichtet: »Hat er vielleicht schon seinen Vater zum Krüppel gemacht?«

Sie lächelte unsicher. »Könntest du das vielleicht wiederholen?«

Er wiederholte die Frage auf englisch, und sie antwortete mit einem kleinen Lachen: »Nein, John trägt Christopher niemals auf den Schultern. Er sagt ...«

Sie hielt plötzlich inne. Es würde sich nicht gehören, wenn sie diesem Mann erzählte, was ihr Ehemann von diesen Dingen hielt! Nur arme Leute würden so etwas tun, hatte John einmal höhnisch gesagt, als Ingunn vorgeschlagen hatte, daß sie Christopher auf belebten Plätzen so tragen könnten. Diese Antwort verstörte sie so, daß sie nichts erwiderte. Dabei waren grönländische Väter, auch wenn sie noch so wohlhabend waren, davon überzeugt, daß kleine Kinder sich gern so fortbewegten.

Christopher war keine Ausnahme. Er kreischte vor Freude und trat Ivar Nilsson gegen das Schlüsselbein, als wollte er ein Pferd antreiben. Mit festem Griff um die molligen, kleinen Fußknöchel stellte der Bootsbauer sich so hin, daß der Junge in das Boot hineinsehen konnte, während er selbst auf norwegisch erklärte: »Zuerst strekken wir den Bootskiel – dort. Dann bauen wir die Spanten, wie es die Höhe der Holzverkleidung erfordert. Gerade jetzt bin ich mit dem Vordersteven beschäftigt – siehst du da drüben?«

Der Junge verstand kein Wort, aber Ingunn schon. Und sie verstand auch, daß sie es hier mit einem Mann zu tun hatte, der daran gewöhnt war, mit Kindern umzugehen. Zögernd fragte sie in ihrer eigenen Sprache: »Hast du selber kleine Söhne?«

»Nein«, sagte er kurz. »Aber einmal hatte ich kleine Brüder.«

»Sind sie in Norwegen geblieben?« fragte sie, erleichtert, weil sie verstanden hatte, was er in seiner eigenen Sprache sagte.

»So kannst du es auch sagen – sie sind ertrunken.«

Ingunn erinnerte sich an seine unbändige Wut, als das Kätzchen beinahe ertrunken wäre, und sie dachte, daß er sicher ein guter und liebevoller großer Bruder gewesen war. Widerstrebend streckte sie die Arme nach dem Kind aus und sagte, daß sie jetzt gehen müsse, ihr Kindermädchen würde gleich zurückkommen.

»Ist die Freundin vom Bootsbauer Alfred bei dir Kindermädchen?« fragte er, als er Agnes kommen sah. Es hörte sich an, als hätte sich etwas in seinem Hals festgesetzt, und er sprach wieder englisch.

»Ja. Und da meine Schwiegermutter alles entscheidet, was mit der Dienerschaft zu tun hat, kann man sagen, daß ich da Glück gehabt habe!«

Sichtlich erleichtert, stellte er Christopher behutsam auf den Boden und murmelte: »Alfred hat einmal gesagt, daß Agnes' Hausherrin eine fromme und gefährlich zänkische Frau sei. Einen Augenblick dachte ich, er hätte dich gemeint.«

Ingunn lächelte nur als Antwort und dachte, wenn Alfred bei seiner Arbeit so genau wäre wie in seiner Beschreibung von Mistress Greene, dann würde er keine Probleme damit haben, Arbeit zu finden.

»Bedankst du dich bei dem sehr netten Mann, Christopher?«

»Ta!« sagte Christopher und winkte unaufgefordert, bevor das Kindermädchen und die Mutter ihn an die Hand nahmen und Ivar Nilsson Lebewohl sagten.

Wie auch im Vorjahr bekam Christopher im Spätsommer eine fiebrige Krankheit, und Ingunn ging, sooft sie nur konnte, in die Kirche, um für ihr Kind zu beten. An dem Tag, an dem er außer Gefahr war, kniete sie so lange vor der Statue der Maria, daß der Priester der Gemeinde sie noch dort vorfand, als er hereinkam, um alles für die Vesper vorzubereiten. Sie stand schnell auf, um zu gehen.

Der Priester hielt sie am Ärmel fest. »Meine Tochter, du kommst nur mit deinen Sorgen zu Gott, nicht mit deinen Freuden.«

»Das stimmt nicht«, antwortete Ingunn verwundert. »Ich bin heute hierhergekommen, um Gott und Maria dafür zu danken, daß mein Sohn auch diesmal wieder gesund wird.«

Sie riß sich vorsichtig los, verneigte sich und ging schnell hinaus, damit der Priester nicht merkte, daß ihre Abneigung gegen ihn mindestens so groß war wie diejenige, die er ihr gegenüber an den Tag legte. Zu Ostern würde sie ihre Sünden bei seinem schielenden Hilfspriester beichten: »Vater, ich trage so viele böse Gedanken mit mir herum ... Vater, ich liebe meinen Sohn über alles ... Vater, wer lenkt das Böse?«

Draußen vor der Kirchentür lief ihr Ivar Nilsson über den Weg. Seit dem erstenmal, als sie Christopher zur Werft mitgenommen hatte, war er ihr schon mehrmals begegnet, und es war ihr jedesmal leichtgefallen, mit ihm zu reden, aber hier in der Saint Nicholas Street war sein Anblick so unerwartet, daß sie unbeholfen stehenblieb, nachdem sie Grüße gewechselt hatten.

»Ich bin auf dem Weg zu Agnes«, erklärte er. »Sie ließ dem Bootsbauer Alfred die Botschaft zukommen, daß sie am letzten Sonntag nicht zu Hause bei ihm und seiner Mutter zu Mittag essen könne, da dein Junge krank sei. Deswegen habe ich für Christopher dieses hier gemacht.« Aus seinem Umhang zog er ein schönes, kleines Holzpferd mit Mähne und Schwanz aus Schafwolle.

»Er – er ist noch sehr schwach, aber er freut sich sicher über das Geschenk«, sagte Ingunn und nahm das Pferd. »Wolltest du vielleicht mit Agnes sprechen?«

»Nein, danke. Richte ihr nur Grüße aus. Und gute Besserung für den Jungen!« Er neigte zum Abschied leicht den Kopf und war verschwunden, bevor sie etwas sagen konnte.

Lange schaute sie der großen Gestalt nach, in dem abgenutzten Umhang, in Stiefeln, die Risse hatten, und mit einem verblaßten Filzhut auf dem blonden Haar, das sie so an die Menschen in Grönland erinnerte. Sie erfuhr nichts Neues von dort, genausowenig wie die Stadt Bristol Neuigkeiten von John Cabot erhielt.

Voll beladen mit Trockenfisch, Butter und Schwefel kam die »Kathryn« vor Mariä Verkündigung im März aus Island zurück. Sie lag vor Anker unter vielen anderen Schiffen, die sich nach Fischfang und Handel einfanden. Die Schiffe kamen weit aus dem Norden, manche sogar aus der Finnmark, aber von Cabot hatte noch niemand etwas gesehen oder gehört.

Bisher hatte Ingunn noch mit keinem Wort erwähnt, was sie über John und ihre Mitgift wußte. Sie war sich ziemlich sicher, daß der Schwiegervater über alles, was der Sohn unternahm, genaustens Bescheid wußte. Aber wenn er sich mit ihr unterhielt, war es meistens über Christopher oder darüber, wie sie damit zurechtkam, nach dem Tod von Schwester Edith ohne Hilfe lesen und schreiben zu müssen. Sie hatte schon längst die Hoffnung aufgegeben, daß John selbst das Thema der Mitgift zur Sprache bringen würde, denn er hatte so viele Gelegenheiten ungenutzt verstreichen lassen.

Bisher hatten sie schmerzliche Auseinandersetzungen vermeiden können, und Ingunn wußte, daß unter denen, die nicht über sie herzogen, weil sie eine unbekannte Bauerstochter aus Grönland war, die Meinung verbreitet war, daß John und sie als Eheleute gesittet zusammenlebten und gut miteinander auskämen. John und sie unterhielten sich meistens über alltägliche Dinge, zum Beispiel darüber, daß sie für das große Essen, das Philip

Greene geben wollte, um zu feiern, daß er im nächsten Jahr des Königs Vogt in Bristol wäre, gern neue Schuhe hätte, oder darüber, wie traurig es war, daß Evan aus Wales auf der Rückfahrt der »Kathryn« aus Island über Bord gegangen war. Sie hörte geduldig zu, wenn John sich darüber beklagte, wie lange es dauerte, bis er genügend Geld für seine Buchdruckerei zusammenkratzen könnte, und sie hütete sich davor, sich über seine Mutter oder Mary zu beklagen.

Jetzt zur Advents- und Weihnachtszeit wußte sie genau, was von ihr erwartet wurde, und sie kannte Sprache und Sitten gut genug, um mit den anderen jungen Frauen im Bekanntenkreis der Familie Greene mithalten zu können. Wenn jemand sie fragte, ob sie sich in Bristol zu Hause fühlte, antwortete sie mit Ja. Aber nur deswegen, weil sie in ihrem Inneren wußte, daß hier in Bristol eine neue Ingunn herumlief – eine unnütze Ingunn, die sie nicht mochte. Und dieser neuen Ingunn erlaubte sie, sich hier zu Hause zu fühlen, dann brauchte sie in ihrem Kopf keine endlosen Gespräche mit der anderen zu führen.

Ingunn achtete darauf, im Hochbetrieb kurz vor Ostern beichten zu gehen, und hatte deshalb keine Schwierigkeiten, den schieläugigen Hilfspriester als Beichtvater zu bekommen. Dieser war überrascht, weil die Ostergeschenke der reichen Leute gewöhnlich nur dem zuständigen Priester der Gemeinde gegeben wurden, hörte ihr geduldig zu und nickte aufmunternd zu allem, was sie zu bekennen hatte. Bis sie erwähnte, wie erleichtert sie darüber sei, daß der Tod des Kindermädchens Winifred für sie selbst bedeutete, daß sie mehr zu sagen hatte, wenn es um die Pflege ihres Sohnes ging. »Kind, es ist eine

Sünde, eine große Sünde, eines anderen Menschen Tod zu wünschen.«

»Ich habe sie nicht getötet«, sagte Ingunn, »und ich habe auch nicht ihren Tod gewollt. Ich habe mitgeholfen, sie zu pflegen. Ich bin nur glücklich, daß sie nicht mehr über meinen Sohn bestimmen kann, und ich bin mir sicher, daß Gott das schon weiß.«

Der Hilfspriester schaute sich schnell um, bevor er eindringlich flüsterte: »Achte darauf, daß die Leute um dich herum das nicht erfahren!«

Anschließend sagte er laut und würdevoll: »Gott sieht und weiß alles, meine Tochter. Jeden Tag von jetzt an bis Pfingsten mußt du zehn *Ave* aufsagen und die Mutter Gottes bitten, daß sie dir den Weg der Demut zeigt.«

Später fragte sich Ingunn, wer wohl den größten Nutzen davon hätte, wenn dieser Priester auf Grönland landen würde – er oder Halldor.

Mitten in der schlimmsten Hitze und Schwüle des Spätsommers kam eine gefährliche Magenseuche in die Stadt, und viele starben. Diesmal erwischte sie alle im Hause Greene. Ingunn kämpfte sich fieberkrank durch die Tage und Nächte, gleichzeitig pflegte sie auch den kleinen Christopher, und sie ertappte sich bei dem Wunsch, Winifred möge immer noch in der Dachstube sein. Das Haar des Jungen klebte matt wie alte Rotalgen an seinem Kopf, während er sich ununterbrochen hin- und herwarf und Tag und Nacht schrie. Er war von Fieber und Magenkrämpfen völlig ausgetrocknet. Er übergab sich bei allem, was ihm gegeben wurde, von der Muttermilch bis zum Apfelsaft. Nicht einmal den teuersten Wein des Hauses, den die Großmutter ihm einflößte, konnte er bei sich behalten.

Diesmal war das Leben des Jungen nicht zu retten. Mit Bridgets Hilfe versorgte Ingunn die kleine Leiche und wickelte den Jungen in den Spitzenschal aus Galway, bevor sie ihn in den Sarg legte. Bei genauerem Nachdenken steckte sie das Holzpferd, das Ivar Nilsson geschnitzt hatte und mit dem Christopher so gern gespielt hatte, dazu, aber als sie auch noch den Goldschmuck dazulegen wollte, hielt Bridget ihre Hand zurück. »Tu jetzt nichts Unüberlegtes. Du bekommst sicher noch mehr Kinder, vielleicht auch eine Tochter, die dieses schöne Schmuckstück erben könnte.«

»Vielleicht«, sagte Ingunn gleichgültig. Sigrid aus Vardebu hatte gesagt, daß es lange dauern könnte, bevor sie wieder Kinder bekäme. Vielleicht hatte sie in den Blutzeichen nur ein einziges Kind gesehen – diesen kleinen Jungen, der wie ein riesiges Windelkind im Sarg lag, mit blanken, frisch gewaschenen, roten Locken über dem Schal aus Spitzen.

Während der Beerdigung stand sie mit John zusammen und schaute in das schwarze, kleine Loch, wo ihr Kind lag. Sie überlegte, ob Gunnhild Ingolfsdatter und Thorunn aus Gardar sich genauso entkräftet gefühlt hatten, wie sie es jetzt tat, da sie und John hier auf dem Friedhof standen und zuschauten, wie ihr Kind zu Grabe getragen wurde. Die beiden anderen hatten jedenfalls einen Priester aus demselben Fleisch und Blut wie sie selbst gehabt! Der Priester der Gemeinde, der da oben psalmodierte, war mit ihrem kleinen Jungen nicht verwandt, er hatte ihm nur ein paarmal über den Kopf gestreichelt, sonst kannte er ihn nicht. Es hätte Halldor auf Bru sein müssen, der den Sohn seiner Tochter in Gottes Gewahrsam übergab.

Sie wollte nach Hause! Sie wollte mit ihrem kleinen

Sohn zusammen in der Erde liegen! Sie wollte ... Es war egal, was sie wollte. Von jetzt an würde Christopher Greene nur ein Name auf der langen Gebetsrolle in der Saint-Nicholas-Kirche sein.

Die Hunde streiten um den neuen Knochen

Es war für Ingunn keine Überraschung, als sie wieder schwanger wurde, denn einen Monat bevor Christopher gestorben war, hatte sie wieder angefangen zu bluten. Sie hatte ausgerechnet, daß das Kind um den Herbstanfang herum gezeugt sein müßte, und um die Mittsommerzeit würde es auf die Welt kommen – bis dahin kam es ihr noch vor wie eine Ewigkeit. Zuerst ging es darum, die dunkelsten Monate des Jahres durchzustehen.

»Nimm dich zusammen!« sagte John scharf, als sie eines Morgens nur mit Mühe aus dem Bett kam. »Mutter und Vater haben zwei Kinder durch die Fleckenseuche verloren, bevor Mary geboren wurde – hast du jemals gehört, daß *sie* klagen.«

»Ich brauche nur etwas Zeit«, sagte Ingunn. Sie schaffte es nicht einmal, böse zu werden. Seit der Segelfahrt aus Grönland hatte sie sich nicht so erschöpft gefühlt.

»Du hast ja Zeit genug, da Mutter dem ganzen Haushalt vorsteht. Du hast anscheinend vergessen, daß du zu Hause auf Grönland von morgens bis abends gearbeitet hast.«

»Nein, das habe ich nicht vergessen«, sagte Ingunn leise und löste langsam ihren Haarzopf. Wenn nur das Haar gekämmt und geflochten wäre, würde alles Weitere hoffentlich von selbst gehen. Joan würde hereinkommen und ihr helfen, sobald sie wußte, daß John mit dem Anziehen fertig wäre.

John zog die Strümpfe bis zum Schritt hoch und schnürte sie sorgfältig fest, bevor er die enge, kurze Jakke mit Hüftrock anzog, diese neumodische Kleidung hatte er sich im Frühsommer zugelegt. Er war der prächtigste junge Mann, den man sich vorstellen konnte, und noch dazu so gelehrt und schlagfertig, daß die Geschäftsfreunde des Vaters schon angefangen hatten, ihn für künftige Bürgerämter vorzusehen.

Ingunn wußte das. Sie war stolz, weil er auf andere einen derart guten Eindruck machte, und solange Ingunn sich auch sorgfältig zurechtmachte und sich wie die meisten reichen, jungen Bürgerinnen benahm, war er auf sie genauso stolz. Sie standen sich auch gegenseitig in nichts nach, wenn es um das fehlende gegenseitige Vertrauen ging, dachte sie, während er sich seinen schönsten Gürtel mit dem kurzen Dolch umschnallte, die einzige Waffe, die man innerhalb der Stadtmauern tragen durfte.

Er war den größten Teil des Tages und des Abends unterwegs und sagte so wenig wie möglich über das, was er unternahm. Und sie selbst hatte kein Wort darüber verloren, daß er ihre Mitgift vergeudet hatte. Auch wenn ein Wunder geschehen würde und Cabot eines Tages mit vier Schiffen, voll beladen mit Seide und Gewürzen, angesegelt käme, würde sie trotzdem John nie mehr vertrauen können. Einar aus Vardebu hatte gesagt, daß der Ehemann seiner Frau nicht unbedingt gefallen müßte, sie könnten trotzdem eine gute Ehe führen, wenn sie Achtung vor ihm hätte. Aber was geschah, wenn eine Ehefrau die Achtung vor dem Mann verlor, mit dem sie verheiratet war, auch wenn sie ihn noch liebte? Oder wenn sie die Achtung vor sich selbst verlor?

»Ist heute etwas Besonderes los? Du ziehst dich so gut

an!« fragte sie John, als er fertig vor ihr stand, immer noch mit einem ungeduldigen Ausdruck in dem schmalen, glattrasierten Gesicht.

»Darüber brauchst du dir nicht den Kopf zu zerbrechen.« Er bückte sich zu ihr hinunter und küßte sie schnell auf die Wange. »Ich sage Mutter, daß du gleich kommst, dann gibt es keinen Krach.«

Für dich gibt es sowieso keinen Krach, dachte Ingunn. Du mußt nicht anschließend stundenlang bei deiner Mutter sitzen und noch mehr Nadelstiche als deine Näharbeit entgegennehmen! Aber sie schaffte ein kleines Lächeln und sagte, daß sie gleich zum Frühstück käme.

Als Ingunn den Stuhl an den Eßzimmertisch schob, nachdem sie sich bekreuzigt und die Schwiegermutter und den Schwiegervater geküßt hatte, spürte sie, daß die Stimmung im Raum ungewöhnlich angespannt war. Eine Schale mit kaltem Haferbrei wartete auf sie, und obwohl sich ihr der Magen umdrehte, ergriff sie den Löffel und steckte ihn schnell durch die Milchhaut, die sich gebildet hatte. Sie war auf eine spitze Bemerkung der Schwiegermutter vorbereitet, daß der Koch etwas anderes zu tun hätte, als auf Ingunn zu warten, aber die Bemerkung blieb aus, und als Ingunn aufschaute, entdeckte sie, daß sowohl die Schwiegermutter als auch John den Blick auf Martin Greene unten am Tischende gerichtet hatten. Er hatte seinen Brei noch nicht angerührt, und sein Gesicht war so grau und zerfurcht wie jeden Tag, seit er die Magenseuche bekommen hatte, an der Christopher gestorben war. Er hatte anscheinend etwas gesagt, bevor sie hereinkam, was die beiden anderen dazu veranlaßte, so gespannt und aufmerksam zu sein. Sie wagte kaum zu atmen.

John räusperte sich. »Aber Vater, Geoffrey segelt schon heute nach Spanien, wenn die Verhältnisse günstig sind, und ich habe etwas später heute morgen eine Verabredung mit einigen Männern aus London ...«

»Das weiß ich«, sagte Master Greene kurz, »und zufällig weiß ich auch, daß es Leute sind, die nicht das Geringste mit Handel zu tun haben. Wenn die ›Kathryn‹ heute lossegelt, segelst du mit und siehst zu, daß du in dem ganzen Durcheinander in Sevilla aufräumst. Bei meiner jetzigen Gesundheit kann ich selbst die Reise nicht wagen, und du sprichst besser Spanisch als ich.«

»Vor dem Winter fahren sicher noch andere Schiffe dorthin – ich könnte mit einem von ihnen fahren, dann wird es an Bord der ›Kathryn‹ auch nicht so eng!«

»Willst du dich auflehnen, John?« kam es leise, aber drohend vom Tischende.

John schluckte. »Nein, Vater.«

»Gut. Ich habe Geoffrey schon eine Botschaft zukommen lassen, daß du an Bord sein wirst, bevor die Marktglocke läutet – eine Stunde später kommt das Tidenhochwasser. Mein Schreiber stellt gerade eine Vollmacht aus, damit du in Sevilla in meinem Auftrag handeln kannst, und du bekommst außerdem eine Liste mit den Namen der Leute, auf die man sich da unten nicht verlassen kann. Diese mußt du verbrennen, sobald du die Namen auswendig gelernt hast – es sind leider auch einige englische Namen darauf.«

»Ich glaube, ich weiß, wer diese Leute sind«, sagte John. Er schien die Fassung wiedergefunden zu haben.

Aber als er etwas später oben im Schlafzimmer herumrannte und seine Sachen für die Reisetruhe zusammensuchte, war keine Spur von Ruhe zu entdecken. »Das wird eine schöne Fahrt werden, das kann ich dir versprechen – die Bucht von Biscaya im Monat November! Selbst der frömmste Pilgrim nach Compostella fährt zu einer anderen Jahreszeit.« Er warf Schreibsachen und Rasiermesser so unachtsam in die Reisetasche, als hätte er vor, sie zu verschenken.

»Wie lange wird es dauern, bis ihr zurückkommt?« fragte Ingunn.

Er bekreuzigte sich schnell. »Das wird Gott entscheiden. Wenn es nach mir ginge, wären wir Weihnachten zu Hause – ich habe noch andere Dinge als Olivenöl und Eisen, an die ich denken muß.«

»Aber jedenfalls bist du zurück, wenn ich wieder gebären werde?«

»Wann ist das noch mal?«

»Um Mittsommer herum, glaube ich.«

»Vor der Zeit hoffe ich nicht nur zurück zu sein, sondern auch einige Dinge in London geregelt zu haben, die ich eigentlich schon heute regeln wollte!«

Er blieb kurz stehen. »Das einzig Gute an dieser Fahrt ist, daß ich in Sevilla vielleicht erfahren werde, wo dieser verdammte Cabot geblieben ist.«

»Das würden sicher seine Frau und sein Sohn auch gerne wissen«, sagte Ingunn leise.

Als sie ihm seinen Reiseumhang und den schwarzen viereckigen Samthut, der dem seines Vaters sehr ähnlich sah, reichte, entdeckte sie, daß er eine neue, mit Steinen geschmückte Brosche an der Hutkrempe trug. Anschließend suchte sie ihren eigenen, mit Pelz gefütterten Umhang aus Grönland heraus, denn wenn sie John unten am Kai Lebewohl sagte, wollte sie ordentlich aussehen. Sie rechnete damit, viele bekannte Gesichter zu sehen. Die Nachricht, daß Martin Greene plötzlich seinen Sohn zu Verhandlungen nach Sevilla schickte, würde sich sicher in jede Ecke der Stadt verbreiten, bevor John den Trägern seine Reisetruhe gab. Nicht nur auf Grönland wurde getratscht, das hatte sie schon längst mitbekommen.

Zum erstenmal, seitdem das Schiff sie nach Bristol gebracht hatte, war Ingunn wieder an Bord der »Kathryn«. Geoffrey stand breitbeinig auf dem Achterdeck, und der durchdringende Ton seiner Flöte rief so schmerzliche Erinnerungen in ihr wach, daß sie kaum atmen konnte. Einen Augenblick stellte sie sich vor, daß sie jetzt in die andere Richtung segeln würden – und nur in einigen wenigen Wochen würde der Vater ihnen unten an der Anlegestelle auf Bru entgegenkommen! Und dort wollte sie bleiben, bis das nächste Kind auf der Welt wäre, mit Thorunn, Sigrid und Aud als Geburtshelferinnen.

Auf Deck sah sie lauter bekannte Gesichter, alle außer Evan aus Wales waren da. Außerdem gab es einen neuen Schiffsjungen an Bord, denn Geoffrey hatte Tom befördert. Der Nachfolger war übrigens Toms jüngerer Bruder, genauso rothaarig wie er selbst.

»Mit zwei so guten Schiffslaternen wie den beiden Köpfen dort werden wir sicher den Weg finden«, scherzte John, als Ingunn und er an der Reling standen, um einander Lebewohl zu sagen. Wie sooft zuvor wunderte sie sich, wie schnell seine Stimmungen umschlagen konnten, denn jetzt war er so aufgeregt und fröhlich, wie er am frühen Morgen außer sich gewesen war. War es der Gedanke an alles Neue, das er als verantwortungsvoller Unterhändler des Vaters erleben würde, der ihn aufmunterte – oder war er erleichtert, weil er eine Weile von ihr getrennt sein würde?

Sie konnte den letzten Gedanken nicht verdrängen, da

sie selbst gedacht hatte, wie schön es werden würde, für einige Wochen das Bett jede Nacht für sich alleine zu haben. Sie dachte daran, wie herrlich es werden würde, wenn sie nach dem Insbettgehen auch direkt einschlafen dürfte! Sie fühlte sich so unendlich müde. Aber nur für eine Weile, dachte sie schnell und ängstlich. Lieber Gott, paß auf meinen Mann auf, damit er zu mir nach Hause zurückkehrt – zu meinem Kind und mir!

Bevor sie die Landetreppe hinunterging, küßte sie John heiß und innig zum Abschied. Aber sie mochte nicht zusehen, wie die Festmachetaue der »Kathryn« losgelassen wurden und wie die Flußlotsen das Schiff bei der reißenden auslaufenden Strömung auf die richtige Route zwangen. Außerdem hätte ja auch niemand an Bord Zeit zurückzuwinken. Mit festem Griff hielt sie die Kapuze ihres Umhangs gepackt, um sich gegen den scharfen Herbstwind zu schützen, dann ging sie langsam zum Zollamt hoch.

An der Treppe zum Saint-Giles-Tor hörte sie plötzlich eine Stimme hinter sich auf norwegisch sagen: »Ingunn – warte!«

Sie blieb stehen und drehte sich halb um, als Ivar Nilsson neben ihr stand. Man sah ihm an, daß er direkt von der Werft gekommen war, denn er hatte Hobelspäne im Haar und trug eine Lederschürze. Er war außer Atem, als wäre er gelaufen. »Als ich erfahren habe, daß ihr, dein Mann und du, gerade an Bord der ›Kathryn‹ gegangen wart, um nach Spanien zu fahren, bin ich losgerannt, um Lebewohl zu sagen, aber als ich ankam, hatte das Schiff schon abgelegt, und jemand sagte, daß du wieder an Land gegangen bist. Dann war es wohl nur dein Mann, der verreisen wollte.«

Als sie nicht antwortete, sprach er auf englisch weiter:

»Ich habe eine Seelenmesse für deinen kleinen Jungen und für meine ertrunkenen Brüder gekauft. Das wollte ich dir nur sagen.«

»Danke«, sagte Ingunn einfach. »Und du sollst wissen, daß Christopher das Holzpferd mit ins Grab bekommen hat.«

»Und wenn du noch mehr Söhne bekommst?«

»Ich erwarte im Sommer wieder ein Kind. Hast du dann Zeit, ein neues Holzpferd zu schnitzen?«

»Nur, wenn das Kind auch Boote mag!«

»Warum denn das?« fragte Ingunn überrascht.

»Menschen, die keine Boote mögen, sind nur halbe Menschen«, sagte er trocken. Er grüßte und ging schnell denselben Weg zurück, den er gekommen war.

Aus welchem Grund auch immer, Ingunn kam leichter als das erste Mal durch den Anfang dieser neuen Schwangerschaft, vielleicht auch deswegen, weil sie diesmal festen Boden unter den Füßen hatte. Sie schlief viel und fest in den langen Herbstnächten, und daher ertrug sie die Gehässigkeiten der Schwiegermutter auch besser, als sie vorher gedacht hatte.

Mistress Greene verbrachte tagsüber auch nicht mehr soviel Zeit wie früher mit ihrer Stickerei in der Wohnstube, denn wegen der schlechten Gesundheit ihres Mannes und Johns Abwesenheit fühlte sie sich verpflichtet, täglich eine Runde zu den vielen Warenlagern und Verkaufsstellen der Familie zu drehen, um den Leuten dort das Rückgrat zu stärken, wie sie es ausdrückte. Nach vielen Beschwerden von seiten der Angestellten mußte Master Greene seiner Frau Einhalt gebieten, aber an ihren Bestrebungen, neue Apothekerwaren und Heilmittel für ihn zu finden, konnte er nichts ändern. Er wurde an den Beinen und Armen und unter der Zunge zur Ader gelassen, Saugnäpfe und Blutegel wurden an seinem Körper befestigt, und Doktor Hill schabte Späne von seinem Narwalhorn ab.

Noch hatte der Schwiegervater genügend Kräfte, um jeden Tag einige Stunden in seinem Büro im Erdgeschoß zu verbringen, aber mit der Zeit wurde er immer dünner, und Ingunn machte sich immer mehr Gedanken.

»Ich weiß nicht, ob es ihm schlechter oder besser geht«, sagte sie eines Tages zu Bridget. »Das einzige, was ich mit Sicherheit weiß, ist, daß er einer der wenigen ist, der es gut mit mir meint. Sowohl seinetwegen als auch meinetwegen bete ich jeden Tag zu Gott, er möge ihm die Gesundheit zurückgeben.«

Bridget schaute sie nachdenklich an und antwortete nicht. Mit geübten Händen zerrte sie die Eingeweide aus zwei Hühnern heraus und legte sie zusammen mit einigen geschälten Zwiebeln in den kochenden Suppentopf. Sie nahm die Schüssel mit fertig geschnittenen Rüben und Möhren, die Ingunn ihr stillschweigend reichte, und als die Suppe wieder kochte, legte sie den Deckel darauf und gab Ingunn ein Zeichen, sich zu setzen.

»Du irrst dich, wenn du glaubst, daß Master Greene der einzige ist, der es gut mit dir meint«, sagte sie.

Ihre Stimme war ruhig wie immer, aber Ingunn konnte den zitternden Unterton hören. Wut? Sorgen? Es hatte keinen Sinn zu fragen, das wußte sie, denn Bridget vermied es geschickt, auch nur die einfachsten Fragen, die sie selber betrafen, zu beantworten. Sie wollte nicht verraten, wie lange sie schon in Bristol wohnte, wie sie dahin gekommen war oder ob sie jemals verheiratet gewesen wäre oder Kinder hätte. Trotzdem ging Ingunn mit ihren innigsten Anliegen zu ihr. Sie konnte sich auf Bridget verlassen, und mit ihr konnte sie grönländisch sprechen und sich gescheit fühlen.

»Bridget, ich weiß, daß ich auf dich zählen kann. Aber meine Familie ist nicht hier! Vielleicht vermisse ich sie gerade jetzt so sehr, weil ich ein neues Kind erwarte.«

»Vielleicht«, sagte Bridget. »Wenn du möchtest, daß ich dir helfe, wenn du niederkommst, dann brauchst du es nur zu sagen.«

»Wenn es nur so wäre«, seufzte Ingunn, »daß ich wie die Frauen auf Grönland niederkommen dürfte, meine ich. Ich wünschte, Katie Marsh würde ihren Geburtsstuhl verbrennen.«

»Katie Marsh starb heute morgen. Deswegen habe ich gefragt, ob du Hilfe brauchen könntest.«

Ingunn bekreuzigte sich und versuchte, sich so traurig zu fühlen, wie es sich gehörte. Ein wenig später sagte sie: »Wenn es soweit ist, möchte ich am liebsten dich bei mir haben – du sprichst ja auch meine eigene Sprache!«

»Das tun auch andere.«

»Ich weiß, du hast gesagt, daß es noch andere grönländische Frauen in der Stadt gibt, aber ich kenne sie nicht. John spricht nur Englisch mit mir, und Tom kommt fast nie an Land.«

»Und dieser Norweger, mit dem du ab und zu gesprochen hast?«

»Ivar Nilsson? Wie in aller Welt hast du das erfahren – du gehst doch so gut wie nie außerhalb der Stadtmauer!«

»Es gibt Gerüchte«, sagte Bridget. »Besonders in einer Speisegaststätte.«

»Dann kannst du mir vielleicht mehr über diesen Bootsbauer erzählen?«

Bridget schaute sie von der Seite an. »Nur das, was er mir selbst erzählt hat, wenn er hier gegessen hat. Er kommt von einem Ort namens Utgårdskilen auf den Hvalerinseln in Norwegen, und er kam hierher als gelernter Bootsbauer, weil sein Bruder der erbberechtigte Sohn auf dem Hof des Vaters ist.«

»Konnte er in Norwegen keine Boote bauen? Oder seinem Bruder helfen, wie es die Leute zu Hause tun?«

Bridget hob den Deckel hoch und rührte in der Suppe, bevor sie antwortete. »Doch, das hätte er sicher tun können.« Der Deckel wurde mit einem Knall wieder aufgelegt. »Aber es gibt viele Gründe, warum Menschen von daheim weggehen.«

Ingunn verbiß sich die Frage, warum Bridget selbst von daheim weggegangen war. »Hat – hat sein Bruder Söhne?«

»Das mußt du ihn selbst fragen. Aber gib acht, daß die Leute nicht über euch reden.«

»Nein, jetzt hör aber auf!« sagte Ingunn böse. »Mit Ivar Nilsson habe ich nur bei vollem Tageslicht gesprochen, und es waren auch andere Leute ganz in der Nähe. Außerdem weiß jeder Mensch hier in der Stadt, daß ich verheiratet bin.«

»Ja. Und bald wird man sehen können, daß du ein Kind erwartest. Sorg dafür, daß keiner anfängt sich zu überlegen, wie *das* mit der Tatsache zusammenhängt, daß dein Mann verreist ist – und daß er unerwartet und plötzlich verreisen mußte.«

»Dies ist nicht die Ostsiedlung auf Grönland!«

»Und auch nicht das Paradies«, schnaubte Bridget und nahm eine riesige Bratpfanne vom Haken an der Feuerstelle. »Aber es ist am besten, wenn du jetzt gehst, Ingunn, damit deine Kleidung nicht den Essensgeruch annimmt.«

In der Tür zur Straße stand William-mit-dem-Hut und

versuchte, sich mit ein paar dunkelhäutigen Männern in ausländischer Kleidung zu verständigen. Sie wollten anscheinend gleich etwas zu essen haben.

»Das Essen ist noch nicht fertig – *no hay comida* –, kommt um vier Uhr zurück!« William hielt vier Wurstfinger hoch und tat so, als würde er mit der anderen Hand ein Glöckchen klingeln. Die zwei Fremden nickten und verschwanden widerstrebend die Straße hinunter zur nächsten Gaststätte, wo der Besitzer sie mit ablehnenden Bewegungen auf der Treppe empfing.

William kratzte sich unter dem Hut und spuckte in geübtem Bogen, damit er nicht seine eigene Treppe traf. »Verdammte Ausländer – glauben, daß sie so fein sind, nur weil sie gerade dort drüben auf Entdeckungsreise gewesen sind, wo unsere Seeleute im Schlaf hinsegeln könnten ...«

Ingunns Herz machte einen Sprung, als wäre das neue Kind in ihrem Leib erwacht. »Ist Cabot zurückgekommen?«

»Nein, es sind Portugiesen. Kamen vor ein paar Tagen auf den Schiffen von zwei Männern, die von den Azoren stammen, hier an. Sie waren schon mal hier in Bristol, um herumzuschnüffeln und Handel zu treiben.« Er kratzte sich nachdenklich am Kopf. »Ich kann mich nur an den Namen von einem erinnern, weil er nicht John genannt werden wollte – João Fernandes wäre sein richtiger Name, sagte er ... Und jetzt sagen die Leute, daß er dort drüben in der Nähe unserer Fischgründe gewesen ist, mit einem Privilegienbrief vom König von Portugal. Was sagt man dazu!«

William schneuzte sich ausgiebig in die Finger und spuckte noch einmal. »Nein, ich muß wohl anfangen, das Essen aufzutragen.«

Als Ingunn nach Hause kam, stand der Schwiegervater an einen dicken Balken gelehnt in der mit Fliesen ausgelegten Halle und sprach mit den mächtigsten Kaufleuten der Stadt, Hugh Elyot und Robert Thorne an der Spitze. Sie wußte, daß Elyot gerade Philip Greenes Amt als Vogt des Königs übernommen hatte, und es war deutlich, daß er mit seinem Amt so zufrieden war, wie es sein mürrisches Wesen zuließ.

Jetzt sagte er mit wichtiger Miene zu seinem Vorgänger: »Ich verlasse mich darauf, daß du uns über alles unterrichtest, was hier vor sich geht, da sowohl die Familie Cabot als auch John Thomas von dir Häuser gemietet haben! Wir dürfen nicht zulassen, daß João Fernandes und seine Teilhaber Gelegenheit bekommen, den jungen Sebastian dazu zu überreden, sich ihnen anzuschließen. Es ist schlimm genug, daß sie mit John Thomas so gut befreundet sind.«

»Es könnte doch auch sein, daß sie es nicht auf unsere Fischerei dort drüben abgesehen haben«, warf Martin Greene ein. »Vielleicht sind sie an Fisch nicht mehr interessiert, als John Cabot es war.«

»Ich habe euch ja schon von den Auskünften erzählt, die ich von einem von denen bekam, die ich dafür bezahle, daß sie unten am Kai die Ohren offenhalten«, sagte Robert Thorne mit einem schnellen Blick auf Ingunn, die gerade versuchte, ungesehen die Treppe hoch zum ersten Stock zu gelangen.

Sie grüßte mit einem leichten Kopfnicken und beeilte sich, die Treppe hochzugehen, damit keiner glaubte, sie hätte versucht zu lauschen. Hinter sich hörte sie wieder Hugh Elyots scharfe Stimme: »Du und ich haben schon vor einigen Jahren mit unseren eigenen Augen gesehen, daß die Küste dort im Nordwesten mehr als Fisch zu bieten hat, Thorne. Und dein Informant hat gesagt, daß Fernandes und seine Männer prüfen wollen, ob sie dort drüben eine Kolonie gründen können, um sowohl aus dem Fisch als auch aus dem Holz und den Pelzen Nutzen zu ziehen – wir können nicht mit den Händen im Schoß hier sitzen bleiben und zuschauen, wie ein paar lumpige Ausländer das nehmen, was uns rechtmäßig zukommt!«

Als Ingunn die Wohnzimmertür hinter sich zumachte, hörte sie nur ein böses Murmeln. Die Schwiegermutter saß am Fenster mit Robbie auf dem Schoß, das Gesicht glich einer Donnerwolke. Ingunn lächelte der Schwiegermutter entschuldigend zu, aber bevor sie ein Wort sagen konnte, fragte Mistress Greene:

»Sind die Geier schon gegangen?«

»Geier?« fragte Ingunn verwirrt. »Meinst – meinst du Hugh Elyot und die anderen?«

»Natürlich, du kleiner Dummkopf. Geier, Hunde, die sich um diesen neuen Knochen, der sich weit entfernt dort drüben im Meer befindet, streiten – du kannst sie nennen, wie du willst. Es kümmert sie nicht, ob Master Greene sich bei ihrer Drängelei völlig verausgabt.« Begleitet von Robbies gekränktem Kläffen erhob sie sich jäh und drehte Ingunn den Rücken zu, aber nicht bevor diese die Tränen in den Augen der anderen gesehen hatte.

Das mußte ein gewaltiger Knochen sein, der dort draußen im Unbekannten lag, dachte sie. Und es mußte schlecht um den Schwiegervater stehen, wenn Mistress Greene sich derart aufregte, daß sie fast menschlich wurde.

Als John am Karnevalsdienstag, dem fetten Dienstag, nach über viermonatiger Abwesenheit unerwartet aus Sevilla zurückkehrte, war Martin Greene bettlägerig.

Eine schnelle Besserung war nicht zu erwarten, deswegen wurde das Schreibpult aus dem Büro hochgetragen, damit der Schreiber nach Diktat arbeiten konnte.

John ging direkt ins Schlafzimmer des Vaters, wo Ingunn saß und dem Schwiegervater aus dem Gebetbuch vorlas. Sie sprang auf und warf sich ihm in die Arme, strahlend glücklich und erleichtert darüber, daß er heil wieder zurückgekehrt war – bis sie in seinen Augen las, wie schlecht sie aussah. Und sie wußte es auch selbst. Das Kind, das in ihrem Leib immer größer wurde, forderte sein Recht, und durch die Krankheit des Schwiegervaters kam sie nicht oft an die Luft. Aber es schmerzte, daß John so enttäuscht über ihr Aussehen war, daß er nicht mit einem Wort ihr Kind erwähnte, bevor er sie vorsichtig wegschob und sich zum Vater setzte, um Bericht zu erstatten.

Sie wollte gerade gehen, als der Schwiegervater sagte: »Nein, bleib nur sitzen, mein Kind, und hilf mir dabei, mich an das zu erinnern, was John mir zu erzählen hat, falls er wieder verreisen muß.«

Gehorsam setzte sie sich wieder, aber am Fußende des Bettes, damit sie Johns mißbilligenden Blick nicht sehen mußte und er so tun konnte, als wäre sie nicht anwesend, als er anfing: »Vater, du kannst dich sicher an diesen John Day erinnern, dessen Name auf der Liste der Leute stand, auf die ich mich in Sevilla nicht verlassen sollte?«

Martin Greene nickte, und seine Augen waren gespannt auf den Sohn gerichtet, als dieser weitersprach: »Und das aus gutem Grund. In Sevilla erfuhr ich als erstes, daß Day eine Karte kannte, die John Cabot über das Gebiet angefertigt hatte, das er bei seiner ersten Reise auf der anderen Seite erforscht hatte – und daß er davon eine Skizze an Christopher Columbus geschickt hatte, auch wenn Cabot für den englischen König segelte und viel Hilfe von uns hier in Bristol bekam!« Seine Stimme klang bitter.

Dann erzählte er dem Vater von einem portugiesischen Entdecker, Gaspar de Corte Real, der im selben Herbst, als er nach Sevilla gekommen war, mit vielen wilden Männern von der anderen Seite des Meeres nach Lissabon zurückgekehrt sei. Dieser Corte Real war anscheinend auch eine Zeitlang an der grönländischen Küste entlanggesegelt, ohne zu wissen, daß christliche Menschen dort wohnten, aber es war sicher nur eine Frage der Zeit, bis diese Ausländer die Höfe der Nordländer, die dort oben in den tiefen Fjorden mit ihren Handelswaren warteten, finden würden.

Martin Greene lag eine Zeitlang still da und dachte über das nach, was er gerade gehört hatte, dann sagte er grimmig: »So langsam streiten sich viele Hunde um den Knochen. Du wirst schnell genug erfahren, daß João Fernandes nach Bristol zurückgekehrt ist, zusammen mit João Gonsalves und einem Mann namens Francisco Fernandes – sie planen auch eine Entdeckungsreise dahin! João Fernandes kennt sowohl die Grönlandroute als auch die Fahrwasser weiter westlich, und er hat einen Privilegienbrief vom portugiesischen König. Jetzt sagt man, daß er und die beiden Männer von den Azoren mit drei Männern hier aus der Stadt einen Bund geschlossen haben, um einen Privilegienbrief von unserem eigenen König zu bekommen.«

»Wer sind die drei?« fragte John wütend.

Der Vater lächelte bissig. »Richard Warde, Thomas Asshehurst und John Thomas. Leute, die sich mit unserem Grönlandhandel genausogut auskennen wie du und ich.«

John schlug die Faust an den Bettpfosten, daß es

krachte. »Und was meinen Hugh Elyot und die anderen dazu?«

»Das kannst du dir ja selbst denken. Sie rennen hier die Türen ein, damit ich ihnen helfe, diesem Vorhaben entgegenzuarbeiten, aber ich möchte gern etwas mehr erfahren, bevor ich mich entscheide.« Er legte sich zurück und schloß die Augen. »Ich glaube, ich sollte jetzt ein bißchen ruhen. Willkommen zu Hause, John.«

»Hast du in Sevilla etwas Neues über Cabot erfahren?« fragte Ingunn vorsichtig, als sie und John am ersten Abend nach seiner Rückkehr zur Ruhe gingen.

»Nein«, sagte er mürrisch. »Sprich bitte nicht mehr über meine Reise. Ich habe auch sonst genug, woran ich denken muß. Und ich bin müde.«

Er drehte den Kopf zur Wand und war bald eingeschlafen.

Ingunn lag lange wach, während das Kind und ihre Gedanken sich um die Wette anstrengten. In dem Jahr, als die »Kathryn« auf Grönland gewesen war, hatten sowohl John als auch Geoffrey gesagt, daß sie große Dinge erwarten könnten, da jetzt so viele angefangen hätten, in Richtung Westen – nach Asien – zu segeln. Wenn Portugiesen und andere, die in nördlicher Richtung an Grönland vorbeisegelten, den Weg zur Ostsiedlung fänden, würden die Leute dort wieder einen größeren Absatz an Waren bekommen – das müßte doch etwas Gutes bedeuten? Besonders da die Leute hier in Bristol jetzt vorhatten, sich ihren eigenen Stockfisch von den großen Fischgründen westlich von Grönland zu besorgen, würden die englischen Schiffe nur in großen Abständen nach Grönland kommen.

Der Tag war zu überwältigend gewesen. Sie bekreuzigte sich und legte die Hände auf den Bauch, um das unruhige kleine Geschöpf da drinnen zu streicheln, dann flüsterte sie drei *Ave Maria.* Und wenig später war auch sie eingeschlafen.

Im Laufe des Frühjahrs schwirrten die Gerüchte, daß Heinrich VII. der Abmachung, die João Fernandes und die beiden Männer von den Azoren mit ihren englischen Freunden geschlossen hatten, zugestimmt hätte. Hugh Elyot und die meisten anderen Kaufleute, die zu seinem Kreis gehörten, drohten damit, die drei Kaufleute aus Bristol zu ruinieren, wenn sie nicht verzichteten, aber Ingunn hörte nur mit halbem Ohr zu. Der Schwiegervater wurde immer schwächer, und ihr selbst ging es mit fortschreitender Schwangerschaft immer schlechter. Die Spaziergänge in der Stadt wurden immer weniger, und Ausflüge ins Grüne gab es nie.

Nach Fronleichnam am 8. Juni war das Wetter so glühend heiß, daß Ingunn verschwitzt und völlig erschöpft war, und die ersten Geburtswehen kamen ihr fast wie eine Erlösung vor, auch wenn sie ein paar Wochen vor der angenommenen Zeit einsetzten. Es wurde nach Bridget und den anderen Geburtshelferinnen geschickt, und nur wenige Stunden später legten sie ein winzig kleines Mädchen in ihre Arme. So klein, daß Ingunn ein Echo ihrer eigenen Sorge in Bridgets Augen lesen konnte. Der Priester der Gemeinde kam, und am selben Abend fand eine Nottaufe zu Hause statt, die Kleine wurde nach ihrer Tante auf den Namen Anne getauft. Unmittelbar nach der Taufe schickte Martin Greene einen Boten mit einem Brief an die Priorin seiner Tochter, daß Anne für ihre kleine Namensschwester beten möge.

Als Bridget das kleine Windelbündel in Johns Arme

legte, hielt er es in seiner Armbeuge und schaute sich lange und genau das schwarze Haar und das lange Kinn an, das so sehr an sein eigenes erinnerte. Es sah so aus, als wolle er sich vergewissern, daß es sich um sein eigenes Kind handelte. Ingunn war plötzlich kalt. Wenn er überhaupt irgendeinen Verdacht hegte, könnte der Grund nur der sein, daß er selbst kein reines Gewissen hätte. Was wußte sie darüber, was er in Sevilla unternommen hatte – oder vielleicht sogar in Bristol!

Und jetzt würde er bald auf unbestimmte Zeit nach London verreisen, um als Stellvertreter des Vaters dort zu wirken. Martin Greene war der Meinung, daß derjenige, der jetzt diese Stellung hatte, nur eine Marionette der Hanseaten sei. Gott gebe, daß John nicht völlig vergessen hatte, daß er ihr einmal die Treue versprochen hatte – und Gott gebe, daß ihr Kind noch am Leben sein würde, wenn er zurückkehrte.

Als das Licht in der ersten Nacht nach der Geburt gelöscht war, kam Bridget mit dem Kind angeschlichen und legte es an die Brust der Mutter. Entsetzt spürte Ingunn das Gewicht des kleinen Kopfes, der nur dalag, ohne nach der lebenspendenden Milch zu suchen. Mit List und Tücke schaffte sie es schließlich, die Tochter zum Saugen zu bringen, aber dann war sie selbst so verkrampft vor Angst, daß die Milch nicht kommen wollte. Ein Kind, das nicht trinken will – wie würde das enden!

Durch das leise Summen des Wiegenliedes, das sie hörte, als sie früh am nächsten Morgen in der halbdunklen Geburtsstube aufwachte, glaubte Ingunn zuerst, sie träumte und das leise Singen wäre für sie selbst gedacht. Die Melodie und die einfachen grönländischen Worte waren ein Teil ihrer eigenen Seele, eine Erinnerung so fern, daß sie nicht wußte, wann sie ein Teil von ihr geworden war. Statt der gemütlichen Gestalt Bridgets, die mit ihrer neugeborenen kleinen Tochter auf dem Holzfußboden hin und her ging, sah sie eine schlanke, blonde, junge Frau am Feuer in einer niedrigen Torfstube und roch den Duft des Erdbodens, während eine leise glockenreine Stimme sie wie Mondstrahlen einhüllte.

»Mutter!« sagte sie halblaut. Bridget hielt inne. »Ist etwas nicht in Ordnung, Ingunn?« Als sie sprach, war ihre Stimme voll und sachlich, die Stimme einer reifen Frau.

»Nein, ich muß wohl geträumt haben. Ich glaubte, meine Mutter singen zu hören – sie hat oft das Lied gesungen, das du jetzt gerade für die kleine Anne gesungen hast. Sie hatte eine so schöne Stimme.«

»So, hatte sie das? Dieses Wiegenlied ist für ein kleines Mädchen, deswegen hat sie es sicher auch für dich gesungen.« Bridget gab ihr das Windelbündel. »Versuch es doch noch einmal, bevor der Raum hier voller Menschen ist. Vielleicht saugt sie ja jetzt ein bißchen.«

Am Tag nach Ingunns erstem Kirchgang nach der Geburt starb die kleine Anne. John war schon längst in London, deswegen mußte Ingunn, gelähmt vor Trauer und völlig übernächtigt, dem Schwiegervater die traurige Nachricht selbst überbringen. Sie war richtig entsetzt, als sie sah, wie stark der alte Mann darauf reagierte. Er bekreuzigte sich immer wieder und murmelte: »Wird die Trauer hier im Haus nie ein Ende nehmen!«

Etwas später bat er Ingunn, neben seinem Bett zu knien, damit sie gemeinsam ein *Paternoster* beten könnten. Mistress Greene kam hereingefegt, bevor sie damit fertig waren, aber sie besann sich und kniete auch nieder, lange genug, um »Amen!« sagen zu können und um sich zu bekreuzigen.

Aber dann ging es los. Das Kindermädchen habe ihr vom Tod des Kindes erzählt, als sie selbst aus der Kirche gekommen sei. Ob Ingunn nicht so viel Verstand und Einsicht habe, daß sie zuerst eine Botschaft zur Kirche schicken könne? Jetzt müsse Agnes die Botschaft überbringen und den Gemeindepriester bitten, hierherzukommen. Und welchen Sinn habe es, Master Greene derart aufzuregen? Sie wisse doch, daß er keine Aufregung ertragen könne.

Ungläubig dachte Ingunn, daß ihre Schwiegermutter doch selbst Mutter sei. Warum sagte sie nichts darüber, wie sie sich jetzt fühlen mußte? Oder darüber, daß das Leben ihre zarte, kleine Enkeltochter losgelassen hatte, sobald das erbärmliche Geschöpf lächeln gelernt hatte?

Nach dem warmen Frühsommer blieb die Julisonne vollständig aus. Als Anne am Tag vor Margretmesse beerdigt wurde, regnete es so trostlos in Strömen, daß Mistress Greene die schlechte Gesundheit ihres Mannes als Ausrede benutzte, damit sie auf dem Friedhof nicht anwesend sein mußte. Ingunn wünschte schmerzlich, daß John bei ihr wäre, aber er wußte nicht einmal, daß sie das Kind verloren hatten.

Als die wenigen, die anwesend waren, den Priester aus dem Friedhof hinaus begleiteten, blieb sie neben dem Grab stehen, außerstande, sich zu bewegen. Stumm hielt sie die Ansprache, die der Priester der Gemeinde in seinem Eifer, wieder ins Trockene zu gelangen, nicht gehalten hatte. »Du hinterläßt ein Gefühl des Verlustes – du hast nicht umsonst gelebt, und im Himmel kümmert Mutter Maria sich besonders um solche kleinen Geschöpfe wie dich. Mein kleines Kind, vielleicht findet sie Christopher für dich, dann könnt ihr zusammenbleiben ...« Sie brach zusammen, und zum erstenmal nach Christophers Tod schluchzte sie laut und hilflos.

Alles, was sich in ihr aufgetürmt hatte, wurde wieder geebnet, gesäubert und geglättet von den Tränen, die sie so lange zurückgehalten hatte. Nach und nach kehrte die Umwelt zurück – der Geruch von frisch ausgehobener Erde und nassen Baumstämmen, der herunterrieselnde Regen –, und irgendwo bellte ein Hund. Ein plötzlicher Windstoß ergriff die Bäume, die sich wie riesige Flügel bewegten, und als sie spürte, wie etwas Weiches an ihrer Wange vorbeistrich, erwachte in ihr wieder der Lebenswille, als hätte irgend jemand oder irgend etwas von dort oben ihn mit Gewalt wieder zum Leben erweckt. Vielleicht ein Engel, der gekommen war, um die Seele ihrer Kleinen aus dem Grab abzuholen? Gott hielt seine Hand gewiß noch schützend über ihr Kind.

Sie blieb mit geschlossenen Augen stehen und ließ den Regen ihre geschwollenen Augenlider kühlen, bevor sie sich Joan und Agnes anschloß, die geduldig am Friedhofstor warteten. Es durchzuckte sie wie ein heftiger Schmerz, als sie die gesunden, jungen Gesichter der beiden Dienstmädchen sah, denn auch wenn sie gleichaltrig waren, fühlte sie sich hundert Jahre älter als zwanzig Sommer. Aber nach dem Zeichen, das Gott ihr gerade gegeben hatte, um ihr zu zeigen, daß er sie und ihr Kind nicht vergessen hatte, mußte sie endlich mit dem Jammern aufhören!

Ingunn unterhielt sich noch mit den letzten Gästen der Begräbnisfeier, als die Kammerzofe Joan mit einer Botschaft von ihrem Schwiegervater kam, sie solle doch bitte zu ihm hereinkommen. Allein. Sie wunderte sich, aber sie folgte Joan die Treppe hoch ins dunkle Schlafzimmer, das nach Krankheit und bitterer Kräutermedizin roch. Ohne zu zögern, ging sie ans Bett und küßte den Mann, der trotz seiner Gebrechlichkeit immer noch Herr seiner Sinne war.

»Setz dich, mein Kind.« Er zeigte gebieterisch auf einen Stuhl. »Ich brauche Hilfe, um einen Brief zu schreiben.«

»Ich habe keine schöne Handschrift ...«

»Viele Frauen können überhaupt nicht schreiben«, sagte er ungeduldig. »Ich möchte, daß du John schreibst, um ihm für seinen letzten Brief zu danken und um ihm zu erzählen, daß die kleine Anne gestorben ist. Es ist besser, wenn du über diese letzte Nachricht schreibst, als daß ich meinen Schreiber bitte, es zu tun.«

»Ich – ich wußte nicht, daß du einen Brief von John erhalten hast«, sagte Ingunn leise.

Die Augen in dem blassen Gesicht auf dem Kissen zeigten die alte Schärfe, als er antwortete: »Ich habe dir darüber eine Nachricht durch Mistress Greene zukommen lassen.«

»Sie hat wahrscheinlich zu viele andere Dinge, an die sie denken muß.« Ingunn wagte es nicht, ihn anzuschauen.

»Möglicherweise. Aber hol jetzt Papier und Tinte.«

Am Fußende des Bettes stand das Schreibpult mit allem, was sie brauchte, bereit. Sorgfältig schnitt sie die Gänsefeder, so wie Schwester Edith es ihr beigebracht hatte. Mit großen, unbeholfenen Buchstaben schrieb sie nach dem Diktat des Schwiegervaters:

»Ich, Martin Greene, grüße meinen geliebten Sohn John und danke ihm für die Nachrichten aus London. Treib die Schulden der deutschen Kaufleute jetzt

gleich ein, aber warte bis zur Ankunft der nächsten Ladung aus Bergen, bis Du mit Edward Fischhändler abrechnest. Die kleine Anne starb gestern.
Ich danke Gott dafür, daß er mich noch meine eigenen Kinder behalten läßt. Meine geliebte Tochter nach dem Gesetz hat diesen Brief für mich geschrieben.«

Ingunn hob den Kopf und schaute den Schwiegervater fragend an, als dieser nicht mehr weiterdiktierte. »War das alles?«

Martin Greene zog den schweren Siegelring vom Finger. »Wenn du möchtest, kannst du jetzt deinen persönlichen Gruß hinzufügen, und wenn du den Brief zusammengerollt hast, so daß niemand, ohne das Siegel zu brechen, lesen kann, was darin geschrieben ist, versiegele bitte den Brief.«

Nach langer Überlegung schrieb sie: »Anne wurde heute beerdigt. Bete für uns alle und komm bald nach Hause zu Deiner treuen Ehefrau Ingunn.« Dann machte sie aus dem Papier eine Rolle und tröpfelte Wachs darauf, das sie mit Hilfe eines brennenden Holzscheits geschmolzen hatte – auch jetzt, mitten im Sommer, brannte in diesem Raum Tag und Nacht das Feuer. Der Schwiegervater drückte den Siegelring schnell in das flüssige Wachs und gab Ingunn wieder die Rolle.

»Hast du ein Dienstmädchen, auf das du dich voll und ganz verlassen kannst?«

»Joan und Agnes, aber Agnes geht heute nach Hause, weil – weil wir kein Kind mehr haben, auf das sie aufpassen kann.«

»Dann gib ihr diesen Brief mit auf den Weg und sag ihr, daß sie persönlich dafür sorgen muß, daß Geoffrey aus Weston-super-Mare ihn bekommt. Er übernachtet bei William-mit-dem-Hut, bevor er morgen für mich nach London reitet, um noch ein paar andere Sachen zu erledigen, während die ›Kathryn‹ überholt wird.«

»Ich habe gehört, daß sie neulich auf der Heimfahrt aus Bordeaux übel zugerichtet wurde«, sagte Ingunn und versuchte dabei, sowohl ihre Verwunderung als auch das Fernweh, das sie im Augenblick überwältigen wollte, zu verbergen.

Geoffrey im Sattel! Martin Greene hätte sie, Ingunn, losschicken sollen. Denn sie war es, die darauf brannte zu erfahren, ob John sie vermißte, und sie war es, die in ihrer Kindheit und Jugend auf dem Pferderücken weite Strecken zurückgelegt hatte und das Freiheitsgefühl dabei so liebte!

Aber sie sagte nichts. Sie nahm nur den Brief und die Silbermünze, die Martin Greene für Agnes herausgesucht hatte, und ging das Kindermädchen suchen. Aber bevor sie die Tür hinter sich zuziehen konnte, bat der Schwiegervater sie, wieder hereinzukommen. »Verstehst du etwas von Schiffen, Ingunn, da du dir trotz deiner eigenen Sorgen über die ›Kathryn‹ Gedanken machst?«

»Ich bin am Meer aufgewachsen, und mein Vater und mein ältester Bruder sind tüchtige Bootsbauer. Aber sie bauen natürlich nicht so große Schiffe wie die ›Kathryn‹«, fügte sie schnell hinzu.

»So-o. Glaubst du, daß du beurteilen könntest, ob die Reparaturen an der ›Kathryn‹ ordentlich durchgeführt werden?«

Als sie ihn verständnislos anblickte, sprach er weiter: »Geoffrey beschwert sich, weil er die Reparaturen nicht beaufsichtigen kann, solange er verreist ist. Mir ist eingefallen, daß niemand dort unten auf der Werft eine Frau verdächtigen würde, etwas davon zu verstehen, wenn sie nachlässig arbeiten. Nimm Joan mit, und geh von Zeit zu Zeit auf der Werft vorbei. Dann sagst du es mir, wenn du der Meinung bist, daß sie ordentlich arbeiten – oder auch, wenn sie überhaupt nicht arbeiten!«

Ingunn versprach, ihr Bestes zu tun, und sie betete im stillen, daß sie nicht Ivar Nilsson beaufsichtigen müßte. Sie würde es nicht ertragen, wenn sie entdecken sollte, daß dieser Mann, der ein kunstvolles Holzpferd für ihren kleinen Jungen geschnitzt hatte, schlampig arbeitete. Betrügerische Menschen konnte sie nicht mehr ertragen.

Wer ist für das Böse auf der Welt verantwortlich

Der Tag nach Annes Beerdigung kam mit strahlendem, klarem Wetter, das den ganzen Monat hindurch, solange Geoffrey in London war, anhielt, und Ingunn erholte sich jeden Tag etwas mehr.

Der Schwiegervater hatte sich bei seiner Frau durchgesetzt und gesagt, daß diese künftig einige Stunden jeden Tag auf Joan verzichten müsse, und zusammen mit der Kammerjungfer ging Ingunn so oft zur Werft hinunter und weiter zum Augustiner Moor, daß die Leute sich daran gewöhnten, sie fast täglich zu sehen. Für die Leute war es nur natürlich, wenn die beiden Frauen unterwegs stehenblieben, um sich zu unterhalten und sich die Arbeit anzusehen, da sie sowieso vorbeigingen. Im Vorbeigehen begrüßten sie immer Ivar Nilsson, aber Ingunn wurde immer noch nicht schlau aus ihm. Sein Gesicht strahlte, wenn er sie kommen sah, verschloß sich aber gleich wieder, und meistens war er zu beschäftigt, um mit Ingunn und Joan zu reden.

Das Schiff lag gut gestützt in einer Rinne, die vom Fluß einwärts gegraben worden war. In der Seite des Schiffes gab es ein großes Loch, und ein paar Stagen hatten sich verschoben, weil das Einsegeln in den Hafen das letztemal nicht geklappt hatte. Aber als Ingunn sich eines Tages endlich ein Herz faßte und die Geschichte auftischte, wie gern sie wieder an Bord dieses Schiffes gehen würde, das sie nach Bristol gebracht hatte, versicherte ihr der

Vorarbeiter, daß das Schiff so gut wie neu sein würde. Er zögerte zwar etwas, aber schließlich stellte er eine Leiter hin, damit Ingunn und Joan in den riesigen Schiffskörper, der in der Sonne goldbraun leuchtete, hineinklettern konnten.

Zwei Männer waren gerade mit einem der Stagen oben auf dem Mitteldeck beschäftigt. Sie schauten hoch und grüßten, aber sonst kümmerte sich niemand um sie, und Ingunn schlüpfte schnell die Treppe zum Hauptdeck mit dem Laderaum hinunter.

Sie konnte die Ratten, die dort unten im Halbdunkel herumrannten, eher hören als sehen. Indem sie den Rock mit einer Hand festhielt, lief sie herum und untersuchte mit der anderen die Schiffsseiten. Dort, wo das Loch gewesen war, waren neue Planken eingesetzt worden. Mit den Fingern tastete sie genau an den Fugen entlang und kam zu dem Ergebnis, daß keiner, den sie in der Ostsiedlung kannte, sich darauf verlassen hätte, daß Pech und Werg eine derart schlampige Arbeit wiedergutmachen könnten. Nachdenklich ging sie zu der Stelle weiter, wo Petrus die Luke ausgeschnitten hatte, die dafür hätte sorgen sollen, daß sie und die anderen auf der Reise nach Bristol ertranken, und wo Reidar anschließend so gute Arbeit geleistet hatte, daß sie sich nicht mehr ganz sicher war, ob sie die Stelle richtig in Erinnerung hätte. Aber das unheimliche Gefühl von damals nahm wie eine böse Vorahnung wieder Besitz von ihr, und sie beeilte sich, die Treppe hochzusteigen und zu Joan hinauszugehen.

Das Gefühl, daß sich etwas Böses anbahnte, hielt an. Im Traum sah sie in der darauffolgenden Nacht Sigrid vor dem Hausaltar auf Vardebu knien, während die Tränen an ihrem Gesicht herunterliefen, und ganz schwach – wie das Rascheln im herbstlichen Laubwald – vernahm sie die Stimme der Ziehmutter: »Ingunn, du mußt auf der Hut bleiben – und so vorsichtig und geschickt wie nur möglich zu Werke gehen. Es hängt jetzt alles von dir selbst ab.«

Der Traum verschwand, und Ingunn wachte schweißgebadet auf. Es dauerte lange, bis sie wieder einschlafen konnte. Diesmal sah sie im Traum den Vater – er trieb mit dem Gesicht nach unten im Havgrimsfjord. Vergeblich fuchtelte sie mit den Armen, um ihn zu erreichen, während ihre Kehle sich zu einem heiseren, verzweifelten Schrei zusammenschnürte: »Vater!«

Sie wurde vom Ton ihrer eigenen Stimme geweckt, und jetzt konnte sie überhaupt nicht mehr einschlafen. Als der Hahn der Nachbarn den Sonnenaufgang begrüßte, überlegte sie, ob die Träume nur auf die Erinnerungen, die ihre Erlebnisse an Bord der »Kathryn« ausgelöst hatten, zurückzuführen waren oder ob sie Unheil ankündigten.

Sie bekreuzigte sich und atmete tief ein, bevor sie sich schließlich im Bett aufsetzte. Sigrid hatte doch vorhergesehen, daß es ihr zum Schluß gutgehen würde. Damit mußte sie sich trösten – und auch damit, daß der Schwiegervater gleich nach seinem Lagerverwalter geschickt hatte, weil er das, was sie ihm über die schlampige Arbeit erzählt hatte, sehr ernst nahm. Der Verwalter sollte noch heute zur Werft gehen und so tun, als wüßte er von nichts, während er das Schiff von innen genau untersuchte und die Schlamperei »entdeckte«.

»Gott hat dich gebraucht, um Leben zu retten«, hatte Martin Greene im Beisein von Mistress Greene gesagt.

Ingunn konnte sich nicht mehr genau daran erinnern, was sie in ihrer Freude geantwortet hatte, nur daß sie zu gern gewußt hätte, wo sie herkämen, diese bösen Mächte, gegen die alle Menschen ewig und immer auf der Hut sein müßten.

An einem Tag Mitte August, kurz nach Maria Himmelfahrt, waren Joan und Ingunn auf dem Weg von der Werft zum Moor der Augustiner. Sie wollten gerade ihre mitgebrachten Äpfel essen, als Ingunn sah, daß ein Gewitter aufzog.

»Wir müssen schnell nach Hause, bevor es losgeht«, sagte sie zur Kammerzofe, die nickte und sich den Schweiß von der Stirn wischte. Es war unerträglich schwül geworden.

An den verschiedenen Stellen der Werft, wo Boote gebaut oder repariert wurden, packten die Arbeiter in aller Eile ihr Werkzeug zusammen und zogen Planen über die halbfertigen Schiffskörper. Nirgendwo konnte sie Ivar Nilsson entdecken. Er hatte sicher die Wolken, die sich auftürmten, noch vor den anderen gesehen, dachte Ingunn und eilte mit Joan weiter, am Zollamt vorbei. Sie wollten gerade durch das Saint-Giles-Tor in die Stadt gehen, als sie den norwegischen Bootsbauer, der sich gegen die Stadtmauer lehnte, entdeckte. Es war deutlich, daß er auf sie gewartet hatte, aber er wartete, bis die beiden Frauen neben ihm waren, bis er grüßte und zu Joan sagte: »Ich habe eine Botschaft für Mistress Ingunn. Aber bleib auch du solange hier stehen!«

Dankbar, weil er daran dachte, daß Klatsch und Tratsch ihr Schaden zufügen könnten, blieb Ingunn stehen und schaute ihn neugierig an. Seine Haare waren von der Sonne so gebleicht, wie die Haut braun gebrannt war, und neben den tiefblauen, ernsten Augen, die in die ihren blickten, schnitten die fächerförmigen Runzeln tief in die Schläfen hinein und ließen ihn älter als seine achtundzwanzig Jahre erscheinen.

»Du darfst es mir bitte nicht übelnehmen, Ingunn«, sagte er mit leiser Stimme, »aber ich habe etwas erfahren, und ich bin der Meinung, daß du es auch wissen solltest.«

Er schaute einen Augenblick weg, bevor er plötzlich fragte: »Du hast vielleicht davon gehört, daß Hugh Elyot und die Thorne-Brüder der Abmachung, die João Fernandes und die Männer von den Azoren früher in diesem Jahr mit einigen Kaufleuten aus Bristol eingegangen waren, ein Ende gesetzt haben?«

»Ja, schon –«

»Und daß Sebastian Cabot Elyot und den Thorne-Brüdern erlaubt hat, John Cabots Königsbrief zu benutzen, um in diesem Sommer nach Westen zu segeln, zusammen mit zwei von den Männern von den Azoren, die Fernandes begleitet hatten?«

Ingunn nickte. »Ja, davon habe ich gehört.«

»Was du wahrscheinlich nicht gehört hast, weil es geheimgehalten wurde, ist, daß João Fernandes und Richard Warde von hier erfahrene Leute mitgenommen haben und nach Grönland gesegelt sind. Elyot und seine Freunde waren vom ersten Augenblick an dagegen, weil sie der Meinung sind, daß nur sie selbst Handel mit Grönland betreiben dürfen – aber erst jetzt erfährt man etwas über die eigentliche Absicht, die hinter dieser Fahrt steckte.«

Er atmete tief aus und hielt ihre Augen mit seinem Blick fest, als wollte er ihr etwas von seiner eigenen Kraft abgeben. Ingunn war so gespannt, daß sie weder die ersten Regentropfen merkte noch sich bewußt war, daß sie den Mann, der ihr gerade erzählte, daß Schiffe nach Grönland gesegelt waren, ohne daß ihr jemand ein Wort darüber gesagt hatte, unentwegt anstarrte.

»Und – und was war die eigentliche Absicht?« konnte sie schließlich fragen.

»Die Leute dazu zu überreden, ihre Höfe zu verlassen und auf die andere Seite des Meeres mitzukommen, wo es reiche Fischgründe und große Wälder gibt und wo João Fernandes und Richard Warde eine Kolonie gründen wollen, um die Reichtümer dort auszunutzen.«

Einige Augenblicke vergingen, bevor Ingunn die Bedeutung seiner Worte fassen konnte. »Ihre Höfe verlassen – es ist doch Wahnsinn, so etwas zu glauben!«

»Island und Grönland wurden auch so besiedelt«, sagte er kurz. »Und viele lassen sich sicher dazu überreden, etwas Ähnliches zu tun, wenn sie glauben, daß Reichtümer und fettere Weiden irgendwo anders auf sie warten. Vielleicht haben sie recht! Ich sage es dir nur, weil es sein könnte, daß einige deiner Leute nach diesem Jahr vielleicht nicht auf Grönland bleiben werden. Wenn die Schiffe von Fernandes und Warde hierher zurückkehren, solltest du die beiden riesigen Grönländer, die mit ihnen segeln, fragen, was mit deiner eigenen Familie passiert ist. Wenn die beiden sich nicht dazu entschlossen haben, dort drüben zu bleiben.«

»Du meinst, ich soll die Ingolfssöhne fragen? Große, blonde Kerle ...« Ingunn fing an zu zittern.

»Ja, sie haben nicht gerade den besten Ruf hier, aber sie werden doch eine klare Frage einfach beantworten können.« In seinem Blick wurde Zweifel wach. »Vielleicht hätte ich dir doch nichts davon sagen sollen.«

»Danke, daß du es mir erzählt hast«, sagte Ingunn leise. »Ich – ich muß doch wissen, mit welchen Figuren gespielt wird!«

»Wenn ich erfahren sollte, wie das Spielbrett aussieht, werde ich Bescheid geben«, sagte der Bootsbauer. Dann verbeugte er sich leicht zum Abschied und ging schnell weiter in Richtung Broad Street. Im selben Augenblick krachte der erste Donner über den Hügeln, und die beiden Frauen waren naß bis auf die Haut, als sie zu Hause in die Halle taumelten.

Joan schaute Ingunn besorgt an. »Geh in das Stockwerk hoch, wo die Schlafräume sind, und warte im Flur dort, Mistress, dann werde ich mit Handtüchern kommen und dir helfen, dich vor dem Abendessen zurechtzumachen.«

Ingunn ging gehorsam die beiden Treppen hoch und lehnte sich gegen das Geländer, während sie auf Joan wartete. Durch die halboffene Tür hörte sie das Brummen des Schwiegervaters und eine Stimme, die es gewohnt war, vom Wind und Wetter gefordert zu werden. Geoffrey war zurückgekehrt! Sie war so aufgeregt, weil er vielleicht eine Botschaft für sie von John hätte, daß sie zuerst nicht verstand, was gesagt wurde. Aber als Geoffrey sich anscheinend der Tür näherte, um zu gehen, hörte sie: »... deswegen bedauere ich, daß die Gerüchte, die du über deinen Sohn gehört hast, der Wahrheit entsprechen, Master Greene – er wird oft mit Buchdruckern und anderen unnützen Leuten, von denen du ihn so gern fernhalten wolltest, zusammen gesehen.«

Vom Bett kam ein böses Murmeln, und der Schiffer fügte schnell hinzu: »Aber wie ich schon sagte, er beaufsichtigt auch das Geschäft, so ist es nicht – aber es ist noch zu früh, etwas darüber zu sagen, wieviel er vom Verdienst für den eigenen Gebrauch zur Seite legt. Ich werde es dich wissen lassen, wenn ich etwas mehr in Erfahrung bringe.«

Ingunn mochte nichts mehr hören. Die Gedanken wirbelten in ihrem Kopf herum, und sie lief in ihr eigenes

Zimmer und warf sich aufs Bett. »Ich bin mit einem Mann, auf den sich keiner verlassen kann, von zu Hause weggegangen – die Kinder, die wir bekamen, sind tot – und vielleicht ist die ganze Ostsiedlung im Aufbruch – das einzige, was ich hier auf der Welt besitze, ist ein Schmuckstück aus Gold und dieses Federbett mit Eiderdaunen ...«

Sie nahm kaum wahr, daß Joan anfing, um sie herum mit trockenen Tüchern und mit Kleidung zu hantieren, als wäre sie ein Kind. »Kriech unter die Decke, Mistress Ingunn, dann werde ich etwas Warmes zu trinken holen. Feine Leute können dieses Wetter nicht vertragen.«

Der Sommer ging zur Neige, als die Schiffe, die Elyot und Thorne mit den beiden Männern von den Azoren nach Westen geschickt hatten, mit großen Mengen Fisch und vielen anderen Waren zurückkehrten, die beweisen sollten, wie vortrefflich es südlich des Gebietes sei, wo immer mehr Leute aus Bristol in den letzten Jahren Fischfang betrieben hatten.

Aber noch hatte niemand etwas von den Schiffen, mit denen João Fernandes und Richard Warde nach Grönland gefahren waren, gehört oder gesehen. Ingunn hätte gern gewußt, ob dies bedeutete, daß sie Schiffbruch erlitten hätten, oder ob die meisten, die sie auf Grönland kannte, vielleicht schon damit beschäftigt waren, ein neues Land in der Ferne zu erobern. Sie ging jeden Morgen in die Kirche und zündete eine Kerze für die Jungfrau Maria an, bevor sie ein inniges Gebet für alle daheim betete, und für John, der immer noch in London war. »Führe ihn nicht in Versuchung, sondern erlöse ihn von dem Bösen – liebe Mutter Maria, bete für ihn beim Herrgott!«

Sie richtete es immer so ein, daß sie die Kirche besuchte, wenn der Gemeindepriester sich mit Mistress Greene unterhielt oder den Schwiegervater besuchte, denn sie kam hundertmal besser mit der Einfalt des schieläugigen Hilfspriesters zurecht als mit dem stechenden Blick und dem aufdringlichen Wesen des Gemeindepriesters. Aber eines Tages hatte sie sich verrechnet und lief vor der Kirchentür direkt in die Arme des Gemeindepriesters. Sie machte einen Knicks und wollte die Saint Nicholas Street hinuntergehen, aber der Priester hielt sie zurück. »Meine Tochter, ich wollte mit dir über deine Ehe sprechen. Kommst du wegen deines schlechten Gewissens jeden Tag hierher?«

»Ich bete für John und für unsere toten Kinder«, antwortete Ingunn und spürte die Wut in sich hochsteigen. »Gott hat unsere Kinder zu sich genommen, damit sie in Sicherheit sind, aber John ist in London.«

»Du mußt dein Gewissen prüfen, ob es vielleicht deine eigene Schuld sein könnte, wenn er so lange fortbleibt«, sagte der Priester trocken, und machte ein Kreuzzeichen, bevor er in die Kirche ging.

Ingunn mußte daran denken, daß sie einmal zugesehen hatte, wie ein paar Kerle einen lebendigen Frosch in den Rachen eines kleinen Jungen steckten. Jetzt erst verstand sie, warum der Junge so geheult hatte. Sie verstand aber noch weniger als jemals zuvor, warum die alte Schwester Edith hatte sagen können, daß kein Makel eines zum Priester geweihten Mannes das Heilige in den kirchlichen Zeremonien, die er verrichtete, verändern oder zerstören könne. Es war schwierig genug zu akzeptieren, daß Männer, die so fromm und heilig wie Sira Cuthbert waren, während des Abendmahls Wein und Brot in Christi Leichnam und Blut umwandeln konnten.

Es war unbegreiflich, daß Gott solche Menschen wie den neuen Priester der Gemeinde haben wollte, um für sich zu entscheiden!

Geoffrey hatte für Ingunn keinen Gruß von John dabeigehabt, und in den Briefen, die John seinem Vater später schrieb, erwähnte er sie nicht – jedenfalls sagte Martin Greene nicht, daß er Grüße ausrichten sollte, auch wenn Ingunn jeden Tag ein Stündchen bei ihm saß und ihm vorlas.

Als sie den mißbilligenden Blick der Schwiegermutter sah, wenn diese während des Vorlesens ab und zu hereinkam, zwang sie sich, daran zu denken, was John über seine Mutter und deren Mangel an Lesefertigkeit gesagt hatte. Da war sicher der Grund für die dauerhafte Abneigung der Schwiegermutter ihr gegenüber zu finden, denn Ingunn konnte keine andere Ursache entdecken. Mistress Greene wußte genausogut wie Ingunn selbst, daß Johns lange Abwesenheit daher rührte, daß er für den Vater einiges in London zu erledigen hatte, damit hatte Ingunn nichts zu tun. Die Ehe des Sohnes hätte sie doch schon längst akzeptieren müssen.

Im Frühjahr 1502 ging es Martin Greene so schlecht, daß der Gemeindepriester immer vielsagend den Kopf schüttelte, wenn er den Kranken verließ. Und jeden Morgen wachte Ingunn mit dem Gefühl einer drohenden Gefahr auf, nicht nur wegen der Sorge um das Leben des Schwiegervaters. Es half nichts, daß sie sich selbst immer wieder sagte, die Drohung läge nur an der Luft dieses Hauses, in dem so viele Menschen gestorben waren und das sich jetzt wieder auf einen neuen Tod vorbereitete. Die Stille des Hauses war von Drohungen derart geladen, daß jedes Knarren einer Tür und jede Mahlzeit ihr wie ein Sakrileg vorkamen. Ununterbrochen hatte sie das Gefühl, irgend jemand oder irgend etwas wollte ihr etwas Böses antun.

Als der Schwiegervater sie eines Tages fragte, warum sie so traurig und still sei, platzte es schließlich aus ihr heraus: »Ich bin traurig, weil du krank bist. Und ich bin traurig, weil ich Angst habe!«

»Angst, mein Kind? Abgesehen von der letzten Ölung bin ich jetzt auf den Tod voll und ganz vorbereitet. Wir müssen alle durch das Fegefeuer – auch du.« Er schloß die Augen und sagte schwach: »Bald ist Ostern. Ich würde gern lange genug leben, um noch einmal das Abendmahl zu Ostern empfangen zu dürfen.«

Komme, was da wolle, dachte Ingunn. Laut sagte sie: »Master Greene, die größte Angst habe ich vor all den Gedanken, die ich mir gerade über die Dinge mache, die uns eigentlich trösten sollen. Ich weiß nicht, ob es richtig ist, daß jeder Priester Wein in Christi Blut umwandeln darf. Und ich frage mich oft, wer für das Böse hier auf der Welt verantwortlich ist ...«

Sie erschrak, als die Schwiegermutter, die lautlos durch die Tür hinter ihr ins Zimmer gekommen war, einen Becher mit Brei auf den Nachttisch knallte und scharf sagte: »Du kannst jetzt gehen, Ingunn. Man sollte nicht glauben, daß du erwachsen bist, so wie du in einem Krankenzimmer daherredest! Aber du verstehst anscheinend nicht, wie krank Master Greene ist, und du scheinst auch nicht zu verstehen, wieviel du ihm und mir zu verdanken hast.«

Ingunn fand schnell genug heraus, wieviel sie Mistress Greene zu verdanken hatte.

»Wenn du vor dem Hahnenschrei kommst ...«

Als Ingunn am nächsten Morgen im Auftrag der Schwiegermutter die High Street hinunterging, sah sie Toms roten Haarschopf auf sich zukommen. Sie hatte schon seit einiger Zeit weder Tom noch Bridget gesehen und ließ sich nicht zweimal bitten, als er ihr durch Zeichen zu verstehen gab, daß sie einen Vorwand finden solle, um in der Speisegaststätte, die William-mit-dem-Hut gehörte, vorbeizuschauen.

Nach und nach waren Toms Pickel verblaßt, und da er mit der Zeit auch vernünftiger wurde, war er für sie nicht mehr der Schiffsjunge. Doch der ernste Ausdruck in seinem Gesicht deutete an, daß er jetzt endgültig erwachsen geworden war.

In der Gaststätte knisterte und zischte es in dem braungebratenen Speck der halben Robbe am Spieß, die gerade von William an der Feuerstelle zubereitet wurde.

»Ist Geoffrey hier?« fragte Tom, völlig außer Atem, sobald sie den Raum betraten.

William schaute nur kurz hoch und sagte unerschütterlich: »Ja, er ist zusammen mit Bridget in den Hinterhof gegangen.«

Ingunn konnte gerade noch den guten Geruch schnuppern, bevor Tom sie durch das ganze Haus und in den langen, schmalen Hinterhof hinauszog. Hühner und Schweine teilten ihn sich mit zwei wohlgenährten weißen Gänsen und einer Schar schnatternder Enten, die gerade von Bridget gefüttert wurden, und in einem zierlichen Beet am Ende des Hofs wuchsen Porree und Zwiebeln und verschiedene Gewürzkräuter.

Am Hühnerkäfig stand Geoffrey, über eine tote Ratte gebeugt. »Ich habe sie direkt für dich getötet, Bridget – ihr beide, du und William, füttert eure Katzen zu gut. Sie haben es nicht mehr nötig, für das tägliche Brot zu arbeiten ...« Er sagte nichts mehr, als er Tom und Ingunn entdeckte.

Tom zog die Filzkalotte vom Kopf und grüßte gebührend. Ingunn dachte, daß er bei weitem nicht so überrascht wirkte wie sie selbst wegen dieser häuslichen Szene, und sie wunderte sich maßlos. Er wußte sicher viel über Dinge, von denen sie keine Ahnung hatte – und gerade jetzt sah es so aus, als hätte er Nachrichten für sie alle.

»Gott sei Dank, daß ich sowohl euch als auch Ingunn so schnell finden konnte«, sagte Tom. »Joan kam gestern abend zu meiner Schwester gelaufen, noch bevor Mutter das Licht für die Nacht löschte, und es war keine schöne Geschichte, die sie erzählte. Ich glaube, daß Ingunn in Lebensgefahr ist, und du, Geoffrey, bist derjenige, der am besten dafür geeignet ist, ihr zu helfen.«

»Bridget hier ist vielleicht genauso geeignet dafür, wie ich es bin«, brummte Geoffrey mit einem schnellen Seitenblick auf die Frau. »Aber sag schon, worum es geht.«

»Joan hat erzählt, daß der Gemeindepriester vor dem Abendessen gekommen ist, um nach Master Greene zu schauen, und anschließend sprachen er und Mistress Greene draußen im Flur miteinander, ohne sich darum zu kümmern, daß Joan damit beschäftigt war, dort Leinenwäsche einzuräumen. Joan ist so daran gewöhnt, daß sowohl Mistress Greene als auch Mary über Ingunn herziehen, daß sie erst die Ohren spitzte, als sie das Wort ›Ketzer‹ hörte.«

Ingunn schwankte, und Bridget legte den Arm um sie, um sie zu stützen. Auch sie war leichenblaß geworden.

»Sprich weiter, Tom!« bellte Geoffrey.

»Mistress Greene hat Ingunn ja nie akzeptiert – das weiß auch Ingunn selbst –, aber Joan hatte gedacht, daß sie es aufgegeben hätte, mit Hilfe der Kirche diese unerwünschte Schwiegertochter loszuwerden. Jetzt hat sie anscheinend eine neue Möglichkeit entdeckt, und zwar, daß Ingunn wegen Ketzerei auf dem Scheiterhaufen verbrannt werden könnte. Dann wäre John frei, um wieder zu heiraten.«

»Das ist das Schlimmste ...«, sagte Bridget und hielt Ingunn noch fester. »Wie in aller Welt könnte das möglich sein?«

»Ingunn muß selbst sagen, ob das stimmt, was Joan erzählt hat«, sagte Tom mit fester Stimme. »Soweit ich es verstanden habe, ist Mistress Greene früher am Tag ins Zimmer ihres Mannes gekommen, gerade als Ingunn ihm anvertraute, daß sie sich nicht sicher wäre, ob jeder Priester Wein in Christi Blut umwandeln könnte. Und daß sie überlegen würde, wer für das Böse hier auf der Welt verantwortlich wäre.«

»Das ist doch kein Grund, sich so aufzuregen«, sagte Geoffrey erleichtert, bevor Ingunn etwas sagen konnte. »Auch wenn Ingunn vor dem Bischof aussagen müßte, bräuchte sie ja nur die Worte zu widerrufen, die sie versehentlich geäußert hat.«

»Vor dem Bischof von Worcester lügen?« rief Ingunn aus. »Das ist doch eine viel schlimmere Sünde als meinem Schwiegervater zu erzählen, worüber ich grübele – er wollte nur wissen, warum ich so traurig war!«

»Wenn deine Schwiegermutter ernst macht und veranlaßt, daß der Gemeindepriester sich beim Bischof beschwert – und das würde mich nicht wundern –, brauchst du nur zu erklären, daß du es nicht so gemeint hast und daß du den wahren Glauben hast«, sagte Geoffrey geduldig.

»Aber ich habe es so gemeint, wie ich es sagte! Mein Vater grübelt auch über viele derselben Fragen nach, und noch nie hat jemand *ihn* Ketzer genannt.«

Geoffrey bekreuzigte sich. »Halldor auf Bru hat gewußt, daß er dir nicht genügend Wissen über den christlichen Glauben beibringen konnte, denn er hat darum gebeten, daß man einen ausgebildeten Priester von hier nach Grönland schickt, und John mußte versprechen, dafür zu sorgen, daß du hier Unterricht bekommen würdest. Halldor hat dir nur beigebracht, über alles nachzugrübeln, so wie er es selbst getan hat, und Fragen zu stellen, für deren Beantwortung wir hier Priester und Bischöfe haben.«

»Vater ist auch Priester!« sagte Ingunn aufgebracht. »Und ein guter Mensch. Er hat alles getan, um mich vor Petrus zu schützen, als er verstanden hat, in welche Richtung *das* alles lief.«

Der Schiffer tat so, als würde er sie nicht hören. »Es kommt nichts Gutes dabei heraus, wenn Laien über Dinge, von denen sie nichts verstehen, Fragen stellen. Der Bischof von Worcester hat ja keine andere Wahl, wenn du ihm solche ketzerischen Antworten auf die Fragen gibst, die er dir stellen wird. Und deshalb wird er dich wegen einer Ketzerei, an der du selbst eigentlich nicht schuld bist, auf dem Scheiterhaufen verbrennen.«

Übel vor Angst sah Ingunn vor ihrem inneren Auge das braungebratene Robbenfleisch, das William drinnen im

Haus zubereitete. So würden sicher die Ketzer aussehen, nachdem sie ihre Strafe bekommen hatten. O Gott im Himmel, was soll ich tun – das alles hier hast du sicher nicht so gewollt ...

»Halldors Grübelei hat mir beinahe den Verstand geraubt!« brach es aus Bridget heraus. Ihre kühle Ruhe war völlig verschwunden. »Das Leben durfte nicht seinen Lauf nehmen, ohne daß er sich in Dinge einmischte, die ihn nichts angingen! Wenn ich ihn in diesem Leben noch einmal zu fassen kriege, werde ich das Herz aus seinem Körper reißen, weil er unserer Tochter solche Sachen beigebracht hat.«

Als sie den Ausdruck in Ingunns Gesicht sah, lächelte sie bitter: »Ja, ich bin deine Mutter. Bjørg aus Bru hieß ich einmal, aber jetzt nicht mehr.«

»Eins nach dem anderen!« donnerte Geoffrey, als Ingunn und Tom anfingen, gleichzeitig zu reden. »Bevor ich Ingunn einen Rat geben kann, muß ich erfahren, was sie dem Bischof sagen will.«

Er drehte sich zu Ingunn um, die sich Bridgets schützendem Arm entzogen hatte. »Du weißt doch, daß Christus bestimmt hat, was das Abendmahl bedeutet, und daß geweihte Priester das Sakrament weitergeben dürfen. Weil sie selbst sündige Menschen sind, muß Gott ihnen besondere Kräfte verleihen, damit sie die heiligen Zeremonien verrichten können!«

»Wenn du es sagst, hört es sich so einfach an«, sagte Ingunn leise und verzweifelt. »Und ich *verstehe* es. Ich bin mir nur nicht sicher, daß ich daran *glaube*! Wenn ich das Abendmahl empfange, kann ich nur Wein und Fladenbrot schmecken.«

»Glaubst du auch nicht an Gottes Allmacht?« fragte Geoffrey ungläubig.

Ingunn hatte Tränen in den Augen. »Ich glaube an einen zärtlichen und liebevollen Gott«, flüsterte sie. »Das habe ich auch von meinem Vater gelernt.«

»Gott herrscht über alles und alle. Auch über das Böse«, fuhr Geoffrey eindringlich fort. »Du kannst dich nicht dafür entscheiden, an einen einzigen Gott, den Schöpfer selbst, zu glauben und gleichzeitig sagen, daß es einen anderen Schöpfer für alles Böse gibt. Verstehst du nicht, wie gefährlich es ist, danach zu fragen, wer für das Böse hier auf der Erde verantwortlich ist?«

»Nein!« sagte Ingunn mit lauter Stimme. »Ich möchte gern glauben, daß Gott allmächtig ist – aber warum kann er dann die Leute nicht davon abhalten, Böses zu tun? Warum sind meine unschuldigen Kinder gestorben? Wie konnte meine eigene Mutter mich und meine Brüder verlassen und später, als wir uns wieder begegneten, auch noch so tun, als ob nichts wäre?«

Bridget zuckte zusammen, aber Ingunn war so außer sich, daß sie weder die Mutter noch die beiden Männer beachtete. Sie sank am Hackklotz neben dem Hühnerhaus zusammen und schaffte es gerade noch, eine zusätzliche Frage zu stellen.

»Wie kann die fromme Mistress Greene so vorgehen und noch dazu veranlassen, daß der Priester und der Bischof auf sie hören?«

»Das kann ich auf jeden Fall beantworten!« seufzte Geoffrey. »Du verstehst doch, daß Priester und Bischöfe jederzeit wegen der Ketzerei auf der Hut sein müssen. Und hier in der Stadt haben wir so viele Ungläubige, daß die Kirche streng vorgehen wird, wenn ihr Leute auffallen, die so eigensinnig sind, wie du es bist, Ingunn.«

Ingunn schaute ihn verwundert an. »Ist es dir lieber, wenn ich lüge?«

»Nein«, sagte Geoffrey müde. »Ich möchte, daß du begreifst, daß Gott uns seinen eigenen Sohn gesandt hat, um uns die Vergebung der Sünden zu erkaufen, was für uns alle sehr wichtig ist. Du mußt fort, auf jeden Fall bis du die Irrlehre los wirst, die du von daheim mitbekommen hast, denn diese könnte dich das Leben kosten. Tom hat recht – Joan hatte Grund genug, sich zu ängstigen.«

»Wenn ich nur nach London fahren könnte, dann würde sicher alles wieder gut werden!« sagte Ingunn und wischte die Tränen fort, die hervorbrachen. »John steht mir am nächsten, und wir sind so lange getrennt gewesen.«

»Wenn sein Vater stirbt, wird John sicher nach Bristol zurückkehren, damit er sich um die Dinge hier kümmern kann«, sagte Bridget nachdenklich. »Es deutet alles darauf hin, daß dies sehr schnell eintreffen könnte, und dann hättest du in London nicht viel Zeit.«

Ingunn entdeckte, daß der Schiffer Bridget unglücklich anblickte, und sie sagte aufmunternd, an ihn gerichtet, während sie die Mutter absichtlich übersah: »Ich bin eine gute Reiterin, wenn es das ist, wovor du Angst hast, Geoffrey!«

»Nein, darüber mache ich mir keine Sorgen. Ich befürchte aber, daß es noch mehr schlimme Nachrichten gibt«, antwortete er schwer. »Dies habe ich nicht einmal Master Greene erzählt, aber du mußt es jetzt erfahren: John wohnt in London mit einer anderen Frau zusammen. Ich habe sie selbst gesehen, als ich in London war, um – um nachzuschauen, wie John die Geschäfte seines Vaters erledigt.«

Ingunn konnte kein Wort hervorbringen. Es kam ihr vor, als hätte eine Lawine sie gerade in dem Augenblick mitgerissen, als sie sich am Ende einer Schneewehe in

Sicherheit wähnte. Sie hätte fragen können, wie diese Frau aussah, die John dazu gebracht hatte, sein Treueversprechen zu vergessen, aber das war jetzt nicht mehr von Bedeutung. Während der letzten Jahre hatte sie sich nur kraft der Überzeugung aufrechterhalten können, daß John sie aus Grönland mitgenommen hätte, weil er ohne sie nicht leben könnte.

Geoffreys Stimme kam von weit her: »Ich war von Anfang an gegen deine Ehe, Ingunn, weil ich John schon als Kind kannte. Ein Schiffer lernt es, die Leute richtig einzuschätzen, und John hat eine wechselhafte Natur. Außerdem bin ich genügend herumgekommen, um zu wissen, wie gefährlich es sein kann, wenn du die Bräuche eines fremden Landes nicht richtig einschätzen kannst.«

Ingunn nickte stumm.

»London ist jetzt kein sicherer Ort für dich«, fuhr der Schiffer mit einem harten, kurzen Lachen fort. »Du solltest weiter fort.«

»Grönland!« Ingunn erhob sich jäh vom Hackklotz. »Ich möchte nach Hause zu meinem Vater und zu meinen Brüdern! Nicht einmal Petrus Ingolfsson kann so viel Böses um sich herum anrichten, wie es jetzt hier geschieht. Glaubst du, daß bald ein Schiff dorthin segeln wird?«

»Halldor auf Bru ist tot«, sagte Geoffrey brutal. »Sowohl er als auch Reidar.«

Ingunn schlug die Hand vor den Mund und flüsterte: »Was meinst du – was hast du sonst noch gehört?«

Tom war bisher ungewohnt schweigsam gewesen, aber jetzt sagte er schnell zu Geoffrey: »Ivar Nilsson hat mir gesagt, er habe Ingunn von den Plänen erzählt, die João Fernandes und Richard Warde hatten, als sie im letzten Sommer nach Grönland segelten. Du brauchst ihr nur das zu erzählen, was du und ich neulich erfahren haben.«

Der Schiffer sah nicht besonders erleichtert aus. »So – um die Geschichte kurz zu machen, im Spätherbst brachten einige Fischer von hier drei Portugiesen mit nach Hause, sie hatten sie auf der Rückfahrt von den Fischgründen westlich von Grönland von einer Schäre gerettet. Zwei der Portugiesen starben gleich nach der Ankunft in Bristol, aber der dritte erholte sich schließlich dank der guten Pflege vom Nachbarn von Toms Mutter. Vor einigen Tagen haben Tom und ich ihn mit einem Dolmetscher besucht, um herauszufinden, ob der Mann nützliche Informationen für Leute hier aus Bristol hätte, die vorhaben, westwärts zu segeln.«

»Und?« Ingunn wagte kaum zu atmen.

»Und er erzählte, daß die Schiffe von João Fernandes und Richard Warde spät im August die Ostsiedlung verlassen hatten, voll beladen mit Männern, Frauen und Haustieren. Sie wollten sich an einer Stelle an der Küste niederlassen, die João Fernandes sich ausgesucht und von der er nur Gutes zu berichten hatte. Wie es den Kolonisten ergangen ist, konnte der Mann uns nicht sagen, denn er und seine beiden Kameraden wurden als Strafe auf der Schäre zurückgelassen, weil sie sich geweigert hatten, in dem unbekannten Land zu überwintern. Aber er wußte ziemlich viel über das, was von der Ostsiedlung übrig ist.«

Er suchte ein Taschentuch heraus und trocknete seine Stirn damit. »Fernandes und Warde gelang es schließlich, Orm in Gardar zu überreden, mit ihnen zu segeln, um im ersten Jahr Ordnung unter den Siedlern dort drüben zu schaffen, während Thorunn mit ihren beiden kleinen Söhnen vorläufig auf dem Hof blieb. Es gelang ihnen aber nicht, Halldor auf Bru zu überreden. Ganz im Gegenteil, er hatte sich vorgenommen, die Bauern im ganzen Einarsfjord davon zu überzeugen, daß es für sie besser wäre, dort zu bleiben, wo sie waren. Als er und Reidar eines Tages auf dem Nachhauseweg waren, nachdem sie mit einem Bauern in der Nähe von Under Høvda gesprochen hatten, wurden sie von Petrus Ingolfsson und seinen beiden Brüdern draußen im Fjord überfallen. Am nächsten Tag fanden die Leute auf Bru das Segelboot deines Vaters, es trieb leer auf dem Fjord herum.«

Ingunn nickte schwach als Zeichen, daß sie noch zuhörte. Sie erinnerte sich an den Traum, in dem sie gesehen hatte, wie der Vater mit dem Gesicht nach unten im Wasser lag, und an das unheimliche Gefühl, das sie jedesmal verspürte, wenn sie an Petrus Ingolfsson erinnert wurde. Keiner würde sie davon überzeugen können, daß das Böse weniger Macht als das Gute hätte!

Ein neuer Gedanke fiel ihr plötzlich ein, und sie sagte mit halberstickter Stimme: »Ich habe keinen väterlichen Hof mehr, an den ich zurückkehren kann, und die Siedlung entvölkert sich – was sollen Øyvind und Turid tun, wenn sie aus der Westsiedlung zurückkehren?«

»Keiner weiß etwas über Øyvind und Turid«, sagte Geoffrey kurz. »Jetzt müssen wir an dich denken! Und vergiß nicht, daß du noch eine Mutter hast, die dir helfen kann.«

»Sie hätte mir schon früher helfen und mir auch sagen können, wer sie ist«, sagte Ingunn, weiß im Gesicht.

»Halldor hat es sich nur selber zu verdanken«, kam es wütend von Bridget. »Er hätte es den anderen überlassen sollen, selbst zu entscheiden, ob sie fahren wollen oder nicht. Aber nein, er nicht!«

»Vater hat seine Verantwortung als Häuptling ernst genommen. Das müßtest *du* wissen«, sagte Ingunn böse.

Geoffrey erhob die Hand. »Bridget, ihr zwei, du und Ingunn, ihr könnt ruhig zu Ende streiten, Tom und ich aber gehen in die Stadt, um uns nach einer Fahrgelegenheit für Ingunn zu erkundigen. Sie könnte zu meinem Bruder in Grimsby ziehen, bis das Unwetter vorbeigezogen ist.«

Als die beiden Männer gegangen waren, sagte Bridget gebieterisch: »Jetzt mußt du dich beruhigen, Tochter, bis du eine Scheibe Brot gegessen hast und klar denken kannst. Sonst könntest du einiges sagen, was du für den Rest deines Lebens bereuen würdest.«

Sie saßen jetzt beide an Bridgets Arbeitstisch und schnitten Gemüse für den Suppentopf. Noch hatte keine von ihnen versucht, den riesigen Knoten an ungesagten Dingen zu lösen, aber es wirkte beruhigend auf Ingunn, daß sie sich nach so vielen Jahren der Untätigkeit in einer Küche aufhalten durfte.

Schließlich sagte sie mit leiser, harter Stimme: »Soll ich dich ab jetzt Bjørg oder Bridget nennen?«

»Du kannst mich Mutter nennen«, antwortete Bridget. »Du bleibst ja nicht mehr lange hier in der Stadt, deswegen kann es dir nicht schaden.«

Ingunn ließ das Messer fallen. »Mir schaden?«

»Ich habe kein Verbrechen begangen, wenn du das meinst«, sagte die andere und lächelte schwach. »Aber du mußt erfahren, warum ich nicht wollte, daß du wissen solltest, wer ich bin, und warum ich so erleichtert war, als du mich als dicke Frau, die seit vielen Jahren Weizenbrot ißt und Bier trinkt, nicht erkannt hast.«

Sie stand auf und schüttete geschnittenen Porree in den Suppentopf, bevor sie weitersprach: »Du kamst als die Schwiegertochter einer der vornehmsten Familien dieser Stadt hierher nach Bristol. Ich selbst kam als die Ehefrau eines gewöhnlichen Seemannes, und mein Ansehen wurde nicht größer, als mein Mann starb und ich mich glücklich preisen mußte, als Geoffrey dafür sorgte, daß ich mich hier bei William-mit-dem-Hut selbst ernähren konnte. Glaubst du, daß deine Schwiegermutter besser gelaunt wäre, wenn es sich herumgesprochen hätte, daß du die Tochter der Köchin Bridget bist? Und hättest du mich ›Mutter‹ genannt, so daß andere es hören könnten?«

»Warum hätte ich das nicht tun sollen?« fragte Ingunn überrascht. »Ich hätte doch gewußt, daß du Bjørg bist, die Ehefrau des Häuptlings auf Bru!«

»Dann hättest du etwas Falsches gewußt!« sagte die Mutter heftig. »Ich bin Matthew Avons Witwe, er war ein ehrenhafter und guter Mann, der nicht alle Sorgen dieser Welt mit ins Bett nahm.«

Sie hielt Ingunns Augen mit den ihren fest. »Du bist selbst schon seit einigen Jahren verheiratet, deswegen verstehst du vielleicht, was ich meine, wenn ich sage, daß du dankbar bist, wenn der Morgen kommt, nachdem du mit einem Mann geschlafen hast, der es kaum noch wahrnimmt, daß du da bist.«

Ingunn schaute zur Seite. »Ja, ich weiß, was du meinst. Aber – aber einmal war es zwischen John und mir so, daß der Morgen viel zu schnell kam.«

»So war es *nie* zwischen Halldor und mir«, sagte die Mutter. »Trotzdem war ich herzensfroh, als ich ihn heiratete und mein eigenes Zuhause bekam, und genauso wie ich ihn noch wegen seiner Redlichkeit achte, tobe ich wegen seiner Grübeleien. Drei Kinder haben wir zusammen bekommen, und wir hatten ein gutes Auskommen –

ich war der Meinung, daß eine Ehefrau sich nicht mehr wünschen könnte.«

»Hast du mit deinem neuen Ehemann auch Kinder gehabt?« Auch wenn die Antwort weh tun würde, wollte Ingunn die Wahrheit erfahren.

»Ja, ein kleiner Junge, der zusammen mit Matthew an der Pockenpest starb. Ich weiß, wie du dich fühlen mußtest, als du deine eigenen Kleinen verloren hast. Aber du hast noch nicht erlebt, wie es ist, wenn deine eigene Tochter fortreitet, um bei Fremden erzogen zu werden.«

Die Mutter stand auf, um im Suppentopf zu rühren, und sie kehrte Ingunn den Rücken zu, als sie fortfuhr: »Dein Vater wollte, daß du von Sigrid auf Vardebu erzogen würdest. Ich selbst galt zwar als gute Hausfrau, und ich dachte, da du mich überallhin auf Schritt und Tritt begleitet hast, könntest du von mir das Nötige lernen, und noch mehr dazu. Aber ich wußte wenig über Heilkräfte und die heilende Wirkung der Kräuter, deswegen mußtest du nach Vardebu ziehen, auch wenn ich weinte und bettelte.«

»Das habe ich nicht gewußt«, sagte Ingunn überwältigt.

»Nein«, sagte die Mutter und ließ sich schwer auf den Stuhl fallen. »Und du weißt auch nicht, wie traurig und still es auf dem Hof war, nachdem du weggezogen warst. Es kam mir vor, als wäre die Sonne untergegangen. In dem Sommer habe ich Matthew kennengelernt. Er hat nicht viel Grönländisch gesprochen, aber wir brauchten keine Worte. Wir waren voneinander derart angezogen, als hätte Gott selbst uns füreinander bestimmt, und ich entdeckte, daß mein Körper für noch mehr bestimmt war, als nur zu arbeiten und Kinder zu gebären.« Sie seufzte. »Trotzdem war es nicht einfach, alles endgültig zu verlassen.«

Ingunn wußte nicht, was sie sagen sollte, aber schließlich fragte sie: »Warum hast du den Goldschmuck mitgenommen? Du hättest ihn als ein Erinnerungsstück dalassen können.«

»Matthew sagte, daß wir dich in einigen Jahren hierher nach Bristol holen könnten, dann würde deine Mitgift schon hier auf dich warten.« Die Mutter griff so fest um die Tischplatte, daß die Knöchel weiß wurden. »Jedenfalls bist du nach Bristol gekommen, aber das Schmuckstück aus Gold habe ich für Seelenmessen verkauft, als Matthew und unser Kind starben. Als das Schmuckstück wieder auftauchte und ich es nach Christophers Geburt um deinen Hals hängte, wußte ich, daß Gott mir verziehen hatte. Ich hoffe, daß auch du mir verzeihst.«

Ingunn spürte, daß sie keine Gemütsbewegungen mehr ertragen könnte. »Es wird mir schwerfallen, mir selbst zu verzeihen. Und jetzt sitzen wir hier und müssen uns bald wieder trennen ...«

Die Mutter streckte die Hand über den Tisch und streichelte Ingunn über die Wange. »Grimsby ist immer noch in England, und Geoffrey wird sicher dafür sorgen, daß wir Nachrichten voneinander bekommen. Ich glaube, er kennt jeden zweiten Schiffer hier an der Küste!«

»Und dich kennt er anscheinend auch recht gut – ist es so, weil er hier ißt, wenn er an Land geht?«

»Nein. Ich kann mir denken, daß Geoffrey dafür gesorgt hat, daß dies alles nicht bekannt wurde, als er bei euch auf Grönland war, aber er war Matthews älterer Halbbruder und wie ein Vater für ihn. Er hat mir geholfen, als ich Witwe wurde, und er hat dafür gesorgt, daß ich hier bei William Unterkunft und mein Auskommen habe.«

»Deswegen hat er auch meinem Vater versichert, daß Geoffrey aus Weston-super-Mare ein Freund wäre, auf den ich mich in Bristol verlassen könnte«, sagte Ingunn langsam. »Noch bevor ich geheiratet habe, muß er gewußt haben, daß ich deine Tochter bin.«

»Das hat er, und er hatte Gewissensbisse, weil er es nicht schaffte, die Ehe irgendwie zu verhindern. Aber John war volljährig. Und Geoffrey sagt auch, daß Halldor die geplante Ehe bereitwillig unterstützte, nachdem er verstanden hatte, wie die Leute auf Under Høvda waren.«

»Und ich war auch willig«, antwortete Ingunn mit einem traurigen Lächeln. »Ich – ich liebte John. Aber jetzt nicht mehr, denn jetzt weiß ich, daß er nur mit mir gespielt hat, und seine Mutter trachtet mir nach dem Leben, so wie es Petrus Ingolfsson getan hat. Jetzt möchte ich nur noch fort von all den schrecklichen Dingen hier! Ich kann genausogut wie du für meinen Lebensunterhalt arbeiten.«

»Wir werden Geoffreys Vorschlag abwarten«, sagte die Mutter.

Die Uhr der Saint-Nicholas-Kirche hatte gerade zwölf geschlagen, als Geoffrey und Tom zurückkehrten. Ivar Nilsson begleitete sie.

»Du darfst weiterhin an einen zärtlichen und liebevollen Gott glauben, Ingunn«, sagte Geoffrey und hängte seinen Hut an den Haken neben der Tür im Hinterzimmer, als wäre er dort zu Hause. »Tom und ich waren gerade unten am Kai der Küstenschiffahrt angekommen, um uns dort zu erkundigen, als wir erfuhren, daß Ivar Nilsson in ein paar Wochen eine Fahrgelegenheit von

Southampton nach Grimsby gebucht hat. Er fährt zurück nach Norwegen.«

Alle Augen waren auf den Norweger gerichtet. Er hatte sich noch nicht hingesetzt und sah so groß aus, daß es Ingunn vorkam, als würde das Zimmer um sie herum zusammenschrumpfen. Als ihm klar wurde, daß die anderen darauf warteten, die Worte aus seinem eigenen Mund zu hören, erklärte er kurz und sachlich, er hätte vor kurzem von Bekannten erfahren, daß sein Bruder mit Frau und Kindern im letzten Herbst ums Leben gekommen wäre, als er auf dem Heimweg aus der Kirche Schiffbruch erlitten hätte. Seine Mutter und der Knecht würden jetzt den Hof alleine bewirtschaften, deswegen müsse er nach Hause fahren, um den Hof, der ihm jetzt zufiele, zu übernehmen.

Ingunns erster Gedanke war, daß es ohne Ivar noch schwieriger werden würde, in Bristol zu wohnen. Sie hatten zwar nicht oft miteinander gesprochen, und Vertraute waren sie auch nie gewesen, aber sie konnte sich auf ihn verlassen wie auf einen Bruder, und ihr war leichter zumute, wenn sie ein paar Worte gewechselt hatten.

»Und du wirst dafür sorgen, daß Ingunn sicher in Grimsby ankommt?« fragte Bridget. »Geoffrey hat dir bestimmt erklärt, warum sie von hier weg muß.«

»Ja, das hat er.« Ivar wandte sich an Ingunn. »Ich werde dir helfen, so gut ich kann. Aber es wird eine schwere Reise werden, und ich glaube, der Schiffer auf dem Schiff in Southampton wird erwarten, daß ein Passagier, der an Bord nicht mithelfen kann, für die Reise aufkommt.«

Bevor Ingunn antworten konnte, sagte Geoffrey schroff: »Ich habe vor, schon morgen Martin Greene unter vier Augen diese Sache zu erklären. Er ist ein rechtschaffener Mann, und er hat Ingunn so liebgewonnen, als wäre sie seine eigene Tochter. Er wird für das Reisegeld sorgen.«

»Das kann ich nicht annehmen!« sagte Ingunn empört. »Er ist schwach und hilflos, und ich verlasse ihn jetzt.«

»Vielleicht ist er schon tot, wenn du fährst«, sagte Geoffrey. »Und es würde ihn schmerzlicher treffen, wenn du dich weigern solltest, Hilfe von ihm anzunehmen. Allerdings kann dir keiner dabei helfen, die nächsten Wochen durchzustehen, denn du mußt zu Hause so tun, als ob nichts wäre.«

»Mutter, kannst du dich noch an den alten Olaf erinnern?« Ingunns Stimme zitterte. »Er hat mir beigebracht, daß es immer darauf ankommt, Zeit zu gewinnen. Und ich kann mich verstellen, wenn mein Leben auf dem Spiel steht – das habe ich schon früher getan!«

»Ich hatte ursprünglich vor, mit einer Postkutsche von hier nach Southampton zu fahren, aber das geht jetzt nicht mehr, weil du ungesehen aus der Stadt mußt«, sagte Ivar. »Geoffrey glaubt, daß wir fast die halbe Strecke nach Bath mit einem Bauern zurücklegen können, der jedesmal, wenn er mit seinen Waren in die Stadt kommt, im Gasthof direkt gegenüber übernachtet. Er wird gerade um die Zeit, wenn ich abreisen werde, hier erwartet.«

»Aber dann werde ich doch auch gesehen!« protestierte Ingunn. »Die Wachen an den Stadttoren kennen mich alle.«

»Genau«, sagte Ivar kurz. »Du mußt dich unter dem Wagensitz verstecken, bis wir weit außerhalb der Stadt sind. Dieser Bauer und William sind die besten Freunde, deswegen wird keiner etwas Ungewöhnliches daran finden, wenn er eine Weile seinen Wagen hier draußen stehenläßt, während er in aller Frühe vor der Heimreise etwas zu essen bekommt.«

»Dann muß ich mich ja nur noch darum kümmern, wie ich ungesehen von zu Hause bis hierher komme«, sagte Ingunn erbittert. »Wenn der Nachtwächter eine Frau sieht, die nachts alleine unterwegs ist, und das noch ohne Laterne, hält er mich für eine Hure, die sich weigert, eine gestreifte Kapuze zu tragen, und die nicht genügend Verstand hat, die Stadt zu verlassen, bevor die Tore am Abend geschlossen werden.«

»Wenn du früh genug Bescheid gibst, werde ich dich hierherbegleiten«, sagte Tom. »Ich kenne die besten Schleichwege.«

»Ganz gewiß.« Geoffrey schaute ihn vernichtend an. »Aber du vergißt anscheinend, daß wir nächste Woche wieder lossegeln. Es ist ein Glück, daß wir dies alles erfahren haben, solange es noch genügend Zeit gibt, alles zu regeln.«

Bridget richtete sich auf. »Ich werde Ingunn helfen, in der Nacht hierherzukommen. Wir werden so tun, als wären wir unterwegs, um einer Frau bei der Entbindung zu helfen.«

»Das ist nicht nötig«, sagte Ivar Nilsson. »In der Nacht, bevor ich abfahre, werde ich im Schatten draußen vor deiner Straßentür auf dich warten, Ingunn. Wenn du vor dem Hahnenschrei kommst, werde ich dafür sorgen, daß du sicher hierher findest, alles andere liegt in Gottes Hand.«

Geoffrey hielt Wort, und am Tag nach dem Treffen bei William-mit-dem-Hut kam er, um mit dem Kranken unter vier Augen zu sprechen. Als er wieder unten in der Halle war, wo Ingunn wartete, deutete er mit dem Kinn zurück in Richtung Treppe und sagte: »Master Greene möchte, daß du ihm etwas vorliest.« Er schaute sich schnell um. »Jetzt gleich, bevor andere noch hinzukommen. Was er dir sagen möchte, hat mit dem zu tun, was wir gestern besprochen haben – er hat die Sache so aufgenommen, wie ich es von ihm erwartet habe.«

Die Spannung löste den Griff um Ingunns Kehle. »Du hast gehalten, was du meinem Vater versprochen hast, Geoffrey. Und ich kann dir nicht genug dafür danken.«

Als er sie zum Abschied auf beide Wangen küßte, falls sie sich nicht mehr sehen sollten, bevor dic »Kathryn« lossegelte, schlang sie beide Arme um seinen Hals. Anschließend lief sie die Treppen hoch zum Krankenzimmer, wo der Schwiegervater im Bett lag und vor sich hin starrte, während die Tränen an seinen eingefallenen Wangen hinunterrollten. Traurig gab sie ihm sein Taschentuch und bückte sich, um ihn zu küssen.

»Danke, mein Kind.« Er schloß die Augen. »Ich habe jetzt nicht mehr viel Zeit, aber Gott hat mich lange genug leben lassen, um etwas von dem wiedergutzumachen, was andere in diesem Haus dir zugefügt haben.«

Ingunn wagte kaum zu atmen, als der Schwiegervater weitersprach. »Du hast vor kurzem gefragt, welche Macht für das Böse, das es hier auf der Welt gibt, verantwortlich wäre. Eine gefährliche Frage, die ich nie gewagt habe zu stellen. Ich habe nur immer wieder zu mir selbst gesagt, daß es nicht Bosheit ist, die sich hinter so vielen menschlichen Taten versteckt, sondern eher Unwissenheit und Gedankenlosigkeit ...«

Er atmete schnell und stoßweise, während er mit einem Taschentuch die Mundwinkel abtupfte. »Wir Menschen beten zu Gott, er möge uns unsere Sünden vergeben und uns dabei helfen, denen zu vergeben, die gegen uns gesündigt haben. Ingunn, du mußt beten, daß Er dir die Kraft gibt, John und uns anderen zu vergeben. Geoffrey hat mir einiges erzählt – ohne Gottes Hilfe hätte ich das alles nicht ertragen können.«

»Du bist immer gut zu mir gewesen«, sagte Ingunn mit fester Stimme.

Der Kranke schüttelte hilflos den Kopf. »Ich bin ein harter Mann. Das weiß ich selbst. Aber ich bin auch ein reicher Mann, und ich möchte, daß du diesen Beutel hier mit auf die Reise nimmst, denn Geoffrey sagt, er hat dir den Rat gegeben, diese Reise zu unternehmen und auf bessere Zeiten zu warten.« Er zog einen schweren Lederbeutel hervor. »Ich bat Geoffrey, dies hier für mich herauszusuchen.«

»Danke, aber ich werde auch ohne gut zurechtkommen. Ich kann arbeiten, wenn ich nur darf!« Ihre Worte klangen mürrischer als sie gemeint waren, und sie fügte schnell hinzu: »Seitdem ich hierherkam, hast du die ganze Zeit dafür gesorgt, daß ich alles bekomme, was ein Mensch sich nur wünschen kann, und ich brauchte nicht einmal einen Finger krumm zu machen.«

»Dann mach jetzt deinen Finger krumm und nimm den Beutel«, sagte er scharf. »Ich mag es nicht, wenn man mir widerspricht!«

Verwirrt nahm sie den Beutel und steckte ihn in die Tasche. Dann lachte sie unsicher. »Master Greene, ich freue mich sowohl über das Geld als auch darüber, daß du anscheinend dein altes Ich wiedergefunden hast! Vielleicht wirst du bald gesund, denn jetzt kommen der Sommer und die Sonne.«

»Blödsinn«, sagte er kurz. »Wenn ich ein Gaul wäre, hätte sich schon längst jemand meiner erbarmt.«

»Genau das hat mein Vater gesagt, als – als John so schrecklich zugerichtet zu uns kam. Aber er hat sich doch erholt!«

»Ich bin ein alter Gaul«, sagte der Schwiegervater. Ein zufriedenes Lächeln spielte um seinen Mund. »Ingunn, küß mich zum Abschied – keiner weiß, wann Gott sich meiner erbarmt.«

Sie küßte ihn herzlich und innig und hatte immer noch ihre Wange an seine gelegt, als die Schwiegermutter und Mary hereinkamen und sich vielsagend räusperten.

Einige Tage später bekam Master Greene vom Priester die letzte Ölung, und dann kam das Ende. Wegen der vielen Besucher und der Aufregung, die die Beerdigung mit sich brachte, hatte niemand Zeit, sich um Ingunn zu kümmern, aber nach der Begräbnisfeier sprach der Gemeindepriester lange und leise mit Mistress Greene, Mary und Marys Mann, und alle vier blickten sie Ingunn immer wieder verstohlen an.

Ingunn fühlte sich kalt und steif, aber sie tat so, als wäre nichts geschehen, blieb sitzen und stickte ruhig an dem Stuhlbezug weiter, an dem sie schon lange gearbeitet hatte. Nur noch eine knappe Woche, dann würde sie auf dem Weg zur Stadt hinaus sein – wenn alles gutginge!

Insel, die von der Erde fiel

Joan öffnete vorsichtig die Tür und schlüpfte schnell in Ingunns Schlafzimmer. »Alle schlafen«, flüsterte sie. »Ich habe schon vor einigen Stunden Mistress Greene ins Bett geholfen, und jetzt schnarcht sie dröhnend mit dem kleinen Ungeheuer neben sich.«

Ingunn mußte lächeln, so aufgeregt und ängstlich sie auch war. Joans Abscheu vor Robbie war genauso bekannt wie berechtigt.

»Sie hat gesagt, daß das Biest von jetzt an in ihrem Bett schlafen darf, damit sie ihren Mann nicht so schrecklich vermißt.« Die Kammerzofe schnaubte verächtlich. »Wenn sie ihn plötzlich so sehr vermißt, kann sie ja hingehen und sich neben ihn ins Grab legen!«

Sie bekreuzigte sich und schaute Ingunn ängstlich an. »Entschuldige bitte, Mistress Ingunn, ich sollte nicht so daherreden. Aber es macht mich wütend, wenn ich daran denke, daß du wegen ihr fort mußt. Ich hoffe, daß du zurückkehren wirst, solange ich hier noch angestellt bin.«

»Das wird Gott entscheiden«, sagte Ingunn leise und erhob sich vom Bett, wo sie stundenlang gesessen und auf Joan gewartet hatte, nur mit einer Kerze neben sich. Sie schaffte es jetzt nicht, weiter in die Zukunft zu denken als bis zur geplanten Abreise bei Tagesanbruch. Was ihr jetzt bevorstand, lastete genauso schwer auf ihrem Herzen wie der Geldbeutel, den sie zusammen mit dem Goldschmuck unter ihrem Hemd trug.

Joan schielte auf das Bündel mit Ingunns Kleidung, das an der Tür lag. »Ist das alles, was du mitnimmst?« Sie ging schnell zum Vorhang am Ende des Zimmers und zog ihn zur Seite. »Hier hängt das Kleid, das du bei deinem ersten Kirchgang anhattest, und der schwarze Samtmantel, den Master Greene dir schenkte, als Christopher starb, und ...«

»Die Kleidung, die dort noch hängt, ist für dich, Joan, weil du mir so treu gedient hast. Vielleicht nimmst du sie am besten gleich, nachdem du die Tür hinter mir zugemacht hast – dann werden alle glauben, daß ich sie genommen habe und nicht du.«

Es war Ingunn egal, was Mistress Greene und Mary ab jetzt über sie dächten oder was sie John über sie erzählen würden, wenn er nach Hause zurückkehrte. Ein Eilbote war gleich nach Master Greenes Tod nach London geritten, so daß es sicher nicht lange dauern würde, bis er wieder in diesem Bett schliefe. Unter dem Kissen würde er einen Gruß finden: »Früher einmal habe ich dir geglaubt. Ingunn.«

»Dieser Norweger steht da unten und wartet auf dich. Ich habe nachgeschaut, bevor ich hochkam.« Joan öffnete die Tür zum Flur und horchte. »Hoffentlich hört uns das Biest nicht und fängt an zu kläffen!« flüsterte sie.

Ingunn ergriff die Reisetasche und den groben Umhang aus Wolle und glitt mit dem Kerzenleuchter in der Hand zur Tür hinaus, die Kammerzofe folgte ihr mit dem Kleiderbündel. Ängstlich schlichen sie an Mistress Greenes Tür vorbei und wagten kaum zu atmen, bis sie halbwegs die erste Treppe hinunter waren und sich sicher sein konnten, daß der Hund sie nicht gehört hatte. Ingunn war so erleichtert, daß sie beinahe laut gelacht hätte, als eine Stufe unter ihrem Fuß knarrte und Joan ihr zu verstehen gab, sie müsse dicht an der Wand gehen. Die Kammerzofe hatte anscheinend viel mehr Übung als sie selbst, wenn es darum ging, nachts heimlich herumzuschleichen!

Durch die solide Straßentür hörten sie die schweren Schritte des Wächters. »Zähle bis zweihundert, dann ist er um die Ecke verschwunden«, flüsterte Joan erfahren. Es kam Ingunn wie eine Ewigkeit vor, bis Joan den Riegel lautlos aufschob, die Tür öffnete und den Kleidersack schnell draußen auf der Straße abstellte.

Als sich Ingunn in der Tür zeigte, glitt eine große Gestalt aus der Dunkelheit. »Leb wohl, Mistress«, hauchte ihr Joan ins Ohr, und im nächsten Augenblick wurde die Tür hinter ihr zugemacht.

Ivar Nilsson griff nach dem Kleiderbündel und blies die Kerze aus, die Ingunn noch in der Hand hielt. »Sei nicht dumm«, zischte er zur Begrüßung.

Verwirrt stellte sie den Ständer im Rinnstein ab und folgte ihm, als er wie eine Katze an den Hauswänden entlangschlich, in enge Gassen hinein und wieder hinaus, am Marktplatz und an der Allerheiligenkirche entlang, während der Frühjahrshimmel die ersten Anzeichen von Morgendämmerung aufwies. Noch nie war ihr der Weg zu William-mit-dem-Hut so weit vorgekommen.

Als sie schließlich die High Street überquerten, klopfte ihr Herz so heftig, als wäre sie eine Stunde gelaufen, und sie wäre beinahe über die Deichsel des Wagens vor Williams Gaststätte gestolpert. Als Bridget die Tür öffnete und sie hineinzog, sank sie zitternd auf die nächste Bank nieder. Nicht einmal mitten auf dem Meer hatte sie ein so starkes Gefühl von Niemandsland gehabt, das Gefühl, daß sie nirgendwo hingehörte. Seitdem sie an der Tür der Schwiegermutter vorbeigeschlichen war, hatte sie kein

Wort mehr gesagt, und jetzt wußte sie nicht so recht, welche Sprache sie benutzen sollte.

»William und Bauer Edwin sitzen im Hinterzimmer und essen«, sagte die Mutter auf grönländisch. Sie sah so müde und übernächtigt aus, wie Ingunn sich fühlte. »Setz dich auch hin, Ivar, ich werde etwas zu essen für euch holen.« Sie verschwand im hinteren Zimmer.

Ivar setzte sich auf die Bank neben Ingunn und lehnte den Kopf an die Wand. Auch er hatte anscheinend nicht viel geschlafen. Und sie war schuld, dachte sie verlegen.

»Wenn ich nicht gewesen wäre, hättest du deinen Schlaf vor der Reise gehabt«, sagte sie in ihrer Muttersprache.

Der Abstand zwischen ihnen wurde irgendwie geringer, wenn beide ihre eigene Sprache benutzten, das hatte sie schon früher gemerkt, und jetzt war es eine Notwendigkeit. Sie würde von ihm völlig abhängig sein, bis sie bei Geoffreys Bruder in Sicherheit wäre, und als ein erstes Dankeschön hatte sie noch zusätzliche Probleme geschaffen!

»Auf der Fahrt können wir beide schlafen«, antwortete er, ohne sie anzusehen. »Du unter der Bank und ich drauf.« Plötzlich lachte er. »Es wird mir ein wahres Vergnügen sein, dich an der Morgenwache am Temple-Tor vorbeizuschmuggeln! Das Gerücht geht, daß der wachhabende Mann dort ein besonders schwieriger Wichtigtuer sein soll!«

»Aber vielleicht kontrolliert er auch besonders gut?«

»Vielleicht bist du nicht der einzige Mensch, der sich verstellen kann, wenn es nötig ist«, antwortete er und schloß die Augen.

Bridget mußte ihn wecken, als sie ein bißchen später

Rauchspeck, Brot und Dünnbier auf einem Tablett hereintrug. Ingunn merkte, daß sie einen Bärenhunger hatte. Sie hätten aber nicht mehr viel Zeit, sagte William, als er gerade den kugelrunden Edwin hinausbegleitete, damit dieser sein Pferd holen konnte. Ingunn könne das Bier gleich trinken und unterwegs essen.

Bridget legte Speck und Brot in ein Bündel und reichte es der Tochter. »Als Wegzehrung für euch drei steht eine Holzschachtel mit Käse und Brot im Wagen, außerdem habe ich euch auf Ivars Wunsch viel Trockenfisch mitgegeben. Gott segne dich, mein Kind!«

Ingunn wäre am liebsten dortgeblieben, mit dem Kopf am weichen Busen der Mutter. Statt dessen blieben die beiden Frauen eine Weile stehen und hielten sich gegenseitig mit den Augen fest, bis William sich vielsagend räusperte, und Bridget sagte: »Du hast hoffentlich deinen Schmuck dabei, Ingunn?«

»Ja, aber meine Decke aus Eiderdaunen mußte ich zurücklassen!« Bei diesem schweren Abschied fiel es Ingunn besonders schwer, ihre Gefühle auszudrücken. Es war leichter, eine scherzhafte Bemerkung zu machen.

»Du hättest sie um deinen Körper binden sollen, dann hättest du wie deine Mutter ausgesehen«, sagte Bridget trocken und umarmte sie. Ingunn spürte noch den Kuß der Mutter auf der Wange, als sie sich im Heu unter der Wagenbank zusammenrollte.

Wie es Ivar dort oben auf dem Sitz neben Bauer Edwin erging, wußte sie nicht, aber er war jedenfalls zu hoffnungsvoll gewesen, was das Schlafen anging, denn sie wurde wie saure Milch in einem Butterfaß geschüttelt und gerüttelt. Der Wagen klapperte so laut auf dem holprigen Straßenpflaster, daß man fast taub davon wurde, und es wurde nicht viel besser, als sie die Stadtbrücke hinter sich hatten und die Temple Street entlangfuhren. Das Stadttor mit der Wache war jetzt nicht mehr weit entfernt. Ingunn spürte, wie sich ihr Magen um den Rauchspeck und das Brot zusammenzog, das sie gerade mit Mühe heruntergeschluckt hatte.

Je näher sie zum Stadttor kamen, desto stärker wurde der Strom der Karren und Fußgänger auf dem Weg in die Stadt, und Edwin grüßte laut brüllend nach links und rechts wie ein Gutsbesitzer auf der Fahrt durch sein Dorf. Als er plötzlich den Wagen anhielt, blieb auch Ingunns Herz beinahe stehen. Sie hörte eine grimmige Stimme, die sie erkannte, fragen: »Warum hast du heute diesen Kerl da bei dir, Edwin?«

Ivar selbst antwortete: »Ich heiße Ivar Nilsson und bin Norweger. Ich bin auf dem Weg nach Hause.«

»Wie? Um nach Norwegen zu kommen, mußt du über das Meer.«

»Ich habe Mitfahrgelegenheit in Southampton.« Ivars Stimme war geduldig, aber Ingunn hörte den drohenden Unterton. Gab er sich ihretwegen so große Mühe, die Wache nicht unnötig aufzuregen?

»Hast du verbotene Waren dabei? Gold? Silber?«

»Nur meine Kleidung und mein Werkzeug, und ein bißchen Wegzehrung. Wenn du möchtest, kannst du nachschauen.«

War Ivar von Sinnen? Ingunn schwitzte vor Angst und wartete nur darauf, daß die Torwache auf den Wagen stieg. Aber nichts dergleichen geschah, nur ihr Pferd schnaubte und stampfte ungeduldig.

»Fahr jetzt endlich weiter, Edwin«, hörte sie unfreundlich von da unten. »Hier gibt es bald einen Stau, wenn du so trödelst.«

»Auf Wiedersehen, bis zum nächsten Monat!« Edwin

ließ sich nicht aus der Ruhe bringen und schnalzte, um das Pferd anzutreiben.

Sie ratterten eine ganze Weile weiter, bevor Ivar sich bückte und die Decke, die über der Bank hing, vorsichtig anhob. »Wir sind jetzt draußen auf dem Land, Ingunn, aber Edwin meint, daß du dich erst hier oben zeigen solltest, wenn wir ein Stückchen weitergekommen sind. Kannst du es noch eine Weile aushalten?«

Ingunn zerdrückte einen Floh. »Ja, jetzt habe ich jedenfalls keine Angst mehr!«

Sie hielten an einem Bach, damit das Pferd trinken und etwas vom Heu fressen konnte, in dem Ingunn gelegen hatte, und Edwin meinte, daß sie ab jetzt genausogut auf der Bank zusammen mit ihm und Ivar sitzen könnte. Sie war am ganzen Körper so gerädert, daß ihr vor der Nacht graute, aber das unbändige Gefühl der Befreiung, das beim Anblick des blauen Himmels und der frühlingsgrünen Wiesen von ihr Besitz ergriff, ließ die Schmerzen unwichtig erscheinen. Sie riß Streifen vom Trockenfisch, den Ivar ihr anbot, ab, und es kam ihr vor, als hätte sie noch nie so etwas Gutes gegessen.

»Ich habe William gesagt, daß ihr bei mir übernachten könnt«, sagte Edwin. »Meine Frau und meine Töchter freuen sich, wenn sie neue Gesichter sehen. In meinem Dorf fahren immer wieder Leute mit Pferdewagen nach Bath, ihr könnt sicher mit jemandem mitfahren.«

Ivar nahm das Angebot dankend an, aber als Edwin ging, um das Pferd wieder vor den Wagen zu spannen, fragte er Ingunn: »Ist es wahr, daß du gut reiten kannst? Die Zeit könnte knapp werden, und der letzte Ausweg wäre, Reitpferde zu mieten, damit wir früh genug ankommen.«

»Wäre es nicht besser, wenn wir das tun, sobald wir in Bath ankommen?«

»Nein, das wird viel zu teuer.«

»Mein Schwiegervater hat mir genug Geld für die Reise mitgegeben ...« Ingunn spürte, daß sie dunkelrot wurde.

»Das wirst du auch später brauchen«, sagte er kurz. »Keiner weiß, wie es dir in Grimsby ergehen wird.«

»In dem Brief, den Geoffrey mir für seinen Bruder mitgegeben hat, hat er geschrieben, daß ich bereit bin, unter üblichen Bedingungen als Dienstmädchen bei ihm zu arbeiten, und er schrieb auch, daß ich eine gute Hausfrau bin«, sagte Ingunn stolz.

Ivars Augen hatten einen sonderbaren Ausdruck, als sie den ihren begegneten, aber es blieb ihr keine Zeit, sich lange darüber zu wundern, denn Edwin sagte, sie müßten sich beeilen.

»Ingunn, bist du noch nicht aufgestanden? Du mußt dich schnell anziehen, damit wir noch etwas essen können, bevor wir weiterziehen!« Ivar klopfte laut gegen die Tür. »Ingunn! Bist du wach?«

Steif kletterte Ingunn aus dem riesigen Bett, das sie mit Edwins drei Töchtern geteilt hatte, und stolperte zur Tür. »Ich muß mich nur ein bißchen zurechtmachen ...«

»Du kannst dich später zurechtmachen!« kam es ungeduldig von der anderen Seite. »Du brauchst nur schnell das Tuch um den Kopf zu binden und zu Tisch zu kommen!«

»Du bist schlimmer als mein Bruder.« Während sie sprach, glättete sie das Hemd und zog ein grünes Lodenkleid an, das sie nicht getragen hatte, seitdem sie nach Bristol gekommen war. Der Geldbeutel schlug ihr gegen das Kinn, als sie sich bückte, um sich die Schuhe zuzubinden.

Edwins Frau stopfte sie voll mit Speck und Eiern und kalter Lammzunge, bis sie um Gnade baten, und das Wegzehrungsbündel, das sie ihnen mitgab, fiel so großzügig aus, daß der Bauer, der sie nach Bath mitnahm, lachte und sagte, es sei kein Wunder, daß Edwin so kugelrund aussehe.

So wie der neue Fahrer die guten Sachen, die sie mit ihm teilten, in sich hineinstopfte, hätte er anscheinend nichts gegen eine ähnliche Figur einzuwenden, dachte Ingunn. Im selben Augenblick sah Ivar sie an, und sie konnte in seinem Blick lesen, daß auch er sich amüsierte.

Die beiden Männer streckten sich nach der Mahlzeit im Gras aus, und Ingunn nutzte die Gelegenheit, ihren Haarzopf zu lösen und die Strohhalme von der gestrigen Reise auszukämmen. Mit dem Gesicht gegen die Sonne ließ sie den Kamm durch die dicken Haare gleiten. Es war beruhigend zu wissen, daß Bristol schon weit weg war. Sie hatte erwartet, nicht nur die Mutter zu vermissen, aber das einzige, was sie jetzt mit Sicherheit wußte, war, daß sie, wenn es nach ihr ginge, nie mehr so leben wollte.

Der Kamm glitt ihr aus den Fingern, als eine Kuhglokke hinter ihr läutete. Ivar war sofort wach und setzte sich hoch. »Was in aller W ...«

Ingunn schüttelte den Kopf, damit die Haare so fielen, daß sie sie wieder flechten konnte. »Das sind nur Kühe, ich sehe keinen Bullen.«

Er antwortete nicht. Sorgfältig flocht sie das Haar und steckte es zu einem losen Knoten im Nacken zusammen, bevor sie wieder das Kopftuch festknotete. »Ist das nicht besser so?« fragte sie lächelnd, als ihr klar wurde, daß er sie anschaute.

»Nein, es ist schöner, wenn du es offen trägst.« Er stand plötzlich auf, bürstete die Kleidung aus und suchte das, was von der Wegzehrung übrig war, zusammen.

Auch sie stand auf. »Hast du schon für unsere Fahrt bezahlt?«

»Die Hälfte. Den Rest bekommt er, wenn wir in Bath angekommen sind.«

»Das ist meine Hälfte.« Sie steckte die Hand unter das Hemd auf die Brust und zog den Lederbeutel gerade in dem Augenblick heraus, als ihr Fahrer sich aufsetzte und den Schlaf aus den Augen rieb.

Ivars Hand schoß nach vorne und stopfte den Beutel wieder an seinen Platz zurück. »Bist du von Sinnen?« sagte er böse auf norwegisch. »Wenn du unterwegs bist, darfst du nie zulassen, daß Fremde dein Geld sehen. Man sollte nicht glauben, daß du in all diesen Jahren bei vernünftigen Leuten gewohnt hast!«

Jetzt war sie an der Reihe, sich aufzuregen. »Auf Grönland haben wir keine Münzen benutzt. Und in Bristol bin ich nie mit Reisegeld herumgelaufen.«

»Ach so«, sagte er milder, »aber wenn du Geld hervorholst, mußt du dafür sorgen, daß du alleine bist.«

»Mit dir alleine?«

»Nein, alleine mit dir selbst. Ich werde rechtzeitig Bescheid sagen, wenn ich einen Zuschuß brauche.«

Es war schon spät, als sie in Bath ankamen, und ein leichter Regen legte sich wie ein Schleier auf Gras und Kleidung. Ihr Fahrer setzte sie und ihre Bündel draußen vor einem Gasthof ab, wo sie am nächsten Tag wieder eine Fahrgelegenheit finden könnten. Sie blieben einen

Augenblick stehen, um sich den Himmel, der langsam dunkler wurde, anzuschauen, während sie den Geruch von Wachstum einatmeten, den der Regen aus der Erde zog.

»Deswegen möchte ich jetzt nach Hause«, sagte Ivar, ohne daß sie ihn gefragt hatte. »Rechtzeitig, um die Äkker im Frühjahr bestellen zu können.«

»Wie groß ist dein Hof?«

»Mittel. Wir sind wie die meisten Leute von der Fischerei abhängig. Aber wir haben Verschläge für sechs Kühe und ein Pferd, und noch etwas Platz für Schafe und Ziegen. Und für Schweine natürlich.«

»Gibt es in Norwegen Hühner und Äpfel?« wollte Ingunn wissen.

Er lachte laut. »Ja, sicher. Ist etwas Besonderes dabei?«

»Auf Grönland gibt es keins von beiden. Wir haben viele Arten von Eiern und Vögeln, aber Äpfel gibt es nicht – und die esse ich am liebsten.«

»Im Mai fangen die Wiesenblumen zu Hause an zu blühen.« Ivar bekam einen fernen Ausdruck in den Augen. »Wir haben Glockenblumen direkt vor unserer Haustür – ich habe sie in all diesen Jahren vor mir gesehen.«

»Einmal habe ich zu Hause eine Glockenblume gesehen, die im Schnee blühte«, sagte Ingunn. »Aber nur für einen Augenblick, dann verschwand sie. Damals habe ich geglaubt, es wäre ein gutes Omen ...«

»Der Schnee?«

»Nein, die Glockenblume!«

»Schnee haben wir nämlich bei uns zu Hause auch genügend!« Er schüttelte sich. »Aber hier ist es auch nicht besonders warm. Wir gehen besser hinein.«

Die Frau des Gasthausbesitzers schaute sie abschätzend an. »Eine Übernachtung mit zwei Mahlzeiten? Könnt ihr bezahlen?«

Ivars Augen blitzten. »Wir würden nicht um zwei Zimmer bitten, wenn wir nicht genügend Geld dafür hätten!«

»Zwei Zimmer? Und das zu einer Zeit, wenn normalerweise alle Zimmer belegt sind? Eine Familie mit sechs Personen teilt sich schon das Zimmer mit dem größten Bett.« Die Frau bekreuzigte sich und ließ ihre Augen über Ingunns Kopftuch gleiten. »Du bist doch verheiratet, nicht wahr?«

»J-ja, natürlich«, stotterte Ingunn.

»Ja, dann mußt du es dir auch gefallen lassen, das Kämmerchen mit deinem Mann zu teilen, wenn du heute nacht hierbleiben willst. So ein Blödsinn!«

Sie griff eins der Bündel und watschelte vor ihnen einen schmalen Flur mit zwei Türen an jeder Seite hinunter. Eine Tür stand offen, und die Frau klatschte das Bündel hin. »Dieses Bett genügt auch für zwei. Ich werde nachschauen, ob vom Abendessen noch etwas Suppe übriggeblieben ist.«

Ingunn wachte auf, weil der Mond ihr direkt ins Gesicht schien. In dem grünlichen Lichtschimmer von dem winzigen Fenster hatte sie das Gefühl, als würde sie unter Wasser treiben – sie müßte nur ein bißchen mit den Beinen strampeln, dann wäre sie an der Oberfläche.

Ohne darüber nachzudenken, folgte sie der Eingebung und wurde mit einem bösen Grunzen von der anderen Seite des Bettes belohnt. »Ist es ein Wunder, wenn die verheirateten Männer, die ich kenne, erschöpft aussehen!« Er drehte sich zu ihr um, und seine

Augen weiteten sich. »Dein Haar – es leuchtet in der Dunkelheit ...«

Mit einem Schluchzen setzte sie sich im Bett auf. »Sag so etwas nicht! Nie mehr möchte ich so ein Gerede hören – nie mehr, hörst du!« Sie hämmerte mit beiden Fäusten gegen sein Hemd, als er sich aufsetzte und die Arme um sie legte, als wäre sie ein Kind, das aus einem Alptraum aufgewacht wäre.

»Bitte, sei leise, oder möchtest du, daß die anderen uns hören und glauben, wir streiten uns?«

Es hörte sich so an, als wäre ihm nach Lachen zumute, und sie hätte ihn umbringen können. Nach Luft schnappend, zog sie ihre Hände weg und schlug sie vor das Gesicht, damit er ihren Ausdruck nicht sehen könnte. Er streichelte ihr unbeholfen über den Kopf und murmelte: »Ich habe nur das gesagt, was mir gerade eingefallen ist, Ingunn. War es so schlimm?«

»Ja. Denn ein anderer Mann hat es vor dir gesagt. In meiner Hochzeitsnacht.« Sie machte sich vorsichtig los und legte sich leise wieder hin, den Kopf zur anderen Seite gedreht, damit er nicht sehen sollte, daß sie weinte. Er legte sich wieder hin, aber so weit wie möglich von ihr weg. Im Zimmer herrschte eine derartige Stille, daß sie hören konnten, wie ein Kind am anderen Ende des Hauses weinte.

Sie holte tief und zitternd Atem und spürte mit ihrem ganzen Körper, daß er auch wach lag. Nach einer Weile sagte sie leise: »Du hast dich als ein guter Freund erwiesen – bei dir brauche ich mich nicht zu verstellen.« Eine riesige Hand, von harter Arbeit gezeichnet, ergriff die ihre, und sie drückte als Antwort leicht zurück. Ein wenig später schliefen sie beide fest.

Der Schiffer, mit dem Ivar in Southampton verabredet war, willigte schließlich ein, eine Frau mitzunehmen, aber er machte dabei unmißverständlich klar, daß es bei ihm keine Sonderbehandlung für feine Leute geben würde. Ihre Schlafstelle müsse sie sich selber irgendwo suchen, und da sie sich an Bord nicht nützlich machen könne, müsse sie mehr als Ivar bezahlen, denn er könne der Mannschaft mit den Segeln helfen.

»Das kann ich auch«, hätte Ingunn am liebsten geantwortet, aber sie ließ es sein.

Da sie das Leben an Bord eines Schiffes schon kannte, sorgte sie dafür, sowenig wie möglich im Weg zu sein. So gab es nur wenige Reibereien während der Segelfahrt, die zuerst die ganze Südküste entlangführte, dann den Kanal hoch und weiter an der Ostküste entlang bis nach Grimsby. Das Wetter war meistens günstig, und wenn es stürmte, kroch sie in ihr Versteck unter einem Ledersegel und dachte, wenn es jetzt schiefgehen würde, wüßte sie jedenfalls, wem es passierte. Sie erkannte sich selbst wieder.

In Kleidung, die vom Salzwasser steif war, stand sie an der Reling und sah die Sandbänke vor der Einfahrt nach Grimsby näher kommen. Die Spannung in ihr wuchs beim Anblick der kleinen Häuser und der vielen Fischerboote, die Kurs auf die breite Flußmündung nahmen. Hier würde sie sich sicher wohl fühlen! Sie lächelte zu Ivar hoch, als er sich neben sie stellte, aber er erwiderte das Lächeln nicht, starrte nur gedankenvoll zum Land hin.

»Hast du deine Sachen schon zusammengepackt, Ingunn?« fragte er ein bißchen später.

»Sie sind die ganze Zeit, seitdem wir hier auf dem Boot

unterwegs sind, zusammengepackt geblieben. Aber ich muß mich ein bißchen zurechtmachen, bevor ich losgehe, um das Haus von Geoffreys Bruder zu suchen.« Sie befühlte ihre Wangen. Ihnen war während der Fahrt übel mitgespielt worden.

»Du hast nie besser ausgesehen«, sagte er verlegen. »Aber warte unten auf dem Kai, bis ich mitgeholfen habe, das Schiff zu vertäuen und die Ladung zu löschen, dann werde ich dich begleiten.«

»Aber du wolltest dich doch nach einer Fahrgelegenheit nach Norwegen erkundigen!«

»Das wird schneller als schnell gehen«, sagte er fröhlich. »Ich sehe das Segelschiff eines Schiffers, den ich kenne – dort drüben.« Er zeigte hin.

Ingunn folgte seinem Finger mit dem Blick. »Das da? Aber es ist doch nicht viel größer als das Boot, mit dem Vater zur Kirche gesegelt ist! Hast du nicht gesagt, daß du über offenes Meer segeln mußt?«

»Ja, es könnte ernst werden, wenn wir die Nordsee überqueren«, gab er zu. »Aber wenn das Wetter nicht zu widerspenstig wird, dürfte es nicht mehr als vier bis fünf Tage dauern, bis wir wieder Land in Sicht haben, und für den Rest des Weges können wir an der Küste entlangsegeln.«

»Ich werde für dich beten«, sagte Ingunn ernst und bekreuzigte sich.

Es war schon ziemlich spät am Nachmittag, als die Ladung des Southampton-Schiffes gelöscht war und Ivar sich einen Platz auf dem Boot von Egil Olafsson aus Tönsberg gesichert hatte.

»Er hat zu wenig Mannschaft für die Rückfahrt, deswegen ist er froh darüber, außerdem hat er eingewilligt, einen Abstecher nach Hvaler zu machen«, sagte Ivar zufrieden, als er auf Ingunn zukam, die in der Zwischenzeit auf ihre Bündel aufgepaßt hatte. »So, jetzt bist du an der Reihe.«

Nach der ziemlich langen Zeit zur See war Ingunn nicht mehr an die Gerüche der Stadt und den Abfall gewöhnt, und ihr Herz wurde immer schwerer, als sie durch die matschigen übelriechenden Straßen, die vom Hafen hochführten, trotteten. Sie mußten mehrmals nach dem Weg fragen, aber schließlich hatten sie das gepflegte, kleine Haus, wo Geoffreys Bruder und dessen Frau wohnten, gefunden. Der Bruder öffnete ihnen selbst die Tür, als sie anklopften – er war ein kräftiger, braungebrannter Mann, der Geoffrey zum Verwechseln ähnlich sah.

Ingunn stellte Ivar und sich selbst vor und gab ihm den Brief, den der Schiffer ihr mitgegeben hatte.

»Kommt doch herein.« Der Mann ging einen Schritt zur Seite und ließ sie in eine kleine Vorhalle eintreten. Eine dünne ältere Frau zeigte sich in der Tür, die, dem Geruch nach zu urteilen, in die Küche führte. Sie schaute Ingunn mißtrauisch an, trocknete ihre Hände an der Schürze ab und sagte mit scharfer Stimme: »Sie können solange im Wohnzimmer Platz nehmen.«

Das Wohnzimmer war genauso geschniegelt und sauber wie die Vorhalle und der kleine Vorgarten, und Ingunn spürte, wie ihr Mut sie verließ. Wozu sollten diese Menschen eine Haushaltshilfe brauchen? Sie setzte sich auf die äußerste Kante des Stuhls, der ihr angeboten wurde, und sah, daß auch Ivar sich nicht besonders wohl fühlte.

Geoffreys Bruder ging ans Fenster mit dem Brief und las ihn mehrmals genau durch, bevor er sich Ingunn zuwandte. »Selbstverständlich kannst du hier wohnen, bis du eine Stellung gefunden hast, die dir zusagt«, sagte er mit einem schnellen Seitenblick auf seine Frau. »Aber wir brauchen weder eine Haushälterin noch ein Kindermädchen. Unsere Kinder sind schon längst erwachsen, und meine Frau ist so tüchtig, daß wir nur noch bei der großen Wäsche Hilfe im Haushalt brauchen. Und wir haben schon zwei Frauen, die sich darum kümmern.«

Er zeigte auf den Brief. »Hier steht, daß du gut kochen kannst. Wenn du gute Pasteten oder ähnliches machen kannst, könntest du vielleicht eine Stelle als Köchin in einem größeren Haushalt hier in der Stadt finden.«

»Ich habe nie gelernt, englisches Essen zuzubereiten«, sagte Ingunn wahrheitsgemäß. »Ich durfte in der Küche bei meiner Schwiegermutter nie mithelfen, denn dort regierte ihr Koch.«

Als sie den triumphierenden Ausdruck von Geoffreys Schwägerin sah, fügte sie hinzu: »Aber ich bin vom väterlichen Hof her an einen großen Haushalt gewohnt.« – Vom väterlichen Hof, der nicht mehr existiert, dachte sie verbittert.

»Schon – eh –, aber wenn du es gewohnt bist, zu befehlen und zu entscheiden, könnte es dir schwerfallen, dich als Dienstmädchen zurechtzufinden. Es fällt denjenigen leichter, die ihr ganzes Leben lang die Hintertreppe benutzt haben.« Der Mann vor ihr sah aus, als wäre er es selbst gewohnt, zu befehlen und zu entscheiden, genau wie sein Bruder. »Aber ich werde mein Bestes tun, dir zu helfen, weil Geoffrey mich darum bittet.«

»Danke«, sagte Ingunn höflich. »Aber das wird nicht nötig sein. Wenn es hier in Grimsby so schlecht für mich aussieht, was die Arbeit angeht, ist es besser, wenn ich dorthin fahre, wo die Sitten so sind, wie ich es aus Grönland gewohnt bin. Ich werde morgen mit Ivar Nilsson weitersegeln nach Norwegen.«

Sie hörte Ivar neben sich nach Luft schnappen, aber es war unmöglich zu erraten, ob er über ihre plötzliche Entscheidung wütend oder zufrieden war.

Als sie sich mit Geoffreys Bruder und Schwägerin geeinigt hatte, daß sie jedenfalls über Nacht bleiben würde, begleitete sie Ivar auf die Straße, und sie verabredeten, daß er sie am nächsten Tag direkt nach dem Frühstück abholen solle. Er blieb stehen, ohne etwas zu sagen, während er den abgenutzten Filzhut in den Händen drehte. Schließlich fragte er leise: »Und was möchtest du in Norwegen machen?«

»Ich weiß nicht«, antwortete Ingunn wahrheitsgemäß. »Aber dort werden die Leute hoffentlich nicht glauben, daß ich zu fein bin, um zu arbeiten. Und nach dem, was du mir erzählt hast, wird die Landwirtschaft, wo du herkommst, ähnlich betrieben wie auf den Höfen daheim, und die Eßgewohnheiten ähneln sich auch. Außerdem hast du einmal gesagt, daß die Frauen dort selbst spinnen und weben.« Ihre Stimme zitterte. »Wenn du wüßtest, wie ich meinen Webstuhl vermisse!«

Er antwortete nicht. Die Aufregung, die sie erhitzte, seitdem sie ihren plötzlichen Entschluß gefaßt hatte, wich plötzlicher Angst. Und wenn es keinen Platz mehr gäbe in Egils Boot – und wenn Ivar es satt hätte, Verantwortung für sie zu tragen, mit ihr Tag und Nacht zusammenzusein!

»Ich – ich hätte dich zuerst fragen müssen. Aber ich habe mich gerade eben so gefühlt, als wäre ich in kaltes Wasser gefallen. Ich habe keinen anderen Ausweg gesehen.«

»Es gibt im Boot genügend Platz«, sagte er kurz. »Und

Egil Olafsson kennt jede Bucht an der norwegischen Küste gut genug, um den Männern des Königs zu entkommen. Keiner wird uns belästigen, bevor wir zu Hause in Hvaler sind. Aber dann werden wir dem Priester sagen müssen, daß er vorläufig noch ein Gemeindemitglied hat.«

»Vorläufig?«

»Ja – es könnte dir schnell zu viel werden, wenn du längere Zeit auf irgendeiner gottverlassenen Insel wohnen mußt, du bist ja an eine Stadt wie Bristol gewöhnt. Aber jedenfalls kannst du bei meiner Mutter und mir wohnen, während du dir alles überlegst. Sie wird sich freuen, wenn sie im Haus Hilfe bekommt, das weiß ich.«

»Danke«, sagte Ingunn, unsagbar erleichtert. »Übrigens, was ist er für ein Mensch, euer Gemeindepriester?«

»Das kann ich dir nicht beantworten, ich bin seit sechs Jahren fort. Aber was soll ich dem Gemeindepriester über dich erzählen, was meinst du?«

Sie richtete sich auf. »Sag ihm, daß du ein tüchtiges Dienstmädchen dabei hast, wenn jemand eins gebrauchen sollte, und daß meine Insel von der Erde gefallen ist.«

Sie drehte sich um und war im Haus verschwunden, bevor er antworten konnte.

Die Wahl

Egil Olafsson war kein Freund von vielen Worten. Er maß sie mit den Augen und sagte, daß er auf einer Reise keinen Platz für unnütze Leute habe, er brauche eine erfahrene Mannschaft.

»Sie ist an Boote gewöhnt«, sagte Ivar mit fester Stimme, »und sie kann auch selbst segeln. Sie mampft Trokkenfisch wie ein hungriger Gaul und fällt nicht in Ohnmacht, wenn jemand über die Reling pißt.«

»Auch nicht, wenn sie es mit Seeräubern zu tun hätte?«

»Als wir das letztemal miteinander redeten, hast du mir erzählt, daß du dir mit Absicht noch kein größeres Schiff angeschafft hättest, Egil. So könntest du die Seeräuber sehen, bevor sie dich sähen, und wenn sie dieses Segelboot entdecken sollten, würden sie nur glauben, daß es sich um ein Fischerboot handele und es nicht der Mühe wert wäre, das Boot zu entern.«

Egil warf Ivar einen sonderbaren Blick zu und sagte, an Ingunn gerichtet: »Das, was Ivar sagt, entspricht schon der Wahrheit, aber was würdest du tun, wenn wir trotzdem angegriffen werden sollten?«

»Was würdest du selbst tun?« Die Worte waren Ingunn unversehens herausgerutscht. Sie fügte schnell hinzu: »Übrigens glaube ich, daß das Glück mir beisteht, wenn es um Seeräuber geht. Wir haben auf der ganzen Fahrt von Grönland nach England kein einziges Seeräuberschiff gesehen.«

Egils blaßblaue Seemannsaugen schauten sie mit einem versöhnlichen Ausdruck wieder prüfend an: »So. Und du kannst auch bezahlen?«

»Hier!« sagte Ingunn und gab ihm die Goldmünze, die sie herausgesucht hatte, als sie sich am Morgen zurechtmachte.

Er legte sie umsichtig in den Lederbeutel, den er am Gürtel trug. Dann ging er zum Vorderschott und kam mit einem schweren Bündel zurück. »Auf der Fahrt solltest du aber wie wir Jacke und Hose aus Robbenfell tragen, und zieh die Sachen sofort an. Dann wird keiner auf den Gedanken kommen, daß ich eine englische Frau aus dem Land mitnehme.«

Ingunn nahm das Bündel und war schon auf dem Weg nach vorne, als sie plötzlich kehrtmachte, weil ihr ein paar Dinge einfielen, die Ivar am Tag zuvor gesagt hatte. Es wäre besser, alles vorher klarzustellen, bevor sie zu diesem unbekannten Land fahren würde, wo es sowohl Priester als auch Amtmänner gebe, genau wie in England.

Als Ingunn sich hinter ihm räusperte, um seine Aufmerksamkeit zu erregen, schaute der Schiffer aus Tönsberg von der Taurolle hoch, mit der er sich beschäftigte. »Was wird geschehen, wenn jemand auf den Gedanken kommt, daß du eine fremde Frau in dein Land mitnimmst?«

Seine Augen wurden schmaler. »Bist du auf der Flucht vor dem Gesetz hier? Machst du dir deswegen Sorgen?«

»Nein.« Ingunn gab Ivar durch ein Zeichen zu verstehen, daß er sich abregen solle. »Ich habe meinen Mann verloren und kann in England keine geeignete Arbeit finden. Das ist alles.«

»Vielleicht wird es auch in Norwegen nicht so einfach,

denn du bist eine Fremde. Aber du kannst dir sicher sein, daß keiner an Bord dieses Schiffes kommt, ohne daß ich es erlaube.«

»Danke«, sagte Ingunn und ging, um sich umzuziehen. Die Erwartung brodelte in ihr.

Der Zollbeamte auf dem Kai würdigte Ingunn keines Blickes, als sie die Achterleine entgegennahm, nachdem Egil Olafsson den Befehl zum Losmachen gegeben hatte. Männlich und breitbeinig wickelte sie die Leine über die Schulter zusammen und räumte sie weg, bevor sie die Wache an den Schoten steuerbords übernahm. Sie hatten flußauswärts günstigen Fahrwind, deswegen mußte sie auch nicht besonders zupacken. Trotzdem fühlte sie sich in der Robbenkleidung warm und verschwitzt. Die Armmuskeln wehrten sich gegen die ungewohnte Arbeit, aber sie biß die Zähne zusammen und lächelte mit gespielter Unbeschwertheit, als ein großer, dünner Kerl, der Kolbjørn aus Tjømø hieß, sie ablöste.

Sobald sie die äußerste Landspitze umrundet hatten, frischte der Wind auf und füllte die Segel, so daß das Boot über das Wasser tänzelte, auch wenn es schwer beladen war. Der Schiffer überließ Ivar das Ruder und setzte sich neben Ingunn. Als er so dasaß und aufs Meer schaute, ohne etwas zu sagen, betrachtete sie verstohlen sein zerfurchtes Gesicht. Aus der Nähe wirkte er nicht so alt, wie sie ihn zuerst eingeschätzt hatte. Er war höchstens zehn Jahre älter als Ivar, auch wenn sein Haar mehr grau als braun war. Und anscheinend konnte er genau wie Øyvind Sonne und Wind nur schlecht vertragen, denn die Haut auf der geraden vorstehenden Nase hatte eine Kruste.

Unwillkürlich fragte sie: »Kennst du niemand, der dir eine Sonnensalbe machen kann, Egil?«

»Was?« Er drehte sich um und blinzelte verwundert.

»Sonnensalbe – sie hilft gegen solche Wunden, die man von der Sonne bekommt. Meinem Bruder habe ich immer eine gute Salbe gemacht, aber hier an Bord gibt es nicht die Sachen, die ich dafür benötige.«

Egil griff sich an die Nase. »Meine Nase wird schon für den Rest des Lebens halten«, sagte er gleichgültig. »Ich habe keine Zeit, Salbe zu kochen.«

»Wenn ich dir erzähle, was du dafür brauchst, könnte es vielleicht deine Frau für dich tun«, sagte Ingunn vorsichtig.

Der Schiffer stand plötzlich auf. »Ich bin nicht verheiratet. Gott sei Dank, kann ich nur hinzufügen, so geschwätzig wie die Weiber sind!«

Ingunn wurde klar, daß sie ab jetzt ihren Mund halten mußte und daran denken, daß sie unter derselben Bedingung wie die Männer einen Platz an Bord des Schiffes bekommen hatte.

In der kommenden Frühlingsnacht vereinigten sich Himmel und Meer zu einem undurchdringlichen Grau, welches den Rest der englischen Küste verschwinden ließ. Der Wind flaute ab, so daß nur ein Mann benötigt wurde, um auf die Schoten zu achten, während ein zweiter am Ruder stand. Die anderen rollten sich in Decken und Felle ein und legten sich auf die Bodenbretter.

Ingunn lag neben Ivar und ließ sich von der Nordsee in den Schlaf wiegen, während diese weich und rhythmisch das Boot ableckte und umspielte, genauso wie eine Kuh ihr neugeborenes Kälbchen ableckt. Achteraus unterhielten sich Kolbjørn und sein Bruder Einar flüsternd, und von der anderen Seite des Mastbaums konnte man ein regelmäßiges Schnarchen vernehmen. Anscheinend war es Egil Olafsson nicht schwergefallen, schnell einzuschlafen. Endlich schien das Glück wieder mit ihr zu sein, das war Ingunns letzter Gedanke, bevor auch sie selbst einschlief.

Die Nordsee kräuselte sich gutgelaunt auf den langgezogenen Dünungen, und die Zusammenarbeit zwischen Ingunn und den vier Männern klappte reibungslos und stillschweigend. Kolbjørn und Einar waren genauso schweigsam wie Egil. Anscheinend gehörten sie deswegen auch zu seiner Mannschaft. Übrigens schien es niemanden zu stören, daß Ivar und sie kleinere Gespräche miteinander führten, wenn die Gelegenheit sich bot, und am vierten Tag zur See kam sogar der Schiffer selbst zu ihnen und fragte neugierig, warum Ingunn aus vollem Hals lache.

»Ach«, Ingunn schnappte nach Luft und trocknete sich die Augen mit einer rotgescheuerten Faust, »Ivar hat mir gerade die Geschichte von einer neuen Kuhmagd erzählt, die sie auf seinem Nachbarhof bekommen hatten. Sie hat die frische Milch vor die Scheunentür in die Sonne gestellt, damit sie schneller säuerte, und als sie eine Weile später zurückkam, lagen fünf satte Katzen um den leeren Trog herum ...«

»Ob die neue Kuhmagd auch so einen Spaß dabei hatte«, sagte Egil und lächelte ein bißchen. Eine Weile später sagte er: »Bist du eine tüchtige Kuhmagd, Ingunn?«

»Ich kenne mich gut aus, und ich würde auf jeden Fall weder Milch noch Essen irgendwo hinstellen, wo sich jeder bedienen kann.«

»Dessen bin ich mir sicher.« Egil lächelte wieder, und diesmal schaute er sie direkt an. »Du solltest dir Arbeit auf einem richtigen Hof suchen und dich nicht mit irgendeinem Kleinbetrieb draußen auf Hvaler zufriedengeben.«

Ivar saß so nahe, daß sie spürte, wie er zusammenzuckte, aber er sagte nichts. Egil war der Schiffer an Bord, und beide waren sie von seinem guten Willen abhängig. Sie stand auf und sagte leise, indem sie die beiden Männer anschaute: »Ich weiß überhaupt nichts über Norwegen, nichts über Hvaler, nichts über Tønsberg. Ich weiß nur, daß ich vorsichtig sein werde, wenn ich diesmal irgendwo Wurzeln schlage.« Dann drehte sie ihnen den Rücken zu und ging nach vorne, um ihre Tränen zu verbergen, die sie plötzlich in den Augen spürte.

Fünf Tage nachdem sie Grimsby verlassen hatten, war das norwegische Hochland an einem frühen Maimorgen in Sicht, und ab der Oksinsel konnten sie den größten Teil der restlichen Strecke innerhalb des Schärengürtels segeln. Egil Olafsson nannte dies die Landstraße nach Hause.

»Aber ich verspreche, in östliche Richtung und nicht direkt nach Tønsberg zu segeln, wenn wir uns Verdens Ende – dem Ende der Welt – nähern«, sagte er zu Ivar, so daß Ingunn es auch hören konnte.

»Das Ende der Welt – so heißt es auch, bevor man nach Bristol kommt«, rief Ingunn aus. »Sie nennen es dort ›Land's End‹.«

»Wenn man in Richtung offenes Meer segelt, wirkt das Land immer wie das Ende der Welt«, sagte Egil unerschütterlich. »Gleich bist du an der Reihe, die Wache zu übernehmen, Ingunn.«

Es war Ingunns Aufgabe, in der ersten Hälfte der Nacht auf die Segel zu achten. Sowohl Kolbjørn und sein Bruder als auch Ivar schliefen schon, als Egil Olafsson sie zu sich ans Ruder winkte. Sie gehorchte überrascht und wunderte sich nicht weniger, als sie sich auf den Bootsrand neben ihn setzte und den verlegenen, ernsten Ausdruck im Gesicht des Schiffers sah.

Nach einer Weile drehte er sich zu ihr um und schaute ihr direkt in die Augen. »Ich habe es so eingerichtet, daß du diese Wache mit mir gemeinsam übernimmst, Ingunn, denn ich möchte dir etwas Wichtiges sagen.«

Er stockte etwas, und sie nickte als Zeichen, daß er weiterreden solle. »Hast du etwas genauer über das nachgedacht, was ich gestern morgen sagte, daß du dir hier in Norwegen auf einem ordentlichen Hof Arbeit suchen solltest und dich nicht in einem ärmlichen Dorf draußen am Meer verstecken?«

»Nein«, sagte Ingunn, der Wahrheit entsprechend, »das habe ich nicht. Aber ich vertraue darauf, daß Ivar Nilsson Wort hält und mir hilft, bis ich Fuß gefaßt habe – das hat er meinen Verwandten in Bristol versprochen.«

»Ich dachte, du kommst aus Grönland?«

»Ja, schon, aber meine Mutter zog nach Bristol, als ich klein war, und sie wohnt immer noch dort.« Gleichzeitig spürte sie einen Stich in ihrem Inneren. Was würde wohl die Mutter glauben, wenn es ihr irgendwann zu Ohren käme, daß Ingunn Grimsby verlassen hätte! Jetzt gab es nur noch die Mutter als festen Punkt in ihrem Leben, und sie mußte notwendigerweise in Bristol bleiben, da sie sich dort ihren Lebensunterhalt verdiente.

»Dann hätte deine Verwandtschaft dort für dich sorgen müssen, nachdem dein Mann gestorben war.«

»Er ist nicht gestorben. Er hat mich im Stich gelassen, und ich verließ ihn, aber da hatte er schon den größten Teil meiner Mitgift aufgebraucht.« Es schien ihr plötzlich so einfach, Egil über alle diese Niederlagen zu erzählen, er sah so zuverlässig aus, als er so dasaß, seine riesige Faust umfaßte lose die Ruderpinne und erinnerte sie an die Männer, unter denen sie groß geworden war.

»Das ist schlimm.« Die Augen des Schiffers streiften die Segel, und Ingunn wollte gerade aufstehen.

»Du kannst ruhig noch ein bißchen sitzen bleiben – die kleinen Windstöße ändern sowieso nichts.« Egil saß nachdenklich da. Dann sagte er bedächtig: »Ingunn, ich mache dir einen Vorschlag, den du dir gründlich überlegen solltest, bevor du darauf antwortest, da du ja schon verheiratet warst. Wir zwei kennen uns nur wenige Tage, aber Seeleute messen die Zeit anders als die Bauern, und ich habe genug gesehen, um zu wissen, daß ich dich gern als Frau hätte. Du wirst es bei mir gut haben – in Tønsberg habe ich Haus und Grund, und mein Bruder und ich machen gute Geschäfte mit Fracht und Handel.«

Zuerst dachte Ingunn, daß sie sich vielleicht verhört hätte. Ob Gott es so eingerichtet hatte – sichere Verhältnisse bei einem fleißigen Mann, der auch noch Achtung vor ihr hatte, das war ein Angebot. Die Enttäuschung, die sie erlebt hatte, war sicher der Grund dafür, daß sie nicht unmittelbar ja sagen konnte. Sie antwortete langsam: »Du bietest mir ein großes Geschenk an, Egil. So groß, daß ich nachdenken muß, bevor ich antworte.«

Er nickte. »Du bist vernünftig genug, um den Unterschied zwischen Weizenkuchen und Haferbrot zu kennen, und zwischen Achtung und Treulosigkeit. Morgen kannst du mir deine Antwort geben.«

Sie bedankte sich bei ihm mit einem schnellen Lächeln und ging auf ihren Platz zurück, um sich um die Segel zu kümmern. Es gab nicht viel zu tun, und sie hatte genügend Zeit zum Nachdenken. Sie wünschte sich sehnsüchtig, daß Ivar wach wäre, damit sie ihm erzählen könnte, was gerade passiert sei, sie brauchte seinen Rat, genauso wie sie früher den Rat ihres Vaters und der Brüder gesucht hatte.

Die Sehnsucht nach der Siedlung zu Hause und nach allem, was sie verloren hatte, drohte sie zu zerreißen.

Als Ingunn schlief, hatten sie schon einen Teil des äußeren Foldenfjords überquert. Die Möwen schrien, und es war völlig windstill, als sie in einer Landschaft aufwachte, die sie so sehr an Grönland erinnerte, daß sie ganz verwirrt war, als sie statt ihrer Brüder Ivar neben sich sitzen sah, und an Halldors Stelle stand Kolbjørn aus Tjømø am Ruder.

Noch nie hatte sie einen andächtigeren Ausdruck als den in Ivars Gesicht gesehen, als er sich umschaute und sagte: »Bald bin ich daheim.«

Die andere Küste verschwand hinter ihnen, und zu allen Seiten lag der Fjord so blank wie Glas im Sonnenaufgang, nur hier und da unterbrochen von kleinen Schären und Felsenriffen. Es war, als würde die Erde von neuem geschmiedet. Sie blinzelte mit den Augen und streckte sich lange mit Wohlbehagen, bevor sie sich aufsetzte.

»Wenn es so windstill bleibt, werden wir wohl heute nicht ankommen«, sagte sie und schaute auf die glatte Fläche. Kein Kräuseln zu sehen. »Ein Glück, daß es draußen auf der Nordsee anders war, denn sonst hätten wir nicht genügend Wegzehrung und Wasser gehabt.«

»Ein Wind wird sicher bald aufkommen«, sagte Ivar, »und dann werden wir genug zu tun bekommen, denn ab hier und den ganzen Fjord einwärts gibt es tückische Gewässer. Aber gerade jetzt gibt es nicht viel zu tun –

Egil schläft noch wie ein Stein, wie du siehst, und die zwei dort auf dem Achterdeck brauchen sich auch nicht anzustrengen! Bleib du ruhig ein bißchen sitzen!«

Sie lehnte sich gegen den Arm, den er um ihren Rücken legte, und seufzte zufrieden. »Nach sechs Jahren Abwesenheit macht wohl ein Tag oder auch zwei keinen so großen Unterschied für dich. Und meinetwegen könnte diese Fahrt ewig dauern.«

»Auch wenn wir keinen Trockenfisch mehr hätten?« fragte er, um sie zu ärgern. »Gestern hast du genausoviel gegessen wie ich!«

»Jetzt geht es uns so gut«, sagte sie schlicht. Sie konnte ihm doch nicht erzählen, daß ihr davor graute, daß ihr Zusammensein auf engstem Raum bald aufhören würde. In seiner Nähe fühlte sie sich so geborgen. Und wenn sie wieder an Land wären, würde ihre physische Nähe zwangsläufig aufhören. Sie war jetzt so daran gewöhnt, tagsüber in seinem Gesicht zu lesen und nachts seinen Atem zu hören, daß er wie ein Teil von ihr selbst geworden war, auch wenn sie nur wenig über seine innersten Gedanken wußte.

Sie erinnerte sich an Egil Olafssons Heiratsantrag. Ihr Magen zog sich so heftig und plötzlich zusammen, als wäre sie geschlagen worden, und in der klaren Morgenluft sah sie deutlich, was ihr in dem Dämmerlicht, als Egil um ihre Hand anhielt, entgangen war. Sie konnte ihn nicht heiraten. John hatte ihr ein sicheres Dasein als Ehefrau in der Stadt geboten, und sie hatte schon entdeckt, daß sie dafür nicht geeignet war. Der ehrenwerte Schiffer aus Tønsberg hatte keine unzufriedene Frau verdient! Sie hatte sich entschieden, auch wenn sie von der Zukunft nichts Besseres zu erwarten hätte, als daß sie dem Scheiterhaufen entging.

»Jetzt siehst du aber schrecklich ernst aus!« Ivar schnupperte in den Windhauch.

»Ich habe nur überlegt, ob wir nicht bald den Schiffer wecken sollten!« Sie würde weder Rast noch Ruhe bekommen, bevor sie dem Schiffer ihre Antwort mitgeteilt hätte, auch wenn es sehr schwierig werden könnte.

»Er hat sich gerade umgedreht – er hat sicher gespürt, daß das Schiff schneller wird. Egil ist wirklich ein guter Seemann.«

»Ja.« Ingunn stand auf und strich sich mit der Hand über das Haar, bevor sie wieder den Zopf unter die Robbenfelljacke steckte. »Ich habe ein paar Fragen, die ich ihm stellen muß ...«

Egil saß gegen eine Ruderbank gelehnt, mit einem Stück Trockenfisch in der einen Hand und mit einem Holzkrug voll Wasser in der anderen. Als Ingunn sich neben ihn setzte, strich er über seinen kurz geschnittenen Bart und lachte ein bißchen.

»Brunnenfrisches Wasser wird jetzt wieder gut schmekken! Wenn wir Ivar abgesetzt haben, gibt es in Hvaler sowohl frischen Fisch als auch gutes Wasser, bevor wir nach Tønsberg zu unseren Fleischtöpfen weiterfahren.«

»Wenn ihr Ivar und mich abgesetzt habt«, sagte Ingunn leise, aber deutlich. Sie ballte die Fäuste, so daß die Fingerknöchel weiß wurden, und sprach mutig weiter: »Ich kann dein Angebot nicht annehmen, Egil. Ich danke dir von Herzen – ich bin nicht die richtige Ehefrau für dich.«

»Das kann ich sicher besser beurteilen«, sagte er kurz.

Sie schaute ihn verzweifelt an. »Du mußt mir glauben, wenn ich dir sage, daß ich nur als Bauersfrau tauge, Egil, nicht als Stadtfrau. Zwischen Tieren und Milchgefäßen spüre ich, daß ich Halt gefunden habe. Jetzt habe ich mich jahrelang nur als unnützer Wurfball gefühlt.«

»Ist Ivar mir vielleicht zuvorgekommen?«

»Das ist er nicht, und das weißt du auch. Dann hätte ich es dir gestern abend erzählt. Ivar und ich sind gute Freunde, ich werde seiner Mutter im Haus helfen, bis ich irgendwo anders eine Stelle als Dienstmädchen gefunden habe.« Als sie diese Wahrheit laut ausgesprochen hatte, fühlte sie sich plötzlich bleischwer.

»Hast du Achtung vor mir?«

»Ja, das habe ich«, sagte sie herzlich. »Das haben wir alle.«

»Ich meine, als Mann. Ich möchte dich bei mir im Bett haben. Ist dir das zuwider?«

Ingunn wurde leichenblaß. »Ich habe vergessen, was es heißt, jemanden zu begehren. Und so ist es am besten.«

Es blitzte in Egils Augen. Er stand plötzlich auf und brüllte Kolbjørn zu: »Kurswechsel auf Verdens Ende! Ich werde das Ruder übernehmen, wenn wir den Tønsbergfjord hineinsegeln.«

»Warum machst du das?« Ingunn mußte sich zwingen, ruhig zu sprechen.

»Ich möchte dir zuerst meine Stadt zeigen, damit du sie mit dieser äußersten schmalen Bucht – mit Utgårdskilen – vergleichen kannst. Vielleicht wirst du deine Meinung ändern.«

Er trank den Rest des Wassers und steckte sowohl den Holzkrug als auch den Rest des Trockenfisches unter die Robbenfelljacke, bevor er sich umdrehte und sich entfernte, um einen Lederballen mit englischem Stoff besser festzumachen.

Ingunn schaute ihm unschlüssig nach und zuckte zusammen, als sie Ivars wütende Stimme hinter sich hörte. »Was in aller Welt hast du ihm erzählt, daß er jetzt den Kurs wechselt? Wir hatten doch vereinbart, daß er uns in

Hvaler absetzen sollte, bevor er selbst nach Hause fahren würde!«

»Ich weiß nicht, ob ich schuld daran bin«, sagte Ingunn müde. »Du darfst selbst urteilen.«

Als sie erzählte, was zwischen ihr und Egil passiert war, ließ sie nur dessen Frage nach dem Verhältnis zwischen ihr und Ivar aus. Er hörte aufmerksam zu, bevor er bissig sagte: »Ja, hier hast du die Gelegenheit, eine wohlhabende, junge Witwe zu werden. Hast du wirklich vor, nein zu sagen?«

»Nie würde ich einen Mann heiraten, nur um seine Witwe zu werden!« Ingunn regte sich heftig auf. »Du solltest mich aber besser kennen.«

Ohne auf die Antwort zu warten, ging sie zu Einar und sagte, daß sie sich eine Weile um die Schoten kümmern wolle.

An den vielen hellen Sandstränden, an denen sie auf ihrem Weg den Tønsbergfjord hinein vorbeisegelten, waren die Leute eifrig damit beschäftigt, an Land gezogene kleine Boote zu reparieren, und als sie sich der Stadt näherten, gab es auf dem Wasser ein derartiges Gedränge, daß Egil sich entschied, den Rest der Nacht in einer tiefen Bucht zu verbringen.

Am nächsten Tag konnten sie schließlich das Schiff in den engen, geschützten Stadthafen hineinmanövrieren. Dort lagen dicht aneinandergedrängt hohe Hansekoggen mit gewölbten Schiffsbäuchen und offene Fischerboote und Fahrzeuge, die für den Transport auf den Flüssen und an der Küste entlang gebaut waren – es kam ihr beinahe so vor, als wäre sie nach Bristol zurückgekehrt, dachte Ingunn schaudernd.

Nachdem sie am Kai angelegt hatten, kam der Zollbeamte direkt an Bord, und Ingunn achtete sorgfältig darauf, das Gesicht zur anderen Seite zu drehen, während Egil schnell und sicher erklärte, daß er und die vier norwegischen Seeleute gerade aus Grimsby in England heimgekehrt waren. Es stand dem Zollbeamten natürlich frei, sich alles anzuschauen, was sie als Ladung dabeihatten, aber es würde viel Zeit in Anspruch nehmen, so viele kleine Bündel zu kontrollieren – vielleicht könnte seine Mannschaft eine Weile an Land gehen, um sich die Beine zu vertreten?

Matt vor Erleichterung, sprang Ingunn an Land, als der Zollbeamte eingewilligt hatte, gefolgt von Ivar und den beiden Brüdern aus Tjømø. Bevor sie die ersten Straßen erreicht hatten, hatten Kolbjørn und Einar schon Bekannte getroffen, und Ingunn und Ivar schauten sich nach einer Gaststätte um, wo sie Essen kaufen konnten. Ivar zog sie mit zu einem kleinen Kahn, der mit dem Kiel nach oben lag, und sie setzten sich hin, um die Sonne eine Weile zu genießen.

»In Bristol hätten wir zu William-mit-dem-Hut gehen können. Vermißt du nicht doch das Leben dort, Ingunn?«

»Nein!« antwortete sie heftig. »Nur meine Mutter – ich werde sie wohl nie wiedersehen.«

»Wenn du Egil heiratest, könntest du ja wieder nach England fahren ...« Ivar schaute sie verschmitzt an.

Statt zu antworten, fragte sie, indem sie ihn offen anschaute: »Warum hast du damals vor sechs Jahren Norwegen verlassen?«

Er schaute ihr in die Augen, ohne zu blinzeln, aber mit einem verlegenen Ausdruck im Gesicht. »Warum fragst du?«

»Weil ich mich darüber wundere, daß jemand, der so viel Heimweh hat, für so lange Zeit so weit fortgefahren ist.«

»Über dich kann man sich noch mehr wundern, denn du hast freiwillig nicht nur Grönland verlassen, sondern später auch noch deinen reichen Ehemann und den dazugehörigen Reichtum in Bristol.«

»Ich – ich bin nicht mehr verheiratet. Der Mann, der mich von meinem ersten Heim wegriß, hat vor Gott und allen Menschen gelogen, als wir getraut wurden. Er hat mich noch endgültiger verlassen, als wenn er gestorben wäre. Und du hast wohl vergessen, daß ich am Tag nach meiner Flucht wegen meines Glaubens ausgefragt werden sollte – wie würde es dir gefallen, mit dem Tod auf dem Scheiterhaufen bedroht zu werden!« Sie atmete heftig und drehte sich weg.

Ivar legte seine Hand auf ihre Wange und drehte ihr Gesicht gegen das seine. »Dann verstehst du vielleicht auch, was ich dir jetzt erzähle. Die Frau, die mein Bruder heiratete, war diejenige, die ich selbst haben wollte. Als meine Lehre auf der Werft sich dem Ende näherte, habe ich nur noch an diese Frau gedacht, mit ihr wollte ich in einem kleinen Haus in der Stadt auf dem Festland wohnen ... Mein Bruder wußte nichts davon, aber sie schon. Sie hat gesagt, daß sie die Meine werden wolle.«

»Dann hast du dich betrogen gefühlt?«

»Noch schlimmer. Als ich später die beiden und meine Mutter besuchte, habe ich mich gefühlt, als würde man *mich* auf dem Scheiterhaufen verbrennen. Ich mußte weg. Und ich wollte nie mehr einer Frau glauben.«

»Wir sind nicht alle gleich schlecht«, sagte Ingunn mit einem kleinen Lächeln.

»Das habe ich verstanden, als ich hörte, daß du dich geweigert hast, vor dem Bischof zu lügen, nur um deine eigene Haut zu retten. Aber du warst die Frau eines anderen Mannes, außerdem wolltest du nach Grimsby und ich nach Hause.«

»Und jetzt?« sagte Ingunn atemlos.

»Jetzt glaube ich, daß du Egil Olafssons Frau wirst.«

»Dann glaubst du falsch. Auch wenn ich mich wieder in einer Stadt zurechtfinden könnte, würde ich nie einen Mann heiraten, den ich nicht liebe.«

»Viele Frauen lernen, ihren Mann zu lieben, nachdem sie verheiratet sind.«

»Und ebenso viele bereuen! Ich möchte lieber für meinen Lebensunterhalt arbeiten, das habe ich schon mal gesagt.«

Sie saßen eine Zeitlang, ohne etwas zu sagen, während sie auf den Hafen schauten und es vermieden, sich gegenseitig in die Augen zu schauen. Die Sonne wärmte, und Ingunn war so schläfrig, daß sie einnickte und von dem umgedrehten Boot heruntergefallen wäre, wenn Ivar sie nicht festgehalten hätte.

»Ich bin noch nicht daran gewöhnt, festen Boden unter den Füßen zu haben ...«

Kaum hatte sie die Worte ausgesprochen, als sie den salzigen Geschmack von Ivars Lippen auf den ihren spürte. Es war, als hätte jemand trockenes Brennholz auf schwelende Glut geworfen, als sich ihr Atem mit dem seinen vermischte und das vergessene Feuer in ihrem Inneren wieder aufloderte. Dabei spürte sie in der Tiefe ihres Herzens eine zitternde Sehnsucht, von der sie geglaubt hatte, sie wäre für immer verloren.

Nach einer Weile sagte er leise: »Es ist nicht einfach, in der äußersten Bucht, in Utgårdskilen, zu wohnen, erst recht nicht für Kinder – meine Neffen und meine kleinen Brüder sind alle vier ertrunken. Ich kann Spielzeug für unsere Kinder schnitzen, Ingunn, und ich werde mein

Bestes tun, um sie zu ernähren, aber mehr kann ich nicht versprechen.«

Sie schmiegte sich noch näher an ihn. »Nichts ist schlimmer, als zuschauen zu müssen, wenn die eigenen Kinder langsam von der Seuche dahingerafft werden. Das habe ich selbst erlebt. Ich weiß nicht, wer für das Böse verantwortlich ist, aber ich bin mir jetzt völlig sicher, wenn es darum geht, wer für das Gute zuständig ist! Gott weiß gewiß, wie glücklich ich bin, weil du und ich jetzt hier zusammen sitzen können.«

»Wie kannst du dir sicher sein, daß Gott dich nicht als Egils Frau ausersehen hat? Egil wird sicher nicht so leicht aufgeben, und du könntest deine Meinung ändern.«

»Du mußt dafür sorgen, daß ich das nicht tue!« meinte Ingunn und spielte mit seinen Fingern. »Ich schlage vor, du fängst damit an, uns etwas Essen zu besorgen, bevor wir uns eine neue Fahrgelegenheit über den Fjord suchen. Ich sehne mich danach, mein neues Zuhause zu sehen.«

Im Jahre 1194 wird am zweiten Weihnachtstag auf dem Marktplatz von Jesi ein Kind geboren: Friedrich, der Sohn des Kaisers Heinrich und seiner Frau Konstanze. Wild und ungebändigt wächst der Junge in den Gassen von Palermo auf, regiert später als Friedenskaiser das Römisch-Deutsche Reich und stirbt 1250 nach einem erfülltem Leben – und jahrelanger Auseinandersetzung mit dem Papst.

Im Jahre 1284 verkündet ein würdiger alter Mann mit schneeweißem Haar auf dem Marktplatz von Köln: »Ich bin Friedrich der Staufer. Ich bin nicht, wie ihr glaubt, vor vielen Jahren gestorben, sondern nach einer langen Pilgerfahrt aus dem Heiligen Land zurückgekehrt, um Frieden zu bringen.« Die Zuhörer sind erstaunt, welche Einzelheiten aus dem Leben des Kaisers der Unbekannte kennt. Der Mann kann kein Betrüger sein! Aber wer ist er dann?

ISBN 3-404-14431-7

BASTEI LÜBBE

Im Jahr 1007 wandert die Häuptlingstochter Gudrid mit ihrem Vater von Island nach Grönland aus, um sich dort anzusiedeln. Nach einer kurzen Ehe mit dem jüngsten Sohn Eriks des Roten, der an einer schrecklichen Seuche stirbt, verliebt sich Gudrid in den Isländer Thorfinn Thordsson. Er bereist mit seinem Handelsschiff die skandinavischen Küsten. Sie begleitet ihn auf seinen Fahrten und lernt fremde Länder kennen wie kaum eine Frau dieser Zeit. Da sie der überlieferten Zauber- und Heilkunst mächtig ist, behauptet sie sich in einer von Männern geprägten Welt. Doch die Zeiten ändern sich, als das Christentum den nordischen Götterglauben abzulösen beginnt ...

ISBN 3-404-14254-3

BASTEI LÜBBE